当代中国文学书库

满山红艳艳

谷俊德 ◎ 著

中国文联出版社

图书在版编目（CIP）数据

满山红艳艳 / 谷俊德著 . -- 北京：中国文联出版

社，2023.3

ISBN 978 - 7 - 5190 - 5115 - 0

Ⅰ. ①满… Ⅱ. ①谷… Ⅲ. ①长篇小说—中国—当代

Ⅳ. ①I247.5

中国国家版本馆 CIP 数据核字（2023）第 034577 号

著　　者　谷俊德
责任编辑　贺　希
责任校对　李　晶
装帧设计　中联华文

出版发行　中国文联出版社有限公司
地　　址　北京市朝阳区农展馆南里 10 号　　　　邮编　100125
电　　话　010 - 85923025（发行部）　　　　85923091（总编室）
经　　销　全国新华书店等
印　　刷　三河市华东印刷有限公司

开　　本　710 毫米×1000 毫米　　1/16
印　　张　22
字　　数　383 千字
版　　次　2023 年 9 月第 1 版第 1 次印刷
定　　价　85.00 元

目 录
CONTENTS

楔　子

湘西北大山区,溪谷纵横,流泉飞瀑。

这是 1949 年 9 月 16 日下午 3 点。

在群山环绕的海洱峪寨小道上,一支解放军侦察分队急行军正在前进。

突然,"呼"一声枪响,打破山中的寂静。随着一声声"逮啊! 刷嗨!"的怪叫,从小路旁的山腰冲下许多雷公般的男子,将解放军侦察兵团团围住。

这些人穿戴明显有崇拜白色的特征。白头巾、白汗褂、花边裤,个个用花面具遮脸。手中拿一根木棒,边跳边舞,嘴里还用野话高声吆喝:"将家伙甩拿儿!"大意是不许外人带枪闯入寨子。

侦察连长段运飞和战士们倏然警觉起来,背靠背站立,持枪警戒,根根神经高度绷紧。这时,又闯入几条莽汉,抬三尊木菩萨,横挡道中间。野蛮汉子,踩着围鼓唢呐调,挥舞木棒,拉开架势,左冲右突,前跳后摆,明显挟着刺杀动作,木棒差点打在段运飞的脸上。

段运飞朝天放了一枪,大声呼喊:"乡亲们,后退! 请后退! 我们是中国人民解放军,是毛主席的队伍,我们不打人,不骂人! 我们是来打土匪的!"可戴面具的舞者仍没有半点停下来的意思。

突发事件! 段运飞急忙从一个谍报员手中抢过话筒,一阵猛喊:"101 首长! 我是 111,我们在行军路上,遇到不明部落的围攻,他们抬着菩萨,戴着花面具,其意图尚不明确,请指示!"

话筒里传出清晰的声音,是 101 首长严厉的口气:"111 注意! 你们已进入湘西北少数民族地区,据我所知,澧源县有多个少数民族,你讲的不明部落,极有可能是当地的一个神秘群体,你们一定要保持高度的克制,决不能与他们发生正面冲突。煽动当地群众围攻你们,极有可能是国民党的一个阴谋,我现在命令你们,保持高度警觉和冷静,必要时查清不明部落的来龙去脉!"

"可他们有枪有刀,还有羊叉把,木棒!"段运飞有些婆婆妈妈,害怕不明部落再次撒野,制造不可收拾的混乱局面。

"乱弹琴! 你死脑筋? 你就不能好好地劝劝? 宣传一下我党的民族政策? 你要是和不明部落开枪打仗,我撤你的职!"101 首长显然有了一种无名之火。

"喔嚯嚯!"面具舞者怪叫着,那动作中隐藏杀机。

"喔嚯嚯!"面具舞者怪叫着,那动作中隐藏挑衅。

"喔嚯嚯!"面具舞者怪叫着,见解放军没有伤害他们,"哦——嗬嗬!"齐声高吼,迅速收拾行当,逃离了现场。

"神经病!"段运飞骂了一句。是兵? 是匪? 是民? 抑或是化装的寨丁? 段运飞想:这神秘的部落到底是怎么回事? 他们拦截解放军,是示威? 窥视? 嬉闹? 还是一种崇尚自然的风俗? 为什么101 首长不允许攻击他们?

突然,旁边树林里飞出一首歌,是年轻女人用当地土话唱的野野的《仗鼓调》,翻译成汉语是:"哥哥你慢些走,妹妹有话对你吼,拿个仗鼓不怕丑,抱着与你睡一头,一生一世乐悠悠。哦哦哦! 你一头,我一头,两个都牵手,送个仗鼓给哥哥,喔喔喔,妹妹一生一世跟你走。"

"什么鬼地方? 这么野!"段运飞火火骂,骂湘西这不明部落的野性,野人,野话,野舞,野歌,野俗……

自从与不明部落相遇后,带给段运飞剿匪分队的是一场场惊心动魄的较量。精彩故事由此展开。

第一章　上门寻仇

1　戳事拱事

澧源县民家寨民谣:"小二没事找事,老二戳事拱事。"译成汉语是说:小孩爱顽皮,青年人爱打架扯皮。

青龙寨抢犯(土匪)恶二佬就是爱戳事拱事的头子。他纠集一伙持刀枪的抢匪于1949年冬季的一个清早袭击仗鼓寨。

仗鼓寨很快狼烟四起,惨遭浩劫。

仗鼓寨是一个吊脚楼环绕着的小寨。寨子里住着上百家喜欢穿白衣服的民家人。寨中有一个老祠堂,是民家人的祭祀堂,堂上供奉着五个木脸菩萨,民家人视它们为本主,就是保护神的意思。

一个家丁慌忙跑入老祠堂里,气喘吁吁喊:"老兜把,快抃(藏),有一伙抢犯打劫。"

老祠堂里,面对几尊木菩萨,跪着一位老者。这老者生得威武高大,一看就是一个有功夫的。老者是仗鼓寨的会首王志超。会首在仗鼓寨里就是首领。王志超很镇静,他心里很明白,仗鼓寨是他一手建立起来的木石寨子,寨里有寨兵100多人枪,且个个会武术,功夫了得,几个流窜土匪尽管悄悄偷袭,但不会毁灭整个寨子。但王志超依然要"血祭"本主,他咬破手指,滴血碗中,端碗祭祀,企盼本主赐福消灾,跪下对本主像磕头,声音是急急的那种:"大二三神,我寨今日有难,您是本主,是寨里的保护神,快快显灵吧!"说完朝天板了一卦。那卦啪一下砸在地上,连续三下不是阴卦就是神卦。家丁懂些卦术,沮丧地说:"老爷子,本主都不愿帮忙——连阳卦都打不转,大事不妙啊。"

"难道本主不保护我们?鬼话!"王志超边说边迈出祠堂。

"呜——！呜——!"海螺声越过山冈田野。海螺是仗鼓寨民迅猛集结的信号，许多寨丁在海螺声的催促下，手持各种武器向祠堂靠拢。众人怒吼："哪个找死？"王志超大喊："有人劫寨，随我去抗击贼兵!"

王志超拖了一把大砍刀，几十个寨丁呐喊着朝冒烟的地方扑去。

几个着黑衣的土匪正在抢粮食，遭到几个女人的撕打。寨丁赶到，打死了三个黑衣人。王志超舞大刀朝一个弯巷赶，大刀上突然发出当当的声响，是子弹打在刀上的声音。王志超和他的寨丁中了伏击，有几个寨丁丧命。

王志超飞身一跃躲到一个岩壳下，喊："大丈夫敢作敢为，拆寨人现身？"

对面，吼声如雷："王志超，你炸珠了吧！我恶二佬是阴沟里的篾片有翻身之日！今天老子取你性命来哒!"木窗户里顷刻伸出几挺机枪，将暴露在巷子中间的一个寨丁扫死。

王志超一听是恶二佬，气得就要上前拼命，被贴身保镖死死拖住。王志超和保镖与恶二佬相持了一会。恶二佬从木楼上纵身跳下，像一只燕子轻飘飘落地。保镖朝恶二佬放了一枪，没打着，原来保镖的子弹早已耗完。

恶二佬将手枪插在腰间，拿一根铁棒，两头大，中间小，朝地上一戳，粗声大嗓："王志超，你是王家族长，今天老子不打枪，专比武，有本事好好陪我玩两招——仗鼓？"王志超知道那棒叫仗鼓，原是跳舞的器具，用木棒和竹篾组成，没想到恶二佬今天带上了这种铁武器。

王志超也是跳仗鼓的高手，知道仗鼓招式的厉害。但作为首领，是不能怯阵的，他想也没想，就喊："好，老子陪你!"王志超是方圆八十个寨子有名的武术家，他要大刀叫"鬼都愁"，能呼风唤雨，他靠这刀在江湖上混了几十年，才当了仗鼓寨王家族长。

岩塔里，是一场大刀和仗鼓的激烈对抗赛。王志超败了，手中的大刀被打断，又听咚一声，王志超左臂受伤，跌倒在地。

恶二佬正准备用仗鼓击杀王志超，突然一颗子弹打在仗鼓上，溅出一团火星，恶二佬惊魂未定。

这时，一面红旗从巷子里探出头来，一队人马迅速冲进寨子。恶二佬知道有人救援，立马拖着仗鼓队沿一条瘦瘦的溪沟跑了。

2　三道茶

保镖扶起王志超。王志超疑惑地打量着这支举红旗的队伍。

一个身材魁梧的大汉跑过来，朝王志超打招呼："乡亲们，不要怕！我们是中国人民解放军，我们是毛主席的队伍，我们不打人，不骂人！"大汉说普通话，半生不熟。王志超却能听懂一些。出于礼貌，王志超鞠了一躬，说："是你扯（帮）了我，不然，我们就鬼咔街（卡脖）了！"大汉听不懂土语，说："好！好！"一个女兵跑上前，为王志超疗伤。包扎好后，王志超发出邀请说："请大实（伙）到屋里逮杯水！"

王志超将二十多名戴红五星军帽的解放军迎进屋内，按仗鼓山寨习俗用三道茶待客。几位年轻姑娘笑容可掬，轮流筛茶。第一碗茶叫苦茶，用生姜做。第二碗茶叫甜茶，用蜂糖泡。第三碗茶叫蛋茶，用三个鸡蛋做。

"我叫段运飞，是解放军连长，今天刚路过贵寨，看到寨子遭劫难，就上来了！"段运飞边喝茶边笑嘻嘻介绍。

"欢迎！欢迎！贵人天降，寒寨有福！"王志超伸出一双大手，热情地说。

"你们也有三道茶！待客？"段运飞第一次对这个神秘山寨，用三道茶待客的习惯感到惊讶。

王志超说："对呀，我们一直用三道茶迎客，哪门的——有什么不妥吗？"

"哪里哪里，我只是好奇地问问！"段运飞笑着解释。

"欢迎解放军来寨驻扎！"许多寨民向段运飞发出邀请。

王志超和段运飞谈了一上午。由一个解放军女兵当翻译，双方谈得很投机。因为下午还要赶到县城，段运飞辞别王志超，向澧源县挺进。

王志超内心很感激段运飞的救命之恩，却十分愤恨恶二佬的无情无义。保镖说："老爷子，这恶二佬是您把他养红眼睛了，他从小没有爹娘，是你把他养成一条汉子，派他去当武术教头，没想到他却反目为仇，杀上门来！"王志超说："赶快将死掉的寨丁安葬，我们还要加强防守，我相信恶二佬还会再来。"保镖吩咐师爷用白衣裹了寨丁尸体，请三元老司做了几个晚上的道场，就下葬埋了。

仗鼓寨一仗，死了三名寨丁，王志超也受了伤，恶二佬逃得不知去向。为防恶二佬再寻仇，王志超决定，亲自去白鹤寨，搬神兵守寨。

3　民谣

段运飞带部队赶到澧源县城，没费多大力气就占领了整个县城。当时县城只有几十名散兵守城，一发现解放军吹冲锋号攻城，就慌忙放了几枪，然后迅速消失在城后面山界的大森林中。澧源县城随即被解放。

团长郑刚将团指挥部搬到澧源书院。团政委颜文南将一份电报交给郑刚。上面写着："423 团立即南下，团政委颜文南留守澧源县，可派一个加强连驻守县城。师长余一里，即日。"

郑刚喝了一杯茶说："澧源是个好地方啊！山美水甜人爽直，我刚来澧源，原准备在此多待一会儿，没想到又要远征了，文南，你就大胆干吧。"

颜文南说："我俩共事已有五年，亲如兄弟，现在又要分手，我送你一个礼物吧，是昨天我的一个亲戚送我的，叫什么麂子烟斗。"郑刚看时，是一根长烟斗，烟斗杆上吊着一个麂子角，雕有花纹和字样，很别致。

郑刚说："好！等革命胜利的那天，我再送你一件礼物！"

颜文南与郑刚辞别时，正是中午。太阳出来，将县城照得亮亮的。

段运飞奉命赶到澧源书院驻扎。澧源书院是两层楼的老木房建筑，1935 年 101 首长曾在此开办红军大学，后 101 首长奉命长征，老木房就一直空着。

看段运飞风风火火走进来，颜文南笑着说："你前天搞侦察，遇到不明部落的嬉闹，据我所知，这是民家寨子的一种聚会活动，叫跳仗鼓。你们的急行军突然打乱了他们的聚会程序，所以他们就给你们颜色看——其实，这个部落叫仗鼓部落，他们抬菩萨游神的老风俗，其实没有什么恶意，你根本不必惊恐，更不要上报 101 首长，你初来澧源剿匪，要更多地了解当地的民俗民风。"

段运飞红了脸，争辩说："这些部落太野蛮，又跳又舞，又唱又叫，个个像野人，还想缴我们的枪。"

颜文南说："缴解放军的枪——他们敢？我看你——是吓掉魂了！哎，下次遇事，多用脑子。"

喝了一口水，颜文南继续说："我们留守澧源，任务不轻。目前，据侦察，澧源县城周边情况紧急，土匪猖獗，民不聊生。现有四股土匪，势力较大，一股是大潮溪周野人，一股是马合乡郭大麻，一股下洞乡李癞子，再一股就是挖额古恶二佬。民谣这样说：'周野人，杀人开不得交，麻子（郭大麻）拐，癞子（李癞子）刁，挖额古（恶二佬）莫相交。'"

段运飞说："我听不懂山野民调。"

颜文南说："听不懂不要紧，但这些民谣是澧源人根据他们的习性编造出来的，有一定的参考价值。如周野人，杀人开不得交。据侦察兵报告周野人在大潮溪，占据有利地形，经常杀人放火，谁得罪他，就要遭到毁灭性打击！有一次他连杀了二十多名老人小孩，现在澧源县人一提起周野人，就吓得不敢讲话。"

段运飞说："政委，据我了解，目前，我们要对付的远不止这一些人，有国民党暂十二师,还有白鹤寨的神兵!"段运飞详细地将这些情况向颜文南作了介绍。

4 劫场

当澧源县剿匪大队的牌子挂起来时,澧源书院前响起了鞭炮声,许多群众都围着牌子看。一些乡绅摸着胡须说,共产党来了,国民党、抢犯、神兵尾巴长不了! 我们拥护共产党,跟着共产党走没错,你看解放军对老百姓很友善,不打人,不骂人,不抢不淫,一脸儿笑,不像那一群王八蛋,动不动就当抢犯!

段运飞当了剿匪大队长。他率领手下 150 名剿匪队员,驻扎在澧源书院边的木屋里。白天分班训练,练登山、浮水、爬树、格斗等本领,晚上上街巡逻,负责维护县城治安。

正当颜文南剿匪大队在训练时,县城周边出现了大事件。先是周野人与李癫子火拼,在一个叫潘家腊的寨子干仗,潘家腊寨子遭到土匪清洗,全寨 10 多人被杀,20 间房屋被烧。再是恶二佬深夜寻仇,趁王志超不在,组织流兵散勇再次血洗仗鼓寨,将王志超的五名族人抓住,全部杀害。最后是郭大麻与暂十二师接上了头,将曾经给解放军带过路的一位教书人的头颅砍掉,挂在马合乡街道的墙上,把赶场的人吓得半死。

这些情报传送到剿匪大队,已经黄昏了。剿匪大队门前又涌进了十几个衣衫破烂的穷苦人,他们是受害者家属,背着背篓,穿着草鞋,进门便跪倒在门口:"解放军,快给我们做主,快去剿匪啊!"段运飞和颜文南一一将他们扶起,劝道:"有话慢慢说! 一切由解放军给你们做主。"安排好受害者,颜文南与段运飞开始派剿匪大队开展大规模剿匪行动。

这群背背篓的是马合乡一带的农民,他们告诉段运飞,抢犯趁赶场,到马合乡抢劫,他们三五一群,用抓子炮作威胁,抢盐巴、布匹、粮食和女人,一些年轻姑娘怕土匪抢,赶场时就相互向脸蛋上涂黑锅灰……老百姓受苦受骂,敢怒不敢言,有个坐月子的媳妇,因为被抢走了粮食,全家人饿了三天,这媳妇一气之下上吊死了。

段运飞问:"这就是你们所说的劫场吗?"

背篓人说:"正是! 这些抢犯可凶狠啦,他们捉肥猪,将抓到的人当猪打,吊半边猪,整得人做鬼喊,真坏透顶了。"

段运飞说:"这些土匪都是什么人?"

背篓人说:"他们也兵也民,拿起抓子炮就是兵,打仗冲锋,杀人劫货,绑票放火,无恶不作。放下枪,就是百姓,种地栽秧,讨竖人家(老婆)喝酒,就是一般平头百姓。"

弄清土匪的身份后,段运飞一面派解放军小分队趁赶场日武装保卫墟场,一面派宣传队下乡作政治攻势。

段运飞亲自携9名战士化装成背篓客,到场上抓到12个劫场的后生,教育后,就放掉了他们,这件事在澧源引起了较大影响,一些土匪暂时偃旗息鼓,不敢轻易出动。墟场一时比往常平静了许多。

但当时剿匪的形势依然不容乐观:全县最大的地方武装是白鹤寨神兵,由绰号谷老苑把的人掌握。这股神兵,能文能武,能唱能跳,他们听从号令,纪律严明,打起仗来绝不含糊。这些神兵人多势众,驻扎在仗鼓山、仗鼓岭一带,指挥部设在白鹤寨。其他几股土匪如周野人、李癞子,正持枪相望,蠢蠢欲动,相互联手,对付解放军,但又钩心斗角,相互不信任,一有风吹草动,就化作鸟兽散,钻进大山沟趴壕。

鉴于剿匪形势的需要,颜文南决定向上级请示,成立澧源县人民政府,由贺氏族长贺文锦代理县长,主持县城管理等事宜,颜文南带队负责剿匪。

5 拜把子

深秋,澧源县山头上的枫树红了,是淡红淡红的那种。

段运飞下乡剿匪的消息传到马合乡。

郭大麻正在大山里的一栋老木房前练枪法。郭大麻枪法准,连开数枪,枪枪命中,把5粒用小麻绳拴住的包谷籽打得粉碎,几个土匪嘿嘿笑,拿一根热毛巾上前不停地为他擦汗。

郭大麻是一脸大麻的粗汉,戴一根白麻手巾,穿一件雕皮上衣。副官递上一碗浓茶说:"今天李癞子送20根汉阳棒和10个苗女,想与我们结盟共同对付解放军,消灭段运飞。"

郭大麻说:"好!枪和人我都收下!明天上午邀李癞子,到铁龙滩拜把子。"

第二天,马合乡河滩上响起一阵"呜呜呜"的海螺声,这是土匪集结的信号。李癞子率100多人枪应邀而至,到洞中拜访了郭大麻。两人见面寒暄一阵,就坐竹轿去铁龙滩拜把子。

"拜把子"是澧源县一带土匪称兄道弟结盟抱团的一种仪式。据说,拜过把子后，就是命换命的生死之交。为显示诚意，郭大麻亲手到河滩上，摔一条大牯牛。原想扳翻后一刀杀了，取牛头祭祀。没想到郭大麻清瘦无力，像个"鸦片客"，与牯牛交手，只拼几下就气喘不已，惹得许多戴白头巾的兵们哈哈大笑。郭大麻大骂："笑什么笑？老子是鸟不硬才亏了阳气！"

李癫子抱抱拳，说："看兄弟来一把！"上前就一个箭步，双手捋着两只牛角，顺手一摆，牛抵挡不住，长"哞"一声，倒在地上，呼呼喘着粗气。几个兵痞上前压住牛，郭大麻举刀砍下牛头，那血喷出老高。那牛四蹄乱动了一阵，就掉气了。众人狂喊："来事！来事（好）！"

牛头放在桌上，开始祭祀。烧香，磕拜一阵后，履行结拜礼俗，郭大麻当哥，李癫子岁小当弟。夜晚，两人喝得酩酊大醉。

段运飞带80多名剿匪队员，连夜出发，飞马赶到铁龙滩外围，天还未亮。段运飞命令副连长佘鹏带一部人马直扑铁龙滩，自己带队从岭岗上行走，包抄李癫子和郭大麻子。

佘鹏用抗日时"背死猪"的办法，摸掉了土匪的三名暗哨。

"背死猪"就是用绳子套在别人脖子上，背靠背将那人背起来，活活勒死，不发任何声响。随后，佘鹏化装成土匪巡视官，摸到了铁龙滩，却没有发现李癫子和郭大麻。正准备撤走。突然，对面河岸清一色的吊脚木楼亮了灯光，有人喊："解放军，你们上当了，老子摆好阵势，专等你们来送死！"接着就是一阵机枪声，两名战士不留神，当场牺牲。佘鹏也挂了彩，只好匍匐在沙滩上还击，段运飞率部从岭岗出击，双方夹击，土匪从吊脚木楼里撤出，沿河坎跑了。

原来，铁龙滩地处三峡谷交界的垭口，光堵两头，中间没堵，仍是白费。

段运飞第一次下乡剿匪，因地形不熟，又不懂当地语言，被土匪打了伏击，吃了败仗，牺牲了两名战士。气得段运飞揭下军帽，站在河滩上，大声叫骂："狗土匪，老子——操！"后面的话当然没有骂出来。

离铁龙滩不远的一块包谷地边，一个戴白头巾的汉子喘粗气，慌慌张张跑进一个石洞报告。郭大麻和李癫子正在洞中玩女人。郭大麻发出狰狞地笑，说："段运飞这小麻匹，想找死，老子专打他的腰杆子！"李癫子说："我就知道段运飞要来剿我！"郭大麻警惕地说："你难门（怎么）晓得？"李癫子悄悄说："老子在段运飞身边放得有条鱼！"郭大麻追说："鱼！什么鱼！"李癫子说："这条鱼，钻到段运飞肚子里去了！"郭大麻才明白："哦，原来就是内线！看来，人家说我郭大麻拐（敏捷），而你李癫子比我更拐，两拐合一就是刁。"

6 结仇

第二天,段运飞和佘鹏将两名牺牲的战士掩埋后。结伴到附近几个寨子走访,借此侦察一下寨中情况。

段运飞爬上一个叫高家山的寨子。

寨子里全是清一色的木质转角楼,男人们都戴白头巾,女人们则喜欢穿有白花边的裤子,说话都是一种腔调,叽叽喳喳,听不懂。段运飞又来到一户姓谷的堂屋,只见桌上放有一尊女木雕像,案前有香火。段运飞问老人为何要拜菩萨,谷姓老人告知段运飞,这不叫菩萨,叫本主,是他们谷姓中的一位善良贤惠的女祖宗,叫高氏婆婆。她男人是明朝大官,她不去京城享福,却在家伺候族人,聪慧善良,有恩于族,死后就被供为本主。段运飞是云南大理人,小时候常随大人们拜访本主,没想到千里之外的湖南澧源山寨也有拜本主习俗,这让段运飞很惊奇。这寨子和大理有某些联系?但远隔千里之外的大理风俗,又怎么会传到这里来?段运飞百思不解。

颜文南派侦察员捎信给段运飞。现各派土匪相互联手,剿匪大队决定先拿下白鹤寨,威逼土匪投降。段运飞连忙撤退,与颜文南在县城会合。

话说离狗爬崖不远的一座叫四望山的寺庙,几十个黑衣人摸进庙去。恶二佬坐在大椅子上,手下给他递了一碗茶,恶二佬一仰脖,咕咕咚咚倒下肚。

一个黑衣探子报告:"搞清楚了,帮王志超的是解放军段运飞,听说这桶生意(角色)不好对付,他当上了解放军剿匪大队大队长。目前专门在白鹤寨一带驻扎,我们要小心。"

恶二佬白了探子一眼,说:"都是夹起暖子跑路(有几下子)的猛汉,谁怕谁?老子恶二佬单来独往走江湖,靠的是义气,不像王志超和谷老兜把事做绝。"

手下人只知道恶二佬这个仗鼓杀手,就是因为常到仗鼓寨和白鹤寨抢女人,与两寨结下冤仇,被族长谷老兜把和王志超开除上族谱的资格。每每想到这件事,恶二佬就像有一块石板压在头上。一个男人,活在世上,生前不能将自己的名字写进族谱,死后就没有资格葬进祖坟,这算什么男人?恶二佬决定先除掉这两个族长。

但恶二佬非常清楚,杀王志超易,杀谷老兜把难。现在,王志超没杀成,一场好戏让解放军搅乱了,王志超和谷老兜把将联手对付他。"我应该趁他俩还没联盟前,将他们的名字一个个抹掉。"恶二佬恶狠狠发誓,他想立即纠集手下下山，给仇家颜色看看，但又害怕遇上解放军。手下人提醒他，何不按照出山行规，先到本主像面前卜卜卦，问问吉凶。恶二佬也有占卜的习惯，就说："逮，板上三卦看前程！"恶二佬步行到悬崖边的一座小寺庙，跪在本主像前，血祭本主时，他咬破手指，滴血碗中，端碗祭拜，然后连续抛了三卦，第一副是白虎卦，第二副仍是白虎卦，第三副还是白虎卦，气得恶二佬把竹卦抛下悬崖，自己骂自己："老子是什么狗命？三个凶？俗话讲：'白虎当堂坐，祸从天上落。'老子偏偏不信邪！"说完，将仗鼓膨地砸在桌上，牛吼到："下山，我不信，老子的铁仗鼓——斗不过谷老茕把的墨斗把？"

"逮啊！逮啊！"众人持枪大喊。

"仗鼓必胜！仗鼓必胜！"众人持枪大喊。

第二章　寨中劝降

7　游神

白鹤寨,系澧水环绕着的一个神秘山寨,寨口建在一个石台上,正对着澧水,澧水将白鹤寨紧紧抱住。仗鼓山,仗鼓寨,仗鼓峪三寨相连,而白鹤寨地处中间,与三寨遥相呼应。由于澧水的分割,白鹤寨成为一座天然屏障,进可从小道串连到大山外,退可驻守到山顶,像一座碉堡。寨中粮食、布匹、桐油等自产自销。许多排佬在寨口澧水滩前收集木料,扎制木排,走水路放至大庸、津市一带,水码头空前繁荣。寨中有一条街道,是著名的商业繁荣地带,叫双溪桥,许多商人都喜欢到此贩桐油、贩药材,买卖土货,墟场非常热闹。

转眼已到古历十月十五日,白鹤寨迎来了传统的"赶庙会节"。庙会上,背篓客、生意客熙熙攘攘。虽然场上物质匮乏,但人气较旺,毕竟是传统的节日,赶场就是人们生活中不可缺少的交际活动。

段运飞和颜文南乔装成收山货的商人,跟着许多背篓客去双溪桥赶场,趁机摸清白鹤寨情况。

段运飞买了一个背篓,又买了一把粑粑叶,装成赶场人的样子。两人默默地走在墟场上,两旁全是一些木质楼房,楼房下摆摊设点,穿戴各种服饰的人们在闲逛,市场上人多,粮食、食用油等物资比较缺乏。虽然热闹,但生意很萧条。"这就是澧源县的社情?"颜文南初来乍到,还以为澧源较富足,场上一走,才知道澧源还十分贫穷。

穿过市场,两人到了白鹤寨。

段运飞找了一个戴白头巾的持枪神兵聊天。

"兵哥哥,你一天站岗脚不软啊!"神兵甲不理睬段运飞。

段运飞又笑着试探:"兵哥哥你还没讲媳妇? 我有一个叔伯妹想嫁到白鹤寨,你看不看得起?"神兵甲终于听清了,感兴趣地说:"媳妇? 要! 要! 要! 到哪合儿(儿)?"段运飞见神兵甲上钩,心中窃喜,说:"那你说说今朝为何要站岗,还有这么多枪兵,三步一岗,五步一哨,吓死人!"神兵甲说:"你是外地客吧,真是木脑壳,今天是古历十月十五,白鹤寨赶会日。赶会要游神! 游神你懂不懂,就是抬本主、跳仗鼓。有大游神、小游神,热闹得很!"段运飞和颜文南终于弄清了今天是白鹤寨最热闹的日子——游神。而且游神还会有族长谷老苋把出现。两人决定先看看游神再去会谷老苋把。

段运飞两人挤进祠堂,只见祠堂里摆了五具本主神像,一个穿有太极图案戴五佛冠的人持铁铃哼哼唱唱。这人就是三元老司,主管祭祀的职业教士。

见段运飞一副虔诚的模样,一个抬轿者解释说:"这叫请神,意思叫本主神出来上庙会!"这时,三元教士晃动铁圈,发出吱昂吱昂的声响,边摇边唱:"一拜祖先来路远,二拜祖先劳百端,三拜祖先创业苦,苍山脚下有家园。"

段运飞对颜文南说:"怎么会提起我们云南大理的苍山?"

也许问得太突然了,颜文南一点心理准备也没有。颜文南想也没想,就信口说:"莫胡扯,这苍山绝对不是指大理的苍山!"两人随群众到街上赶会。

白鹤寨的游神会,果然了得。游神队伍异常庞大,呼啦啦一两里长,举牌的、甩鞭的、打喔喝的、跳舞的,应有尽有,一般初来寨的外人看不懂。其实游神习俗起源于明朝中期,是民家人纪念祖先的祭祀活动。游神队伍分三大块,第一大块是仪仗队,就是举牌挚旗举万民伞,旌旗猎猎,人马嘶叫,很有威风。特别是"九经堂""三槐堂""知音堂"的三块木牌,很醒目,这些牌子其实指"谷""王""钟"三姓人家。第二大块,即护神队,由族长、仗鼓师、三元老司主管。族长主管整个游神事宜。三元老司主管护神轿。仗鼓师负责指挥整个歌舞队表演。第三大块叫示威队,由仗鼓舞、九子鞭、蚌壳灯、龙灯、狮子灯、板凳舞的群众参加,遇到平地或别人家门口,就落下神像,载歌载舞,展示技艺。有人烧纸、放鞭炮,很热闹。段运飞看到护神队中有一个头帕上插锦鸡毛的老者,问别人,才知就是白鹤寨寨主、族长谷老苋把。

颜文南与段运飞从头至尾参加游神会,且离谷老苋把不远。

浩大的游神队伍,在美丽的村寨间穿行,惹得众人驻足观看。

谁也不会料到,在游到一个叫车垭峪悬崖壁前时,出事了。

当游神队伍进入垭塔时,车垭峪悬崖壁上出现一个人! 他,手执黄旗,不停地摇晃,这是一个攻击信号! 谷老苋把看了大惊,急忙呼喊:"拐哒,拐哒,今朝游神———熬糖(中埋伏)哒!"刚讲完,对面山上放一排冷枪,刚好把谷老苋把头上的锦鸡毛打断,接着又是一阵枪响,游神队伍被冲散,有人中枪倒地。

谷老苋把不愧为族长,训练有素,连忙喊:"趴倒,趴倒,虎儿,虎儿,快组织人攻下车垭峪。"一个胖青年立即应道:"爹,我上车垭峪,您回祠堂,守住寨口。"胖青年是谷老苋把的儿子,叫谷虎,是神兵龙旗长。谷虎立即组织一批神兵朝车垭峪发起攻击。

段运飞与颜文南借助田坎作掩护,始终离谷老苋把不远,想弄清是何人袭击白鹤寨,以便到关键时刻出手救谷老苋把。

一队黑衣骑兵从另一个峡谷杀出,为首者握一根铁仗鼓,他们骑黑马,很快与白鹤寨神兵混战在一块。黑衣骑兵持机枪扫射,神兵抵挡不住,撤到谷老苋把身边。持仗鼓的黑衣汉用仗鼓快速击倒多名神兵,很快窜至谷老苋把不远处,被一个大个子神兵头领截住,喝问道:"你莫装神弄鬼,恶二佬,老子是谷凤。"

黑衣汉哈哈大笑道:"谷凤?手下败将,我今天杀你爹,不怕死你来。"

谷凤笑道:"没那么容易吧,老子是仗鼓舞师,你使的仗鼓还是老子教的。"黑衣汉投出仗鼓杀器,如离弦之箭,阴森可怕。谷凤也抛出仗鼓迎击,两根仗鼓嘭一声撞在一块,将旁边的一处岩墙打垮。两人徒手搏斗。其他黑衣人开始袭击,谷老苋把指挥神兵迎战,双方杀得难分难解。

段运飞和颜文南在关键时刻帮了谷老苋把一把。两人在暗处,一枪一个,将黑衣人打得七零八落。谷凤抛飞镖刺伤恶二佬,恶二佬一个飞脚踹翻谷凤,拾起铁仗鼓趁势扑向茅草笼中逃掉。

黑衣人被打散后,谷老苋把惊愕不已,颜文南与段运飞上前抱拳说:"请谷老爷留步!我们是中国人民解放军,有事与您相商!"谷老苋把说:"刚才是你们帮我打土匪?"颜文南说:"正是,我们来贵寨看游神,遇到土匪骚乱就借机帮忙。"谷老苋把老说:"早就听说解放军纪律严明,身手不错,很逗百姓喜欢,今日一见,果然如此!幸会,幸会!"

8 说客

白鹤寨,颜文南与段运飞受到了谷老苋把的热情款待。

颜文南得知,谷老苋把名叫谷兆海,饱读诗书,满腹学问,有二儿一女,大儿叫谷虎,是神兵龙旗长,小儿谷凤,是神兵凤旗长,女儿叫谷金桃,刚从桃源师范毕业。

谷虎拿下车垭峪时,天快黑了。恶二佬的黑衣人被打跑后,谷虎从山上撤下,正好遇上仗鼓山的王志超。

"这不是志超叔?"谷虎惊喜地喊。

看到谷虎,王志超也十分惊喜地说:"哎呀,这不是虎侄?"谷虎将恶二佬寻仇之事向王志超说了。王志超说:"这个恶二佬,遭天杀的,上次偷袭我们寨,这次又劫白鹤寨,真是个歹毒的家伙。"

在白鹤寨议事堂,颜文南与谷老兜把正面接触,说明来意后,劝谷老兜把率部归降。

"率部归降?"谷老兜把嘴角露出浅浅的一笑,显然,他没一点思想准备。

谷老兜把流露鄙视的目光,冷冷地说:"原来你俩是来做说客的? 我们神兵是民家寨子的武装,绝不受政府约束! 老子江湖行走数十年,卵子脱灰就与人打交道,从来还没一个人敢叫老子投降!"

许多神兵立即拿起枪,包围了颜文南与段运飞。段运飞刚想动手,就被轻功极高的神兵扑上去缴了枪,颜文南的枪也被谷风夺去。

"关起来!"谷兆海命令神兵,将颜文南两人捆着,押进寨中的因牢。颜文南边挣扎边大喊:"谷兆海,你与解放军为敌,你要考虑后果!"

谷虎带着王志超回到白鹤寨议事堂。王志超对谷老兜把说:"目前情况紧急,解放军已逼近山寨,是降是跑,赶快定夺!"谷兆海说:"叫老子投降,老子偏不降,老子的神兵怕过谁了?"王志超说:"怕是不怕,就是怕那几股土匪联合起来,与暂十二师一道夹击我们,我们打不赢怎么办?"

谷虎一直仇视解放军。见抓到了解放军剿匪大队长和政委,十分高兴,提议说:"现在几股土匪都想铲除段运飞一伙,消灭解放军,我看不如杀掉这两个家伙,也好证明我们不与解放军为伍,决不投降的信念。"

谷老兜把狠狠白了谷虎一眼,带着怒火埋怨说:"虎儿,你只晓得杀! 杀! 杀! 这解放军是你想杀就杀的? 现在,共产党大军压境,连蒋介石都被解放军赶到台湾去了,若杀了他们,解放军来清剿,我们死无葬身之地,白鹤寨将毁于一旦,我们对得起列祖列宗?"

遭到呵斥,谷虎心怀不满,气咻咻地闪进内屋去了。

9 发八字

佘鹏在仗鼓山一带侦察,探知颜文南和段运飞身困白鹤寨,急得来回不停地在一个废墟里走。30多名队员都心事重重,部队连头脑人物被囚在白鹤寨,生死未卜,佘鹏决定冒死去白鹤寨救人。

佘鹏想利用仗鼓山人到白鹤寨发八字机会,混入白鹤寨。

佘鹏的化装技术属一流。他从市场买了背篓、打杵等物件,装扮成赶场的人,站在一条牛屎路边,等候发八字的队伍。谷姓发八字的队伍刚出头,佘鹏就热热打招呼说,我们要去白鹤寨赶场,但白鹤寨不许生人进寨,请给个方便。发八字的督官姓谷,手一挥说:"自古雷公不打赶场人,天底下什么寨子我没去过?白鹤寨有什么了不起,老子的侄儿就要娶白鹤寨的姑娘,你们随我进寨,出麻烦我顶着。"

队伍刚进白鹤寨槽门,十多个神兵持枪挡住。谷姓督官高吼:"神兵?让道!我们进寨认亲,今天来发八字,莫冲喜气。"神兵不许,双方闹起来。哨兵慌忙报告谷凤,谷凤骑马赶到槽门口,看了看大糍粑,又看了看谷督官,就发给每人一根红绸带,众人系在右臂上作为进寨的标识。佘鹏趁机和弟兄们溜进了寨子。

白鹤寨果然防守严密。每一条巷道都有神兵巡逻,还要对口令。佘鹏等谷督官进了发八字的那家木楼屋,找了个借口,带10多名侦察兵跃入树林。佘鹏知道,他们救段运飞最多只有两个时辰,若不到发八字家里去会餐,必引起神兵怀疑,身份暴露,整个计划将落空。

佘鹏施展调虎离山计。他派人悄悄放了一把火,烧掉一栋破破烂烂的牲口房,吸引神兵主力去救火。然后兵分两路:一路直扑谷老兜把家,监视神兵;一路直扑囚牢,解救颜文南与段运飞。

颜文南与段运飞被关在一座小牢房中。

傍晚时分,两人背靠背坐在一块,都觉得倒霉极了。原以为谷老兜把深明大义,又读书颇多,必定会接受劝降,不料反被老兜把算计,两人身陷囹圄。两人正悄悄谈话,一个姑娘模样的人走来,对段运飞说:"解放军叔叔,你们受苦了,我放你们走!"段运飞警惕地对姑娘说:"你是谁?为什么放我们走?"姑娘说:"我是谷金桃,是谷兆海的女儿,刚毕业回家,听说我爹做不义之事,囚禁了你们,我今天放你们走。"说完就用钥匙打开了牢门。

"是你！小桃！我是段运飞啊！"

谷金桃也认出了段运飞，立即上前握手说："啊！运飞！没想到会在牢房里相见！"

"上次我们在桃源相见，是我救了你啊！"

"是啊，不是你，我就没命了！"谷金桃清楚记得，那年，谷金桃暑假去襄阳看望一个同学，路上遇到一只猛虎，眼看金桃就要遭到灭顶之灾，一个后生出现，与老虎搏斗，最后用匕首杀死老虎，救了金桃，这个后生就是段运飞。为了报救命之恩，金桃还将一个绣花荷包送给段运飞。段运飞没想到化装来白鹤寨侦察敌情，在牢房里遇上了金桃。

颜文南催促说："金桃，长话短说，时间紧迫，你快带我们离开这里！"

"哈哈，你们走不了！老子送你们上西天！"随着一声嚎叫，一个戴白头巾男人出现了，颜文南一看，是谷虎。谷金桃见谷虎在掏枪，大喊："哥，你干吗！这两个人杀不得！"

"杀不得？杀哒把老子横看一下。"说着就拖枪射击。谷金桃见事危急，扑向谷虎，啪一枪，枪打偏了，打在石墙上。

段运飞上前缴了谷虎的枪，一脚踹翻谷虎，对谷金桃说："桃妹，后会有期。"就和颜文南逃出囚房，正好与佘鹏的侦察兵遇上，双方合在一起，朝山下跑！

"有人劫寨喽！"谷虎高喊着，许多神兵敲打铜锣，边走边喊，立即有许多神兵控制住巷道。各个路口也布满了兵丁。

颜文南的剿匪队被困在一个大岩包边，神兵利用有利地形射击。双方僵持着，剿匪队员是神枪手，专打神兵的手和脚，神兵半天不敢抬头。眼看天就黑了，神兵立即点燃一堆堆篝火，照亮颜文南藏身处。神兵还架了几挺机枪，打得段运飞抬不起头。段运飞急了，投一颗手榴弹，炸哑了一挺机枪。

"段运飞，快到这边来！"黑暗中，金桃出现，她猫身爬到段运飞旁说："快，快钻草笼里去——草笼那里有一个地道，专通寨外，是我爹的藏身通道！"段运飞和战士们往一个岩坎旁跑，迅速掀翻一大堆草垛，立即露出一个黑洞，战士们纷纷跳入洞中，金桃随即用稻草将洞掩盖好，消失在茫茫夜色中。

金桃满身疲惫地踏进堂房，听到一个丫鬟说："寨中又来了一个客人，好像是国民党的一个大官，不知道干什么来的。"金桃没好气地说："肯定又是为爹的神兵而来，我爹的神兵如今是香饽饽了，国民党、共产党、土匪、特务各路人马都想吃。"

"吃掉了还算好呢，不像有些人，吃里扒外，搂起肚亮皮给别人看（指貌合神离）。"谷虎阴着脸踏进屋,阴腔怪调讥讽妹妹金桃。

金桃脸色铁青,她历来看不惯谷虎的狡诈和虚伪,接过话茬狠狠讥讽说:"不像有些人顶起满脑壳屎——不知道屎臭。"金桃话里是说,你没当龙旗长时,曾到国民党里受过训。但金桃只知道谷虎与国民党有牵连,但她不知道谷虎就是一名藏在父亲兵营的中统特务。

对于段运飞剿匪大队在神兵眼皮下消失,谷老蔸把心里明白,是寨中出了内鬼,而这个内鬼,一定是女儿谷金桃。而金桃也猜中了父亲的心事,处处提防着。

第二天早晨,金桃给父亲敬茶,试探说:"爹,我们得罪解放军,恐怕以后日子难熬!不如早作打算。"谷兆海说:"解放军也有错,他们不该逼我投降,我谷家祖祖辈辈绝没有投降的种,宁愿站着死,也不跪着生,再说我苦心经营了几十年的神兵,也不是吃素的,谁敢打我神兵的主意,定叫他乱箭穿心。"

谷金桃不愿再待在家中,她看不惯哥哥谷虎盛气凌人的模样,甚至看不惯他在父亲面前阳奉阴违的德行,尽管二哥谷凤婉言相留,金桃去意已定。应邻寨族长钟猛邀请,金桃上水井峪教书。她收拾行李,为了护身,她还带了一把精致的勃朗宁手枪。

10 开祠堂门

不料,金桃的小手枪惹了祸!还惹出人命来了!

那天,金桃去水井峪家访,出门时又下起小雨。金桃拿了雨伞,背上黄色布包包,竟忘了带上小手枪——将心爱之物遗留在床上枕头下留下了祸根。

金桃班上,有一个叫二赖的娃,很顽皮,想找金桃借钱买发粑粑吃。他哼着歌谣蹦到金桃住所,见锁了门,就从木板房空隙间爬进去——他本来不想当梁上君子,一想金桃老师穿戴阔绰,是贫苦娃羡慕的富小姐,突然涌出一种偷偷进屋看看的好奇。这一好奇,就看中了枕头下藏着的——那把精致的小手枪。

二赖曾见过小手枪,是寨上恶三挎的那把,黑黑的,冷冷的,装子弹要转动的。二赖当然不知道那叫左轮手枪,就是这把左轮手枪让二赖胆战心惊。

二赖10岁,和疤面弟、母亲三人相依为命,住在山寨一栋破卵石房中。二赖爹在疤面弟出生那年,用"抓子炮"杀死了寨上土豪恶三的父亲,被官府抓走,砍了脑袋。偏偏二赖妈长像标致,寨上一些不三不四的人都打主意,全被二赖妈骂跑了。终于有一天,恶三用手枪顶着二赖妈的胸口,嚎叫:"不让我过瘾,就一枪崩了你,再崩(你的)两个小杂种!"二赖妈当初反抗,僵持一阵后,恶三"嘭"一声开了枪,声音贼大,木门板被打穿一个破洞,把二赖两兄弟吓得尿了裤裆。二赖妈怕出事,战战兢兢注视着恶三,最终被恶三剥光衣裤,逼上床做了那事。完事后,恶三提了提裤裆,又一次挥枪嚎叫:"你男人杀我老子,老子戳他婆娘!"从此,恶三持枪就来找二赖妈干那些风流事,且从不回避二赖兄弟俩。

有一回天刚煞黑,二赖兄弟俩刚躺下,就听到对面床上发出地动山摇的晃动声,二赖知道又是恶三在欺负妈妈。出于好奇,疤面弟坐了起来,趁着月色朦胧,试图看清恶三的面孔。喘息的恶三突然从母亲洁白的身子上跳下,朝疤面弟迎面一巴掌,打得疤面弟"扑通"一声倒在床上,再也不敢偷看。事后,二赖怪弟弟多事,悄悄用教训的口气说:"打得好!打得好!睡到又不是看不到?"这些话被无赖恶三传了出去,二赖在同伴面前从此再也找不回尊严。

二赖想偷恶三的枪,杀死恶三。二赖曾趁他与母亲苟合时,拿到了那把枪,悄悄瞄准恶三的脑袋,扣动扳机,可没有成功,原来枪里没有子弹,狡猾的恶三早就防着呢。也许受了觉察,恶三每次来二赖家,都不带枪。

晚上,二赖找母亲评理,为什么不赶开恶三,为什么留恶三过夜?为什么阻止兄弟俩诛杀恶三?母亲哭了,几乎号啕大哭:"你俩兄弟都没长大啊,我们能逃出恶三的手掌心?恶三家是世世代代的大地主、大土豪,连县太爷也不敢惹,我们孤儿寡母,能奈何他?"

金桃家访回来,刚走到板栗树边,只听到一个村民喊:"不好啦,寨上杀人啦,恶三被鼻涕娃二赖两炮揣(枪杀)哒!"金桃来不及细想,慌忙赶去看热闹。

杀人现场在离学校不远的一块红薯地旁。恶三头部爆裂,血肉模糊,扑倒在地。枪是从背后开的,恶三没半点觉察,要不然也不会一枪毙命。躲在包谷林中的二赖,随即被恶三的兵丁抓住,兵们不敢当场杀死二赖,因为这是族内的事,要打开祠堂门,让族长定夺。兵们一边飞跑向族长报告,一边给二赖上紧了索子。二赖没有一点反抗的意思,嘴里喊:"杀得好,杀得好,老子给爹报仇了。"看来,二赖恨恶三,已是咬牙切齿。

"那枪是谁提供的?"金桃突然想起自己房子里的那把勃朗宁手枪。

"就是这把枪,上面有认不到的字迹,好像是一把外国货。"一个挎短枪的兵丁将手枪高高举起,人证、物证俱齐,二赖必死无疑。

金桃心里一阵紧一阵,她暗暗祈祷:"老天,但愿不是我的枪。"因为她知道,自己那把枪是从苏联托人带回来,如果真是自己的枪惹祸,必将祸及一个10岁的男孩,一个10岁不懂事的男孩,即将受到家法的严厉惩治。

果不然，第二天清早，"开祠堂门喽！""审杀人案子喽！"人们奔走相告。一会儿，老祠堂门前，一下子围上许多人。有许多老者是打着火把，走百十里山路赶来的。开祠堂门，虽是落后严酷的封建礼俗，却能吸引一大部分固执者，稀里糊涂地为此事忙活着。

随着"吱呀"一声，祠堂里那两扇沉重的老木门被打开，一丝阳光照射进来，一股霉气散发出来，众人一窝蜂挤了进去，朝三座本主像下跪朝拜，人人一脸虔诚。

族长钟猛戴着一条白头巾，头巾正中插着一匹锦鸡毛，这是总族长的标志。然后按照祖上规矩，开祠堂门处理这个离奇的刑事案。恶三的家人请来 20 多个山寨的大小族长，共同审讯二赖。其实，这类烈性案子，一旦开祠堂门，审讯只是一道程序，结果就是将肇事者剥皮处死。这是开祠堂门最严厉的处罚。

金桃跑回住所，证实二赖杀人的枪，就是自己失窃的那把。金桃很后悔，没有管理好枪支，护身没护着，枪却杀了人，倒霉！可不能眼睁睁看着一个孩子被家法处死啊！金桃很快找到了二赖妈，告诉这个苦命女人，要救活他的儿子，必须找解放军！听说段运飞的侦察兵住在水井峪附近，二赖妈给金桃磕了三个头，并迅速消失在羊肠小道上。

金桃慌忙赶回祠堂。族长钟猛宣读了一份长长的文书，相当于法院的一纸判决书。意思是说，二赖偷枪杀人，罪恶极大，为维护寨中秩序，今判处二赖死刑，剥皮谢罪！宣读完毕，许多寨民都像吃醉的样子，嚎叫："杀杀杀！一个小马匹，拖枪杀人，以后长大了还杀族长？"一个戴礼帽的师爷提醒族长说："好像解放军就在附近，他们一来，就杀不成了。"有人问为什么。师爷说："现在快要解放了，老蒋都跑到台湾去了，天下马上要姓共了，共产党讲究人人平等，不许私设刑堂，他们若来干涉，你还敢杀人？"

金桃趁机向寨民做演说，演说的均是新鲜话题，效果还不错，至少让钟猛在关键时候，不愿得罪解放军，迟迟没有下达执行死刑的命令。到了中午，恶三的兵丁们开始闹事，他们凶狠地围着五花大捆的二赖起吼，一个家伙还偷偷拔出匕首，溜到二赖面前，扬手并刺，说时迟，那时快，金桃扑过去抓住那人的手，高喊："不许杀人！"又有几个恶三的兵丁冲上来，他们企图趁乱杀掉小二赖。

"砰！"枪响了。

一队解放军战士闯进祠堂，让整个祠堂里的人都惊恐起来。

"不要怕，我们是解放军，我们不会伤害你们。"段运飞用普通话做宣传，金桃看见段运飞跑过来，眼里流下泪，小二赖有救了。

"是解放军救了二赖！"二赖妈站在运飞旁，满脸是血，脸上挂着一丝欣慰。

为了在最短时间里找到解放军，二赖妈发狂地奔走，翻过四座山，摔断四颗牙，跌破膝盖骨。她的努力，终于换回了儿子的平安。

会场上，几名战士持枪警戒着，恶三的兵丁们被"请"出祠堂。段运飞与钟猛坐在板凳上，共同审讯二赖的案子。经过讨论，双方迅即交换了意见。最后由钟猛代表钟氏家族宣布三条意见。第一，二赖年幼，是初犯，恶三长期霸占民家妇女，且多次蹂躏二赖妈，死有余辜。免除二赖死刑！将二赖交给解放军处置。第二，族人一律不准私自闯入民宅，强奸妇女，谁敢违犯，捆送县政府判刑。第三，解放军已来寨中做主，今后开祠堂门的规矩从今天废除，一切案子均上交政府处理！

两个战士解开二赖身上的索子，押送到县大队。经过教育，二赖接受了县政府的处理，赶到担架队报到，当担架员。这都是为保护二赖出发的。后来二赖当了解放军，转业到常德，还担任某区区长。

段运飞和金桃第三次见面。

金桃特意煮了一锅红薯。吃完后，两人相邀至河边洗衣。

段运飞看到河对岸的山很奇特，那山有800多米高，造型独特，酷似女性阴门。段运飞好奇地问："是什么山？为何长得此等模样？"金桃红着脸说："它叫阴门山，有两个石洞，洞中有一股清泉，但一般不随便流出，遇到天旱，需要用水，就请寨中男人到洞中吼叫。男人吼叫，都讲骚话，吼得越丑，水出得越多，流得越爽快……这叫……男人出力，女人（洞）出水，都说这阴门山贱。"

"我们大理也有座女阴山，比阴门山还像，后来有人干脆在上面建了一座庙，叫送子观音庙，许多女人去朝拜，把石板都踩低了许多。朝拜后的女人，下山就拼命找汉日夜战斗，想的就是如何把自己的肚子搞大……我们大理语叫'阿盛白'就是生殖女神！难道你们这里时兴生殖崇拜？"段运飞问。

"你以为什么东西都只有大理才有？隔壁寨子跳茅古斯舞，其实就是搞生殖崇拜，男人脱得光溜溜的，披上茅草当衣穿，胯巴下面吊一根粗木棒，像生殖器，女人也裸裸的，靠稻草遮羞，男男女女围着篝火堆，唱啊、跳啊、搂搂抱抱，还模仿农人打猎、播种、栽秧等动作，像原始人一样，过部落生活，这不是世界上最丑陋的舞蹈吗？这不是世界上最原始的生殖崇拜吗？"金桃用舌头舔一下嘴唇，看着段运飞解说着。

"月黑风高，男男女女身上的茅草——要是被（火）烧掉了？"段运飞笑问另一个话题。

"你一个大男人,却问一些与剿匪无关的话题,羞不羞?"金桃羞涩地笑了。

"这东西——爱惹祸!"段运飞说完,猫一下腰,拿着金桃递过来的洗衣棒,使劲捣衣。

金桃知晓运飞思想抛了锚,她想让运飞清醒清醒。"下去吧——你!"金桃突然向前一推,运飞猝不及防,"哎哟"一声,跌落水中。裤子全湿了,冷得有些抖。金桃开怀大笑。运飞回头一望,觉得金桃漂亮极了,简直就是一颗色香味俱佳的樱桃!一辈子都想啃的鲜樱桃!

运飞想摘桃吃,不停地给金桃脸上浇水,金桃也想送桃给运飞吃,不停地给运飞浇水……欢歌笑语一时间撒满河谷。不远处,一对鸳鸯快活地嬉闹着……这精彩画面,朦胧又美丽。

上岸,运飞将收缴到的勃朗宁手枪送给金桃。金桃惊喜地捧在手心,这个失而复得的宝贝太珍贵了,以至于交接时金桃的手都有些微微颤动,但金桃很快抑制住了这种情绪的发泄,只静静注视恋人,打趣地问:"解放军——(你)私自处理公物,不怕犯纪律?"

运飞爽朗大笑:"是钟族长乐意送我,我又乐意送你,奖你一支枪,多杀几个土匪,犯啥纪律?"

11　委任状

谷金桃没想到,在自己外出当老师的第二天,白鹤寨戒备森严,连一只鸟想飞进去都很困难。原来谷老苋把约好了与一个神秘人物谈判。

一队队神兵杀气腾腾,持枪守候在各条小路上。

谷老苋把陪一个穿长袍的大汉来到白鹤井喝水。

这时,一对白鹤从两人头顶飞过,很招人怜爱。

谷老苋把高兴地说:"白鹤是我们民家人的吉祥物,有民歌唱道'白鹤起翅腿儿长,一翅飞到田埂上,有枪的儿郎莫打我,只吃螺蛳不吃秧。"

大汉满脸堆笑:"你们白鹤寨真是名不虚传,山清水秀,万物空灵,果然是块风水宝地啊。"

谷老苋把用手舀了一捧井水介绍说:"继富侄,这是我谷家祖上留下来的一口井,叫白鹤井,又名双鹤井,据说是我祖谷永亲自修建,深一米五,长一米五,宽一米,共挖了七七四十九天。挖井时据说有两只白鹤参与,它们用嘴叼去井中的泥石,一点一点啄洞,最后两只仙鹤吐血而亡,谷永隆重葬掉双鹤,取名双鹤井。谷永挖井后，投笔从戎去朱元璋摩下当先锋官，战绩辉煌。后被明朝封为昭武将军，死后世袭三代，葬于莲花台寨观音坐莲处。"

大汉叫佘继富，接过话说："谷永后被提拔为中指挥使，就是锦衣卫的头脑人物。你们谷家在委座身边当大官，有谷氏三兄弟。"

谷老蔸把自豪地说："就是宪兵司令谷正伦、谷正纲、谷正鼎兄弟三人，他们是蒋总统的红人，现在可能去台湾了。"

"将门虎子，你们谷家可算人才辈出啊！"

"哪里哪里，人才辈出算不上，但谷家人口多倒是事实，据统计，我们谷姓人家现在澧源一带就有五六万人，哈哈！"

佘继富说："谷家人气兴旺，族脉繁茂，可喜可贺！听说你们祖先葬在黄狗恋窝的脉土上，是真的吗？"

"其实，我祖下葬的地方叫蛤蟆吐泡！当时有讹传说'一对白鹤飞上天，只出秀才不出官'富侄，你看呢？"谷老蔸把想讨口气说。

"哪里哪里，你们谷家真是'既出秀才又出官'，是澧源的名门望族！我记得小时候我们民家寨有句俗语'白鹤展翅惊飞鸟，秀才和官满山跑'民家寨出人才啊！"佘继富嘿嘿笑道："你们谷家里跑出来的角色，一个字：髦！"

两人哈哈大笑。

特务佘继富是澧源民家寨人，曾担任澧源县国民党党部书记。有一年清明节后，佘继富到长沙向省府汇报，就民家寨建武装民团的事，找代省长何应钦要钱。好不容易刚迈进何省长办公室，没想到何应钦面带怒色，站在电话前，板着脸训斥手下。原来何省长为前几天给他母亲扫墓一事愤愤不平。事情其实很简单，何省长为母扫墓，原官方指令标题为《何省长昨日去岳麓山扫其母之墓》，可见报时被某记者改了标题，变成《何省长昨日去岳麓山扫他妈的墓》，而佘继富也倒霉透顶，偏偏在公文包中取材料时，不小心将这张刊登何省长扫墓丑闻的报纸，连同材料一起交给了何省长，且这张报纸还放在最前面，何省长认为佘继富故意戏弄他，就把那一登材料狠狠地甩过去，臭骂了佘继富一顿，两人因此闹翻脸。省长得罪得起？可怜的澧源县党部书记佘继富，最后被何应钦赶下了台，佘继富流落在县域，闲时研究地方民俗。陈高南当上暂十二师师长后，佘继富投靠了过去，捞了一个小官职。

谷老蔸把以前认识佘继富，还请落魄的他吃了几顿饭，从此两人有些交往。谷老蔸把大佘继富20岁，两人从此以叔侄相称。

中午，为迎合佘继富的爱好，谷老蔸把还专门叫谷凤组织神兵表演了仗鼓舞、九子鞭、蚌壳灯、舞龙、板凳舞，等等，还请民间艺人打围鼓、对歌、玩莲花闹、打花棍。石板塔上，佘继富吃着烤糍粑，兴奋地说："你们白鹤寨乃世外桃源，不是土司世袭，也不是苗蛮后裔，到底是什么来历啊。"

谷老兜把对自己的族源也是模棱两可。他曾组织人反复研究，都没统一说法。只解释说："白鹤寨就是民家人的寨！我想我们祖先应该是从很遥远的大理搬迁而来，有我们自己的一些风俗习惯，有我们自己的语言特色。书上说，澧源县有五种人，军、民、客、土、苗。军，就是屯军，是外来的军人。民，就是当地民家人。客，就是指汉人。土，就是土著人。苗，就是苗人。我们就是五种人中的'民'呀。"

夜晚，谷兆海请吃夜宵，佘继富从皮包里面拿出一张委任状，满脸堆笑地说："老兜把，今天我专程来办此事，受暂十二师师长陈高南之命，特委任您为国民党暂十二师第七团团长。"

"这……"谷兆海心中一惊，心想该来的都来了：黑衣人恶二佬寻仇，解放军颜文南部劝降，国民党暂十二师拉拢委任团长之职，几天之内，变革太多，他觉得一时难以接受。谷兆海显出受宠若惊的样子，说："感谢暂十二师看得上我们，只是这入伙当团长一事，我还要与儿子们及神兵头目商议一番。"佘继富说："商议什么，你是寨主、族长，一言九鼎，谁还不服从你！你签个字吧，我好回去复命。"

当然，谷兆海最终没有在委任书上签名，他借口取毛笔，就称身体不适，不再见佘继富。佘继富自知谷兆海举棋不定，害怕夜长梦多，连夜与随从抄小路离开白鹤寨。

谷虎自从枪口下逃掉了解放军首领，认为是妹妹与解放军私通，他到处打听妹妹金桃的下落。同时，也在探视段运飞踪迹。

一日，谷虎在一座土地庙前找到父亲，掷地有声地说："爹，现在识时务者为俊杰，国军暂十二师人多势众，又有蒋总统支持，他们马上就要打回来了，澧源的天下不姓共，还姓蒋！那天，佘继富给你委任状，当团长后，你儿子们也可捞个营长干干，总比这穷山沟趴壕当缩头乌龟要好！"谷兆海不喜欢儿子吹捧国民党，挖苦他说："人在世，不要有奶就是娘，我们民家人生来有骨气，宁愿站着死，不愿跪着生！"遭到父亲一顿抢白，谷虎有火没处发，抬脚将一只宠物猫踢得哇哇大喊，说："总有一天，老子要出头！"

下午，白师爷送给谷兆海一张澧源县政府的通牒书。谷兆海仔细看通牒书。上面写：

告神兵书

神兵同胞们：

> 你们——刀枪不入——是假。
>
> 你们——被逼为匪——是真。
>
> 你们——顽抗到底——会死。
>
> 你们——放下屠刀——必活。

落款是澧源工委会。

时间是 1949 年 11 月 25 日。

谷兆海坐在木椅上，闭目养神，不时地理了理白发，叹了口气说："现在，我是在三个地雷上跳舞，国民党、共产党、土匪，哪个地雷我都不能踩破！"

12　打汤喝

金桃从水井峪教了个把月书后，又应聘去仗鼓峪一家姓刘的大户家当私塾老师。

金桃有文化，人又长得漂亮，在仗鼓峪一带小有名气。金桃教书有一套，她教的儿歌《虫虫飞》很有味道："板板唷儿，虫虫飞，一飞飞到嘎嘎屋，嘎嘎不吃肉，虫虫不回头，嘎嘎推豆腐，虫虫接舅舅，嘎嘎找斤酒，酒中旁尿臭……"金桃在休息之余，喜欢搜集家乡寨子里的民俗。诸如对山歌、修八字槽门、筛蛋茶，等等。她都能细致观察，并用心记录，掌握一手材料。

段运飞和佘鹏的侦察队打了几个胜仗，先后击溃郭大麻、李癫子等人的部队，又将恶二佬的左腿打伤，很大程度地震慑了澧源土匪的武装力量。

段运飞到了仗鼓峪，第一件事就是去见久别的恋人谷金桃，培养金桃成为解放军的一名地下战士。

那天，段运飞穿着便衣，让两个侦察员到岩壳里歇息，自己单独和金桃见面。

两人在一个叫仙人溪的地方会面。两人沿着山寨沟谷边走边谈。

旁边溪水潺潺，叫春鸟在啼叫，看来，春天要来了。金桃答应成为解放军隐蔽战线的联络员，直接为段运飞和颜文南送情报。随后她深情地看着恋人，说："运飞哥，你天天在山里打土匪，留下我一人担惊受怕，怪想你的，你要来天天看我。"段运飞觉得金桃有些天真，我是名解放军指战员，天天杀敌剿土匪，军情紧急，哪能天天谈情说爱？

段运飞转换话题，说："金桃，有件事我想说，你看怪不怪？"

"什么怪不怪？"

"我来澧源剿匪几个月，跑遍了四山八寨，总觉得这里民家佬的生活习惯与我们大理人的习惯有些雷同，真怪。"

"你举例说说。"

"你看这里的住房，虽全是木楼，但楼上要挂字画栋雕梁，八字槽门处写堂号，且面对东方，好像我们大理的照壁哩！再说，这些祠堂都兴摆本主像，本主像只有我们云南大理才兴的，况且有游神节，一寨一游神，游本主却各不相同，本主有的是英雄，有的是树木和石头，与我们大理一模一样。还有这服饰，你看他们都喜欢戴白巾帽，穿白汗衣，女儿爱花边裤，爱白色服装不是崇白习俗是什么？"

"运飞哥，你说的都对，可我们祖先已在澧源居住几百上千年，与你们大理有何关系？难道是你们大理人跑到这里来了吗？"

"对啊！是有大理人从前来过你们澧源啊。"

"你说说。"

段运飞告诉金桃一件奇事，是听颜文南政委说的。

那是抗日战争初期，国民党一个军需官来到澧源县的一个闭塞的山寨采购军需物资，这个军需官叫杨育佑，是大理上关人。一天，他押着一队骡马到寨子前问路，遇见一个老者，他喊："老家司（指老人家），问会儿我们饿了，能否进寨搞点吃的？"那老者看了看说："你到我灶锅边喝口汤！"杨育佑大惊，这老者讲的口语"到灶锅边喝汤"与大理语言"你进屋吃饭"十分雷同，就随老者进屋。老者用寨语同他交流近两个小时，大部分他都听得懂，杨育佑问老者："你祖上是不是从云南搬来的呀？"老者说："逮不明白，反正我们老司公唱本主词有'我们祖先来路远，苍山脚下有家园'，我们不敢肯定祖先来自大理，有些谱书说祖先来自河南、江西，目前无定论。"杨育佑感觉到他自己与老者有着一份骨肉亲情，到底是共一个祖先，还是共一个族别。因为军务在身，杨育佑给老者送了一把缴获的日本战刀当礼物。老者也给杨育佑送了一个药王本主雕像。后来杨育佑告诉国民党驻军，不要随便骚扰这些祖先来路不明的民家寨子。后来，杨育佑再也没有到过这些寨子。

金桃说："这个故事不是编的，是真的，你说的那位老者就是我爸爸，我爸爸那时是神兵头目，杨军需官赠送的那把刀仍挂在我父亲的床上！"

段运飞说："天！这么巧，有机会一定去看看那把刀！"

　　金桃说:"嘻嘻,这样一说,我们寨子与你们大理蛮有情缘啰,比方说,祖先,比方说,我爸爸与杨军需官,比方说,我与你,嘻嘻!"

　　两人继续沿着溪河散步。溪边,草木青翠,怪石嶙峋,一根根石柱傲然挺拔。雾,一上来,山若隐若现,人若隐若现,处在此景中,人赛活神仙。

　　段运飞从口袋中取出一些花生、糖块,放在一块大青石板上。金桃从附近山坡中拾得一些紫红色的土枇杷果,又从河里舀了一缸泉水,两人坐着边吃边聊。一种催春的鸟咕咕咕咕地叫唤,四周树木葱茏,溪水流淌,景色宜人。谷金桃感到和恋人段运飞在一块儿,是一种幸福,是一种愉悦,更是一种无比的浪漫。她突然想到了李煜的词作《浣溪沙》,她说:"运飞,我俩的日子,是不是有点奢侈?"

　　段运飞浅浅一笑,睁大眼珠问:"怎么奢侈法?"

　　"红日已高三丈透,金炉次第添香兽,红锦地衣随步皱,佳人舞点金钗溜,酒恶时拈花蕊嗅,别殿遥闻箫鼓奏。"

　　"你文化高,给我说说是何意思?"

　　"这是一种荒唐生活的记载,是说美酒加美人的狂欢,可以从深夜一直持续到次晨日高三丈;红锦地毯由于舞蹈而弄得满是皱纹;宫娥们因欢乐过度首饰掉了一地;谁知饮酒过度想吐,就采摘一点芳香的花蕊,闻着驱赶酒意……"

　　"我们两人只吃些小意思,就能达到如此境界,那真是一种美死人的生活呀,我天天剿匪,饥一餐,饱一餐,树皮、草根都啃过,你说的这种豪华生活离我们太遥远。"

　　"其实天下女人都有虚荣心,如果条件好了,我也想过过李煜笔下的这种令天下女人羡慕的奢侈生活,人生苦短,适当享受奢侈,我看也是人性的一种本能,就像我们,躲到这世外桃源,享受快乐,享受安静,享受温馨和舒适,多美好的一种生活方式啊。"

　　段运飞看见谷金桃含情脉脉的样子,将她轻轻拥在怀中。两颗心,砰砰放肆地跳动。段运飞第一次有了男人的冲动,他希望有偷偷摸摸的拥抱、轻吻、抚摸。他第一次去牵金桃的手,刚一接触,仿佛就有一股强大的电流,让他想喊喊不出,想动动不了,只有一个字"渴"。他感到人生的初恋有些兴奋和苦涩,他想起了人性的真实就是这句话"人的一半是天使,另一半是野兽"!段运飞面对恋人的美丽与温柔,思想开了点小差,他小声说:"我想,野兽会吃人。"

　　软绵绵的金桃,早已坠入情网,她像一只羔羊,温顺地笑道:"那我就是天使! 天使常常被野兽吃掉?"

段运飞笑说:"我愿当野兽,野兽可以让天使疯狂呀!"

正当一对恋人做到心有灵犀一点通的时候,危险却悄然而至。土匪郭大麻探知金桃和段运飞有联系,决定先下手为强,率领6个匪徒埋伏在仙人溪想生擒段运飞。

几个匪徒突然从草丛窜出来,将段运飞和金桃团团围着。段运飞和金桃吓了一跳,迅速调整状态,摆开架势迎战,双方都没有来得及摸枪。

金桃摆了个武术架势,说:"运飞哥,你跑,我来对付这群狗东西。"

段运飞是条血性汉,宁愿死也要护着恋妹的男人,抱拳说:"金桃,上,怕啥?"

一场武斗很快结束。段运飞身手不错,出手招招狠毒,只听哎哟几声,几个匪徒倒地。郭大麻学过擒拿,化解段运飞的招式后,用狠毒的一招踢倒段运飞。段运飞随即抓一把泥土糊过去,趁郭大麻揉摸眼眶之际,飞腿将郭大麻踢入河中,几个匪徒眼睁睁看着段运飞携金桃跑向松林中。

两个战士跑到段运飞身边,问:"土匪呢?有几个?"

段运飞拍拍身上的灰尘,大笑道:"让你们打土匪?让土匪吃掉了——你们都不知道。"两个战士惭愧地笑起来。

金桃得罪了郭大麻,只好回到白鹤寨。

13 暂十二师

转眼到了冬至节,白鹤寨白雪皑皑,风景旖旎。

踩着厚厚的积雪,谷兆海背着背篓到各家收集族谱名单。

冬至节前后是白鹤寨最为忙碌的季节。谷兆海是一方族长,又是神兵头领,既要训练和管理神兵,又要管理好各寨族内事务。还要按照祖传习俗,组织各寨办冬至祭祖节。谷老兜把派神兵到各寨送信,热情相邀各分族族长赴约,到廖坪五姓祠祭祖。

清晨,收捡东西前,谷凤劝父亲不要冒险,因为当今时局不稳,廖坪虽有族里的寨丁护守,但那里是暂十二师的活动地盘,况且廖坪是丘陵地带,四周山大,峡谷又多,地势平坦,好攻不好守。

"白鹤寨有怕死的种吗?我堂堂谷氏族长,神兵首领,怕暂十二师个屁!"谷兆海压根儿不惧怕暂十二师。为防暂十二师偷袭,谷兆海选了二十名精干神兵,潜伏在廖坪四周的山峦树林作暗哨,自己率100名神兵携机关枪,威风凛凛地向廖坪开拔。

可谷兆海还是失算了。谷兆海和李族长、王志超、钟高定等人聚集在五姓祠祭祖，念《祭祖文》时，廖坪四周突然响起了急骤的枪声。

"不好，是暂十二师的人马，我们走！"谷凤分析了当时的形势，硬拼无疑鸡蛋撞岩板，只好率领 100 名神兵护着诸多族长向廖坪龟山方向撤退。

段运飞的剿匪队真乃神兵天降，突然从龟山杀出，挡住了暂十二师的官兵。原来段运飞侦察到暂十二师在廖坪设伏，专打谷兆海的伏击，段运飞抢占先机，早早率队潜伏下来，等暂十二师冒头，就实行反冲锋，用机枪横扫，暂十二师丢下十具尸体后回撤到四里开外的孔家泉。

"化得一拳开，哼！免得百拳来！好，吹牛角进攻！哼？"暂十二师师长陈高南，说话不仅喜欢带一个"哼"字，而且还喜欢用俗语、常言道等作补充，大概是因为他的语言习惯。他站在孔家泉的一棵大松树下，舞着手枪高声叫骂："舍得一身剐，敢把皇帝拖下马，哼！谁再后退，老子毙了他。"

匪兵连长慌慌张张跑上前哭叫，声音有些像娘娘腔："师座，共军段运飞吹冲锋号掩护谷老兜把！我们抵不住！"陈高南一枪将匪连长打死，亲率匪兵向廖坪反击。匪兵抱团前进，这种场面，段运飞难以抵挡。段运飞只好保护谷老兜把撤向一座独木桥，等众人过桥后，段运飞将桥炸飞。

陈高南徘徊在独木桥边，面面相觑，看着桥下汹涌咆哮的大水，丧气地说："倒霉，黄鼠狼有三个救命屁！这回又让谷老兜把跑了，哼哼！上次不接受老子的委任，哼！这回叫他死无趴场（葬身之地）！"陈高南偷鸡不成反蚀一把米，只好垂头丧气地钻进大山里去了。

在廖坪的一个小树林，不知名的小红果实飘荡着诱人的香味，几个寨民摘着充饥。

段运飞和谷氏族人及李、王姓等族长在一个草地上交谈。谷、王、钟、李、熊等族长都向解放军一一道歉，大意是说，以前他们不知解放军是仁义之师，与解放军没有很好的合作，今后一定要与解放军做朋友！配合解放军剿匪，不向解放军放一枪一弹。段运飞和佘鹏很友好地交谈着，向这些族民宣传解放军的政策。

谷兆海带着歉意走上前与段运飞握手说："实在对不住，上次让您受苦，是我鬼迷心窍，不识时务啊！"段运飞笑着说："您是误信小人之言，才囚禁我们，要不是你的女儿相救，我们今天怕不能救您了！"

谷兆海答应了段运飞的要求，决定过几天商量缴枪收编的具体事项，并请求段运飞向贺县长和颜政委报告,请他俩直接到白鹤寨商讨收编大事。

夜晚,段运飞和剿匪队驻扎在白鹤寨。寨里没什么好吃的招待解放军,几个神兵找些野菜,用石磨碾了10多斤黄豆,做成"和渣",主食是包谷和红薯。段运飞第一次吃这种特色的餐食,也许是饿坏了,整整舀了三大碗,还吃得大汗淋漓。

一个神兵笑侃道:"一碗和渣,吃出段连长的抢食汗,好!好!"

"我只要一端碗,汗就冒!莫见笑!你们经常吃这种饭吗?"段运飞边食边笑问调侃的神兵。

"兵哥哥,你不知,餐餐有和渣逮,就是好日子!"矮个神兵说,"今天招待你们解放军才有和渣,平时我们神兵餐餐吃三米、薯米、洋芋米、萝卜米,吃得我们走路都打趔脚。"

"喔?你们不是也产水稻吗?"段运飞问。

"产是产,可田太少,供不住人吃!白鹤寨1000多神兵,加上老人、孩子有2000多人,吃饭肯定成大问题!交税、抽银、送赋,抓壮丁、捉肥猪、抢粮、逼债……日子难过!"矮个神兵说出很多牢骚话,"都怪暂十二师陈高南,把我们民家寨害苦喽,交税、抽银、送赋,抓壮丁、捉肥猪、抢粮、逼债……那样不搞?我们想打又打不赢,跑又跑不脱,这下好了,你们解放军来了,天翻过来喽。"

段运飞夜间走访了一些神兵家属,掌握了许多绝密情报。

第三章 群魔劫寨

14 腊八节

转眼到了腊月。远山的雪仍厚厚盖在山顶,澧水河清澈如镜,缓缓东流。

一条小船从白鹤寨码头处飘出来。船头坐着谷兆海的夫人钟先梅,船舱有两个神兵护驾。腊八节到了,按山寨习俗,谷兆海要去看老丈母娘。谷兆海忙着族事,就派夫人钟先梅坐船去沐育乡探亲。

船到峡谷里,两岸风景秀美,十分迷人。

到了温塘河,河岸有人急急喊:"快来人啊!有人上吊了!"钟先梅忙吩咐神兵上岸。两神兵持枪,跑到一个草棚边,看见一个老人为一个上吊的女人解绳索。老人抱着尸体,大哭:"这是什么世道啊!土匪横行无人管,百姓饿死路旁边!"钟先梅走近老者,得知这家原是一佃客,专为某财主种地,儿子做了两年工,说好了换100斤包谷,媳妇拖着两个儿子讨生活。腊月间叫男人去讨要包谷,可恨的财主就喊来当土匪的亲戚,半夜将讨账的男人活活砍死,女人知道后,气得上吊了!钟先梅问老人,这个狠心的地主是谁,老大爷说:"是谁?还不是李癞子的叔叔,这家伙原来就杀红军起家,受国民党奖赏才买田租地,现在又占他的亲戚当土匪杀了我儿子,这仇我何时能报?"

钟先梅给了两块银元,对老人说:"好好安葬媳妇吧,苦命的女人!"老大爷跪下说:"夫人,谢谢您,您是我遇到的最好的人!这样吧,两个孙子我养不活,如果您不嫌弃,就送您抚养吧。"

这时,从草棚跑出两个娃,板凳高,是对双胞胎,长得虎头虎脑,只是眼眶红肿,显然是刚才哭喊时留下的泪痕。钟先梅告诉老人,自己是白鹤寨的人,男人就是白鹤寨寨主、神兵首领谷兆海。

钟先梅站在船头,船缓缓前行。岸上,老者不停地朝船使劲磕头。钟先梅动情地将两个孪生孤儿贴在胸前。这时,船对面山上有个瘸腿的砍柴女人在轻轻唱澧源民歌:

"澧水清,澧水长,想起我的爹和娘。天作布,地当床,劳苦一辈子,还欠地主八斗粮,穷人的苦日子为何这样长?澧水清,澧水长,来了救星共产党,打土豪,捉土匪,农民翻身天刚亮,如今狼烟重上岭岗,坏蛋烧草屋,抢口粮,我们的苦日子为何这样长……"

15　族谱

谷金桃坐在闺房中绣鞋垫,她心里却思念着段运飞。这个大理小伙子,在她心中很有地位,段运飞行侠仗义,有血有肉,爱憎分明,对她情深意切,可想到他常年在山上风餐露宿,同土匪周旋,生死未卜,谷金桃又时常担心起来。

这时,钟先梅带着两个孤儿来找金桃。金桃喊:"妈,你怎带这两个山娃回家?"钟先梅告诉她救山娃的经过。金桃说:"妈,你是好心人,我会帮你照看好这两个小侄子的。"两个孪子娃跪地喊:"姑姑!"金桃吩咐女佣将两个侄子带去洗澡换衣。金桃对母亲说:"妈!我想不通,谷虎为何对我如同旁人,不冷不热,一点也不像我的亲哥哥。"

钟先梅告诉金桃一个秘密:"金桃啊!你虎哥其实是——搭的一个撇衣儿(附生)!他本不是你亲哥。"金桃惊讶地说:"那你怎不早说。"钟先梅告诉了谷虎的身世。

谷虎的父母是一对猎户,常在澧水山林中打猎为生。有一年,澧水河边来了一群商人,他们行动诡秘,说话叽叽喳喳听不懂,他们借口收皮货为名,到处在各山寨中游荡。不久,县政府贴出告示,说澧水一带常有不明身份的人在活动,他们是日本浪人,主要刺探中国的军情。政府立即派兵捉拿这些商人。这些商人不敢回去,躲在山中,与谷虎父母住在一块。一天,谷虎爹打猎回家,发现几个商人正在强奸自己的妻子,怒火万丈,立即用猎枪打死三个商人,最后自己也被日本浪人劈死,谷虎妈不甘凌辱,悬梁自尽。那年,谷虎才4岁,刚好一人去后山竹林玩耍,日本商人寻不着小谷虎,很歹毒地放了一把火,烧了谷虎的家。谷虎躲在林中大喊大叫。这时,谷兆海从廖坪开族长会正好路过,就救了谷虎。后来送谷虎识字,学武术,带神兵,成为神兵龙旗长。

腊月间,谷兆海组织人马编写族谱,集中一大群人整天忙活着,将一个浩大的工程揽在手中,使自己很少有时间照看家人和神兵。民家寨有句俗语叫"葫芦瓜儿跟种来",与什么藤儿接什么瓜一样,其实讲的就是遗传基因。谷老苑把开展族谱大调查,从现代医学角度讲,就是研究人类基因的连接与遗传,这是一项推动社会和人类进步的学科。这次族谱清查,谷兆海意外发现李癞子、周野人、郭大麻、恶二佬、陈高南等人的身世及他们的血缘关系。他将这些人的身世用纸抄写出来。

李癞子,原名李刀杆,耍大刀出身,祖居铁龙滩岩板屋。1935 年杀害某村农会主席,夺走 4 条短枪,占山为王,其父李疤勋,流氓成性,曾淫奸妇女数十人,被红军枪杀。红军长征后,李癞子打回澧源,在珠玑塔一带纵恶,杀害工农红军的家属,成为方圆一带百十里的"李屠夫",为人狡诈、冷酷、反复无常。手中兵力有 1050 人。

郭大麻,原名郭大铁,打铁出身,自幼拜澧源名师彭铁儿学冲字拳,18 岁出师,曾赤手空拳打死一头大野猪,被寨民推选为首领,曾抢过红军的粮食和刀枪,现在马合乡当团队副,凶残、狠毒,被人称为"冷面杀手"。手下有兵 875 名。

周野人,原名周瑞令,生得高大健壮,身手敏捷,小时独来独往,爱在大山中生存,常年打赤脚,与野兽为伍,以野果为食,头发成红色,且根根直立着,丑陋可怕,是有名的"红毛野人"。闹革命时,他悄悄出山,摸到江垭一个团防局,赤手空拳打死 5 名保丁,提走 20 条枪,回到大潮溪。他的绝技为空中飞鹤,就是飞檐走壁。国民政府曾多次抓捕他,他就直往山顶跑,然后张开身上穿的蓑衣,从空中飞下,像一只受惊的野鹤。现被陈高南封为"周团长",手下有 1136 人吃饭。

陈高南,澧源海洱峪人,年轻时是一名弹匠,以弹棉花为生。其兄陈兆南任国民党军长,后被蒋介石处死,其嫂去南京喊冤,蒋介石为其平反,为笼络陈家,将其弟陈高南录入陆军学校,一路提升为少将师长,在暂十二师。手下有兵 2011 人。

谷兆海折好四张纸,正准备喝口茶离开。其实他明白,这四张族谱,涉及许多军事机密,必须保藏好。

谷虎像一只野猫闪进来,露出狡诈的神色,追问:"爹,您看的什么呀。"谷兆海有些警觉,快速掩饰说:"哦,是……是几张谱书。"谷虎说:"让我把它——送到师爷那里——上谱册吧。"谷兆海说:"不!我还没——审好!"边说边把族谱揣进怀中,谷虎恶毒地白了父亲一眼。

谷兆海回到卧房,将四张族谱放进小匣子里。这一切,都没有逃过一双虎视眈眈的眼睛,那就是大儿子谷虎。谷虎是中统特务,知道谱书的份量。

16 拳脚大赛

廖坪,暂十二师师部,吊脚楼群凌空欲飞,气势磅礴。

匪兵们出出进进,松三垮四,毫无教养,他们极像一伙流氓成性的盗贼,说起话来均带脏脏的肢体语言,夹杂浓浓酒气,使寨子到处弥漫一股很重的"匪"气。

吊脚楼厢房里,佘继富穿着笔挺的校官军服,理了理散乱的头发,走近陈高南说:"师座,如今解放军正在澧源县过境,需要大批粮食,段运飞正在白鹤寨一带筹粮,我看不如先将仗鼓山等寨子的粮食抢走,让共军饿死在澧源!"

陈高南正端个瓷碗,大口大口吃岩耳汤。他摸了一把鼻涕,糊在椅子上,还放了一个响屁,说:"哼,新官上任三把火! 你刚刚荣升为特工队长,但脑瓜子却没有高升,俗话说'三抢不如一偷,三偷不如一骗',我用一计,保证让仗鼓山这四寨八岭的人乖乖听我们的。"

佘继富和陈高南露出诡秘的笑像两个毒蜘蛛,快速编织着一张网。

这时,天空乌云密布,一场大雨即将铺天盖地而来。

仗鼓山等寨子的族长,都在这场骇人的暴雨天,拿到了一张相同的请柬:

腊月二十,民家寨子在仗鼓岭寨举行盛大的拳脚大赛,恭请各族长派精英参会,敬邀人:谷兆海。

仗鼓岭寨族长钟猛接到请柬时,天刚黑。他问送柬人:"谷老兜把不正在编族谱吗? 他哪有闲情逸致——搞拳脚大赛。"送柬人低头说:"我们谷老爷说,明天他亲自来主持大会。"

钟猛又问:"谷老兜把真的要来?"送柬人猛然将斗笠帽摘掉,是谷虎! 钟猛大惊:"谷虎? 你不是神兵龙旗长吗? 你不带神兵,却来送请柬?"谷虎露出奸笑:"嘿嘿,你不要怀疑了! 我是替陈高南师长送信。"

钟猛惊叫一声:"啊!"

这时,陈高南全身戎装出现在钟猛面前,抱拳说:"钟寨长,哼! 数日不见,别来无恙?"钟猛全身冒汗,说:"陈师长,您……您有何吩咐?"

钟猛迫于淫威,当起了拳脚大赛的发起者,钟猛又游说四大寨主。通过筹划,腊月下旬澧源县民家寨拳脚大赛在仗鼓岭寨紧张地开锣了。

拳脚大赛其实就是民家山寨揉抱腰的翻版,选手一对一,相互抱住拼命摔跤,摔翻对手为赢。仗鼓寨的高猎户一连摔翻十条汉,获摔抱腰王称号,陈高南亲手奖他一条红围巾。

陈高南坐在主席台上讲演,他是一个有蛊惑力的家伙。他用一张铁皮喇叭大声叫:"乡亲们,常言说,是亲恶不久,久恶不是亲!哼!今天本来谷兆海老苑把要亲自参加这次拳脚大赛,因编族谱在外考察,赶不到赛场,只好由我来主持大会。哼!俗话说,亲不亲,一家人,我陈高南虽是国军师长,但也是民家人。前些天,我听了别人挑拨,率兵打廖坪,是吓吓共产党解放军。现在我们回来了,哼哼!四大寨要精诚团结,共同对抗解放军。解放军是过路客,是流水,是浮云,哼!而我们是石头,是大山,是厚土,是流不动搬不走的山,今天我奉上司之命,召集寨主们来,有两件大事要办,一是筹集粮食,按户均摊,每户100斤,每人30斤,不交者以抗拒罪惩处!二是各寨寨丁要接受收编,寨丁的枪必须交暂十二师管理,交枪交人者赏,不交者杀头!哼!"

陈高南话一出,满座惊讶,四大寨主才如梦初醒,原来自己受骗了,陈高南借谷老苑把的名义办拳脚大赛,原来是一场惊天动地的大骗局,是国民党在作祟啊!

有几个精壮的寨丁不愿意为陈高南效力,当即跑出赛场,被乱枪打死,引起一阵骚乱。好好的一场拳脚大赛,就被一阵枪声搅得乱七八糟。

随后,仗鼓寨、仗鼓山、仗鼓峪、铁龙滩等寨子一片混乱。国民党兵丁到寨中抢粮运粮,寨丁和寨主被控制,仗鼓岭有几户抗交的猎户房子被烧,两个猎人被暗杀。

王志超被陈高南的卫兵软禁了。他用金条买通两名看守,从牢房逃出后,第一件事就是飞鸽传书,给谷老苑把报信。

谷老苑把正在院子里熟练地打日字冲拳。打完了到卧房中洗脸,突然想起那几张族谱,就打开盒中寻找。他大吃一惊,族谱被盗了!他马上喊金桃,金桃说:"虎哥前天就外出了,神色紧张,是不是心中有鬼?"

谷老苑把大骂:"这个畜生,一定是盗走了族谱,送到陈高南当升官的筹码了,哎,我有眼无珠,养虎为患啊。"

一只信鸽轻飘飘落在千子上,咕咕咕地叫喊。谷兆海拿起鸽子,取出字条,一看大喊:"拐哒,拐哒,四寨出大乱子啦。"

谷金桃急问:"爹!什么乱子?"谷兆海将信给金桃看。

谷兆海是个仗义之人,他的眼里仿佛看到人们受苦受欺压的情景,他是谷家族长，又是仗鼓部落推选的总寨主，今日四寨子有难，哪能袖手旁观？他立即喊来谷凤："赶快吹海螺，发兵援救四大寨子。"谷凤说："爹，您守寨，我带800神兵踏平暂十二师！"谷兆海说："暂十二师人多势众，不可小视。"谷兆海吩咐谷金桃守寨，自己带儿子谷凤赶往仗鼓山救人。

时近年关，刚刚解放的澧源县城一片热闹景象，街道上人们说说笑笑，贸易市场人声鼎沸，一些欢乐的群众正在街头扭秧歌、打九子鞭、跳仗鼓舞。

县长贺文锦正在开会。一个战士走进会场，对他耳语几句。贺县长说："军情紧急，散会！"随即贺文锦、颜文南、段运飞等人在一块紧急商量。

谷兆海所率的龙旗队与谷凤的凤旗队成扇形向仗鼓山进攻。暂十二师兵丁分散，只好向后山败退。谷兆海控制了仗鼓山，冲进祠堂。王志超看见是谷兆海，大喊："快，粮食！粮食！"就昏死过去。

谷兆海赶到峡谷小道时，粮食的烧焦味已弥漫着整个山坡，路边、草丛里，到处是冒烟烧焦的粮食，一些白薯、洋芋、高粱、小麦、玉米散落在路中。谷兆海一刀砍向桐树丫，愤恨地说："哎，这狠毒的陈高南。"

谷兆海组织神兵攻打仗鼓岭寨时，寨上非常寂静。谷凤率队冲锋，寨上突然炮声大作，随即天空飘出缕缕青烟，谷凤好不容易占领槽门，发现只有几个顽童在木桶里放炮竹，谷凤疑惑地问："小小儿，寨上人哪去了？"

小孩用指了指前面的一座大山，说："都到喂（那）个山去哒！我爹我娘也去哒。"

"那你为何放炮竹？"

"是一个戴白头巾的伯伯叫我放的。"

"那伯伯长相如何？"

"他戴个金丝眼镜，走路拥呀拥呀（蹒跚）。"谷凤想起来，这人应该就是谷虎。

狡猾的谷虎摆出空城计，谷兆海失算了。

17　谷老菀把

在通往铁龙滩的羊肠小道上，段运飞的骑兵队快马疾驰，后面跟着一队着装整齐的解放军。他们跑步时，脚步齐整，扬起的尘埃向天空散去，澧水河在他们的脚旁，河里倒映着他们威武的身影，这一切，都美如一幅画。

段运飞的骑兵蹚水过河，占领铁龙滩。他用望远镜看到：对面寨子每一层都设了屏障，暂十二师的兵丁躲在暗处，枪口对准寨门外，层层设伏，险象环生。若硬拼，骑兵队会吃大亏。

段运飞打开地图，对佘鹏说："这个铁龙寨，易守难攻，我看将队伍分成两队，第一队由我率领，秘密穿过这开阔地带，从后面爬山，居高临下，打击他们。第二队由你带队，据守这个河塔，你再派几名狙击手，躲在树林中，先打冒头喊叫的匪兵，记住，一定要守住这个河塔。"

佘鹏攻占河塔后，立即布置工事，架机枪，派狙击手，专等敌人上网。

段运飞的轻骑队全身披挂着一层伪装，他们匍匐前进，秘密穿过河道，攀岩爬壁向土匪驻守的岩湾逼近。

谷虎正巧从一个茅棚屋钻出来。他哼着小调，刚与一个寡妇鬼混完，正准备去撒尿，突然遇上披挂上阵的段运飞，段运飞一怔，没想到会在这里邂逅神兵龙旗长，正准备发问，谷虎大喊："不好了，解放军上山喽！"段运飞一枪打飞了谷虎的帽子，谷虎回枪射击，趁势躲进茅草丛中去了。

敌我双方在茅棚屋旁交战，打了十几分钟，僵持不下。

一队神兵卧在地上，为首的头领喊："段连长，是我！"段运飞一看，是谷凤。谷凤爬到段运飞旁，喘气说："你们是什么时候来的？"段运飞说："刚才！"段运飞问："你们为何在这里？"谷凤将四大寨主被捉被逼迫交粮交枪的事告诉段运飞。段运飞问："那你爹呢？"谷凤说："下落不明！"

正说着，对面悬崖上响起喇叭声："下面人听着，共产党想救人，没那么容易，现在四大寨主已被国军擒获，连白鹤寨谷老苑把都被我们活捉！段运飞，你们投降吧！"段运飞气得用手枪向喇叭射击。

河滩正面，国民党兵丁开始新一轮攻击。佘鹏的机枪怒吼，一大批兵丁倒下。兵丁们开始装神弄鬼，左跳右舞，被佘鹏的狙击手打死了好几个。

佘鹏不知道段运飞处境如何，正准备重新构筑工事。这时，从三条峡谷里冲出三队人马，他们哇哇乱叫，抱团冲锋。佘鹏的剿匪队三面受敌，许多战士们都受了伤。"是哪个狗娘养的野汉！"佘鹏第一次用野话骂人了，他组织三挺机枪射击。这时，对面国军又开始猛烈进攻，以一敌四，佘鹏自知难以支撑，就从牙缝里吐出一个字"撤"。

段运飞端枪瞄准喇叭时，悬崖上出现一个人，细看，是谷兆海。谷兆海面对悬崖，面对青天，一声不吭，大义凛然地怒视匪徒……

"爹！"谷凤大喊，他飞身救父，可刚站稳身，被对方狙击手打中左臂，鲜血直流。

夜幕渐渐降临。

段运飞感到一阵寒冷。他带着谷凤神兵队集合在一个岩洞中,佘鹏的剿匪队也赶在一块休整。这一仗,解放军无功而返,神兵队损失惨重,谷兆海被捉,神兵死伤60多人。最让段运飞头痛的是,暂十二师陈高南控制着四寨八山,周野人、郭大麻、李癞子、恶二佬四股惯匪公开被国民党收编,合在一块对付解放军。

18 红薯洞

形势逼迫段运飞出洞侦察。他们趁夜幕摸进仗鼓岭。段运飞顺利地爬进了村庄,沿着两条绳索向对面的山洞跑去。原来,段运飞是想打探陈高南躲藏的地点,却误入了一名神秘女猎人的住地。

当段运飞和三名战士落入洞中时,随即有一种软绵绵软的感觉,段运飞顿时站立不稳,只听咚一声,四人身体剧烈晃动,陷进一个大红薯洞中。

"我们掉洞里啦!这是一个圈套。"段运飞说。

看看四壁,全是土。看上面,离洞顶约有两层吊脚楼高,洞口有两个簸箕般大小。

洞上,一名女人正擦着猎枪,女人披着长发,脸庞清纯,她点着油灯,朝洞内放了一枪,然后朝洞下看,段运飞一梭子甩上来,美女猎人笑:"死卵一筒,还像兔子扑几扑?"对于这几个到嘴边的猎物,女猎人不愿立即杀死他们,以免被血腥气冲了阳气。

段运飞商议如何出洞。

段运飞说:"我看这洞全是土块,我们困在洞中,不如学老鼠打洞。"

几个战士说:"什么叫老鼠打洞?"

段运飞说:"死脑筋!我们用刀挖个藏身地方,上面有枪也打不着咱们。"

一个战士说:"段连长你真有办法。"几个战士迅速摸出刀使劲挖土,不一会儿挖出一个耳洞,战士藏身进去。

揭开神秘美女猎人面纱的是谷虎。天亮后,谷虎沿着两根粗绳索跳到石洞中,他要找那女人。谷虎喊了几声,没人应,他又看了旁边的洞里,光线昏暗。谷虎继续往洞中行进半里路,现出一丝光亮,再沿光亮跑出洞外,他发现一棵大树下,有个长头发女人正在用刀练刺杀,使用的是一柄日本战刀。

"你来了。"女人冷冷问。

"我来了！昨天和解放军打仗！一时脱不了身。"谷虎怯怯地说。

"你的东西带来了?"女人问。

谷虎掏出书纸,递给女人,满脸堆笑,说:"全搞到了,就是这几张纸! 是我爹写出来的绝密情报。"

女人满意地看了看情报,露出笑脸说:"你的表现天皇陛下很满意,你要继续在国民党、共产党、土匪、各寨主中间周旋,搞到天皇陛下有价值的情报,天皇将大大的有赏!"

谷虎说:"是,是,甘为天皇陛下效劳。"

女人露出一丝浅笑,说:"你的下个任务是,在白鹤寨、仗鼓寨、仗鼓山、仗鼓岭、铁龙滩等寨中发展教徒,让寨民入会,从思想上信奉莲花教,彻底麻痹那些人的灵魂。"

谷虎诡秘地笑道:"教主,那你用什么来感谢我?"

女人笑:"你个畜生,尽占便宜,天皇陛下饶不了你。"谷虎就知道那女人有了冲动。他淫笑着跑上前,将美女猎人抱入怀中,快速闪进洞内鬼混。

段运飞等人饥肠辘辘,狼狈地从洞内爬出,已是第二天下午。段运飞想打探神秘女人的身世,就悄悄摸进洞,却没有发现美女猎人,只在洞外一棵松树下,找到一把日本武士刀。战士们要将战刀缴获回去,段运飞若有所思地说:"留着它,还不是拿刀回去的时候。"

段运飞从洞中走过的时候,谷虎和美女猎人正密切注视解放军的动静。谷虎要掏枪射击,被美女猎人制止了。

段运飞和三个战士抓着两根粗索荡过悬崖时,突然粗索子断了,四个人在绳上孤孤单单吊着。见事万分危急,段运飞大喊:"抓紧绳,抓紧绳!"三名战士反应缓慢,人与绳迅即分离,溪谷中立即发出三声凄凉的惨叫,段运飞强忍着战友牺牲的巨大悲痛,紧紧拽住飞索,扑向溪谷中的一棵大栗树,就像大海中的渔民,捞到了救命的橡胶圈……一股浓雾弥漫着溪谷。恰好遮住美女猎人的视线,那女人以为四名解放军都被摔死了。她将刀收进鞘中,冷冷地说:"让野兽为段运飞收尸吧。"

谷虎得意地说:"你一刀就砍死四个解放军,真高明!"美女猎人对自己的战绩很满意,又拐进洞与谷虎寻欢作乐。

19　酷刑

九天洞内，几支火把照亮石壁。洞中，一根根钟乳石突兀着。

谷兆海被打得血肉模糊。恶二佬用烧红的铁犁烙，谷兆海晕死过去。用冷水泼醒后，陈大麻用桐油灯烧谷兆海的指头。李癞子则用烟火烫谷兆海的胸口，陈高南在一旁奸笑："谷老苋把，哼？俗话说，山不转路转，石头不转磨子转，哼！共产党解放军给你什么好处？哼？还带神兵来剿我！不如从了我，哼？保你当个旅长。"

"呸！刮民党！"谷兆海大骂：

"常言道，识时务者为俊杰，只要你调转枪口，哼！打段运飞，我就放了你！哼？"陈高南说。

"呸！毒蛇，我饶不了你！"谷兆海大骂。

"猴子聪明不知道解索，人聪明吃不到后悔药！你说说，哼？你为什么会落在我的手里？哼！"陈高南说。

"卑鄙小人，你靠谷虎的迷魂酒麻翻了我，我若不贪杯，你能奈何我吗？"谷兆海大骂。原来谷兆海率兵攻击暂十二师，打了一个小伏击，打死打伤30多个敌人。谷兆海带领10多个神兵到一家火铺吃中饭，遇上谷虎。谷虎用花言巧语迷惑父亲，还不停地给父亲敬酒，谷兆海不小心落入陷阱，10多个神兵也当了俘虏。

陈高南阴险地说："哼！有道是'天恨人，跑得脱，人恨人，不可活'，莫恨天怨人了，哼？你家出个大牲口，还嘴硬？哼？要是我，干脆跳岩死了算！哼！"谷兆海不再答话。

匪兵们在洞中大吃大喝。洞内像赶集一样热闹。

第二天，陈高南又允许兵丁到仗鼓山等寨中抢劫。一时，受灾的寨子笑声、骂声、尖叫声交织在一起。一条发怒的小牛，扬蹄狂跑，被一伙壮汉逼近小寨尽头，屁股上拖着一把钢叉，被割下的睾丸处血流不止。陈高南警卫队长猛跑上前，一刀砍下牛头，那牛脚仍在乱踢，血洒了一地。

20　绿鼻涕

佘鹏不明白，陈高南的匪兵为什么爱胡抢乱杀。佘鹏甚至将两股匪兵作了比较,他认为,陈高南的匪兵只抢不随便杀人,而恶二佬的土匪又抢又杀,简直就是恶匪。但佘鹏很快又有了另一种想法。看着山上的狼烟,佘鹏知道土匪是在故意作弄解放军。但由于地形不利,段运飞不知下落,打又打不赢,撤又撤不得,进退维谷,佘鹏第一次感到剿匪是如此的艰难。

贺文锦估计段运飞剿匪,遭遇险境,又遇上了暂十二师的大队人马增援,急需补充兵力。贺文锦就从莫家湾临时招募了一支猎人队,喊"火枪炮队",约有150多人,自己亲自挂帅援助段运飞。

一行人匆匆赶到铁龙滩寨附近,没有发现段运飞。贺文锦开始放信号联络,点燃两堆土皮粪。不久,对面山上也燃起两堆土皮粪回了信号,这是剿匪大队暗中联络的方式。

"是段运飞!"贺文锦激动地说。

贺文锦立即向前赶去。佘鹏与"火枪炮队"会合一处,谷凤打着绷带,因为右手受伤,请了个土郎中,刚敷上药。

贺文锦听了佘鹏的报告,命令谷凤:"你带你的神兵队速回白鹤寨!守寨要紧。"

谷凤说:"那你们?"

贺文锦说:"剿匪是我们解放军的事,你的任务是护住白鹤寨,不让国民党和土匪糟蹋寨子。"谷凤奉命而去。

谷金桃正在闺房中练仗鼓舞。她小时候,父亲就一招一式教她,在读师范时,金桃也时常温习,所以跳仗鼓成了她的绝活,她甚至可以用仗鼓招数轻而易举地打翻一个强壮的男人。女佣惊慌失措,跑来报告说:"小姐,不好啦,老爷被陈高南抓走了,谷虎、谷凤下落不明。"

钟先梅正在院中种菜,懊恼地说:"难怪我眼睛皮一直跳着,家中一定有大事出。"一个带伤神兵头目跑进屋,喊:"凤旗长回来了!"谷凤拖着疲惫的身躯进屋,母子三人哭成一团。

"我看,就是大哥谷虎惹的祸,他在我们家中做祸,身在曹营心在汉,专门干亲者痛仇者快的事!这次父亲被捉一定与这个畜生有关。"金桃愤愤不平地责怪着。

"好,我也看到谷虎了,他与陈高南共穿一条裤。"谷凤眼里冒火。

钟先梅说:"幸亏谷虎去时,你爹没有让他带兵,否则,我们的神兵又要遭大难了。"

谷金桃说:"二哥,如今我们白鹤寨情况危急,爹被捕,哥叛逃,敌人肯定会来围剿我们,我们应该马上集合,派神兵重点防守寨子。"

谷凤顾不上疗伤,立即喊大小神兵头目按责任区域,重点防守。

白鹤寨的神兵不愧是一支训练有素的队伍。他们白天操练,晚上巡视。枪手们躲在暗处作潜伏哨,遇到敌人攻寨,他们坚守岗位,准确地打击敌人。神兵们的武器有弓箭、火铳、长矛、砍刀,还有石弹、陷阱、火桶、滚石檑木,巷道布满竹签阵、老鼠夹、麂子套,有专门的狙击手对付敌人的机枪手、炮手,等等。

白鹤寨变成了一个防守森严的山寨。

暂十二师决定先派马合乡陈大麻攻击白鹤寨。结果还是预料之中的事,陈大麻的匪兵损伤大半,只打到槽门边,再也攻不上去。没有完成十分之一的进攻计划,就死伤累累,连陈大麻也被子弹削掉了半边耳朵。

中午,几个家伙在一块儿打牙祭。李癞子讥笑狼狈不堪的陈大麻:"麻哥,你是典型的外面讲大话,屋里干豆渣的角色!一个小小白鹤寨,就将你的卵子打得荡会荡会(晃来晃去)?"陈大麻鼻孔中憋出一点声响,奸笑道:"你癞子不是刁吗,你去试试钢火(厉害)!"

轮到李癞子进攻。他的匪兵不再学陈大麻蜂拥而上,而是采用围而不打的战略,用火攻的方法逼神兵下寨决战。陈大麻用火箭朝白鹤寨的房屋射击,可低处的房屋根本不着火,高处的房屋又射不着,匪兵们搭梯子再射,立马被白鹤寨神兵狙击手击毙。李癞子火了,上刺刀硬冲,神兵们形成梯田队形,层层阻击,匪徒死伤惨重。

面对训练有素的神兵,李癞子无可奈何,使劲拍打着自己的头顶,阴腔怪调地吼道:"攻不下白鹤寨,是什么怪事?"

李癞子吃了大亏后,陈大麻讥笑他是"绿鼻涕糊不上墙壁",李癞子骂陈大麻是"老麻皮像",两个土匪就这样较上了劲,谁也不主动进攻白鹤寨了。

陈高南匪首间素来"面善心不和",战斗力差就很正常了。

第四章　智救头领

21　日本间谍

段运飞从大栗树上爬下后,被困在溪沟旁松林边已有三个时辰。

段运飞误入土洞,没弄清美女猎人的身份,但从那柄日本战刀的文字上看,他领会到使用这柄刀的美女猎人,一定是日本人。但日本人1945年就投降了,日本军人、商人、侨民、浪人都回日本去了,一个日本女人来到这民家人居住的孤山野寨干什么?段运飞脑海里茫茫一片。段运飞又想起了谷金桃,她年轻、漂亮、活泼、有文化,又有东方女人的魅力,他想将心中的话儿满筛子讲给她听,他甚至想拥抱着金桃唱那首民歌:"郎在高山打一望,妹在河里洗衣裳,哥哥恋妹妹喊妹妹,妹的洗衣棒捶在岩包上。"

段运飞被困的地方,是仗鼓岭一个叫鬼推磨十八转的树林,寨民叫"迷魂谷"。就是连神仙也走不出去的地方。岩石林立,松涛阵阵,地形像太极图,一个人在篷中转来转去又转回老地方。

段运飞突然想起来,金桃曾经对他说起过这个地方。如果一个人躲进去,就像一粒芝麻飘进黑森林。

段运飞气恼地骂:"臭地方!"

对面岩石也回应:"臭地方!"

"有回音壁!"段运飞一阵兴奋,金桃曾经告诉他说:"遇到回音壁,你要沿顺时针绕着四棵松树转三圈,再沿逆时针方向绕着四棵松林转两圈,然后顺着右手朝前走到一颗茶树前,看到一块岩石上有'→'符号,这样才会走出迷魂谷。"

段运飞拍拍帽子,终于走出迷魂谷。

太阳快下山了。从山凸处出来,霞光照在身上,段运飞心情舒畅极了,他拍打了一下帽上灰尘,骂一句:"这鬼一样的民家寨子!"段运飞一路小跑,来到一个岭凸处,取来一根红绸带,挂在树枝上,使劲摇动。对面山下立即有人回应,也用树枝使劲摇红带子。这是段运飞剿匪队相互联络辨别队伍的暗号。

贺文锦、段运飞、佘鹏合在一块,研究攻打响水岭的计划。侦察兵报告,陈高南和四股顽匪正在打白鹤寨,贺文锦立即命令部队向白鹤寨靠拢,决不能让敌人攻下白鹤寨。

贺文锦的部队赶到白鹤寨,土匪已退了。刚找到部队的段运飞,被请进寨中做客。神兵杀鸡宰鸭欢迎解放军入寨。段运飞见到了谷金桃,两个紧紧握着手,说了许多知心话。夜晚,部队和神兵搞了一场联欢,解放军唱歌、跳舞,神兵跳仗鼓舞、玩九子鞭,还用蚌壳灯取乐。

夜晚,段运飞和金桃找了机会见面。两人走到一个小巷中的林子中,金桃扑倒在段运飞怀中,高兴地说:"运飞,想死我了,你在哪里?"段运飞脸发红,有些腼腆地说:"快……快走开,我……是解放军,让战士们……看了,要受批评的!"金桃说:"怕什么,难道解放军就不许谈恋爱?"段运飞说:"金桃,讲正事,现在匪情严重,你爹被捉,生死不明,你哥当逃兵,四大土匪集中优势兵力准备攻打我们,我们要保持头脑清醒!"段运飞将在仗鼓岭深洞遇到美女猎人的情况向金桃说了。

"是不是日本间谍美枝子的部队?我在桃源师范就听说了,在常德会战中,日本间谍美枝子亲临常德刺探情报,国军军力部署情况美枝子了如指掌,日军正是利用美枝子的情报才打败国军的。"金桃认真地说,"听说1945年,美枝子被国民党枪杀了,还登了报纸。"

"难道不会移花接木?国民党高层可经常使用调包的伎俩!"段运飞说。

"我能断定她就是日本特务美枝子,可她孤身一人来这穷山恶水的仗鼓寨干什么?"两人陷入沉思之中。

金桃换了一个话题,将白鹤寨神兵防守情况及寨中的一些民俗风情说给段运飞。

段运飞惊奇地说:"我俩真有缘分,你这里的习俗与我们大理习俗有许多雷同,比如出生洗三,发八字打糍粑等,我怀疑你们祖先就是从大理搬到这里住的,住了还不止几十年,可能有上百年甚至上千年。你们祖先还在明朝当上了昭武将军。"

"若我们祖宗是从大理搬迁来的,你这个大理人今天又来寨中剿匪,我们算不算同祖同源。"金桃笑了。

"当然算！以后还要将你算作我们大理人的媳妇。"段运飞开怀大笑，把金桃也惹乐了。

第二天，段运飞突然想起军需官杨育佑的那把日本刀，又找金桃。金桃带领段运飞去父亲房中取那把剑。发现一个意外惊喜：这把抗日宝剑，与段运飞在仗鼓山寨洞中日本美女猎人使用的那把剑如出一辙：都有日本文字，剑鞘上都有"大和民族，征服中国"字样。难道那军需官与日本间谍美枝子有某种渊源不成？段运飞百思不解。

贺文锦在谷凤的陪同下，观看了白鹤寨祠堂，走遍了白鹤寨的山山水水，对这座民家人长期居住美丽神奇的建筑群赞叹不已，感叹地说："白鹤寨山清水秀，民风淳朴，尽管经过多次战争，都没有破坏这块风水宝地，奇迹啊！"

这时，山脚下突然响起了一阵枪声。神兵报告，是匪兵恶二佬的仗鼓队攻寨。贺文锦从没想到仗鼓会作为匪兵的杀人武器，立即组织"火枪炮队"迎头痛击。

恶二佬的仗鼓舞队，打仗有些特别。每人携带三件武器：长枪、手榴弹、仗鼓。恶二佬带土匪攻到寨门时，将仗鼓连同手榴弹一同抛进槽门，一声爆炸，惊天动地，原来仗鼓两头包上了重重的炸药，又带着铁屑，杀伤力不弱，许多神兵被炸得血肉横飞。贺文锦组织火枪炮队在第二梯队迎击仗鼓队。当敌人一排排扔仗鼓时，炮队开火，打死打伤不少仗鼓舞队员。连恶二佬的右耳也被炸伤了，血肉模糊，恶二佬自知"啃"不下这块硬骨头，急忙大喊："撤！撤！有解放军的剿匪大队，有火枪队！撤！撤！"

22 木菩萨

白鹤寨打了胜仗，按照民家人规矩，要抬神巡游，以表祝贺。一些戴白头巾的汉子抬出三座本主，浩浩荡荡游神，周游一个个村庄。这种风俗真是醉人。

谷凤组织自己的仗鼓舞队，在围鼓、唢呐的伴奏下，尽兴起舞，许多群众也积极参加跳舞，一时白鹤寨热闹非凡。

八字槽门口，一些儿童编歌谣唱：

"白鹤寨，牢又牢，打得恶二佬跳，

恶二佬，瞎又瞎，遇到解放军，把脑壳抓，

几个雷炮轰天响，恶二佬的屁股翻直肠！"

年近了。剿匪队在白鹤寨吃到了最香最香的叶儿粑粑、油粑、饺子、烤羊肉,贺文锦县长还和白鹤寨神兵一同打糍粑粑,忙着杀年猪。

傍晚,段运飞与金桃想出了一个救谷兆海的计划,叫"暗度陈仓",经过周密研究后,得到颜政委和贺县长批准:"按计划实施!"。为了防身,金桃还教给钟先梅一些射击技巧。

第二天清晨。钟先梅背着背笼与谷金桃一块,坐着船往下游飘去。钟先梅背篓里背着一捆捆厚厚的书,谷金桃篾篓里则塞满了许多金条和首饰。钟先梅母女俩到了铁龙滩上,就沿坡上走,刚到半山腰,看见前面松树上藏着土匪暗哨,就从背篓里取出一个木雕神像,对土匪说:"快下来,快去报告你们陈师长,就说他婆娘和女儿来看他了!"土匪接过信物,打量了她母子俩一番,就飞腿报信。

廖坪陈高南司令部。陈高南拿着一尊木菩萨,若有所思地说:"嗯,吉人自有天相,这是我屋里的祖爷陈花岗!哼!这祖爷还是我亲自雕的,哼?送我婆娘保管的!哼!我婆娘来了几个人?哼?"

"两个!有一个姑娘还自称是您的女儿。"

"哼?天上有馅饼掉?我是有一个女儿,哼!小时候被人偷去,现在应该有20岁了!哼!"陈高南说话仍改变不了带"哼"字的习惯。

在一座四合一并天的民家院子里,钟先梅、谷金桃见到陈高南。

陈高南说:"夫人,哼!真是一日不见,如隔三秋!你为何急急跑这里来?哼?你到白鹤寨不是很好吗?"

钟先梅眼睛湿润,很伤心地说:"夫君,你整天想高升!金戈铁马的,哪管我母子的死活?"

"十五的月亮,十六圆吗!哼!今天腊月二十三了,快过年了,我们不是团圆了吗?哼!"

"夫君,你的女儿找到了,就是这位姑娘,她在谷兆海家里当小姐。"

"你以为天下的好事都是我的?这姑娘哪像我?哼?我记得小时我女儿,哼!背心后有两颗黑痣,哼!一左一右,是胎记!哼!"

"是啊!金桃,你脱下衣,让你父亲瞧瞧!"金桃半遮半掩脱下衣,现出两颗黑痣!陈高南半信半疑,说:"哼?我记得女儿……哼!失散前会唱一首儿歌。"

"打开天窗说亮话!女儿,哼!你唱给爹爹听听!哼!"

金桃小声哼:"打板板,逗虫虫,夜牯子儿,一拍长。"

陈高南一拍大腿,喜上眉梢,说:"对呀,哼!都说欠下的,终究都是要还的!

就是这首歌! 哼哼! 女儿,你还好不? 哼!"

金桃说:"不好,寄身别家,父亲又不管我们母女俩生活,我被一个商人捡去后,养我抚我,还送我到了桃源师范上学,后来这位商人被日本浪人打死了,我就随同学来到白鹤寨,寨主谷兆海把我当成女儿抚养! 到白鹤寨,我又意外地遇见了我的妈妈,母亲也认出了我,我们母女俩才相依为命。前天母亲说,今天是你65岁大寿,我们就给你拜寿来了。"

陈高南一拍脑壳,高兴地喊:"双喜临门,哼哼! 真是人缝喜事精神爽! 今天是老子65岁大寿,哼! 又找到失散的女儿,夫妻父女团聚是天大的喜事啊! 哼哼!"

陈高南叫厨师招待好金桃,就和先梅在房中交谈。钟先梅只埋怨陈高南升官发财,把自己送到谷兆海那里当小老婆,受尽谷兆海的欺侮。说到伤心处,陈高南安慰说:"好啦好啦,哼! 天亮有一黑,人人有一截! 苦日子熬出了头! 现谷兆海被老子囚禁,哼! 哼! 明天就杀他祭旗!"

23　脑壳包

下午,钟先梅和谷金桃要求与谷兆海见最后一面,陈高南不许。钟先梅说:"好歹也算夫妻一场,他是你死敌,我毕竟做过他的小老婆,再说他对金桃也有恩! 你陈家祖训不是说知恩不报非君子吗,我们只见他一面,他是个要死的人了,何必计较?"陈高南思忖了一会,才说:"打赤脚的还怕穿草鞋的? 只准见一面,哼! 一支烟工夫!"

钟先梅和谷金桃到了囚房,看到伤痕累累的谷兆海,心里十分难受,但不能当作哨兵们的面,说穿行动计划。母女俩装成冷若冰霜的样子。钟先梅冷冷地说:"兆海,别来无恙?"

谷兆海坐在冰冷的石板上,睁开眼睛,打量着妻子和女儿,冷冷地问:"你和金桃来干什么?"

"劝降啊! 老头子,你是铁打心肠? 你为何不跟陈师长入伙,共同对付共产党解放军?"

"你想让我放下枪当土匪?"

"当土匪怎样不好? 有肉吃,有衣穿,有女人玩,活得像神仙!"

谷兆海火了,骂:"臭婆娘,滚,老子养了一个白眼狼!"

金桃也随和说:"爹,你死到临头,还嘴硬! 你不降陈师长,降谁? 陈师长是国民党少将师长，人枪数千，是湘西有名望的风流人物，不像你为了一个破寨子，与国军作对，直落个坐牢枪毙的命。"

谷兆海大骂："一对疯母女，滚！"

钟先梅说："谷兆海，你别硬抗，你编的那些族谱还有那些搜集的历史资料，我全都带来了，都交给了陈师长。"

谷兆海把头扭向一边，他大概是受够了钟先梅母女的精神伤害。

谷金桃故意激怒谷兆海，还添盐加醋地说："哼，我把你搜刮几十年的金条和首饰，全交给陈师长，让陈师长去筹集粮草，消灭解放军。"谷兆海气得用头直撞铁牢墙门。

这一切，都让躲在暗处的谷虎看得一清二楚。谷虎将这次偷听的情况细细告诉陈高南，陈高南说："不要捉到五寸不放五寸！我的婆娘和女儿还是忠心于我的，从今天起，再不许胡乱猜疑她母女俩，不然小心你的脑壳包！哼！"谷虎怯怯地说："是！师长！"

谷兆海早已视死如归。夜半三更，谷兆海牢房响起了歌声，是谷兆海唱的那首《赴死歌》："澧水把我养，白鹤寨把我生。只为护家园，落个楚囚身。今天吃餐饭，明天黄泉行。人死留一名，青山伴我魂。举刀砍敌酋，嚎歌向天横。"

第二天清晨，陈高南问恶二佬："杀鸡先烧水，哼！行刑队准备好了没？"

"准备好了。"

"哼！瞎子吃汤圆，心里要有数，你准备带多少人？哼！"

"几个足够了，一个瘦老头，我没开枪就恐怕吓死了。"

钟先梅说："夫君，看在我们夫妻一场，我和金桃给他置一副方子（棺材），亲自收尸。"陈高南不许。

金桃摇着陈高南的手，撒娇说："不嘛！爹，我要去收一下尸，谷兆海毕竟养活了我和妈！"陈高南说："好吧，杀牛不给草吃——良心过不去！哼！那你就和恶二佬一起去。"

谷兆海拖着脚镣从牢房里走出来。五个匪兵紧跟其后。拖着棺材的马车在后面慢慢走着，透着几分凄凉。出了寨门，行刑队往寨边一块乱坟地跑去，这儿就是刑场了。

恶二佬哼着小调，得意地行走，他是行刑官，谷兆海的命就捏在他手心。金桃跟在后边，甜甜地搭讪："二哥哥，妹妹想送给你一件东西。"

恶二佬说："什么东西，老子刚才要去杀人。"

金桃娇滴滴地说："你一天只晓得杀人！我爹陈师长说了，他看上了你，想招你为上门女婿!"恶二佬突然停下,眼里闪着狡诈的目光,突然转身,握紧金桃的手说:"是不是你想嫁我?"金桃含情脉脉地说:"你到……角角……上,我给你讲……几句悄悄话!"恶二佬就和金桃躲到乱岩壳中去了。

几名行刑队员走到拐弯处,不见恶二佬,就拖住谷兆海上刑场。

谷兆海背朝匪兵站立。谷兆海前面是一个绝壁,有几百米高。钟先梅运着黑棺材,喊兆海:"安心上路去!方子(棺材)给你备着!"陈高南骑着马站在方子边不远处监斩,十分恼怒地喊:"恶二佬!哼!猪上案板了,你还没磨刀!你躲到哪毛草棚去?哼!开枪杀呀!"恶二佬仍不见踪影。眼看到了正午,陈高南拖出手枪说:"哼!除了张屠夫,不吃活毛猪,开枪!"五个行刑兵就开始杀谷兆海,枪一响,一个兵丁飞起一脚,将谷兆海踢下悬崖,悬崖处留下一滩血迹……深谷传出一声"啊"的惨叫,就再也没有声响。

恶二佬从岩包里跑出,赶到陈高南身旁,知道陈高南已处死谷兆海。

钟先梅在棺材旁流着泪,直怨陈高南:"你个伪君子,你说好了的,让我收尸的,今天尸体都没有,要棺材干什么?"说完就掀开棺材盖,取出一支冲锋枪,朝行刑队开枪,当场击毙了五名行刑队员。

陈高南骂:"死婆子,反了!哼!黄鼠狼给鸡拜年!没好心!哼!"拖出手枪打死了钟先梅。

恶二佬站在那里不知所措,对陈高南喊:"师座,我……我……"话刚落,谷金桃披头散发跑来,急急喊:"爹,爹,是恶二佬耍诡计,他要我娘在棺材里藏枪打死您,我是刚刚才知道的,恶二佬这家伙还在岩壳地里……还想霸占我……呜……呜!"

陈高南没想到恶二佬在关键时刻竟敢暗算自己,还想奸污自己的女儿,气得大骂:"恶二佬,哼!你狗咬吕洞宾,不识好人心!你这个遭千刀万剐的,哼?老子杀死你!哼!"说完就向恶二佬连开四枪,恶二佬顺势一滚,一枪打死了陈高南的马,陈高南摔下马来,几个卫兵赶来,与恶二佬一阵枪战,恶二佬负伤飞进树林逃跑了。

陈高南下令缴了恶二佬部下的枪。"暗度陈仓计划"达到了预期效果,离间了敌人。

24 女儿花

谷金桃将母亲葬在一个长满茶树的小山岭上。按照民家寨规矩,她亲手编了60个辫的稻草结,连送三个晚上的火把。金桃说:"母亲60岁上路,老人家靠火把找路呢。"

谷兆海死了吗?

没有!他命不该绝。

当行刑队开枪击中他右臂的一刹那,他顺势一滚,行刑队那一脚并未真正踢上他,他就借势跳下绝壁,被绝壁上横生的灌木挡住,上面的人包括钟先梅以为谷兆海被杀害了。谷兆海后来被附近打柴的猎户救走,养好伤后,被悄悄送到白鹤寨。

段运飞和谷金桃的这一计,算成功一半,另一半不成功之处就是钟先梅牺牲了。谷金桃用美人计离间陈高南和恶二佬,使双方火拼,达到了目的。对于谷兆海获救,谷金桃仍蒙在鼓中。按照计划,谷金桃不再回白鹤寨,她受贺文锦县长之命,打入陈高南部,潜伏下来,传递情报,被贺文锦取代号为"白鹤花"。

陈高南自打死结发妻子以后,深感愧疚,想起钟先梅18岁嫁给他,给他生下女儿金桃,后因自己当暂十二师师长,顾不上庇护家人,就将钟先梅送到白鹤寨当女佣人,又被谷兆海看中当了小老婆。今天为枪毙谷兆海,亲手杀了妻子,双手沾满了妻子鲜血,陈高南内心感到阵阵恐惧。最令他恼火的是恶二佬,这家伙两面三刀,是典型的反肋骨,正应验着"麻子拐,癫子刁,挖额古(头上有反骨)不相交"这老话。

谷金桃对陈高南枪杀自己的生母钟先梅想不通,对陈高南不予理睬,甚至叫骂一番,陈高南自丧妻后,没有亲人,就把金桃当掌上明珠,还破格让金桃穿军官服,授少校营长衔,负责师部后勤保障,官阶与陈大麻、李癫子一样高,加上又是陈高南的女儿,暂十二师上至师部,下至马弁都惧怕这个女儿花。

谷金桃在暂十二师站稳脚跟,她一身戎装出现在军营中,为以后消灭暂十二师立下汗马功劳。

第五章　攻打县城

25　撒野

陈高南为女儿提了职,并隆重安葬丧妻之后,在廖坪寨上召开了一个紧急军事会议。连以上的军官、土匪小队长等头目均参加了会议。会议还扯起了横幅标语:"活捉颜文南,消灭解放军。"散会后,还在寨中演了一场傩愿戏,请当地有名的傩戏师上台表演,共演了三天三夜。

腊月间,陈高南召集陈大麻、李癞子等头目密谋,他们从县城得到"野猫"提供的绝密情报:县城兵力空虚,只留100个剿匪战士及几十个武装人员守城,段运飞、佘鹏等人均到白鹤寨开展减租减息、恢复生产工作去了。

陈高南高兴得大叫道:"哼! 老子有肉啃哒! 穷人的儿,有天照顾! 哼哼!"

陈高南琢磨,打县城还是有把握的,因为澧源县城在1872年建县时,第一任县长用土筑城墙,靠泥巴堆成的墙垛,后来神兵攻城,大炮一轰就毁了。再后来,守城的部队抬些石头,修建了东、北、南三门,作为防御口,其实都不高,人可以翻墙过去。10多年前,陈高南当弹匠,曾夜半爬墙进城嫖妓,就是从东门进去的。但今天要从解放军手中夺下县城,不认真谋划,肯定是有大亏吃的。陈高南制定了详细作战计划,作战室几个匪徒密谋到深夜方才散去,因为是重大军事行动,谷金桃也被蒙着,并不知道土匪们下一步作战机密。

从市场买运粮草回营。谷金桃摘下手枪,舀了一瓢水,洗了一把脸,用小镜子照了照,躺在床上小憩。她隐隐察觉,暂十二师和土匪们正策划一场大阴谋,到底是抢粮? 攻打白鹤寨? 还是捕杀段运飞的剿匪队? 谷金桃摸不准。

急! 急! 急!

自孤身入匪巢,谷金桃开始变得急躁焦虑。家庭发生太多的变故,亲人离散,阴阳两隔,现在与恋人不能相见,连家也不能归。自己又要认贼作父,明明仇恨陈高南,却偏偏要冒充他的女儿,逢场作戏地应付,这就是一场苦难啊！而这苦难何时是尽头？加上恋人段运飞天天与土匪交锋,生死未卜,这是她日日夜夜最为担心的。过着"身在曹营心在汉"的日子,令金桃苦闷了一阵。

急！急！急！

到了夜晚,金桃就独自坐在木房里,她不能和其他土匪一样,明火持杖的干坏事。金桃心里明白,自己表面上是"匪",但骨子里又不是真正的"匪"。谷金桃每天总是想着心事,感到肩上的责任是多么重大,同时觉得孤身一人在敌营战斗非常危险。实在寂寞的时候,谷金桃就对着油灯想着段运飞,她做梦都与段运飞在一块,跑啊跳啊,段运飞英俊的相貌总让她夜不能寐,他与她形影不离……"运飞,我的夫君,你在哪里？"谷金桃又在思念,几颗星星在眨眼,寒风将大山的树木吹得呜呜作响。

急！急！急！

突然有人敲门。金桃警惕地问:"谁？"

"我！佘队长！"是佘继福的声音。

金桃开了门。佘继福满嘴酒气,一屁股坐在火坑边,粗粗嚷:"大小姐冷不？能给碗水喝？"金桃本身不喜欢酒鬼佘继福,递了一碗凉水说:"大队长深夜颠到我这儿来,有何贵干？"

佘继福笑了一下,色迷迷说:"冬天夜长,睡死野婆娘,找你聊聊！"

"你是叫花子讨米——找错码头！"金桃冷冷回。

"你……一人不寂寞？人生苦短,何不找机会快活！"

"大队长,你醉了,别乱嚼。"

"我……我嚼什么？我没讲你……私下与段运飞相亲。"

"佘继福,你莫——狗咬蚊子朝天夺(嚎叫)！段运飞是谁？"

"大小姐,别老婆婆喝米汤水——假装糊涂！你暗中与段运飞好,别以为我不知道！"

"佘继福,说话要有证据,俗话讲,捉贼捉赃,捉奸捉双,你凭什么给我乱扣屎盘子？"

"好了！好了！别发小姐脾气了,只要你……今后顺我……你和段运飞的事,我就不追查。"说着嬉皮笑脸地摸金桃的脸。

"佘继福,你不要得寸进尺,想打本小姐的主意,做错梦哒！"金桃指着手大骂。

一阵风吹来,正好吹熄了油灯,佘继福顺手想搂抱金桃,被金桃猛地推开了。佘继福借着酒风,试图再次撒野,金桃怒目而视,拔出手枪,吼:"再乱来,一枪打死你。"

对于谷金桃翻脸不认人,佘继福还是有些投鼠忌器的,她毕竟是陈师长的女儿,若弄不好,掉官职不说,恐怕还有性命之忧。佘继福最后选择了逃离。

对于佘继福这个地痞加流氓,金桃苦苦思索,寻找对策。

26　莲花教

在深山一栋老木屋里,另一盏桐油灯下,段运飞和贺文锦正商议剿匪之事。

但段运飞心中总有一个疙瘩,这个疙瘩令他好几天都吃饭不香,觉也睡不得。段运飞说出自己的想法:"贺县长,我前些天到仗鼓岭误入迷魂谷,落入一个怪洞中,牺牲了3名战士,发现洞中有一位女猎人,我怀疑她是日本间谍。"

贺文锦很惊讶:"啊!这深山老林会有日本间谍?日本人不是投降回国了吗!"

段运飞说:"据侦察,日本人其实早已渗透到这些边远山寨,1937年前后,他们秘密派遣浪人扮作商人,到白鹤寨等地刺探情报,还杀害了一些猎人。日本投降后,大部分日本人回国,而极少数人受日本间谍组织安排,秘密潜在大山丛中活动,这个美女猎人,一定是个女间谍!可她到底来仗鼓岭干啥?是联络土匪反共?还是偷运文物?或是刺探情报?"

贺文锦抽了一口烟,沉思了一阵,郑重地说:"段连长,你提供的这个情况非常重要!剿匪是大事,必须立即查清这位女猎人神秘身份!"

第二天刚亮时,段运飞和一名侦察兵化装成民家人模样,背着背篓,装上薯粉、扫帚等日用品,扮成赶集的样子,将手枪等武器藏到背篓底下,用棕叶伪装好,哼着小调往迷魂谷走去。

山里的空气是多么的清新啊,清新得令段运飞和小战士陶醉。踏上一个长满青草的山坡,段运飞故意唱民歌惹山里人注意:"唱歌唱在高坡上,姐儿想郎想在肚心上,今朝郎来找姐姐,姐儿躲到哪个岭岗上?嗬—嘿—!"

歌声洪亮粗犷,向四周回荡。小战士是澧源人,很会唱山歌,也亮开嗓子粗吼:"我妹儿恋郎睡不着,睡到半夜想唱歌,歌儿告诉情哥哥,哥哥你的胡子边有蜂糖喝!嗬—嘿—!"

段运飞和小战士走累了,就去旁边峡谷的溪流中洗脸。

段运飞机警地从岩壳中探视,发现峡谷溪流处有人。

仔细一看,是一位年轻女人在洗头发。段运飞立即现出几个疑问号:深山?女人? 独身?

段运飞朝小战士递眼色,意思是"摸石头过河。"小战士会意,拿起一个小石块朝溪流中投去,将女人吓一跳,女人立即大骂:"哪个剁脑壳死的? 想到老娘身上揩油(打主意)、有卵子(本领)你下河试试?"

段运飞从这女人的口音判断,此女人一定是寨中的媳妇,不是日本人。段运飞走过去打招呼:"哎,姐! 不赶场去?"

女人答:"赶什么场,赶得不好——命都赶掉哒。"

段运飞看这女人大约三十来岁,五官漂亮,皮肤白嫩,身材丰满。

女人问:"两个老老(弟弟)赶场去?"

段运飞说:"卖扫帚去! 换点小用钱。"

女人说:"你们走饿了,不如到我屋里去。"

三人来到一个凹岭边,走进一栋吊脚木楼。坐到火坑边,火坑里还挂着刚杀的新鲜野猪肉。段运飞向女人打探那位神秘女人的下落。

女人说,百年的野猫长成精,以前这女人打猎,独来独往,目前她不再打猎,到寨中当教主了。女人还说,她们这个寨子现有200多户800多人,家家户户都信教,都是这个女人传教的,女人传的叫莲花教。信仰莲花为神物,说什么她是上帝派来的莲花神,寨中一切人都是她的臣民,她还将教民分为护莲队和拥莲队。护莲队由男人担当,靠火枪、梭镖、自造炸弹作武器,主要任务是保护莲花教。拥莲队则筹集粮食,种地种粮供应教民吃喝。

"这个神秘女人是从哪里来?"

"不晓得,只知道她10岁左右随一个外地商人居住到村头茅屋,后来商人死了,她到外地流浪了几年。后来又回寨以打猎为生,住在一个叫狮子洞的地方。"

"狮子洞? 不就是迷魂谷斜坡岩壁里的老洞?"段运飞说,"这个洞去年我打野猪到过。"

女人给段运飞蒸了一锅红薯,算是午餐。吃完饭,女人告诉段运飞,她男人是护莲队队长,叫熊二狗,自己叫钟三梅,是内半县五道水人。熊二狗今天去赶场了。段运飞初步摸清了寨上的动静,于是决定和小战士秘密进狮子洞探访神秘的女莲花教主。

27　狮子洞

接近狮子洞,段运飞和小战士取出手枪,将匕首藏进绑腿中。段运飞将一个石头扔进洞,没有声响。段运飞判断洞中暂时没有人。

段运飞从悬壁上用吊索下洞,看到那陷阱还在。段运飞和小战士猫身继续前行,洞中阴森可怕,段运飞想找出一些有价值的情报。小战士发现不远处有动物蠕动的声响,尽管很细小,但仍能听出那是一种动物发出的声音。

段运飞划了一根火柴,看清是一条蛇,一条粗大的蟒蛇。小战士想迅速逃离此地,段运飞却说:"这里有文章。"

"什么文章,一条活蛇守在那里能有什么文章?"

"亏你还是山里人,自古有猛蛇护主之说,既然有猛蛇藏这里,一定就有重要的名堂,这地方鬼打得死人呢,什么需要蟒蛇看护? 再说,这里是石头洞,按理不应该有蟒蛇出入,你没发现这是一条人工喂养的无毒蛇?"小战士笑了,他心里很佩服段连长的机智、谨慎和勇敢。

段运飞又划了一根火柴,看清蛇上边石壁有一个伪装的圆扣子,那一定是机关的出入口,段运飞将猛蛇的头按住,叫小战士使劲拧圆扣,只听"轰吧吧"一声,石门开了。

小战士闪进石洞,小声说道:"快进来。"

段运飞挣脱猛蛇的缠绕闪过去,又拧了一下圆石扣,门很快被关上。

段运飞和小战士摸进去,点燃油灯。只见洞里摆放着一朵大石莲花,石莲花旁摆着几个木质箱子,段运飞小心打开,发现里面有许多材料,包括族谱、土司书籍及武术资料等,全是由中文编写。打开另一个箱子,里面全是石头,石头上夹有铜、铁、锰等知名的矿物,还有一些老虎皮、熊掌、麂子角、锦鸡等动物的尸体或皮毛,段运飞看不出这些物件有何重要价值。

段运飞走过一个水池边,借助烛光,发现水池里趴着一种皮黑又懒得动的鱼,大约100多斤。小战士是民家寨人,非常熟悉此鱼的习性,连忙说:"这是娃娃鱼,叫唤时发出娃娃一样的声音,据我当教授的叔叔说,娃娃鱼在地球上生活了3.5亿年,是地球生物演变的活化石,是地球纪念物。它又叫阴阳鱼,对生存环境要求非常高,水质稍微有些污染,它就适应不了,就会死。这鱼肉嫩营养价值很高,吃了可长命百岁! 这种鱼我老家多的是,小时候我到河里洗澡,到晚上,娃娃鱼还爬上岸追咬我们的屁股呢,哈哈。"段运飞第一次见到娃娃鱼,真想捞一条饱饱口福,但又怕犯纪律,况且又在执行任务,只好作罢。

段运飞继续搜寻,发现另一个小石洞墙上,挂着一把日本军刀,上面的字与谷兆海家那把刀上的一模一样,仍有"大和民族征服中国"的字样,段运飞掀开桌下的黑布,是一台机子,是专门传递情报用的报话机。段运飞初步断定,这屋的主人一定就是那个莲花教主——美女猎户。可她到哪里去了?

段运飞和小战士进狮子洞探秘,时间已是腊月二十九日。刚刚解放的澧源县城,一片热闹景象。

军民都在热热闹闹过赶年,杀猪宰羊,吃团圆饭,一些条件较好的大户忙着贴喜联,打快板,玩莲花闹。白鹤寨一些民家寨子正在打糍粑,煮猪脑壳,熬油起渣,俗话说:"腊月二十八,打糍粑来又搅蜡,还有个小小年猪杀!"年的味道已像一壶包谷酒,轻轻舔上一口,全寨人都醉。

28　粪渣

廖坪一带的年异常热闹,这叫"打只野鸡也要过热闹年"。

陈高南和众土匪聚在廖坪的一个高木楼里喝酒团年。

木楼里,摆放着十多张大桌,上菜的厨子端着大碗菜,猛猛地叫唤:"让!让!让!烫到哒!"一个土匪不小心打翻了酒瓶,发出清脆的爆炸声。土匪们照样大碗喝酒,大块吃肉,大口吃饭,气氛热烈,场面火爆……这种场合让陈高南得意极了。

陈高南仿佛从来就没有这样高兴过。他很得意地端起杯,高声说:"诸位!哼!哼!常言说,麻雀有个三十初一!今天过年,我邀大家逮酒,哼!逮完酒,各队向县城出发,哼!一举拿下澧源县城,哼?活捉颜文南,消灭贺文锦,哼!拔掉共产党的根!"

众匪徒说:"逮!有酒有肉有女人,我们吃喝嫖赌样样能,杀!脑壳掉了碗大个疤!"

一身戎装的谷金桃刚从一间歪歪倒倒的厕所中走出来,副官提着盒子枪向她交代:"大小姐,请快点备行装,带足粮草,向澧源县城进发!"

谷金桃心中一惊:原来敌人是选在腊月三十过年,攻打澧源县城。按澧源民俗,腊月三十家家过年,县政府都放假休息,匪军选择这天攻城,是想打解放军一个措手不及!

十万火急!

怎么办?

谷金桃想了一条好计。

她立即骑马赶到师部,对陈高南请示说:"爹,共产党是我们的死敌,今天攻城,女儿愿打头阵。"

陈高南说:"乖女,我手下拿枪的战将多如牛毛,万一你有个三长两短,我怎么向你死去的娘交代。"

谷金桃飒爽英姿,气宇轩昂,很精神地推着手枪匣,说:"怕死不穿军装,女儿现是国军少校营长,不打头阵,众将会认为我陈家无人。"

陈高南高兴地拍了拍女儿肩膀,语气很温和地说:"那好,哼! 打架还是亲兄弟,上阵还是父子兵,你就带特务营打头炮。注意,哼? 要是遇到强敌,你就卡(qia 指躲闪),让爹的手下替你搓(出击)。"

腊月三十清晨,山野一片昏暗。廖坪一带,烟雾缭绕。密集的牛角号响彻了大地。陈高南带着他的匪队,吃完早饭,就气势汹汹直扑澧源县城。土匪们平日骄横惯了,今天又是去攻打县城,人多势众,所以这些土匪根本没有把颜文南的守城部队放在眼中。土匪们故意营造声势,列队上路。

第一纵队为谷金桃的特务营,清一色国军,武器装备精良,荷枪实弹,煞是神气。

第二纵队为陈大麻的散兵,他们军纪比较涣散,匪兵吃喝嫖赌样样精通,走路行军却像羊撒屎。

第三纵队为李癞子,他们穿着厚厚的冬衣,也穿花棉袄,当然是抢的女人们的,那些匪兵个个吃酒,每人腰间都悬挂一个圆葫芦,人喊"葫芦兵"。

最后才是陈高南率领的所谓正规部队。

廖坪离澧源县约七十里,去澧源县城途经狐狸溪,珠家塔,龙嘴庙,黑狗湾等地方。这些乡当时都没有解放,因此,陈高南的大军,经过这些地方时,偶尔遇到解放军小分队或农会武装的阻击,但匪兵人多势大,解放军小分队打了一阵,就钻进深山去了。陈高南大军比较顺利地到达黑狗湾,离澧源县仅有 8 里路程。

谷金桃思量着怎样向城里的解放军报信。

她骂一个小头目:"妈妈的,你像日本鬼子偷偷进城,打枪的不要?"

小头目立正报告:"营长,要哪门逮(怎么样)?"

谷金桃扇他一耳光说:"混蛋,还要老子教? 你当开路先锋,打仗不搞出气势来,难道让后面部队抢了头功不成?"

小头目阴着脸回答："营长,小子明白! 对! 搞出气势来!"

小头目跑到一个大山岭上,看到了澧源县城,就恶狠狠地说:"拿下澧源县,老子抱女人过夜!"这家伙立即烧了一堆粪渣,狼烟直冲天空,趁机,匪兵们开始朝澧源方向放枪,一窝蜂朝县城扑去。

谷金桃这一招,土匪不容易看出破绽,烧渣出烟,按土匪内部密定,那是表明自己部队已占领山头,后面的匪兵可向山冈靠拢,而对澧源县城来说,看到狼烟,却是敌人偷袭的信号。

谷金桃巧妙地传出了报警信号。谷金桃感到一阵轻松和快意,她骑着马,慢悠悠在山冈里走着,但她心里总有些忐忑不安,特别担心解放军和县城人们的安危。

29　守城

急! 急! 急!

澧源县城的澧水书院,剿匪大队正忙得焦头烂额。

守城的只有颜文南一部和少数农会干部,武器也不足,最多只能装备一个连的兵力。

在县政府食堂门口,许多穿戴不整齐的战士们跑步集合,一时,军号声响彻云霄。

急! 急! 急!

颜文南立即召开紧急军事会议。

会议室设在一所旧祠堂里,但气氛异常紧张。颜文南不停敲打着桌子,提醒参会者集中注意力,他讲话的语气很重,他说同志们,现在情况非常糟糕,我们的剿匪部队段运飞和贺文锦县长已去乡下好些天,目前在县城过境的解放军部队,预计两天后才能到达,土匪已经与我们前沿侦察连接上了火,我们的主要任务是守城,保卫红色政权,巩固红色成果。我命令马富贵营长在东门五里桥阻击敌人,张五发石匠带火枪队守南门,武术家大铁杆带梭镖队守西门,伍桂美带妇代会武装人员守赤溪桥北门,决不能放一个土匪进城。

马富贵打开军械库,将收缴的机枪,三八步枪,长矛,手榴弹等取出来,随即派人运走。

伍桂美带着一群戴丝帕的妇女来领武器,几个女人没等排队,挤进别人的队伍中取枪,马营长有些火,吼着说:"站队! 站队! 别以为女人就优先,再挤,我连刀都不发给你们!"

伍桂美是个急性子的女人,立即作雷吼:"马营长,你讲不讲理,打土匪是你们男人的事吗?你不发刀枪,难道这些武器留着杀你的脑壳呀?"

马营长觉得伍桂美的话有些烫人,笑道:"喔,原来是要笔杆的伍同志呀,我今天就多照顾一下你的队伍,多加些手榴弹!注意,是每人两颗。"

伍桂美听出了马营长的话外音,骂了一句:"你个剁脑壳死的,敌人要砍你的脑壳来哒,你还有心开玩笑?"

马营长擦了一下汗,笑道:"别把土匪当角色看,要把陈高南作脚猪看,不信,老子两炮一轰,保证这头骚脚猪飞刷(快跑)!"

伍桂美笑了,打商量说:"马营长,把你的两颗手榴也送我吧。"

马营长回头一笑说:"伍同志,这就是你的不对喽,男同志的两颗手榴弹——那可不能随便送人,这两颗手榴弹是——革命本钱。"

伍桂美说:"你这家伙耍嘴皮,到底给不给?"

马营长故意笑着说:"不给,有本事自己拿?"

伍桂美说:"好男不同女斗!"说完,突然扯住马营长的腰带,抢走了两颗手榴弹。

武器发完,太阳已偏西。

伍桂美的队伍在赤溪桥北门建好了阵地。这个阵地,其实就是在隆起的山包上挖战壕,搬一些树石之类的东西做障碍物。她将一把三八步枪搁在石头上,做了个瞄准动作。随后到战壕各处检查,清点了守阵的人数,不错,总共19人,全是女人。阵地上最主要的问题是缺人缺武器。这时,从左边松林中又出现几个健壮女人,带着梭镖、大刀风风火火跳进了阵地,她们穿着打了补丁的衣衫,脸上总带着一种微笑。一个微胖的女人喊:"桂美姐,我们的杀猪刀磨快了,只等陈高南来!老子一刀就骟了——这头大脚猪。"

几个女人哈哈大笑,相互打趣说:"我们杀的就是两只腿的脚猪!"伍桂美心想,战争并没有让山野女人心怵,相反,为了今天刚起头的好生活不再受土匪的骚扰,这些女人主动参战。她们没有畏惧,没有感到死神的存在,反而觉得能拿刀枪同解放军一齐战斗是一种从未有过的快乐。

30 夹尾巴狗

话说距白鹤寨10多里的一个丫口,叫狗爬崖,是一个极为险凶的路口,人过道需双手双脚同时协调运动,双手抓住石缝,脚蹬着悬崖登子,稍不留神,就会摔下悬崖,人只有像狗一样缩身才能爬过,所以叫"狗爬崖"。

谷虎爬过狗爬崖,自我打趣说:"我真像个狗!"到底是自己既当中统特务,又当日本间谍,过着狗一样的生活,还是自己像狗一样听从多个主人的召唤,谷虎只能无奈地笑。

谷虎在半路上结识了一个弓背的年轻人,这弓背者自称神苟儿,绰号"神狗儿"。谷虎看了看,说:"神狗儿是我们白鹤寨的一种动物,只老鼠般大小,专钻野兽屁股,钻进去就把那牲口的内脏挖出来,所以连老虎狮子都怕它,故名神狗儿!你也有这么厉害不。"

神苟儿弓腰抖手,说:"我一个驼背,死废人一个,有何能耐,我是去白鹤寨收些兽皮贩卖,赚点钱过年。"谷虎觉得神苟儿可怜,就答应带他进白鹤寨。

谷虎两人站在了八字槽门口。地上落满了雪。

几个守门神兵认识谷虎,低头弯腰恭迎地说:"龙旗长回来了!"

谷虎:"老子寻母亲去了,刚到寨。"

这时,白鹤寨当家者是凤旗长谷凤。自从谷兆海生死不明,钟先梅被杀,谷金桃认陈高南为父,谷虎下落不明,谷凤就成了寨中之主。对于谷虎突然回寨,谷凤感到有些意外。

谷凤刚刚患一种严重的痢疾病,身体很虚弱,连走路都有些困难。看见兄弟带着一个残疾人走来,谷凤苍白的脸上写着一种怒火,大声讽刺说:"夹尾巴狗就是天生的贱肉,好好寨不守,去到外面找屎吃。"

谷虎骂:"二佬你莫狗脑壳上沾不着四两血!刚坐了个位子就翘屁股拉狗屎!"老管家跑过来说:"好了好了,都是自家兄弟,回来了就好。"

到了堂屋,老管家筛了两杯茶水。

谷凤火火地问:"你有何打算?"

谷虎假惺惺地说:"听说爹没被陈高南打死,我想带龙旗的人马出去找爹,找陈高南报仇。"

谷凤说:"那干不得,我们白鹤寨老规矩,龙凤神兵不分家,你带龙旗队,不就扯散了神兵?爹死都不同意。"

谷虎火了,摔破茶杯骂:"二佬你莫敬酒不吃吃罚酒,我是龙旗长,又是你大哥,这事我做主。"

谷凤骂道:"放屁!你讲横话!白鹤寨可不买你的账,这里我说了算。"

谷虎站起身,指着谷凤吼:"二佬你莫狗子戴牛铃子冒充大牲口!再死犟,老子的家伙就喊哒。"

见谷虎要动武,谷凤拔出手枪吼谷虎"你这条夹尾巴狗,你要何威风! 陈高南攻打白鹤寨,你干什么去了? 母亲被打死,小妹被捉,你干什么去了? 父亲被囚禁,生命未卜,你又干什么去了? 你不要拉虎皮吓人,你以为我不清楚,你到处脚踩两只船,土匪你不得罪,陈高南国军你和他们打成一片,共产党你假心假意去拉拢,今天你又要带走父亲亲手创建几十年的神兵,你葫芦里到底卖什么药?"这时,弓背神苟儿突然出现在客厅,他见谷凤动粗,迅速用拐杖击落谷凤的手枪,拾起来,将枪口对准谷凤吼:"投降! 你这号暖用没得(无用)角色还想当头领?"

谷凤没想到神苟儿的身手这么好,沮丧地捂住受伤的手,吼:"你⋯⋯你是什么人?"

神苟儿说:"哈哈,你不知道老子就是暂十二师政工大队副大队长神苟儿。"

谷虎露出喜色说:"你就是神副队长? 原来是一家人。"

神苟儿命令谷虎说:"快,捆住二佬。"

谷凤使劲犟着大喊:"快来人,抓土匪!"神苟儿上前绑住谷凤,谷虎一拳打晕谷凤。

谷虎随即吹响海螺,命令所有神兵列队到操练场紧急集合。

31　神兵

操练场,神兵列队站稳,一阵北风袭来,众人打了一个哆嗦。

龙旗队穿着黑色的龙图案服,衣衫紧扣,身上背着一柄砍刀,手持一把长枪,头戴白色丝巾帽。凤旗队服装胸前是凤图案,背后也是一柄砍刀,手持一杆火铳枪,就装备而言,龙旗队要精良些,使用子弹,而凤旗队使用猎枪。

"神兵弟兄们,今天白鹤寨由我当家,我爹生死不明,我二佬谷凤患重病不能前来训话,我要带大家出去找老爷子回寨。"谷虎训话。

龙旗长的一名中队长说:"我们听大当家的。"

凤旗长的一名小队长说:"我们只听二当家的。"

谷虎气得大骂:"牲口,二当家叫你吃屎(你)就吃屎? 二当家今天传话,叫我取你命来。"说完就一枪打死凤旗队的小队长。

凤旗队慑于谷虎淫威,只好随龙旗队出寨,在路上却暗暗采取了行动,到了寨子树林里,凤旗队员借口拉肚子或小解,跳到草丛逃跑了不少人。许多凤旗队员又折回白鹤寨,将谷凤救醒,继续守寨。

谷凤坐在床上,用拳擂桌说:"我哥是狼,一条吃司儿(儿童)不吐骨头的狼。"

师爷说:"二当家的,这次谷虎率神兵出去,恐怕凶多吉少! 他们可能要投靠陈高南。"

谷凤说:"是啊! 这个畜生心肠歹毒,可惜父亲创造几十年的神兵就要废于这厮手中了。"

白师爷说:"要是谷老兜把回寨就好了。"

正说话间,有神兵报告:"谷老兜把回寨了。"

谷兆海挂根木棍,一拐一拐回到白鹤寨时,正值中午。谷凤看见爹就扑上去痛哭。

谷兆海安慰他说:"二佬,男子汉有泪不轻弹,爹不是回来哒?"

谷凤说:"爹,你再不回来,神兵就走完了。"谷凤连忙将谷虎回寨劫持自己拖走神兵的事讲了。

谷兆海大吃一惊,气愤地说:"这个牲口,他一定叛变了,有人说他拜了陈高南为干爹,他要带神兵攻打澧源县城了。"

谷凤大惊:"这如何是好,解放军可是我们神兵的朋友,前些天还帮我们打土匪守寨子,我们不能无情无义。"

"我去追! 这厮最多走二三十里,我骑马一个小时一定能赶上他。"

"我也去。"

"你不能去,你守寨,我是他爹,他能把我怎么样。"

"爹,为保护您,我派白师爷陪您。"

"好吧,只有白师爷才能镇住谷虎。"

谷虎率领神兵队向澧源县城赶去,他的队伍离陈高南的大队人马大约还有三十里。溪河边,神兵们一个个走得汗流浃背,直喘大气,谷虎挥着马鞭喊:"不许停,向前走。"神兵们都不知道这次行动的具体方位和目标,只稀里糊涂跟着谷虎朝前方跑。

小道上,三匹快马飞奔着。谷兆海举着一根龙头拐杖,白师爷背一杆长刀,拖着匣子炮,神兵教练马飞飞腰扎几十把飞镖,急急追赶。

"不好啦,谷老兜把赶来了!"一个忠心于谷虎的神兵头目向谷虎和神苟儿报告,"谷兆海和师爷、教练赶来了。"

谷虎说:"只三个人?"

头目说："看清了,只三个人。"

神苟儿说："三个人怕他撮卵(干啥),我看几刀剁死他算了。"

谷虎横了他一眼,没好气地说："牲口! 你连老子的爹都敢杀? 白眼狼!"

神苟儿说："陈师长有令,杀死谷兆海有奖。"

正说话间,谷兆海飞马赶来。神苟儿立即掏出手枪,向谷兆海射击,教练马飞飞眼快手快,连放三镖,一镖打中神苟儿的脸,一镖杀中神苟儿的右手掌,另一镖刺进神苟儿的右眼,神苟儿"哎呀"一声,就滚倒在路上杀猪似嚎叫。

"谷虎,快停下来,你把队伍带到哪里去?"谷兆海跳下马,拄着龙头拐杖,众神兵一见龙头拐杖,都立即跪倒在地,齐喊："龙头大爷到,神兵愿听总舵爷吩咐。"

一个企图哗变的神兵悄悄掏出手枪,企图暗害谷兆海,被白师爷一刀,砍成两段。谷虎吓得面如死灰。马飞飞趁机下了谷虎和神苟儿的枪。

白师爷吼："谷虎,你要反抗,我一刀将你剁成肉渣。"

谷兆海拄拐杖,大声说："神兵兄弟,你们是我精心培养的队伍,如今你们都随不孝儿去当国民党的炮灰,随国民党土匪打解放军打共产党,你们已走错了路子! 共产党解放军是我们的朋友,你们说能打解放军吗?"

众神兵说："不打解放军,我们不知道是去打解放军的,我们听总舵爷您的吩咐。"

谷兆海大声说："我缔造的神兵队伍历来纪律严明,不抢不烧不杀不淫,是一只有良心的队伍,我现在宣布两件事,一是队伍立即拉回白鹤寨,日夜护寨,严防土匪和国民党劫寨。二是撤销谷虎龙旗长职务,由教练马飞飞担任龙旗长。"

谷兆海将那面龙旗交到马飞飞手中。

小道上,谷虎背着神苟儿隐进了山林中,被父亲赶出了山寨后,再也不敢回白鹤寨。他只好躲到狮子洞和莲花教主、神苟儿三人习武传道去了。

32　竹筒

在一个山清水秀的寨子,贺文锦正和几名战士操办丰盛的伙食准备过年。贺文锦筹集的粮食一麻袋一麻袋堆成了小山,准备过年后借木船运向澧源县城。

这时,一个战士带着一个小竹筒急急跑来报告："县长,上游县城递来了十万火急的情报。"

　　贺文锦连忙打开竹筒，取出一张字条，上写：十分火急，陈高南率二千人马于腊月三十攻打县城，快来增援！颜文南。

　　贺文锦连叫司务兵，快吹集合号，跑步增援县城。

　　颜文南得知土匪攻城，立即打电话叫上游的潜伏哨用竹筒传情报，澧源县城在上游，水向下流漂，潜伏哨立即将情报投放到溪沟，一共放5个。贺文锦收到3个。

　　李家祠堂。贺文锦站在火枪炮队前作战前动员："同志们，澧源县城将遭受前所未有的一场大劫难，2000多国民党军和土匪攻打县城，县城兵力空虚，只有200多人枪，且大多由妇女、儿童、老人据守，处境万分危急。现在段运飞外出侦察没回来，我们要派10名队员守粮，其余全部沿河谷跑步增援县城。"

　　贺文锦、佘鹏的队伍下了峡谷，沿河道奔跑，他们步伐一致，军容整齐，一面军旗迎风招展。蓝天、山谷、白雪、森林，还有流动的水和纪律严明的部队，构成一幅很美很美的风景画。

第六章　澧源血战

33　地堡网

陈高南洋洋得意地骑在马上,他以为共产党占据的澧源县是一座孤城,加上过路的解放军近几天不会从县城周围路过,就做起了美梦:"哼哼!人将走运,连门板也挡不住!哼!老子占领县城,挂暂十二师的招牌,向台湾的蒋总裁论功行赏,我说不定还能捞个省主席的职位当当!"他看了看走路慢腾腾的部队,不耐烦地喊:"快,快点走!哼!占领县城遂(吃)夜饭。"

陈高南在澧源城外围遇上一个大钉子。

这钉子就是澧源县军民的顽强抵抗。

第一道关口是镇守东门马富贵营长的地堡网。马富贵是解放军有名的阵地战专家,他根据土匪和国民党军火力配备不整齐,缺少大炮等弱点,短时间修筑了二十多个地堡,大小不一的地堡又相互连接,错综复杂,构成一个强大的火力网。每个地堡中躲着解放军狙击手,地堡纵横交织,高低错落,俨然一个大屠杀场,再在关键部位配上几挺歪把子机枪,加上地堡群在澧水河边,土匪进城先要过河,就会完全暴露在火力网下。

恰恰地堡群前有一悬崖,高5米,组成了一道天然屏障,土匪过河又没有梯子翻越,偶尔从树丫上攀爬的几个土匪,刚上地堡边,就被当了活靶子。

谷金桃的特务营到底还算训练有素。他们硬拼了几分钟,见地形对自己十分不利,加上解放军在暗处,他们在明处,又是长途奔袭,觉得继续打是羊入虎口。

一个头目问谷金桃:"营长,打不打?"

谷金桃看到解放军地堡阵,知道解放军已得到了土匪攻城的消息,心中窃喜,但又不能表现出兴奋的样子。她故意咳嗽一声说:"我早晨眼皮老跳,觉得陈师长偷袭县城,可能会无功而返,今天解放军怎么摆个口袋阵?"

谷金桃想了想,对匪连长说:"打得赢就打,打不赢就跑,将这个骨头扔给陈大麻!"谷金桃的这一招,有一石二鸟的作用。既开脱了硬碰硬的责任,又借解放军之手,狠狠教训一下狂妄不可一世的陈大麻。

谷金桃虚晃一枪,拖着部队往西门赶。

澧源县城西门,是守卡石匠张五发的火铳队。

谷金桃看了看,朝石匠的大阵里喊:"解放军,放下武器吧,你们是火枪,打不过国军正规部队。"

石匠张五发躲在一个石头窗边,回话:"吃鸦片的兄弟们,你们不要再给国民党卖命了!投降吧!你们瘦得像包谷竿竿,不经打!"谷金桃命令匪连长,拿出颜色让共军看看,匪兵搬着机枪冲锋,打得岩包窗户火星四溅。等到匪兵离阵地只有20米时,窗户、土堆、门缝、岩包都伸出枪口,石匠张五发一声喊:"放!"万铳齐发,国民党特务营死伤累累,谷金桃的军帽也被打穿了一个破洞……这是第二道卡口,匪兵大败。

伍桂美是个爱写日记的县妇女主任,她守着赤溪桥,闲时抽笔写日记。她这样记录当天残酷战斗的情景:"大年三十傍晚,匪兵争夺赤溪桥。桥上木板被拆掉,只剩四根铁索。匪兵沿铁索爬,我们缺少枪弹,只和妇女们用石头砸他们,土匪掉入河中淹死的不少。后来匪兵人多,又用机枪扫我们……他们终于攻占了赤溪桥,两名妇女气急,各抢了一颗手榴弹投入敌群,当场炸死十名匪徒,这两名妇女也英勇牺牲。现场清理时,只收到两件花布衣的碎片。"

这是第三道关口,匪兵小胜,但匪兵付出20多条性命的代价。

李癞子的三纵队,是一群穿着女人花花绿绿棉衣的游兵散勇,在开阔地一哄而上持刀呐喊猛打猛冲还可以,但遇到解放军打阵地战,就成了缩头乌龟。李癞子见到解放军的机枪吼,就啪的一下趴在地上,不敢抬头。

有几个家伙还将头插进地里,屁股翘得老高,解放军狙击手专打翘着的屁股。李癞子眼珠咕噜一转,发现解放军阵地是铜墙铁壁,他自摸着稀少头发的圆脑壳说:"都说我癞子刁,老子今天又刁一回!"他发现西门枪声较少,极有可能是解放军防守的薄弱地段,他将他的散兵叫到河坎边,弓腰躲过重点防守区域,集结到西门梅家山,专拣柿子软的地方吃。这一招,李癞子叫"捉麂子先拿跑不动的"。

李癞子在战场上寻找弱对手,让李癞子匪兵初尝甜头。

因为武术家大铁杆的梭镖队只配备一把步枪五十发子弹，其他都是冷兵器，只适合肉搏战。李癫子一阵冲锋，匪兵数十人蜂拥而至，大铁杆的一支步枪哪能发挥杀伤力，只打死5个土匪，敌人就摸上来。

大铁杆挥舞一把鬼头刀，与土匪进行肉搏战，20多名梭镖手都是大铁杆的武术徒弟，平时都是拳打脚踢表演，现在是一招一式讲究鱼死网破，你死我活。

其实这是一场力量太悬殊的较量。半小时后，大铁杆面前，硝烟四起，20多支梭镖全插在敌匪的身上，而梭镖手躺着倒地，没有一个站起来。

李癫子大喜，挥着手枪喊："抓活的，那个舞刀的我认出来了，他是解放军的武术头头，叫大铁杆，活捉他，每人奖大洋10块！"许多土匪听了都喜滋滋喊："活捉大铁杆！"

土匪中有一个屠户出身满脸横肉的胖汉，自持臂力过人，看见大铁杆持一把大刀，怒目而视，想逞一下能力，上阵就找大铁杆死斗。大铁杆将刀猛插地上，运了运气，摆出架势吼："来！来！试试澧源的鬼谷神功。"

胖匪哈哈大笑："老子曾赤手杀脚猪，还怕你个鸟神功？"胖匪趁势打个黑虎掏心，大铁杆一让，胖匪刚好让胸脯暴露，大铁杆猛飞一脚，踢在胖匪肚上，胖匪像猪一样倒下哼叫，大铁杆趁势飞身击肘，打得胖匪人仰马翻，朝天喷血，就断了气。

许多土匪大惊："这大铁杆真厉害，胖子是——狗子挂牛铃子——充当大牲口，不死才怪。"李癫子朝大铁杆开了一枪，大铁杆一滚，带刀横砍，几个近身土匪被活活砍死，吓得其他土匪面面相觑。

李癫子搬一挺机枪，噗噗噗噗朝大铁杆横扫，大铁杆喊："哎哟！"跌倒在地，再没有半点声响。

李癫子以为大铁杆死了，上前踩着大铁杆后背，正准备补枪，不想大铁杆突然一跃而起，拖刀砍向李癫子。猝不及防，李癫子的右臂被活活切下一大块肉，痛得哇哇直喊。

大铁杆横刀揪住了李癫子，朝土匪们高喊："快叫他们放下武器，否则老子一刀砍死你。"

李癫子见大铁杆骁勇异常，只好扔掉机枪，朝土匪们喊："快，快放下枪！"可最终大铁杆没有完成活捉李癫子的使命。事情是这样的，一个土匪吓慌了，向大铁杆扔了一颗手榴弹，手榴弹爆炸了，大铁杆头部受伤，而李癫子面部被炸得血肉模糊，但没炸到要害，却捡回了一条命。大铁杆见土匪人太多，虚晃一刀，跳进岩桩撤退到城中去了。

后来颜文南总结这一关口的战斗，高度评价大铁杆的神勇无敌，"大刀活捉李癫子"的故事就在澧源传开了。

34　涨水

段运飞和小战士从狮子洞出来，飞奔贺文锦堆放粮草的地方，只看到守粮的十个战士，知道土匪趁贺文锦和剿匪分队不在，正在集中优势兵力攻打县城，县城岌岌可危。段运飞急得六神无主，忙和小战士骑马朝县城方向赶去。

段运飞两人是沿另一条小道进县城的。这条小道行人走得不多，恰好陈高南的土匪部队走的是另一条山路，段运飞两人只用几个小时就赶到县城的外围。

段运飞赶到的地方叫五桥。五桥是一个溪口，呈撮箕口形状，澧水在这里分流，分成另一条叫酉水的河。段运飞下马喝了几口泉水，就擦了擦汗，隐隐约约听到城中稀稀拉拉的枪响声。

"段连长，你真是说曹操曹操到！你比我们还捷足先登。"

来人是贺文锦。段运飞放下枪，说："原来是贺县长，我们进城去。"贺文锦说："目前情况紧急，只有东门地堡群土匪无法攻下，西门、赤溪桥阵地已失守，我们先分析一下敌情，再做打算。"段运飞、佘鹏、贺文锦及火枪队长商议了一会，决定趁土匪立足未稳，打他一个措手不及，夺回县城，赶走土匪。

陈高南等土匪从西门攻进县城，发现几条街比较安静，马头山等巷道只看到一些老百姓在扫街，担柴、抬担架的都在急急行走，但没有发现解放军和武装人员。

一个挑着豆腐的老汉喊："卖热豆腐脑儿！"一看到国民党匪兵，抛下担喊："哎呀！兵来喽！"

一些匪徒慌忙朝人群开枪，吓得做小生意的女人纷纷逃避，迅速关上街门。土匪砸门，大叫："花心婆，出来！"一些土匪拖着枪，一步一步向街上走去，他们荷枪实弹，心中有一份骄傲，这帮土匪曾经占据这份土地，可共产党来了，天变黑了，地变薄了，石头也变成红色了，今天土匪们又踩上了熟悉的土地，心中多一份占有欲。

陈高南、陈大麻等匪徒，一步一步向县城腹地推进，他们越走越感到一种无名的恐惧，且越来越厉害，因为他们没有遇到什么阻力，几乎没有遇到反抗，没有看见红色武装人员打击他们，就轻而易举地占领了县城。

陈高南走在石板路上，突然停下，他命令号令兵："通知所有部队，哼！停止前进！莫憛憛懂懂，挑担屎桶！"

副官喊："为什么停？我们不正好捣翻颜文南的县党部吗？"

陈高南说："我们能'明知山有虎，偏往虎山行？'太让我警惕了，哼？为什么会是这样，哼？看不到一个兵，看不到一支枪，哼！更看不到颜文南的毛（指身影），哼！这是共产党明摆的一个空城计啊。"

副官也警觉地说："不好，我们中计了。"

陈高南说："快，哼！快吹撤退号，我们再不撤出县城！哼！撞上大地震，梦里一瓢浇？"

这时，天渐渐黑了。雨也不知何时落下来，噼里啪啦像瓢倒，顷刻间街上出现了大量积水，澧水、酉水两河迅速涨了大水，陈高南踩着积水，慌慌张张向澧水渡口退去。

一个土匪大声再吼："师长，不好啦，澧水上游垮了坝，县城涨大水了，我们的船被水冲走了，我们出不去了。"陈高南大惊，说："啊……啊！哼！暖子（睾丸）上磨刀儿——险得很。"

鹅子坡、西界、东门、梅家山、五里桥同时吹起了冲锋号，数百上千的解放军武装人员从东门、西门、南门、北门同时杀向县城，解放军喊杀声震天响，房上的瓦片都被惊掉在地。陈高南匪兵哪见得这等阵势，纷纷朝出口处逃命，相互踩踏，拼命拥挤，匪兵乱成一团，有几个土匪还相互撕打，甚至用枪互相射击。

陈高南顾不上向匪兵施令，慌忙和陈大麻骑上马朝渡口冲去。

渡口处一片混乱。许多匪兵抢夺一只船，船上人多，转眼被浪打翻。

河对边有人怒喊："抓住陈高南，抓住陈大麻！"陈高南和陈大麻将马赶向澧水河一个沙滩处，拉着马的尾巴游到鹅子坡下游，爬上岸逃出命来。

"哼？晚上奔夜路，偏偏鬼拖腿？野猫送的什么情报，共产党摆了空城计来捉我，还说澧源县是空城，占县城易如反掌，呸，没想到前有伏兵，后有大水，老子差点没了小命，呸！下次见了野猫，老子饶不了他！哼？"陈高南不停地骂着。

陈高南和陈大麻躲在树林中使劲拧湿衣服，冷得直打哆嗦。陈高南恨不得亲手枪毙野猫。

"野猫"就是隐藏在颜文南身边的国民党特务。陈大麻帮陈高南弄干身上的水，安慰说："师座，胜败乃兵家常事，今天中计，我明天回廖坪，再树起大旗与解放军干。"

"不知我女儿在哪里？不会被解放军打死吧？"陈高南对陈大麻说。陈大麻有些担心,但又没有能力解救,只好说些安慰话敷衍陈高南:"师座,您大福有大贵,您大难都不死,您女儿一定不会有事!"

这一仗,颜文南巧摆迷魂阵,打开水坝,猛淹澧水渡口,切断陈高南退路,大获全胜。

35　山歌

大年初一,澧源县城人山人海,人们不躲到家里过年,而是上街庆祝胜利。澧源,这个小小县城,万人空巷,人们主动上街,跳仗鼓舞,打花棍,唱民歌,打围鼓,他们的欢笑声是一首动人的歌。

校场坪离澧水仅10米远。澧水在哗哗流淌,颜文南、贺文锦等坐在主席台上,台下是穿着整齐的解放军和武装人员,以及部分群众和儿童。

颜文南讲话,他高兴地总结澧源大捷的经验和战绩。后来澧源县志这样记载:"澧源大捷,共打死打伤敌人陈高南部1000人,活捉400人,陈匪元气大伤。"

贺文锦给大铁杆等战斗英雄戴花授奖,台下掌声如潮。

大铁杆在这种场合下作典型发言,显然有些腼腆,上台后不停地抓后脑勺,半天才吞吞吐吐说:"我……就是一把砍刀,砍得匪徒不敢看我!"至于单手捉匪首李癞子,他只字不提。

下台后一个战士笑他说:"死笨,那些辉煌的战绩为何不讲出来!"大铁杆白了他一眼,说:"讲出还不丑? 老子捉是捉住了,但他后来又跑了,就怪那狗通的扔——手榴弹!"

再说谷金桃的特务营攻打县城时,她选择了一个"溜"字,她命令歪嘴巴连长围着县城打枪,只打不攻。

匪连长问:"我们到底从哪里打过去。"

谷金桃说:"你个死脑壳,还是特务连长,我们若是冲进城,搞不清城里情况,就是占领县城,谁来护驾? 到头来还是让解放军包饺子。"

匪连长恍然醒悟说:"哦,还是营长高见,到底是陈师长的女儿,就是脑瓜子活。"

谷金桃说:"命令部队围而不打,静观其变。"

陈高南大部队进县城时,谷金桃将特务营拖到鹅子坡树林处观望,当听到到处都是军号时,她才意识到自己的决策是极其正确的。

鹅子坡下游的松树林。"爹,我来了。"随着一声亲热的喊,谷金桃出现在陈高南和陈大麻身边。

陈高南一看是女儿谷金桃,喜上眉梢说:"金桃,哼! 喜鹊叫渣渣,时来运转哒! 你不是进城打头阵的吗,哼? 怎跑到这里?"

谷金桃说:"爹你有所不知,我看到城里火力部署,就知道共军在摆弄什么计策,没想到他们摆了个空城计,差点将您的命夺走。"

陈高南说:"胜败是兵家常事,哼! 我们父女都安然无恙,哼! 这一仗算是没大败而回。"

陈大麻说:"我们回廖坪。"陈高南就收捡残兵败将逃回廖坪老巢。

澧源大捷,打掉了匪兵的嚣张气焰。

县城民歌手作了一首叫《赤溪战旗飘》的澧源山歌:

> 澧水河,笑哈哈,赤溪战旗美如画。空城伏兵千万里,一声断喝制敌酋,大水发,敌匪拖着马尾巴,滚的滚,爬的爬,解放军用兵人人夸。敌匪胆子麻,丢枪弃甲跳河跑,淹得像个大西瓜,大西瓜!

这首民歌,后来当成红色经典歌谣,被广为传唱。

36 信鸽

正月初五,陈高南逃回老巢廖坪。刚落稳脚,一只信鸽轻轻落在司令部阶檐上。

陈高南抱着鸽子,取出情报:"军中有铁扇公主,要多加提防! 野猫。"陈高南看了将信烧掉,他心中十分纳罕,野猫对自己忠心恳恳,他从解放军里发出情报,说我部队有内鬼,有铁扇公主,这个可怕的人是谁? 与我这次攻打县城失利有密切关系吗? 陈高南躺在滴水床上百思不解。

谷金桃熬了一碗鸡汤,端到陈高南面前说:"爹,喝点汤暖暖身子!"陈高南喝了,用狡诈的双眼打量着女儿说:"金桃,哼! 一碗腊肉,那能蟒(掩盖)在饭里吃? 这回只有你觉得城里摆了空城计,哼! 我们都被蒙在鼓里,看来你是一块带兵打仗的料,哼! 明天你随我打猎散散心! 哼!"谷金桃知道爹在怀疑自己的身份,说明白点,就是在试探。

"好!"金桃回答得非常有底气。

陈高南再一次闪着狡诈的目光,注视着金桃。

第二天,陈高南带着副官、马弁和谷金桃去廖坪龟山打猎。

在一条小路边,遇到了一个年轻妇女,牵着小孩唱民谣:"老虎嘴,兔儿腿,红缨枪,催命鬼,一枪戳死癞子鬼!"

陈高南一听,大怒,因为陈高南头顶光秃无毛,是一个典型癞子头,以为年轻妇女是在故意骂他,立即眼露凶光,恶狠狠对金桃说:"哼!阎王叫人七更死,绝对活不到六更?你看那猴闷娘(女人)抱的儿来(指小孩),哼!是死的还是活的。"

金桃睁大眼睛说:"当然是活的呀。"

陈高南说:"哼!我看是死的呀!哼!死人永远不说话。"说完就掏枪,呼呼呼三枪将小孩打死。

年轻妇女被突然飞来的横祸吓得脸色大变,怀中的孩子瞬间变成了一具血肉模糊的冰凉死尸,谁还会坐以待毙?年轻妇女放下孩子,随即张牙舞爪向陈高南扑来。陈高南假装大喊:"还不打死她,哼?人不能让毒蛇咬两次!她向爹索命!哼?金桃,你是爹的女儿,是陈高南的女儿,还不快开枪……哼?!"

金桃朝女人开了枪。一枪打中年轻女人右臂,鲜血冒出来,年轻女人倒在地上,不省人事……

陈高南以为年轻女人被打死了。上前看了看金桃,金桃慌忙用手摸掉泪痕。

陈高南高兴地拍拍女儿的肩,安慰说:"好女儿,哼!是石头就不怕被水冲!爹相信你。"谷金桃当然知道,这都是陈高南暗地试探她使出的一条毒计,为了不让起疑心,金桃忍着良心的跳动,开枪射杀那个无辜的女人。

陈高南在廖坪一带苟延残喘,他成了一只疯狗,日夜寻找机会咬死解放军。

第七章　恐龙化石

37　覆锅岩

谷兆海回到白鹤寨，养了数日伤，身体渐渐好起来。

当春姑子在山里咕咕咕咕叫唤，时令已过了元宵节。

谷兆海开始在院落中练习日字冲拳。他时而打出太极的温柔，时而打出猛虎出击的招数，他的套路诡异无踪，大概是受到鬼谷神功的影响。他又飞舞大砍刀，只见刀影婆娑，金光闪烁，瞬间不见人影。稍歇一会，他又从内屋取一根仗鼓，跳进岩塔尽兴耍着，那柄仗鼓像枪一样，枪枪带血，不用说，谷兆海还是一个玩仗鼓的高手。

白师爷将一摞手稿搬到桌上，静静地看着谷老兊把跳仗鼓，良久才说："老爷，仗鼓寨将族谱初稿都送来了，选个时间审稿吧！"

谷兆海停下来，搁下仗鼓。吩咐师爷请几名私塾老师日夜校对，准备近期开版印刷。谷兆海最后一个定稿，他仔细审阅了厚厚的书稿，对这次族源普查中的重大发现十分赞赏，因为有了这些信息，可以说，填补了民家寨历史的空白，价值不菲。

龙蛋峪寨主在清查族源时，发现了一块颇有研究价值的石碑。寨主将石碑擦洗干净，显出字样。这是一块清乾隆时期的石碑，上题三字"覆锅岩"，据寨中老人讲述，此碑字为乾隆皇帝亲笔所书，是记录民家祖先落脚覆锅岩的一个标识。

说起"覆锅岩"，有一个故事。

说王姓始祖一个叫王朋凯的人，很早以前和老表谷均万、钟千一等人，从遥远的大理来澧源落脚。当时，他们都是军人，踏上南宋的地盘上打仗，最后部队被解散,一部分军人回大理去了,极少部分的军人们不愿回老家,想找个地方落脚,过真正的解甲归田的日子。谷均万一行 50 多条汉,据说有十大姓,包括陈、彭、谷、王、钟,还有刘、李、赵、朱、熊,他们藏了弓箭和刀枪,装成生意人模样,结伴而行,开始浪迹天涯。谷均万边走边唱:"我从云南来,想个落脚趴,狗子到处咬,至今没得趴,老天老天啊,何时路在脚下?"唱着唱着,大家流出了眼泪。

王朋凯背了一口铁锅,刚刚走到龙蛋峪的一个大石板上,也许是天意,王朋凯突然站立不稳,一屁股摔了个跟头。背上的那口锅"哐哐哐"的反扑在石板上,惊出大家一身冷汗。

"难门的?难门的?"谷均万急急问。

"没难门!我——拜了土地。"王朋凯调侃说。

也许是摔痛了,也许受够了一路颠簸的苦楚,落脚修养的念头从心底闪过,王朋凯爬起来,对老表们喊:"这里风光明媚,山清水秀,是不是老天有意留我们在这里住?"

谷均万是何等的心有灵犀?笑得很甜,来了兴趣说:"凯老表你是个风水先生,你抛个坨坨,试试看?"

钟千一也投了赞成票,笑道:"我们几老表从慈利来,转了十几天,腿都走肿了,其他的地方,住不起——都有土司的人马看守,不让我们歇脚,这里是不毛之地,不属于土司的势力范围,我看可以选择一下。"

王朋凯高兴地说:"我抛个坨色子(纸牌),若最大的牌点落在岩板上,就是天命,我们就安家!"说来也巧,王朋凯投出的纸牌中的最大点稳稳落在石板上,其他牌却被一阵清风刮跑!

"真乃天意!落脚吧,我们长期流浪的日子结束了。因为我们的执着,历史将为我们写下浓浓的一笔,不,应该是光辉灿烂的一笔。"谷均万因年纪较大,军衔较高,几老表都听命于他。

此时此刻,定居成了一件惊天动地的大事!

家园,民家人的家园,已有了美好的蓝图!

历史,民家人的历史,已翻开崭新的一页!

说来更巧,几人吃过午饭,准备砍树木搭茅棚,谷均万突然发现了一个秘密,王朋凯摔过的那块大石板,竟留下了明显的痕迹!再仔细看,上面竟清晰地现出三个印记,不错,一个屁股印,两个脚板印……"不可思议!但绝对是一个奇迹啊!"谷均万惊叹道。

"难道上天想挽留我们——住这里不成?"钟千一倒不相信,以为几个老表在调戏他。但看到谷均万惊喜的窘态，不自主地上前，搬开反扑着的大黑锅，他怔住了，惊呆了：那石板上展出一个深深的圆圈，是锅蔸把印，这是繁衍生息、落脚建家的信号啊！于是，几老表坚定了信心，在马合口、狐狸溪、潘家廊安家立业，大家把大石板叫"覆锅岩"，这座宏图伟业基石的标识，为民家寨子的族源提供了一个重要的佐证。

谷家山也发生了类似的趣事。

狮子岩边，谷志的曾祖谷德是一位典型的民家汉。

谷德长年在山寨制造民家窑货。他年轻时死了父母，小时候他拜邻居为干妈。干妈患一种咳嗽的老病，久治不愈。谷德是名大孝子，干妈久病卧床让他痛心不已。有一天，干妈饿得实在不行，就喊谷德说："儿啊！老娘恐怕要 tia 瓜儿哒（指死），俺寨上有个老习俗，快 tia 瓜儿的人都要赏禄（指吃最后一次晚餐），你到外面弄点肉末末来，哪怕让我嗅嗅也好，解我的肉瘾！"谷德说："妈，你放心，我一定办。"当时，天大旱，寨中穷得叮当响，别说弄肉，就是弄些苞谷糊、薯米都很困难，到哪里搞肉哩？

谷德无奈地坐在板凳上，不知不觉流下眼泪。他走到厨房，拿了一把快刀，做出惊世骇俗的举动，他要割自己的肉给干妈吃！割肉前，他去了屋对门的一个本主庙中。进门就跪倒在地，喊本主谷永说："祖爷，今天我母亲想肉吃（想）成病了，请祖爷踢福，割我一坨肉送母——让刀子入身不出血！"谷德烧了三炷香，就卷起裤腿，在左腿胫腓骨上的肌肉割下一大块，放到瓷钵中，又赶快将烧透的纸灰覆盖在伤口上，谷德忍着痛到厨房办宴，放了葱和胡椒，煮熟就端到床上喂干妈。干妈边吃边喊："儿啊，这肉——又香又脆，太好吃哒，你也吃点吧！"谷德撒谎告诉她，今天时运来了，自己到对门山打野兔，一个野兔蹦倒熬钵里，被捉住了。

这碗肉，真神！谷德干妈吃后，病愈了。

后来母亲发现，谷德的腿有伤，再三追问，谷德才告诉了干妈的真相。

此事被寨中某贡生知道，写成文章飞报澧源县令，县令快马加鞭层层上报，一直报送到咸丰帝那里。咸丰帝深为谷德的孝道感动，亲自书写"挚孝感神"四字，令澧源县令按其字样做成木匾，送到谷家山。谷德死后，其后裔将此匾保存下来。后来，寨上传出这样的俗语："谷家山的肉末末儿，治得病。"这是清朝咸丰年间的事。

莲花台寨有一座小山，酷似观音，村民叫它观音坐莲。

山上安葬着本主谷永。因谷永是谷氏祖先，少年聪慧，尤好武术，因平叛有功,当上锦衣卫中指挥,充京营提督,死在任上。明朝皇帝念其亲事三君,命安福千户所千户刘伯通治丧,将谷永尸体从京城运往澧源安葬。还亲书"刚勇敏捷"四字牌匾,以歌其德勇。刘伯通和大阴阳家徐仲宁日夜护尸到澧源的大山中,发现了这块观音坐莲的风水穴地,就请石匠凿穴安葬。为防盗墓,刘伯通想了一个办法,即用"障眼法"以迷惑盗墓者。刘伯通命令仗鼓寨、余滩口、毛垭等九九八十一寨同时于某日上午,各抬棺材埋葬并写其名"谷永墓"。许多盗墓贼夜盗其墓,挖了十多口,打开坟棺,均无金银财宝,只好歇手。据说,同时树石碑的还有一块,叫神道碑。碑云:某月日,锦衣卫中指挥谷公卒官。天子憨念勤劳,命官治丧事。诏曰:谷永身历三君,竭尽公忠,方欲简界,奋厥材献。不意天命数奇,遽尔淹没,朕甚怆惊,著附近职官,代理殡葬。谷永的墓碑是与棺材一齐深埋土中的。葬棺时在半夜,同时抬出了两副棺。上面一副为假棺,将一个老死者葬上,穿上朝廷赏赐的官服,装上一些铜钱珠宝。下面用大石板相隔,再在石板下安葬本主谷永真尸。其墓地可谓做得天衣无缝。一般盗墓贼找到其墓地都难,更谈不上去掘墓。

38 传教

可谷永墓还是被折腾了一次。

飞贼是一伙蒙面人,他们身手娇键,健步如飞。为首的是一位蒙面女人,披着长发,趁黑夜盗墓,他们挖开坟茔,终于找到古墓。他们胡乱挖了一些土,现出了石碑,借助桐油光亮,女蒙面者看到残碑上写有"敏捷"字样,将墓中的瓷坛、银元、首饰抢劫一空。这伙盗墓贼的行踪最后还是被当地寨丁发现,当,当,当,三声锣响,数十名寨丁和寨民闻讯而出,持武器将他们围住,双方交战,盗墓贼被抓住。第二天,寨主王志超亲审女蒙面贼,问:"你是何人?敢盗祖坟!"蒙面女人不答。王志超又问:"你以为不作声,别人就识不破你的身份?"王志超命令寨丁撕掉蒙面女人的面纱,一看,王志超惊呆了:"是你……你……"

女人转过脸,冷冷地说:"是我,莲花教主。"

王志超惊愕地说:"你……自称是上帝的善良使者,为何干盗坟欺世的勾当?"

女人冷冷地说:"我是为宝而来,并不是为盗墓而来,一具僵尸,几百年了,不腐烂的只有金银珠宝。"

王志超说:"我们寨每年都给你上交了教会钱,你有钱有粮,还要珠宝做什么?"

女人说:"这是上帝旨意,用珠宝金钱感化一些至今执迷不悟的愚民,我是想用这些钱物来修教堂,让莲花教成为澧源有名的正教!"王志超不是莲花教的教士,但惹不起这群有枪有炮的歹人,只好放人。当然,王志超不知道这名莲花教主叫美枝子,是一位神秘的日本间谍。

神兵探子将王志超捉放莲花教主的事报告给谷兆海。

晚饭后,谷兆海和白师爷坐在岩塔上品茶,感到有一种巨大的力量,已开始向他们靠拢、靠拢……

是什么?

是责任!

"真可恶,连我们家祖宗的墓都敢动。20多年前,莲花台寨出了一件大事,某姓刁民在谷永墓前竖一块块石碑,改叫'X永'遭到谷姓族人强烈反对。可某姓人多势众,又有土司势力作后盾,拒不拆碑,惹发谷姓人的怒火,派一名贡生到县衙告状,当时县衙闹红,无力处理,谷姓人家最后到重庆告状。接状者为有名的谷氏三兄弟,即国民党宪兵司令谷正伦。谷正伦认为某姓故意刁难,在欺师灭祖。决定给其颜色看看,派了一师骑兵日夜兼程赶到莲花台寨,骑兵师将兵丁分散到当地寨民家吃喝拉撒,只吃不做,不打仗不出操,寨民稍有怠慢就遭到兵丁们的怒骂。十天过后,寨民怨声四起,二十天过后,寨民家无粮可食,最后终于弄清这些兵丁是为那块破石碑而来,都将怒火发泄到某姓头人身上。头人感到羞愧万分,主动撤掉残碑,赔礼道歉,才平息闹碑风波,如今政权风云变幻,时局不稳,盗匪猖獗,民不聊生,才闹出盗墓事件啊!"谷兆海叹息说。

"看来,民家寨马上要发起一种运动,对民家寨宝物进行一次全面清查,一可以将宝物分门别类,做出登记,不流落外地。二可以探索族源,追本溯源弄清民家寨的历史、文化、宗教等族情。三可以对宝物进行收集和保护! 为后裔做出一点贡献。"白师爷落下茶杯说出心里话,"老莬把,您是族长,您一定要承担起保护这些宝物的大任啊,否则,上对不起苍天,下对不起族人,中间对不起谷家列祖列宗。"

白师爷的见解让谷兆海大为折服,所提建议均被谷兆海采纳。

在乱世,特别是没有彻底解放的寨子,有这种睿智的幕僚辅佐,谷兆海感到阵阵欣慰。

谷兆海随即组织一支神兵队伍,脱掉神兵服装,扮成搞族谱的文化人到各寨调查探试。

天,刚刚下了一阵"太阳雨",山寨被清洗得干净整洁。远处的青山挺拔,澧水静静流淌着,像一位多情的处子,滋润山清水秀的民家寨……

转眼到了二月二,春鸟在大山林婉转歌唱。

一条羊肠小路上,美枝子依旧披着黑纱,将面部严严遮住,不时到龙蛋桠传教。

谷虎和神苟儿正好藏身到龙蛋桠的一个石洞中,谷虎从一棵大树的枝杈中看到传教的美枝子和一个挎步枪的男人在踩水过河,狡诈地向神苟儿说:"我俩躲到这里过野人生活,不如投奔莲花教主,她有人有枪有粮!怎样!"神苟儿说:"旗长,我的命都是你给的,我听你的。"谷虎两人溜到一户低矮木楼牲口圈里偷出一只羊,向美枝子献礼。

河滩上,美枝子看见谷虎抱着一只肥山羊,怔了一下,很快露出笑脸,用惊讶的神态喊:"谷虎,你怎么到这儿来?"又问:"这个一纸糊(独眼)是谁?"

谷虎说:"我被白鹤寨神兵赶了出来,无家可归,特来投奔你,这是我的铁杆兄弟,叫神苟儿。"

神苟儿弯腰低头,一副媚相,恭维说:"教主好,神苟儿为您肝脑涂地。"

美枝子说:"好吧!既然谷虎你来了,大家一齐发洋财吧!"扛长枪的男子一刀将羊捅死,就在河滩旁边捡些干柴,做起烧羊肉,一股烧烤的味道弥漫着山庄。

刚烤熟,几人正准备狼吞虎咽。对面寨里突然有人猛喊:"不好啦,有土匪偷羊儿啦!"只听一声锣响,几个寨民拿着木棍紧紧追了上来。

谷虎和神苟儿有些害怕,美枝子看了看两人的狼狈相,嘲讽道:"区区一声锣响,就将你这个龙旗长的屁吓出来了?别怕,有教主在。"

几个寨民赶到烧火处,扛长枪的男青年立即拉响枪栓,厉声吆喝:"不得撒野!苍天在上,莲花教主在此,你们见了教主还不跪地谢恩。"

几个寨民一看是教主,慌忙下跪说:"不知教主驾到!罪孽罪孽。"

美枝子说:"起来吧,莲花神即将显灵,教士们要听莲花神的,近日你们寨的粮食收了多少担?"

寨民说:"报告教主,总共50担,准备明天送到您那儿去。"

美枝子说:"夜长梦多,现暂十二师正在筹粮,解放军段运飞正在购粮,你们要信奉莲花神,绝不能把粮食落到陈高南和段运飞手中。"

39 恐龙化石

美枝子和谷虎等四人来到了龙蛋坡。

这个龙蛋坡是个典型的丘陵地,岩石一般带暗红色,大概是长期风化的结果。

美枝子悄悄爬到一个红岩壳里小解,她脱下裤子,撒了一泡尿。她身旁的岩壳全是一些小石块,朱红色的岩子不时从岩壁往下滑落。她发现岩壳周围,全是密密麻麻的刺蓬,她便断定这里人迹罕至。

系上裤带,她意外地踢到了一块小石头。就是这个"意外"让她异常惊喜,因为她弯腰仔细一看,那石头带条形状,再细细查探,发现一个天大的秘密:天啊,这石头是一块骨的化石!说透了就是一块骨柴,她以为是什么野兽的化石。但从这块骨架的长度来看,它不是虎、狗、或象、熊之类的,更不像猛蛇、鳄鱼的,它是什么化石?

美枝子识不破,朝岩坡下喊:"谷虎,快来!"

谷虎三人爬上岩壳,美枝子说:"快到寨上拿锄头、背篓和麻袋,我要将这些石块拿到狮子洞去!"

谷虎找来了锄头和钢钎。却根本瞧不起对这些破岩石子感兴趣美枝子,他顶撞说:"弄这些破石子——背都难得背!"

美枝子面带怒色,指责说:"你个土包子,化石你懂不?是宝!"

谷虎边挖边犟:"什么宝?几堆破石,吃又吃不得,玩又玩不得,卖钱又卖不得,算什么狗屎宝物!"

美枝子鄙夷地说:"土包子,这叫文物,文物可很有研究价值,它可研究历史,可以帮助我们破解人类的生存密码!熊二狗,装麻袋,神苟儿你背!"

神苟儿急忙喊:"教主,我背?我背心都没有啊?"美枝子这才想起神苟儿是个驼背,就叫谷虎背,熊二狗扛。神苟儿挎熊二狗的长枪,枪比他高出一大截,神苟儿因背驼,将长枪横在脖儿上,走路很不雅观。

化石运进狮子洞时正值下午。熊二狗、谷虎和神苟儿拖着猎枪打山鸡。共打死 10 只山鸡,炒了一大锅,喝饱了就去附近寨子找女人玩。

而美枝子躲在洞中,用放大镜细看化石,又翻了一些书,她很惊喜,因为她已初步判断这些化石是民家寨里绝世宝物——恐龙化石。她将这些化石一一拼装起来,再用粘贴胶水连接上,一座恐龙骨架成型了。美枝子兴奋地自言自语说:"太好了,中国恐龙化石! 世界级宝贝啊! 我得尽快把它运回日本!"清早起床,她从隐蔽处拖出报话机来到洞口附近,架起天线,向外发报。随着一声嘀嘀嘀的声音,通过无线电向远处的省城发报:"澧源找到恐龙化石,是运是藏,请明示,美枝子。"

信号很快传输到省城长沙的一座破寺庙里,一个和尚模样的人快速闪进一个较为隐蔽的石洞中,也架起天线,传输信号:"先藏后运,我派人取,黑樱花。"

40　兴趣

颜文南自从澧源大捷后,组织几支队伍追剿陈高南和他的那些土匪。众匪徒成了惊弓之鸟,四处逃窜,剿匪工作初见成效。他也有了时间深入到附近一些寨子,动员群众开展农业生产,闲时了解当地土著民族的民风民情。

颜文南喜欢研究民俗,他原本在云南大学念书,学的专业就是民俗学,那年学校闹抗日风潮,他才报名参加国民党抗日队伍,后见国民党军纪律涣散,专欺压百姓,他才当逃兵参加八路军,后在林彪部队当上连长,参加了辽沈战役后被提升为某团政委,南下剿匪来到澧源县。

段运飞汇报工作,不时给颜文南讲一些民家寨子的趣事野闻,如神兵、拜本主、点火把、发八字、挑糍粑、跳仗鼓等,引发颜文南极强的探索兴趣,他认为这些奇闻逸事与大理有惊人的相似之处,但又带着澧源强烈的地域特色,难道澧源与大理有说不清道不明的历史渊源吗?

近几日,颜文南与段运飞脑子里装的全都是民家寨乡土风情,两人在一块研究剿匪和筹粮等事宜的同时,忍不住又要交流一番。有时为了一个民俗元素,两个大理人争得面红耳赤,谁都不轻易放弃自己的意见。

可当时澧源县还没有全部解放,责任和精力都不允许两人深入研究下去。

因为民家寨子突然爆发了"腊狗事件"。

第八章　腊狗事件

41　腊狗

与仗舞寨相邻的寨叫腊狗寨,因为腊狗多,故名"腊狗寨"。

说起腊狗寨的腊狗,天下有名。明朝时这里出产的腊狗被卖到省城长沙和武汉等地,清朝中期,与大庸的楠木,被当成贡品运往朝廷。

民国时期曾销往南京、成都。《钟氏族谱》记载:腊狗,书名又叫大鲵,民间习惯喊成"阴阳鱼",是一种对生存条件要求很高的两栖动物,喜阴凉环境,懒动,怕风、怕光、怕吵,要求水源充足,无毒无害,以鱼虾为食,肉质鲜嫩,营养价值高,可充药,很昂贵……但具体昂贵到什么程度,族谱上没有记录。但民间却有一些说法,如民谣"大鲵哇,嘴巴 zha(读渣),搭链荷包涨开哒!"意思是说,大鲵一张嘴叫唤,就暴露了身影,捕获后卖钱能用钱币将搭链或荷包胀得鼓鼓的,像牛卵包一荡一荡,极有诱惑性。民谣又曰:"你嘴巴张得像个娃娃鱼,懒得烧黄昏蛇吃。"这是用贬义词咒腊狗,其实是在埋怨某人懒惰。

腊狗寨的泉水也很出名,素有"大泉三十六,小泉七十二"之说,腊狗寨地下泉眼多,有时某户的屋角就有泉冒出,清澈莹亮,且冬暖夏凉,水质极佳。腊狗就喜欢在这样优秀的水质环境里生存繁殖。

当然腊狗寨还盛产一尤物,那就是水灵灵的女人。

腊狗寨的女人,吃腊狗长大,喝山泉长成,到12岁个个长得楚楚动人,即便到了成年那是韵味无穷,到了老年都是美人胚子,一举一动都挟带山里女人的倩丽。腊狗寨的墟场,每场都人来人往,腊狗寨人依据自然优势在场两边开摊设铺,赚钱赚人气,连大土匪周野人找小老婆,都在腊狗寨挑选。族长钟高定虽然角色不大,但人际关系好,兵、匪、痞、霸、游兵散勇、红道黑道他都混得熟。钟高定还建有一支护卫队,取名"腊狗队"。许多不怕死的家伙,曾明目张胆到腊狗寨双抢(抢腊狗抢女人),都被钟高定打发回了"老家"。

其实,腊狗寨的腊狗,全躲在一个叫"七眼泉"的岩凼里。"七眼泉"有七个大岩洞,且在一个大山根下,山叫猪母娘山,这七个洞就是母猪的七个大奶头。据说女娲娘娘补天时,腊狗寨的一个母猪精百般刁难,千方百计阻挠女娲取石,惹怒了女娲,点化母猪精变成大山,日夜守护腊狗寨,用它的奶头不停地挤压水汁,为人间造福。于是,"七眼泉"山就叫猪母娘山,从此,腊狗就栖身于此。每年涨桃花水的季节,大腊狗就会发情嬉闹,从岩罩壳里窜出,一窜就是十条八条,那小腊狗也不甘寂寞,在溪沟河谷玩得尽欢,成为腊狗寨人的猎物。

钟高定是腊狗寨出名的督官。

督官是一个民间官职,即红白喜事中的管事总督。既要有号召力,又要有办事能力。

这天正好是三月三,是民家寨赶街的日子。赶街,和赶场差不多,只是名字不同。据说是大理的传统节日,因大理祖先来到澧源后,把这个节日保留下来,一直被民家寨人所接受。钟高定正站在三月街上的一个饭铺里,教一群年轻人打围鼓。一个背柴的老汉找到钟高定,欣喜地喊:"族长,围鼓逮(打)不成哒,腊狗我们要背走哒。"钟高定问:"背什么腊狗?"

老汉说:"二虎今朝发八字啊。"

钟高定恍然大悟地说:"哦,想起来哒,今天二虎要讲媳妇,送腊狗做媒。"

原来,腊狗寨有个习俗:男人发八字定亲,不像白鹤寨,送两个大糍粑粑当厚礼,上面还写上"福禄鸳鸯"四字,以表示爱情久长,而送两条腊狗作见面礼,让女方喂养,结婚时,女方要将腊狗送回来,若将腊狗喂死或者被盗,证明女方没把腊狗寨的男人放在眼中,腊狗寨就此与女方断绝关系,不准再让男人踏女方的门,若女方来寨也一般不款待,叫"坐冷板凳"。

二虎的未来媳妇是个寡妇,住在龙蛋垭。二虎有一次打猎被野猪咬破裤裆,流了不少血,爬到寡妇门口,就昏死过去了。寡妇二话不说,背着二虎就上木楼里诊伤,寡妇给二虎换药,吸瘀消肿,二虎的裤裆里渐渐有了动静,伤愈后寡妇就不再离开二虎,二虎和寡妇就有了恋情。二虎说:"我这裤裆都是寡妇补好的! 我要她!"寡妇说:"二虎是被母野猪咬伤命根的,又是我这个寡妇让他(裤裆)有动静的,我嫁他!"寡妇男人原是一名歌手,因作歌骂陈高南,被陈高南捉去,割掉舌头而惨死异乡。

在龙蛋垭的一个斜坡上，神苟儿挑着货担，扮着卖货郎，他喊："卖阳火糖果发粑粑！"几个小孩围紧吵闹着，又拿着发粑粑散开去。神苟儿奉美枝子之命到龙蛋垭侦察，他们听说这一带常有解放军和暂十二师的人马活动。神苟儿探知下午腊狗寨钟族长带二虎来寡妇家发八字，就挑着货担逃了。

跑到山洞，神苟儿将侦察的情况详细告诉美枝子。美枝子很感兴趣，喊来熊二狗、谷虎和另外一名护莲队员，几个密谋起来。

钟高定带着他的发八字队伍，一路浩浩荡荡向田野走着。二虎吹着唢呐，钟高定打着围鼓，寨丁用木桶装着两条腊狗，人们背着粮食、布匹和盐巴、火柴等礼物热热闹闹朝寡妇家赶。

二虎抑制不住兴奋，他是从内心看准了寡妇的多情、善良、美丽、温柔，他是从内心爱寡妇的泼辣、凶悍和聪慧。他恨不得立即走到寡妇门前，亲自将两条腊狗交给她，让她掉泪、让她感动、让她哭、让她喊、让她爱、让她恨，让她一生都为他洗裤裆、补裤裆、晒裤裆，让她睡觉时赤身裸体发出一声声畅快地呐喊，就像这腊狗，畅喊着求爱，哇哇叫。

队伍齐聚在树下休息时，二虎吃了两个红薯，风一吹，靠着树打盹……

寡妇全身是血，头发散乱，边跑边朝二虎喊："二虎救我！二虎，我全身有血，有几个男人戏我……二虎，我血流尽了……我想抱你、亲你、捆你、箍你，与你打赤膊，打条胯，抱肉包驮（屁股），我……没脸见你。"二虎努力抱着寡妇，使劲叫喊："竖人家（指妻子），哪门搞的？是何只个（哪个）揉你？"可寡妇就是笑，就是笑，只痴痴地笑，笑着笑着，就跳崖了，像一只腊狗从悬崖处飚进深潭，而腊狗飚滩还能活，可寡妇飚滩就成了一只翻白肚皮的死腊狗……二虎醒来，出了一身冷汗，"这个梦不吉利？"二虎胡思乱想。

二虎的这个怪梦还真有些灵准。梦中寡妇全身是血，其实不是血，是火，寡妇在转角木楼的后山挖洋芋，被三个穿着解放军制服的男人拖进草丛强奸，随后，三个解放军制服的人点燃了寡妇身上的衣裤，寡妇被烧得乱窜，最后窜到后山的绝壁下，悲愤地跳下了悬崖……

这三个穿解放军制服的人整理好衣服，背着卡宾枪、长枪，就踹开寡妇的门，等待二虎上钩。而这三个穿解放军制服的男人一举一动，被一个藏在木楼屋后竹林深处的人看得清清楚楚，这个女人戴着面纱遮住脸部，看一切顺利，才隐进竹林。

钟高定到了木楼岩塔，点了鞭炮，热热朝寡妇家喊："请督官——帮忙的接担！"而对门接话的是一个解放军，用普通话说："大家来了，请坐，帮忙的，快筛茶!"这种回礼,并没有露出破绽。

钟高定很感到惊讶,他认为解放军当督官接客,是寡妇的好手腕,说明寡妇交际宽人缘好,心中对寡妇产生了一种敬畏之情。而二虎觉得有些奇怪,寡妇是单门独户,平时很少与解放军接触,为什么解放军会在屋里煮洋芋吃,而寡妇不在家迎客?

"竖人家(指媳妇),竖人家!"二虎喊。

"她? 不在! 她叫我们帮她看家,她到后山牵羊去了。"高个子解放军说。

另外两名解放军招待送亲的钟高定一行,吃着热洋芋,烧火,眼睛却老盯着木桶里的两条腊狗。

二虎飞似的往后山跑。原来,寡妇喂了两只羊,常关在后山。二虎没有看到寡妇,到了岩壳却看到了两只羊皮,羊肉还有羊头,血淋淋的。二虎也没怀疑,认为是寡妇请人杀了羊招待认亲队。二虎又跑到山顶喊:"竖人家,竖人家,回来! 二虎来哒!"仍无动静,二虎开始怀疑了。他往回走,拾到了一个银坠。这是二虎用腊狗换钱后找银匠打的,送给寡妇并亲自戴在寡妇脖子上的,为什么会随便弃掉? 且烧得糊糊的? 莫非? 二虎不敢想。

二虎火好大呀,他跑进木楼,进门就直奔高个子解放军,揪紧衣襟,扬着拳头高喝道:"牲口,你将俺竖人家弄到那发儿(哪里)去了?"

众人吃了一惊,都认为二虎无礼,就上前拖开二虎,劝架说:"二虎,二虎,你不能这样对待解放军,解放军是好人呀。"

二虎死不放手,鼓起牛卵子眼粗吼:"什么解放军,是土匪,是杀人犯!"高个子解放军挣开手,尴尬地说:"有话慢慢说!"二虎举起银坠子再吼:"这个银坠子是嘟门搞的? 为什么会变黑? 为什么会掉大山上? 俺竖人家为什么会不出来见我?"

钟高定疑惑地看了看二虎,又疑惑地看了看解放军,也觉得这里面有些蹊跷。正准备招待大家坐下来好好说话。冷不防另两个解放军,抢着有木缸的背篓就向外跑。

钟高定有些警惕了,于是急急喊:"解放军,那是发亲的腊狗,你们背不得?"那两个解放军不说话,继续往前赶。高个子解放军挣脱二虎后,跳到菜园子边,用手指着自己的脑袋,冷笑:"你们睁开眼看看,老子是谁?"

钟高定不认识高个子,惊诧地说:"哪……哪有你们这种……无理的解放军?"

"老子不是解放军,老子是狮子洞熊二狗。"高个子将背后的卡宾枪拖出来,朝钟高定扫射,钟高定趁势一滚,躲了过去。两个打围鼓的小伙子被当场打死,钟高定急喊:"当心,花野猫咬人!"众人一提醒,慌忙抢占有利地形。二虎迅速将银坠子揣入裤袋,持一把锄头朝熊二狗砸,没有击中。熊二狗连连开枪,打得木板房上全是弹眼,没打中二虎,二虎顺势一扑,躲在风车边。

钟高定喊寨丁:"注意!这三个解放军是花野猫,假冒的!"寨丁们立即还击,一个寨丁开枪打中熊二狗的右臂,熊二狗开枪射击,随后掩护背木桶的家伙往后山撤。

熊二狗受了伤,见后面有人持枪来赶,急喊:"谷虎,谷虎,帮我挡哈儿(一会儿)。"

谷虎就喊:"开枪打,开枪打!"谷虎与熊二狗趴在岩坎上与钟高定寨丁对射。有一个寨丁原来到白鹤寨当过神兵,认出了谷虎,大喊:"他是白鹤寨谷虎,是神兵龙旗长,是特务,打呀!"熊二狗和谷虎边打边退,紧随另一个家伙逃向松林中。

这时,钟高定回头一看,身后的木楼火光冲天,知道是土匪放了火,正准备组织人救火,突然,岩坎处那神秘女人举枪高喊:"腊狗寨的寨民们,我是莲花教主,只要你们参加我的莲花教,我一定不为难大家。"二虎捡起一面铜锣朝神秘女人砸去,跳起来大骂:"疯女子,鬼!鬼!魔鬼!"

神秘女人就是美枝子,她放了几枪,就与熊二狗、谷虎会合。他们抢到了娃娃鱼,又扮演解放军离间了龙蛋垭与腊狗寨的关系,最主要的是他们狠狠地教训了腊狗寨的人,因为腊狗寨至今不接受他们的传教。

二虎他们扑灭了大火。

钟高定抱头痛哭,对寨民致歉说:"我对不起大家,连自己寨子都护不住,当什么族长?"

寨民说:"这狡猾的土匪,化装成解放军日弄(骗)我们,能怪你吗?"

二虎背了一根火铳,爬到寡妇跳崖的悬壁上,静静看着高高的蓝天。他本来就生得高大健壮,在蓝天下更显得英武与彪悍。

他朝天放一铳,骂:"熊二狗,老子整死你的娘。"

他又朝天放了一铳,骂:"谷虎,老子捅死你竖人家。"

最后又放一铳,骂:"莲花教,老子杀恋(你)的祖宗。"

咚咚咚的铳声,惊得松林群鸟乱窜。二虎的这三铳,宣告了莲花教在腊狗寨传道的彻底失败。

于是腊狗寨又传出民谣,当然是小孩们喊出的民谣:

"莲花教,没人要,偷抢腊狗哇哇叫。

莲花教,不要脸,趴到人家的屁股舔!

莲花教,没人搞,逼着黄牯喝猫尿……"

二虎放了三铳,就再也不回腊狗寨了,二虎报仇去了。

二虎去了澧源,找到县长贺文锦,当了一名解放军战士。参与剿匪,后来牺牲在剿匪战斗中。

42 绣包

"腊狗寨事件"传到澧源县城,刚好是中午。

"嗵"的一声,颜文南将拳头砸在桌上,在紧急军事会议上,他声音很高,几乎是吼出来的:"可恶的邪教,他们化装成解放军,破坏民族团结,腐化群众灵魂,杀害无辜寨民,是一伙十恶不赦的顽匪,我们应该立即出兵,坚决消灭。"

段运飞说:"我早就获知莲花教首领是个神秘女人,一直在民家寨中秘密活动,我认为她就是日本间谍美枝子,她的手中有许多文物,还有报话机,可以说,她有一个严密的地下间谍组织。"

贺文锦补充说:"现在全国即将解放,胡宗南、白崇禧的部队已如惊弓之鸟,彭德怀大军在西北清剿马匪势如破竹,蒋介石也逃到台湾,目前从湘西过路的兄弟部队每天都有上万人。如今我们的任务,依然还是彻底干净地剿匪,建立红色政权。我们这次剿匪,必须按县委指示,解放一寨,巩固一寨,建立自己的政府,让土匪、邪教无立足之地。"

会议一直开到后半夜,许多人睡意蒙眬。段运飞回到简陋的石板墙卧室,却没一点睡意。点上桐油灯,取下挂在墙上的拉链绣包,脑海中全是谷金桃的影子。段运飞抑制不住思恋之苦,索性在一张旧纸上,用铅笔不停地写着"金桃"的名字。

窗外,一个本地更夫细声在唱澧源民歌《冷水泡茶慢慢浓》:

韭菜开花细茸茸,

有心恋郎不怕穷。

只要两人情意好，

冷水泡茶慢慢浓。

不久，更夫又折回来，在段运飞的木楼下，唱《下河陪到姐洗衣》：

下河陪到姐洗衣，

怕姐舀水送我吃。

风吹细浪影合影，

二个恋爱不分离。

段运飞知道澧源民歌唱爱情的句子，有三句最为经典，除了"冷水泡茶慢慢浓"，还有"棒棒捶在岩板上""钥匙不到锁不开"。

段运飞的思绪全在恋人金桃身上，又想起她孤身一人在匪营的日子，就辗转反侧地睡不着。她想自己吗？段运飞对着窗台喃喃地说："金桃，你要保重呀，等到有机会，我一定去看你，再也不让你离开我，我们俩一块讲故事、说笑话、访民俗、躲猫猫……"

43　暗号

近几天，狮子洞美枝子的左眼皮一直在跳，这个神秘女人猜想，段运飞即将率解放军攻打她的寨子。她将熊二狗和神苟儿打发出去，邀谷虎在洞中商议，两人还没忘了云雨一番。

事后，美枝子穿着衣服，披着长长的秀发，散发出一种野花似的香味。她亲了一下谷虎的脸，很温柔地笑道："我的虎哥哥，我接到上级指令，今天要将恐龙化石和腊狗运出寨，长沙来人接应。"

谷虎擦了擦手枪，带着不屑一顾的神态说："你弄的那些木卵东（东西），值几个钱？叫长沙的人直接取走好了。"

美枝子说："没那么容易！据密探报告，我们的计划已经被人透露出去，现在解放军即将来寨中剿杀我们，我们要做两种准备，一是派熊二狗和神苟儿组织护莲队和拥莲队与解放军干，分散解放军的注意力。二是我和你亲自押运洞中所有宝贝出寨，交给长沙的人。"

谷虎说："长沙来接应的人有什么特征？"

"不清楚,只知道我们接头的暗号。"美枝子继续说,"我们先拍手掌三下,问对方:手击两掌画三横,敢问对方是何人? 对方拍手回两掌,答:两掌大插天和地,太阳出来照白岩。"

谷虎悟性颇高,浅浅一笑,说:"哦,你原来问对方是不是日本人。"

美枝子浅浅一笑:"何以见得?"

谷虎说:"你画三横是日字缺两竖。而对方回答的第一句隐含'大和'二字,而太阳一出照白岩,是我们澧源的一首民歌的开头句,恰是你们日本的太阳旗。"

美枝子笑:"看来你没白跟我混几年。"上前又给谷虎一个很性感的热吻。

44 迷魂谷

澧源县城过境的兄弟部队送给贺文锦四辆卡车和一些小钢炮,还有大量重武器,颜文南剿匪大队势力大增。

颜文南看着崭新的美式装备,笑着对贺文锦说:"我们鸟枪换炮了! 这些可以足足装备一个正规军了! 这回让陈高南、莲花教好好尝一尝我们送给他们的礼物,这群家伙死无葬身之地的日子来临了。"

段运飞和佘鹏的剿匪大队开着二辆卡车朝龙蛋垭、腊狗寨等方向驶去。卡车到了龙蛋口,不能再前行了,因为前面是很陡的山路。段运飞和战士们下了车,随即用树枝、茅草等将汽车作了伪装,就悄悄朝狮子洞方向摸去。

"段连长,我们去哪里捞他一把?"佘鹏歪着脑袋问。

"俗话说,擒贼先擒王,我们去狮子洞,捉拿美枝子,彻底铲平莲花教。"

佘鹏说:"那洞有两个出口,若不两头围堵,就是进了洞,也抓不着美枝子啊!"一句话提醒了段运飞。

段运飞笑着说:"我差一点忘了,这狮子洞的确有两个出口,一个在洞边岩壁面,另一个在后山的草堆处。我们分两班,我带一班直扑后山的草堆,守株待兔,你去前面的洞口堵住美枝子,让她插翅难飞。"

两路人马在离狮子洞约5里的地方迅速行动。

段运飞对这里的地形比较熟悉,他的小分队用抓钩抓住岩壁,一个个沿着陡峭的石头攀上狮子洞,只耗了两个多小时就顺利地摸到了狮子洞的后山草堆边。段运飞揭开一团粗毛草,露出一块长石板,再将长石板掀开,露出一口圆圆的洞穴,这就是美枝子的藏身洞穴了。段运飞又将石板移开,再放上草团,再用大石头砸住几束手榴弹,将引线牵到一个隐蔽岩包处,叫战士们睁大双眼。

段运飞的行动进展顺利,而佘鹏的行动却异常艰难。佘鹏的几十名侦察员大都来自北方,不习惯走南方的山路,特别是这些民家山寨,岩路看样子好爬,但长满了青苔,加上天刚下一些小雨,润滑无比,踏上去脚就打滑,一个战士刚爬到一个山顶上,不小心脚一滑,人和枪就沿着石壁滑下了沟,这叫"梭坡坡儿"。

许多战士都梭坡坡儿,连裤裆都磨破了,看见白屁股肉!战士们不好意思,打趣说:"这狮子洞怪,专朝人的屁股拽。"好不容易接触到狮子洞不远处,佘鹏又误入"迷魂谷"。

"迷魂谷"就是怪。一样的树,一样的草,一样的路,一样的云雾,一样的岩包,仿佛一个偌大的迷魂台,又仿佛一个天然的迷宫,许多战士从没有见过这些怪石林立的地方。遇到岔道,不知走哪一条路。几个战士滑入草丛,雾又起来了,对面看不清人,更不敢放枪,怕误伤对方。佘鹏想了一个办法,他将小分队人清点了一下,用一根长绳系在各自的腰上,由佘鹏带队,往前走,就是有人滑倒,前面的人一拉,后面的人也不会落队。

佘鹏的小分队被困在迷魂谷,两个人看得清清楚楚,这两人就是美枝子和谷虎。美枝子仍然罩上面纱,穿一件黑色风衣,胸前挟一柄日本战刀,腰边挂着左轮手枪,俨然一个日本忍者形象。谷虎背着卡宾枪,腰间也挂着手榴弹,戴着一个斗笠。美枝子将手轻轻一挥,从石洞处立即出现一队黑衣人,他们背着扛着,显然是美枝子"宝物运输队",这些黑衣人全身武装,清一色的卡宾枪、清一色的武士刀、清一色的手雷挂在肩上,看样子极像一群受过正规训练的日本陆战队或特种部队。

这群神秘的运输队必须穿过迷魂谷,而那天很凑巧,佘鹏好不容易掏出段运飞写给他的纸条,才按照图形顺三圈反两圈走出迷魂谷,朝狮子洞前进。佘鹏前脚迈出迷魂谷,美枝子后脚跟进来,美枝子的运输队动作敏捷,只一会儿就溜出了迷魂谷,让段运飞和佘鹏扑了一个空。

接着出现了戏剧性的一幕。佘鹏和他的战士在狮子洞没有找到有价值的东西,连个人影都没找到,就继续往后洞摸去。只爬到后山,将岩板掀开,段运飞指挥几个战士准备拉手榴弹,佘鹏从洞口现出脑壳便喊:"段连长,别打,是我!"段运飞一看是佘鹏,懊恼地取下军帽,嗔骂:"你个鹏膀膀(指一种笨蛙),你捉的土匪呢?"

佘鹏苦笑说:"这鬼地方让我迷路了,美枝子逃走了。"

段运飞学着白鹤寨口吻教训佘鹏说:"哎,剿匪剿匪,你总是髦都巴不倒(很离谱)!快!快朝原路回去,美枝子他们一定出了迷魂谷。"

段运飞的判断是非常准确的。走出迷魂谷的美枝子带着活腊狗,恐龙化石往山下逃去,他们要和长沙来的人会合,将这些宝贝全部转手,再偷运到日本。

第九章　铲除邪教

45　护莲队

熊二狗成为美枝子的忠实走狗，认定美枝子就是靠山。

熊二狗原是个赶尸匠，靠一些巫术混口饭吃，后认识了美枝子，美枝子让他担任护莲队队长，掌管100多号人的队伍。护莲队原来是猎人组织起来的，美枝子从外面运来了机枪等武器，护莲队势力才渐渐壮大起来。

去年，从鹤峰县过来一股土匪骚扰寨子，被护莲队狠狠教训了一顿，土匪抛下10多具尸体，连一只鸡的好处都没捞到，就屁滚尿流地逃跑了。

初试锋芒，熊二狗神气了。他将寨中精壮劳力全部武装起来，男人学打枪，女人学种粮，整个寨子都彰显出强悍的民风，男人女人都会摔抱腰，都会喝酒、骂娘，都会种地犁田。战时为兵，平时为民，乱时全民皆兵。可兵可民的护寨方式，加上莲花教毒素的浸泡，熊二狗的寨子沦落为外地人谈之色变的魔寨。

熊二狗的魔寨让人的灵魂变得冷酷无情，这是美枝子创造莲花教的宗旨所在。熊二狗的魔寨原来是一个民家寨子，数百年的民风民情，让寨民在一种恬静安稳的生存状态下生活。自从受到莲花教的刺激，许多寨民滋长"人不为己天诛地灭"的思想，长期以个人为轴心的理念麻木了灵魂。男人们吃喝嫖赌，不思进取，整天像无头苍蝇，在寨子乱折腾。女人特别是成年女人不愿守家，也过男人们一样洒脱的日子，吃喝玩乐，借酒作乐，俨然是行尸走肉。一些上年纪的老人没了依靠，想抚养孩子，可又没有能力，只能在忧郁中惶惶度日。有几个老年人害大病没钱治，儿媳又不孝顺，喝了毒药自杀了，邪教害人啊！

神苟儿跟着熊二狗，成了有名的嫖客，他不时跑到寨上几个风骚婆娘家住宿，还唱野野的山歌壮胆，纯粹是一个跋扈的地痞加流氓。

而护莲队员不把报仇的怒火撒向神苟儿,还恬不知耻地说:"神苟儿氂(狠),过日子力糊(利索),是个风流鬼。"一副助纣为虐的样子。

一个老人看不下去,愤愤骂:"神苟儿你个遭天剁的,哪一天解放军来了割你的狗暖子。"

神苟儿发怒了,提把菜刀将老人活活砍死。护莲队员不敢声张。因为莲花教有严格规定,教士必须无条件服从教官,教官里分教主、护花神、护莲队正副队长、拥莲队正副队长等官职。神苟儿傍着谷虎捞了个副队长,谁敢惹?

46　腿母娘

当然只有段运飞带领的解放军敢惹。

段运飞和佘鹏两支剿匪队在龙蛋坡溪口的隐蔽地靠拢。对于围剿美枝子的莲花神邪教,许多战士心中没有谱。主要原因是这些邪教徒绝大多数都是本地本土的寨民、寨丁,他们占山为王,思想麻木,但他们一般不烧杀抢淫,不与共产党为敌,也不和国民党为伍,与真正凶恶残忍的土匪、恶霸有质的区别。

这些受蒙蔽的教民,大多是出身清苦的百姓,尝到过生存的艰难困苦,尝到过每日被土匪地霸欺负的滋味。自从拥有了武装,信奉了莲花神,教民胆子大起来,可以公开与一些打砸抢烧淫的土匪对着干。有几次寨丁拖枪打伤了10多个到狮子寨抢腊肉糍粑的土匪。

对于这群拥枪为王又麻木不仁的教民,段运飞与佘鹏商量说:"我看,消灭这群教民,可以采取消而不亡的策略。消就是缴他们的武器抓他们的人,灭就是灭掉他们的嚣张气焰,扭转他们的思想,使这些教民脱离邪教,悬崖勒马重新做人!"

佘鹏不解地问:"那他们要拿枪打我们,怎么办?"

段运飞说:"死脑筋,你的枪是吹火棒?我们不主动攻击他们,若他们不听劝告,朝我们袭击,还击就是最好的回答,一要让他们知道解放军是仁义之师,不像土匪恶霸那样横行无礼。二要让他们知道解放军是威猛之师,谁要胆敢侵犯,谁就要付出代价。三要让他们知道,解放军来清剿他们,不是要杀要捉一般的教民,而是抓邪教的头目,抓那些平时为非作歹的反动首领,如美枝子、谷虎、熊二狗、神苟儿等这些敌人!我们的政策是一打二劝三教化。"

突然间,溪谷另一端响起了密集的枪声。熊二狗指挥武装教民打着白莲神教的旗号,向段运飞部发起攻击。熊二狗鼻子很灵,他派出密探很快就获得了段运飞进攻狮子寨、龙蛋坡等绝密情报。

其实熊二狗的护莲队没有什么战斗力，他们拿着枪一哄而上，呐喊着冲锋，纯属老虎出山摆摆威风作秀罢了，真正遇上训练有素的解放军全都当缩头乌龟。

当一个胆大的教士挥刀狂舞，在一个开阔地暴露时，段运飞对战士们说："打他的腿。"

一个战士拉了枪栓，瞄了一下，放一枪，再看那教民，扑在地上打滚，杀猪似的哼叫："我的腿母娘（指大腿）呀？我的腿母娘冒血水！呜……呜"后面的教士不敢上前。

熊二狗朝一个长胡子老者屁股上狠踩一脚，骂："开枪打。"一个长胡子老者战战兢兢把头埋在地上，撅着屁股对前方"嘡"地放一铳，根本没击中任何目标。倒把段运飞给惹笑了："天底下有这号野鸡公队伍？"

熊二狗骂："老驴子通的，打的屁眼炮？"长胡子老者笑答："平时我没打过枪，今天还打喊了。"众教士如临大敌，面面相觑。这群武装教士，早听说过解放军威猛，今天一开战就尝到解放军的厉害，谁不要命？佘鹏抓住机会，用铁皮喇叭喊话，做武装教士的规劝工作，达到"不战而屈人之兵"的效果。

喇叭声再次响起："莲花邪教的弟兄们，我们是共产党是毛主席领导的人民解放军，现在我们共产党已坐稳了江山，在首都北京建立了新中国，蒋介石被赶到了台湾，强大的人民解放大军势如破竹，国民党的800万部队即将被消灭，我代表解放军规劝你们，放下枪才是你们的唯一出路，反抗只有死路一条！我们这次铲除邪教，主要是抓捕你们邪教的头目，不对你们一般教士下死手。快放下武器。"许多教士听了，悄悄议论："解放军比神兵厉害百倍，我们犟着干，一定没好死场。"就不再放枪。

佘鹏发现有明显效果，继续喊话："……你们其实没有那么坏，你们寨子原来也游神，跳仗鼓，打九子鞭，与白鹤寨、龙蛋垭等寨民有深厚的交往，可现在？仗鼓不跳了，游神不搞了，九子鞭不打了，打什么？专打穷人！你们跟一个日本女教主信教，你们是民家人，是顶天立地的中国男子汉，听日本婆娘的屁话做什么？我们今天只抓熊二狗，神苟儿，谷虎和那个日本婊子。"

熊二狗朝佘鹏岩包处开了一枪，煽动教士们说："别听解放军瓜花甜嘴儿蜜，刚才他们不是开枪打伤教士了吗？"熊二狗高喊，"解放军，别磨嘴巴皮了，有本事就放马过来呀。"段运飞和佘鹏嘀咕了一阵，段运飞弓腰跑开。

段运飞的几十名队员很迅速地沿岭岗上摸去，他叫佘鹏继续喊话拖住敌人,自己率队伍绕到熊二佬背后,两面夹击。这种"撤蜂分桶"招数,很快被熊二狗识破,熊二狗一面逼迫教士向解放军攻击,一面带着几名贴身护卫趁人不备跃进了松林中逃逸。

47 作孽

佘鹏和段运飞几乎没费多少气力就瓦解了熊二狗护莲队。

清算成果时,佘鹏报告:"机枪3挺,步枪30支,火铳25枝,手榴弹80颗,匕首60把,大刀30把,子弹1500发,活捉80人,熊二佬、神苟儿、谷虎等人不见踪影!"

熊二狗逃回了家,他的家独门独户,一色的木房子,四合院的,前面澧水,后靠青山。妻子钟三梅正在灶房剁猪草,熊二狗进屋,连招呼都不打,就直接去床底下找木匣。木匣对于他来说,太重要了。

钟三梅冷冷地朝屋里喊:"莫找哒,我都藏到别处了!"

熊二狗转过脸来,恶狠狠地说:"死老太(妻子),那是金条,是护莲队的血本!"

钟三梅白了他一眼,说:"什么血本? 金条? 都是一些莲花教的传道书籍,一本本害人的婊子书! 老子将它烧了!"

熊二狗从屋内跳出,扇了钟三梅几耳光。钟三梅大骂:"刀杀的熊二狗,老子18岁嫁给你,没过一天安静日子! 你赌,欠别人的债,你还不起,土匪绑了你儿子的票,你儿至今没回来啊! 你嫖,嫖了土匪李癞子的小老婆,李癞子割了你的裤裆,你成了一个没把儿的太监! 你抽大烟,赚黑心钱,贩来鸦片烟让寨上人吃,吃得寨上家破人亡。你当官? 当个卵包大的护莲队长? 让那土皮蛇美枝子一胯巴骑着,你说,你害了多少人? 今天又害我? 你打你打?"钟三梅是个犟烈女人,生得又高又大,上前将熊二狗的脸上来个"猫洗脸",抓得熊二狗连连倒退。熊二狗火了,抽出枪威胁,钟三梅毫无惧色,上前和他死拼,两个人撕成一团。

突然,"嘭"一声,熊二狗、钟三梅都仿佛吃了定身药,一动不动地看着对方。随即,熊二狗胸前有许多血迹。只见"咕"一声,有人倒在地上,是钟三梅。钟三梅胸部中枪,被子弹打中了要害。

熊二狗杀了妻子,十分懊恼地看着眼珠圆睁着的钟三梅。

这时,跑进门的三个保丁对熊二狗说:"队长,逃吧,解放军要来了。"熊二狗大骂："就是你们这些杂种,害死老子的竖人家! 拿命来。"

熊二狗随即当当当三枪,将三个保丁打死在火坑边。

熊二狗放火烧了木房,抱着钟三梅的尸首,一步一步朝前走,火光中熊二狗步履艰难。这时,溪河里有疯女人唱山歌,是一首《夫妻是前世缘》:

> "夫是山妻是水,山水相连前世缘。夫是水妻是山,山水分隔了情缘。哥种地妹耕田,田地丰产建家园。妹妹是田,哥是埂,田垮了埂怎么拦水造田? 呜——!"

从此,熊二狗不知去向。有人说,熊二狗作孽太多,灵魂丑恶,自己跳了黑龙滩,尸体泡在水里,让下游腊狗吃了。也有人说,熊二狗后来良心发现,幡然醒悟后到天门山寺出家当了和尚……

48　河鹰老鸦抓

神苟儿像一只被夹断腿的麂子,仓皇逃命。

他本身腿就瘸,加上弓背,比大猩猩走路还难看。他拄一根拐杖,慌忙向一个僻静处的破土地庙拐去。到了土地庙前,他警惕地看看四周,觉得很安全,就翻开一块青岩板,取出一个木匣,打开木匣,是一根根金条。这是美枝子赏赐的,现在解放军已来寨中剿匪,莲花邪教被连根拔起,自己没靠山,"三十六计走为上"。神苟儿带上金条,有这些金条作筹码,说不定自己还能东山再起,捞更多的好处。神苟儿抱紧木匣刚站起来,冷不防一支手枪已抵着了他的头部。

"长……长官,我是残废人……我……我……"神苟儿连连倒退。

"举起手来!"佘鹏持枪怒喝,"神苟儿,你别装了,你这个副大队长,呸!"佘鹏骂:"绑起来!"

神苟儿扑通一下跪倒在地,磕头大喊:"解放军,我投降我投降,我是跛子,驼背,是残疾人,别绑我,我跟你们去……"一个战士缴了木匣说:"站起来,走!"

佘鹏说:"往黑龙滩怎么走?"

神苟儿说:"解放军,我带路朝这边走。"

小战士说:"撒谎,一枪毙了你。"

神苟儿说:"不敢,不敢!"一听说问路,神苟儿感到了一种欣慰。他知道,他今天不会立即死了,生存的希望就在眼前。

佘鹏想到黑龙滩与段运飞会合,快速追剿美枝子。因为神苟儿是个连走路都困难的残废,佘鹏和小战士就放松了警惕,正是这个"放松",让佘鹏和小战士吃了大亏。

佘鹏、神苟儿、小战士三个依次行走在小道上,神苟儿夹在中间。神苟儿依旧挂根拐杖,弓背缩腰,眼珠却在咕噜噜转,这个狐狸在寻找逃跑的机遇。

刚到一个有尖岩横拦在小道中间时,神苟儿喊:"解放军你要注意。"神苟儿提醒可能有野猴出没,实则想分散佘鹏和小战士的注意力。

正说时,一个野猴果然从岩包上跳出,蹦到佘鹏身上,佘鹏猝不及防,帽子被抓掉了。佘鹏一手拽住野猴的腿,将猴子甩得老远。

神苟儿见机会来了,突然猛窜一步,右击一拳打向佘鹏后脑,喊声"下去!",只听见"咚"一声,佘鹏感到眼前一黑,就掉进了土洞。原来这是一个捉狗熊的土洞,用软树叶覆盖,一般人不知道。而神苟儿常走这条路,就选择机会暗下黑手。这一切在几秒钟完成,没有给小战士太多思考和反应的时间。

小战士持枪扫射,神苟儿扔掉拐杖躲藏,小战士的子弹打在岩包上,几个泼野猴被打死。神苟儿和小战士徒手搏斗,小战士被踹翻在地,神苟儿压在小战士身上,从腿跟处拔出匕首,刺向小战士胸膛,小战士牺牲了,眼睛睁得大大的。神苟儿合上小战士的眼,捡着枪,又夹着木匣朝前面土洞里打枪。佘鹏躲在洞侧,大叫:"土匪!土匪!"佘鹏持枪朝洞上射击,神苟儿扔掉了没有子弹的长枪,突然把腰杆直立起来,从背心处取出一把精致的小手枪,飞也似的逃得比野猫还快……

顺便介绍一下,神苟儿的驼背是假装的,他在驼背处藏着一把小手枪。他伪装驼背十分成功,连日本间谍美枝子都没有识破。

佘鹏费了好大气力从狗熊洞里爬出,掩埋了牺牲的小战士,一看那木匣不见了,知道是神苟儿抢走了。急忙沿原路追赶。

佘鹏折回原路时遇到了几个亡命的教士,他们一起骂骂咧咧朝佘鹏开枪。

怒火早已填满胸膛,佘鹏一阵子弹扫射过去……几具尸体倒在草丛中。

神苟儿并没有跑多远。

这家伙躲在刺蓬笼中,看到佘鹏跑着的身影,悄悄用手枪袭击。可神苟儿的枪最终没有打响,这家伙被套住了。原来他的右腿突然被一根细铁丝死死拴住,整个身子很快被吊在一棵大树下。神苟儿的手枪也被树枝刷掉,在空中绝望地挣扎,没有往日的神气,活像一头半死不活的野猪。原来神苟儿只想着射杀佘鹏,不小心踩着了猎人施放的麂子套。

有几只凶狠的野猴叽叽叽咆哮,朝神苟儿报仇,又撕又咬,又拖又扯,没多久工夫,神苟儿面目全非,连眼珠子和心脏都被挖了出来,暴尸荒野,民家语叫"河鹰老鸦抓"。

佘鹏赶过去一看神苟儿的惨相,朝地上狠狠唾了一下,很解恨地说:"呸!人渣!河鹰老鸦抓。"

49　诱饵

段运飞发现佘鹏半天没动静,连忙带着队伍向岩泊渡赶。

段运飞分析出运输队必须经过岩泊渡,就投下一个诱饵。

岩泊渡是澧水的交汇口,去长沙可走小路坐船,又可骑马走陆路。美枝子携带大量文物,想逃离澧源,岩泊渡是她们的必走之地。段运飞找到两支乌蓬船,在船头架了机枪,命令舵手:"快,快赶到岩泊渡!"

美枝子的运输队,在大雾缭绕的白天出现在河岸边。美枝子擦了擦汗。美枝子仿佛看到了一线生存希望,自从段运飞来剿匪,美枝子就没有过一天安静日子,她和谷虎风餐露宿,东躲西藏,当露水夫妻,身心疲惫至极不说,还要组织管理好运输队。她收集的恐龙化石、娃娃鱼、族谱、本主木雕等一批文物都是日本没有的,这些宝贝若能偷运到日本,必将引起世界文物界的一场轩然大波,对于研究东方历史文化等将有着巨大的价值。

美枝子走的山路比较凶险,路陡、面窄、脚滑。一匹骡子不小心踩空,摔下悬崖,良久才传出咚一声,尸首落入河里。

"人摔死了不要紧,把宝物损破老子就亏本。"谷虎骂。

美枝子有了一种兴奋,用手指了指说:"我看见河里有船朝我们开来,是不是长沙来人接我们?"

谷虎看了看河面,用肯定的语气说:"他们来了。"

美枝子命令运输队原地休息。随后和谷虎握着枪下了坡,朝河滩处张望。河滩处停泊着一艘大木船,木船上有帆挂着。"是一艘货船,但没有看到接头人。"谷虎有点怀疑。但没有引起美枝子警觉,她不停地催促说:"时间紧迫,赶快打信号联络!"谷虎将手枪插进枪套中,迅速掏出一面莲花旗,系在一根木棍上,使劲摇晃,意思是告诉对方,是我们的运输队,莲花神教的运输队,见了信号快回应。可大货船上仍没有动静。

美枝子急了,连连催谷虎:"快!快!向船上喊话。"

谷虎使劲喊:"喂,莲花一朵飘滩上,哪个来浇一瓢水?"话刚落,滩头河面上的木船立即有了回应。

果然有一个微胖的中年商人，举着一面莲花旗从舱里出来，站到船头。美枝子内心一阵激动，说："是自己人！果然是来接我们的队伍！"谷虎挥旗朝躲在岩石边的运输队发出上船信号，运输队赶着马骡朝河滩的木船缓缓靠拢。

美枝子在离船有几百米远的地方突然放慢了脚步。美枝子用望远镜看船头上的联络人，虽然双手握旗，但双手明显有些颤抖，是风大手冷或是另有隐情？

美枝子心中迅速升起了疑团。

谷虎不等美枝子授意，快步向木船跑去。

谷虎主动发信号试探。谷虎拍手掌三下，问对方："手击三掌画三横，敢问对方是何人？"

那船头胖商人拍手回两掌："两掌大插天和地，太阳出来照白岩！"谷虎见对方准确地回了信号，一个箭步跳上木船，打量着船舱。船舱尽是一些商人模样的人，既没有携带武器，也没有什么值得怀疑的地方。谷虎放心了，就喊："教主，上船吧，长沙接应我们的人来了。"

美枝子示意骡队继续向木船靠拢。

胖商人不停地打手势说："快，将所有货物搬上船！"船舱里的人立即下船搬运麻袋、木桶等物品，随后跳上了船。

谷虎喊："教主，快上船，要开船了！"美枝子突然疑惑起来，这次接她的船队太顺利了，澧水河畔刚刚解放，且过路的共产党比牛毛还多，一条商船特别是运输珍贵文物的商船，要经过湘资沅澧四大河，不可能那么容易骗过解放军的眼睛。

美枝子将小黄旗插在岩缝中，低头猫腰向草丛中急急闪躲，她好像嗅到了商船里的火药味。间谍的鼻子就是不一般。

胖商人撑开船，木船缓缓地驶离河滩，随即就遇到了麻烦。

刚到一个峡谷间，三根铁索突然横在河面，木船被拦停了。

"不许动！我们是解放军！"突然许多战士从草丛中跃出，将枪口对准大木船。一群战士立马跳进船舱。运输队和战士们发生枪战，好几个黑衣人被打死，两名战士中弹跌入河中。

谷虎见中了埋伏，立即掏出手枪朝战士们开火，趁着混乱跳入清清的河中……

50　芙蓉龙

段运飞的两艘木船赶到峡谷间，战士们正在打扫战场。现场指挥战斗的颜文南看见段运飞说："你来得好快呀！"

段运飞敬了个军礼，说："政委，我来迟了，美枝子她们抓到没有？"

颜文南说："长沙的日本特务组织给我们破获了，可惜让美枝子和谷虎溜走了！这两个狡猾的狐狸。"

段运飞说："再狡猾的狐狸也逃不过猎人的枪口，我相信，我们一定能将美枝子和谷虎两个狗特务抓获归案。"

这次伏击战，解放军大获全胜，抓获了美枝子在长沙的联络员黑樱花，缴获了美枝子搜集的重要文物，恐龙化石，娃娃鱼标本，还有一些珍贵的书籍，这些宝贵文物又回到了澧源人民手中。

后据《澧源县志》这样记载：

恐龙化石，出土在马合乡附近海拔四百米的山坡上，由于长期水土流失，龙尾部分已全部暴露。宽一米多，长三米左右，身披彩鳞，头较小，前窄后宽，呈三角形。像鳄鱼头，稍短，外鼻孔很大，眼眶也比一般龙类要大，嘴无牙齿，吻端尖小而下弯，四肢特别发达，后长前短，脚爪骨与二齿兽相似，没有明显的小趾，而且趾成钝圆形。无利爪，它的背棘特别长，棘间有一层很薄的皮膜，张开以后，像拉起的风帆。尾很长，约占体长的三分之一。根据这些特征，科学工作者把它确定为"槽齿目芙蓉龙"，是恐龙的祖先，属群体生活的爬行动物。复制后曾在日本、瑞典等国展出。在挖掘恐龙化石时，发现龙骨的土层有河沙，卵石和泥浆。据考证在两亿年前，腊狗寨一带还是浩渺的大内湖或海。它对我国古生物的研究，有着重要的意义，对南北两大陆的陆、海三叠地层的对比有很高的研究价值。

县志说恐龙化石复制后曾在日本、瑞典等国展出，其实有误。美枝子挖掘的恐龙化石共有两条，均是雄性恐龙。贺县长派解放军在船上缴获的只有一条恐龙化石，还有一条没有上船，是美枝子用了心计，她在狮子洞中研究时，从中做了手脚，将一条恐龙化石悄悄埋藏到洞中不易被人发现的地方。后来她觉得不妥当，连夜将化石转移出洞口；在洞口不远处挖个土坑埋了，做成死人坟堆的模样，并在土坟前竖了一块乱石碑，上写："之夫钟武生之墓位"，美枝子的这种"瞒天过海"的招数，果然蒙骗了众多的人，包括贺文锦、段运飞，包括谷虎、熊二狗,也包括莲花邪教的所有骨干分子。

美枝子没有走上木船,等于远离了死神。美枝子躲在草丛中,解放军随即派大部队搜山,都没有捉住美枝子。美枝子躲进大山的一个溶洞里,加上当时剿匪清查工作粗枝大叶,许多次都让她蒙混过关,美枝子仿佛已从人间蒸发。

于是,1952 年 6 月,湘西自治州剿匪部队向各县公示,日本间谍美枝子在深山毙命。

可在"文革"前夕,一个精干瘦妇人悄悄来到狮子洞后山处,挖开"之夫钟武生之墓位"的土坟堆,取走了坟内的东西,偷运到日本。国内外报纸报道了日本展出芙蓉恐龙化石的消息,立即引起各国的轰动,令世界文物界大开眼界,外国媒体报道:"中国另一具芙蓉恐龙化石在日本落户。"

挖坟堆的精干妇人就是臭名昭著的日本女间谍美枝子。后来剿匪大队查明:美枝子生于日本,5 岁时被其父从日本带到澧源,其父在刺探情报时被杀死。随后被日本浪人带到北平秘密调教。日本侵华期间,日间谍部队将美枝子纳为情报员,派到长沙秘密受训,潜伏在民家寨一带,专门收集澧源一带的军事机密,然后与长沙日本间谍直接联系,随着长沙日本间谍的落网,美枝子再也没有与其他间谍部队发生任何联系,直到死之前也没有遇见接头人。

这个日本女间谍,长期潜伏于崇山峻岭中,狡猾、狠毒、却又机警、善谋,多次脱逃,让澧源军民苦寻数年。美枝子逃命招数很多,她的神秘面纱在 1965 年才被揭开。

第十章　收编神兵

51　仗鼓舞

段运飞攻打狮子寨，大获全胜。随着莲花邪教的覆灭，狮子寨解放。

这时，民家寨的枇杷也熟了。

解放军与民家寨民的关系也跟枇杷一样熟透了。寨主、寨民、寨丁都主动向段运飞的解放军送菜送粮，解放军与寨民亲如一家，建立了一种相互信任的关系。

段运飞是一个爱动脑筋的人，他与佘鹏在一座老祠堂口商量："莲花邪教之所以能在寨中横行多年，主要原因是邪教发动宣传攻势，将反动思想渗入寨民的灵魂中，让寨民麻木、无知，将一个憨厚善良的人变成一个冷酷自私的人。看来，我们剿匪不只是剿灭敌人，夺枪夺炮，重要的是开展政治思想斗争，让人的觉悟提高到一个新的起点。"

佘鹏说："狮子寨刚刚解放，我们趁机搞个联欢庆祝大会，表彰先进，惩治邪恶，向寨民宣传共产党的政策。"

两人一拍即合。几经筹划，联欢庆祝大会办成了，地点在离迷魂谷不远的黑水滩大操场。许多贫困人家说说笑笑，走入会场看热闹。一时，黑水滩到处是黑压压的人群。狮子寨寨主招呼仗鼓舞队上台表演。仗鼓舞队员拿着仗鼓道具，有围鼓、唢呐、海螺号的伴奏，招招凶猛，式式带风，像蛟龙出海，像老虎飞山，那一杆杆仗鼓，就是一杆杆锐利无比的刀枪……

段运飞和寨主坐在一张长板凳上，看得津津有味。

段运飞本身就是一个对民俗民风有浓厚兴趣的军人，又是第二次见识深山老寨的仗鼓，引发了好奇的心理，细声问寨主："你们这寨子，什么时候才跳仗鼓舞?"

寨主很认真地说:"在欢庆胜利、庆贺丰收,有重大节日活动时就跳仗鼓。"

段运飞又问:"这仗鼓舞,总挟带一些武术动作,你能解释一下吗?"

寨主说:"这仗鼓舞,又叫跳邦藏,据《甄氏族谱》记载,它起源于宋末明初的一次战斗。说是民家人的祖先有一次到寨子里打糍粑准备过年。不料,附近有三位官差突然闯进寨中。这伙人平时作威作福、为非作歹,他们到寨中既不帮助民家人打糍粑,也不与民家人搭讪讲白话,而是无理取闹,抢民家佬的糍粑吃,还骂民家佬为死猪儿。惹出了几位祖先的怒火,就同官差理论,最后发生了一场械斗,民家人用糍粑槌当作武器,打得官差落花流水、抱头鼠窜。后来民家人为了纪念这场胜利,就将跳仗鼓打糍粑的习俗传承下来,一些民间艺人和武师,结合打糍粑的动作,创造了独具一格带武打动作的仗鼓舞。"

段运飞说:"难怪仗鼓舞中的武术动作有'河鹰展翅''兔儿望月''猛虎出洞'等招数,原来起源于一场战斗。"

寨主说:"您说对了,其实仗鼓舞最厉害的招式要算'三十六连环'和'四十八花枪',用仗鼓当枪使唤,连续耍出一套索命枪,四十八招式,可谓凶猛异常威力强大。"

段运飞说:"难怪我听说仗鼓寨、仗鼓山、仗鼓岭一带有武师利用仗鼓做武器,充当黑道杀手。"

寨主说:"确有其事,恶二佬就是出名的仗鼓杀手。他将仗鼓舞偷偷加工改版练成仗鼓拳,打法凶悍,杀伤力强大,才被江湖上称为仗鼓杀手。上一次这些仗鼓杀手来寨劫本主像,被我寨丁顽强阻击,将他们赶走。"

段运飞说:"寨主,你提供的这个情况极为重要,这是一条新线索,你能写一些材料留给我们吗?"

寨主说:"保证完成任务。"

随后,堆堆篝火被点燃。寨主请段运飞表演节目,段运飞不好推辞,只好上台唱了一首大理民歌《大理美》:"苍山美,洱海蓝,我是大理的小山茶;苍山沃土是爸爸,洱海月亮是妈妈……"

段运飞歌声嘹亮,很有穿透力和感染力,许多寨民第一次听到亲切、极有韵致的大理民歌,激动地喊叫着:"段连长,再来一个!"寨主也陶醉了,握着段运飞的手,不停地称赞说:"你的歌歌,来事得喊!"

台下群众使劲叫喊:"段运飞! 段运飞!"群众很喜欢段运飞。到底喜欢他什么? 段运飞自己也弄不清。

"难道就因为我是大理人？"晚上，段运飞彻夜失眠了。

段运飞因一首儿歌唱出名了，许多寨上鼻涕娃都爱唱"苍山美，洱海蓝，我是大理的小山茶；苍山沃土是爸爸，洱海月亮是妈妈……"这首歌后来成为澧源民家寨最有代表性的儿歌。

52 打寮竹

河滩上，谷虎狼狈地爬着。他在努力地寻找生存的希望，这希望，哪怕是一线线，一点点，哪怕是非常的渺茫……

他在长沙派来的大货船上遭遇解放军伏击，跳河逃跑。也许是天不灭曹，谷虎潜水逃命，刚好沉入一个岩罩边。上面的人和船上的人开枪时形成了一个射击死角，任凭子弹唆唆唆叫，谷虎安然无恙。解放军打了一会，见河面上久久无动静，认为谷虎早已喂了河鱼，就撤兵拖运文物去了。谷虎逃过了此劫。

美枝子这棵大树倒了，树倒猢狲散，谷虎这只"猢狲"开始考虑自己的去向了。爬到一个茅棚边，他像一只快饿死的黄鼠狼，睁着一双狡诈又凶残的眼，贪婪地向一块萝卜地张望。他扔了一块石头，再扔一块石头，确信地里无人，才跳进去拔萝卜，将泥萝卜用衣擦一下，贪婪地大口大口嚼起来……他又翻窗户越入一家内屋，偷得几件旧衣服换上，将湿衣扔进了猪楼凼，狂奔至一棵松树下喘息。

这时，对面坡上有女人在打寮竹叶。

寮竹叶是当地特产，喜欢阴湿环境下生存。谷虎躲藏之地叫麻桠，山岭山坡全是清一色寮竹叶，寮竹叶可以包粑粑，包的粑粑香甜可口、色味俱佳。当时寮竹叶销往长沙、常德、宁乡等地。

谷虎听到有女人唱《寮叶歌》，声音清脆动人：

> "对面大山坡，女人一窝窝，
>
> 一人打寮叶，好苦好落寞，
>
> 只想有人抱，那个来陪我？"

谷虎是个好色鬼，心想：反正这里没有人认识我，我何不与她调调情？谷虎用手做个喇叭筒，吼《好想拉（爬）妹的坡》。

对面女人骂了一声丑话，随即放开嗓门粗吼：

> "一个鸡公五色毛，十七八年不开叫，

老娘今天搞一刀,剥你的革(指脖),割你的腰,

削你的卵子切你的头,看你拉不拉妹妹的坡。"

谷虎来劲了。

谷虎冲动了。

谷虎跳着喊:"想发骚的——你出来?"

对面女人吼:"想上坡的——你过来。"

谷虎知道"发骚""上坡"都是一个个纯真的苗语,指男女偷情苟合。

谷虎与唱歌的苗女在河沟见面。谷虎帮苗女打寨竹叶,苗女帮谷虎喂薯粑粑吃,两人很快勾搭上了。

苗女看谷虎健壮如牛又是英俊后生,就有了那层意思。

谷虎更喜欢苗女丰满泼辣野味十足,也就有了那层意思。吃完中饭,两人像两匹寨叶,"寨"到一块儿。寨叶蓬中,很快发出一阵嘭哧嘭哧的喘气声……

有个放牛的孩子,在草坪里偷偷看到了这一幕,红着脸边跑边喊:"拐哒喽,有人走草啦!""走草"是一个纯真苗语,指男女裸体性交。

青山中立马有人回:"走你娘的草!"是谷虎骂人。

苗女提着裤子叫骂:"你娘走草啦?"放牛娃向两人投了一块小石头,逃跑了。

谷虎落在泼辣苗女家中做了上门婿。

53　显鸟

奇山异水的白鹤寨,一队神兵在紧张操练。

谷兆海正与儿子谷凤在堂舍商议收编神兵的事。

谷兆海的神兵队伍,目前有国民党暂十二师、李癫子、陈大麻在打主意,解放军对神兵也十分关注。俗话说:"天天钻茨蓬,不如蹲田坎。"钻茨蓬是民家语,指被刺抓针捣,蹲田坎就是看别人清闲自在的插秧。两人分析了一会儿,谷兆海决定将队伍交给解放军,让神兵们有个好归宿,舒舒服服地"蹲田坎"解甲归田。

龙旗长马飞飞腰插几十把飞镖,挎一把盒子枪威风凛凛走进屋,向谷兆海报告说:"寨主,听说莲花邪教被段运飞一举铲灭,段运飞有可能与我们联系。"

谷兆海说:"为了显示白鹤寨的诚意,你带几个神兵等哈哈(一会儿)去见段

运飞,邀请他和贺县长来我寨谈判。"马飞飞领命而去。

马飞飞与段运飞相见的地方叫一碗水。在半山腰的一个岩罩处,有一个小岩壳凼,凼里有一小碗清泉,岩罩缝中"当!当!"地滴着水,恰好滴到岩下小钵中,钵像一个土碗,牢牢装住水,多则溢出来。马飞飞捧了一捧清泉喝,感到阵阵惬意。

段运飞递根毛巾,叫马飞飞擦擦汗。马飞飞说:"段连长,我们白鹤寨,历经风雨,今天总算找到了好搭档,你们解放军又仁义又威猛,正是我们神兵依靠的大山,接谷老苋把旨意,请你们解放军到我们寨里谈判,商议收编神兵的事。"

段运飞没想到谷老苋把会派人主动找他,高兴地说:"还是谷老苋把深明大义,上回我到你们寨中谈判,谷老苋把中了国民党的离间计,神兵差点毁于一旦,现谷老苋把有诚心将神兵交解放军收编,这是光明正大的选择,我代表澧源县人民解放军热烈欢迎神兵投城起义。"

中午的阳光暖贴贴。马飞飞带着段运飞和他的队伍走进了白鹤寨。

八字槽门处,一群围鼓唢呐手放肆地吹奏白鹤寨的围鼓名曲。谷兆海、谷凤、白师爷站到槽门处迎接。

谷兆海抱拳说:"段连长今日相见,幸会幸会!"

段运飞抱拳回礼:"走进贵寨,深感光荣,不客气!不客气!"

马飞飞弯着腰,虔诚地将手一摆,温和地说:"请——!"

谷兆海指着一大山木质转角楼说:"这是我们山寨最有特色的民家人建筑,飞檐翘角、转角摸檐、画梁雕栋、古朴典雅、视野开阔,被许多画家称之为'东方明珠'。代表性建筑有双手推车、钥匙头、丁字建筑、工形连接、风雨楼、藏金阁等,这些房子,也是我们白鹤寨保存最完整的木质建筑群,大约有400多年的建筑历史。"

段运飞被眼前偌大一片转角楼群所折服,连连称赞:"真乃空中楼阁,有如陶渊明的世外桃源,佩服佩服。"谷兆海脸上洋溢几分得意。

转到神兵场,谷兆海为了展示神兵军威,没有征求段运飞的意见,对白师爷说:"摆阵。"

白师爷摇晃神兵旗,做出奇怪的手势,命令马飞飞:"龙旗阵——!"马飞飞来一个空中飞鹤,从岩坎跳下,带神兵们摆了一个"龙"形大阵。只见神兵忽儿集合,忽儿分散,队形整齐,一杆大刀翻滚如海浪奔涌,声声透出杀气,招招布满玄机,此阵神奇莫测,若几人或几十人陷入阵中就如鸡入虎群,顷刻间被化作一顿美食大餐。段运飞看了连连点头说:"谷老苋把的神兵果然名不虚传!"

到了第二个练兵场，白师爷摇着神兵旗，喊："凤旗阵——！"

谷凤赤膊上阵，敲打着大鼓，朝神兵们喊："太上老君，是我真神，凤带龙珠，刀枪不入！"神兵们一个个手持砍刀，蘸上猪血，朝胸前画了一个"神"字，突然持刀朝对方胸部砍去，嘴里还喊："嗨！嗨！嗨！"此阵讲究个人修为，刀枪齐进，硬功支撑，从气势上威慑对手。

段运飞曾研究过湘西神兵，觉得神兵并不神秘，神兵祖师并不是太上老君。神兵组织起源于辛亥革命时的哥老会。那时南岔出了一个叫文武刀的青年人，他武艺了得，又广交红黑两道的朋友，人缘极好，组织了一大群人以反清复明为宗旨，建立了哥老会，后来哥老会又分洪帮、青帮。孙中山的贴身保镖武林怪杰杜心武就是青帮首领。白鹤寨的神兵就由当时解散的洪帮发展而来！

谷兆海说："都说段连长不仅骁勇异常，而且还有儒将风采，对我们神兵了如指掌。佩服！"

段运飞笑着说："听说您的神兵个个都练鬼谷神功，不知能否开开眼界？"

谷兆海摸摸胡须说："马旗长，显鸟！"段运飞对"显鸟"一词不懂。谷兆海说："'显鸟'是民家语，指大鹏鸟展翅高飞，翻译成汉语就叫：是驴是马拿出去遛遛！"段运飞"哦"了一声。

马飞飞的神兵开始"显鸟"了。神兵"显鸟"，其实就是拿出奇门绝活给段运飞的解放军瞧瞧，当然隐含示威逞勇之意。

随后，马飞飞表演了"钢枪刺喉"绝技，只见三支钢枪齐刺着马飞飞咽部，马飞飞猛一用气，三支枪慢慢变成弓形，而他的咽喉部毫无受伤的迹象。

谷凤露一手铁头功，一块拳头厚的石板被谷凤脑壳击得破成三块！

白师爷也露了一手，叫鹰爪撕羊，用五指将一头肥羊的喉部抓破，再一掌将羊活活打死，尸体飞出数米远……还有许多神兵飞掌断砖，硬功加绝活，令许多解放军战士开了眼界，一时竟看入了迷。

谷兆海也想看看解放军的功夫。

段运飞会意地对佘鹏说："露两手！"佘鹏顺势捡了三个石子，朝天上狠命抛去，随即掏出手枪，砰，砰，砰，三个石子被击得粉碎。许多神兵喊："神枪——！"对于解放军的神勇，谷兆海叹为观止，当然坚定了与解放军合作的信念。

谷兆海一面商量与段运飞收编的事，另一方面派出神兵到周围寨里调查族源。

段运飞正想趁机搞民俗调查，掌握神秘山寨的逸闻趣事，就决定和谷兆海的神兵一同进村入寨。

54 学乖

段运飞和谷兆海联合进寨搞族源调查的事进展很顺利。

他们通过走访、摸底、查谱、翻书、搜集到了一些举足轻重的证物。他们首先在各寨各村找到了民间民家人的见证物"5块岩",即"谷家錾字岩、钟家狮子岩、王家覆锅岩、熊家鱼儿岩、刘家当门岩"。这些岩石都有一些神秘故事相传,有些岩上还有字迹作辅证。

对于这些宝物,谷兆海要求各寨主妥善保护,不要随意捣毁。其次他们发现了民家人寨子风俗几乎惊人的一致,仿佛有某种潜意识的约束将民俗风情囊括成一种长久的习惯。就拿人从生到死的礼俗,可谓五花八门,但又异中求同。白鹤寨的人一出世,家人就要给其"洗三",洗三后要"取名",满月百天时必须尝荤剃胎毛,长到一岁要"抓周",成年后讲媳妇兴发八字、盖礼、下书、拜祖、抬匾。唱赞词就是十分有趣的婚礼习俗。

段运飞到腊狗寨做客,曾参加过一次拜祖唱赞词活动。

那晚,天空下着毛毛雨。段运飞被请到一户人家吃喜糖。走进堂屋,看到许多礼生充分发挥自己油腔滑调的长处,博得主人家的好感,获得红包后笑得很甜很甜。段运飞很快弄清楚了唱赞词的规矩,按照"摆什么赞什么"的风俗,劳动工具、唢呐等都可当赞物。如赞唢呐:"摆根唢呐,中间出气,半天一歇,哪里哪里。"赞胡椒盒:"小小胡椒盒,大木套小木,摇又摇得动,扯又扯不脱。"赞篾刷:"生在娘家竹叶青,放在婆家断腿筋,不提苦难便罢,一提起眼泪水就爬。"

段运飞脑瓜子倒也灵活,见有人往桌上放萝卜,就替礼生赞:"萝卜青青好做菜,十人见了九人爱,好吃婆娘扯一个,萝卜扯了眼还在。"惹得礼生开怀大笑说:"段连长,你嘴巴子甜,惹惹新郎如何呀?"这时新郎正好走出来,穿礼服,戴礼帽,脸上的几颗大麻很惹人! 正巧,新媳妇想逗乐段运飞,摆个苞谷心请赞,段运飞看了看,故意大声喊:"满满苞谷心,上面打满坑,将他好一比,比做谷大明。"新郎谷大明开怀大笑。

第二天上午,佘鹏随段运飞去龙蛋坡,参加李家一个老人的葬礼。为了凑热闹,段运飞和佘鹏帮助一群汉子抬着一头肥猪。猪背上留下一条长长的黑毛,送进屋中,嘴里直嚷:"抬猪羊祭呢!"众人吼:"接猪羊祭呢!"就将肥猪羊杀了。段运飞和佘鹏受到了特殊礼遇,督官亲自给两人敬酒。坐在八仙桌上,大家一律大钵吃饭,大块吃肉,大碗喝酒,当典型的湘西汉子。

　　偏偏佘鹏酒量小,一黑碗苞谷酒下肚,醉得稀里糊涂,路走不稳。歇棺时,佘鹏实在支撑不住,趴在棺材旁的土坑呼呼打大鼾,许多寨民乐着作打油诗喊:"解放军爱打鼾,抬棺打闷闷三(指随风摆动),一碗酒醉倒英雄汉!"

　　等佘鹏酒醒,众人已将棺材埋进土里。佘鹏有些不服气说:"棺材呢?棺材上哪里去了?"段运飞开佘鹏的玩笑说:"棺材飞了,飞到你佘鹏的酒缸里了。"

　　段运飞和佘鹏在寨中调查时,做了几次出格的事,闹了许多笑话。

　　第一次学挖洋芋。两人背背篓跟随一个穿花边裤的大嫂,在一块刚开垦出来的山坡收获洋芋,运飞割藤子,佘鹏开挖,大嫂就捡果,三人干得热火朝天。大嫂唱起《摒洋芋歌》,当然是她自编自唱,很有韵味。

　　　　正月是花下,洋芋摒得哒。

　　　　检把镰刀砍毛渣,找过洋芋扒。

　　　　二月惊蛰节,洋芋多摒些。

　　　　多摒洋芋把饭折,到底折得些。

　　　　三月是清明,奴家换火罐。

　　　　情哥哥把地耕,好把洋芋摒。

　　　　四月是立夏,洋芋摒完哒。

　　　　摒完洋芋陪郎耍,打扮一枝花。

　　　　五月是端阳,洋芋排成行。

　　　　锄头把儿对胸膛,两人结成双。

　　　　六月三伏天,洋芋遍地青。

　　　　不薅草不丢粪,下面无收成。

　　　　七月月半到,情哥哥来得好。

　　　　挖几个洋芋拌肉炒,你看味道好不好。

　　　　八月是中秋,洋芋一路收。

　　　　收完洋芋好放牛,牛儿满山跑。

　　夜晚,佘鹏睡在木板床上,头脑里满是大嫂的影子,那圆润的身段,那清亮的歌喉,那十分性感的臀部,哪里睡得着?大凡见到颇有姿色的年轻女人,男人们有一种生理冲动,这是很正常的一种心理需要。不是吗?睡到半夜,佘鹏迷迷糊糊做了一个怪梦,他和一个漂亮女人在洋芋地上滚来滚去,女人朝他泼了一瓢水,那水酥进他骨子里,他也趁机朝女人身上泼一瓢水,抱着那女人亲嘴……他觉得身子里,有一股舒爽舒爽的热流不停地朝外涌。"这是梦遗吗?

见鬼!"第二天清晨,佘鹏醒来,发现裤衩有点异样,悄悄脱下短裤,往河边走。他要趁没人看见时,洗掉梦遗中裤子上的大片黏稠物。站到一块石头边,看到段运飞也在,两人都不说话,擦上茶枯粉揉揉搓搓,拧干在手。段运飞大笑起来,说:"鹏鹏,你猜个打油诗,看看!"佘鹏瞟了运飞一眼,故意说:"你逮!"段运飞笑说:"昨夜春梦猛一惊,打湿一条花毛巾,澧水河中摆一摆,十万儿孙下洞庭。"佘鹏卖关子说:"好啊,你一个大连长,不干正经事,我告诉颜政委,收拾你。"佘鹏告诉段运飞一个小故事,说前天上午,他到某寨侦查,一个男人高喊:"拐哒,鸡把荞吃哒。"家中女人以为男人有生理需要,立即长唤:"蠢货!那你不晓得回家?"两人哈哈大笑,跑上岸,将短裤晾干。段运飞和佘鹏相互逗趣,轻轻松松处理了两个年轻男人生理上的尴尬事。

第二次是吃栽秧酒,几个寨民请段运飞和佘鹏栽秧。佘鹏是北方人,很少栽过秧,下田就被秧手们包围了,段运飞手脚也不利索。两人想上岸,寨民偏偏又不许,想干活又寻不着秧苗,只在田间转,像两个"摆脑壳虫"。

中午吃饭,段运飞饿极了,刚开席,就一筷子吃掉第一块盖面肉。你想想,盖面肉是那么好吃的?

于是祸来了。

下午,20多人栽一个"钵钵田"。

"钵钵田"显椭圆形,其实就是一个"牛卧凼",田小人多,往往人一下田,就占满了角角落落。众人拿秧在手,都在看热闹。为什么?等段运飞栽啊!因为那块盖面肉的缘故,段运飞不得不充当第一个秧手,这是民家寨栽秧老规矩。可段运飞哪是寨民的对手,只转上大半个圈,段运飞被别人调换了艺头,接着很快被秧苗圈住,落入一个空凼中。到了傍晚,栽着栽着,几个寨丁突然打声吆喵,好似晴空霹雳,眨眼将段运飞和佘鹏夹入田中,两人不知这伙人要干什么。突然一阵泥水袭来,两人被糊成泥人,眼也睁不开,跑又跑不脱。段运飞忽然明白,这是一场泥巴战争,再不反击就只好落荒而逃。

于是,铺天盖地的泥块和田水回击着。

那边,铺天盖地的泥块和田水回过来。

这就是民家寨上乡土气息浓厚的栽秧习俗,民家腔叫"滚水",土家人称"糊仓",是一种庆祝粮食丰收的习俗,包含一种亲近泥土渴望泥土丰厚回报农民的朴实愿望。段运飞和佘鹏两位解放军当成了"粮仓",被寨民们用泥巴狠狠地糊弄了一顿,表示栽秧者对解放军的尊敬与称赞,象征着这年寨中粮食将稳获大丰收。

黄昏,晚霞烧红了天际,寨民嘻嘻哈哈收工。裹上满身泥水,段运飞跳进澧水,痛恨痛快快洗了一个澡。又有几个水灵女人赶过去,她们想趁段运飞不留神,在水中整他,痛泄刚才的"滚水"之仇,这个民俗叫"整后生"。河里的段运飞是一条蛟龙,沉下水,很久不露头,泅渡到河对岸,才露脸。他挑衅地朝女人们喊:"妹儿,有本事——游过来啊。"几个精干女人一合计,说:"段连长胚贱——我们再整整他!如何?"这回爬上河岸的是四个力大女人,她们迅速拽住猎物,提手提脚,把段运飞抛起来,又甩下去,来回折腾,最后高高拽起,狠狠抛出去,像抛一个粗树桩!这下苦了段运飞,大半个屁股没在一堆牛屎上,直喊哎哟哎哟,可心里是无比快乐的!抑或是青春期男男女女一种交际上的精神需要。"这是一群快活的疯子啊。"段运飞爱把"整"他的几个女人说成"疯子",但心里总希望让这群"疯子",再快快活活整几回。

民家寨枇杷熟透的时候,颜文南爬上仗鼓山搞试点,全面检查土改成果,引导群众恢复生产。

郭大麻的大老婆叫香香,无儿无女,40多岁,丰乳肥臀,长得妖娆妩媚。土改时给她分了2亩田。郭大麻当土匪后就把她扔在娘家混日子。寨中搞成分清查,又将她赶回仗鼓山。香香不会种田,她的田,连看都不看一眼,也不种,荒在那里。颜文南登门找香香谈话,香香正用茶枯洗头发,看也不看颜文南和警卫员一眼,只顾埋头料理她的事。警卫员用脚踢了踢门墙,香香才淡淡地说:"现在解放了,我吃饭问题有政府养,愁什么?"颜文南说:"你年纪轻轻,不养活自己,靠政府救济,丑不能丑?"香香说:"我反正是个土匪婆,要杀就杀,田,我不种。"

下午,颜文南找段运飞商量。段运飞给颜文南递上一个瘦红薯,献计说:"我俩帮她把田种上,用我们解放军的忠诚感化她,行不行呀?"颜文南边嚼边笑道:"给土匪婆种田,教育她们学会养活自己,是一件大事。"

第二天清晨,佘鹏弄来农具,段运飞牵牛,颜文南掌犁,三个大男人忙活了整整一天。第二天又运来秧苗,把田插上,三条汉子累得腰酸背痛,天一黑就躺上床呼呼大睡。可香香不出面,连一句感激的话都没有。"不认主?干脆一枪崩了她算了!"有个戴斗笠的农民火了,狠狠踹了田埂一脚,大骂土匪婆不是人,建议政府发个告示,杀了算了。颜文南连连摇头说:"那不行!她不来认主,说明她对解放军还不够信任,我们做好事,一定要做到底!"不久,段运飞又下田帮香香扯田草。香香终于踏上软软的田埂,看禾苗长势不错,脸上第一次有了笑容。秋收后,段运飞和几名战士把几担谷子送到香香家中。这回,香香很感动,跪地谢恩,不停地朝段运飞磕头。第二年,香香便自己下地种田了。

段运飞和佘鹏虽吃了一些苦,但锻炼了自己,也学到了许多乖,与民家寨人结下了深厚的情谊。寨民都十分喜欢段运飞,有好吃的东西都争着送给他。寨主每看到他与寨民和谐相处时的情景,就走上去挽留他说:"段连长,你最好别走了,就留在民家寨当上门女婿,说不定我们将来还立您为本主呢。"

段运飞笑着说:"多谢了,我何德何能? 能当本主? 本主就是大英雄!"说到此处,段运飞脸上露出会心的微笑,心想,民家寨真是一块乐土啊。

55　神兵史

到了吃粽子时节,段运飞按照颜政委的计策,专程前往白鹤寨。在收编神兵的问题上,段运飞与谷兆海基本达成了协议。谷兆海同意于五月十五,将神兵交给解放军。至于收编后神兵的出路,谷兆海有个想法。

晚上,谷兆海和段运飞在柴房商量。谷兆海仿佛有后顾之忧,他点燃长烟斗使劲吸上一口,说"湘西神兵从辛亥革命时由文武卫创办以来,护寨护民,惩恶扬善,是一支有正义感有正气的队伍。我接手后,这支队伍就是远近著名的神兵大队,在多次战斗中,同土匪、流氓、恶霸乃至国民党殊死相搏,难免结下了不少仇敌,我想你们解放军收编后,能否让神兵们自愿,即愿意参加解放军的就参加解放军,不愿意的让神兵们自己选择,或继续在寨中护院效力,或解甲归田,或返回各自的村寨,不知道解放军能同意吗?"段运飞提出自己的看法:"收编神兵,是贺县长与颜政委安排的任务,你提出的这些要求,我个人认为能够接受。但必须向澧源县报告,我想将神兵的历史渊源和表现写一个书面报告,既当文字依据,又为今后撰写县志填补空白!"谷兆海听说段运飞要写神兵历史,觉得很有补充的必要,谷兆海找把椅子坐上,继续说:"其实,我寨神兵很了不起,很需要大写一笔,因为我们神兵顶天立地! 与日本侵略军打了许多仗! 仗仗可圈可点。"

段运飞一听,感到十分惊奇,连忙说:"你们神兵打过日本鬼子?"

谷兆海说:"打过,打过,我就带神兵参加过常德会战。"

段运飞有点惊讶,说:"哦? 您还是抗日英雄。"

谷兆海笑说:"夸奖,夸奖,好汉不提当年勇!"谷兆海给段运飞讲起了那一段荡气回肠的历史。

1943 年秋,常德会战。日本重兵围剿常德城,遭到国民党"虎贲师"余程万师长8000多官兵的英勇抵抗。敌人使用飞机、大炮、坦克,常德城陷入一片火海之中。余师长的兵力越来越少,许多团长、营长、连长手执大刀,喊着:"大刀向鬼子们的头上砍去。"就扑入敌阵,再也没有站起来。

战争的乌云笼罩着白鹤寨上空。

谷兆海急急磨那柄锋利追风刀。

谷兆海已接到县政府命令,各寨主必须派寨丁组成敢死队支援常德,支援余程万的官兵。谷兆海刚刚被族里推荐为白鹤寨谷氏族长,手中掌控着1000多名神兵。

谷兆海决定,先找仗鼓山等附近村寨寨主商议,出兵常德抗日的大事。

太阳露在山垭,形成一个巨大的红球。各寨主已挥汗如雨,赶至白鹤寨,齐聚谷氏祠堂。其实这个飞檐翘角的谷氏祠堂,不是真正的谷姓祖祠,而是一个名叫"五姓祠"的老祠堂。这五姓祠,是清朝晚年修建,由李谷王钟熊五大姓的族长捐资共同修建,主要是有大事须定夺时,邀请王姓总族长参加的一个聚会点。

王姓寨主和各寨族长坐定,谷兆海抢先说话:"各位,今天召集大家,有重大事情相告,日本鬼子已打到常德、慈利,危及家门,唇亡齿寒,如果常德失守,日本占领常德一线,我们民家、土家、苗家山寨,必将遭受日本强盗的蹂躏,俗话说有国才有寨,有寨才有家,国民政府已派出三道快马催我们出兵,大家发表意见吧。"

仗鼓山王志超首先站起来,他不时挥舞着拳头,情绪激动说:"该死的日本鬼子,来我中国烧杀抢淫,欺我中华,我老性命不要哒,就是用嘴巴啃也要咬死几个日本鬼子。"

腊狗寨族长钟高定"啪"一拳擂在桌上,高声嚷:"火都烧到床门前了,还能睡安稳觉?老子出100条人枪,换他100个日本鬼子的命,一对一,怕卵!"

"起兵打日本鬼?老子干,我们是土司后裔,明朝时我们的祖先就组织抗倭队到前线杀日寇降倭贼,现在日本鬼子又在家门拉屎,老子的这条小命也没要了!一句话,杀!"说话的是一个戴着土司帽子的汉子,谷兆海一看,是向万山,鱼鳞寨的向氏族长。谷兆海知道向万山讲的明朝土司抗倭,就是向大犹腊月二十九过赶年上前线杀倭寇的事。

大家发完言,谷兆海一言九鼎:"据县政府通报,常德城已危在旦夕,有陷城之险,现我们出兵,一分钟也不能再耽搁,我决定:白鹤寨出神兵800人,仗鼓山600人,仗鼓寨400人,鱼鳞寨200人,凑齐2000人马,立即支援常德。"

会议最后达成协议,一路由谷兆海带领 1000 人马走陆路,一路由向万山统领 1000 人马走水路,日夜兼程向常德急进。

白鹤寨离常德骑快马大约有两天路程。谷兆海的神兵突破日本鬼子的三次阻击,终于在第三天黄昏赶到常德城下。

在一个弥散着浓浓血腥味的废墟里,神兵们见到了全身灰尘满面的师长余程万。

余程万拍着谷兆海的肩,高兴地说:"真是神兵天降!目前形势非常危急,日本鬼子投了毒气弹,许多官兵中毒而亡,据说这些可恶的家伙又在投比毒气更厉害的药,叫什么鼠疫的,就是让老鼠携一种毒,到处钻,钻到哪里,哪里就横尸遍野,这种毒气十分厉害,常德城已死了好多百姓!哎!只可惜我的外围援兵都被敌人挡住。"

谷兆海说:"有神兵在,就有常德城在!"余程万早就听说澧源神兵打仗厉害,没想到装备却很差。于是很直接地说:"你的人马还不少,我看,有一半随我守城,另一半由你带队打仗,如果你们能消灭放毒的日本兵,就是最大的胜利。"

谷兆海说:"请师长放心,我一定完成任务。"

这时,一颗炮弹呼啸而来,余程万和谷兆海身上落满了泥土。余程万用笔在地图上画了一个圈,标明日本放毒部队的大致位置,就组织官兵开始反击。

谷兆海是鬼样精灵的人。他对副手交代了几句。随即,神兵们带上刀枪,在脖子上系一块白布作标记,穿上日本兵的服装。

谷兆海这一招,够凶狠的。一队日本兵推着一些山炮,正在巷道中精心布置兵力,一点没有留意谷兆海的神兵,神兵们乱枪齐发,消灭了 50 多个炮兵,缴获了 6 门山炮。

可谷兆海的神兵不会使用,神兵们从来没有见过这些精致的小山炮。

谷兆海只好用手榴弹将所有缴获来的武器全部炸毁。

神兵在激烈的巷战中,打了三次漂亮的伏击,消灭了 100 多名日军。第二天中午,神兵找到了日军毒弹部队的确切位置。

当神兵们偷袭即将成功时,发生了意外。

神兵中一个姓刁的家伙,突然朝日本毒弹部队打了一枪,被日兵发现。

日军随即调转枪炮对付神兵,一个日本小队长哇哇地大喊,大概是追问谷兆海是哪个部队的。神兵们不懂日语,随即趴在地上,姓刁的神兵站起来,快速向日本兵靠拢,嘴里叽叽喳喳喊。

谷兆海一听是日语,大吃一惊,不容细想,这个神兵是日本密探,谷兆海也弄不清,这个密探是如何混进神兵队伍的,而且在关键时候给敌人通风报信。

谷兆海一枪击毙了密探,大喊:"弟兄们,同日本鬼子拼了。"谷兆海的神兵与日军鏖战两个时辰,最后吃了大亏,神兵损失了一大半,谷兆海身负重伤,在几个神兵枪手掩护下,趁夜色撤离了战场。

残阳如血,寒风凛冽。谷兆海撤离常德的时候,几个神兵用担架抬着他。他的后面只有稀稀拉拉的几十个残兵,而且大都伤痕累累,无精打采。后来得知,另一路由向万山带队的神兵随余程万守城,一个也没有活下来。这队神兵子弹打光了,刀砍起缺了,石头也打完了,就一个个相拥至城头,面对汹涌而上的日军,他们怒目而视,拼尽最后一点力气,大喊:"打倒日本狗!"就如燕子一样飞身墙下。

神兵们的尸体,最后被一具具摆放在柴堆上,一队日兵持枪肃立,一个日本军官向尸体俯首弯腰鞠了个三躬,随即放火焚烧。

谷兆海的神兵,回到白鹤寨,是在一个雪花飘飞的黄昏。

寨上几十把唢呐,几十把横笛,同时吹起了低沉悲鸣的曲调,那是当地最熟悉的唢呐调,许多寨民站在路边,细细唱:"大刀向鬼子们的头上砍去。"许多女人看见惨败的神兵回来,低头大哭。悲壮的乡音啊!

1948年,鱼鳞寨编撰的《向氏族谱》上有这样的记载:"族众向万山……带神兵在常德抗日,视死如归,以一敌十,杀得日酋尸横遍野……所率人马生还者寥寥无几。向万山身负重伤……抢救无效,死在老屋场。"

段运飞对谷兆海十分敬佩,他知道谷老兜把为人正直,又匡扶正义,是一位德高望重的神兵头领,没想到他和神兵有这样一段鲜为人知的抗日史,决心连夜赶写材料上报贺县长和颜政委。

56 惨案

段运飞挑灯夜战时,白鹤寨发生了一件惨案。

午夜时分,一个神兵神色紧张地报告谷兆海:龙旗长马飞飞被人暗杀。尸体摆在游鱼子滩。谷兆海没有通知段运飞,立马率神兵打着火把赶往出事地点。

游鱼子滩,是一个阴河滩,有两个泉眼咕咕冒水。泉眼紧贴大山的石壁,这两个泉眼时常有鱼、虾、蟹游出,被寨民称为"双泉洞"。马飞飞的尸体就摆在双泉洞河滩边。火光映照着马飞飞苍白的脸膛。

谷兆海检查了马飞飞的武器,二十把小飞刀、手枪全不见了。谷兆海认为马飞飞死于毫无防备中,他的武器是二十把小飞刀和一把短枪,就是二三十人也休想占到便宜,是谁杀了马飞飞? 杀马飞飞的动机又是干什么? 谷兆海陷入了沉思。

段运飞将信写完,交给一个小战士,吩咐道:"明天送到县城!"小战士将信藏好,出了门。段运飞正想到厨房洗漱,木窗外有火把映红了天空。段运飞猜想一定是发生了什么事,于是开门打听,才知道是谷老兜把在为马飞飞收尸。

对于马飞飞的死,段运飞深感惋惜。马飞飞是一名刚强豪爽又仗义的神兵头领,在神兵中颇具威信,他不赌不嫖不抽鸦片。马飞飞当神兵龙旗长只几个月,难道是死于仇杀和情杀?

尸体被运到寨中。按照寨中葬俗,先将马飞飞尸体用温泉洗得干干净净,但胸口那创伤处总有血向外溢流,擦都擦不净,特别是谷老兜把给马飞飞穿孝衣时,那伤口的血流得更厉害了。按寨上说法,这是惨死的人遇到他最亲的人或是最信任的人时,一种以涌血报恩的生命感应,就像含羞草,你一抚触,它就立即将叶儿紧缩,让你时时惦念它。

马飞飞躺进黑棺材中,穿一件别致的丧服。段运飞看那丧服:头上戴一顶纸白帽,身裹白纸衣,腰间扎麻布,倒穿一双纸鞋。段运飞不懂这奇风异俗,只知道白鹤寨是有名的行孝之寨。

白师爷细声告诉段运飞:马飞飞是家中长子,上有 80 岁的老父,下有 16 岁的儿子,属中年亡人,没有"上终下圆",死时必须穿孝衣当行孝之身,履孝子之职。至于那白鞋倒穿属于玄学,据说亡者倒穿鞋,意味着到了另一世界也会将冤情查个水落石出,寻找杀害他的仇者以命偿命。三天后,段运飞亲自抬棺木下葬,还到田间抓了四条泥鳅埋入棺木下,为马飞飞送了三晚的稻草火把。

谷老兜把和段运飞开始联手侦破此案。龙旗队神兵头目全部下到各寨调查。

一条线索很快出来了。马飞飞有个恋人,是打寨叶的苗女。马飞飞死前一天,这位苗女还约马飞飞到溪沟里见面,马飞飞死后,这位苗女踪影全无。谷老兜把的神兵还进一步证实,那苗女就是刚招谷虎为上门婿的泼寡妇。

龙旗队神兵立即包围了苗寨,苗寨头人是位通情达理的首领,亲自带兵去苗女寡妇家寻人,可扑了空。

在通往澧水河的一个密林中,一男一女正在匆匆行走。女人就是苗女寡妇,男者就是谷虎。这对男女自对歌结成夫妻后,干了一件惊天动地的大事,就是将白鹤寨龙旗长马飞飞刺死。

苗女寡妇靠在岩包处,从背篓里拿米粑粑,递与谷虎说:"逮!逮饱了好来劲。"

谷虎是个色中饿鬼,迷着色眼说:"来什么劲!"

苗女寡妇嗔骂:"来个狗子挽剁儿(野狗苟合)。"

谷虎说:"天天有剁挽——我愿意一辈子当骚狗子!"谷虎说:"你那身段子够味,丰乳肥臀,线条曲美,没想到你这个骚土匪婆,能将仇敌诱骗出来,让老子一枪毙了他。"

苗女寡妇说出了一段奇缘,原来马飞飞与苗女寡妇定了亲,还骗了她的贞洁,可这厮后来变卦了。和别的苗女结婚了,苗女寡妇只好胡乱嫁给了一个杀猪匠,没几个月,杀猪匠得病死了,让她当寡妇。从这厮被围鼓唢呐送进新房的那天起,苗女寡妇举香盟誓:马飞飞,你个负心郎!我一定要取走你的狗命!那天苗女寡妇哄马飞飞到溪边,亲自给他喂汤果儿(汤圆)吃,两人设计杀死了马飞飞。

谷虎早听说过苗女放蛊的故事,苗女是一群魔鬼。这群魔鬼能用一种叫蛊的东西让变心男人心惊胆战,轻者伤残,重者赔命。苗女这群可怕的魔头,美丽、泼辣、性感但又冷酷凶残。

苗女寡妇仿佛还沉浸在自己诱杀马飞飞的情节中,谷虎抑制不住心中的淫火,像野兽一样扑过去,将苗女寡妇的衣服扒光,随即将旁边酥软的茅草被当成温存的被窝。

苗女寡妇不停地喘。谷虎不停地喘,问:"你那汤果儿里,有 lia lia 药(指黏合剂)?"

苗女寡妇说:"lia 你们这些臭男人!"

谷虎说:"马飞飞怕你的 lia lia 药,我也怕你的 lia lia 药!你以后不会像对付马飞飞一样害我吧。"

良久,苗女寡妇穿好衣服,梳理着秀发说:"我这 lia lia 蛊药专治你这号变心郎。"

与其说马飞飞是让苗女放蛊毒杀害,不如说是死于谷虎谋杀。谷虎原来当神兵龙旗长,因带兵叛逃,被父亲、白师爷和马飞飞截获,丧失了龙旗长兵权,大权旁落到马飞飞之手。谷虎天天都在谋划暗杀行动,刺杀马飞飞。苗女寡妇与马飞飞的暧昧关系,使他更加怒火中烧。原来苗女寡妇与马飞飞曾做过露水夫妻,后来马飞飞变了心,苗女寡妇才决定诱杀他。因考虑到蛊毒的功力,苗女寡妇和谷虎密谋,等马飞飞专心吃汤圆,毫无警惕时,躲在暗处的谷虎开枪打死马飞飞。

马飞飞一死,谷虎和苗女寡妇自知杀人偿命,只好仓皇逃跑。

谷虎和苗女寡妇连夜逃到马合乡一个亲戚家中。他俩害怕被抓,天一亮就往大山深处躲,躲了两天,觉得投陈高南最安全,又像无头苍蝇跑到廖坪。将马飞飞的飞刀和手枪交给了陈高南当见面礼,投靠了陈高南。从此,这对男女借助暂十二师的庇护,暂时躲过了白鹤寨神兵和段运飞解放军的追捕。

段运飞获悉谷虎当上陈高南鹰犬,气得摘下军帽,狠狠地砸在桌子上,恨恨地说:"这只老狐狸。"

谷兆海一直很惭愧,为白鹤寨没及时清理门户而自责。他走进运飞卧室检讨说:"都怪我瞎了眼,养虎为患,当初何不叫马飞飞宰了这畜生。"

57　孤城

中午,县城来人了。贺文锦派人飞马给段运飞送来一封鸡毛信:

暂十二师正与内半县土匪勾结,杀我农会干部,抢我军粮,限 1 天内速回。贺文锦

风云再起! 时间紧迫,段运飞与谷兆海很快达成了收编神兵的协议。

一是神兵队全部接受解放军的收编,纳入段运飞剿匪大队,不再保留白鹤寨神兵番号。

二是神兵队中不愿意当解放军者,发给其补偿费和路费,准其回家,但不能再参加别的武装组织。

三是白鹤寨立即成立农会组织,由解放军排长龙雄担任农会主席,负责维护寨中治安,筹运粮草,保护文物。原神兵总首领谷兆海留守寨中,负责民家寨子的教育、民俗调查与研究工作等事宜,原神兵队凤旗长谷凤留守山寨,担任农会副主席,配合龙排长工作。

协议达成后,段运飞带领刚刚收编的神兵队伍,迅速朝澧源县城集结。

树木葱茏的廖坪四望山。黑云压在寨子上空,令人窒息。

暂十二师师部,设在原始次森林中的一栋长长的吊脚楼中。

一个侏儒症匪徒沿着光滑滑的石板路,跑上岩塔,气喘吁吁向陈高南报告:"师座……来事得喊(指好消息)! 段运飞收编了白鹤寨神兵,撤回澧源县城去了,白鹤寨已成为一座孤城,守寨者只有区区百把人!"

　　这个消息无疑给陈高南打了一针强心剂。陈高南一跃从太师椅上站起来，闪着狡诈的眼神，露出一副狰狞的面目，他将那烟熏黑的牙齿，咬得嚓嚓响，还长长地放了一个响屁，阴腔怪气地"哼"着："老子？哼！阴沟里的篾片终于有翻身的一天！……哼！出恶气的时候！哼！"他命令侏儒症匪徒："继续侦察，哼！打听谷老菟把和段运飞的下落，哼！只要这两只虎……哼！不搅在一块！哼！老子就是山大王！哼！"他立即召集连以上军官开会，谋划一场惊世大阴谋。

　　夜晚，几豆灯光模糊了山寨的影子，孤寂的山雾野鬼似的缠住石峰，一只饿狼朝天嚎叫……一个女孩充满着恐惧的眼神，朝推磨的老人喊："爹爹，我怕！"老人狠狠骂一句"刹脑壳死的土匪。"就使劲抽旱烟。

　　突然，几声枪响，传来几声惨叫，不用说，陈高南刚收编的土匪又抢粮糟蹋寨子了。

第十一章 血洗山寨

58 麂子兵

陈高南刚开完会,时令正值仲夏。

廖坪一带,太阳毒得像火,地上黄狗张着舌头在树荫下歇凉,不愿意招惹过往行人,水牛放肆地将身子掩埋在泥糊中,只剩下牛头静静地向寨中张望。

陈高南是有名的麂子腿,他的匪军没有几个胖者,大都是一群脱掉衣裤看见肋骨的瘦杆杆,可就是这些瘦杆杆兵,跑山路险路,有如山中野麂,上坡下岭,像箭杆彪,所以被解放军戏称为"麂子兵"。

曾有好几支过境的解放军大部队与陈高南暂十二师相遇,等解放军刚摆好阵式,陈高南的"麂子兵"就一声呐喊化作鸟兽散,转眼没见了踪影。加之澧源一带的大山,大多属原始次森林,树大林密,山高路远又有千山万洞,解放军大部队又要急行军南下追打国民党残匪,所以陈高南"麂子兵"多次从解放军的枪口下脱逃,成了一只潜伏在深山密林处凶恶的老虎。恰好又有内半县的凡浦、陈土等残匪被解放军追得无路可走,臭味相投的匪兵迅速联手,构筑一个偌大的毒蜂窝。

这样,土匪们抱着"牛索子打结刀砍不烂"的生存法则,开始入伙抱团对付解放军。

一条乡间小路。凡浦斜插着一支左轮手枪,戴着国民党军官帽,刚踏上廖坪师部,就被护卫带着见陈高南。见面时,凡浦立即行了一个军礼,满脸堆笑说:"陈师长,凡浦愿听师长教诲!"陈高南也回了一个礼说:"自家兄弟,哼!自古道:家无常礼! 现今时局艰难,蒋总统逃向台湾,共军南下,哼! 段运飞虎视眈眈,我等只有精诚团结,才能共阻顽敌! 哼!"凡浦又立正说:"是,师长!"

　　陈高南知道凡浦是一名与共产党作对的悍将。凡浦的残兵原是国民党白崇禧的正规军,被解放军打散后,流落在澧源、鹤峰、来凤一带趴壕,凡浦为国民党团长,虽部队已没有一个团的编制,但匪兵仍喊他"凡团长"。

　　陈土踏进廖坪四望山时,天刚亮不久。陈土挑一根长枪,两端各挂着一只美丽的锦鸡,走路时一摆一晃,极像一个没教养的抢劫犯。

　　陈土走到槽门处,被陈高南的政工队长佘继富拦住。佘继富最瞧不起靠打家劫舍起家的匪兵首领,又看到从没有见过面的陈土像个土农民,就故意带着一种轻蔑的口吻问:"你是哪个茅芭笼里——拌出来的?"这是一句骂人的白族江湖黑话,译成汉语指"你老娘在哪茅草笼里,与野汉子苟合生下了你?"

　　陈土当然懂这话的意思,一听佘继富用这种态度问他,气得嘴巴张得好大,陈土还有一个毛病就是,无论是谁都不能骂他的娘。有个原因,陈土的娘原是湘西某寨的美人,被当地恶霸看上,抢去当了妾。可陈土的娘是个贞操观念十分强烈的女人,结婚一年仍不让恶霸挨她的身子。这恶霸火了,就强暴了她。

　　而陈土的娘羞愧难当,抱紧恶霸拼命咬下半只耳朵。恶霸大怒,将她卖进了长沙窑姐楼。不久,窑姐楼发生了一场大火灾,陈土的娘趁乱逃离苦海,终于在一个寒冷的冬季生下了陈土。

　　陈土当然不知道他爹是谁。等陈土长到十岁,他娘患一种病全身腐烂,痛苦的死掉了。

　　陈土当了孤儿,到天门寺当道童,练就了一身好功夫,他的腿功了得,双腿齐飞能踢碎大石板。在一个风高月黑的杀人夜,陈土操了一把长杆杀猪刀,潜入恶霸寨子,连捅二十人,刺死了恶霸,随后占山为王,后来当地团防以"谋杀生父"之名到处捕捉他。

　　陈土在山中躲猫猫。

　　解放军来了,陈土躲不住,下了山。

　　陈土想不通,刚来投奔陈高南就遭到陈的部下戏弄。

　　这回,陈土大怒,动了粗,大嘴巴张得像条腊狗,半天才吐出话:"你……你个野卵的,老……老子……一锤(拳)打得你跟……风跑……"

　　陈土很有功夫,他扔下担,揪着佘继富,一拳砸向他的面门,佘继富眼前顿时漆黑一片,连鼻涕都被打出来,接着一屁股坐在地下。见佘队长被打翻,有人立即吹响口哨,跑来四五个卫兵,拉响枪栓围住陈土,喊:"妈妈的疤子,举起手来!"

　　陈土拔出手枪,高喊:"野……野卵……通的,老子……是吓……吓大的不成?"陈土是个大结巴,半天才噎上一句话,且憋得眼珠子直转。

双方剑拔弩张。这时,一位女军官持枪高叫:"谁敢在陈师长面前放肆?老子饶不了他。"佘继富一看是谷金桃,急忙用讨好的口吻说:"大小姐,帮我教训这缺教养的土包子。"

陈土见谷金桃一身戎装,又威风凛凛,知道是一位有身份的大人物。慌忙收了枪,抱拳说:"陈土……拜见长……官,得……得罪!"谷金桃瞟了陈土一眼,冷冷地说:"原来是大名鼎鼎的鹰嘴山陈土司令!幸会!幸会!不过你刚下坪,就起罩啰(指挑衅),不怕有人打你闷棒?"陈土不语。谷金桃收了枪,扶起佘继富说:"别跟乡下人一般见识。"谷金桃心中暗自高兴,陈土这个草包司令,进门就暴打了政工队长佘继富,上演了一场狗咬狗的好戏。

佘继富挨了打,心里愤愤不平,冲陈土离开的身影,狠狠吐了一口浓痰说:"驴子养的,早晚老子骗了你。"

59　白鹤花

1951年8月的一个早晨,廖坪突然下了一场山雨,把村庄漂洗得干干净净。

弯弯曲曲的石板路上,谷虎与苗女寡妇戴着斗笠急急行走,他俩刚从外面收集情报回寨。到了廖坪,踩着弯弯曲曲的石板路,又经过几层岗哨,爬到司令部槽门处,卫兵中有人认得谷虎,故意调侃:"虎队长,你在哪里偷的一个人(指通奸),乖伤了?"

谷虎就说:"偷什么人!是俺竖人家(妻)!"

卫兵笑着问:"竖人家?竖人家眼多,你是一个搞戳戳生意的高手,白天戳事,晚上戳眼——只晓得通(钻)鳝鱼眼?"谷虎知道这些卫兵在说痞话,只嘿嘿笑。

卫兵又问:"背篓里背的啥?"

谷虎不想把秘密告诉卫兵,从背篓取出几个生猕猴桃送给卫兵,卫兵让谷虎两人进了师部。

谷虎在破烂的石墙转角处,邂逅了谷金桃。

见妹妹穿着军装,斜挂手枪,威风八面,俨然国民党将校军官。谷虎脑瓜子倒也转得快,随即恭维地说:"妹子,几个月不见,你就当官了,快快说说,你在陈师长那里捞了个什么好差使?"

谷金桃一看是谷虎,脸色一下阴下来,但又不好发作,只冷冷地说:"哥?你不是也几月不见,不又家发人兴了吗?"

谷虎知道妹妹是讲他又娶苗女当夫人,立即解释说:"这是我媳妇,刚过门的!"

苗女寡妇露出惊异又疑惑的眼神,打量谷金桃,怯怯地说:"妹子好。"

金桃点了一下头,算是回了礼。金桃又审视了苗女寡妇一眼,心中冒出一种无名之火,金桃相信这风骚女人一定是一位心狠手毒的泼妇,不然,谷虎不会轻易娶她。

金桃决定先警告她一下,厉声说:"到司令部要守规矩,不要吃里扒外,搞鬼二抱金(歪门邪道)的事。"

谷虎露出很不满的神色,说:"妹子,我早就是陈师长的人,这些规矩我晓得。"谷金桃当然不知道谷虎自投靠陈高南后,下山带神兵叛乱,杀害马飞飞的事。谷虎当然不知道谷金桃是共产党预备党员,是钻在陈高南肚里的铁扇公主。

谷金桃自打进陈匪内部,成了"白鹤花"后,一直没睡一个安稳觉。谷金桃的担子不轻,既要搜集绝密情报,又要提防陈部特务的盘查与试探,还要查明敌探野猫的行踪。

身在匪营,谷金桃最思念的人是段运飞。

自从上次在溪河遇到敌人偷袭,两人分散后,再也没有见面,只有美好的一段回忆在心头,段运飞送给他的银坠子,她时刻戴在身上。每天见了银坠子,谷金桃就感到段运飞在她身边,对她笑,对她说,对她投来深情的一瞥。可如今,一对恋人,因山水相隔,尽管近在咫尺,却不能见面,这是何等的苦恼。有时,谷金桃在梦里都想见段运飞。这正是澧源民歌所唱"桐子开花陀打陀,想着恋人睡不着"。

60　毒网

初秋,澧源书院岩塔上。段运飞与颜文南商讨剿匪行动。

颜文南端着一个瓷缸,递给段运飞一碗茶,说:"据情报,内半县凡浦、陈土等匪已入伙,谷虎这只恶虎也成了陈高南的鹰犬,这些人马合在一块,势力非同小可,据我们内线侦察,陈高南的下步行动,很可能是去白鹤寨报仇!"

段运飞咕咕地喝了一口茶,分析说,是啊,陈高南如果走这步棋,与其说是一步险棋,不如说是一步稳棋。现在的形势是:解放军大部队都在澧源县城一带,而留守白鹤寨的只有很少兵力,包括排长龙雄的农会组织和谷凤的护院,加上寨丁,能作战的不到 200 人马,而且武器装备太差,仅有一挺机关枪,几十支步枪和一些手榴弹,谷凤的护院只有冷兵器,看来有一场恶战啊!哎,都怪我们撤离了白鹤寨,否则,哪有空子让土匪们钻?

听了部下的话,颜文南后悔起来,是啊,因自己一个不太成熟的想法,撤离了白鹤寨的兵力,把白鹤寨直接暴露在土匪威胁之下。颜文南背着双手,不停地走动,焦急地说:"现在,白鹤寨情况非常紧急,据白鹤花报告,陈高南已亲率匪兵直扑白鹤寨,白鹤寨危在旦夕。"颜文南决定立马派段运飞组成突击队,快步驰援白鹤寨,自己随后率兵从水路围剿陈高南。

段运飞自上次从白鹤寨快马增援澧源县,打了一次漂亮的伏击战后,脑子里有一种情绪在滋生,那就是骄傲。段运飞一直觉得陈高南的暂十二师几乎和周野人、陈大麻、李癫子等土匪一样,都是一群"一听子弹叫,扯起腿子跑"的乌合之众,不经打。段运飞的这种傲气,让他和他的部队遭受了损失。

一阵嘹亮的军号过后,段运飞带着剿匪部队,荷枪实弹快步救援白鹤寨。

段运飞边跑边分析战事,他对佘鹏说:"据侦查,这次土匪大量集结,目标就是袭击白鹤寨,他们肯定知道我们会率兵援助,可能在溪谷两边埋伏,专等我们入网!让我们措手不及。"

佘鹏说:"这叫围城打援。"

段运飞说:"对!土匪也会这一招,所以我们必须做好一切准备!"佘鹏知道,段连长说的"一切准备"也一定包括流血牺牲。

段运飞的部队在离白鹤寨还有二十里地时,不再前行,只沿溪谷的一个斜坡上攀登。爬到了一处叫摩天岭的开阔地,部队正准备躺下来休息,突然山岭前方一座突兀的岩石处,有人拿高音喇叭在喊:"段运飞,快投降吧,你们被包围了!陈师长给你传话,只要你放下武器,陈师长就给你一个上校旅长当。"

段运飞没想到部队刚到这里,就遇到敌人的伏兵,急忙令佘鹏:"快,快抢占有利地形。"段运飞和 100 多名战士迅速在高地前筑起了工事。

段运飞从对面敌人的喊话中,查明敌人是陈大麻。

这时,从山岭两旁,同时冒出了两支队伍,一支是内半县的凡浦,另一支是刚入伙的结巴陈土,两股人马分别从山下往上夹击段运飞,而对面陈大麻也组织冲锋,三路兵力气势汹汹朝段运飞扑来。

段运飞感到了一种前所未有的生存窒息,虽然有山风,但因天气炎热,段运飞额头使劲地冒汗。

"同志们，今朝是一场恶战，三股土匪向我们围上来，大家要沉着应战！"段运飞走到一群群卧倒在地的战士们身旁说："大家要注意节省子弹，一枪一个敌人，要瞄准了打！决不能让土匪占我们解放军的便宜！"有名战士说："段连长，放心吧！我们是解放军，还怕几个小土匪！"

段运飞的剿匪队被三路敌人紧紧地围困在摩天岭，战斗进入白热化，土匪横下了百来具尸体，段运飞连队也牺牲了二十多名战士，包括刚刚收编的 15 名神兵队员。段运飞的部队与敌人仍在死拼，一阵阵喊杀声过后，双方阵地渐渐平息下来。显然，双方都已精疲力尽。

阵地上，空气中飘着血腥的味道……

战壕里，罗战士轻轻吹起了口哨，那口哨是一种美妙的音乐，是血战台儿庄时老士兵唱的那首叫《死也为鬼雄》的地方音乐。

另一名老战士给罗战士递上水壶，说："喝一口吧。"

一群敌人又进攻了。这次他们不再打枪，而是手持大刀，赤身裸体，哇哇乱叫，极像一哄而上的神兵冲锋。

段运飞对战士们说："敌人又上来了，这是敌人的敢死队，大家要沉着冷静，只要消灭他们的头儿，敌人就会像无头的苍蝇！"罗战士端枪打死了一个敌人头目，敌人不敢轻易冲锋了。

陈高南的先头部队已将白鹤寨严严实实地围了起来。

陈高南得意地坐在滑竿上，两名壮汉抬着，在一条蜿蜒的山路上悠悠晃着。陈高南哼起了民家寨小调《四季花儿开》，颇为神气。副官跑步上前报告："师座，离白鹤寨还有五里地。"

陈高南摇着蒲扇说："好，哼！一路顺手——穆桂英大战洪州！踏平白鹤寨，哼！逮（吃）中饭。"

陈高南这次袭击白鹤寨是有周密安排的。他制定了严密的保密措施，连谷金桃也打听不到任何消息。他将土匪陈大麻、陈土、凡浦等分别对付段运飞、佘鹏的剿匪队，又请李癫子出山织下一条毒网，专门对付颜文南的增援部队。这一来，解放军的两支救援部队被紧紧挡在白鹤寨的外围。陈高南自己亲率主力直插白鹤寨。

61　过滩谣

颜文南当然知道，陈高南的这招叫"黑虎掏心"，因为白鹤寨刚刚解放，刚刚建立红色政权,如果一举铲平白鹤寨,就等于捣毁了共产党在民家寨的党政机关,给土匪增添了一道信心,让内半县土匪开了眼界,从而死死跟着陈高南对付解放军。

颜文南率武装船队直扑离白鹤寨10里的白马泉。准备到白马泉后,弃船上岸从侧面增援白鹤寨。

颜文南对大铁杆说:"前面快到白马泉了,要密切注意敌人动静!"

大铁杆静卧船头,架着机枪严阵以待。这时,天空突然响了雷声。顿时,乌云密布,黑云压寨。颜文南头上冒着热汗,感到一种从未有过的闷热,热浪如火苗一样,狠狠地灼烧着他的胸口,随后沉闷的气浪让所有人感到一种窒息。颜文南想起当地天文气象的民谣说过:"天空闷,大水冲。"颜文南摸了摸汗说:"莫非酉水河要暴涨大水?"

颜文南的疑惑很快变成了现实。当地民谣说:"酉水河的雨跑不到屋!"就是说酉水河的雨水一来就如盆倒又急又猛,谁也别想跑进屋,就要淋成个落汤鸡!

果然,一阵大风过后,暴雨如注,到处白茫茫一片,整个山峦只见雨水不见山。

很快,发了大水。接着,溪水满了,河水满了,沟沟壑壑全满了,罕见的洪水汹涌而至,将一些从没见过洪水的战士吓得面色苍白。

一个本地的船手焦急地说:"同志们,注意涨大水啊!我们这里常言说酉水河的水吓得哭,就是说,这里涨水,水势凶猛,恶浪滔天,连硬汉排佬也要吓得哭。大家注意船在人在!千万不要紧张!"本地战士的话刚落音,大船就遇到了第一个巨浪,"当"一声,大船摇摇晃晃,差点倾覆。

"同志们,都拿起桨,准备过险滩!"颜文南大喊。

"同志们,劲要一起使,动作要连贯。"船手告诉诀窍。

船上的人立即放下武器,拼命伐桨,放船号子很快吼响,是颜文南带头吼的《过滩谣》:

> 大水盖天喽!不要昂(哭)咯!嗨嚯!
>
> 有人下滩喽!管他戳暖(去)咯!嗨嚯!
>
> 一双大脚喽!勾着小命喽!嗨嚯!
>
> 闯过阎罗关喽,回家逮好酒喽,嗨嚯!

木船迅速冲过第一个大浪,接着是第二个,第三个……

> 大水盖天喽！不要昂（哭）咯！嗨嚯！
>
> 有人下滩喽！管他戳暖（去）咯！嗨嚯！
>
> 一双大脚喽！勾着小命喽！嗨嚯！
>
> 闯过阎罗关喽，回家逮好酒喽，嗨嚯！

接着又一个巨浪袭来，颜文南和他的 5 艘战船，差点被狂风恶浪弄得个船毁人亡。

当然，船队经受的考验还在后头。颜文南的 5 艘战船躲过了巨浪吞噬，看到溪沟水位越来越高，一些树草岩包渐渐被水覆盖时，颜文南大惊，料想到上游必定垮了堤坝。

难道敌人真的炸坝泄洪？

这回颜文南果然猜对了。

白马泉大水坝上，谷虎穿着蓑衣，正在实施他的阴谋。他指着一群穿雨衣的士兵大吼说："快，快用炸药炸毁大坝，让洪水淹灭颜文南的战船。"

一个士兵颤颤抖抖说："团座，引线回潮了，炸不响。"

谷虎大骂："只尚（吃）得露（饭）！让老子来。"

另一个头目说："这小事那能让团长搞？"

士兵又问："炸坝后，那下游的几个寨子不全淹喽？"

谷虎大骂道："混蛋？还管什么寨子？陈师长说了，就是淹掉几十个寨子乃至澧源县城，也要阻击颜文南的战船靠近白鹤寨。"头目掏枪威胁士兵说："安上炸药，我喊一二三，就炸坝。"

随着几声惊天动地的巨响，白马泉大水坝被轰然炸开，一时，无情的洪水像脱缰的野马，一路咆哮往下游冲击，巨浪吼叫的声音让人毛骨悚然……

害苦了下游的人。"垮坝了，逃命喽……"下游低矮的寨子顿时陷入一片汪洋之中，发现水灾的寨民立即打响了铜锣高喊："嚷汩喽，嚷汩喽，逃喽！"

"嚷汩"是澧源山寨一个专用的水患名词，指水淹没村庄。

寨民一听嚷汩，就惊慌失措，携老少往高处跑。一些寨民听说上游白马泉大水坝被陈高南炸了，一路小跑着举香火发毒咒："遭天杀的陈高南，你个土匪、流泯、反贼、恶霸，强盗抢犯你不打，专门欺负我们做工汉！陈高南你不得好死……"

颜文南战船的桅杆被一个巨浪拦腰折断，大铁杆船头的沙包被水冲跑，连机枪也掉进水中。大铁杆死死抓出一根横梁，喊舵手："撑住！撑住！"

原来大船前面,有一处岩尖滩,若硬撞上去,必将船毁人亡。

大铁杆怒喊"撑住"的时候,大船已被恶浪狠狠地推向岩尖滩上,搁在滩头,宛如一条翻了肚皮的鱼,一动不动。

颜文南早年放过排,知道这船若是搁在滩上动弹不得,那就很危险:若浪峰一过,水立即消退,大船就全部暴露在滩上,成了一艘死船。危急之时,一个很有经验壮壮的舵手立即组织几个年轻舵手再吼过滩谣,过滩谣吼得越大,舵手们的注意力越集中,就越能闯过险境。

一个战士悄悄笑着说:"这号子野! 比颜政委吼得有劲多了。"

另一个战士立即正色道:"颜政委是正规军出来的,吼号子当然正规。"颜政委见战士们还有心开玩笑,有些火了,立即吼:"不准说话! 快摇船!"

一名络腮胡子的舵手发现了险情,脸色突变,大喊:"拐哒,拐哒,前面有两条船翻蔸哒。"

颜文南急忙看时,只见前面两艘木船终于抵挡不住巨大洪峰的冲击,侧身翻倒在大浪中,几十个战士纷纷落水……颜文南痛苦地看到落水的战士被大浪吞噬……几个战士终于挣扎着上岸,倒在岩包上剧烈地呕吐……使劲地揉着……连命都差点丢进澧水。

雨,渐渐小了。

另两艘木船,危急时刻抛出了铁猫,紧紧抓在一棵粗大木籽树干上,战士们拽紧木绳,像猴儿抱桩,一个个死死攀爬过去。这棵木籽树有抱粗,茎部十分发达,根系牢牢长进岩壳中,挡住了洪水袭击,救活了许多解放军的命……后来这棵树,被寨民称之为"圣树",每年都有寨民为它挂红绸,燃香火。一到春天,树上红绸飘飘,树边人影晃动,香火缭绕,风景奇特,煞是醉人。

上了岸,颜文南一屁股坐在一个大石头上,脑子里茫茫一片空白。他深知,自己这次指挥不当,救援无功不说,还白白损失了数名战士。惨痛的历史教训啊! 然而,他很快从阴影里走了出来,他拿着望远镜,看到白鹤寨上空飘起了滚滚浓烟,知道白鹤寨已被攻陷,痛心疾首地喊:"白鹤寨! 白鹤寨!"

62　垒蛋蛋

颜文南救援失败,段运飞被困摩天岭,都在陈高南的预料之中。

陈高南走下滑竿,踏在湿淋淋的岩板上,副官报告:"谷虎得手,大坝被炸,颜文南船毁人亡,段运飞被粘在摩天岭,师长,您真是福人有苍天保佑!"

陈高南得意地挥了一下手,纠正副官的话:"哼!不是苍天保佑,哼?是我们的本主在保佑!这叫'猪羊恋娘——各养的各疼!'"

副官知道自己说错了,连忙满脸堆笑说:"是,是师长您的本主陈花岗庇护您!哼!"

这时,另一个传令兵报告:"师长,前头部队跟白鹤寨打起来了,还烧毁了白鹤寨的大槽门!"

陈高南一听,高兴地拍了拍后脑勺,说:"哼!不是不报,时间没到!烧得好,哼!找谷老苑把算账的时候到了!哼!上次跑脱了这老东西,哼?算他命大,哼?今天这老不死的末日已到!传令,哼?各部队按计划进攻白鹤寨!哼!哼!"

白鹤寨,土匪已攻破第一道防线。

白鹤寨第二道防线,是一段成梯形的石墙,口子小,边边大,解放军龙排长和谷兆海、谷凤、白师爷等人正守在寨口。几十个穿戴不齐,武器较差的农会干部和护兵正持枪瞄着。

"同志们,土匪攻打白鹤寨,是想推翻革命政权。我们是共产党的队伍,我们答不答应?"龙排长作战前动员。

战士们高吼:"不答应!不答应!"

两军相遇,勇者胜。谷兆海也来到前沿阵地,鼓励战士们说:"守寨最主要的是勇气和技巧!千万要节省弹药,土匪攻寨往往一窝蜂,只要我们顽强抵抗,打掉土匪的嚣张气焰,土匪就如泄气的皮球,等我们的援兵赶到,两面夹击,就是十个陈高南也得暴尸白鹤寨。"

谷凤赶来参战,他持了一根火铳,背一把鬼头刀,吊着五颗手榴弹,这些武器都是段运飞收编时专门留给白鹤寨防身的武器。

白师爷靠近谷兆海,说:"寨主,光靠我们百十人守寨,力量悬殊,我回去组织寨里妇女、儿童、老人,把能跑得着的人都武装起来,宁愿站着死,不愿跪着生。"谷兆海同意了。随即和白师爷做动员去了。

中午时分,土匪开始猛烈攻击。进攻的是陈高南的政工队。由队长佘继富指挥。

佘继富分析,上次打了白鹤寨一次,没能取胜,主要是白鹤寨占据有利地形,神兵又不缺乏弹无虚发的狙击手。今天神兵被收编了,狙击手绝大多数都随解放军走了,寨上仅有少量侦察队员,没有什么火力和战斗力。

佘继富隐蔽在一个猪栏架角边,看清了龙排长的守卫阵地。那是一个在仓促中临时构建的火力点。

副手上前问:"队长,是集团冲锋吗?"

佘继富扬了扬手说:"不!集团冲锋正中谷兆海诡计!老子今天偏偏来个反其道而行之!派政工队,三人一组,用手榴弹开道,打破谷兆海的守卫阵地!"

佘继富的这一招,出于谷兆海和龙排长的意料。敌人三人为一组,轮番上阵朝守寨部队扔手榴弹,龙雄坚决还击,但机枪发挥不出威力,有好几名战士牺牲而土匪只有两人挂彩。

最终谷兆海的第二道防线被突破了。

龙排长率领战士撤到第三个关口驻守。这个卡口是个地堡群,是神兵重兵把守的区域,由于神兵被收编,工事被保留下来,只是地堡中机枪火力明显减弱,但还是能保证有足够火力封锁进寨的唯一通道。这条通道是个斜坡,道口约有 3 米宽,是纯一色的岩板道。岩坎上地堡中的最后一挺机关枪正对准石板道,龙排长亲自拿着机枪,三名战士打开弹药箱。谷凤组织其他战士端枪警戒。

佘继富的副手想了一条计策,他叫冲锋的士兵将棉絮打湿,每人顶一床,手持炸弹往上冲,遭到龙排长的迎头痛击,土匪们丢下十多床棉包和十几具尸体,就趴在地上。

摩天岭的战斗仍在激烈进行,段运飞和战士们做好了最后血战的准备,个个抱着必死的决心坚守阵地。

但没有多久,三股土匪的阵地就陷入一片死样的沉寂。难道土匪全部从眼前消失了?

俗话云:"打赤脚的就不怕穿皮鞋的!"正当段运飞与土匪拼命的时候,正好来了外援。刚从四川来的另一支解放军炮兵部队,发现段运飞部被围困的险情,立即架钢炮布阵,十分钟后,几十门小钢炮齐对着三股土匪阵地,只挥一下旗杆,数百发炮弹呼啸而出,震得大山乱颤。

土匪最惧打炮,有俗语说:"放山炮(土匪)屁股朝天翘!"就是说,土匪一听有炮弹响,就开始胆战心惊,慌忙将屁股朝天翘着,头紧紧地埋在岩包下残草丛处。陈土抬起一脚,踢翻一个翘屁股,大骂:"娘的,还……还不冲锋?"可密集的大炮发出惊天动地的怒吼时,陈土、凡浦、陈大麻等匪帮惨叫一声,败退下去,跑得比麂子还快,转眼间,土匪阵地就一片沉寂。

打扫战场后,段运飞与炮兵营长惜惜相别,迅速带队疾驰白鹤寨。

可惜,一切都迟了。

伤痕累累的白鹤寨,这座民家人曾引以为荣的著名寨子,最终被陈高南的匪兵攻陷了。匪兵们一窝蜂涌上白鹤寨,寨子立即遭到了强暴。

龙排长身负重伤,由几名战士抬着,从寨后门撤出阵地,血,一滴一滴打在石板路上……

白鹤寨西边槽门,土匪鱼贯而入。

谷凤和几名队员坚守到最后时刻。几名队员先后用铁制仗鼓杀死五个冲上来的匪徒。一阵密集的子弹过后,几名队员全倒在阵前,一个瘸腿土匪拿着大刀,砍下牺牲战士的头颅,谷凤用铁仗鼓将瘸腿土匪的脑袋砸成一团肉浆。那仗鼓也沾满鲜血!他又从死去的土匪身上,拔出一把砍刀,继续与土匪激战。几个土匪围上来,夺了他的长刀,谷凤赤身格斗,最终被10多个土匪用"垒蛋蛋"的方法捉住了。"垒蛋蛋"是白鹤寨小男孩玩的一种游戏,玩时,一律不准穿衣裤,一丝不挂地进行堆人游戏,先上两人,若被垒的家伙劲大掀开,后再上两人,四人一齐垒蛋蛋,直将最里面的人牢牢垒住,就算胜利。当然,土匪捉谷凤,都穿了衣裤。

陈高南斜躺在白鹤寨祠堂的大太师椅上,跷着二郎腿,正在听副官的报告:"白鹤寨已被攻破,龙排长下落不明,谷凤被捉,谷兆海、谷师爷不知所终!"陈高南从椅子上跳起来,他恨白鹤寨,恨白鹤寨谷老兜把,恨白鹤寨不投靠他,还与解放军结盟联手打他。可今天,终于把天翻过来了。

陈高南吩咐副官:"白鹤寨是解放军据点,哼!树倒猕猴还不散?老子要烧光白鹤寨的屋,抢光白鹤寨的粮食,杀光白鹤寨打过我们的男人!哼!"

这时,谷金桃来火了,尽管自己势单力薄,但阻止匪徒行凶作恶是白鹤寨人良知的感应啊。她带着怒火走近陈高南说:"爹!不看僧面看佛面,谷兆海不与您合作,是他执迷不悟,受解放军的蒙骗,罪该万死,可白鹤寨是我和母亲生活多年的寨子,您看在女儿和我母亲的份上,少作一些孽!"

陈高南很反感地看了金桃一眼,对女儿当众顶撞自己十分恼怒,没好气地说:"这白鹤寨,哼!人人怕蛇妖!它是老子的心腹大患,哼!老子今天要给谷兆海订个记性片!哼!谁叫他让解放军收编?哼!老子要让白鹤寨听不到鸡公叫!哼!"陈高南说话"哼"的毛病又来了。

谷金桃对父亲的野蛮行为大为窝火,粗吼道:"爹,女儿也是您的后勤营长,听女儿一句劝,不要杀人放火!再做畜生行径,女儿不认你这个爹。"

陈高南说:"哼!救得客码(青蛙)饿死蛇!你不认爹又怎样?"

谷金桃见陈高南无动于衷,就气冲冲地带4名女兵到寨中巡视,她要坚决制止父亲手下的人作恶!

陈高南经女儿一唬，觉得刚下的命令的确有些过分，立即叫回副官撤销了命令。但他手下的人会守"规矩"吗。

一个秃头土匪抢了一块腊肉，在火边烤烧着吃，被金桃遇着，金桃对他下命令："再不能杀人放火，吃完了到寨门口集合！"土匪看是女营长，点头说："要得。"

另一个土匪跳进一家坐月子的妇女房中，将坐月的女人拖到床上强暴。女人又哭又喊，惹起床前一个小男孩的火了，这个只有4岁的山娃，拿洗衣棒，朝土匪头上猛击，土匪火了，顺手一棒，将男孩打死。坐月女人拼命反抗，与土匪撕咬，土匪将女人从屋里拖出，把洗衣棒插进女人的下体，女人下身的血将岩板污了一地。土匪站在阳光下哈哈大笑。

正巧让金桃看见，女人用尽全身气力，朝金桃喊："桃姑娘，救我！"

金桃骂土匪："炮踹（枪毙）的！"

土匪不耐烦地瞟了金桃一眼，骂："老子又不是玩你的亲戚。"

金桃说："再骂，老子就毙了你。"

土匪火了，凶凶骂："老子是师长的大保镖，怕你个卵！"金桃开枪打死了这个恶匪。

女人披头散发，抽掉那根耻辱棒，吊着半边裤裆的血迹，进屋抱着目不忍睹的儿子尸体，见人就说："这个小小儿（孩）是你屋里的吗？"显然这女人受到强烈的精神刺激，已经疯了。

"砰！砰！砰！"谷金桃朝天开枪，她用愤怒和正气，能及时制止匪徒们残酷的暴行？杀红眼的匪徒会听她的吗？

63 大二三神

谷金桃知道，自己一人拼尽全力，也无法改变白鹤寨悲惨命运。

因为，土匪一旦失去人性，身上不再保留"血性"，剩下的就是一群十足的魔鬼，魔鬼还会干人事吗？

在祠堂指挥的谷兆海，原以为凭农会干部和部分神兵会守住寨子，可面对陈高南的疯狂进攻，力量过于悬殊，加上武器弹药和战斗人员严重不足，白鹤寨最终没有守住。

当最后一道防线崩溃时，谷兆海正和白师爷向寨中的秘密通道摸去。

秘密通道在一个转角楼的岩坎边，平时用一堆柴火遮掩着，很少被人发现。

两人既狼狈又疲倦,加上饥饿也像皮鞭狠狠抽打两人的身子,死亡一步步靠过来。求生的欲望没有熄灭,两人逃过乱坟岗后,靠近转角楼一处秘密石洞,那是一个最危急时逃生的地下石洞。当白师爷搬开柴火堆,揭开掩口的一块青岩板,冷不防从草丛中闪出一个人,是谷虎。

谷兆海看到儿子,火冒三丈,大骂:"牲口,你还有脸来见我?你上次与土匪陈高南勾结,将我诱骗被捕,又趁机策动神兵造反,投奔土匪窝,你不但不反悔,而且还变本加厉,带兵来消灭生你养你的白鹤寨,你对得起谷家列祖列宗?你的良心被野狗叼去了,牲口!"谷兆海大骂:"披人皮的杂种。"

谷虎的劣根性被这一"骂"充分爆发出来了。他丧尽天良地拔出手枪,对准谷兆海说:"我是披人皮的杂种?那你就是这个狗杂种的爹!你以为你满身正气,其实一肚子男盗女娼。你明封我为龙旗长,暗地里却让二老掌兵权,还撤了我旗长职务,你不念亲情,与段运飞联手剿杀我,你就是正义君子?"谷兆海没想到自己培养的儿子,竟是一个如此不忠不义的犬子。

谷兆海愤怒地说:"我是前辈子造孽,养了你这个剁千刀的不孝子孙!"谷兆海怒火万丈,跪在地上直磕头,喊:"大二三神,我的本主我的祖宗,你要显验灵呀,将谷虎这个死绝巴(没后代)的杂种五马分尸。"

谷虎看见父亲以本主神名义诅咒自己,是在传输一个父子恩断情绝的信号。谷虎一直对自己被赶出神兵队伍的事怀恨在心。

谷虎忍受不了父亲恶毒的侮辱,就凶残地朝父亲开了三枪。

谷兆海胸部中弹,随即后仰掉进了洞口里。白师爷没料到谷虎如此歹毒,会亲手杀害自己的父亲,来不及拉枪栓,一枪托朝谷虎脑门狠狠砸过去,谷虎一闪,可右臂还是重重地挨了一下。

谷虎惨叫一声,大汗淋漓,脸色苍白,显然右臂严重受伤。几个土匪扑过去,白师爷将他们打翻,然后跳入洞中逃跑。土匪胡乱开枪,见洞中没有动静,立即讨好谷虎喊:"打中了,我打死他们了。"谷虎被两个土匪搀扶着走出乱坟岗。

陈高南已达到毁寨杀人的目的,报仇泄恨的欲望得到了强烈的满足。

他神气地踏进白鹤寨祠堂,跪地给本主大二三神烧香,边磕头边念祈祷语说:"哼!大二三神,自古神仙不与凡人计较!哼!今天怪不得我,是谷兆海的错,不是我陈高南的错,哼!要治罪就治谷兆海,我给你们磕头作揖了!哼!"

陈高南害怕解放军大部队增援围剿,站在呼呼燃烧的八字槽门处,对副官说:"哼!集合部队,撤!哼!白猫黑猫,跑得赢的是好猫!哼!"

谷虎吊着白绷带,神情沮丧地跟着陈高南撤出槽门。谷凤被土匪反绑着双手行走在队伍中。谷金桃则心事重重地随着。她真想一枪打死陈高南和谷虎,解救谷凤。但她不能这么做,"小不忍则乱大谋"啊。

这时,路旁有一个老太婆在掩埋尸体,老太婆尖声哼了一首山歌:"澧水河,你祸多,尸成堆,血成河,睁眼露白骨,闭眼踩血河,澧水河,你下个祸留给哪一个,留给哪一个。"

歌声传到段运飞耳边时,段运飞正沿着河谷率队在山道上急驰。有些战士不习惯赶山道,跑的速度不快,段运飞下了一道急令:"扔掉背包,快步跟进。"

他吼起军歌,是刚刚才教给战士们唱的,歌名叫《我们是解放军》:

> "我们是解放军,是共产党的队伍,
>
> 我们有钢枪,保家卫国,
>
> 除恶扬善靠我们,我们有信仰,
>
> 不信神不信鬼,不信一切反动派,
>
> 我们守纪律,听指挥,坚决消灭凶恶的敌人!"

溪河边,一队队解放军整齐的脚步声,盖过澧水河的涛声,然而,他们的脚步声始终比陈高南匪军抢劫的节奏慢了半拍。

这一仗,陈高南的土匪洗劫了白鹤寨,夺走了谷兆海苦心收集的一些珍贵文物,包括明朝瓷坛、清代皇帝御赐金匾、覆锅岩板、梅字贴、本土知名人物书画作品等 1000 余件,让白鹤寨蒙受了巨大的损失。

千年古寨啊,一个字:"惨"。

第十二章　奇袭廖坪

64　处分

颜文南弃船上岸时，衣服已经湿透，幸好是八月天，不但没有冷的感觉，而且有一种凉爽之意。颜文南顾不上打捞河中的船只，一心挂念白鹤寨安危。

颜文南率部队赶至白鹤寨时，许多寨民都在紧张地清理各自屋内的东西，对解放军进寨并没有表示出一种热情，反而流露着一丝冷漠感。因为自从寨中住进了解放军，寨子就成了土匪的攻击目标，还遭受了前所未有的劫乱。

颜文南走到槽门口，脸色铁青，他看到寨门前已插上三根松树杆，上面挂着黄白红纸折成的笼子。这是白鹤寨为战死的亡者进行超度的标记。

四十多具尸体全部摆在门板上，这些尸首，有寨民的，有神兵的，也有解放军战士的，上面均裹着土白布，一些尸体因为伤口暴露，不时有血溢出，将白白的布染成红色的一大块。

这时，段运飞的部队赶到了白鹤寨。段运飞和战士们站列在尸首两旁，持枪而立。他们必须为这些尸首守灵，因为谷兆海、白师爷下落不明，谷凤被俘，守寨的龙排长身负重伤，白鹤寨已没有人主管日常事务。

段运飞承担着处理丧事安抚寨民的职责，他一面请寨中老司公、法师按本地葬俗超度亡灵，一面安慰逝者家属，稳定局面，静候着颜文南的到来。

颜文南骑马赶到寨中祠堂时，几十杆唢呐朝天悲鸣，围鼓一阵紧一阵，冰冷冷的白布团被号哭的寨民抱进棺材。段运飞举行了一个隆重的告别仪式，他站在列队的战士们面前喊："向烈士致敬！"就朝天鸣一阵枪，用枪声为刚刚失去的战友和寨民送行。整个葬礼热闹隆重。颜文南缓缓脱下军帽，静静地注视棺木，一言不发地站在蓝天之下。

办完丧事,颜文南召集排以上干部,在祠堂里展开激烈地讨论,归纳出四种意见。

一、白鹤寨刚刚解放,就遭到土匪血洗,必须派重兵防御,巩固好革命政权。

二、立即寻找谷老兜把和白师爷的下落,决不能让两人落入陈高南土匪之手。

三、派出侦察小分队日夜打探土匪行踪,彻底铲除陈高南匪部,拔掉这个大毒瘤。

四、解放军队伍中藏有奸细,这家伙就躲在剿匪大队内部,必须立即清除。

会议开到第二天凌晨三点,最后形成了四种意见。

一、佘鹏率百名精干战士和神兵留守白鹤寨。

二、段运飞负责寻找谷老兜把和白师爷下落。

三、县大队马营长负责摸清陈高南匪部动静。

四、颜文南亲自部署解放军内部的除奸行动。

第四天下午,颜文南回到澧源县城,和贺县长吵了起来,吵得还很凶。事情是这样的,贺县长得知敌人炸坝淹了村庄,立即给101首长通了电话。

电话里,101首长发了很大的火:"颜文南是吃干饭的?轻敌!轻敌!以为湘西土匪是那么容易对付的吗?告诉颜文南,澧源发生瘟疫,老子撤他的职!再剿匪不力,老子关他的禁闭!再让解放军和群众有重大伤亡,老子亲手毙了他。"自然,贺县长和颜文南都挨了101首长的一顿痛骂。

颜文南埋怨贺县长,不该在节骨眼上向101首长打小报告,贺县长埋怨颜文南指挥不当,赔了夫人又折兵。两人吵得面红耳赤,最后在几个参谋的规劝下,双双熄火。晚上两人走进剿匪大队,召开了党委会。两人作为澧源县的党政一把手,在会上,对自己的错误都做了深刻检讨。颜文南上报军部,请求101首长给自己记大过处分。

同时,驻守在白鹤寨的段运飞,也接到了颜文南批评电话,颜文南说:"你有严重的轻敌情绪,党委决定,给你严重警告处分,你有意见吗?"

段运飞对上司的工作作风很有意见,一时想不通,听说要处分自己,立马在电话里顶撞起来:"我轻敌?给我严重警告处分?我不服!你是政委,俗话说,大的出门小的苦,小的打破锅了有大的补,出事了,你就想拿部下开刀?想得美?我不服!不服!"

这回,颜文南大动了肝火,他恨不得揣段运飞几拳,满脸怒气地教训说:"你段运飞什么态度?你带部队去救援,对敌情估计不足,被土匪打了埋伏,要不是兄弟部队给你解围,你说不定现在还躺在山上回不来!第一,你的部队牺牲了20多名战士,你要负责。第二,你带头谈恋爱,违反纪律。第三,你顶撞领导,态度蛮横,不愿意接受领导的批评。党委决定,给你严重警告处分!责令你立即写检讨书,上交县党委。"

段运飞是头犟驴,拿起电话大声申辩说:"我有错,我接受行吗!你就是百分之百的布尔什维克?你的战船不也被土匪破坏了吗?牺牲的战士比我的还多!你怎么就只处分我!"然而,回答段运飞的只有"滴滴滴"的忙音。

犟归犟,但检讨不得不写。段运飞从来就没有写过检讨,不知道检讨是什么格式,他想起了谷金桃,要是她在,检讨的事就不用操心。可又一想,自己犯了错误,叫恋人代写检讨,多难为情。

段运飞苦笑了一下,找了一条高板凳,趴着写检讨。大致内容是:

"湘西土匪其实很聪明,不是一打就变成一团软蛋蛋的。"

"我被土匪包了饺子,是领导叫我钻黑灶孔的,凭什么我来背黑锅?"

"有人说我犟,说明我有个性,有头脑,不盲从。"

"我受处分不要告诉谷金桃,以免分散她的精力。"

落款是段运飞,时间是1951年8月13日。

写完,段运飞快马加鞭,亲自送进县城。

颜文南看了看,面对部下写得像散文似的检讨书,颜文南的感觉就像一个刺被挑出来了,心里一阵轻松愉快,边读边说:"写得好!段运飞这犟牛,脾气不小,但人爽快!文笔不错,认识错误还比较深刻嘛。"

贺县长不以为然,他看了看检讨书,认为颜文南有意庇护着他的手下。从这封检讨书可以看出,段运飞借酒发癫,骨子里对自己的错误,认识不够,理解不深,反思不到位,是在应付。贺县长故意激发颜文南的火气,很不耐烦地说:"你看看!检讨里面全是一些'卵''蛋''屁'的字眼,这像一位革命同志说的话?这像一位革命同志作的检讨?下次我要好好教训这小子。"贺县长讲归讲,但内心还是很喜欢段运飞,要段运飞公开作检讨,其实是念念紧箍咒罢了。

65 冤缘

话分两头。谷兆海被儿子谷虎打了一枪,击中了肺部,谷兆海感到一阵呼吸紧促,脚一滑,就仰面倒在洞中。这洞是土洞,洞内泥土上堆积着厚厚的稻草。谷兆海顺势一滚,整个身子正好躲过土匪的子弹,接着白师爷跳进洞中。

"寨主！寨主！"白师爷喊。

"嗯……嗯!"谷兆海发出细微的声音。

白师爷循声摸去,抱着谷兆海。谷兆海说:"师……师爷,我出……出气困难,恐怕逃不过这一关,你……你走……"白师爷是个讲义气的人,自从跟随谷兆海就被谷老苋把的人格魅力所感染。白师爷怎能在关键时刻抛弃主人。

白师爷分析,从原洞上去回寨,等于羊入虎口,白白送死,不如携谷老苋把往寨外转移。主意已定,白师爷背着谷老苋把沿着土洞,艰难前行。

白师爷两人走出洞时,已到第二天下午。

这个洞出口前,有一条小路,弯弯曲曲,但人迹罕至。谷兆海微微睁开眼,看了看地势,问:"这是哪哈儿(哪里)?"

白师爷答:"是寨外头!"谷兆海再看看山势说:"错,这不是寨外头,是猪娘寨! 我们错走了洞口!"

白师爷一听走错了,误入猪娘寨,急出汗来,惊恐地问:"维廊门搞(那怎么办)?"

谷兆海说:"躲!"

为什么谷兆海害怕进入猪娘寨,用躲藏的方式逃避猪娘寨,其中有一段冤缘。

66 督官

后来猪娘寨《彭氏族谱》这样不简其繁地记述这段冤缘。

1935 年冬,红二、六军团来猪娘寨招兵,寨中有 40 名年轻人参加红军,随部队作战争转移。不久,当了国民党民团副团总的陈高南杀回澧源,清剿红军残部及家属,寨中与红军有联系的人家纷纷逃乱。寨中留守红军赤卫队长熊丙吾,携少量兵丁对抗陈高南。陈高南下令,对猪娘寨实行血腥屠杀,凡与红军有过亲近关系的户,一律烧光房屋,杀光人丁,不留活口。凡知情不报者,一旦查获,按同等罪名处治。一时寨中火光冲天,血雨腥风,一座秀美的寨子,转眼变成人间地狱。

有一天,陈高南给熊丙吾送了一封信,邀请他参加丈人八十大寿寿诞,并称绝对保证熊丙吾的人身安全。

接到信后,熊丙吾自愿前往。

"陈高南是有名的白眼睛强盗,翻脸不认人,尽管是亲姨夫,可要留神! 最好是一个字:躲!"其夫人阻挡说。

"现红军大部队已转移,国民党匪军大兵压境,到处是白色恐怖,我能躲到哪一天?再说去拜寿,我有一计,以牵羊祝寿为名,率战士一举歼灭陈高南部,打他一个措手不及。"熊丙吾说。

"要是陈高南摆鸿门宴呢?"夫人又担心地说:

熊丙吾说:"大不了鱼死网破,我生是红军人,死是红军鬼,死了也要找陈高南垫背。"

腊月二十四,民家寨过小年。寨子里白雪皑皑。熊丙吾带二十多人出发。熊丙吾牵走两头骚牯羊,赤卫队员个个化装成祝寿者,将武器藏到麻袋谷物中。

到了鱼翅关寨丈人岩塔,熊丙吾高喊:"给丈人拜寿,请督官!"

有人应声而出,高声嚷:"来客哒!哼!帮忙的筛茶——接客——哼!"

熊丙吾从"哼"字中断定,此人就是他的老对手陈高南,于是抱拳喊:"陈姨夫,好久不见,你大官不当当督官——不怕屈才?"

一个女人给熊丙吾筛了茶。陈高南看到熊丙吾出现,心里一阵窃喜。抱拳施礼说:"常言道:老鼠拖葫芦,大的在后头!哼!原来是大名鼎鼎小姨夫,赤卫队长熊丙吾!今天老丈人过生,两党的冤仇我们都不讲,哼!今天是姊妹团聚办宴会,你带的什么礼物?哼!"

熊丙吾说:"我一个穷得庞(散发)尿臭的排佬,无钱无势,但羊儿还是送得起两只的。"

陈高南说:"哼!有道是:过生牵羊(送羊),走的是阳光大道!哼!你送的是最好的上等礼物,哼!我们民家寨历来时兴这风俗,哼!过生晚辈只要送只活羊儿,哼?代表祝寿者心声,给长辈添阳(羊)寿!你这个排佬女婿,还混得不错!哼!"

熊丙吾夫人知道姐夫笑里藏刀,上前挖苦说:"他?哼!就是脱毛的凤凰不如鸡,哪能跟你这个当团总的大官人相比?哼?"

陈高南满脸堆笑,说:"姨妹子,哼?你讲到哪里去了?哼?亲不亲一家人,哼?不管红与白,哼?今天来祝寿,哼?就吃团圆酒。"

熊丙吾夫人发现,猪栏架偏房角落躲着端枪的人,警惕地问:"我看不是团圆酒,是鸿门宴,陈高南你安了什么心?你的酒葫芦里卖什么药?"

陈高南阴险一笑:"姨妹子你,哼!狗嘴不吐象牙。你莫嚼腮(说话),哼!今天不是祝寿酒,是熊丙吾的断头饭。哼!"话刚落,躲在暗处的枪兵,纷纷跳出,冲上前围住熊丙吾。

熊丙吾不以为然,淡淡一笑:"喔?原来,姨夫果真摆了鸿门宴?我熊丙吾也不是吃干饭的!"瞬间将酒碗朝地上一摔,赤卫队员迅速从粮食袋中取出刀枪,与国民党兵丁扭打起来,现场一片混乱。

突然,"砰"有人打枪,是老丈人。

"老子过生,县长一哈哈(一会儿)就要来,两筒(个)黑包(蠢包)女婿,搞什么鬼明堂?来人!缴他们两人的枪!"老丈人朝天开枪,寨丁立即包围整个岩塔,将陈高南、熊丙吾双方的枪全部缴走。

熊丙吾这个时候,不讲忠义孝道,拖出绑腿中的小千子(匕首)刺杀陈高南或者挟持老丈人带队伍离开猪娘寨,倒是一着高棋,而熊丙吾低估了陈高南。这个狠毒的姨夫吹了声口哨,正在大桌上吃饭的头戴白巾的二十多名男人,从腰间摸出武器,迅速包围了熊丙吾的赤卫队,一些赤卫队员上前反抗,被开枪打死。

熊丙吾最终没能逃脱陈高南的追杀,当坐着轿子的县太爷来岩塔赴宴时,熊丙吾正惨遭折磨。陈高南亲手将两个铁皮油桶挂在熊丙吾的后背上,用铁丝将桶和手紧紧捆着,再将棉花与桐油倒入。这种酷刑,民家人叫"背火背篓"。

陈高南阴险一笑:"姨夫儿!哼!你是泥菩萨过河,自身难保啊!老丈人救不了你?哼?老子将丈人的寨丁一网打尽了,哼!今天是县太爷,哼?让你,哼!这个红脑壳,背火背篓的!"熊丙吾视死如归:"我生是红军人,死是红军鬼!老子不怕!不像有些人,狼心狗肺,一辈子枕着血腥味睡觉!不怕断子绝孙?"熊丙吾夫人跑上前,给丈夫喂了一个柑橘,义无反顾地说:"你到那边(阴间)等我!"熊丙吾说:"媳妇,我亏了你,没让你过一天好日子!"夫人说:"我嫁给你这个赤卫队长,是我一辈子的自豪与骄傲!你放心吧,你的几个儿女我都安顿好了!"

陈高南向油桶里划了根火柴,火光立即吞噬了熊丙吾上半身。顷刻间,熊丙吾的皮肉烤炸了,发出一股烧焦的气味,他实在抵抗不住,狂奔着跳向坎下的澧水河,可河水很浅很浅,熊丙吾扑倒在地又爬起来,再次跌倒,再次爬起来,奋力呼喊:"短阳寿的国民党,老子做鬼再杀你们!"最后趴在河沿,英勇牺牲。

抗争!抗争!

这时,河边陡然响起了歌声,是熊丙吾夫人唱的《要当红军不怕杀》:"想吃辣椒不怕辣,要当红军不怕杀,脑壳断了碗大个疤,敢当英雄鬼也怕!"陈高南大喊:"快,快撕她的嘴!毒蛇总要咬人的!哼?"后来,熊丙吾夫人悄悄摸进村庄,抱走陈高南的摇篮中熟睡的小儿子,离开陈高南家时,放话道:"我带走小外甥,免得长大学他爹,六亲不认,残暴无情!"逃离了民家寨。后来不知所终。据说,这位倔强的红军女家属,抱着陈高南之子,跳了澧水深滩。又据说,她上了峨眉山当了尼姑,小外甥当了和尚,行善施德,脱离苦海。让陈高南"养儿不接代",彻底绝望。

熊丙吾惨遭屠杀时,刚好县太爷从轿中出来。

县太爷穿着一件黑色长衫,挂根拐杖,边走边摸山羊胡子,看到这一幕,喜滋滋说:"杀得好! 陈高南果然是髦角色,大义灭亲捕姨夫,应该提拔提拔。"回城后,立即给陈高南提了职,陈高南从此发迹,最后被推荐到国民党军校深造。猪娘寨人也从此憎恨陈高南,因为他不忠不义,冷酷无情,不顾血缘亲情,谋杀亲姨夫,犯了众怒。熊丙吾的拜把兄弟,猪娘寨寨主曾亲自追杀过陈高南,都无功而返,只好向寨中人下了一道"红色"追杀令,无论在哪里遇上陈高南,寨民均可格杀勿论。

陈高南曾在白鹤寨躲过一段时间。猪娘寨曾组织猎枪队,几次攻打白鹤寨,想诛杀陈高南,都被谷兆海神兵队赶了回去。自此,白鹤寨与猪娘寨结下冤仇,后来陈高南被白鹤寨神兵赶出寨子。可猪娘寨人仍认为白鹤寨助纣为虐,有意庇护陈高南。于是发下毒誓:发现白鹤寨的人,捉一个,打一个,绝不手软。

熊丙吾的名字,后来就镌刻在澧源县烈士纪念碑上。

67　失踪

白师爷很清楚这段历史,自与猪娘寨结怨,两寨便失去联系,互不通婚,互不走动,若问其故,双方人都说:"那个(寨)死绝疤(种),我们辞路哒。"

"辞路"是民家口语,指走最后一次路,当然是指绝路。白师爷背着谷兆海误入猪娘寨,等于自闯绝路。两人刚刚藏入一个岩壳,被一个看牛娃遇见,立即敲打铜锣,边跑边喊:"来人啦,白鹤寨的野猪拢边(到来)哒! 唰嘿! 唰嘿!"

段运飞派出的便衣在白鹤寨四周侦查。段运飞正沿着一条古马茶道搜索前进。有个战士发现不远处有两堆火渣冒浓烟。这是便衣们与段运飞的联系暗号:发现新情况。

两个战士飞马向段运飞报告:"我们发现猪娘寨的人正在追赶白鹤寨的人,极有可能是谷兆海与白师爷。"段运飞思考了一下,说:"追!"

兵贵神速,段运飞的剿匪队如离弦之箭朝猪娘寨赶去,许多寨丁看到解放军进寨,纷纷躲开,使劲喊着:"不好喽,解放军来哒,白鹤寨的野猪赶不到了!"

猪娘寨的人不愿与解放军为敌,慌忙散去。

白师爷背着谷兆海,慌不择路躲到一块大坟山的墓口处。

这块墓地是一个大户人家的坟堆,三厢挎耳的大碑,碑面虽绿苔爬满,但仍可以看清碑面上有"谷均万"字样。

谷兆海猛然看到碑字,有气无力说:"停!这是我谷家老祖宗墓!我不走了。"

白师爷着急地说:"这里久留不得啊。"

谷兆海说:"你要记住,谷均万是我们澧源谷姓第一代祖宗。"

正说间,段运飞飞马赶到。

段运飞跳下马,见了谷兆海和白师爷,惊喜地说:"你们受苦了。"

谷兆海想说什么,总觉得胸口憋得慌,气也接不上,只说:"段……连长……为白鹤寨报……报仇!"

段运飞扶着谷兆海说:"老兜把,你莫吓胡(吓)我!千万闪失不得。"谷兆海指指身旁这块大碑,对白师爷提示:"……谷……谷虎犬儿……不要写……写上谷家族谱!"

谷兆海嘴角微微颤抖一下,头一偏,再也没有声音。由于伤势严重,一路颠簸,谷氏一代族长溘然长逝。

段运飞用担架抬着谷老兜把,裹上白布,到了白鹤寨。四名战士高高举起,迈着整齐的仪仗队步伐,他们用这种方式隆重超度谷兆海。

白鹤寨周边山村,如仗鼓山、仗鼓寨、仗鼓岭、龙蛋垭、铁龙滩等寨门口,同时树起了三棵挂纸灯笼的树干,各寨均请法师和三元老司隆重超度谷老兜把。

白师爷回到白鹤寨,第一件事就是在未开印的《谷氏族谱》中抹掉了"谷虎"的名字。

白师爷从此失踪了。

与其同时失踪的,还有一本《仗鼓秘笈》。后来查明,白师爷是澧源县一带著名民间组织"哥老会"的首领之一,与"青帮""红枪会"等有密切联系。他为何失踪?又为何要带走民家寨的传世武林秘本《仗鼓秘笈》,这就成了仗鼓部落第一大谜。

68 奸细

颜文南在院子里焦急地踱步。

他在考虑内部除奸的事。

部队里出了奸细,对剿匪大队来说,简直就是一件十万火急的大事。

颜文南一直在揣摩,澧源县剿匪大队虽然人数较多,但都身经百战,个个苦大仇深,谁会与土匪暗中勾结通风报信?

这时,侦察员将一个字条送到颜文南手中。颜文南悄悄卷开一看,上写:"内奸是官,绰号野猫,放鸽递信,白鹤花。"看完颜文南将字条点火烧了,刚好贺县长来到团部,颜文南两人谈论起来。

"白鹤花已查明,我部内奸是一名当官者,用鸽子向土匪陈高南报信,这条狐狸真够滑的。"颜文南说。

"可我知道,我们县政府排以上军官共有 68 个,我悄悄侦察了一下,都不养鸽,也不爱鸽。"贺文锦说。

"我们剿匪大队排以上军官有 120 人,有 10 多人爱玩鸽,莫非这野猫就藏在县大队?"颜文南说。

不久,在澧水书院剿匪大队门口,张贴了一张奇特的告示:

紧急通知

为了遵守澧源县少数民族聚居区的动物保护习惯,引导大家爱护白鸽等珍贵动物,我大队决定,近期与县政府农会干部举行一次鸽子吃食(飞行)大赛,比赛地点在县政府大院,请各位爱好养鸽喂鸽的排以上干部积极报名参赛。

澧源县剿匪大队

1951 年 9 月 25 日

69 野猫

鸽子吃食大赛,如期在澧源县政府大院举行。

数十名解放军官员提着鸽子说说笑笑,走进赛场。

小战士一一将参赛者名单填好,交到颜文南手中。

颜文南这一着棋,让内奸野猫在不经意中露出了马脚。

营部刘干事提着鸽笼在石板街上溜达,遇到马排长携着鸽子去参赛。

刘干事开始炫耀自己的肥鸽如何如何能吃能睡,是天生的好鸽。

马排长笑问:"它吃得如此肥胖,能飞多久?"

刘干事说:"鸽子壮,翅膀硬,比你这条瘦鸽要厉害几十倍。"

马排长几乎看不起这个未入门的刘干事，讥笑道："看鸽能飞不是看肥瘦，要看鸽的腿爪和翅膀，腿爪有力，其翅必硬，别以为你的这只肥鸽，身高体胖，腿爪却像棉花秆秆，其翅必松，飞不了几圈就会跑回来。"

听马排长一说，刘干事顿时茅塞顿开，急忙说："哦？哪你的鸽一定能飞能跑，飞给我看看。"

马排长说："好！"就打开鸟笼，那鸽一飞冲天，扇动翅膀，不一会儿便消失在天空中。

刘干事说："好鸽！好鸽，县政府比鸽大赛，已经比了三天，没有一只有你这鸽神速快捷，那些鸽都是宠物鸽。"刘干事又说："那你这只鸽什么时候飞回来？"

马排长说："我这鸽叫鹰家娘，是别人送给我的，它可厉害喽，一个钟头飞200多里，最远的路它也只要5个钟头就打回转。"

刘干事惊奇地问："那鹰家娘回来，能认出你？"

马排长说："我只要吹个口哨，它就能辨别我的声音，就会稳稳落在我窗沿下。"随即马排长觉得失了口，慌忙补充说："我这都是日弄（骗）你的，我这鹰家娘纯属笨鸽一只。"马排长的这句补充，倒引起了刘干事的高度警觉。随后，刘干事悄悄将情况报告给颜文南。

夜晚，县政府和澧源书院突然响起了紧促的集合号："集合啦，去内半县剿匪。"

颜文南叫战士们迅速传递这条消息，并通知所有排长以上干部当场开会，由颜文南安排剿匪任务："内半县陈土、凡浦两土匪勾结，抢走农会粮食，杀害农会干部，我命令段运飞率大队前往剿匪，马营长随后增援，我和贺县长守城，现各部立即行动。"

解放军大队人马沿梅家山开拔。

马营长对马排长说："你这次要带队打头炮，表现可要更积极一点！你的入党申请书，我都看了。"

马排长说："营长您真好，这次我一定活捉陈土和凡浦。"

马营长说："就看你的了。"

马排长见营长走远，借口肚子泻，快速闪进街边小巷道。

马排长躲进一个废弃的油榨房中。蹲在墙角边，刮了根火柴，借助光亮，快速在一小纸条上写着："剿匪大队已开拔内半县，十天后回城。野猫。"然后轻轻吹了一个呼哨，一只夜鸽飞到马排长肩头，马排长将信用小竹筒装着，系好，看着那信鸽消失在黑色天空中。马营长带着四名战士，突然出现在马排长身旁。

内奸野猫彻底暴露了。

审讯室里,光线很暗淡。颜文南坐在椅子上,两个战士持枪警戒。颜文南大声斥责:"陈高南给你什么好处?"

马排长说:"给我一个副团长官职。"

"那正团长是谁?"

"就是政工队长佘继富。"

"上次我的船队被淹,段运飞被伏击,就是你送的信?"

"是……是!我……请长官……饶命!"

颜文南终于查清,马排长就是安插在县剿匪大队的特务"野猫",这家伙原是李癫子的拜把兄弟,混进了县剿匪大队后,曾悄悄给李癫子送了几回情报。有一回,这家伙躲到县东头一家旅社嫖娼,被特务佘继富抓住,经不起严刑拷打和利诱,就投靠了陈高南。

马排长被押走后,颜文南长长地吐了一口气,如释重负地说:"拔掉野猫这颗毒瘤,该是拔陈高南这颗大毒瘤的时候。"

贺文锦说:"是啊!我们该出击了。"

颜文南随即命令马营长和段运飞,率领部队改变行军线路,向廖坪进发,彻底荡平陈高南匪部。

70　游神仗鼓

九月九,吃烈酒。廖坪,陈高南部正在杀猪宰羊,庆贺血洗白鹤寨的胜利。

陈高南还按照廖坪民间习俗,召集20多名当地寨民在大岩塔里,举行了一场声势浩大的游神、跳仗鼓活动,有围鼓、唢呐伴奏,几个大汉抬着从寺庙搬出的几座菩萨,沿村庄周游了一圈。热闹有一点,但隆重的气氛不够,甚至可以说与真正的民家寨游神和跳仗鼓有着本质的区别。陈高南这样做可以说是粉饰太平,让寨民产生这样的一种错觉:陈高南与廖坪的民家人还是很有感情的,亲不亲,故乡人嘛。

可有几个带血性的女人,偏偏不买账,故意不参加游神和跳仗鼓。她们听说,白鹤寨刚刚被陈高南血洗,死了许多人。几个女人聚在路边,气愤地说:"陈高南这个砍脑壳的,杀人了,还跳仗鼓、游神、打九子鞭,其实是对本主的一种极大侮辱!我们平时跳仗鼓,有祭祀仗鼓,游神仗鼓,赶会仗鼓,栽秧仗鼓,割谷仗鼓,唱戏(表演)仗鼓,今天我们看到了高脚猪(陈高南)跳的砍脑壳仗鼓!你看高脚猪游的什么本主神？嘻嘻，一座是女娲娘娘，这是个管生二来（育）的活菩萨。一座是大肚子猪八戒，这是个饭桶神，另一座是庙里的催命鬼，一个害人精！这些都不是民家寨敬仰的本主，她们只知道窝通肠（吃喝拉撒）！哪知道真游神！"几个女人笑了一阵，躲进树林撒尿去了。

不久，这几个胆大的女人混进了仗鼓队伍，趁人不备，跑到神轿旁，扛着木菩萨就往山上跑，后面立即有人惶惶地喊："不好喽！有老嫲子（女人）偷本主像喽！本主神躲到山上偷人（通奸）去哒，仗鼓跳不成喽！"众人大笑不已，他们故意讥讽陈高南。陈高南组织的这次游神和跳仗鼓活动，本来就内容单调，漏洞百出，加上纪律涣散，笑料层出不尽。再加上有人故意破坏，只好草草收场……拿廖坪寨民的话说，这次游神，极不规矩，极不严肃，一个字"糊"。

几个泼女人折腾，搅乱了陈高南的一场好戏。佘继富想派人严厉追查，被陈高南制止。

陈高南很清楚，对于这次跳仗鼓游神，本身没有多大的意义，属欺世盗名之举。目的在于笼络一下民心，炫耀一下势力，让解放军看看，我陈高南——老百姓也是拥护的嘛。

因为血洗了白鹤寨，得意扬扬的陈高南下了一道命令，所有人马一律大吃大喝五日，养好精神后去内半县抢贺文锦的粮库。

71　羊尾巴三寸长

第二天夜晚时分，一只白鸽轻轻落在陈高南司令部门槛上。

陈高南从信鸽腿上取出竹筒，看了看纸条，脸上显现惊喜之色，告诉佘继富说："好好！哼！真是：菩萨不忘饿饭人！野猫送信说，哼？贺文锦、颜文南已派大军去内半县打凡浦和陈土，哼！十天后方能回城，现在县城空虚，哼？我们可杀他个片甲不留！哼？让段运飞为颜文南唱丧歌吧！哈哈！哼哼！"

佘继富满脸堆笑，说："师座高见！"

陈高南揉了揉鼻涕，说："牛脑壳不怕火烧，哼！谷风降了没？狗死了，嘴还硬？"

佘继富说："死革古（指犟），一个字都不说。"

陈高南说："再不降，明天杀！哼！河鹰为他收尸。"

佘继富说："逮！"

转眼到了第二天清晨，起了大风，天也变得寒冷起来，谷凤被关在一处低矮的石头墙屋内。

谷凤被打得遍体鳞伤，身上的军装破烂不堪。谷凤的眼肿得厉害，几乎看不清任何视线。可谷凤没有消沉，嘴里细声哼《要当红军不怕杀》的民歌。歌声虽小，可声音带有一种威猛之气，庄严雄劲。

一个看守大声呵斥："明天就要伸腿了，还装什么英雄。"

谷凤微微一惊，又很快平静下来。死，对于一个解放军战士来说，是风吹树叶的感觉。

"混蛋！谁叫你这样对付囚犯的？"谷金桃穿着戎装，出现在牢房前，看守见谷金桃探监，乖乖地打开牢门。

"二哥，受苦了！小妹看你了。"金桃靠近谷凤。

"滚！我没你这妹！滚！"谷凤怒视金桃。

"二哥，你就降了吧！你看我现在，有吃有喝有官当，多威风！"谷金桃嘴里这么说，心里却火烧般疼痛，这种痛自穿上这身军衣，自踏进陈高南匪部，谷金桃的神经就已麻木了，因为只有麻木神经，才能装得像国军的团长，像一位土匪的女儿，像一个心比蛇毒的土匪。

"猪！哼！还是我的妹！哼！我原来那个天真、活泼、善良、坦诚、赤胆、忠心、正直的妹妹哪里去了？哼！你今天来认哥？哼！如今爹死，我囚，你和谷虎认贼作父，杀人劫寨，你还是我妹？哼！老子一脚踢死你。"谷凤满腔怒火，猛地朝金桃扑去，被看守用枪柄砸倒。

"住手！"金桃呵斥匪兵，注视谷凤，说："再不降，我俩兄妹缘分就到此为止！明天我将亲自押你上刑场。"

对于金桃亲自押谷凤上刑场，这是佘继富的一条诡计。

佘继富一直在暗中观察谷金桃的言行，他对谷金桃突然带母亲投奔师长陈高南，还认其做父亲的事一直高度警觉。佘继富不相信天底下竟有如此巧合的事。佘继富甚至怀疑金桃就是解放军的探子，是卧底，是一条美女蛇。自抓到谷凤，佘继富想出一条一石二鸟的妙计，逼谷金桃亲自枪毙谷凤，既可考验谷金桃是否真心投奔陈高南，又让谷金桃在解放军面前不好交代。因为谷金桃若是共军探子，她亲手杀掉了解放军俘虏，就是跳到黄河也洗不清"枪杀解放军"的罪名。

刑场设在龟山草坪上。陈高南和众匪帮团以上首领坐在椅子上，行刑队共10人，清一色的卡宾枪。

监斩官谷金桃跑步向陈高南报告："监斩时刻已到，请师长发令。"

"好！斩！哼！阎王爷发狠话——算数！"陈高南下令。

这时，草坪上响起了密集的丧鼓声。佘继富看了看表，正是中午一刻。

谷金桃端着一碗烈酒，送至谷凤嘴前，她用这种方式为亲人送行。谷凤被反绑着双手，昂头挺胸，轻蔑地扫视着敌兵，没有一点畏惧的神色。

眼看亲人即将倒在自己的枪口下，谷金桃眼角有了一种滋润的东西，她终于忍不住，哭出声说："二哥，人死要当饱食鬼，你喝了妹子递你的最后一碗酒。"

谷凤怒目而视，一言不发，突然用头狠狠撞击，谷金桃猝不及防，连酒连人被撞倒。

"舒、舒、舒！"佘继富吹响了行刑口哨。

谷凤突然大喊："陈高南，你羊尾巴三寸长，你杀人放火，坏事干绝，解放军饶不了你！土匪们，你们不要为陈高南卖命！共产党解放军已经打到澧源县！全国马上要解放。"

陈高南大喊："桃女！桃女！开枪！哼哼！狗儿咬人——你是菩萨心？"谷金桃知道自己再也没有退路，掏出手枪连开三枪，谷凤晃晃倒下，两只大眼突然睁得像牛卵子……

谷金桃吹吹枪筒，藏好手枪，快步跑到陈高南面前，很镇静地报告说："土匪谷凤被我击杀！"

陈高南挤出一丝笑容说："好！哼！将门出虎女！真不愧是我陈高南的闺女。"

众头目都表现出一种从未有过的兴奋，狂喊道："有种！有种！桃妹妹真是女中豪杰。"这群土匪既佩服谷凤的视死如归，又佩服谷金桃的心狠手毒。

佘继富悄悄摸出手绢擦汗，心里直颤抖："这谷金桃，美貌有心计，毒辣又狡猾，真是一条美女蛇！以后得多提防些。"

72　脱逃

颜文南的剿匪队秘密赶到廖坪四望山周围时，已是下午 5 点。

颜文南急令段运飞、马营长、大铁杆等人分三面包围廖坪，自己率领剿匪大队主力强攻廖坪陈高南指挥部。

这时，一位解放军侦察人员报告："某师有个炮兵营正好路过廖坪。"

颜文南大喜说："真是天助我也，太好了！有炮兵参战，陈高南死惨了。"颜文南与炮兵营长站在山上仔细研究进攻方案。

颜文南先介绍敌情："龟山是陈高南师部所在地,是土匪的大本营,据侦察,土匪共设有三道防线。第一道是地雷阵,外围开阔地全埋了地雷。第二道是机枪阵,有几十挺机枪在地堡里,守着寨中的唯一通道。第三道是火焰阵,全部用柴木草料卡住通道,点火即燃,强攻非常困难。"

炮兵营长说："这些土匪,布阵纯属小儿科,我的 88 山野炮,叫他们全变成烟灰!"随即派人架好几十门山野炮。

一排排炮手整齐地站在钢炮前,炮兵营长喊："目标开阔地,距离 1112,开炮!"廖坪立即响了巨大的炮声。

陈高南的地堡群和火焰阵顷刻化为乌有,巨大的山炮声将廖坪的大地震得摇摇晃晃。

陈高南躲在一个草堆旁,死死捂紧耳朵,大骂："啊!共军来大部队了?哼!晴天打炸雷啦?天杀的野猫递的什么情报。"

佘继富也弓着腰,面如死灰,说："师长,是解放军的炮兵部队围剿,颜文南也杀上来了。"

陈高南大叫："组织敢死队,哼!杀出血路,向内半县撤退!哼!条条大路——通北京。"

土匪的敢死队哇哇大叫从院子里跑出,朝寨口蜂拥而来,试图杀出一条血路。解放军的炮弹,如长了眼睛在匪群中炸开了花,土匪死伤大半。

"师座,共军三面夹击,我部凶多吉少。"佘继富说。

"快叫谷虎和金桃,哼?吉星高照!让他们组织兵力反扑,从侧翼撕开一条缝,哼?我们可能绝处逢生。"陈高南在关键时刻总想起这两人。

谷虎的反冲锋敢死队给大炮打了回去。

谷金桃的队伍也垂头丧气地折回了寨。

匪兵们如丧家之狗,四处逃命。

陈高南彻底绝望了,一丝恐惧涌上心头。

在四望山一个岩壳里,陈高南收集残兵败将,准备反击。他甚至想起陈大麻、李癫子、陈土、凡浦这些患难之交,能在他得意时跟着他,让他摆布,让他指挥,风风火火与解放军大干几场,可今天,"蜀中无大将,廖化当先锋。"只有让他的女儿,一个女流之辈带兵冲锋,真是出了他陈家数十代祖宗的丑。

谷金桃带着一群匪兵,在峡谷里冲杀。

陈高南一面命令所有官兵殊死战斗,一面与佘继富到一个僻静处悄悄商议："哎!程咬金也有倒霉的一天!如今处境险恶,哼哼!只能丢兵保帅。"

佘继富说:"那金桃也不管了?"

陈高南说:"管?管得了?哼!人不为己,天诛地灭!她常常顶撞我,也是个反排渣骨,让她逮去!我俩走!哼!"

陈高南和佘继富躲进四望山寺,这里暂时比较安全。解放军一般不会强攻寺庙的。两人慌忙在一栋吊脚楼里弄一顿腊肉饭吃时,枪声越来越清脆,解放军的冲锋号也响得越来越近,两人不敢相信解放军会来得这么快,匆匆丢下饭碗,仓皇逃命。

佘继富逃命有他自己的方法。看到解放军已经从土坎上爬上来,佘继富戴着一顶道士帽,穿上三元老司的法衣,拿一根木条飘舞一张有奇怪图案的纸符,从寺庙的石板路走着,俨然一个非常地道的法师,拖着很浓的民家腔调,怪喊道:"死人!开路!开路!莫挡道!"

许多战士只知道土匪都挂枪持弹,又从没见过三元老司穿法衣。以为谁家有人死了,请道士超度,当佘继富从他们身边惶惶溜过时,谁也没有阻拦。佘继富侥幸地逃出解放军追剿。

陈高南穿上了老农服装,戴了一顶破棉帽,挑一担粪桶,俨然一个挑大粪的老者,急急往外走。一个战士跑得急,撞到陈高南的粪桶上,粪水还溅在了小战士裤腿上,小战士闻到臭臭的大粪味,扫了一眼陈高南,急问:"陈高南 qia(躲)在哪里?"陈高南将头埋得很低,用手指着一间小屋说:"在那边啃……腊肉!"小战士用手一挥,剿匪队从陈高南的粪桶边扑扑扑地跑过……

陈高南就这样挑着粪桶,从解放军眼皮底下大摇大摆溜得无影无踪。

奇袭廖坪成功。这一仗,陈高南部元气大伤,整个暂十二师绝大部分被围歼,只有陈高南、佘继富和一些军官们侥幸脱逃。

在杂草丛生的土坪上,颜文南亲自用白布为谷凤收了尸,隆重掩埋并在坟头写下:"烈士谷凤之墓"六个大字。

段运飞听到小战士的报告,得知陈高南和佘继富化装逃跑,气得摘下帽子连击身边的岩石:"这两只老狐狸!"

这时,一个侦察兵急急向段运飞报告:"贺县长请您立即回城,有急事相告!"

73 劫法场

原来,谷金桃出事了。

廖坪一役,谷金桃充当陈高南的炮灰,带着土匪死死拼杀,被解放军的大炮轰了回来。众匪徒死伤累累,谷金桃假装怒骂解放军,心里却乐开了花:"土匪的末日终于来到! 我终于可以与心爱的段运飞见面了,当土匪的那些耻辱日子已一去不再回来。"

谷金桃的匪队在一个树林中全军覆灭,被解放军紧紧包围。土匪们均跪在地上,高举着枪支,连呼"饶命!"谷金桃不想在此时被活捉,因为她喜欢段运飞。如果能落在段运飞的剿匪队手中,既能立即见到段运飞,又能将自己的身份告诉解放军。可这回,谷金桃想错了。

谷金桃拼命往前跑。躲过几个战士的枪击,她跳进了一块红薯地,一脚踩在稻草上时,感觉不对! 当眼前的光亮突然消失时,金桃才知道,自己掉进了猎人布好的陷阱里!

这个陷阱是专门对付偷吃红薯的野猪的,这个陷阱有机关,洞中埋着一根根尖尖的竹签。谷金桃掉下去,正好大腿中了签,鲜血直往外流,谷金桃坐起来,想拔掉竹签,可竹签很牢,就是拔不掉。

"嗵!"一声响,洞上一个女人朝金桃放了一铳,打中了金桃的另一只腿。金桃痛得昏死过去,她梦见段运飞采了一朵花,向她跑来,喊着她的名字,扑过去,扑过去。她伸手,想抓段运飞,抓啊抓啊,两只手就是抓不着,渐渐地,段运飞后退了,影子越来越小,直到看不见身影。

谷金桃醒来时,看到上面有一个女猎人,背着猎枪,搭梯而下。女人用绳子捆了谷金桃,喊:"土匪婆,你也有今日。"

谷金桃被拖出洞,严重的失血已让她脸色苍白,没有了往日气宇轩昂的神气和漂亮的脸蛋。女猎户给谷金桃简单处理了伤口,恶狠狠地说:"你还认得我吗?"

谷金桃看了看女猎户,摇摇头。

"瞎狗眼啦? 你炸珠子哒? 认不得我? 我就是去年你们在廖坪,用枪打死我儿子,又枪杀我的那个女人,老子叫金三顺。"

这个叫金三顺的女人狠踢了谷金桃一脚,骂:"死猪! 起来!"

谷金桃是很难站起来的。她的双腿已严重受伤,伤口疼痛难忍,她连讲话的力气也没有。

谷金桃想起来了。去年正月,她和陈高南一齐打猎,陈高南用枪打死了金三顺的小儿子。在陈高南的逼迫下,为了掩盖身份,自己才枪杀这位女人。没想到"冤有头,债有主。"今天栽倒在这个苦命的女猎人之手。

谷金桃说:"你不是疯了吗?"

女人说:"呸! 你才疯了! 我不装疯,你能饶过我?"

金三顺押着谷金桃,在两个女民兵的帮助下,向解放军大部队的指挥部报告。

101首长随即向一名络腮胡子交代说:"就地枪决!"

络腮胡子迅速组织了一群枪兵,将谷金桃搁上马背,在谷金桃的背上捆一块木板,上面写着:"枪毙土匪婆!"

络腮胡子的计策是:"先游街示众,再开公审大会立即枪决。"

游了一段路街,那马犟烈,将谷金桃抛下地。谷金桃被络腮胡子拖着,双腿跪在地上,染上一滩血,许多群众围着骂骂咧咧,几个愤怒的女人扑上去撕打谷金桃,边撕边喊:"打死你个土匪婆! 撕死你个土匪婆! 还我儿子命来。"

几个小孩还故意上前踩谷金桃的伤口,谷金桃痛得晕死过去,接着又被拖到另一个寨子游街,谷金桃的脸上沾满了泥巴和鸡蛋汁,太阳一晒,散发一种刺鼻的恶臭味……

上午,公审谷金桃的大会场人山人海。

公审人员用喇叭在台上宣布谷金桃罪行:"土匪谷金桃,原是白鹤寨神兵谷兆海之女,后投靠土匪陈高南部,当了土匪陈高南部的后勤营长,长期无恶不作,多次带匪兵围剿我解放军,枪杀无辜群众,特别是前天,亲手枪杀了当解放军的亲哥哥谷凤,此人心狠手毒、罪大恶极、反动透顶,应该立即处决。"

谷金桃被迅速押往刑场。

刑场上,许多战士已经做了射击准备,络腮胡子看了看围观群众,朝一名行刑大汉说:"拿大刀来! 砍!"

行刑大汉手持大刀,络腮胡子阴沉的声音在旷野上空回荡:"预备——!"

眼看谷金桃即将成为刀下冤魂,突然来了救星。

有人劫法场来了。

"刀下留人!"一匹快马急驰而来,使劲叫唤,"刀下留人! 贺文锦县长命令,谷金桃归剿匪大队处治。"来人是澧源县剿匪大队的一个侦察班长。

"留人? 归剿匪大队处治?"络腮胡子火气十足地说,"我可不听什么贺文锦县长的命令,我只听野战部队101首长的!"络腮胡子还是坚持要杀。

"这是解放军剿匪大队的手令!"侦察班长拿出盖有公章的纸条递了过去。

络腮胡子将字条揉成一团扔了,挥手大喊:"刀手——砍!"

"叭!"侦察班长手枪响了,众人一惊,以为是向谷金桃开枪了,可一看,枪是朝天打的。

"没有王法啦？都是共产党的天下，解放军的队伍！哪能冤杀自己的人？"

络腮胡子问："这土匪婆是解放军？胡扯！她是国民党特务。"

侦察班长松开绳索，扔掉那块纸牌，将谷金桃背在身上，提着枪说："不信，随我去县大队。"

侦察班长将谷金桃从死神手里抢了回来。

会场上，一些不明真相的群众大声起哄，不停地叫喊："解放军哪能随便放掉土匪婆？杀人犯？我们去县大队抢人。"

"不要乱！不要乱！我们决不会把一个死老鼠丢到饭锅里煮。"台上一名公审干部说，"谷金桃的案子暂时不结案，等调查完后一定向群众如实公布。"

第十三章 兆南之死

74 放蛊

陈高南装成农夫挑粪桶逃跑的时候,在离四望山不远的一座四合院子,旁边是一些乱坟堆,有一个人从墓罩处探出头,紧张地朝山坡下张望。

这是位年轻女人,头上胸前都有银铃子叮当响,当解放军包围四合院时,女人将头缓缓地伸回,用手势告诉身边的男人:"快!快!往洞里撤!"这女人就是苗女寡妇,她身后的男人就是谷虎。

解放军奇袭廖坪成功,陈高南部遭到重创,陈高南是个"兔子临死蹦三蹦"的家伙,他一面组织部下顽强抵抗,另一方面却死死盯着留在某窨货洞中的宝物,当然是从白鹤寨谷兆海手中抢来的一些极有价值的文物。

陈高南将这些宝物交给心腹谷虎看守并保管,是经过一番考虑的。一来这些宝物是白鹤寨谷兆海搜集收藏数十年的文物,派谷虎看守名正言顺,谷虎是谷兆海的养子,对这些文物了如指掌,交他保管,属物归原主。另一方面,谷虎是陈高南的铁杆部下,对陈高南死心塌地,甚至可以为陈卖命。谷虎有计谋为人狡诈,心狠手毒,武功又好,保管这些文物非他莫属。为保险起见,陈高南给谷虎拨了十个保镖专门看护这些文物。

谷虎夫妇迅速退到墓地,掀开一块竖着的石碑面,露出一个筛子大的洞,两人钻进去,再将石碑竖好,一切都不留痕迹。

走进洞内,里面豁然开朗,洞中烛光摇曳,里面堆满了抢来的宝物,10名穿戴不是很整齐的保镖正在喝酒作乐。

谷虎对苗女寡妇说:"这地方真是隐蔽,只有一个出口,里面还有天窗与地面相通,且位置极隐蔽,藏在岩包缝里,就是解放军在岩包缝里走,也不容易找到这里,真是好地方。"

见谷虎进洞,10名土匪都站起来,问:"谷队长,我们到德喝尔(这里)要躲多久?"谷虎说:"三至五天吧!你们没听到外面解放军在围山吗?陈师长能否脱险都要靠运气,我们刚才冲出去不是自投罗网?"众土匪说:"么嘿(是)么嘿(是)!我们听您的就是。"

谷虎将文物藏在这个坟山包里,连陈高南都不知道,这个洞是苗女寡妇秘密修建的。前些年苗女寡妇与其父打猎,追一头野猪时被受伤的野猪将石碑拱翻,发现坟包里有一个洞,父女俩翻进去,里面有好大廊场,又有天窗换气,是藏人搁物的好地方。父女俩就秘密建造,还在里面藏一些腊肉、粮食和水。没想到陈高南命令谷虎守看文物,谷虎趁解放军打炮陈高南顾不上管看时,将文物从窑货场中用马驮出,藏进坟山包,这一切都干得神不知鬼不觉。

看到几名胖土匪煮腊肉吃的贪婪样子,苗女寡妇从嘴角闪现一种诡异神情,这神情立即被狗样灵敏的谷虎捕捉到了,谷虎心里微微一惊,但又很快镇静下来,心想:这个可恶的苗蛮,又要放蛊。

不出所料,苗女寡妇偷偷地在锅中放蛊,吃腊肉的土匪立即感到从五脏六腑中透露出一种奇痒,这种奇痒似万爪揪心,又似乱箭穿心,土匪们丢下碗,连喊:"痒!痒!痒!是什么怪皮?"几个土匪连"痒"字都没有喊出,就倒在地上呻吟,嘴里吐着一种泡,有一种花香的泡沫。

谷虎上前将一名土匪的尸体用脚踢了踢,骂:"只知道尝,尝你个禄(指最后晚餐)!"

苗女寡妇说:"这些尝禄的家伙不除,你我哪占得这些宝?"

谷虎说:"还是竖人家(老婆)好算计,这样,陈高南也找不到宝物,其他土匪更是巴不到髦(不知所措),这些宝都归我们了!"

苗女寡妇拿着一块恐龙化石,仔细审视了一番,露出高兴的神色说:"有了这些宝贝,我们终于可以高枕无忧了,这样,你夜晚就可以放心地(像蜜蜂)射我两箭了!"谷虎心领神会,眼里喷出一股淫心欲火,迅速抱住苗女寡妇,将她放倒在地,再把自己的衣裤垫上去,细声说:"那,那你就像一只大黑螃蟹夜晚翻它两翻?"这些俗语,是谷虎夫妻情场和床上戏的暗语。

夜晚,两人将所有尸体偷偷运出,扔到天坑中。

第二天早晨,谷虎检查,发现腊肉和粮食都没有了,洞中贮存的食物少得可怜。

于是,夫妻俩都同时想到了一个字:逃。

谷虎和苗女寡妇从坟包处溜出，他俩换了山里人的服装，又偷来背篓和挖锄，将手枪藏在背篓底下，上面用红苕盖着，往山下走。山下，解放军仍在打扫战场。

这时，一名年轻女护士和一名男医生正在往前面赶路，没有提防，谷虎和苗女寡妇发动了突然袭击，将医生和护士活活卡死，将尸体丢到溪沟中，再换上服装。

松笼蓬中，一名受伤的战士痛苦地往有水响的地方爬去，他的腿伤很严重，血已将整个右腿的衣裤湿透。战士刚爬到一个水凼处就晕死过去。谷虎和苗女寡妇跑过去为战士喂水，递薯，还重新包扎了伤口。

战士十分感激说："谢谢！"

谷虎显出非常关心的样子，说："都是解放军，一家人说什么两家话，你们打国民党顽固派，打土匪风餐露宿枪林弹雨，我们医务工作者只有钦佩的份！"

谷虎和苗女寡妇抬着受伤的战士，从长长的俘虏队伍面前走过，居然骗过层层哨卡。待将那名战士送到包扎所，谷虎携苗女寡妇又原路折回，迅速跳进莽莽林海，消失在鸟语花香的原始森林里。

75　连接号

侦察班长将金桃送至县城，时值下午。澧源书院的剿匪大队刚刚开过饭。

颜文南赶到县政府，金桃已躺在木板上，侦察班长将救金桃的过程简单地向颜政委做了汇报，指着站在一旁摸着枪盒的络腮胡子说："这位就是执行101首长命令的行刑队长！"

颜文南看了看面前的行刑队长说："你回部队去！这名女人不是土匪，也不是国民党军官，她是我们解放军剿匪队打进陈高南匪部的女侦察员！叫谷金桃，代号白鹤花！"

"白鹤花？没听说过！我只知道我是行刑队长，执行101首长命令处死这个女土匪的。"络腮胡子根本不买颜文南的账。

颜文南有些火，说："同志，你不能这样对待自己在隐蔽战线工作的同志，她身在匪营，孤身作战，给我们送了很多有价值的情报，现在她遭人陷害，又身受重伤，你没看到她的腿已肿得像芦桶？生命垂危！"

"处死这名土匪，是101首长直接下的命令！你不把这个土匪婆交给我带走，我就电告101首长。"络腮胡子仍态度蛮横。

"啪!"颜高南一掌拍在桌子上,把几个警卫吓了一跳,他们从来没看到颜政委发这么大的火。

"缴他的枪!"颜文南命令警卫。

两个战士上前扭住络腮胡子,将其腰间的手枪取掉。络腮胡子挣扎着吼:"你们剿匪队庇护女土匪,我要直接向 101 首长报告!"

金桃随即被两名警卫队员送到团卫生所紧急治疗。医生很仔细地检查了病情,良久对两个警卫说:"病人情况十分严重,仍处于昏迷状态,要救活她,必须到白鹤寨扯一种药,叫九死返阳草,消肿、去毒、开窍、活血……必须 8 小时内用上药,不然,病人将难以救活!"

获悉金桃生命垂危,段运飞飞马赶到卫生所,上前抚摸着金桃的脸,喊:"金桃,金桃,是我,段运飞……"金桃昏迷不醒。

颜文南将寻药的任务交给了段运飞。段运飞骑马快速向白鹤寨飞驰,他跨山涧,过溪河,走绝壁,趁天黑前赶到白鹤寨。佘鹏立即派寨中农会干部去寨垭处扯药。10 多名草药郎中携着火把上山寻药,终于如愿以偿,扯到了一抱名贵草药九死返阳草。

可运药又给段运飞和佘鹏出了一道难题,白鹤寨到县城,路途遥远,险路极多,加上天黑,天空下着小雨,时间短暂,不容有半点耽误。

老寨长王志超沉默了一会,对段运飞说:"吹连接号——命令各寨接力送药,务必在半夜 12 点前将药送到团卫生所。"

佘鹏不懂,问:"什么连接号? 什么接力送药?"

一个农会干部告诉佘鹏:"这连接号,是白鹤寨联络附近寨子的紧急信号,只有遇到紧急军情、匪情、火情时才派上用场。连接号以海螺为第一号子,随后用围鼓唢呐铺底,最后再用海螺吹号。此信号连发三次。接到信号,对方寨子必须立即回信,依旧是海螺回音。发号子的人就用铁喇叭高声喊:送九死还魂草到你嗱花儿(处),你到狗爬崖接家伙。"

段运飞知道,狗爬崖是绝壁,夜间人根本无法通过。他又急得摘下帽子说:"黑灯瞎火的,那药怎么送过崖?"

王志超笑笑说:"这你就不懂了吧,我们民家人叫打吊来秋(荡秋千),虽说是药,就是连人我们也要荡过去。"

王志超借着火把的光线,急行军至狗爬崖,农会干部用一根长长的棕绳,捆绑一个偌大的背篓,将棕绳牢牢固定在崖上一根大树蔸下,段运飞蹲在背篓中,紧紧抱住药草。王志超大声喊:"预备——逮——!"几名干部用长长的羊叉使劲推,段运飞和背篓就像小鸟一样,在崖边飞过,落到崖岩处,被仗鼓寨人用勾把缠住,段运飞从背篓里走出,就像刚从飞机里走下一样,脑子仍在嗡嗡转,心里却十分佩服这些寨民的勇敢和智慧。

段运飞靠王志超的"连接号"和"人工接力"准时送药草到团卫生所,医生立即将药捣成汁水,又喂又敷,将金桃从死神手里救出来!段运飞累得在椅上呼呼大睡。

第三天上午,络腮胡子带 6 名战士到团卫生所押送谷金桃,尽管颜文南和贺文锦强烈抗议并予以阻拦,谷金桃还是被押走了。

在县城一所寺庙里,谷金桃接受了审讯。

谷金桃神情呆滞,她内心有一种痛,是刻骨铭心的那种。她在充满凶险的匪帮中这种痛没有发作,但如今落在自己阵营中,这种痛隐隐作痛,痛得使她揪心,使她如五雷轰顶,她甚至想到了死。

"谷金桃,你老实说,陈高南躲在哪里?"络腮胡子喝问。

"谷金桃,我们的政策是坦白从宽,抗拒从严,老实交代罪行,才是你的唯一出路!"几名荷枪战士也在怒喝。

"我,我想见见段运飞!"谷金桃突然想起了他。

"段运飞?那位侦察连长?他奉命剿匪去了,今天谁也救不了你的命!待我们审查完毕就立即送你上路!"络腮胡子说,"杀土匪婆,我眼都不眨!"

颜文南和贺文锦焦急地在指挥部踱步。两人都有些纳闷:"这 101 首长怎么不问青红皂白就要枪杀谷金桃!这行刑队怎就一追数里赶到澧源抓捕谷金桃!这里面一定有什么结没人解开。"

贺文锦说:"事情紧急,我直接打电话向 101 首长汇报。"

"喂,喂,我是澧源县人民政府县长贺文锦,向首长报告,谷金桃不是女土匪,是我们解放军剿匪大队放在陈高南匪部的内线,代号白鹤花……"贺文锦讲话很投入。

"哦?那有人说她是陈高南的亲女儿,当过国民党后勤营长,亲手打死一名叫谷凤的解放军烈士,还亲手杀过一名无辜群众,有血债在身……"101 首长大声说。

这边,贺文锦大声求情,反复解释,那边 101 首长疑问重重,不轻易放弃,两人在电话里纠缠了好一阵子。

"我们自己的事,我们自己管!我们澧源是少数民族聚居区,101 首长您也要尊重我们这里的风俗习惯,若谷金桃被枪毙,我和颜文南政委亲自陪杀场。"

贺文锦火了。

"乱弹琴！你是政府县长，我是解放军纵队司令，都是共产党的官员，你哪能说出这些不沾油盐的话！谷金桃的问题，要坚决查清，若清白无辜，我立即放人！"101首长的态度终于出现了转机。

第七天中午，县城下了场细雨。雨停后，一弯彩虹现在天际。几个群众悄悄议论说："看这天象，莫非谷金桃案子有什么转机不成？你看这太阳雨！你看这彩虹！神了。"

解放军临时法庭，设在杨泗庙。杨泗庙离澧水书院不远，庙中树立十多座神像，其中杨泗像最大。临时法庭，真的叫"临时"，一张旧桌子架在杨泗神像前面，络腮胡子和两名战士当法官，谷金桃坐在桌子对面。王志超、段运飞坐在木椅上旁听。

这回，没有捆绑金桃，还为她设置了一把太师椅。

大约两个时辰后，络腮胡子当场宣布："经我们详细调查，谷金桃确是解放军剿匪大队队员，是一名打入敌人内部的我军卧底。我宣布，谷金桃无罪，从现在起，恢复谷金桃的名誉，并对谷金桃本人予以道歉！同时我传达101首长的命令，谷金桃当庭释放！并表示亲切的慰问！"话刚完，寺庙外响起了阵阵欢呼声，站在庙外旁听的剿匪大队战士们和部分寨民，个个欢呼雀跃，他们为解放军不冤枉好人而高兴。

王志超上前搂住谷金桃说："侄丫头，你受苦了，你真是一位了不起的战士。"段运飞紧紧握着谷金桃的手，谷金桃感到一阵激动，眼泪流了出来，她有一肚子话要说，可又不能说，只有让眼泪扑扑流着。

谷金桃被成功解救后的第二天中午，县卫生队警卫班长向颜文南报告了两名医护人员被杀害的事，怀疑是谷虎夫妻所为。颜文南听后，火冒三丈，他对剿匪大队的一名负责人吼叫道："你们警卫队是吃干饭的？连自己的人都看管不住？人死了10多天，为什么才来报告？谷虎这对狗男女，心狠手毒，作恶多端，去年，他们杀害了马飞飞，今天又杀害我方医护人员，罪大恶极，一定要将他们捉拿归案。"那位负责人被训得连大气不敢出，怯怯地说："好！我立即向全大队剿匪人员通报，立即捉拿。"

76 盗墓

第二天,贺文锦和颜文南正在筹办解放廖坪庆功大会时,段运飞飞马报告:腊狗寨陈兆南墓被盗。

贺文锦大惊失声,说:"啊!有这等事?"

贺文锦是澧源人,对陈兆南的情况有一些大致了解,而颜文南只知道陈兆南是抗日英雄,后因遭受冤情被蒋介石枪杀。颜文南还知道,陈兆南是近些年澧源县出的最大级别的官员,他的弟弟就是国民党暂十二师师长陈高南。陈兆南的尸体是从桂林运回澧源安葬的,是一座悬棺。

段运飞负责侦破此案。

段运飞首先找到第一个发现兆南墓被盗的黑脸铁匠。

铁匠带段运飞来到腊狗寨,查看现场。两人来到大山根处冒泉眼的龙井上方,铁匠指着几块棺木说:"那些就是陈兆南将军的墓块,是从上边洞里掉出来的,我早晨起来挑水,就发现有蒙面人吊索子从悬棺洞出来,沿洞上方攀爬,还提着重重的包袱,我随即大喊,有人盗陈兆南墓啊!那个蒙面飞贼就沿着树林方向逃跑了!"

"你肯定上面就是陈兆南将军的墓?"

"肯定是,前些年我还亲自抬过他的棺材往悬棺洞里葬的。"

"那你发现棺材里葬了些什么?"

"好像有银元,布匹,还有,有一把宝剑,还有一尊木菩萨。"铁匠语言中透着忠诚,从铁匠说话的口吻中,段运飞断定铁匠没说谎。

段运飞绕道爬到悬棺洞上方,与三名猎户靠绳索攀爬,终于落到了陈兆南墓穴中。

这洞是一处在绝壁上凿的悬洞,据说是一位土司王为自己修的墓地,后来这土司王死在外地,尸首运不回来,这洞就一直空闲。直到陈兆南死亡,其族人将陈葬于此地,才叫悬棺洞。洞内很干燥,不时飘出一股令人作呕的味道,那是尸体被翻晒后散发的。段运飞和猎户用毛巾将鼻孔紧紧捂住,靠近棺木,发现尸体已腐烂,露出些头骨肢架,棺材掀翻在地,地上有几个散落的银元,而那把宝剑和木菩萨不翼而飞。段运飞将破掉的棺材拼上,将尸骨放入棺材中,就随三猎户爬上崖。

夜间,段运飞在腊狗寨的一家转角木楼里休息,桐油灯下段运飞坐在床沿,双手抱头,头脑中不时出现这些符号:悬棺?宝剑?木菩萨像?盗墓贼?

77　抗日将军

寨主钟高定给段运飞送来了一部《陈氏族谱》的书,上有陈兆南简介。

陈兆南,名有礼,澧源县腊狗寨人,生于 1901 年,黄埔军校第一期毕业生,参加过北伐战争,历任团长、旅长、副师长、师长等职。抗战期间,任陆军第九十三军军长,1944 年 9 月,在广西全州前线与日本侵略军作战失利,被第四战区司令官张发奎以"作战不力,临阵脱逃"罪名,于桂林处决。后经重庆卫戍副司令刘戡等人要求,经其妻钟玉梅多方奔走,蒋介石批示:"撤销罪名,作阵亡抚恤。"

夜晚,段运飞和钟高定商议,拟出了破获陈兆南墓被盗的三个环节。第一,必须弄清陈兆南真正死因。第二必须要查清那柄宝剑和木菩萨像的下落。第三必须抓获盗墓贼公审,还陈兆南将军清白,杜绝类似恶性事件发生。

最后,钟高定加重语气说:"盗陈兆南将军墓,看似小事一桩,但在我们民家寨就是最大的惨事了。陈兆南是抗日名将,是腊狗寨等周边寨子的骄傲,也是民家人引以为荣的楷模,本受冤害致死,死后连尸首都不保,已犯了民家人大忌,民家寨有个习俗,祖先墓被盗,不查出凶手,还墓主一个宁静,寨中 18 岁以上男人和女人就有人绝食。我们寨出现两种情景就有人玩绝食游戏,一是在自己生日那天绝食一天,以铭记母亲生育的苦痛;二是在祖先墓被盗时全寨成年人绝食一天,以示对盗墓贼的憎恨。这种游戏的目的,就是明摆着让政府尽快破案!我们这里有句俗话,叫'像挖了你家祖坟——你那么伤心?'就是这么来的。"

段运飞深深感到了一种巨大压力。

段运飞到附近村寨调查陈兆南死因,偶然遇到一个洞悉兆南死亡的人,这人原是陈兆南的贴身警卫,叫钟沛然,自兆南死后,就不再混入军营,回到家乡当风水先生。段运飞下午三时,在低矮的楼房找到钟沛然。钟沛然给段运飞泡了一杯菊花茶,坐在火炕边吸烟,钟沛然的思绪又回到战火纷飞的年代。

陈兆南是 1944 年 8 月初接到蒋介石命令赶赴桂林的。当时,日军占领长沙、株洲再占衡阳。日军疯狂增兵数十万,企图再打通桂林,直逼重庆。陈兆南的九十三军是蒋介石的嫡系,属重庆卫戍部队。第四战区司令张发奎电告蒋介石:"再不派兵援桂林,我部将弹尽粮绝!"蒋介石想调白崇禧的三个军,但千里迢迢,远水不救近火。只好将陈兆南的卫戍部队派上前线。出发前,蒋介石在官邸接见了陈兆南,问:"有礼(兆南字),现桂林战事吃紧,我只好忍痛割爱派你部援桂林了,你要坚决守住全州,待部增援。"陈兆南回答说:"请委座放心,我一定与全州共存亡!"蒋介石又说:"现是国共合作期间,你要多与八路军配合,消灭敌人的有生力量!"蒋介石还将一把佩剑赏赐给陈兆南。

陈兆南的妻子钟玉梅被留在重庆。陈兆南命令一律不能带家眷入桂林,已是抱着必死信念去援助友军。陈兆南部配备好武器弹药,8月底到达全州。

防守全州让陈兆南感到非常吃力。日军的飞机大炮坦克将陈兆南部压得连气都喘不过来,陈兆南部伤亡惨重。陈兆南想放弃全州,参谋长说:"放弃全州,背离委座决策,恐怕难以交差!"兆南说:"援增无望,张发奎又见死不救,全州难以固守!"张发奎接到兆南求援电话,说:"必要时你部向桂林外围转战!"陈兆南将全州附近一座铁桥炸毁后,率部撤退,全州被日军占领。

九月十六日上午,张发奎电令陈兆南到桂林开军事会。参谋长对陈兆南说:"放弃全州是张长官电示,但无文字命令,且'两广事多'难弃前嫌,请军长三思!"陈兆南说:"我们澧源县民家寨有句俗话,该死卵朝天,不死活万年。我去桂林开军事会,是长官部命令,我乃军人必须服从,我还可以借机当面向张长官解释!"临走前,陈兆南将那把宝剑和一尊木菩萨交给警卫钟沛然说:"若我遭到不测,就去重庆将我的这两件信物交给钟玉梅!"

临走,陈兆南将木菩萨像放在军队司令部作战室,烧香磕头揖拜:"祖爷陈花岗,要保佑我出门平安!"如此反复揖拜三次,才依依不舍离开司令部。到了桂林,宪兵将陈兆南的警卫带走,陈兆南想面见张发奎,不许。张发奎已电告蒋介石:"有礼放弃全州,影响整个桂林战局,我将按军法处置!"蒋介石回电:"将陈兆南押解重庆再作处理!"张发奎想了想,认为陈兆南是蒋嫡系,押到重庆一定会不忍心处理。于是命令宪兵队在桂林火车站将陈兆南枪毙。李宗仁夫人买棺材收殓了陈兆南,陈兆南之堂弟将尸体乘火车运抵长沙送澧源安葬。其妻钟玉梅到蒋介石处喊冤,蒋介石批示:"撤销罪名,作阵亡抚恤。"

钟沛然说:"陈兆南军长被杀的真正原因有两点,一是他放弃全州,影响桂林战局,蒋介石曾下令逮捕他押重庆处理,张发奎为报'两广'之仇,急不可待趁机杀他。其二,张发奎之侄儿张德能,因长沙文夕大火被蒋介石处决,此事引起了张发奎旧怨，而陈兆南守全州不力，又是蒋介石嫡系，正好将私愤发到陈兆南身上。陈军长死后，我将宝剑和木菩萨像送给其妻钟玉梅手中，安葬陈军长时，按民家寨葬俗，钟玉梅将宝剑葬进陈兆南棺木。"

第十四章 傩戏面具

78 挖龙脉

转眼又到了 1952 年夏季。青龙寨,山峦起伏,泉水飞溅,鸟语花香。

在一栋高高的吊脚楼岩塔上,一个戴白汗巾的中年汉正在练仗鼓,他身手敏捷,将仗鼓舞得哗哗作响,耍着耍着,突然将仗鼓掷向旁边的岩壳,只听"嘭"一声,岩壳被打得碎石乱溅,几颗火星朝四周飞迸。

"报告二佬爷,段运飞在腊狗寨打探盗墓的事!"一个兵丁跑上前说。

这位叫"二佬爷"的就是臭名昭著的恶二佬。自与陈高南发生枪战事件后,恶二佬成了光杆司令,被迫逃到老家青龙寨躲藏。

"盗墓是老子!"恶二佬是一个极有脾气的人,从不知道什么是顺从。他用手捧了水,洗了一把脸,告诉兵丁:"明天老子还要挖陈高南的龙脉。"兵丁说:"陈高南祖坟龙脉在腊八寨龙脉垭,段运飞守在那里,我们敢去?"兵丁怯怯说。

"混蛋! 怕卵,段运飞又不是神! 怕他搞什么? 陈高南得罪老子,老子让这狼心狗肺的抢犯伤心一回,挖他哥哥的墓! 盗他的宝物! 老子还要挖他祖先的龙脉,让陈高南欲哭无泪! 一辈子也别想在老子面前赶本。"恶二佬快人快语,其实在酝酿一个更大的阴谋。

第二天中午,恶二佬的兵丁很快找到陈高南祖先的墓地。几个兵丁拿着锄头,开始刨挖隆起的坟茔。几名兵丁查看陈家祖坟的地势和山势,对恶二佬说:"看,这山势叫猛龙出山,地形是乌龟下蛋,其坟葬处乃是天然墓穴,久后必出能人。"

恶二佬说:"对,挖断龙脉,挑断陈家脉筋。"几个家伙又用罗盘定位,就开始沿龙的脉象挖壕沟,钉铜子树桩……

　　"段连长，开枪打！这群狗土匪尽干坏事。"在另一个岩罩边，段运飞拿着望远镜看，旁边刘班长催着。

　　段运飞不明白恶二佬搞这一套鬼把戏到底有多大功效。刘班长靠在段运飞身边细声唠叨："这钉铜桩，挖别人祖坟龙脉，其实是我们民家寨子一种改造风水地理的风俗，目的在于阻止某家能人的发迹，陈高南也常干这种偷天卖日头的事，没想到今天恶二佬又挖他家祖脉？"

　　段运飞不解地问："为什么用铜钉？"

　　刘班长说："这你就不懂了！这来自一个传说。说腊八寨黑龙滩在乾隆年间出了条孽龙，每年都要作恶几次，说这恶物一出山，将雷鸣电闪，恶风暴雨，洪水猛涨，山崩地裂，搞得寨子尸骨露于野，百里无鸡鸣。民家人深受其害。有一年寨里来了一位风水先生，告诉寨民说，腊狗寨是出名人贵人的风水宝地，就是有条孽龙作怪，要想制服孽龙，就要到岩罩上凿石挑土挖一条深壕沟，消除龙灾。寨主信以为真，就组织全村人爬在岩罩上凿石挑土，挖建壕沟。但苦凿苦挖半个月竟一事无成，白天挑了一天，一到晚上又恢复了原样。寨主急了，无计可施。晚上，阴阳先生对他说：'不怕千挑万挑，就怕铜钉钉断腰！'第二天，寨主派人打了一根三百多斤的铜钉，抬上山将'龙腰'钉住，终于制服了孽龙。腊狗寨又恢复了宁静。"

　　段运飞笑道："有味！有味！"

　　段运飞正准备叫刘班长冲上前活捉恶二佬，突然前面响起了枪声，有人向恶二佬发动了袭击。

　　钉铜钉的土匪大吃一惊，放下锄头，就跑着喊："不好了，走水了（指泄露秘密）！走水了！赶快梭（跑）！"女人一枪把一个只有半边耳朵的土匪击倒在地，另一个土匪想救人，被刘班长一枪干掉了。

　　躲在暗处的恶二佬悄悄撤退后，狂奔而逃。

　　段运飞冲出来，刚好迎面遇上一位秀气又精神的中年妇女。钟高定给段运飞介绍："这位女杰就是陈兆南军长的竖人家（妻子）钟玉梅！自从丈夫死后，她就一直住在腊狗寨守灵！"段运飞打量钟玉梅，中等身材，短发，挎把猎枪，又腰插小手枪，显得英姿飒爽。

　　段运飞上前握着钟玉梅的手说："嫂夫人！幸会！幸会！"

　　钟玉梅说："你们来得好，可恶的恶二佬恩将仇报，他咬不到高南，就咬我夫君的棺木，这狗东西，我一定要捉住他。"

　　刘班长将半边耳朵的土匪捉住审问，土匪讲出了实情。

原来,恶二佬与陈高南结仇后,在一个雾天,盗了陈兆南棺木,还挑断了陈家龙脉。

刘班长再审:"你猜恶二佬会躲到哪里去?"

俘虏说:"极有可能躲到青龙寨去。青龙寨有个墟场,三天赶一场,人山人海,墟场四周尽是高山密林且溶洞多,有'三千溶洞'之说,明清时常躲抢犯,官兵围剿屡屡失败。恶二佬躲青龙寨,因为他的丈人是青龙寨的傩愿戏师傅。"

段运飞决定长途奔袭青龙寨,带着部队与钟玉梅和钟高定挥手告别。

79 傩戏班

青龙寨是一个盆地。一条叫溇水的河横穿其境,将寨分成南北两寨。南寨属湖南澧源,北寨属湖北鹤峰。南寨赶墟场异常热闹,北寨没有场,就乘船赴会。南寨有个戏台,取其"傩戏台"。到赶场高峰期,戏台就有牛角和围鼓声。当地有名的青龙寨傩戏班登台演出,观看的人络绎不绝。

段运飞带着剿匪队追赶恶二佬,当然带那名被俘受伤的土匪。那名土匪被段运飞精心打扮一番,戴了麦草帽,拄拐杖,不仔细看,青龙寨人一定认不出他。

接近青龙寨,段运飞与刘班长商量对策。

段运飞指着青龙寨说:"这寨虽是盆地,平坦开阔但藏恶二佬易,让我们抓捕难!恶二佬逃跑可走水路可走陆路,我们必须留神!"

被俘的土匪说:"恶二佬还不晓得你们已兵临城下,我猜他极有可能躲在他丈人家喝酒。"段运飞制定了一个秘密围捕恶二佬的计划。

一栋条胯(裸体)房后,是一排双手推车的木楼。恶二佬正在木楼中啃鸡腿。他问旁边的一个老者说:"丈爷(指岳父),眼睛睁大点,莫让段运飞钻到屋里来了。"

老者说:"怕段运飞撮卵(干什么)?老子傩戏队挡几百个段运飞。"

恶二佬又说:"丈爷,莫耍口白(讲大话),段运飞是解放军侦察英雄,我们惹不起。"

段运飞果断地分兵两路,突袭青龙寨。第一路,自己亲自带着刚俘虏的土匪当向导,直扑恶二佬岳丈家,来个'瓮中捉鳖'。另一路由刘班长率队,严密封锁墟场戏台边的河埠头,严防恶二佬坐船逃到对岸。

段运飞的剿匪队沿梯形石板路跑步到条胯屋时,正好有一个寨民去河边撑船,猛然间遇上段运飞,段运飞示意渔民不要声张,就直扑双手推车木楼。解放军将木楼紧紧围住,齐声喊:"缴枪不杀!"几个寨民举起手,疑惑地看着解放军说:"别……别开枪,我们是寨民!"几个战士将屋里全搜查了一遍,没有看见恶二佬。

"混蛋,恶二佬躲到哪会儿(里)去了!这个叫驴子通的!"段运飞第一次学民家腔骂了人。

"恶二佬刚才还在啃鸡腿,是不是到戏台处看戏!"一个寨民说。

段运飞迅速扑向戏台。

得知段运飞突袭,恶二佬拔出手枪站在戏台上,朝天开一枪,大声喊:"乡亲们,别慌,共产党段运飞来打我们青龙寨了,他们是抓我的,现在我就站在戏台上让他抓,他也抓不到我!"台下有人小声议论:恶二佬我们得罪不起。恶二佬扫了一眼正在远处跑动的解放军,催促老丈人:"快,快发董壳(面具),一人一顶!"

"董壳"是民家寨口语,指傩戏面具,一般用树、棕、纸、布等为材料做成。恶二佬岳父迅速给赶场的人分发面具。赶场者高兴地说:"这个董壳好,买的话要一块铜板,今天白拿,戴着玩玩!"

段运飞的解放军包围戏台时,台上空无一人。台下匆匆行走的人很多,但都戴着各式各样的面具,像开"面具会"一样,让段运飞莫名其妙。

段运飞挡住一个男人问:"看见恶二佬没?"

那男人说:"看见了,我就是恶二佬!"段运飞就持枪朝那男人赶,跑到一个猪楼囱前,那男人取下面罩说:"我像恶二佬吗?"

段运飞惊愕地看了看那男人,摇摇头说:"不是。"

那男人发怒了,朝段运飞狂吼:"那你赶我?神经病?"

段运飞没抓着土匪,还被骂成"神经病",那个气呀,朝那男人屁股踹上一脚,狂吼道:"滚。"

那男人说:"解放军?耍什么撑(发脾气)?捉不到抢犯,还踢人!"段运飞不再理睬那男人,看着那男人消失在一个大树林中。

许多战士惶惶地看着戴面具的人从面前消失掉,当然也分不清恶二佬到底从谁的面前溜掉了。恶二佬借助戴董壳面具的掩护,巧妙地躲过解放军的追捕。

刘班长匆匆跑到向段运飞面前,质问道:"为什么不让我们揭开面罩一个个辨认?"显然,刘班长有些生气,明明可以抓到恶二佬的,却让他从眼皮底下跑掉了。

段运飞带着火气说:"死脑筋! 戴董壳赶会是青龙寨千年不变的习俗,只要戴上面罩,谁也不能主动去揭,揭了会被认为是对戴者极大不尊重,被揭者会找你拼命撕打,青龙寨属少数民族聚居区,我们是人民解放军,哪能不尊重少数民族习俗?"

刘班长说"哦,原来是这样。"

80　戴董壳

其实,段运飞教训刘班长,是用一些大道理解释。戴董壳赶会的来龙去脉,后来还是女战士伍桂美用一篇日记才破解出来的。

伍桂美听说段运飞侦察受阻,主动找到段运飞说:"我可以化装成民家人,查清这怪俗的来历!"段运飞决定让伍桂美到青龙寨冒险。

伍桂美装扮成一个女猎人,混进了青龙寨的打猎队。

青龙寨的打猎队,其实就是一些由土匪和庄稼汉组成的队伍。庄稼人使用猎枪,而土匪使用步枪。伍桂美混进打猎队,主要钻了两个空子,一个是当地打猎,无论男女老少均可自愿参加,不需要谁的指使和介绍。二是打到了猎物,谁都可以上前索取一份。伍桂美带着猎枪赶山,走进大山前,与大猎队在一个岩塔上参加祭猎神张五郎仪式。为首的头领烧香,朝一个双手倒立的神像叩拜,念一些古里古怪的祭祀词,然后大家才开始擦枪。到了山中,头领将赶山人分成两帮,一帮为"赶脚",专门负责将野兽从树林赶出,另一帮负责"坐卡",就是持枪打猎。伍桂美报名当枪手,分在"坐卡"队。

晌午时分,一头大野猪从山岭跑过,众猎手开枪击打,均没有打中,伍桂美迎上一枪,打中其头部,野猪当场毙命。头领赶过来,就用民家腔狂喊:"赶倒哒,赶倒哒,红毛子穿胸哒,女溪佛儿(媳妇)桶翻哒!"伍桂美不懂这话的意思,但知道一定是在表扬她。

一声牛角号过后,许多猎人跑来分红。按规矩,谁是放第一枪的英雄,野猪头就落到了谁的账下。伍桂美不想要,因为她是专心搞侦查的,打野猪只是过过套。头领分到了一只腿,就开始祭枪。

伍桂美感到奇怪,头领说:"老子祭枪是怕你这样的高手做手脚。"

伍桂美说:"头领您像卵话? 我是个正大光明的猎人,从不偷偷摸摸干坏事!"

头领说:"害人之心不可有,防人之心不可无啊! 老子祭枪是猎神张五郎留下的规矩,不能破!"那头领将一只活麻雀绕枪管三圈,取一个鸡蛋汁擦枪管,然后诡异地大笑道:"这样谁也别打老子的主意了!"

打野猪回来,正值青龙寨赶场游神日。头领带着众猎手赶场游神。

游神游黑老爷。伍桂美站在熙熙攘攘的人群中,头领给大家发了一个面具,叫大家戴上,说等一下,黑老爷从场上经过时,人人都要跳仗鼓,戴上面具,如谁不跳,就抓谁回到祠堂向大二三神请罪。请罪轻者挨骂,重者挨一顿打,打了还要学跳仗鼓。伍桂美真弄不懂民家寨的这些名堂。

一个拿钢鞭的黑神被众人抬着周游过闹市,不知谁喊了一声说:"黑神爷赶会来喽,游神——逮啊!"众人立即手舞足蹈起来,跳一种叫仗鼓的舞蹈。

一时,场上跳舞的人一阵狂跳,踩着一种围鼓音乐,场面很壮观。

伍桂美拿到了一顶黑红相间的面具,戴上。伍桂美从没跳过仗鼓,看见别人在狂欢,也不得不踩着曲调,摇晃着身子,跳得很别扭。伍桂美突然想起,在读大学时的一本书上说:"方相氏,狂夫四人"这"狂夫"就是戴着面具,驱除疫鬼,手舞足蹈,进入了迷狂状态的舞者。

伍桂美狂舞了一番,身上有了汗珠。她的眼中没有的人影,到处只有张牙舞爪面貌丑陋的舞痴在游荡,难道这就是神秘的民家寨?难道这就是诡异的仗鼓舞? 人? 鬼? 神? 这戴面具跳仗鼓,是为了敬神,还是健身,或者是娱乐……

后来,伍桂美在日记中留下这样的字迹。游神赶会是民家寨习俗,黑神名叫雷万春,是唐朝的一名将军,属李世民的部队,一次在守城时,受到安禄山叛军攻击,他站在城头,身中六箭,最后从城上摔下,被大火烧得全身发黑,被民家寨人尊称为'黑神爷'。有一次,民家人的祖先放排到安乡,突遇大风大浪,眼看即将排毁人亡,这位祖先突然想到了雷万春,急忙跪在排上祈求说:黑神爷! 您如果今天显灵,让我的木排安全到达,我们民家寨就立你为庇护神,当本主! 说来真怪,只见木排上空,立即出现红火太阳,大风大浪立即退走,随后民家寨在村庄里建起了黑神庙,将雷万春立为黑神,世代祀奉,每年游神一次,众寨民戴董壳,唱歌呐喊,狂舞一番,逐渐形成游神赶会风俗。

伍桂美的日记,记录了青龙寨游黑神戴面具的来历。后来成为申报白族的珍贵文史资料。

段运飞决定先把队伍撤到附近寨子休整两天,借此探清恶二佬的行踪。

81　猜妹子

段运飞和伍桂美押着那名被俘受伤的土匪去另一个民家寨调查。

路上，三人饿了，歇在路边烧红薯吃。伍桂美见闲着无事，笑着说："段连长，我们猜妹子（谜语）吧，我问你答，好不？"

段运飞静静地注视着伍桂美，觉得她既漂亮又有涵养，是部队里一位了不起的知识女性。就说："逮！过去古人画饼充饥，如今我们捉妹子（谜语）充饥！搞点革命的浪漫情怀吗！"

伍桂美笑眯眯说："输了，不准发脾气！"段运飞笑了。伍桂美先出题："巴掌宽，巴掌长，巴你爹，巴你娘！猜一物。"

段运飞说："洗脸手巾。"

伍桂美笑着说："你……还真有两把刷子。"

伍桂美又叫段运飞猜："你拿它的尾巴，它打你的嘴巴。"

不等段运飞猜完，半边耳朵一句话就直接捅出谜底："汤匙。"

"闭嘴！解放军猜谜，你土匪搭什么讪？"段运飞很不愿意让土匪抢答，教训说："再作声，捆起来！"

伍桂美笑段运飞道："你是故意打马夫眼（掩饰）吧？你猜不着？"

伍桂美又出一题："想起旧社会，两眼泪淋淋，我家十口人，都是草盖身！猜一字。"

段运飞对猜字谜一塌糊涂，猜不出，抓着军帽不停地扇风。

"是苦字。"那半边耳朵张口就答。

伍桂美说："猜对了。"

段运飞又白了土匪一眼，用一句民家话吼道："结屎瓢瓜。"

伍桂美不想再让段运飞丢丑，出一浅题："人到它肚里，它到人肚里，人到世上走，它到土肚里！猜一物。"

段运飞给难住了。那土匪脱口而出说："女人衣胞。"

伍桂美表扬说："逮到哒。"

这回，段运飞火了，指着土匪的鼻尖说："你不讲，嘴巴痛？再嚼舌根，老子一枪毙掉你。"

半边耳朵说："段连长，你有些不讲理，我们那村，人人都是猜谜高手，我们村猜谜有个规矩，人人可以出题，人人可以抢猜，猜妹子途中，不允许打骂，不允许侮辱人格！我帮你，你不感谢，还骂人？你猜妹子还差一把火。"

段运飞辩论说："我俩猜谜，是解放军之间展开的文化活动，要你这些土匪瞎参与吗，真贱胚！"那土匪不敢声张。

伍桂美哈哈大笑。

这时，段运飞到来了兴致，对半边耳朵说："你不作声，我偏要你猜。"

段运飞出一题，猜一用具。

半边耳朵想了想，说："錾子，打钱纸的錾子。"

半边耳朵立即回敬了段运飞一题。

段运飞心里说："你这土匪出什么怪题，老子猜不得！你出这号歪题，轨而报经（胡来），整死人！"于是，火火地对土匪说："重新换一个。"

伍桂美报出答案，笑眯眯说："是门闩子。"

半边耳朵说："嗯，这女兵比男兵强百倍！一猜就灵！我再逮一个：看我小小年纪，出门会做生意，主人拉我耳朵，问我到底是几？"

伍桂美故意惹段运飞说："猜呀，是什么？"

半边耳朵在一旁打手势暗示，段运飞受到启示，很快亮出谜底："秤杆子。"

段运飞给半边耳朵递上一个熟红薯，带着笑意说："你这个土匪，还算有点文化！"

半边耳朵笑道："就是吗，长官，我本不是土匪，我当兵是被迫的，我原来是个唱傩愿戏的呀！你放了我吧。"

伍桂美说："难怪你思维敏捷，一猜就准，原来你是个戏子。"

段运飞有些惊讶，说："你糊弄人？你以为有文化，老子就随便放人？"

"长官，我没干过坏事！我是被陈高南抢去才当兵的，后来我看恶二佬比陈高南仗义些，就跟了他，才被你们活捉的！"半边耳朵补充说："不信，我给你们唱一首《抓新兵》的山歌调。"

"唱出来听听。"段运飞来了兴致。

半边耳朵小声唱：

"一觉瞌睡醒，天巳到三更；外面有人在打门，定是抓壮丁……开开后门跑，肩膀挨一刀，后门有人守住了，跑也跑不掉。绳子丈多长，牢牢捆两旁，叫声保长不要忙，告别我爹娘。走上屋檐岩，爹娘苦哀哀，叫声妈妈请宽怀，去哒就转来。走到园坝坪，爹娘来求情，伸手就是几板凳，打到背膛心。走到大脚坪，碰到众乡亲，多把我家来照应，来世报恩情……"

唱着唱着,半边耳朵开始抽泣起来。段运飞知道,这些土匪只有受到强烈伤害时,才会在众人面前露丑哭泣。这首民歌就是一腔血泪史!与其说是抓兵,不如说是逼命。

"原来你也是一个受苦人!"段运飞检讨说,"我不该骂你!"

通过伍桂美的担保,段运飞决定当场释放这名有文化的半边耳朵。这名土匪回到海洱峪寨,从此不再扛枪为匪。这人记住了段运飞的名字。

82　女匪菊菊

这段经历,伍桂美写进了她的剿匪日记里,不过是一首小诗。

伍桂美写这首《猜谜》的小诗,源于前些天段运飞抓到了一名叫菊菊的女匪。

这菊菊生得高大健壮,又美丽彪悍,是仗鼓寨有名的猎户,枪法奇准。自参加恶二佬土匪队伍后,天天躲到山上与解放军周旋。

段运飞派兵围剿青龙寨,将菊菊活捉。

佘鹏建议枪毙菊菊。

段运飞说:"先审审看。"一审连段运飞都很吃惊。

菊菊看到段运飞走进审讯室,就笑着说:"段连长,我们民家人有句谚语,叫'离魔三尺就是佛',你天天走我枪尖子下过,我看你年轻,人又实在,讲良心,上回还给我姐姐香香种田栽秧,我——舍不得用枪杀你!你要是不信,你派人去察看,山坪路上有个石洞,上面盖有牛王刺。"段运飞随即派民兵前去探查,果然离段运飞每天经过的路边,三十多米的地方有那么一个石洞,菊菊曾藏在此处,如果要暗杀段运飞,是十分容易的事。

段运飞调查这名菊菊土匪,身上没有什么血债,也没有什么民愤。审了三天,段运飞对菊菊说:"你当时要打死我,除非你也不想活了,枪一响,解放军马上来。'离魔三尺就是佛',讲得好!既然你远离恶魔成了佛——放了我的性命,解放军也不是'离佛三尺就是魔'那种人,我们决定——放你一条生路!把你送往长沙新生工厂(劳改场)劳改。"菊菊感动地说:"早就听说你们解放军是威武之师仁义之师,今日一见,果然名不虚传!佩服!佩服!"1957年菊菊劳改后被释放。

1957年冬天,菊菊回到了青龙寨。

恰好半边耳朵在寨里带鼻涕娃,当了教书匠。恰逢菊菊劳改回家,菊菊没有了亲人，只好单身住进破旧的学校里。当时生活困难，过着吃上顿愁下顿的苦日子。两人都常住学校里，饥饿难耐，只好在学校附近的山坡上开荒种粮。种来种去，最后精明的教书匠把另一颗种子"种"在菊菊肚皮上。后来干脆娶了菊菊，生儿育女成了家，过上了幸福生活。"是段运飞救了我们！可惜他死早哒。"夫妻俩总这样说。

后来这对夫妻当上了青龙寨著名的三元老司，年年带头游神、跳仗鼓、唱傩愿戏，还给段运飞雕了木像，放在自家神龛上，当本主敬奉——他们夫妻俩用这种方式——感谢解放军段运飞给他们带来的美满生活。

这段插曲，为段运飞的剿匪生涯涂上一笔亮色。

这段插曲，告诫后人，剿匪也需要讲究成本。只要有人活着，生命价值的曙光才会显露。

这段插曲，应验民家寨一个俗语："万事留一线，久后好相见。"这是哲理。

第十五章　仗鼓秘籍

83　赶场戴面具

　　段运飞奇袭青龙寨,原以为可以顺利将惯匪恶二佬擒获,不料反让恶二佬利用青龙寨戴面罩习俗化装成赶会人逃脱,让解放军白白折腾了一回。段运飞总结此次失败原因,主要是自己对民家寨风俗了解不够,没有做出相应的对策,致使侦察大队扑了空。

　　段运飞决定先清醒一下发胀的头脑。

　　他和佘鹏沿着青龙寨码头的石梯,一步一步走向滩头。滩头上有几个民众正在挑桐油,一只乌篷船泊在河沿,太阳照在宽宽的溇水河面,风景很美。

　　段运飞同几个渔民打了招呼,跑到河边洗了把脸,感到一阵舒畅。

　　这时,有一个拿竹篙的渔民向乌篷船靠近。

　　时值中午,有些燥热。几个年轻渔民脱光衣衫落入水中洗澡。几个妇女装作没看见,依然洗衣、洗菜,说说笑笑,仿佛河里没男人一般。有一个光屁股男人骂骂咧咧跑下堤,突然从女人面前晃过,"扑嗵"一声窜进河中,溅了女人一身水,女人骂道:"死八、骚牯,吊着胯巴不怕丑? 我一刀割下,熬着干哒!"光臀男人不怒,还笑道:"妹儿,我洗哒熬桐油去!"原来那男人是镇上的油匠。"有礼的街道,无礼的河道"这是青龙寨的民谣。

　　段运飞看见清水中白嫩嫩的屁股,突然骂了一句:"伤风败俗。"可一想,又觉得用这话评价太过分了,一个还没有完全彻底解放的村庄,自己有什么资格评价? 自己又能改变什么吗?

　　段运飞突然想起了那神秘的面罩,大声问油匠:"大哥,你们这青龙寨赶庙会,戴面罩有什么历史渊源?"段运飞尽量将话语讲得委婉些。

油匠没听懂，抹了一把水，笑了笑说："莫嗬！莫嗬！"

段运飞满头雾水，只苦笑。这时一个拄木杆的老者上前，对段运飞说："他说的莫嗬，是民家语言，就是对的意思！"

段运飞问："你们赶场戴面具，莫非是想遮盖自己的脸部，难道这里面有什么奥秘？"

老者摸了摸胡须，说："说起戴面具赶场这风俗，有一个传说。"

老者向段运飞和佘鹏讲出了青龙寨的一段历史。

青龙寨建寨时，大约在明洪武元年，刚刚当上皇帝的朱元璋，制造了"血洗"湖南的悲剧。湘乡一带爆发武林人士啸聚山林反抗朱元璋的起义。明朝军队来到湖南湘潭一带见人就杀，连石头也要砍上三刀，湘乡地区成为一座血流成河的死城。许多湘乡人背井离乡，纷纷逃亡。一些湘乡人开始逃向山高林密的湘西地区，与当地土、苗、客家等人一同生活。

正巧民家祖先从江西来到湖南湘西一带落脚。

民家人与逃难的湘乡人共同开发山寨，因为语言交流方面的障碍，引起了官军的怀疑，许多官军向朝廷密报，朝廷派兵到青龙寨一带围剿，发现说外地话的人就抓。

熊安国原是"寸白军"小头目，与谷均万等人一同到澧源县落脚。此时住在官讫线。

官讫线是一个界址山。以上向西属慈利，向东属澧源，成为两县的"官地"天然分界线，取名"官讫线"。后慢慢演变成现在的"关溪涧"，离鱼儿岩两里地，属猪鸡塔管辖。

熊安国犯愁了："我们光用民家腔说话，很容易被官军识破身份，如果学会用当地话就好了。"在鱼儿岩砍柴时，熊安国学会了一些土话，是从一个戴丝帕的汉子那里学来的。回到家里，熊安国将一些土话教给妻子儿女，妻儿很快学会了。熊安国高兴极了，立即组织熊氏族众，在鱼儿岩祠堂过冬至节，共同研究对策。最后想出了一个办法，统一用当地一些词语应付官兵。若官兵抓人，谁就用本地话说："莫嗬，我祖搞这鹅儿守屋拳头没把哒。"译成汉语就是说，我们是这块土地上的主人，是土生土长的坐家户。而这些语言全带土味，说得明军满头雾水，信以为真。明军知道这是一种很地道的方言。讲这些方言的，很早以前就是这块土地上的主人。于是明军不再抓这些讲方言的人。

不久，靠这种地方语言蒙骗人的把戏，骗不了长久驻扎的明军，明军故意扑入青龙寨骚扰，特别是趁赶场之日，扰乱市场，打砸抢，青龙寨的人敢怒不敢言。

正巧一个湘乡商人患了一种叫麻风的病,头发、眉毛全脱落,鼻孔外翻,全身脱皮。这病传染极快,几十天里,许多外地人都感染了。为杜绝传染,明军杀死了第一个患病的湘乡人,把患病者全抓去审问,一审,外地人身份就被暴露了。明军抓住了把柄,天天到场上巡视,发现脸上、头上无毛者均抓到县衙坐牢。一时,青龙寨赶场者寥寥无几,连当地寨民都不敢赶场。市场慢慢萧条起来。

市场萧条了,官讫线的山货卖不出去,盐、布料等日用品买不回来,急死了会首熊安国。面对官军的无理取闹,他又想了一个办法,他和工匠们制作了许多木质面具,在青龙寨上演了几场精彩的傩戏,并散布消息说:"傩戏面具可以解除灾难,避邪除秽。"熊安国还推出了优惠政策,谁戴面罩到鱼儿岩赶场,本寨负责提供一顿免费午餐,对于来赶场者,青龙寨一律用"三道茶"招待,其茶道为,一苦二甜三回味。众人津津乐道:"天上掉馅饼啦!青龙寨赶场有酒喝,有肉吃,还能得到'三道茶'的至高待遇。"赶场的人别说有多高兴了,尽管时不时有官兵设卡,收"过关费",却动摇不了人们赶场的兴致。于是,青龙寨、鱼儿岩的庙会又迅速开张了。人们戴面具赶场,躲过了明军的追捕。民家寨靠谋略、智慧,不但战胜了穷凶极恶的官兵,而且还战胜了"眼里容不得半粒沙子"的当地土司。马合、鱼关等土司王主动找熊安国等民家寨头领修好,廖坪书生谷京明还娶了鱼关康千总的女儿。谷家有了錾字岩,王家有了覆锅岩,钟家有了狮子岩,熊家有了鱼儿岩,刘家有了当门岩,等等。民家人的炊烟开始飘荡在慈邑的村村寨寨。

"你想想,我们不远万里,从云南来慈邑落脚,土司排挤我们,官军阻挡我们,外人欺负我们,我们人少势单,孤苦伶仃的拖家带口,立足慈邑,容易吗?"这年冬至节,陈彭谷王钟等十大姓头领(会首)齐聚廖坪"五姓祠堂",熊安国主持祭祀大会,他的一席话,令大家欢欣鼓舞。

"而我们现在,只通过几十年的艰苦奋斗,我们有了家园,我们有了土地,我们有了地盘,我们有了自己的戏剧、舞蹈,我们为什么会拥有如此辉煌的战绩?那就是我们遵循'剑不如人,剑法胜如人!'的生存法则。"谷均万在会上作总结时,挥舞双臂高呼说,"剑不如人,剑法胜如人!靠的是什么?靠的就是我们的智慧,我们的力量,我们的大智大勇!今天我提议,我们民家寨要把这条生存法则写进族谱中,让我们子孙世世代代铭记在心。"

不久,许多患病戴面具赶场的湘乡人,突然开始长头发、眉毛了。湘乡人认为是面罩的功劳,就将木质傩戏面罩视为圣物,每每赶场,就戴上它,这种习俗慢慢地被青龙寨民所接受,久而久之就沿袭下来。

从此,青龙寨的傩戏面具成了畅销货。青龙寨成了湘西傩戏面具的主产地,常德、津市一带的货商来此地购进傩面具,再从水路贩运到外地,赚足了铜钱。青龙寨有了名气,吸引许许多多的江西人来寨周边居住。一时商贾云集,寨子热闹非凡。于是,民间就有了"朱元璋血洗湖南,扯来江西填湖南"之说,民家寨就有了"十大姓冬至聚智慧谋生存"之说。

听完老者的叙述,段运飞笑了,笑得很甜。因为他掌握了民家寨一段珍贵的历史。因为他感受到了民家寨团结的力量。

段运飞觉得,自己再也离不开民家寨了。"民家寨真是神秘之至的山寨,一山、一水、一树、一寨,都是故事,都是传奇,都是让人一辈子琢磨不透的谜。"吃完晚餐,段运飞和一名通信员又去河边找那位老者,说出这段话。

可佘鹏躲在河边,独自一人打水漂。

山谷送来一股清风,河柳轻轻拂动。

河中,一渔翁撒网捕鱼,山清水秀,风景如画。可佘鹏心情糟透了,甚至有些沮丧。他甚至非常憎恨傩面具,就是这个丑陋的傩面具,暗助土匪恶二佬的一臂之力,让恶二佬这个恶棍再次脱逃。

老者用刀剖一条鲤鱼的肚子。段运飞继续问老者:"老人家!我从民家寨打听到,熊安国原是寸白军头领,入住江西,正好赶上朱元璋下旨扯江西人填湖南的时候,熊安国和当时驻守军营的谷均万、钟千一、王朋凯等头目商议,率部迁移,然后,过长江、渡洞庭、漫津澧、落慈邑,到狐狸溪、仗鼓寨一带扎下根来。青龙寨戴面具赶场一定与民家祖先从大理迁徙史有关!"老者听了段运飞的分析后,点头说:"莫嗬!"

段运飞又问老者:"听说青龙寨跳仗鼓时,也兴戴面罩?"

老者说:"对!这里面也有一个故事。"

老者和段运飞几人坐在石板上亲密交谈着。老者介绍说,因为戴面具赶场,明军想撕赶场者面罩,又怕引起众怒,只好灰溜溜地回到驻地。不久,许多湘乡人学跳仗鼓,跑到庙会上赶集,因天热,竟忘了戴面罩。这回,不知是谁走漏了风声,明军又闯进青龙寨,一个刁蛮明军头领终于抓住了一个跳仗鼓的湘乡人,绑在大木桩严刑拷打,竟将他活活晒死。后来,跳仗鼓者学了乖,均戴面罩上阵,几个明军混到队伍中,企图窥探戴面罩者的身份,被跳仗鼓者狠狠地教训了一顿,跳仗鼓者飞舞仗鼓,左戳右戳,上下翻滚,打得明军鼻青眼肿,狼狈而逃。最后,一个明军头领将派兵进剿青龙寨的计划上报给先锋官,不料这名先锋官本是民家人后裔,就将明军头领狠狠地揍了一顿,并警告说:"跳仗鼓戴面罩是民家人的自发行为,又不触犯大明法律,你若再去骚扰,必将斩首示众。"先锋官的一席话,竟起到了推波助澜的作用,明军再不敢轻易上场抓人,一时,青龙寨就兴起跳仗鼓戴面具的风俗。

段运飞若有所思说:"这样一来,跳仗鼓可以不受拘束了,不管是汉人或是土、苗人;不管是老人、小孩,还是男人、女人;只要想跳,就可以跳进仗鼓舞队伍中,跳!跳!跳!跳他个痛痛快快!反正戴有面罩,谁也不认识谁。"

老者说:"民家人本身很开放,跳仗鼓舞者越多越好,越能显示出仗鼓舞宽容、热闹、大气的舞律特征,仗鼓本身就是民家祖宗所创造。戴面具跳仗鼓,在特殊年代,有着推波助澜的作用,可以将仗鼓舞发扬光大。"

段运飞说:"哦,是这样!"

84 仗鼓密码

第二天,段运飞安顿好其他战士后,和佘鹏化装成寨民,前往青龙寨破译仗鼓密码。

其实段运飞早了解到,仗鼓舞是民家人的特有舞蹈,俗称"跳邦藏",就是以"仗鼓"为道具,其鼓长一米二,两端内空,大如碗口,用皮革绷衬成鼓。被击时,咚咚作响,中间细小可握,整个鼓形像根杆,跳时名额不限,但必须是三人为一组,鼎足而立,其中一人执鼓,一人拿钹,一人提小锣,以小圈合成大圈。首先用笛子引奏,紧接着唢呐、大鼓齐鸣,参舞者伴随兵器长短的节奏,尽兴地跳。佘鹏不会跳仗鼓舞,也提不起兴趣,边走边说:"连长,仗鼓舞是女人们跳的把戏,最多健健身,活动活动筋骨,我看没有必要搞什么仗鼓舞调查!还是剿匪要紧。"

段运飞白了佘鹏一眼,不满地说:"我搞仗鼓舞调查,就是剿匪工作的一部分。"

"一部分?剿匪与仗鼓舞有何关系?"佘鹏眼睛鼓得像牛卵子,争辩说。

"你真死脑筋?那恶二佬为什么借助面具逃得无踪无影?要是我们当初知道这青龙寨赶场有戴面具的习俗,我就来个先斩后奏,将所有面具予以收购。再说,恶二佬他还是一个跳仗鼓的高手,他的杀人道具就是一把铁仗鼓,有60多斤重,耍起来水泼不进,就连武术家鬼见愁王志超也休想占便宜,研究研究他的铁仗鼓,说不定下回,我们能破了他的铁仗鼓招法。"段运飞放连珠炮。

佘鹏见段运飞说得有条有理,红着脸笑了。

傍晚，段运飞赶到仗鼓寨，拜访了王志超。

王志超亲自为段运飞和佘鹏沏了一壶西莲毛尖茶，几个人就坐在岩塔里聊天。当然依旧是仗鼓舞的话题。

段运飞得知，仗鼓舞的产生有很多故事，流传最多的大致这样概括，某年某月某日，民家祖先来澧源居住，一次腊月打糍粑，三名官差无故捣乱，和打糍粑的三位民家人交手，民家三兄弟用糍粑的道具作武器打败了官差。为纪念胜利，民家人以后就把木杵做成仗鼓，形成了仗鼓舞。但佘鹏却倾向于这种说法：民家迁始祖落脚澧源时，土家人有了摆手舞，苗人有了猴儿鼓，而民家人却没有形成自己的舞蹈。谷均万、钟千一、王朋凯等人召集十大姓的头领到廖坪谷姓大祠堂联欢，商议创造舞蹈之事。那天正好是腊月天，祠堂门口有人家打糍粑，几名壮汉一张一扬，一擂一杵，一吼一喊，传出粗犷激昂的声音，整个过程激烈、酣畅、洒脱、飘逸，充满力感与美感，谷均万等人经不住诱惑，也就上前帮助打糍粑，众人也执锤猛打，谷均万突然来了艺术灵感，提议说，何不把打糍粑的动作糅合成一种舞蹈，既有力度又有深度！众人说："好！"大家一致同意，以粑粑锤作为道具，通过无数次编排，民家人独有的舞蹈仗鼓舞就诞辰了。

王志超道出了一种说法，叫消瘴气。相传民家人聚居山寨，有条恶龙经常到村寨荼毒生灵，三个民家兄弟合伙练一种拳法，相邀一起杀掉了恶龙。三兄弟将龙肉饱食了一顿。没想到恶龙肉在他们肚内兴风作怪，瘴肚难忍。三兄弟为了消瘴，将剥下的龙皮拿来蒙长鼓，通宵达旦起舞消瘴，三兄弟除了瘴气，将起舞消瘴的动作再连贯起来，就形成了"仗鼓舞"。

听了王志超的说法，段运飞哈哈大笑，说："我看这个说法有些离谱，简直就是一个动听的童话。"

佘鹏说："仗鼓（舞）本身就是一种传奇。"

王志超介绍说："这仗鼓舞在原始雏形时期，动作简单，套路较少，跳的人不多，自然在运用方面受到局限。但到了明朝中期，民家寨子人口增多，经济也有好转，仗鼓舞开始了发展，用途也逐渐扩大，有祭祀仗鼓、丰庆仗鼓、游神仗鼓、表演仗鼓、实战仗鼓等。"

佘鹏听入了神，插上话："有实战仗鼓？我没有听错吧！难道仗鼓还可以打仗不成？"

王志超说："你对仗鼓了解不多！其实仗鼓最见功夫的时候，是在抗日时期。"接着，他这样叙述，常德会战打响了，民家寨大兴跳仗鼓之风，主要是学仗鼓舞中的实战技巧。因为那时仗鼓可以当枪使用，若拼刺刀，跳惯仗鼓者会技胜一筹,左挡右摆,上下翻滚,得心应手。年轻人力大,将仗鼓玩得如风车一般。由于当时国民党政府提倡精诚抗日,澧源县还搞了一次大的仗鼓比赛,仗鼓寨等山寨共组织三十支队伍参赛,最后县政府把优秀仗鼓手抽调出来,组织一支敢死队,与日军激战,仗鼓手们以一敌十,殊死拼杀,60多名仗鼓士兵消灭了日军一个连队二百多名鬼子兵。这些仗鼓兵带了三件武器,手榴弹、仗鼓和步枪参战,打得敌人鬼哭狼嚎。在最后一次战斗中,日军将60多名战死的仗鼓兵集中在一起掩埋,请人研究仗鼓的功能,结果令日军头疼不已,一根铁仗鼓,一件很普通的舞蹈道具,而上了战场,竟有如此威力和杀伤力,这其中的奥秘始终未解。最后,日本军官听说仗鼓的杀伤力来自那本仗鼓秘笈,就眼红了,到处寻找,企图破译仗鼓的密码。记得当时澧源一带有一首出名的歌,曲名为《跳仗鼓和鬼子拼》,其歌词如下:太阳偏了西,光芒照大旗,跳起仗鼓到澧源。澧源就是好,赛过神仙,有鱼有肉吃不了。可恨东洋兵,起了大野心,想把我中华一口吞!先占东三省,后把全国侵,杀人放火又奸淫。攻进常德城,又占慈利县,危在旦夕化灰尘!澧源同胞们,大家齐一心,仗鼓跳起来,枪拿起来,舍命与鬼子拼!恢复我中华,全靠我们大家,男女老少都把仗鼓跳吧,起来把鬼子杀!

佘鹏说:"背铁仗鼓上阵杀鬼子,颇费体力且仗鼓不如刀那般锋利和快捷,不如使刀弄枪啊。"

王志超详细解说,仗鼓上阵,一般只用于拼刺刀时对攻。大刀易折且刀刃容易缺口,仗鼓背在背上,可以磨炼体力。但到了肉搏战时,其优势就非常明显,使用方便,又不易损坏,能达到快、沉、准的杀敌效果。敌人就是得到了仗鼓,却不会使用,还以为抗战部队又弄来一种什么新型武器!一件跳舞的道具,就将侵略者打得一败涂地。你说仗鼓神不神气? 王志超摸了一把汗,接着说:"仗鼓舞形成战斗力,最早来源于一场搏斗,本身就是在打架斗殴中诞辰的,它当然就有杀伤力和战斗力!后来许多民间武师将仗鼓舞改编,揉进了许多武术动作,形成套数,有'三十六连环''四十八花枪'。最有名的招法有'霸王撒鞭''魁星点斗''雷公扫殿'等。可别小看这种动作,它们很有杀伤力。"

"我不相信,仗鼓舞有这等本领?"佘鹏不服气地说。

"那我俩试试看。"

王志超拿了一根木棒当仗鼓,佘鹏拿了一根扁担当长枪,两个就在岩板上对攻。佘鹏来了一招"直捣黄龙府",将长枪直戳过去,王志超顺手一闪,将仗鼓一端直捣佘鹏左肋,再顺势一铲脚,佘鹏站立不稳,当即倒地,扁担也郎当一下掉落在地。

段运飞笑弯了腰。王志超放下"仗鼓",扶起佘鹏,说:"承让,承让!"佘鹏也不好意思说:"这鬼样的仗鼓,还真有能耐。"

王志超说:"我刚才这招,叫回马枪,是仗鼓舞中四十八花枪中的一种,怎么样?"

佘鹏揉揉左肋,感到有些痛,说:"惭愧,惭愧,这仗鼓还真厉害。"

王志超又喝了一口茶,说:"这仗鼓舞,要得最好的应该是恶二佬。这厮原来跟我学仗鼓,后长到20岁,就凭着他较高的悟性跑单干,躲到洞中练绝招,他练的绝招就是三十六连环和四十八花枪。"

段运飞追问说:"不是说这些绝招,都失传了吗?"

王志超说:"江湖上传闻,三十六连环和四十八花枪已失传,极有可能是蒙骗江湖好汉的。依我估计,现在深山老林里仍有人在偷偷操练。这恶二佬就是例子,他拜了祖师采芹,天天同师父在洞中偷练仗鼓,功夫日日见长。据说他玩的铁仗鼓威力强大,十几个人也近身不得,加上这厮心肠歹毒,成为黑道有名的仗鼓杀手!"

段运飞若有所思地问:"仗鼓杀手?这名字好冷酷!你与恶二佬结冤仇,到底是为什么?"

王志超说:"还不是为了仗鼓舞的传授?"

王志超站了站,伸了一个懒腰,告诉段运飞说,恶二佬跟师采芹学仗鼓绝招,效果比较好,采芹精心传授,恶二佬虚心接受。据说快将绝招传完时,恶二佬忍不住寂寞,犯了老毛病,偷偷出洞,摸到单人独户的寨里玩女人,被寨民发现,一些寨民就操起家伙紧紧追赶,恼怒的恶二佬用仗鼓还击,十几个男人竟被他打得头破血流。后来这些被打的人将恶二佬的德行告诉了采芹,采芹一怒之下,隐居山林,再也不见恶二佬。恶二佬学艺不成,责怪是他向采芹告了状。因为采芹是王志超的一个族叔,采芹又将仗鼓秘笈暗中送他保存,恶二佬知道后,曾多次向他讨要秘笈,均被拒绝,故怀恨在心,找机会寻仇,上次还来寨偷袭,打死了几名寨丁!是解放军救了他!

段运飞说:"哦,想起来了,我那天还用普通话与你们交流过……你那仗鼓秘笈现藏何处?"

王志超说:"仗鼓秘笈是采芹师父一辈子精心研究而成的,原来仗鼓中的三十六连环,四十八花枪等套路已没人传承,仅剩下了名字。采芹师父到深山修炼,去四望山当了和尚,一边精心修道,一边偷练仗鼓,细细琢磨,将失去的套路予以恢复。为了传给后人,采芹师父将七八十个绝招套路用笔勾勒出来,做成

《仗鼓秘笈》，送给了我。我怕恶二佬再来劫寨，就将秘笈送给谷兆海保存。"

段运飞和佘鹏吃过午饭后，王志超拿出一本《王氏族谱》，指着上面的章节说："你们看看吧，这书里记载过一段传奇，就是日本人打常德时，曾派武士来民家寨抢夺秘笈。"

段运飞有些迷糊，他不相信日本人来过民家寨。他说："哦？有这等事？那日本人是怎么知道《仗鼓秘笈》的？"

"说来话长！"王志超的思绪立即回到了那个战火纷飞的岁月。

85 仗鼓秘笈

那年冬天，日军攻常德不下，派100多兵围攻民家寨，民家寨依靠火枪、弓箭、土炸弹，狠狠回击，日军大败。见硬攻不下，日本少佐想了一条毒计，他带着许多武士明查暗访，查到了采芹的住处四望山寺。通过一场恶战，体力不支的采芹和几个小道士被日本武士擒住。日军严刑拷打后逼问《仗鼓秘笈》下落，采芹师父表现得很坚强，他怒视敌酋，用民家佬腔怒骂："剁脑壳死的，我的秘笈虽算不上是国宝，但是有用的壶若儿（宝贝），岂能流落到你们东洋小鬼子的手中？"

一个翻译将采芹的话译出，日本少佐暴跳如雷，大声吼叫："你的？死拉死拉的？不说，所有道士烧死地干活。"几个小道士被推进了火堆烧死。

采芹怒吼："猪！东洋猪！猪！日本猪！遭天杀！遭天杀！日本鬼子"几个日本兵将采芹捆绑在树上，打累了就在旁边烧烤鸡羊吃。

夜晚，寒风吹得寺庙边的树木摇摇晃晃。空气中挟着一种尸体被烧焦的味道，野狼的嚎叫给沉寂的大地增添几份恐惧。四个日本兵围坐在火堆边烤火。两个哨兵持枪在树下警戒。采芹奄奄一息地垂着头，由于遭受酷刑，采芹的身体很虚弱。

这时，寺庙响起了一种野猫号哭的声音，这种声音又连续响了两次。日本兵大概不会想到有什么危险，依旧站岗，烤火吃肉。几个蒙面人身手敏捷飞身上塔，快速摸掉了站岗哨兵，四个日兵发现有异，想起来拿枪，被一个蒙面人用铁道具打得脑浆迸裂，死在火堆旁。

采芹睁开眼，看了看，说："是不是恶二佬？"

一个蒙面人迅速解开绳子说："师父，我救你。"

采芹急急说："快……快跑，这是日本人的圈套。"

蒙面人说："怕日本撮卵！老子……"话没说完，寺庙窗户里的枪响了，恶二佬肩上中一枪，手中的仗鼓也哐当一声落地，恶二佬将采芹压倒，几个蒙面人被突如其来的枪弹打死。

"恶二佬，不要白费力了！投降吧，皇军不会亏待你！"日本翻译拿起喇叭筒喊叫。随即，一队日本兵冲上来，将恶二佬和采芹围在中间，哇哇哇一阵乱叫。

恶二佬很镇静，爬起来，火光照亮着他和师父采芹的脸，恶二佬牵着采芹的手说："师父，脑壳掉了碗大个疤，怕日本人撮卵，大不了豁去一条命！"

采芹说："我们不能给民家人丢脸，死都要抓一个垫本！"日本少佐早听说恶二佬功夫厉害，就想生擒师徒俩，十几个兵端着刺刀冲上去，恶二佬忍着疼痛捡起仗鼓应战，采芹在后面做帮手，打得日本兵喊爹叫娘，采芹杀得起劲，喊："撒手锏！"再喊："穿心枪！"恶二佬的仗鼓舞成一朵花，如刀割机一般，日本兵倒下一大片。

"八嘎！"日军少佐掏枪射击，嘭一下，打在仗鼓柄端，那子弹竟横飞过去，击中了少佐的耳朵。少佐又连开数枪，采芹被击中，倒地上。混战中，恶二佬持仗鼓截杀少佐，少佐躲闪不及，一只右腿被活活打断，发出狼一样的嚎叫。

恶二佬靠仗鼓击杀多名敌人后，抱着采芹纵身跳下陡峭的高坎。

夜色蒙蒙，万籁俱寂。

恶二佬一口气将师父背出小树林，天色已开始发白。

恶二佬放下师父，问："师父，没伤到哪儿？"

采芹微微抖动手掌说："二佬！莫跑哒，为师有话讲。"

黑暗中，采芹说："那本秘笈，决……不能落到日本人手中，你……快去找……王志超拿，保护……好那本秘……笈！"

采芹讲完，愤然离世！

恶二佬找了一把锄头，连夜将师父葬了。随即用针缝合肩上撕裂的伤口，恶二佬敷上一些草药，立马寻找王志超的下落。

这时，仗鼓部落已狼烟四起，杀声震天。王志超正与日本兵殊死搏杀。日本兵武器精良，寨丁的抵抗越来越微弱。王志超躲到岩坎时，寨丁们的喊杀声已渐渐远去，王志超趴出头一看，寨丁已全部倒在岩板上。王志超已没有了武器，那把大刀刃口断残，不能用。3名日本浪人围上来，王志超杀红了眼，用凶狠的日字冲拳迎战，打死三名浪人。

又有四名大肚汉上前，找王志超厮杀。大肚汉是相扑高手，力大无比，王志超当然摔不过他们，被4名大肚汉生擒。

关键时刻,恶二佬到了。神勇的他,拿一根木棒当成仗鼓,打死4名大肚汉。

"怎么是你?二佬?"王志超有些惊讶,忙问:"你来救我干什么?"

"还不是那本仗鼓秘笈。"恶二佬将他和采芹师父受追杀的事告诉王志超,希望王志超保护好寨中的宝物。

王志超说:"你放心,采芹师父用生命换来的秘笈,我们一定会当作圣物保护好的。"

两人最后冲出敌人包围圈,回到寨中养伤。

日本少佐的鼻子挺灵。他虽然受了重伤,但通过治疗,慢慢恢复了体力。他已通过潜伏在民家寨周围的女间谍美枝子传递的情报,探到了仗鼓秘笈就藏在白鹤寨谷兆海的内屋木箱中。这个狡猾的日本军官迅速带领10多名武士化装成神兵模样,骗过白鹤寨的岗哨,直扑谷兆海堂屋。

偏偏谷兆海到澧源县城去了。

他要向国民党党部书记长汇报,组织兵丁迎击日军。

谷兆海大汗淋漓赶到县党部。党部书记长告诉他说:"近日战事吃紧,常德会战已近尾声,你与日军激战多时,是位了不起的英雄,你今日前来,莫非是搬救兵不成?"

谷兆海说:"上次打日本,恶战数日,小有胜利,但战果不甚理想,今常德会战即将扫尾,我怀疑敌人会组织大规模部队,进攻民家寨子。"

党部书记长说:"据有关情报,敌人已进入民家寨!难道你没听说?"

谷兆海有些惊慌,说:"没有啊,我昨天从白鹤寨来,还没有得到日本人进攻的消息。"

党部书记长说:"据确切消息,日本兵已到了腊狗寨、仗鼓寨,极有可能进攻白鹤寨,听说他们是为了抢夺一本叫什么秘笈的书。"

谷兆海心头一惊,掩饰说:"不会吧,我寨没有什么叫秘笈的书本。"

党部书记长露出诡异的笑,说:"谷老蔸把,你莫哄我,你那本叫《仗鼓秘笈》的书,是采芹师父亲自写出的,有图有文,是一本全面反映仗鼓舞动作的秘本,王志超转到你手中的。"

谷兆海轻轻一笑:"都说你书记长鼻子鬼灵,倒不假啊!我是有本秘笈放在内屋锁着。"

党部书记长说:"但愿秘笈不外传,若传到日本,让小鬼子偷去研读,仗鼓这国宝就会落入海外,叫民家寨耻辱终生。"

"您放心,尽管谷虎犬子到重庆跑生意,谷凤去峨眉山学武术,金桃女去桃源念书,我身边少人手,可我一定会保护好秘笈!"谷兆海信誓旦旦地说。当然,他并不知道谷虎借做生意之名,参加了中统,正在重庆秘密受训。

下午,党部书记长要宴请谷兆海吃午饭。但谷兆海担心那部秘笈的安危,汇完报,就坐船急急往回赶。

谷兆海赶到白鹤寨祠堂处,眼前的情景让他大吃一惊,数十名神兵趴在地上,鲜血已染红了岩板。谷兆海感到一种恐惧:寨子被攻破了!

他迅速跑到内屋,发现柜锁被撬,那本《仗鼓秘笈》不翼而飞!

"慧姑!慧姑!"谷兆海焦急地喊着妻子的名字。

谷兆海知道,只有慧姑知晓那本秘笈藏着的地方,如今柜子被撬,慧姑不知去向,那本秘笈一定出了问题。

谷兆海正准备返回岩塔,门槛边一个神兵慢慢地趴动,使大气力喊:"老爷……老爷!"

谷兆海上前扶起受伤的神兵,问:"是怎么回事,是不是日本人干的?"

神兵说:"日本人……来到寨子,找那本……秘笈,没有找到就将全寨神兵……缴了械,并逼迫慧姑……交出秘笈。慧姑为了救全寨神兵,将那本……秘笈拿出,交给日军,日军大喜,拿到……秘笈,日本人却……没有遵守承诺,将寨中神兵……全部枪杀!"

谷兆海放下受重伤的神兵,跑到树边一个大岩凳边,取出一块石板,露出一样东西,用棕毛包裹着的东西,谷兆海打开一看,露出"仗鼓秘笈"字样,用手翻翻,里面的图影、文字均清晰有致,谷兆海又放回原处。

再次扶起那受伤的神兵,谷兆海问:"我那老家四(老太婆)嘣(跑)哪廊场(地方)去?"

受伤神兵说:"她将那本……秘笈交日本人后,看到日本人……又在残杀神兵,就大骂日本人……不讲信用,猪狗不如,然后……就跳澧水河自尽了。"

谷兆海眼泪滚出来后,喃喃地说:"慧姑,真难为你了,你用那本假秘笈,骗了日本人一回,却伤了你的性命!你是一名有骨气的妇道人家,没有给谷家人丢脸,没有给白鹤寨女人丢脸!更没有给澧源县人丢脸。"

谷兆海告诉受伤的神兵:慧姑天生会画画。自我收藏秘笈后,慧姑感到了一种潜在的危险了。当时有日本人、国民党、恶二佬、土匪和马帮等都在打《仗鼓秘笈》的主意。为了保险起见,慧姑日夜赶抄秘笈,照原样复制了一本,又制造了一种仿制品,交给日本军的那本秘笈就是慧姑的仿制品,字面和真版一样,只是里面的图像和文字都是编造的,根本构不成什么武术套数,日本兵拿到秘笈,又没有仔细拜读,以为有图有字,封面又是一模一样,就信以为真地将假秘笈带回去了。

当晚,恶二佬和王志超赶到白鹤寨,考虑到日军还会再来,谷兆海将原版秘笈退给了恶二佬。

"这都是 1943 年冬天,发生在仗鼓部落里的大事。"王志超带着笑意说。

段运飞听入了迷。晚上,王志超办了夜宵,两人喝了半斤包谷烧,谈到深夜。

86　仗鼓秘闻

第二天,段运飞从一个仗鼓老传人口中,又听到了仗鼓杀敌故事的另一个版本。

1944 年春暖花开的时节。白鹤寨大草坪上,王志超和恶二佬按照《仗鼓秘笈》里的招数,列队给仗鼓寨等寨民教传仗鼓舞,"哟——喂!"的吼喝声此起彼伏。

为迅速增强抗日力量,谷兆海在各个村庄开办了仗鼓舞培训班。他根据各寨不同的跳法,总结出了仗鼓舞的四大动律特征。尽管时不时有少数日本武士捣乱,但仍破坏不了仗鼓舞的传承。

而日本兵抢夺的那本假秘笈,被少佐得到后,如获至宝。天天组织日本兵操练,却练得不伦不类,按照书中去练,根本毫无血气,气得佐佐木大叫:"八嘎雅鹿! 什么秘笈? 简直就是废物。"

1945 年 8 月 15 日,日本投降。随后,谷兆海在冬至祭祖节上向各寨提出撰写族史的事,王志超等寨首组织人员下到各乡收集整理,写出《仗鼓秘闻》一书。

书中就仗鼓部落的一些寨子抗击日军作了详细记载:

……佐佐木抢得一本盗版的《仗鼓秘笈》后,不甘心失败,这个家伙又策划了另一场阴谋。

一日,佐佐木在驻地召见了日本间谍美枝子。美枝子用日语向佐佐木介绍了仗鼓部落首领的一些情况,美枝子说:"少佐阁下,要想得到真正的《仗鼓秘笈》,必须抓住恶二佬,据调查,恶二佬手中的秘笈乃仗鼓大师采芹制作,是一部较为完整的武林秘笈,要想破译仗鼓密码,打败或生擒仗鼓杀手,必须向恶二佬开刀。"

佐佐木说:恶二佬这个仗鼓杀手,屡屡与皇军作对,杀死皇军数十人,我已从关东军中抽调了武功极高的山本四郎征剿恶二佬。山本四郎绰号"腿无敌",擅长用腿法,被誉为"神腿"。

佐佐木拍了拍手,从内屋走出一个粗壮男人,美枝子知道此人就是"腿无敌"山本四郎。三人在大本营开始密谋起来。

你猜恶二佬在哪里?他正在一个树林里练仗鼓舞。他深知一场大战就在眼前。恶二佬的仗鼓队约有20多人,个个练得一手好功夫。恶二佬亲自教"回马枪""追魂枪""大连环"等套路,不时博得队员一阵掌声。恶二佬知道佐佐木不会善罢甘休,决定请出扬岐山寨的南北大侠杜五,传授神功"自然门"以便对付日军。

87 自然门

风景秀丽的扬岐山寨,瀑水飞溅,鸟语花香。

自然门掌门杜五在树中练武,练得出神入化。

杜五是扬岐山寨一带著名的大武师,年轻时拜四川的大武术家曲矮子学艺,后给孙中山当保镖,打败过日本九段武术高手,名声大起,后因不满国民党的腐败,回家隐居。树林中,杜五打了一套虎拳,又将铁仗鼓作为武器,练得像一团烈火,呼呼燃烧,没有人影只有阵阵风声,练到最后,杜五猛踢一脚,那把铁仗鼓呼一声,像一杆标枪,携雷霆万钧之势,向一棵抱粗的大树戳去,只听到"啪"一声,那树剧烈地摇晃了一下,竟露出一个碗口粗的大窟窿!杜五轻轻吸了一口气,缓缓回神来,面不红心不跳。

恶二佬看呆了,心想:真乃神功!

"杜师傅,你的仗鼓杀技比刀还快!你是真正的仗鼓杀手。"恶二佬不禁夸赞起来。

"仗鼓好使!你只要掌握了使用诀窍,杀起来就会如鱼得水。"杜五笑道。

这时,王志超出现在两人面前,他告诉恶二佬说:"听说佐佐木从关东军处调来有神腿之称的山本四郎来对付仗鼓队,你得当心点。"

恶二佬说:"我也请杜大侠助我一臂之力,山本四郎要来杀我们,我们还想杀他!"

王志超说:"敌人有备而来,不可轻敌。"

杜五说:"我们有仗鼓绝招加自然门功夫,怕什么山本四郎?"

其实,这本不是一次武术界的较量,而是一个民族对另一民族的血海深仇。

佐佐木探得恶二佬在仗鼓寨,心中暗喜,立即调兵遣将,在山本四郎的指挥下,全副武装的日军沿溪谷直扑仗鼓寨。佐佐木悄悄进寨,自然要遭到猎人们的阻击,一些日军被弓弩、猎枪、竹签、滚石檑木杀伤,佐佐木肩膀也中了一箭,气得拔出战刀,大叫:"呀嘎叽叽!"

恶二佬准备率仗鼓队反击。杜五拦住说:"日军装备精良,有枪有炮,光死打硬拼,无异于鸡蛋碰石头。"

恶二佬问:"那不等死?"

杜二五说:"我们不妨借助有利地形,躲进迷魂谷去,再收拾佐佐木!"恶二佬一拍后脑,恍然大悟说:"对!这计策好。"

迷魂谷山路十八弯,林多草密,易守难攻。恶二佬先派10多名仗鼓杀手与山本四郎交手,佯败后引日军到迷魂谷。美枝子提醒山本四郎不要去迷魂谷,而山本四郎骄横惯了,狠狠地训斥美枝子:"真乃妇道之见,堂堂关东军高手,岂有惧怕仗鼓部落的道理?"

仗鼓寨上,许多寨民被日军用刺刀逼到一个土坡上。佐佐木用半懂不懂的中国话高叫:"仗鼓部落的寨民,大日本皇军不会杀害你们,只要你们引诱恶二佬出来,活捉这个仗鼓杀手,本少佐重重有赏。"

几个年轻的猎户露出鄙夷的神色,说:"呸,小日本!有本事就和恶二佬干一仗?"

山本四郎走上前,突然使腿法,将两名猎户铲倒在地,再飞身搏击,左右膝狠命地撞击两猎户的胸部,两猎户顿时嘴流血水,怒骂道:"小日……本……"话没说完,就气绝身亡。见日军杀人,寨民一阵骚乱。

日军将寨民赶进迷魂谷的丛林。佐佐木发现树林中仿佛有人影在晃动,掏出枪就打。同时,日军用钢炮向林中轰击,打得泥土四溅,许多慌乱的寨民牺牲了。

日军同样也遭到了伏击。恶二佬利用迷魂谷易藏善攻的地形,用仗鼓击杀日军,杀得日寇喊爹叫娘。60多名寨民见时机已到,纷纷扑向日寇。一些寨民杀了日军逃跑,立即遭日军机枪射杀。

佐佐木和山本四郎因地形不熟,转了几圈,就寻不到一块儿。这正中了恶二佬和杜五的圈套。佐佐木身边有40多名日军,守着四挺机枪,几个仗鼓队员硬冲,被立即打死。

附近树林里,恶二佬对杜五说:"我们抓阄行不?"

杜五说："行。"

两人写了字条，糅成两个小团，在岩板上抛。杜五先抓，抓出团儿一看，上写"佐"，恶二佬自然就抓到了"山"。恶二佬心里还是想抓到"佐"，因为佐佐木是他的老对手，功夫要逊色一些，而山本四郎是关东军有名的军旅杀手，又有"神腿"之称，胜他无多大把握。

杜五看出恶二佬的心思，说："俺俩通他一绳（互换）？"

恶二佬感到有些脸红，惭愧地说："换？我看不必了，一个日本鬼子，老子亲自宰了他！"

佐佐木靠重机枪钳制住了仗鼓队的进攻，杜五硬攻受了挫折。杜五分析，敌人极有可能在张网等待着仗鼓队。杜五仔细察看了日寇所占据的地形：背靠绝壁，占踞一座土岩坎，居高临下，火力强大。杜五对仗鼓队员说："我们只有爬上悬崖顶，才能打掉敌人的机枪队！"立即有几个队员悄悄从悬崖处爬上山顶，可刚站起来，队员立即遭到佐佐木狙击步枪的射杀。

最后，一场恶战开始了。

残阳，一点一点被大山的缺口吞噬，夜雾刚登场，杀戮开始了。恶二佬的仗鼓队与山本四郎的敢死队都不用枪，都持冷兵器杀人。日军使战刀，仗鼓队用仗鼓，双方杀红了眼。山本四郎歹毒却又神勇，三名仗鼓队员被踢死，恶二佬施展仗鼓杀技，5名日兵被活活砸死，连脑浆、肠子都被打出来。恶二佬单手持仗鼓，右手叉腰，十几名日军列队挺刀，围住了他。

杜五是个颇有心计的武师，心想："既然找不出破敌之法，不如出其不意，突袭敌人。这不是'剑不如人，剑法胜如人'生存法则的具体运用吗。"杜五立即和四名队员化装成日军的样子，朝山谷打了一阵枪，就慌慌张张向悬崖处的佐佐木靠拢。

发现有人靠近阵地，佐佐木举刀喝斥："你的什么的干活？"

杜五原来学会了几句日本话，举起刚从丛林中摘下的红果实，说："你们饿了，我给你们送吃的来了，不要惊恐！"佐佐木见杜五会日语，就收起了刀，放松了警惕。杜五四人终于接近了机枪阵地，趁递果实的一刹那，几人分别扑进日群中。敌人的四挺机枪哑了，但三名仗鼓队员牺牲了。剩下的，只有杜五，还有佐佐木最后决战。

佐佐木并非杜五想象中的那么容易战胜。佐佐木的父亲原是日本黑龙会的武术高手。佐佐木也有一套硬本领，几十个回合后，杜五明显处于下风，肩上背上，均被战刀砍伤，只是伤口不深，属轻伤。当然佐佐木也被杜五活活的拧下了一只耳朵。杜五受伤,不是杜五功夫弱,而是杜五使惯了烟斗,因为化装又不能携带烟斗,只能徒手相搏,吃亏是意料中的事。

恶二佬与山本四郎鏖战之际,杜五正与佐佐木生死相搏。两人都是一流高手,两人使劲呐喊,使出全部看家本领,双方累得筋疲力尽。最后,佐佐木将战刀捅进杜五的胸部,杜五将一把短刀插进对方的肩膀,良久,两人都直挺挺地站着看着,仍凭嘴角流血,随后,"嗵"一下各自仰面倒地。但这一战,佐佐木没有死,只受了重伤。而杜五因伤势过重,牺牲了。

那边,恶二佬施尽最后绝招,将仗鼓朝天一抛,仗鼓带着巨大的呼啸声,急速旋转,挟裹着一股强大的气浪,十几个日军立即被砸得血肉模糊,死于非命。

恶二佬小腿受枪伤,是山本四郎打的。

恶二佬忍痛窜进深深的茅草丛,迅即被一个人死死摁住,一看是王志超。

王志超示意恶二佬不要说话。

山本四郎握着手枪,往后退。他在拼命寻找恶二佬,恰好退到王志超面前。王志超拖住山本四郎的大腿,山本四郎的手枪被击落,王志超猛一用力,将山本四郎两腿分开倒提着,恶二佬趁势用手掌朝山本四郎的裤裆下奋力砍去……

这绝招,叫"削阴根"山本四郎顿时大喊而亡。

王志超笑说:"你这是何招?仗鼓秘笈中好像没有这招?"

恶二佬也笑道:"无毒不丈夫,打得赢的就是好招!"两人急忙寻找杜五。看到杜五侧卧倒地死不闭目的样子,恶二佬将手抹下了杜五的眼皮,悲叹地说:"一代武林豪杰,可惜为抗日而死。"

王志超说:"我们杨岐山寨的南北大侠与日酋同归于尽,自然门没有抹民家人的黑!杜五是条好汉!死得其所啊。"

恶二佬有点懊悔,说:"我真不该请杜师傅来帮我,原以为杜师傅不会有事,没想到自然门一代宗师,就这样倒在了迷魂谷!倒在了抗日战场。"

88　仗鼓师

听到这段故事,段运飞和佘鹏对恶二佬的仗鼓杀手队有了一些新的看法。

屋檐下,佘鹏乐滋滋地刮着嫩竹说:"《仗鼓秘笈》这本书,真是一本奇书,连日本人都害怕恶二佬这个仗鼓杀手。"

段运飞坐在一个破背篓上,拿一把小刀,划开一根青竹,赞同佘鹏的看法说:"《仗鼓秘笈》,其实不是一本书,而是一种精神,这就是中华民族不屈不挠的牺牲精神。"

王志超用竹篾快速编织着背篓,一边编一边说:"说得好,这仗鼓的确是民家人的一件宝贝,它平时可作舞蹈道具,战时可当杀敌武器,我看仗鼓寨以后要好好研究,创造更多的动律特征!打响民家寨的文化品牌。"

王志超来了兴趣,他搁下手中活儿,从内屋取出一捆仗鼓,摆在石塔上。这些仗鼓,形状大致相同,用料却有讲究,有竹制仗鼓、木制仗鼓、塑料仗鼓、铁皮仗鼓、还有铜铸仗鼓;所有仗鼓轻重不同,数铜铸仗鼓和铁制仗鼓最重。段运飞和佘鹏分别取了一根铁皮仗鼓,不停地玩耍起来。王志超吹着唢呐调,教两人对练。佘鹏第一次接触仗鼓,笨手笨脚的,哪找得到舞蹈的感觉?踏不到音乐节拍和步伐,跳得生硬又缺少活力。段运飞是侦察老手,又具有天生的音乐细胞,加上小时候在大理随大人们跳舞,手脚灵巧,跳的仗鼓步伐均匀,动作得体,招式到位,直博得王志超和部分群众的啧啧称赞。

一些群众给段运飞打来洗脸水,恭维说:"段连长,你这样会跳仗鼓舞,你就留在这里,当响当当的仗鼓师,和我们天天跳仗鼓,找个女人成家,怎样!"

段运飞腼腆地说:"那怎么行?我是解放军!"段运飞其实很开心。

晚上,他做梦和寨民一起快乐地跳仗鼓,俨然一名土生土长的民家寨仗鼓舞高手。

第十六章　仗鼓杀手

89　对垒

第二天，寨上仍下着大雨。整个山寨灰蒙蒙一片，剿匪分队决定修整一天。

段运飞住在一间四合院木楼里，他坐在窗户下，认真地阅读着一本族谱，找到对恶二佬的详细记载。当然，这部族谱是用旧式文体书写的手抄本，翻译成白话文后，故事梗概是这样的。

常德战事刚刚结束。日本陆军势力逐渐向常德附近山寨渗透，日军某纵队天天寻找中国军队，大有一举围歼剿灭之意。

佐佐木在写有"武运长久"字样的日本军营踱步。

佐佐木上次与杜五决战，没有死只受了重伤，被送到陆军医院治疗后，两月后又回到了军营。佐佐木是个非常倔强的军官，说他倔强，可以这样理解，就是战场上容不下比他强悍的对手。对手越强悍，佐佐木越喜欢，越想绞尽脑汁寻找他决战，一直战到对手低头认输，佐佐木才会罢休。

美枝子穿得花枝招展，笑眯眯走进来，报告仗鼓杀手恶二佬的踪迹。

美枝子向少佐飞了个媚眼，娇滴滴地说："少佐，仗鼓寨恶二佬是个强硬对手，他上次在迷魂谷派仗鼓杀手队阻击我们，使我们损失了三十多名士兵，还杀害了山本四郎，这仇不能不报。"

佐佐木露出色迷迷的眼神，笑嘻嘻说："恶二佬靠仗鼓当武器，十分凶悍，令我费解。据我所知，这仗鼓，原是木头做制，只用于民间跳舞表演，后者恶二佬用铁棒当武器，挟带武术套路，使用铁仗鼓来抗击大日本皇军，我就不信，这些山居民族用一种冷兵器，能抵抗得住我们大日本的武士战刀。"

美枝子说："少佐，您是想找仗鼓队公平决斗？借机活捉恶二佬？"

佐佐木点头说:"还是枝子小姐明白我的心事!"

美枝子笑道:"我们要用大日本战刀彻底征服民家寨子所有的抵抗力量!"佐佐木与美枝子密谋了一阵后,得意地在平塔里对练,佐佐木使刀,美枝子使仗鼓,杀得难解难分。

这时,恶二佬和仗鼓队躲进密林深处秘密训练。20多名仗鼓手排列队伍,狂吼着练仗鼓杀技。

每完成一个动作,队员们高吼:"杀!"恶二佬在队伍前,做示范动作。这时,阳光从山凸露出,远处的民家寨格外清净亮爽。几个农夫在田野翻耕泥土,牛哞哞地叫唤,整个寨子是画家笔下最美的风景。

"仗鼓,用来搏杀,讲究凶、快、狠。凶就是凶险,一招一式必须有强大的杀伤力,刺、杀、戳、穿、砸、掷、摆、顶、射、扫,要用得得心应手,这些招式必须杀伤敌人的要害部位。快,就是拼速度。仗鼓长而粗,是笨重兵器,速度是他的动力,速度快,借助惯性,仗鼓就能发出强大的攻击力量,若速度迟缓,仗鼓就成了一根棒。狠,就是狠毒。仗鼓看似像鼓,其实是枪,是刀,砍时作刀,杀时当枪,刺时是矛,挡时是盾,我们靠一个'狠'字制服对手!所以,练仗鼓,就练'天女散花''回马枪''撒手铜''雷公扫殿'等毒招!"恶二佬耍仗鼓,边教边练,只见那仗鼓翻飞,像一朵花,像一团云,只见花儿不见人,只见云雾不见天,看得手下人直拍手称绝。

王志超提着一篓篙子粑粑慰劳仗鼓队。

王志超热热喊:"恶二佬!叫大伙歇歇。"

恶二佬停止练习,放下仗鼓,用衣揩了揩汗,笑眯眯问:"寨主有急事吗?"

王志超微笑着说:"我专门找你商量!日军佐佐木不服我们,佐佐木是日本黑龙会成员,身上有强烈的武士道精神,上次在迷魂谷山岭那一仗,日军遭到重创,这厮本应该剖腹自杀,被陆军军部制止,他们不甘心失败,这次他们又玩起以武会友的把戏。"

恶二佬闻言,哈哈大笑道:"这小日本搞以武会友?他们又矮又丑,有什么本事?"恶二佬有些瞧不起日本人,认为日本汉子是世界上最不经打的男人。

王志超提醒说:"不要轻视日本人的武功,日本鬼子的忍术、相扑手在世界上很有名气,日本人的剑术也曾经独霸过武林。"

恶二佬带着轻蔑的口气说:"小日本不就是倭寇吗?我们老祖宗们曾经还剿杀过倭寇,他们像流浪汉,怕他们撮卵。"

王志超说:"日本人工于心计,心肠歹毒,连我们杜五大侠都死在日本鬼子手中,决不能掉以轻心。"

恶二佬说:"来得好,老子正想用仗鼓狠狠地教训他们。"

王志超说:"佐佐木这厮上午派人送来请柬,点名道姓叫你去应战! 他们在岩泊渡摆了个擂台,三天后与中国武士决斗。我们来研究一下。"

下午,王志超派人骑快马通知附近寨主速到仗鼓岭祠堂议事。

不久,仗鼓寨、仗鼓岭、白鹤寨、龙蛋垭、腊狗寨等八大寨主坐在祠堂中议事,王志超简单地介绍了日本摆擂的过程。

钟高定抢先说话:"逮就逮,几个区区倭贼,还翻了天?"

谷老兜把说:"我去,好久没有打过擂了,还是10多年前到长沙打过擂。"

土家寨刘寨主卷卷衣袖,说:"倭寇怕的就是我们这些山居民族,我去打擂,保证让日本出洋相。"

恶二佬说:"各位前辈,这次打擂,佐佐木点名叫我应战,这厮上次被我的仗鼓队揍得屁滚尿流,这次也可能派了高手。"

王志超说:"这次打擂,我们派5个人去应战! 我点名,恶二佬、我、谷兆海、三人上台打擂,刘寨主和向定山负责保卫、后勤等事宜。"散会后,恶二佬、谷兆海、王志超在岩塔里耍仗鼓拆招,而刘寨主和向定山在一块商议。

刘寨主说:"这日本纯属找死,摆擂杀恶二佬,是想扁了。我寨连三岁小孩都知道,猫狗九条命,而恶二佬有十条命,毒蛇咬不死,箭射不死,刀斩不死,水淹不死,还怕几个东洋鬼子?"

向定山说:"恶二佬有十条命,我看是恶二佬运气好,并不是恶二佬当了神仙,恶二佬练仗鼓,有仗鼓功和鬼谷神功护体,元气足功底厚,武功好。就武功而言,恶二佬与南北大侠杜五相差无几! 刘寨主,这次我们五人去打擂,你准备拿点什么东西送给日本人?"

"我只要一抓抓!"刘寨主故弄玄虚地说。

"一抓抓? 一抓抓什么?"向定山要打破沙罐问到底。

"那你准备拿点什么送给鬼子?"刘寨主问。

"我备了一捧捧!"向定山诡秘一笑。

"一捧捧? 一捧捧什么?"刘寨主又打破沙罐问到底。

王志超知道,向定山和刘寨主都是土生土长的族长,肯定有对付小鬼子的硬招!

第三天,湘西北的小镇岩泊渡赶墟场,因为有日本兵巡逻,赶场的人寥寥无几,一些做生意者害怕遭抢,大多躲到山上去了。还有一些上年纪的老者们,不愿上山,也不怎么害怕日本兵,就在墟场上做些小生意。日本兵也许为了打擂,没有干涉赶场人,墟场上慢慢有了人气。

恶二佬打擂的消息很快传到墟场上,许多老者都来了兴趣,毕竟是在家门口同日本人打擂,恶二佬又是九岭十八寨的武林豪杰,人们都想看看这场中日擂台赛,纷纷朝擂台处赶。

恶二佬、王志超、谷老蔸把身穿黑白相间的土布长褂。恶二佬持仗鼓,王志超持长杆大刀,谷老蔸把持龙头拐杖,三人沿着石板街向河滩墟场的台子走去。人们纷纷让出一条道,悄悄喊:"看! 白鹤寨的民家佬,来打擂了!"

刘寨主和向定山离恶二佬三人不远。他俩的职责就是保护打擂者的生命安全。考虑到日本人很可能会使暗器伤人,刘寨主和向定山就在台边或附近做帮手。

恶二佬三人上台坐定。

王志超看那柱上的标语,一条是:"枪炮加战刀所向无敌",另一条是:"仗鼓和拐杖软如棉条",横批是"谁敢挡我"。

谷老蔸把看出了火,细声骂:"小日本!"

日本膏药旗在寨子上空飘扬。佐佐木、美枝子和副官坐在恶二佬对面。佐佐木抱抱拳算是施礼,恶二佬抱拳时看也不看佐佐木。

一名捺盒子炮的胖翻译上台,四处走动,不时用铁皮喇叭喊:"莫闹,莫闹,大家安静,今天是中日武术擂台赛开战的日子。这次大赛由大日本皇军少佐佐佐木发起,联络官美枝子筹划,中国和日本都是武术发源地,由于某种原因,两国一直没有进行武术切磋,现奉大日本皇军佐佐木命令,在岩泊渡设擂比武,一是加强武术界的交流;二是促进武术界的发展;三是让大家开开眼界,让大家知道,大日本皇军的武士是战无不胜的!"

王志超接过话说:"比赛还没开始,你就宣布结果了? 真不怕丑。"

台下一片嘘声,许多老人都笑道:"丑! 丑! 丑!"

胖翻译又说:"这次比武,采取三打二胜制,背心落地为输,逃跑者为输,武器被损坏者为输。"

胖翻译念这条规矩时,佐佐木露出阴险地笑。段运飞读到此处,窗外雨点很大。段运飞来了睡意,他索性倒在简易的木床上,把族谱倒置在他的胸头入睡。

90 过招

段运飞做起了一个长长的梦!

天!这梦不仅有惊险的故事情节,而且还保持着惊人的连贯性——

擂台前,看热闹者挤了一层又一层。第一场比赛,日方出战者为佐佐木副官,应战者为王志超。

王志超与日本副官势力悬殊。王志超原以为凭自己的一杆大刀,将副官打败是很轻松的事,但斗了许多回合,王志超的刀法乱了,日本副官的剑法纯熟,杀得王志超热汗淋漓。最后,那副官卖了个破绽,揪紧机会踢翻王志超。王志超一个鲤鱼打挺想重新再战,胖翻译制止了王志超,将副官的手高高举起,大声宣布:"王志超背心着地,第一回合,大日本皇军胜!"佐佐木、美枝子站起来拍手连喊:"哟西!哟西!"

许多日本兵和浪人拍手狂喊:"哟西!哟西!"

几个老者扭头走开,嘴里直唠叨:"王志超算什么武术家,通(打)日本人不赢?哎!"

第二回合由美枝子对谷老兜把。

美枝子仗剑,谷老兜把使杖。论武艺,谷老兜把要高于美枝子,但美枝子脚步灵活,剑锋利无比,谷老兜把一时占不了便宜。美枝子用忍术剑法搏杀,谷老兜把从没有见过忍术招式,只好采取防守应付,结果上了美枝子的圈套。谷老兜把的龙头拐杖被打落在地,胖翻译见状,正准备制止谷老兜把再战。谷老兜把知道,如果自己再输,就等于输了整个比赛,谷老兜把大声说:"慢,按照比赛规矩,武器损坏者为输,我的龙头拐杖只落地而不曾损坏,应该不算输,请佐佐木过目!"胖翻译将龙头拐杖送给佐佐木看。佐佐木通过检查,龙头拐杖的确毫发无损。若现在宣布谷老兜把输,不公平,也不被看者及参战者所接受,再说美枝子剑法惊人,再斗下去,谷老兜把肯定败北。

佐佐木做出决定,说:"继续比赛。"

谷老兜把和美枝子继续鏖战。战了半个时辰,谷老兜把持拐杖站立,美枝子持剑对视,都如中了定身法一般。

向定山看到这一幕,心想:"再斗下去,老兜把将起董董亏(大亏)!让我来搞她一捧捧儿!"向定山悄悄念了一些咒语,开始动用巫术,只见他用手做了一个奇怪的抓抛动作,仿佛有无数的毛毛虫逼向美枝子……

美枝子大概想用忍术斗垮对手,没想到就在关键时刻,身体突然出了问题。感觉到全身特别特别痒!是最最厉害的那种痒!先从脖子处开始,再蔓延到胸部、夹窝、胯下、腿脚部,有一种毛毛虫在蠕动,在咬、在撕、在爬、在啃!美枝子苦苦撑着。突然"叮"的一声,那剑落在地下。美枝子失去战斗力,只使劲抓痒。最后,美枝子做了一个骇人动作,扒开上衣,拼命抓挠。

佐佐木大惊,惶恐地叫:"美枝子,你,什么的干活!"

美枝子羞愧地说:"痒……痒得想自杀……自杀……"

台下许多人都看热闹,嘴里喊:"快看呀,日本娘们脱衣裤喽!"

美枝子憋红了脸,觉得太丢人现眼,又找不出原因。美枝子只好抓起衣服跳下台,趁机离开,偏偏被刘寨主缠住,刘寨主使了个手脚,将一块纸贴牢在美枝子背心上。美枝子没有发觉,慌忙背着那纸往前走,赶场人让条路,都睁大眼睛看那字,笑得喊:"真快活!真快活!"

佐佐木起身一看,美枝子背上那字是:"热烈欢迎日本人!"

佐佐木大骂:"笨猪!八嘎雅鹿!"

恼怒的佐佐木根本不知道,美枝子是何种意思,突然逃离现场。

因为美枝子临阵逃跑,胖翻译上前举着谷老菟把的手宣布:"第二回合,中方胜。"

只有刘寨主悄悄地笑向定山:"你个脚猪,搞一捧捧蜜花,美枝子受得了?"刘寨主知道向定山搞的"苗女放蛊"的招数,但这招在民家寨一般由男人来施法,叫"放阴蜂",属一种有名的巫术。

第三回合,佐佐木和恶二佬决战。

佐佐木依然使刀,恶二佬使仗鼓。其实,这是一场仗鼓与日本军刀的真正较量,也是日本人与民家佬的一场血战。佐佐木是日本极为优秀的一等武士,刀法极为犀利,恶二佬是民家佬中武功极强的高手,那仗鼓犹如出水蛟龙。两人在台上杀得没见人影。

胖翻译见佐佐木难以取胜,敲了一下锣,喊:"歇!歇!"因为按事先约定,双方体力透支,可以少歇一会。

佐佐木拿起战刀,被副官带到旁边一间木屋进食。

刘寨主说:"我的好戏开场了。"

刘寨主知道日本兵马上要开饭了,立即闪进了一间厨房。

一个日本兵持枪挡住刘寨主。

正巧胖翻译走过来,刘寨主说:"听说你们吃饭有腊鱼,我也想吃一点。"

胖翻译骂:"混蛋,皇军的饭是你尝的!滚!"

刘寨主说:"我们都是中国人,日本人吃饭我们不能吃,难道连看一眼都不行吗?"

胖翻译吼:"看哒你好投毒药吗?滚!"

刘寨主说:"投什么毒药?大日本皇军我们连恭敬都来不及,哪能投什么毒药?"

刘寨主走近胖翻译,悄悄送上一把银元,很和善地说:"让我逮一碗碗?"

胖翻译看到银元,心动了,笑着说:"弄——半碗碗!莫——尽到散(长时间逗留)。"

刘寨主说,"好喽!"上前舀了半碗绿豆稀饭,还用锅铲在锅中不停地搅和,一切都在悄悄地进行。

佐佐木和恶二佬再开战的时候,太阳已偏了西,两人都带着民族仇恨为各自的荣誉血拼着。最后,日本副官用铜珠弹偷袭恶二佬,恶二佬用仗鼓回击,咚一声铜珠弹打在擂台的粗柱中。佐佐木见胜不了恶二佬,再也没有耐心,拔枪朝恶二佬射击,恶二佬窜入台下。王志超、谷老苑把护着恶二佬向河边撤退。

赶场者趁乱逃跑,一场比武草草收场。

几个日本兵企图围攻王志超等人,可刚拿响枪栓,个个脸上露出痛苦的神色。接着,人人捂着肚子,放下枪,扯开裤子就拉稀。一时,地上污屎横流,由于严重腹泻,日本兵连站的力气都没有。

佐佐木持刀喊:"呀嘎叽叽!"大概是骂日本兵要向前冲锋,胖翻译凑近佐佐木身边说:"少……佐……他们……是吃……了巴豆……药……"

佐佐木明白过来:"你……怎么知道是巴豆药?"

胖翻译知道自己说漏了嘴,说:"我……看到那人放的……"

佐佐木气得大惊:"你……你心怀鬼胎?八嘎!"一把寒刀高高举在胖翻译的头上……

胖翻译跌倒在地,十分恐惧,结结巴巴地说:"饶……饶……命!"

由于过度惊慌,胖翻译口袋的银元滚落地上。

佐佐木大叫:"你的……死啦死啦的。"举刀将胖翻译杀死。

佐佐木的计划落空。佐佐木本想利用武术比赛活捉恶二佬,不料反被恶二佬利用,出尽了日本人的丑,还搅乱了整个比赛,大长了中国人的志气。

刘寨主和恶二佬等人逃进了大森林中。刘寨主自然炫耀做手脚的事。

当然,刘寨主在日本人的饭粥上动手脚,趁舀饭之机悄悄放上一把藏在衣袖中的剧毒药巴豆粉。

说起这事,刘寨主一脸得意,手舞足蹈地说:"老子一抓抓,让日本人屁滚尿流!"

向定山不示弱,也笑着说:"老子一捧捧,让日本女人脱裤子露羞!"

……段运飞醒来,雨还没有停下来的意思,回忆梦中情节,再看族谱,天!这梦中故事和族谱上描述的情节怎会如此相似?难道是历史的某种巧合吗?段运飞苦笑了一下。

91 索命鬼

段运飞继续往下读。他读到了恶二佬骨子里一种血性,这种血性很难用正义或邪恶来界定,或者说就是处在正义和邪恶两者之间,这种血性到底是什么呢?

从族谱第 257 页开始记载这样的故事——

回到白鹤寨,谷兆海请恶二佬和王志超吃娃娃鱼,三人喝着烈烈的包谷烧。

恶二佬对美枝子跳脱衣舞的窘态耿耿于怀,他甚至觉得美枝子有种风骚美。他很喜欢美枝子白嫩性感的身体,说:"那婆娘肉嫩嫩的,像个白鱼娘,松(摇晃)起来一定舒服!"

王志超笑着骂:"你个脚猪,看不得女人脱衣?"

谷老兜把打了一个饱嗝,提醒说:"佐佐木输了一回,肯定还不死心,大家回寨后,一定要精诚团结,共同对敌,不让日本人起吼(横行霸道)。"

后来,恶二佬的仗鼓杀手队没能逃出日本人的魔掌,最终遭到日本兵的屠杀,问题出在恶二佬身上。

恶二佬喜欢独来独往,主要是他喜欢玩女人,跟王志超这些人在一起,很不自在,行动很受局限。恶二佬常借口练仗鼓,暗暗到邻寨周边找女人鬼混消闲时光。

一日,恶二佬将 20 多名仗鼓队员秘密送进野猫洞练习仗鼓绝技,自己哼着山歌儿朝一户寡妇家走去。

"山蛋蛋!我的乖蛋蛋!开门!"恶二佬吐着一脸酒气,使劲敲寡妇的门。

门突然开了,寡妇坐在火坑里烤火,恶二佬进门就去搂抱那寡妇,被一支手枪抵住了腰背。

"别动!动就一枪崩死你。"一个女人的声音。

"你……是谁?"恶二佬有些吃惊。

"哈哈,恶二佬! 你的不认识我的?"日军佐佐木从门边闪出来。

美枝子用手枪顶住恶二佬后腰,缴了恶二佬的盒子炮。

恶二佬因为来偷情,没有携带仗鼓。

恶二佬开始反抗,佐佐木副官上前与恶二佬格斗,佐佐木也上前搏击,恶二佬没仗鼓护身,最后被副官一脚踢翻在火坑旁。

"山蛋蛋? 是你害我?"恶二佬用疑惑的眼神打量火坑边烧火的寡妇。那寡妇只哭,不声张。恶二佬终于明白,自己遭到佐佐木和美枝子的暗算,恶二佬想事已至此,自己有天大的本领也是老虎下坪被犬欺。

"说! 臭婆娘,引诱老子搞交易?"恶二佬对美枝子说。

"你的……合作合作……的有?"佐佐木用半生半熟的中国话说,"只要你……说出仗鼓队在哪里? 只要你给我们传授……仗鼓绝技……我们就是好朋友。"

恶二佬没了言语,美枝子亲密地靠近恶二佬说:"怎么样,我不想看着一代仗鼓杀手被佐佐木少佐活活劈死! 人生在世,两件事,要吃得好,玩得好! 这玩吗……嗯!"美枝子眼里闪着难以捉摸的光。

"不说? 好,我……让你的乖蛋蛋……慰劳慰劳皇军……的!"佐佐木一挥手,副官脱光衣裤,露出腱子肉,就抱起了寡妇,寡妇喊:"恶二佬……救……救我。"

恶二佬仍没有反抗的意思,只把眼睛闭着,一副视死如归的样子。

"恶二佬……依了,我就……亲自伺候你。"美枝子上前开始抚摸恶二佬。在美女引诱和威胁下,恶二佬答应了佐佐木。当恶二佬和美枝子在屋里疯狂做爱的时候,佐佐木带着大队人马快速扑向野猫洞。日军用机枪和手榴弹屠杀30多名仗鼓队员,仗鼓队员受到突然袭击,依然保持着旺盛的斗志。他们用仗鼓与日军搏杀,他们面前横七竖八地躺着30多个日兵尸体。佐佐木杀红了眼,仗鼓队员视死如归,当仗鼓全部抛出去后,队员们一排排站着,像山神一样……

恶二佬当然不知道,他的30多名仗鼓杀手是如何死掉的。但心里明白,他的仗鼓舞队员死时,一定会抓一个垫背的,叫"杀一个够本,杀两个赚一个"。

恶二佬当然不知道,他喜欢的那个叫山蛋蛋的寡妇,被20多个日兵蹂躏,最后阴部大流血而死。

恶二佬当然知道,自己背叛仗鼓队,当了日本人的汉奸,王志超和谷老苑把一定不会放过他。

从此，恶二佬与仗鼓部落结下冤仇。

王志超、谷老兜把死活不准恶二佬的名字进入钟氏族谱，并当众宣布：永远开除恶二佬的族籍。

恶二佬成为野山茅笼里拌出的一个"杂种"。

从此，这个失去尊严的男人，天天在寻找着尊严。

92 练仗鼓

春天，仗鼓寨的杜鹃红了。在开满红杜鹃的深山老林，恶二佬继续修炼仗鼓。

恶二佬的仗鼓上被涂上一层红漆，他练的仗鼓，三个字：快、狠、准。有闪电快，有刀剑狠，百步穿杨。他练的仗鼓，掀起一股风，准确点说是卷起一阵巨浪，让人睁不开眼，让你领略仗鼓神威和风的力量。恶二佬是民家寨数一数二的武林高手，仗鼓是他的必杀技。自因犯了寨规，他不敢贸然下山，只好带着10多名新招来的汉子拉杆子当山寨王，靠打家劫舍混日子。

这一段时期，恶二佬和他的死党修炼仗鼓招数中最厉害的动作，主要是"三十六连环""四十八花枪"。恶二佬是个优秀的杀手，他经过了数十次的拼杀，靠一把铁仗鼓，横行乡里，加上他又有搏杀经验，仗鼓招数炉火纯青。一次，他向徒弟炫耀"四十八花枪"，正巧他头上有一只麻雀，恶二佬喊一声："去死吧！"就抛出"撒手锏"，那把沉重的铁仗鼓带着巨大的惯性冲天而起，朝那只麻雀杀去，只听到"嗵"一声，仗鼓落地，一头插进地上，一个力大的家伙拔出来一看，仗鼓那头沾上血迹，小麻雀被活活砸死！"这一枪叫轰雷枪，专朝上部攻击，攻击时仗鼓底端要托稳，用力要大，双脚要下沉……"

"二爷，您真是仗鼓霸王，您的这号绝杀技，集武术、舞蹈、巫术、神功于一身，狠、凶、毒……太厉害了。"手下人祝贺道。

"仗鼓是我的救命屁，没有绝活，我哪能活到今天？"恶二佬得意地说，"我每次大难不死，靠的就是这把呼风唤雨的铁仗鼓。"说完，他轻轻一托，抛出仗鼓，那仗鼓横在空中，他轻轻一跃，就站在仗鼓上，像一只小燕子，足足有十几秒……恶二佬轻功高深莫测，惹得手下死心塌地向他学仗鼓杀技。

王志超抛出一个诱饵，想逼迫恶二佬和他的匪帮出山。这个诱饵就是游神。因为在游神中，一般有功夫的人都可以在队伍中崭露头角，一来可以炫耀自己的勇猛；二来显示一下整个民家人的威风，人多势众，外人不可欺负；三来可以结交社会名流,提高自己所谓的社会地位,这些都是民家寨汉子所毕生追求的。王志超计划落空,他组织一些寨子轰轰烈烈游神,还聚集各寨仗鼓手,到墟场参加比赛,想"请"恶二佬出来,让大家见识一下濒临失传的"连环枪""花枪""追魂枪"等,同时找机会除掉这个违反寨规又叛变投敌的败类。但就是不见恶二佬的踪影。游神比赛每次获胜的仗鼓队,尽管是一流的舞者,可王志超都嫌他们功夫差,是"半夜里吹唢呐——拉里拉(哪里哪)?"最多只有恶二佬的三分之一的水平。

偏偏湖北鱼山冒出一支仗鼓队,跑到仗鼓寨游神,大出风头,耍仗鼓像风车一般,将邻寨的仗鼓队耍得不敢露脸。

中午,各队到一个大酒楼打牙祭。鱼山仗鼓队长借酒力放话,这样歧视别人:"你们这仗鼓,怎像豆腐渣? 没活力! 没张力! 没魅力! 那凶猛的招式呢? 难道都被日军杀绝了不成?"

恶二佬被逼出了山。

村寨都薅包谷草的时候,恶二佬的仗鼓队突然出现了,是在一个叫淋溪河的小渔村。他们均戴着黑面具,跳游神仗鼓,紧紧跟随在本主神像杨泗(ㄙ)的后面,把仗鼓耍成一阵风,吹得众人睁不开眼。有人害怕了,说:"这魔鬼样的仗鼓(舞)风,恶!"恶二佬吃水的时候,将仗鼓靠在木板壁上。湖北仗鼓队长想试试恶二佬的红仗鼓,没想到这一"试",试出了一个天大的笑话,因为这名队长,不知道恶二佬的红仗鼓是铁制的,它有60斤,一拿没拿动,还被那60斤的铁仗鼓砸伤了脚板! 这位队长满脸羞愧而去。

93 反悔

恶二佬连上族籍的资格都弄丢了。

恶二佬成孤魂野鬼了。

恶二佬每天在刀尖上过日子。

恶二佬开始找日本人算账。

恶二佬麻木的魂灵开始激活的时候,正值全国抗战进入反攻阶段。

自出卖仗鼓队,拜倒在美枝子的石榴裙下后,恶二佬心中开始忏悔,美枝子越让他身体得到满足,他的内心越受到良心的谴责。恶二佬每到夜晚,梦中全是死去的仗鼓杀手狰狞的面孔,像魔鬼一样朝他扑来,拿刀追杀,杀得恶二佬浑身是汗,那一把把明晃晃的战刀,直朝他心窝里捅……

恶二佬醒来,全身湿透了……这,一个个恶梦,简直就是一个个血淋淋的索命冤鬼。

恶二佬想起野猫洞死难的手下,良心发现,天啦,自己变成了一个青面獠牙的魔鬼。

当魔鬼的日子,其实非常不好过。有一日,恶二佬挨了佐佐木的一顿训斥,心里很窝火,想找美枝子发泄肉体欲望,又挨了美枝子的揶揄,一气之下,跑进一家酒肆放肆喝酒消愁。喝到傍晚,终于跳进澧水洗了一个痛快澡,酒也醒了一大半。恶二佬上岸朝野猫洞狂奔而去。良心逼着恶二佬去看看那一群曾跟自己出生入死的仗鼓兄弟。

恶二佬跑到野猫洞,洞中透着一股浓烈的异味,是尸体腐烂的味道。

恶二佬闻了想吐,恶二佬最怕闻死尸气味。恶二佬用衣角捂紧鼻梁骨。慌忙弄了个火把,借助火把,看清地上躺着许多尸体,有日兵的,也有仗鼓队的。恶二佬将仗鼓队员尸体一一清点,拖到洞中岩凹处堆放,再搬些干树枝茅草等,将尸体烧了,恶二佬将30多根铁仗鼓用树藤捆好,藏在洞边一个阴暗角落。

恶二佬一屁股坐到岩石上开始想出路。自犯下不可饶恕的错误,恶二佬突然醒悟,日本人是兔子尾巴长不了,自己何必天天在日本人面前弓腰屈膝当巴儿狗,做没骨头的人?恶二佬在悔恨自己变节的同时,也开始算计日本人,包括佐佐木和美枝子。

白鹤寨民谣说:"不怕被贼偷,就怕被贼惦记。"

恶二佬若无其事地假装扮演佐佐木的忠实走狗,其实心里时刻都想着两个字:"报仇"。

恶二佬要杀的第一个仇敌是佐佐木的副官。这家伙奸污山蛋蛋寡妇后,强迫更多的日兵去犯罪,使山蛋蛋带着耻辱离开这个世界。每想起山蛋蛋惨死的情景,恶二佬就恨不得立即宰了这个禽兽不如的色狼。

机会终于来了。

一日,佐佐木想吃烤羊肉。恶二佬悄悄买了一只肥羊,存放在当地一个富裕户家中。恶二佬告诉佐佐木,愿意随日军去取。佐佐木认为恶二佬是铁了心投靠自己,就命令副官和四个日本兵到山寨去杀那羊。恶二佬借口练拳,将铁仗鼓背在背心后,再在裤腰中藏了四把飞镖,带上盒子炮,随副官去深山老林的一栋吊脚房取货。

大山深处烟雾浓浓,恶二佬走在前面带路,副官和日本兵持枪在后。一只老鹰在山中盘旋着。

到了山洞前,恶二佬开始杀羊,他杀羊的绝技叫"杀跑羊儿",只见他先将肥羊拖出,将身子骑在羊背上,左手死死捂紧羊的嘴巴,右手用刀朝羊脖下致命处一捅……那羊四只腿使劲撑着,等到一股热流喷出……羊,仍使劲撑着,任凭一股热流喷出……突然,羊朝前猛冲过去,轰的一声倒在地上,死了。

副官伸大拇指称赞恶二佬:"你的良心大大的好!"

恶二佬心里骂道:"好个卵? 老子等会一刀剁了你,杀个活跑羊。"

回去时,恶二佬选择另一条小道,即有剧毒的五步蛇出入的山道。两个日军不知深浅,各扛着两边羊肉,被五步蛇咬了,倒在地下嚎叫,副官掏枪打死两条恶蛇。问有没有草药治蛇伤,恶二佬假装说有,并随手扯些草药捣烂敷上。但没多久,两个日本兵一命呜呼,手、脚、脸等肿得像个猪尿泡。

过一个独木桥时,恶二佬突然放出飞镖杀死另两个日军。

副官见状,大骂:"你的,土八路干活?"

恶二佬说:"土你娘,老子是恶二佬,仗鼓杀手恶二佬,老子今天专杀你这活跑羊!"两人在山路边狂斗起来,依然是军刀对仗鼓。

这回副官心虚,因为没有救兵,恶二佬有备而来,又熟悉地形。

副官作困兽斗,恶二佬用仗鼓打断了副官的军刀,副官掏枪射击,恶二佬跃入林中。

副官的子弹打光。一个狂跑,一个狂追。副官跑不过恶二佬,恶二佬将副官踢倒在地,举匕首杀去,副官顺势一滚,飞起一脚打掉恶二佬的匕首,趁机跳入河中。这河叫溇水,是澧水的一条支流,河水又急又猛,发出骇人的吼声。

恶二佬大喊:"小日本,老子溲(淹)你不死?"扑入河中,副官是旱鸭子,在水中没能耐,被活活淹死。

恶二佬夺了日本兵和副官的枪,背着仗鼓躲进了山林,再也不与佐佐木和美枝子会面。

夜晚,佐佐木见副官和日本兵没回驻地,连夜派一队日兵去溪谷接应。只捞到副官肿得像猪尿泡的尸首。佐佐木大叫着骂:"恶二佬! 你这个反复无常的毒蛇。捉到你,就活剥了你。"

94　投奔

翻完族谱的最后一页,段运飞伸了一个懒腰,站起来活动了一下筋骨,心中有了一种强烈的饥饿感,才想起自己看了一个大上午,还没有吃上饭。随手拿了一个熟土豆啃着。"这族谱写得太好了,简直就是一本历史书,一本民家寨抗击日寇的秘史!这恶二佬虽变成了土匪,但他有血性,有人性,有个性,抓住他,我要好好审一审!"段运飞自言自语道,"恶二佬身上的这种血性,难道是一种民族精神的再现?"

这时,湿漉漉的钟高定推门进来,一脸惶惑地向段运飞报告说:"钟玉梅失踪了!"

对于钟玉梅的突然失踪,段运飞感到纳罕。一个民家妇人,不好好守家,跑到哪里去?

话分两头。钟玉梅其实并没有失踪,她是想一人去投奔陈高南,叫陈高南抓恶二佬,夺回亡夫陈兆南的宝剑和本主像,物归原主。

钟玉梅是一个预测感很强的女人。自看见段运飞的剿匪队穿着军服,大摇大摆去青龙寨抓恶二佬,就预测到会失败,因为恶二佬在暗处,又狡黠凶狠,段运飞在明处又有顾忌,段运飞死打硬拼是抓不到恶二佬的。

早上,钟玉梅给一头架子猪添了食,又收拾好衣服,再到火坑屋对她老翁说:"dia(指爹)!我出门找高南去,听说高南在牛角山!上次在廖坪兵败后,他又收集旧部,驻扎在牛角山。"

老翁将长烟斗敲了敲,又狠狠吸了口烟,说:"只有高南才能替陈家出这口气!自从兆南墓被盗,宝剑和本主像被偷,我就没睡一天好觉,这个厌恶的恶二佬。"

被钟玉梅叫"dia"的老者,就是陈高南的老父亲,90岁高龄,但身体硬朗,不时还下田地里劳作。

"是钟玉梅嫂子家?"这时,门外有人喊,钟玉梅开门一看,是段运飞。

钟玉梅说:"贵军真是神速,昨天还在青龙寨,今天又在我腊狗寨。"

段运飞抱拳说:"惭愧!惭愧!"

钟玉梅笑着说:"看样子恶二佬又当麂子啦?"

段运飞说:"我是猎人,他是麂子,尽管跑得快,迟早会倒在我枪口下。"

老翁见段运飞相貌英俊又说话幽默,赞叹说:"你们解放军真不愧为英勇威武之师。"段运飞趁机将全国的形势及目前陈高南险恶处境告诉了老翁和钟玉梅。

老翁和钟玉梅静静地听着,都在心里默念:陈高南,你要迷途知返,再也不能占山为匪,给国民党卖命!

段运飞的一番话犹如清泉直入干涸的农田,令老翁和钟玉梅茅塞顿开。

老翁站起来说:"我们陈家再也不能为国民党卖命了,大儿兆南英勇抗日却死在蒋介石的枪下,二儿高南被蒋介石拉拢当了个狗屁师长,还在为蒋介石卖命!这高南真是蠢卵一条。"

钟玉梅也说:"dia,您讲对哒,兆南抗日而死却死得太惨,连尸棺都被恶二佬盗走,国民党对我们陈家不是恩,是仇,是不共戴天的仇!我要当面找高南,叫他放下枪,向解放军投诚。"

段运飞说:"陈高南躲进牛角山,是躲不住的,他的唯一出路就是向解放军投降,老爹和嫂夫人深明大义,若能规劝高南投降,我可保证,决不伤害陈高南性命!"说完后,段运飞走了。

老翁对钟玉梅说:"媳妇,我支持你去劝降,若高南不听,你就拿这个东西敲他,他是个孝子,不会不听爹的话!"老翁交给钟玉梅的是一根拐杖,是陈高南12岁那年雕做,那拐杖顶部是一个龙头,已被老翁捏摸得溜光溜光。

钟玉梅带着猎枪、手枪和龙头拐杖上路。

钟玉梅身边还跟随了一位年轻女人,叫琼,是陈高南的叔堂妹,曾练过鬼谷神功,琼的武器也是猎枪,还背了把小鱼叉。

两人说说笑笑,往牛角寨方向赶路。路上寂寞时,琼就唱民歌解闷,想惹玉梅笑。

> 大河涨水起漩涡,
> 我想恋姐人又多,
> 只想跟姐讲几句,
> 狮子关门眼睛多。

钟玉梅从小在山寨长大,也唱:

> 好田好地不用肥,
> 好郎好姐不用媒,
> 多个媒人多张嘴,
> 媒人口里出是非。

两人又嘻嘻哈哈地唱了几个山野小调。

歇息时,琼靠在一块青石岩上,好奇地问:"玉梅姐,你见过蒋介石?见过宋美龄?"

钟玉梅说:"当然见过,你兆南哥平反还是我找蒋介石翻盘的。"

琼说:"听说宋美龄是个大美人,很有文化,长得又漂亮,是中国最美的女人,是吗?"

钟玉梅说:"宋美龄是个了不起的女人,她与美国、英国等国家首脑人物都有交际,她办事果敢,有魄力。蒋介石不给你兆南哥平反,宋美龄还当面骂蒋介石说,为人怎能夹尾巴,兆南为你抗日而死,只是守全州失利。他没有叛变投敌,罪不该死,而你却不能护他,还昧良心踩上一脚,这样下去以后谁为你去打仗送死?"

琼说:"蒋介石当那么大的官,还受竖人家(老婆)的气,真让人想不通!"

翻过几个山头,两人又玩猜字谜游戏,琼出题目,钟玉梅解答,一问一答,无限乐趣。

突然,琼以猎人的警觉猛然嗅到一种潜在的危险,不,应该是猎户瞄准毫无知觉猎物那种窒息气氛,琼看见左侧刺蓬中有枪口朝这边瞄,立即喊:"嫂子,注意枪子!"

"嘭"一声枪响了,打在钟玉梅身侧的岩包上。

"走路人听着,留下包袱和武器,赶快逃命!"对面隐蔽的那位打枪者喊话。

"喂!砍脑壳的,打劫打到俺头上来了!"琼将猎枪瞄过去,将声音里的字一个一个送去:"你——没——听——说——腊——狗——寨——女——猎——人——琼——三——炮——吗——?老——娘——就——是——!"

"喂?是琼三炮?别开枪,是自己人!"左边树笼里有人摇帽儿。慌慌张张走出一个微胖的汉子,满脸堆笑地说:"姑奶奶,别开枪!我是白鹤寨龙旗长谷虎。"

谷虎早就知道陈高南有个堂妹,绰号琼三炮,枪法奇准,三炮过后,从没有活着的猎物。琼也知道谷虎,投身堂哥陈高南麾下。

谷虎带着苗女寡妇走出林子,向琼解释:"我们在廖坪受到解放军偷袭,师长跑到牛角山,我们跑散了,准备去牛角山,没想到遇上了你俩。"琼把钟玉梅向谷虎夫妇作了介绍。

到了牛角山,陈高南亲自摆宴为四人接风洗尘,双方都寒暄了一番。

95 女刺客

钟玉梅和琼住进了陈高南师部。

下午,陈高南在司令部接见了钟玉梅和琼。钟玉梅一贯喜欢直来直去,她看到陈高南坐下，先开口说："二佬（高南排行老二）！不要再为国民党卖命了！"钟玉梅将兆南被冤杀其悬棺被盗，宝物下落不明的事全向高南讲了。随后，钟玉梅提出三点要求：一是立即起兵讨伐恶二佬，夺回宝物。二是向解放军投诚，不当蒋介石炮灰。三是将抢来的文物一件不少还给白鹤寨。

陈高南碍于嫂夫人面子答应，暗里却我行我素，根本就没有动静。陈高南还悄悄将谷虎唤进密室，叮嘱："手握金元宝，不愁没饭吃！哼！千万不能让那些宝物落到解放军之手，就是销毁也比留给共产党强。"

陈高南阴一套阳一套的行径，当然不能骗过钟玉梅和琼的眼睛。晚饭后，两人沿着一条清澈的小河散步，边走边商量。钟玉梅说："二佬拐得（指狡猾）要死，我讲的事，他根本没入耳！俗话讲打铁本身硬，我俩有枪有叉，还怕恶二佬不成，我们不如悄悄上青龙寨，刺杀恶二佬！"两人一拍即合。

钟玉梅和琼悄悄出了牛角山，混进青龙寨，她俩很快打听到恶二佬正躲在姘妇家中鬼混。钟玉梅两人将枪用麻袋裹好，装进背篓，扮成赶集买山货的村姑，就朝恶二佬姘妇家赶。

黄昏，两人赶到了一栋大吊脚楼塔前。"收破铜烂铁！"琼故意大声喊，想吸引房中主人出来答话。

"哪有什么破铜烂铁？蠢货！走开！"一个男人伸着懒腰在后屋退退房（附属房）走出，琼认得是他，仇人恶二佬！立即对钟玉梅说："有两砣烂铁！"其潜台词是：此人就是恶二佬，另还有一人在房中！

"不卖就不卖，开什么生（指装蒜）？都乡里乡亲的。"琼故意装出生气的样子，背着背篓和钟玉梅直往猪楼角里走去。她们趁此机会，做好战斗准备。

琼和钟玉梅持枪闯进一间内屋里，与恶二佬和姘妇发生了激烈的枪战，姘妇被钟玉梅一枪打死，恶二佬来不及换弹匣，慌忙用铁仗鼓迎战。这下，琼和钟玉梅根本占不到半点便宜，因为在木板房子里，面积小，又有椅子、桌子、偏桶、对子柜等占据大量空间，恶二佬本身功夫了得，身材高大，钟玉梅和琼渐渐感到吃力。

这时，土匪听到枪声，立即朝房间里涌来。在千钧一发之际，一个男人出现了，他身手敏捷，用一棵碗粗松棒狠狠地戳恶二佬肥肚皮，将恶二佬推翻在地，男人喊："快，开后门跑！"恶二佬刚爬起来，男人用石灰狠狠地撒向恶二佬的眼睛……

男人带着钟玉梅和琼从后门逃出去，钻进山林，将众匪徒甩得远远的。

男人是段运飞。琼和钟玉梅都认识。

三人在一个石洞前歇息。段运飞告诉他俩说："我到青龙寨侦察,正好住在隔壁,听到枪声才赶到这里。"

琼说："段连长,感谢救命之恩。"

钟玉梅说："段连长,真是神兵天降。"钟玉梅将牛角山劝降之事向段运飞说了。段运飞告诉她俩："万事开头难,有机会再去匪营劝降! 恶二佬是个乱世枭雄,手段毒辣,本领高强,连王志超等武术家都奈何不了他,想报仇千万不能蛮干。"

段运飞随即跑向仗鼓寨和战士们会合。

陈玉梅两人也离开了青龙寨。

第十七章 跳崖勇士

96 鱼翻白

恶二佬在青龙寨遇刺,十分恼怒,他蹲在一家"四合一天井"的木楼里,与众匪分析,最后得出这样一种结论:"是陈高南在报仇。"

恶二佬本身就是有恩报恩,有仇报仇的人,他查清袭击他的人是钟高南的嫂子和堂妹,咬着牙说:"无毒不丈夫,今朝老子也让你陈高南流眼睛水!"随即,恶二佬派小股土匪扮作商人,秘密下山摸进腊狗寨。

恶二佬将陈高南老父绑票后活活烧死。

在牛角山的另一头,钟玉梅和琼正在山野扯一种治蛇斑疮的草药,回家好给老人治病。一个老猎人跑来说:"你们还不快回家,你家老爹被坏人烧死了!"得知老父死讯,钟玉梅痛不欲生,慌忙往家中赶。钟玉梅怨恨自己的不孝,只考虑报仇没有尽孝才致老父惨死,甚至怨恨自己就是杀害父亲的凶手。

消息传到牛角山,陈高南大为悲伤,他命令全寨戴孝,自己穿孝衣,请三元老司和道士设灵堂超度亡父。

钟玉梅和琼将老人的衣裤埋进棺材后,又一次走进牛角山。当然仍不忘劝降之责,向陈高南晓之以理,动之以情。而陈高南作最后摊牌:"决不投诚,决不献出民家人宝物。"但最后答应钟玉梅和琼一个条件:"恶二佬的尸,我替他收。"陈高南随即派出 10 名狙击手,潜伏在青龙寨,目标只有一个:追杀恶二佬。

恶二佬杀害陈高南老父,知道自己成为暂十二师死敌,迟早会当陈高南的盘中猎物。恶二佬天生就是个"兔子临死蹦三蹦"的人,他仍在绞尽脑汁做垂死挣扎。恶二佬时刻提防三路人追杀:一是段运飞的剿匪队;二是陈高南派的杀手;三是琼三炮和钟玉梅的猎枪队。

恶二佬迅速集合部队,将优势兵力集中在青龙寨渡口,他做出一个明智之举,躲到北寨去。那是湖北鹤峰地盘,解放军、陈高南和琼三炮三路人不易渗透,而且鹤峰一带还有自己的拜把兄弟陈大麻,关键时刻可以拉自己一把。恶二佬的匪兵在一个清晨登船浩浩荡荡过溇水,让陈高南的狙击手直瞪眼睛……

"哈哈!老子有肉啃哒!"刚到鹤峰,恶二佬就从暗哨口中得知:有一支解放军剿匪队,离北寨只有10里路。恶二佬十分兴奋,拍拍秃头说:"快,快去请陈大麻来议事。"

一个匪兵说:"是!"

陈大麻在牛角山躲不住,就率队离开陈高南部,得知拜把兄弟恶二佬与陈高南结怨。陈大麻认定陈高南心狠手毒,不宜谋事,就脱离陈部,到鹤峰一带为匪。接到书信,陈大麻从腰子寨走下来,与恶二佬商议了半个时辰,两个土匪大喜说:"段运飞这条鱼今天要翻白(指死)!"

离北寨10里远的解放军部队,是佘鹏的剿匪队。佘鹏按照贺县长之命,在青龙寨附近侦察。一个战士快速报告:"报告佘队长,前面发现土匪放火抢粮。"佘鹏看着北寨有浓烟冒出,不假思索,就立即命令部队:"跑步前进,到北寨救火。"鲁莽和轻敌,最终让佘鹏这支剿匪队吃了大亏。

佘鹏赶到北寨寨口,停下来歇息。佘鹏渐渐感到有些蹊跷:北寨炊烟袅袅,河面船来船往,那些马帮、骡队也毫无异常情况。佘鹏的分析是对的。北寨并没有土匪骚扰的痕迹,那股浓烟是四个土匪烧粪渣制造出火灾假象,借以吸引剿匪部队前来救火。这样一来,地形不熟,敌情不明的佘鹏正好落入土匪的伏击圈中。

恶二佬率数百土匪冲锋,他们均戴着面具,由寨中商铺点直朝佘鹏扑来。

佘鹏指挥部队立即修建工事,正面迎击敌人。佘鹏站在高处一看,土匪多得像蚂蚁,哇哇大叫,怪怪的面罩令人毛骨悚然。佘鹏抵不住,往后面的山边撤,佘鹏想沿着河岸小道撤走,然而佘鹏这回彻底想错了。这个河岸小道也被土匪占领,土匪们张牙舞爪等待佘鹏。佘鹏腹背受敌,慌忙朝山顶撤,想先稳住阵脚。

爬上山顶,佘鹏很快构筑了三座防线,严密封锁进山的小路,陈大麻和恶二佬发起了三次冲锋,都被佘鹏打退。但佘鹏的伤亡也不少。佘鹏和刘班长看着土匪向山顶爬来,两人都不知道从哪里钻出这么多拼命的土匪,而且战斗力很强。

佘鹏被逼上了绝路——身后是清一色的悬崖绝壁,后退已无路可走。

97　跳崖

山下，土匪一层盖一层的扑来。佘鹏他们子弹打光了，就用大刀砍、刺刀杀，刀打断了就用木棒打，木棒没了就摆石头阵，情况万分危急。

"同志们，今天是我们剿匪队生死存亡的关键时刻，恶二佬和陈大麻数百土匪向我们逼来，我们身后是绝壁，我们一是做好一切牺牲准备。二是坚守阵地，等待段连长救援！"佘鹏最后检阅部队，抱着必死的信念说。战士们站得像铁塔一般，齐声说："一切听队长的，解放军没有怕死的种！"

青龙寨中，段运飞一点不知佘鹏的处境。正扮作商人高价收购面罩，这是段运飞想的一个计谋，上次恶二佬借面具逃跑，赶场者均戴面具，难露庐山真面目。今日高价回收面罩，一则让青龙寨人无面罩可戴。二来可查出恶二佬岳父那位神秘老傩戏师的行踪。三来暂时垄断青龙寨一带面罩购销市场，不给土匪可乘之机。

段运飞摆了一个面罩收购摊，只半天工夫，就收购了三麻袋面罩。段运飞在收摊时，发现一个商人提着一个长长的箱子，形迹可疑。段运飞猜想，这人极可能是陈高南派出的土匪密探，就带着两名侦察员尾随过去，在一个偏僻岩包处，活捉了这名商人。一审问，果真是陈高南派来的杀手。段运飞还从杀手口中得知，陈高南已派 10 名狙击手埋伏在青龙寨，对恶二佬下了绝杀令：死要见尸，活要见人。10 名狙击手分别扮作渔民、樵夫、商人、排佬、耍猴人等潜伏在青龙寨。

押走杀手，段运飞酝酿着应对计划。

突然，河对面北寨响起凄厉的枪声。侦察员报告："恶二佬和陈大麻夹击佘鹏剿匪队，佘鹏被逼到绝壁山上去了。"

军情紧急！段运飞气得将帽子从头上抓下，使劲拍打着手，大声吼道："这个佘鹏死脑筋，每次剿匪都是 piapia 味（不淡不咸），让土匪卷裤子使他的牛！哎！"段运飞来火时，言语中用了一句大理话。另外几名排长围上来，说："连长，我们赶快过河，从恶二佬和陈大麻背心上捅一刀。"段运飞觉得这一招管用。

但段运飞这一招最终没能顺利实施。原因来自于陈高南的狙击手。

段运飞剿匪队坐船至河中间，受到狙击手强大火力袭击。狙击手躲在树林、船舱、树丫处打冷枪，几个战士中弹掉入水中。段运飞一边指挥部队还击，一边命令船夫使劲撑船。到了河岸，正准备上河道，又被狙击手拦截，几名战士受伤,河道被封锁。段运飞眼睁睁地看到部队被困在河边。

再说佘鹏全身伤痕累累,身边10多个战士背靠绝壁。弹尽粮绝,救兵全无,仗打到这个份上,他们知道,生命最后时刻已经来临。

恶二佬端冲锋枪,边爬边射击。

这是恶二佬第10次冲锋。

佘鹏队伍终于无力反抗了。

但佘鹏不怕死,他还握有最后一个手雷,战士们喊:"队长,拉吧!"佘鹏轻蔑地看着恶二佬,笑了笑,就抛出去。

一声巨响,恶二佬前面的四个土匪被炸得血肉横飞。

"去死吧!"恶二佬的冲锋枪响了。

佘鹏艰难站起来,数了数身边的战士,有5名战士缓缓站起来,佘鹏轻蔑地看了看惊恐万状的恶二佬。恶二佬再也没有勇气,哪怕是上前踏入一小步。这家伙早已领教过解放军的神勇,又怕佘鹏抛炸弹,就瞪着眼,目送佘鹏一步一步向绝壁走去。

这时。只听见"呀——吱"一声,一只苍鹰从崖上惊起,滑向天空。

"同志们,决不能当土匪俘虏,解放军没有怕死的种!"佘鹏面对悬崖,横下一条心。一个小战士喊着:"死就死! 死在阎王殿——也是大英雄!"说完就飞身崖底,接着另4名战士也从悬崖处消失了。"他似乎要跌入谷底,又好像要展翅飞翔",后来有作家这样描述这群不怕死的跳崖英雄。

佘鹏嘴角边现出一丝笑意,他着意整理了一下军帽,再向前跨出三步,站得像一尊高大的门神。

远处是风景秀丽的青龙寨,脚下是奔腾咆哮的溇水、山谷、蓝天、白云。

这时,太阳开始光顾佘鹏身上。佘鹏洪亮的声音响彻山谷:"贺县长、段连长,我没有带好剿匪队,你们为我报仇啊!"说完,佘鹏就纵身一跳,完成一个军人伟大惊人的创举,依旧是山谷、蓝天、白云。

溇水难过得流泪。

众匪徒面面相觑。

"解放军23人,全部伸腿翻了兜(指死)。"陈大麻走上前向恶二佬报喜说。

恶二佬惊呆了! 他显然被佘鹏剿匪队视死如归的气势所惊倒,不停擦汗,最后有气无力地说一句:"撤——! 天底下有这号——不怕死的! 撤——撤!"

98　刺凶

段运飞非常憎恨陈高南的狙击手,节骨眼上,眼睁睁看着土匪围剿佘鹏,自己却被火力压制在河坎上,不能救援佘鹏,段运飞指挥部队沿河岸的柳枝边划过去,再用机枪射杀狙击手,终于摆脱了土匪的追杀。

截获佘鹏剿匪队全军覆灭的消息,佘鹏和 5 名战士成了跳崖勇士。段运飞欲哭无泪。

在一个田湾处,段运飞集合部队,随后摸上山头,掩埋死难的战士。战士们脱下军帽,为佘鹏剿匪队默哀三分钟。

当晚,陈大麻和恶二佬在吊脚楼庆功时,遭到了陈高南狙击手的猛烈追杀。陈大麻身中五弹,死于非命。恶二佬右臂中弹,腿部中枪,但 9 名狙击手也全部被恶二佬的卫队打死。

这样一来,陈大麻的土匪全归恶二佬指挥。

青龙寨中,恶二佬土匪司令部。几个郎中正在给恶二佬做手术取子弹。郎中将烧得通红的匕首灼在恶二佬右臂和腿上,只见青烟袅绕,发出一种肉烤焦的怪味,恶二佬痛得杀猪样嚎叫,昏死在木椅上。

琼探得恶二佬在青龙寨养伤,对钟玉梅说:"嫂子,高南哥不降解放军,我们劝也白劝,不如找上门去,亲手杀掉恶二佬。依靠高南哥的那群草包,恐怕一辈子也杀不掉恶二佬。"

钟玉梅叹了一口气,说:"恶二佬很难杀,上次不是段运飞相救,我俩早已死在他手中。"

琼说:"上次我们是硬拼,这次要智取,杀掉他,再找高南哥谈条件。"

"逮。"两人女人一拍即合。

钟玉梅和琼第二次悄悄踏上青龙寨。

恶二佬是出名的淫棍。他有个习惯,每十天要换一个年轻女人陪他过夜,就算是在他治病养伤期间,也不例外。女人伺候十天后,恶二佬给女人 10 块大洋,算作报酬。找女人的事,一般由副官打点。这副官长得尖嘴猴腮,一个鸦片客,这家伙是个吸血鬼,每当伺候过恶二佬的女人拿到报酬,副官就偷偷截住女人,伸手就讨:"四六分成,拿来!"女人害怕,就交出六块光洋。副官吹起口哨找鸦片烟去了。

刚到一棵大松树下,副官被两名如花似玉的年轻女人缠住了。在青龙寨,遇上风尘女人,是常有之事。

"副官哥,我俩想伺候恶二爷,你行个方便。"琼故意飞一个媚眼,再用手抛抛光洋,说:"我俩流落青龙寨,想给恶二爷当夫人,您行个方便的话。"

副官狡黠地看了看琼和钟玉梅,歪着脑袋问:"你俩是什么人?怎主动找恶二爷搞事?莫非想打恶二爷歪把主意?"

钟玉梅故意娇滴滴地说:"副官哥,莫这样说吗!一回生二回熟,我俩是白鹤寨的人,恶二爷是根大树,是天下最性感的男人,我们两人能做他夫人,是八辈子的福。"琼也在一旁添油加醋,胡编一段往事,打消副官的疑惑。

副官收好钱,挥了挥手,说:"原来是两只野鸡呀!那事成之后,三七开,我拿七块,你俩得三块。"

琼说:"一言为定!"

在副官的操纵下,装扮一新的琼和钟玉梅被土匪用轿子抬到司令部卧室。得知副官今天从乡间引来两个乖妹,恶二佬高兴地笑:"抬进房去,老子要放两炮!"

曲曲儿在夜里轻轻叫唤。到了晚上 10 点光景,钟玉梅和琼坐在床沿上,等待"新郎"出现,两人均被红头巾盖着,像坐床哭嫁的女人。一对蜡烛闪烁着一种很诱人的神光。

终于,醉酒的恶二佬拄着拐杖回来消遣。进屋,放下拐杖,坐在一把大椅上,看到两位花俏姑娘,恶二佬打趣地问:"人生最最得意的四件事是什么?"

钟玉梅说:"久旱逢甘露,他乡遇故知,洞房花烛夜,金榜题名时。"

恶二佬淫笑道:"今晚是什么?"

琼故意娇滴滴说:"洞房花烛夜呀。"

恶二佬淫心大动,放松了警惕,这家伙看着两位美女脱完衣服上床,也就吹灭了灯火,嬉皮笑脸开始解衣宽带,将手枪、铁仗鼓等放到桌子上,赤身裸体钻上了大木床。

恶二佬拥进被窝,去抱钟玉梅,钟玉梅哄他说:"都当夫妻了,慌什么,我裤还没解完。"

恶二佬快活地躺在中间,快活地迷上眼。琼突然将被窝掀开,拿起藏在铺盖下宝剑,狠狠地朝恶二佬胸部戳下去。

恶二佬来不及提防,被刺个正着,一股黏黏的液体立即喷腔而出。

毫无防备的恶二佬惊魂未定,死死抓住宝剑,杀猪似的猛喊:"搞什么?"

钟玉梅持小鱼叉狠狠刺向恶二佬脖子,恶二佬痛得哇哇叫,拼命挣扎着,床上撒满鲜血。

钟玉梅说："恶二佬，死吧！"

恶二佬喘了一口粗气，怯怯问道："你们是喝之个（谁）？为何害我？"

琼用力转动宝剑，十分痛快地说："老子就是陈高南的人，专取你的狗命！"

恶二佬不是轻易就死的那种人，他挣扎着跳下床，顺手摸起了铁仗鼓，大叫道："你们这些下流胚，不明枪明刀的干，用这些让我看不起的招式杀人，就不怕坏了名声？"说完就用仗鼓乱砸一阵，可因受伤太重，力量渐渐减弱，但恶二佬仍不愧为一代枭雄，急急运气，手中的铁仗鼓依然不含糊，钟玉梅两人不敢恋战，乘机躲向一旁，恶二佬依靠仗鼓护身，寻找决战机会。混战中，钟玉梅第二次将小鱼叉送进了恶二佬肚中。

恶二佬自知生命的油灯即将燃尽。他将逃命的希望转化为致命的一击——他想靠最后的勇气与神力活出命来，可这回，他彻底没招了。仗鼓扔出去，他再没能喘一口气——倏然，像菩萨一样立着，鼓着大眼，血从嘴角流出……终于扑倒在地，喊一声："杂毛猪！猪！"就气绝身亡。一代仗鼓杀手，因作恶命丧黄泉。

这时，赌博输了个精光的副官正好回卧室，副官仿佛觉察到什么，在外使劲敲门，急急喊："恶二爷，舒服啵？轻点翻，莫把床楞子抵断了。"副官以为三人在床上打情骂俏，享受春宵呢。

钟玉梅说："副官，恶二爷舒服死哒，你去玩。"副官乐滋滋抽大烟去了。

钟玉梅和琼穿上衣服，带上那柄被盗的宝剑和木菩萨像，摸掉了土匪岗哨，从侧门飞身上墙，划着船消失在溇水河面。

第二天早晨，段运飞知得恶二佬被两女人刺死，率兵攻打恶二佬司令部，副官和土匪全部被缴械。

恶二佬一死，那根60斤的铁仗鼓成为仗鼓部落的文物，一直保存在青龙寨祠堂里。恶二佬收藏的那本《仗鼓秘笈》手抄本，终于重见天日。

99　倒背篓

太阳慢慢从山上升起，钟玉梅和琼踏着阳光，哼着澧源民歌，行走在大山中。除掉了杀父仇人，两人一阵高兴。走进陈高南司令部，递上信物。陈高南看了看宝剑，喜上眉梢，连说："好剑！好剑！正是：站在宝座上，一剑定乾坤！哼！果然是蒋总裁亲自赠送，上刻有中正字样！"又看了看木菩萨像，"嗯，是祖爷陈花岗，与我的那尊一模一样。"

钟玉梅说："现在大仇已报，二佬你有何打算？"

陈高南说："我就躲在牛角山，当山大王，哼！吃喝不愁，养老送终。"

钟玉梅说："现全国已基本解放，解放军大兵压境，连蒋介石都被赶到台湾，你的这1000多散兵游勇能挡住解放军？"

陈高南本身就不喜欢钟玉梅，加上哥哥已死了多年，钟玉梅又没给陈家留后，这在民家寨是最犯忌的事，民谣说"不孝有三，无后为大"。以为嫂子在寨上有外遇，背叛了陈家。陈高南是一个冷酷之人，由于他的冷淡加猜忌，使叔嫂两人的关系紧张得不得了，今日见她明显护着解放军，给解放军当说客，心中火一喷就来，阴腔怪调地说："嫂子，你是婆婆养狗儿——咬自己家的人？哼！挡不住解放军又郎们的？总比有些人吃里扒外好！哼！"

这句话明显具有挖苦味道，是一种极不信任的挑衅。钟玉梅没想到陈高南是这么一个不讲信义的小人，第一次动了怒，站起身，用手指着陈的鼻子，吼道："二佬，你讲话，莫狗咬蚊子朝天吠，我做事一贯光明磊落，从不遮遮掩掩，我是与解放军接触过，我看解放军并不坏，他们守纪律讲信誉，为人坦诚，不像你出尔反尔，六亲不认，冷酷无情。"

陈高南见嫂子发犟脾气，一点不顾及面子，火更大了："哼哼哼！你——猫尾巴倒扫？你不要以为，有国民党高层人护着，就可以盛气凌人？哼哼哼！你现是在牛角山，是我陈高南的天下，告诉你，我一不投降；二不献宝；三不听你的。你能奈何？哼哼？"

钟玉梅实在气愤极了，使劲拍巴掌吼："二佬，你不要哼！你别以为抱着几条破枪，就唬我！我连蒋介石都没怕过，还怕你个混混不成？你有何能耐？连杀父的恶二佬都奈何不了，还当什么狗屁师长？你有本领？还依靠我和琼两个女流之辈才杀了仇家，你别以为你不降、不献宝，我嫂子就把你没办法！哼！"

这种场景下，琼必须当"和事佬"。琼劝道："二哥你莫和嫂子斗气，嫂子也不容易，一个女人家，到重庆为大哥喊冤、平反，送大哥尸骨回寨，又照看伯伯，是一个了不起的民家女人。这些事，你一个男人都做不到，还硬撑面子教训嫂子。"

陈高南被钟玉梅和琼抢白了一顿，当司令官的自尊受到极大地伤害，何况是一个掌握着几千人枪的国民党少将师长。陈高南发怒地吼叫说："滚！牛角山容不下你们！哼！哼哼！！牵起不走——赶起飞跑。"

钟玉梅气急，拿起龙头拐杖狠狠戳地上，吼道："二佬你真的起吼？你不怕爹的皮刷子抽你?"

陈高南阴险一笑:"哼哼! 当了龙暖子——还怕地头蛇? 就是皇帝的尚方宝剑,也是讨暖力(没用)! 爹死了,难道他还会爬起来不成?"钟玉梅没想到陈高南竟是这样一个无赖,就用拐杖打过去,替死去的父亲狠狠教训一下不肖子孙。陈高南力大,抢过拐杖,朝膝盖上啪地一砸,拐杖被断为两截!

恩断情绝!

钟玉梅拿着猎枪和宝物,气咻咻说:"走!"

琼蹦出一句:"离开张屠夫,吃了活毛猪? 走就走!"

两个女人就这样赌气地冲出寨门。

琼是倒背着背篓下山的。这是澧源民间交际失败的一种象征,表示彻底与陈高南断绝关系。钟玉梅看也不看陈高南一眼,大步流星迈出司令部,携带一种怒气。

陈高南跟到寨门口。陈高南不是送别,而是驱赶。他,脸色铁青,沉默寡言,心里的那个火几乎要爆炸。他做了一个惊人举动,亲自点燃一串鞭炮,朝天作了一个揖,对着门口铺台上的陈花岗木像喊着说:"送瘟神! 送瘟神! 哼! 真是:瘟神一走,谢天谢地!"钟玉梅知道,这是陈高南按湘西风俗驱赶自己和妹出寨,这种朝祖爷作揖咒人的方式表明,陈高南已死不改悔,充当蒋介石的炮灰,再也不惦记任何亲戚情义。

出寨门,两人无语。转到一块玉米地边,钟玉梅后悔了,握紧猎枪,冷冷地说:"妹子,你为何不帮我——一枪杀了他——这个白眼强盗——陈高南。"

琼却快言快语:"杀了他? 陈家不让天下人笑话? 大哥冤死,是抗日英雄,死得其所,高南死在嫂子枪下,嫂子你有何名节?"

钟玉梅说:"我不管什么名节? 大哥冤仇已申,你伯父已死,我再也没有家。"琼见嫂子说过头话,开导说:"嫂夫人,想开点,我俩被狗东西赶出寨,我们不靠他们活。"

陈高南的一意孤行,使钟玉梅身心受到严重刺激,一种绝望的念头在脑海倏然划过。这念头瞬间可以毁掉一个人的一生,尽管你无比坚强。钟玉梅承受了过多的风吹雨打,这回终于扛不住,她说:"唉,雁过留声,人过留名。你大哥冤死桂林,我万念俱灰,我受解放军委托,劝降不成,今大仇已报,我只好以死震醒二佬。"

琼发现有异,露出惊恐慌乱的神色大喊:"玉梅姐——!"

惨事发生了,不,就在一瞬间,钟玉梅跑上一个悬崖,这悬崖高300多米,是澧源最出名的断壁,当地人叫"鹰飞不过"。

钟玉梅这个倔强的女人,留在世界上最后的语言就是"妹子,我随你大哥去了!"就飞身崖底。

琼大吃一惊,紧紧追赶,是一种猎人的敏感与迅捷。但一切都晚了,钟玉梅像一匹树叶飘落谷底。

留下琼,一阵狂喊:"嫂子——! 嫂子——!"

大山回应,也狂喊:"嫂子——! 嫂子——!"

残阳如血,陈高南的匪兵抬着钟玉梅的尸首向腊狗寨一步一步走去。

族长钟高定组织寨人,将钟玉梅和宝剑送至悬棺里安葬。

有一个岩匠在悬棺外石壁上刻了两条对联:

左边是:名将抗日杀身成仁树寨魂。

右边是:烈女申冤跳崖赴死立丰碑。

横幅是:悬棺破谜。

可不久,腊狗寨传出消息:悬棺再次被盗,那把"中正佩剑"没了踪影。

是谁干的?

第十八章 群魔乱舞

100 洗劫

澧源县城里,剿匪司令部外面岩塔里,堆满了刚刚缴获来的大批步枪和迫击炮。几个战士在清点数目。

颜文南摊开一张大地图,正和几个干部研究剿匪的事。

颜文南指着地图,分析说,现我县剿匪形势是:陈高南暂十二师在牛角山,他的左面是周野人,右侧是李癫子,前面是凡浦,后面是陈土,陈高南正处于四路土匪的中间,这些土匪占山为王,时而集中,时而分散,不时骚扰我地方政权,101首长指示务必在两个月内彻底干净地消灭这些土匪。

马营长说:"我们是大炮打蚊子,费劲没功效,这澧源土匪真的难缠。"

这时,一名战士从马上急急跳下,擦了一把汗,递了一张纸条给颜文南说:"岩屋口农会,被土匪洗劫。"颜文南给战士倒了一杯水,说:"慢慢讲。"

通信员讲起了岩屋口农会遭土匪洗劫的事。

澧水源头离岩屋口没几里路,澧水蜿蜒南下,经过一个岩罩处转一个急弯,滩宽河广水流急。岩罩处上端有一个偌大的平地,平地周围有数十户人家。这地方叫岩屋口。平地处修一栋大转角木楼,原是澧源最后一个土司王向国栋的老屋,解放军进军到此处,木楼归了公。部队在此木楼上设了农会组织,派2个排的解放军驻扎。从白鹤寨伤愈归队的龙排长被剿匪大队调到这里,做一些筹粮剿匪的事。一天,龙排长和农会主席等人在寨上开大会,这一消息被土匪凡浦打探到了。

凡浦躺在木睡椅上,不停地打着蒲扇,得意地说:"龙排长上回抢走我的口粮,今天我要他死。"

等三个大队的人马全部集合在游鱼滩上，凡浦亲自用喇叭筒训话："兄弟们，发财的机会到了！解放军龙排长正在岩屋口开群众会，我们分三路，杀他个片甲不留！"

众土匪举枪高喊："呼啦，呼啦！"

凡浦说："我命令：第一路由歪把三带兵 400 人，沿水路直扑岩屋口。第二路由绿鼻涕带兵 300 人，沿小道直插会场。我带第三路兵沿大道进攻！"

众土匪举枪高喊："呼啦，呼啦！"

凡浦的三路大军向岩屋口急急开进。

岩屋口山包上，白雾没有散尽，斗争会却正开得火热。黑压压的群众情绪激昂，舞刀弄枪控诉地主罪恶，一个穿黑袍的地主跪在台上，身体不停地发抖。

龙排长站在主席台，向群众讲话，龙排长声音洪亮，颇有气势地说："乡亲们，现在大家彻底揭发地主莫白皮的滔天罪行！"

一个苗家老汉急急分开人群，走到地主跟前，迎面吐了一把涎沫说："莫白皮，你也有今天？你霸占我家媳妇，还逼我媳为你生儿，我媳妇不依，你就逼她上吊而死，你个黑心莫白皮。"

众人大喊："杀死他，杀了他！"

龙排长说："我一定为大家做主，现在我命令！"话还没讲完，被匆匆跑来的副排长的话打断："排长，大抢犯凡浦已派三路土匪向我们压来。"一听有大队土匪踩寨，许多群众有些害怕。

龙排长挥挥手："同志们，现在我宣布今天的会就开到这里，各位群众的安全由我们负责，副排长。"

副排长说："到。"

"你带领一个排的战士，掩护群众沿后山撤！我带领一个排和农会主席等武装人员守住寨口！"副排长领命而去。慌乱中，苗家老汉拖着地主莫白皮撤退，行至一个天坑前，老汉说："莫白皮，你心黑，解放军叫你守洞！"莫白皮跪地求饶说："行行好，不杀我，你欠我的三百担粮食就算了。"老汉说："呸！去死吧。"飞起一脚，将莫白皮踢下天坑。天坑里发出一声绝望的惨叫……

这时，岩屋口从三个方向同时响起密集的枪声。土匪有备而来，而且人多势众。龙排长和武装人员守住寨口，土匪用机关枪、手榴弹等开路，龙排长武器差，人又少，渐渐支撑不住。土匪像潮水般涌进寨口，战士们和土匪开始了肉搏战。龙排长打光子弹，用大刀猛砍，连杀了 6 名土匪，自己的腹部也挨了一刺刀，血流如注，肠子涌出来，龙排长将肠子又塞进肚内，抱着一名土匪从悬崖处跳下。

十多分钟后,龙排长和他的武装人员全部战死。

寨口的地上血迹斑斑,一股怪味弥漫空气中。凡浦向一名受重伤的战士开了一枪,还骂道:"嗨,起来打啊?老子还没杀过瘾。"

而副排长率一排人掩护群众撤向安全地带后,遭到歪把三和绿鼻涕两股土匪的夹击,除副排长和通信员跳河获救外,其余战士全部牺牲。岩屋口农会寨子被凡浦放了一把大火全部烧毁。

101 安慰

澧源县城里,通信员坐在椅子上呜呜哭鼻子。这位小战士,太伤心了。

颜文南安慰他:"我们立即派兵进剿凡浦,为龙排长报仇。"

颜文南又问:"副排长呢?"

通信员回答说:"不清楚,当时河水又深又急,不知道他在哪里。"

101首长骑马来到剿匪大队。101首长一下马,急急往剿匪大队部闯,连个招呼都不打。

颜文南行了一个军礼,立正说:"首长好。"

"怎么呀?打不好仗?听说你的剿匪队多次遭受重创,你是不是有骄傲情绪?轻敌、麻痹、漫不经心,乱弹琴!我就不相信几个土匪能翻了天!你再剿匪不力,小心我撤你的职。"101首长见面就是一顿火,颜文南不敢张声,检讨说:"首长,不是我们轻敌,而是这土匪太狡猾。"

"我再给你拨三个团的部队,你要时刻监视各部土匪的动向,坚决彻底干净地将土匪肃清,巩固好革命政权。"101首长骑上马走了。

随后,三个团长走进颜文南剿匪大队报到。颜文南一一握手称谢。颜文南有了重机枪、迫击炮等重武器,又增添2000多人的部队,信心大增。颜文南与县长贺文锦吃着警卫员送来的熟红薯,在剿匪司令部紧急部署剿匪事宜。

102 劝降

李癞子自上次随陈高南攻打澧源县城,被炸瞎了一只眼,心中对陈高南十分窝火。拿他自己的话说,就是"打脱牙齿和血吞",入伙陈高南,没捞到什么油水,还白白赔上一只眼睛。

自和陈高南分了手，李癫子躲到龙蛋垭一带养伤，纠集失散的流氓地霸，将窝藏在岩洞的枪支取出，组建了一支 100 人的队伍，害怕被解放军包饺子，连夜拖着队伍，躲进深山密林中趴壕。听说凡浦血洗了岩屋口，认为解放军也不是什么铜墙铁壁，立即卷土重来，冲到龙蛋垭一带抢劫。把整个寨子搞得乱七八糟。女人都往外跑了，男人躲起来怕抓壮丁，家家户户都将粮食藏到山中。

李癫子在寨中抢劫时，段运飞狠狠地揍了他们一顿，打死打伤 20 多名土匪，夺回了一些被抢的粮食。段运飞还天天动用政治攻势，成立了规劝小组，向土匪施压，叫土匪的亲属或家人去龙蛋垭，劝土匪投降。

这一招较灵。沐木乡乡绅对段运飞陈述："我友覃民，并非抗拒，实已离乡，不知去向，故而未晤，请段连长宽容。"段运飞心里明白，覃民投诚是李癫子所使，是投石探水来的。不久，覃民带着一支枪投诚。

段运飞对覃民说："你们投诚我们欢迎，愿意回家的可以回家团聚，以免父母妻儿思念；如暂不返家者，可以自行休息。"

覃民老实地说："好！好！"

龙蛋垭规劝小组功不可没，劝回土匪 50 多人，交枪 20 支，还有 500 发子弹。连惯匪李癫子也派其弟凡常，带些轻重机枪下山与解放军接触。段运飞知道这些土匪投诚，是摸底细的，但仍热情相待，杀猪宰羊。白鹤寨还送来寨中特产苞谷烧和民家寨饮食八大怪让投诚者大吃大喝，引起了群众误会。群众说："凡常投诚杀猪，将来凡浦投诚还要杀牛？"有的还说："当土匪有功，只差要捧上神龛作本主朝拜。"一些小战士也百思不解地说："拿土匪当人待，还是什么解放军？"段运飞不想解释，只浅浅笑了一笑。段运飞心想，以后群众和战士们会明白过来的。

凡常的投诚和解放军的宽宏大量，很快传遍了四面八方。一些匪首也有所听闻。半月后，许多土匪都决心投诚，连凡浦也动了心。

夜晚，在一个老树林子中，不时传来几声野狼的嚎叫，更加彰显出黑夜的恐怖和悲凉。

李癫子对副手说："躲得过初一，躲不过十五，凡常投诚，解放军没杀他，还放他回家看妻儿老小，我们不如去投诚。"

副手说："对！现在我们是孤军奋战，打不赢解放军。"

李癫子说："但我们不能将血本全送给解放军。"

副手说："你的意思是？"

李癫子说："我们将重武器和新型武器全藏起来，上交那些打不响又差火的烂包武器,哄哄解放军,我们再见机行事。"

李癩子下山投诚了。副手打着一面白旗,将枪打成捆用背篓背着,李癩子走在最前面,向解放军哨兵喊:"不要开枪! 我们投诚来了,我们是李癩子人马!"

李癩子投诚共有 80 多人,加上陆续投诚人员大约有 150 人。段运飞带领剿匪大队,统一押送投诚人员,到白鹤寨小学进行学习改造。

103　暴乱

段运飞也准备了两手,他将投诚人员分成两批。第一批是名气较大的,如李癩子和副官等放到白鹤寨祠堂改造,派 10 个战士守候;另一批放在小学里统一食宿,严加看守。不料,一条消息走漏后,在投诚人员中引起骚动。

原来,一个战士不小心与投诚人员谈话,说漏了嘴:"如今许多大土匪都被镇压!"副官很快通过传话人,将这些消息传至小学中。许多投诚人员精神恍惚,惊慌失措,感到末日来临。这一切都在李癩子的视野里,李癩子本身就一肚子坏水,见时机已到,立马开始暴乱行动。

李癩子开始撒谎,向看守人员说,他有许多枪支还留在山上,要看守带他去见在小学里改造的部下,然后一同去搬枪。看守报告段运飞,段运飞想了想,同意将李癩子和副官押至小学与其他投诚人员一同关押。

狡诈的李癩子住进了小学,他煽动土匪在古历七月七夜间闹事。

到了七月七日中午,李癩子借口伙食太差,要亲自下厨。

下厨,民家语即埋锅造饭。段运飞考虑到当地"七月初七家家户户过月半"习俗,就同意了。还杀了一头猪,派 4 个投诚人员切肉做饭。酒足饭饱,当饭厨的副官借口要拉屎,骗一名老战士打开铁门,老战士信以为真,刚把门打开,几个投诚人员原形毕露,立即持刀反抗,抢走了老战士的枪,老战士想喊,被副官牢牢摁住嘴巴,一个投诚者用菜刀砍死了老战士。还有 2 名战士也一同被杀害。第二道岗哨的战士发现险情,立即开枪报警,众投诚人员一窝蜂拥着李癩子向后山撤。由于天黑人静,投诚人员霎时不见踪影。段运飞听到枪声,率队赶来。许多群众听说土匪暴动,也自带武器参与围剿,他们举着火把赶到白鹤寨,而暴动者早已上山。

段运飞命令:"岗哨人员坚守岗位,其他人员跟我搜山。"许多群众打着火把,拿着刀枪,解放军打着手电跟踪追击,将绝大部分投诚者抓了回来。李癩子的副官跛着脚逃往一户草医郎中家,郎中表面应允为其治病,暗里派家人连夜送信,农会闻讯立即前往,当场抓捕。李癞子拖着一支枪,钻到一户人家的牛屎坑里,躲过解放军的搜捕。段运飞第二天召开群众大会,公审了副官,当场将其枪毙在河滩上。

李癞子匪部的假投降,给剿匪大队带来了损失,也给思想上松懈的段运飞上了一课。

段运飞报告县大队,县大队给了段运飞一个严重警告处分。

下午,颜文南打电话给段运飞说:"病白薯它从心里硬,兔子临死蹦三蹦,我们要高度警惕啊!"

段运飞红着脸说:"都怪我——太注重民族政策——才上土匪的当。"

"这事,我也有责任嘛!我不该对土匪心太软!"电话这头,颜文南作检讨说:"病白薯它从心里硬,兔子临死蹦三蹦!这是血的教训啊。"

104 火拼

八大公山大森林中的一个茅草棚边,李癞子狼狈地逃到藏身小屋里,十多个没有去投诚的看屋兵士围上来,焦急地问:"李爷,投诚有逮场(搞场)没得?"

李癞子正在脱一身牛屎臭的衣裤,很不耐烦地说:"卵逮场(没搞场)!解放军防备森严,白白死了许多兄弟!投诚不如我们躲到这里趴壕!"

早饭后,李癞子吹响了海螺,开始亲点人马。土匪们站着报数。李癞子明白,洞中和陆续逃回来的人总数不足60人,而且缺枪缺炮。

李癞子命令匪连长:"带我去猫洞取枪炮!"

猫洞是一个天然溶洞,离李癞子藏身地大约5里路。李癞子先派匪连长进洞,可匪连长从洞口出来时,神情沮丧说:"李爷,大事不好,我们的枪炮被别人取走了。"

李癞子大惊:"是哪个砍脑壳死的干的?这可是我们的血饭碗,如今没枪炮,我们只有死路一条。"

李癞子站在一棵大松树旁,破口大骂:"何只个(谁)当三只手偷老子的枪炮。"

突然,有人朝李癞子打了一枪,大声喊:"是李癞子吗?别来无恙。"

匪连长大喊:"都是一个坑里拉稀屎的,好汉站出来说话。"匪连长想探清对方虚实。

"莫白费劲了,你的枪炮老子借用!你们去投降解放军,这些血饭碗老子给你保管。"

匪连长惊恐地说:"你们……是何方神圣?"

那人喊:"老子是陈土的警卫官黑猫!难门的(怎么样)?"

李癞子已明白,是内半县结巴陈土趁他下山投诚,顺手牵羊偷了他的枪炮。李癞子决不甘心,自己的枪炮就这样拱手相送。

第二天,他将所有武器带上,携部队气势汹汹开往陈土的老窝,找陈土要枪。

陈土躲进猫子垭,专门候着打李癞子的伏击。

李癞子的队伍刚进入伏击圈,陈土就作牛吼:"兄……弟……们,打……李癞子……这……这个狗通的……"顿时,机枪、手榴弹全部飞向李癞子。李癞子也不是吃素的,摆好阵势,组成三道防线,与陈土在猫子垭火拼了三天三夜。等贺文锦派出的一个剿匪团赶至猫子垭,李癞子和陈土匪部已两败俱伤,死伤不少,但两个匪头子却不知去向。

105 结拜礼

牛角山山寨,根根石柱高高耸立,云蒸霞蔚,风景宜人。

陈高南司令部设在一根叫将军岩的大石下,岗哨林立。陈高南在屋里踱步。他在廖坪逃脱后,很快与佘继富会合,立即纠集旧部,占据牛角山为大本营,苟延残喘着。陈高南时时在考虑怎样对付解放军大部队的围攻。

特工团长佘继富进门就嚷:"师座,贺文锦、颜文南剿匪队又增添三个团的兵力,凡浦袭击岩屋口农会,陈土和李癞子在猫子垭火拼。"

陈高南坐下喝茶。他问佘继富:"你猜,哼!癞蛤蟆也有天鹅肉吃!等一会儿,有谁来投奔我们?"

佘继富说:"凡浦和陈土?"陈高南说:"你个背时鬼,哼!你啊——米汤洗澡越洗越糊涂!凡浦已有数百条枪,人多势众,哼!陈土和你有冤,一时会前来投奔?"

佘继富想了想说:"那,那就是周野人和李癞子。"

陈高南脸有了喜色,说:"嗯,八月瓜,九月扎(开裂),你还会转弯?哼!我看这两人必等不了半日,一定要投奔我们。"

不出所料,日出三竿,有两队人马向牛角山疾驰而来。

一队是周野人,他在大潮溪已成惊弓之鸟,解放军一个正规团天天剿他,让他无立锥之地。

另一队是李癫子,刚与陈土匪部火拼一场,元气大伤,又怕当解放军俘虏,只好找陈高南,傍着这棵大树苟延残喘。

陈高南亲自到寨门口迎接。

陈高南按照澧源旧俗为周野人和李癫子接风洗尘。在山寨一个叫水绕四门的地方,举行结拜大礼。道士杀了一只雄鸡,将鸡血点在酒碗中。陈高南三人喝了血酒,跪地结拜。发下誓言说:

"夫子在云南,弟子跪平川,某人生于×年×月×日×时。"说完,陈、周、李三人还各拿一把大刀,在三根燃香上来回推动刀柄,口念誓词:上不认兄遭天谴,下不认弟尸不全(双手拿着大刀用力砍香),若有反心之日,照香行事一刀两断,三山五岳,九侯先生,律令镇赦,太上老君急急如律令。

结拜完毕,陈高南年长当大哥,周野人年龄稍大当二哥,李癫子最年轻为老三。三人在寨中喝酒,不时发出一阵奸笑。

106　拉拢

谷虎和苗女寡妇天天在一个破庙中训练打枪,静观时局的变化。两人知道在陈高南寨中为匪好几年,并没有捞到多少好处。谷虎盘算,这解放军大部队说来就来,自己现是回不了白鹤寨,又得罪了段运飞,投诚不行,硬拼也不行。练枪回来,他和苗女寡妇小声商议着,策划着一场更大的阴谋……

这时,著名的抗美援朝战争已爆发了抗美援朝战争共历时两年零九个月。

蒋介石为了给陈高南打气,命陈高南为湘鄂川滇反共救国军副军长,授中将衔,兼暂十二师师长。陈高南接到委任状,立即电告蒋介石:"我部将待守牛角山,与共产党决一死战。"

陈高南坐在大椅上,理了理头发,眉飞色舞地对佘继富说:"这下好了!哼!大水冲了龙王庙!共产党和美国打起来喽,第三次世界大战就要爆发!哼哼?蒋总统将给我送枪送炮,老子不再是缩头乌龟!哼哼?小蛇儿要变成一条大蛟龙了。"

佘继富得意忘形地说:"段运飞神气个屁!美国佬的飞机大炮让这小子吃不了兜着走。"

陈高南开始玩笼络人心的把戏,他委任周野人为第一旅旅长,李癫子为第二旅旅长,佘继富为第三旅旅长,谷虎为第四旅旅长,排以上头目人人提升一级。

第十九章　本主风波

107　本主像

鱼鳞寨处在澧水和溇水交汇地，是一个民家与土家杂居的山寨。寨民有游神赶会的习惯。当颜文南派的一个剿匪团开进寨时，寨民杀猪宰羊迎接解放军。那天正是庙会日，即游神赶会节。

老族长为了庆祝鱼鳞寨解放，组织了一场浩大的游神活动，共抬着大二三神、药王、城隍五座本主到墟场游神，还有仗鼓舞、武花灯等民俗表演。

解放军第一次开了眼界，许多战士悄悄议论："这湘西寨子，风俗古怪，数百上千人抬个木头，威风凛凛地游街示众，不知是干什么？"

熟悉的人就告诉战士们说："这是游神，民家寨子的老风俗，抬着的不是什么木头，是民家人的祖宗像。"

一个从大理来的战士笑着说："哦，这游神风俗，跟我们大理一模一样，都是纪念祖宗的活动。"

老族长与一名大胡子团长赶庙会。两人走在游行队伍中，边走边聊。

老族长说："这游神，即游本主神，我们民家寨信神不信鬼，本主翻译成汉语叫武增，即一个地方一个山寨的保护神，本主就是祖先的化身，我们这里立本主有三种情况，一是立对本寨有功勋的人物，二是立岩石、树为本主，三是立观世音菩萨等神灵为本主。"

大胡子团长和老族长一块跳仗鼓，大胡子团长的不规范动作惹得群众大笑不止。

"笑什么，我从来没跳过仗鼓舞，学学有什么好笑？"大胡子团长有些生气。

族长赶忙打圆场："哎呀，他们不是笑您，他们很喜欢您的直爽和豪放，您来民家寨剿匪,同他们说说笑笑,既赶会,又跳仗鼓,是我们民家人真正的好朋友!我们谢您还来不及呢!"

族长找来一个腊猪脑壳,打两斤包谷烧,与大胡子对饮,还取名"吃游神仗鼓酒"。下午,所有参加游神事务的人都有酒肉吃,这叫"游神没肉炒,不如跟滥船里三公跑!"

没想到,族众这一喝就醉了,一醉就出事了,一出事就是天塌下来的大事。第二天,老族长刚起床。守祠堂的跛子哭着跑来报信:"5座本主像昨夜被盗!"老族长一听,惊得半天没说话,良久才结结巴巴说:"喂……是哪门浓的(怎么搞)?"

跛子说:"因为游神,我多喝了几杯,贼人用老鼠打洞的方式逮走本主了!"不久,大胡子团长得到了消息,本想帮助追查,但考虑到主要任务是剿匪,就放弃了这种想法。

下午,大胡子团长走到祠堂安慰老族长说:"本主像不见了,有什么了不起?不就是几个木脑壳像?我们出钱给你雕几个就可以了。"

老族长焦急地说:"团长同志,你不懂,本主是我们寨中非常重要的信仰物,寨民视本主为英雄,为楷模,对本主有浓厚的情感,若重新雕,有欺骗本主和族民之意,也有贬低整个族众之意,甚至会引发骚乱的哟。"

"骚乱?"大胡子团长一脸严肃地说,"有这么严重?那好,我立即派人将此事告诉颜政委和贺县长。"

当天傍晚,鱼鳞寨果然发生了骚乱。许多寨民涌向祠堂,找跛子和老族长索要本主像,一些人还砸坏了祠堂的窗户和木门。有人开始相互打骂,一面牛皮大鼓被掀到台阶下,现场一片混乱。老族长边作检讨边解释,汗一把把冒出,一个族众向老族长脸上扔了一个鸡蛋,老族长脸上稀稀的一片,慌忙用手擦了擦,向怒气冲天的族民许下诺言:"你们不要闹!我们一定抓住抢犯,追回本主!还鱼鳞寨一片清净!"族众骂骂咧咧地走出祠堂。

仗鼓寨的三座本主也在一夜之间消失。接着腊狗寨、龙蛋垭、青龙寨、马合乡等10个大小寨子的本主像,一夜之间无影无踪。

这是一起起性质十分恶劣的盗窃大案!

这是一起起破坏民族团结的连环大案!

又是谁干的?

108 侦破

澧源县城,贺文锦拍着桌子,向几个干部大发雷霆:"你们看看! 我们连几个本主都看管不住,还怎样保护人民群众? 我们是少数民族聚居地区,军、民、客、土、苗等族民长期杂居,尊重他们的风俗习惯,执行民族政策是搞好工作的前提。这下好了,民家寨子本主被盗,寨民骚乱,社会不稳,局面失控,人心涣散,你们如何面对? 啊? 啊?"几个农会干部被几个严厉的"啊"字镇住了,不敢抬头看贺县长,只惭愧地低下头,一句话也不敢说。

颜文南与贺文锦到县大队商量了一会儿,觉得侦破此案,十万火急。就喊秘书:"快! 立即通知飞鹰六组来指挥部报到。"

段运飞是第一个到达指挥部的。他背着背包,带着冲锋枪和手枪,因为走得太急,连水壶都顾不上加水。一进指挥部,段运飞搁下背包,就倒了一大碗水,咕咕噜噜喝,喝完,还十分满足地发出"咕——咕!"的声音,一看就知道渴坏了。

一个年轻漂亮的女战士款款走进屋,段运飞主动迎上去,热热地说:"你的伤好啦!"女战士说:"早好了! 日夜都盼望上前线。"

段运飞说:"金桃,你真受了苦,我没照顾好你。"

谷金桃:"谁叫我们处在战火纷飞的年代啊。"

第三个到屋的是大铁杆,穿一套黑色纽扣衫,一看就是武林中人。

伍桂美进屋,她认识谷金桃和段运飞,见面后亲切地打着招呼。

琼带着罗战士出现在大家面前。琼一脸阳光,笑着说:"段连长,什么风把你也吹到我们一坨(块)来啦? 你不是在乡下赶土匪吗?"

段运飞说:"刚抽回来,可能有特殊任务。"

正说间,贺文锦和颜文南迈进来。

六人整齐站成一排,贺文锦先通报了案情,再交代任务:"同志们,经县政府和剿匪大队研究,你们几人成立飞鹰6组,组成本主盗案侦破队,这是一项特殊战斗,一定要打好! 打赢! 打彻底!"

六人仔细听贺文锦的安排。颜文南一手叉腰,一手做手势,介绍说:"18寨本主被盗,说明这是敌人最后疯狂的结果,他们偷走本主,目的在于破坏民族团结,转移我们的视线,制造混乱,报复民家寨,这是一次有计划有预谋的敌特破坏活动,县大队决定抽你们6人侦破此案,段运飞任组长,谷金桃任副组长,大铁杆为警卫,伍桂美为调查员,琼和罗战士协助。你们有信心没有?"

六人立即回答:"有!"

贺文锦说:"为了便于侦察,我给你们配备新型交通工具——自行车,每人一辆!"段运飞等六人一听有自行车骑,都乐得一夜没睡好,因为自行车在当时算最时髦的货,有的寨民还从没看到过自行车。

早上,雾锁青山。段运飞在澧水河边召开六人小组专题会议。段运飞分析说:"18寨本主被盗,极有可能内部作案,也不排除敌人搞政治阴谋,我们要深入各寨调查研究,摸清敌人动向,将本主完璧归赵。"伍桂美等人相继发表自己的意见。大家都认为,土匪太嚣张,一夜之间盗走几十座本主像,与其说是杀民家寨的威风,不如说是杀解放军的威风,这些土匪已成强弩之末,在做最后的疯狂,公开与解放军叫板,若不狠狠打击他们的嚣张气焰,解放军的声誉将大打折扣。会议开了将近两个小时,最后共形成四个决议:第一,小组人员必须分工,明确职责。第二,五天一碰头,及时通报敌情。第三,破案时间在30天内,如果完不成任务,飞鹰6组集体检讨,接受纪律处分。第四,两天内必须人人学会骑自行车,谁学不会,谁就随自行车跑,不准搭车。

会后,伍桂美用清水洗了一把脸,悄悄问:"段组长,分组按什么原则进行?"谷金桃抢先说:"我提议,可按我们白鹤寨做工夫的原则搭配!"段运飞笑着说:"那你说说,怎么配?"

谷金桃说:"我们寨有句俗话,叫'男女搭配,干活不累',怎么样?"伍桂美说:"好让你和段组长讲悄悄话?"谷金桃红着脸,故意给伍桂美浇水,伍桂美嬉笑着躲闪……

小组人员最后按男女搭配的方式分了组。段运飞与谷金桃在一组。大铁杆与伍桂美在一组,琼与罗战士在一组。段运飞认为男女这样搭配,便于开展侦查工作。

伍桂美看见谷金桃给段运飞拿背包,开玩笑说:"金桃姐,你和段组长在一块卿卿我我,像一对革命夫妻,准备回门去的吧?"

金桃羞红了脸说:"嚼你舌根,我们两个又没谈恋爱。"

伍桂美说:"解放军就不能谈恋爱?段组长人又潇洒,脑子灵活,是个难得的人才,你不追紧点,不怕我们抢去?"

段运飞笑说:"我是个什么人才?自来澧源剿匪,表扬没得到,处分却有了两次,在县剿匪大队,我就是一个大糊涂蛋!大倒霉蛋!一个脑瓜子笨得跳的二百五。"

琼笑着说:"段组长,你是个英雄,我们县的土匪提起你,就吓得腿子软!有一次,我遇到7名土匪在大路上抢亲,我故意大喊一声,不好啦,解放军段运飞来了!几个土匪就吓得跳了刺包笼,土匪怕你的什么?就怕你摘帽子起火!"几人哈哈哈大笑,连段运飞也逗乐了,说:"好个琼妹子,我摘帽子发脾气,你看见过?"

段运飞六人骑自行车从县城出发,段运飞骑车技术好,可以双手脱把,惹得其他5人羡慕不已。其他5人不是链条脱了就是刹不住车,大铁杆还"飞"到田里,人和车打了一个翻滚,弄得满身泥糊糊,段运飞边骑边教给他们一些技术。踩到民家寨,六人寄了车,分头进寨调查。

段运飞与谷金桃调查的寨子叫青峰溪。

两人找到族长,族长解释说,他们寨信奉两个本主,一个叫潘大公,一个叫千一公。据说潘大公是青峰溪寨的第一个开山始祖,是土司后裔。千一公来青峰溪落脚,住狮子洞,与潘大公很友善,两人交往甚密。潘大公给千一公治病,千一公帮潘大公打败流寇,后来潘大公死后,其家境破败,千一公成了青峰溪寨主人,后人为缅怀两位祖先功绩,树两人为本主,且定于古历十月十五为本主节,抬神游神赶会,一直没有间断。两本主像全由樟木精雕而成,大约有600年历史,一直奉供在祖祠中。前不久突然失踪,据寨民讲,那天有人看见一男一女背着麻袋向山上逃了,他们怀疑那对男女就是偷本主的抢犯!

谷金桃问:"那一男一女是何样子?"

族长说:"那男的有点微胖,鼻梁上有颗大黑痣,女的苗条,都会说民家佬腔。"谷金桃心中有个疑问:这个男人怎么像她哥哥谷虎。但随即又打消顾忌:谷虎正在陈高南匪部当旅长,他偷本主干什么?他也信奉本主啊!

第五天,碰头的日子到了。段运飞等6人到马合乡庙会上集中,看到一些族民抬着三个小矮木像游神,惹得许多群众议论纷纷:"真是一群白大汉,连祖宗像都保不住,看来我们寨又要遭大乱,听说陈高南要来场上当抢犯,我们早些回去,少来赶场。"说得段运飞脸上火辣辣的。碰头会上,段运飞作总结,伍桂美作记录。

案情是这样的,18个民家寨被盗本主,共有25座,即大二三神、谷均万、钟千一、王朋凯、潘大公、谷高、陈吉、陈亮、张奎、黑公公(雷万春)、刘猛将军、马公元帅、张五郎、陈花岗、高氏婆婆(女)、韦陀、黑脸大公、许仙真君、关云长、甄朗公、杨三公、杨泗(幺)将军、马老爷、谷二公、谷三公! 这些真名本主都偷到何处去了？大家很纳闷：到底是谁在幕后操纵这个大案？

最后大家决定，先从守祠堂的人开刀。

109 探水

一条线索很快浮出水面。

腊狗寨守祠堂的狗佬，最近出手阔绰，还跑到鱼潭寨找女人风流，这家伙原是个孤儿，没屋住，族长就安排他在祠堂里照看本主，拿人敬奉的水果、酒类等维持生计。

"狗佬阔了！必有文章！"段运飞叮嘱大铁杆和伍桂美，日夜监视狗佬行踪。

狗佬趁夜幕降临，出门风流。狗佬坐船过河到鱼潭。鱼潭是湖北鹤峰县的一个寨子，与民家寨隔河相望。当地有句俗话，叫"要发财找鱼三，要吃鱼，上岩滩，要快活，进鱼潭"。狗佬到鱼潭，就去了一个比较隐蔽的寨子，找风骚女人玩。

狗佬走进一家绿树掩映中的吊脚楼酒肆。这座酒肆有些名气。

掌柜的是一个益只糊（独眼），看狗佬进门，高声迎客道："狗佬，今朝你搞哪个？"狗佬说："现眼眼儿！"掌柜就喊："秋香，狗波儿来哒！"一位叫秋香的女人立即应答："狗波儿来哒，熬得干（吃）哒？"狗佬说："干（吃）不得，赶紧让我消肿！"狗佬和秋香相互邀着，上楼勾魂去了。

大铁杆和伍桂美出现在酒楼门口时，独眼掌柜很警惕，见大铁杆好像不是来风流快活的（一般男人不外带女人），就喊："客官携女人前来，是住店还是探水？"

大铁杆说："生意人找个相好出来转转。"

掌柜说："这里有卵好转的？上楼，这女人吗，想舒服？我来逮。"

大铁杆是个急性人，哪容得下掌柜当面污辱伍桂美，就骂道："是一群牲口吗？怎能污辱妇女？"

掌柜冷笑一声："你是哪个茅笼拌的？充当大牲口！你当这地方是澧源？"

大铁杆火火地吼："你咬我！"

掌柜冷笑着，喊一声："逮！"立即有几名伙计操家伙迎上来，包围了大铁杆。这些人拿了火钳、铁铲上来，伍桂美见势不妙，故意打圆场说："我男人是个黑包，莫见意思。"

掌柜说："是黑包？我看你们是解放军探子吧！"一挥手说，"拿下。"顿时，双方就大打出手。大铁杆本身就是解放军的武术教练，又练过鬼谷神功，只几招，五个伙计扑倒在地，连饭桌腿都被打烂，饭盒、菜碟等满地狼藉。伍桂美悄悄退到墙壁角，举缸将一个抛飞镖的伙计砸晕，喊："杆子哥，快逃！"

这时，楼上所有的门都同时被打开，有十几个穿黑褂者沿窗跳下，伍桂美怕大铁杆吃亏，上前搏斗。掌柜暗中用钢珠弹打中大铁杆头部，大铁杆受伤，仓皇逃出酒楼，伍桂美断后，两人冲出寨门，往河边狂跑。后面的人追赶了一会，追不着，骂骂咧咧回去了。

再说狗佬和秋香坐在板凳上，一盏油灯撒着微弱的光线。房屋墙壁，全是木板拼成，一张木床，一床棉纱帐子，黑不溜秋的，好像几十年都没有洗过。秋香的衣衫凌乱，露出两个大奶子，笑说："狗波，你每次，都只给一块光洋，你有钱，多过（给）点！"

狗佬站起身，摸摸秋香说："你以为我是四望山的石舀——取不完用不完？老子今年30岁，才发点小财，把两个木脑壳（指本主）荡啦（销售），才搞100块光洋，让寨人找到（知道）了，要剥我的皮！"

秋香说："你会荡（卖）！荡到哪会（里）去哒！"

狗佬扯谎说："我荡到石门去哒。"

狗佬又搂着秋香销魂了一番。

半夜过后，狗佬哼着山歌儿踏进祠堂，被一支枪抵住后脑勺。

来人是大铁杆。

通过审问，狗佬承认陈吉、陈亮两个本主是他偷了，卖给了河对面独眼掌柜。

第三天晚上，狗佬又去了河对面。狗佬找到独眼掌柜说："价低！不卖！退我钱。"

掌柜说："你窝了屎又舔？那不行！"

狗佬又说："让我再看看木脑壳，我在木脑壳里藏有东西！"

掌柜问："什么？"

狗佬说："宝剑！我偷的悬棺洞陈兆南的那把宝剑。"

掌柜说："那我看看。"

两人沿木楼转了几个弯，狗佬和掌柜点了灯朝牲口棚里走去，掌柜移开一个破烂木箱，露出一个黑洞。两人沿梯下洞，里面有好大的空间，透过灯光，狗佬看到了地上摆有很多木脑壳像，有高的大的长的，也有矮的短的壮的，狗佬一眼就看见了那两尊本主像,又高又大,镀金发亮。

狗佬走到陈吉像边,将一只手拧下,取出一把短剑,说:"就是这一把!是将军佩剑,你们要就加钱!"掌柜夺过短剑,说:"我看看!"放下灯,将刀出鞘,一看果真是好剑!掌柜说:"这刀好火色(刀刃好),老子给你二百五?"狗佬说:"二百五?搞!"当然狗佬没有拿到250块光洋,就被掌柜用宝剑杀死在洞中。

110　背时鬼

狗佬失踪,段运飞懊恼不已,原准备让狗佬去侦察,却赔上狗佬性命。段运飞甚至很怨恨自己的鲁莽和无知。

第二天清晨,段运飞全副武装,还带上部分有武器的农会干部,想活捉悍匪。

黑店早已人去楼空。

段运飞急得直喊:"哎!"这时,一个渔民跑上前,喊:"解放军,我刚刚看到一伙人背着许多大麻袋往山上跑去,他们还有枪!"段运飞急急说:"在哪里?"那渔民用手指着一座像女人生殖器一样的山说:"在那里——阴卵溪。"

段运飞说:"那是周野人的地盘!"

段运飞率剿匪队跟踪追击。

独眼龙掌柜回头看到山下有人追,知道事已败露,对持枪人喊:"挡住解放军,将木脑壳送到陈师长那里有奖!"随即,山上枪声大作。

独眼龙握着手枪,肚边吊着一把佩剑,指挥马帮沿山道急走,被段运飞紧紧缠住。

独眼龙的马帮行动较迟缓,双方在山上激战。段运飞武器好,枪法精,转眼将独眼龙的兵丁打死七八名,独眼龙知道斗不过解放军,就干脆玩溜溜牌游戏,他悄悄撇下兵丁,自己扛了一个大麻袋往松林逃跑。

谷金桃发现了他,立即开枪,只打在麻袋上……

独眼龙掌柜的马帮,被段运飞全部截获。段运飞扯开麻袋,里面全是本主像。

谷金桃通过清点,报告说:"共有53尊本主像,只有陈吉陈亮两尊下落不明。"

段运飞说:"18寨总丢失25尊,那怎么又多了28座?"

谷金桃笑着解释,这些土匪有的不是民家人,他们把一些祠堂里的神像也偷来了当本主,你看这些像有如来、唐僧、妈祖、哼哈二将、四大天王等,这些土匪蠢得死,偷的阿弥像是铁铸的,一座二百多斤,根本不是木雕的本主。

段运飞从一个被俘的土匪嘴中探明,这股盗本主像的土匪,直接受佘继富指挥,独眼龙是陈高南的警卫副官,他们采取偷盗抢购等手段,窃取18寨本主像,想制造混乱,引发民族矛盾,转移剿匪大队视线,嫁祸于解放军。

再说独眼龙背着麻袋,一路小跑逃到牛角山。将麻袋搁在寨门口,直接到司令部找陈高南领赏。一进屋,独眼龙兴奋得像一条叫驴,边走边喊:"师座,您要的28座木脑壳全被我藏到鱼潭寨,我今天背两座让你看看货。"

几个匪兵慌忙将麻袋打开,陈高南走近一看,立即气傻了眼:是什么本主像?分明是两座怪物,一尊是扛铁钉钯的猪八戒,另一尊是张牙舞爪的狮子,两尊都是铁铸造的。众匪徒大笑不止。认为独眼龙简直就是一个大笨蛋。一个人只顾逃命,而连轻重都分辨不出,携着两尊铁家理(货物)奔山坡,一口气跑40多里山路。独眼龙累得够狠,但又折射出他的彪悍与骁勇。

独眼龙并不理睬众匪对他的嘲笑,感觉很不错,认为陈师长会重重奖赏他。面见陈高南时,立即取出腰间的宝剑,满脸堆笑地呈上:"师座,我还弄得一把剑,给您作见面礼!"

陈高南仔细审视,的确是一把稀世宝剑!谁是这宝物的主人?

陈兆南!

真是色胆包天!陈高南越看脸越阴,越看越按捺不住情绪,慌忙搁下那物,拖出枪,指着独眼龙大骂:"你个反排渣骨!养红眼睛了?哼!敢到悬棺洞盗老子大嘢(哥哥)的墓!告诉你,这剑是我大嘢(哥哥)的佩剑,是蒋总统亲赐的!哼!"

独眼龙见闯了大祸,吓得跪倒在地,"饶命,饶命,本人炸珠(瞎眼)哒,穿灯(熄火)哒!我想不到这宝物就是您亲哥哥的!手下几个饭桶讨好我,就去悬棺洞偷来孝敬我,我,我就送给您,饶命!饶命!"陈高南见独眼龙有反悔之意,又听说刚刚打了胜仗,收起了手枪,说:"念你对老子一向忠心耿耿,哼!今饶你不死,来人,拖下去,打二十军棍!哼!"

独眼龙献宝,不但没领赏,还挨了二十军棍,心里窝了口闷气,但这口气又没地方发泄。大凡有点身份的人,遭受侮辱时总想找个台阶下下。

独眼龙为掩饰自己的狼狈,出门朝路旁的一块大石碑猛踹一脚,恶狠狠地骂道:"背时鬼!老子早晚收拾你。"惹得几个卫兵都笑了。

111　本主树

段运飞这几天心情格外舒畅。恋人谷金桃伤势已慢慢好起来,还编在自己队伍中,能天天见面,倾诉心中的情怀,原定30天的案子只用20多天就破了。上午通知各寨族人来青峰溪迎接本主回寨的命令已下发到各处。眼看就要大功告成,没想到马合乡又出了事——本主树被偷伐。

段运飞立即派大铁杆四人去马合乡调查处理,自己到青峰溪迎接18寨寨主。

青峰溪钟氏祖祠前,已是人声鼎沸,岩塔里摆放了许多木轿,那是抬本主像的工具。18寨寨主坐到祠堂中,谷金桃给寨主们倒了茶。段运飞将破案情况作了通报,寨主们眉开眼笑说:"还是解放军神勇无敌!"段运飞请18寨寨主领回失窃的本主,用围鼓唢呐簇拥着抬出祠堂。

谷金桃没有看到白鹤寨的人,问王志超是怎么一回事。

王志超说:"你爹去世后,寨中事务均由农会干部处理,加上你哥谷虎为虎作伥,投靠陈高南,还偷别寨的本主,全寨人都咒骂他,百年老寨出了这么一个没骨头的报应。寨民觉得是寨中丑事,无脸见解放军,就没有派人参会。"

"那我们寨上的谷均万、钟千一、王朋凯三座本主安好没有?"

"还没,寨民说等段连长和你回寨安神。"

下午时分,大铁杆回到白鹤寨,很快将调查结果报告给了段运飞。

事情是这样:马合乡原有一棵本主树,叫过河枞杨,长在澧水河边,有一年被雷电劈开,形成一个空壳,空壳处旁生一树,据说是神医谷高的化身。此树一年四季都披满了红绸,那是四方八寨寨民信仰此物的奖品,没想到被流窜作案的谷虎夫妻趁夜砍伐。寨民心中的圣树被倒下,许多民众怨恨农会干部护树无力,要求农会干部向寨主赔礼道歉,最后农会干部反复做思想工作,还保证一定想办法尽快恢复并保护这根圣树,本主树偷伐之事才渐渐平息下来。

112　安神

段运飞带着6人小组到白鹤寨安神。

其实是白鹤寨借安神之名邀请段运飞回寨做客。段运飞6人在祠堂里面对本主站着,一些老者开始安神。一个穿青袍的三元老司手持圆铁圈(师刀),

烧了一些纸钱,杀了一只公鸡,将血点在倒立着的猎神张五郎鼻尖上,跪拜地上,不停地板卦,不停地绕着桌上的神像转圈,用一种嘶哑的声音反复聆唱安神词:内外肃静鼓乐停,白子儿孙跪埃尘,本主三神金容降,虔诚恭受神遗训。

谷金桃紧挨着一个大鼓边,分明听到有人在咏唱《民家人拜祖(本主)词》,据说这词是仗鼓部落一代一代传下来的,也是民家人区别其他民族的一种特有的咏唱词:

> 山有昆仑水有源,花有清香月有影。
> 树木有根竹有鞭,莲蓬打从藕节生。
> 一拜祖先来路远,二拜祖先劳百端,
> 三拜祖先创业苦,四拜祖先佑后贤。
> 家住云南喜洲睑,苍山脚下有家园,
> 大宋义士人皆晓,洱海遗民历代传。
> 五拜祖先置屋场,六拜祖先挑田地,
> 一寸土地一寸金,稻米飘香鱼满仓。
> 七拜祖先种五谷,八拜祖先造仗鼓。
> 一招一式舞得苦,游神学武艺靠谱。
> 九拜祖先建水库,十拜祖先织衣服。
> ……

段运飞给本主磕了三个头,有些嫌唱词过于复杂冗长,加上屋子里香火缭绕,空气流动性差,脑子闹哄哄一片。

出了祠堂,金桃给段运飞递上一杯清茶。段运飞边喝边说:"你这里的拜祖词'家住云南喜洲睑,苍山脚下有家园,大宋义士人皆晓,洱海遗民历代传'四句,是说你们祖宗从云南大理定居到这里的,这大宋义士是指谁? 是不是谷均万、钟千一、王朋凯等人?"

"应该是,但又不能完全肯定,关于我们祖先的来历,寨中一直有三种说法,一是河南移民说,说我们祖先在唐朝从河南移民而来。二是江西补充说,说祖先是从江西填湖南时期来的。三是大理征战说。说谷均万等寸白军来澧源,开荒斩草,从此有了民家寨。我个人认为第三种说法,比较准确。但我们都不是历史学家和民俗家,对一个民族的迁徙史了解甚少。"谷金桃小声说

"这真是一个谜,我们大理信本主,你们也信本主,你们的房屋、语言等怎么与我们大理有惊人相似之处?"段运飞刨根问底。

"难道我们民家寨所有仗鼓部落,根就在大理?"金桃、琼两人大胆提出段运飞没有戳穿的谜底。

"谜底有时只隔一层纸。可就是无法戳破。那一层纸啊,把历史的空白留住。"这是爱记日记的伍桂美,听了段运飞和谷金桃两人交谈后记录下的一段文字。

第二十章　剿匪日记

113　织网

郑刚奉 101 首长之命,再次调来澧源参加围剿牛角山的战斗。

郑刚所带的大部队从四川成都出发,日夜兼程,长途奔跑到澧源县城,天已黑了。

将战士们安置好,郑刚带着一名警卫,步行到颜文南处报到。

在县政府大院里,两人一见面就紧紧搂抱在一起,颜文南高兴地说:"老郑回来喽,我们澧源又有虎将喽!"

郑刚说:"一个好汉三个帮,三个臭皮匠顶一个诸葛亮!我这次奉命回澧源,就是配合兄弟部队,拿下牛角山!活捉陈高南!"喝了一杯茶,两人开始商量下步行动计划。

八月的天气真热,晴空无云,阳光暴烈,连狗都躲进树林避暑。在一条小山道上,树木葱茏。段运飞和金桃并肩走着,听说郑刚回县剿匪,段运飞高兴得直跳:"老首长回来,我们再也不被动了。有人有枪有炮,还怕陈高南?"

金桃笑:"看把你乐得,怎么,想见老首长了?"

"现本主案已彻底告破,除了被谷虎偷去的陈吉陈亮两尊本主外,其余均物归原主。龙蛋寨的陈吉陈亮本主像也安到祠堂,有一家私人藏有陈吉陈亮的像,且高大威武,比盗去的木像还要体面气派,已被龙蛋寨所接受!我们 6 人小组已完成历史使命,应该回城复命。"段运飞说。

琼从后面跑来,隔老远喊说:"段连长,我又不是解放军,我是腊狗寨猎户,你们看我枪法准,觉悟高才抽我参加破案的,现在本主案破了,我也回寨了。"琼与金桃等人依依惜别。

段连长很佩服琼的胆识和勇敢，很客气地说："我还会请你出山的！"

琼笑道："解放军英勇善战，纪律严明，这样的部队值得信赖！只要段连长需要，我坐飞机跑来报到！"几人开怀大笑。

贺文锦、颜文南、郑刚三支部队合在一起后，剿匪大队异常热闹。山上、河边、沙滩，到处都是战士们生龙活虎练刺杀的身影。

下午，在一个老院墙里，剿匪大队领导在开会。贺文锦边摇着扇子边说："据侦察，谷虎已接到陈高南密令，欲将抢的那些文物转移出去，我们要坚决拦截，决不能让白鹤寨的千年宝物丢失。"

颜文南补充说："谷虎虽是第四旅旅长，但是空头衔一个，陈高南没有给他拨兵，谷虎仅有20多个铁杆神兵死死跟着他，谷虎常单独行动，形迹诡异，凶残狡猾，打陈高南，我们必须先铲除谷虎这个顽匪。"

颜文南对谷虎恨之入骨，他猛饮了一口水，加重语气继续说："这个顽匪，既狡诈又毒辣，已先后杀害农会干部、群众等10来人，这个丧心病狂的土匪，捉了好多年都没捉到，他常化装成解放军，到一些寨子打劫，一有机会，就放火杀人，嫁祸给共产党！"

郑刚使劲捶打桌子说："这个悍匪，一定要彻底收拾他。"

三人决定：立即通知飞鹰六组，捉拿谷虎。

段运飞、金桃、大铁杆、伍桂美、琼与罗战士很快赶到县大队，紧急集合。

大追捕开始了。

114　伪装

你猜谷虎躲在哪里？

谷虎躲在迷魂谷。

因为迷魂谷岩石林立，树木参天，是一片很大的原始次森林，谷虎躲在这里安全舒适，进可去白鹤寨、仗鼓山，退可去狮子洞，还可走小路逃到津市。

谷虎穿着国军中校服装，鼻上的黑痣很明显，坐在茅草堆里，不停地往左轮手枪里压子弹。苗女寡妇拿着一个小镜子在梳妆。另一个小岩坎下，10多个神兵在打盹、打牌混时间。

"夫君，你钻到这里，谁也不会想到！"苗女寡妇说，"陈高南还以为我们到棉花垭守点——让他做梦去吧，我们10多人枪能挡住颜文南剿匪队？"

谷虎狡诈地看着苗女寡妇，悄悄说出行动计划："我想杀进白鹤寨，做三件惊天动地的事。"

苗女寡妇放下小镜子,扭过头问:"哪三件。"

谷虎说:"第一,找到我父亲的那把宝剑,带回族谱;第二,将妹子金桃带养的两个双胞胎崽抓回当人质;第三,探听白鹤寨虚实,趁机捞他一把。"苗女寡妇知道这三条计划都是为出逃做准备。

苗女寡妇担心地说:"你是白鹤寨龙旗长,大多人都认识你,怎么办?"谷虎显示出轻蔑的神情,不满的回一句:"你个婆娘真是——头发长见识短! 老子可以化装。"

果然不出所料,化了装的谷虎和他的神兵队,顺利地躲过了寨丁的盘查,很顺利地走到了白鹤寨祠堂。

谷虎在一个木槽门旁找到农会主席,说:"我们是解放军剿匪大队的,奉命将谷兆海的那口剑和族谱带进城去,由县政府统一保管收藏。"说完将介绍信递上。农会主席刚刚从别处调来,根本不认识谷虎,看到 10 多名解放军荷枪实弹,又有县大队的印章,一点也没有怀疑,就走到谷兆海的木屋取出了宝物和谱书。

第一计划完成很顺利。谷虎又演第二场戏。

中午,农会主席邀谷虎吃杀猪饭。

谷虎历来是"酒就是他的命,见了肉命都不要了"的大肚汉。上桌就一顿猛吃猛喝,吃得满嘴流油。这回倒让农会主席感到纳闷:"这些解放军,个个都干(吃)得,像个饭缸,吃饱了跑得动? 打得仗?"

谷虎一眼就看出了农会主席的心思,用手摸了一下油腻腻的嘴,笑着说:"我们是侦察部队,常年在野外,饥一餐饱一餐,你莫见怪。"

农会主席说:"没! 没! 都是自己人,我怕你喝酒逮醉,板(摔)破后脑壳(脑袋)! 我担当不起。"

谷虎说:"哪里,哪里,我们逮惯哒。"

吃完饭,谷虎在石塔中打了一套日字冲拳,又拿了一根木叉,玩起跳仗鼓舞的一些招数。打消了农会主席的顾忌。农会主席说:"你们能文能武,既干(吃)得又做得,海过(好)! 海过(好)!"农会主席随即叫一名干部去找两个双胞胎。

两个虎头虎脑的男双胞胎,跑到农会主席跟前,疑惑地打量着谷虎,手里各拿着一副弹弓,就是不说话。

"快叫解放军叔叔。"农会主席催促着说。

而两个双胞胎从没有与谷虎见过面,摇摇头说:"我不喊,我不认识你!"

谷虎逗趣说:"小朋友,一个鸭把儿,叉两个鸟鸟儿!我是你姑姑金桃的同事,专门接你进城,你俩都10岁了,还不识字,叔叔带你们去县城读书,好不好。"

"不好,城里没弹弓玩。"双胞胎的话,让在场的人都笑了。

农会主席决定将小龙小虎两兄弟交给谷虎带到城里。

谷虎的骗人技术本来不怎么高超,可偏偏遇上了一个不爱动脑筋而对情况不熟的新上任的农会主席,谷虎的两项计划都进展顺利。谷虎企图玩弄第三个游戏:夺走白鹤寨20条枪,制造白鹤寨惨案。

有两个高个子神兵上前拖小虎、小龙。双胞胎不愿意让人牵着手,挣扎着喊:"我们要玩弹弓。"

谷虎喝退两个高个子,走近双胞胎,小声威胁说:"那……你俩只能在岩塔里溅(玩),千万不能到处qia(指藏)。"

双胞胎说:"找得到(知道)。"

谷虎与双胞胎的对话,引起旁边一个干部的注意。这名干部就是农会副主席,他原在青龙寨一带烧炭,懂民家寨语言,虽不认识谷虎,但感到谷虎这些解放军有点来头。

于是,就上前对谷虎试探说:"听口音,你是仗鼓山一带的人呀。"

谷虎掩饰说:"不,不,我是永顺人,自参加剿匪,学了一些民家人口音。"

农会副主席进行第二次试探:"请教解放军一个问题,白鹤寨神兵龙凤旗长是谁?"

谷虎微微一惊,随即答:"龙旗长谷虎,谷虎死了后,由马飞飞担当,凤旗长为谷凤,后被土匪枪杀。"农会副主席心中有了底。随即引着小虎小龙跑入祠堂门,对正在办公的八名农会干部说:"快,快关门,拿着武器上楼顶。"

八名干部迅速握着枪,关上大门,急急问:"搞么得?"

"这10个解放军是假的,我怀疑他就是原来的神兵队长谷虎,今天早上我们接到县里通知,说要小心谷虎偷袭!"大家迅速爬上了屋顶。

谷虎见身份被识破,先一枪打死农会主席。谷虎气势汹汹对屋顶人喊:"都投降吧,老子今天杀回来了。"

谷虎手下的土匪趁机用木头砸门。农会副主席组织八名干部居高临下,持枪还击,谷虎占不到便宜。小龙小虎躲在木檐处,瞄准一个背枪的家伙,"嗖嗖"两弹弓,打得那家伙头破血流,仰面倒地。

许多寨民听到祠堂响枪,持猎枪冲上来增援。

好汉不吃眼前亏,谷虎顾不上受伤的土匪,就和其他匪徒从后门钻出,逃向迷魂谷。

115 蛊毒

段运飞六人,骑自行车赶到白鹤寨,战斗早已结束。

农会主席的葬礼由白鹤寨安排。

寨民将农会主席的尸体放进一个大酒缸里,缸中塞了个小板凳,尸体坐靠缸边,几人抬着大酒缸往野外跑,到了葬点,挖个大坑,放下缸,再在缸上搁放另一个大缸,像俄罗斯套娃。那缸有火砖厚,结实着呢。然后用土掩埋,葬礼算结束了。这种用酒缸葬人的办法,在白鹤寨时兴很久了,主要葬有争议的逝者。农会主席警惕性不高,工作出现严重错误,他死了,虽可以享受烈士待遇,但不能用棺木葬的。段运飞和谷金桃赶到野外安葬点,纷纷脱下军帽默哀致敬。随后,谷金桃跑到祠堂前,小龙、小虎扑进谷金桃怀抱中,热热哭喊:"幺幺(姑姑)!幺幺(姑姑)!"

"追杀谷虎,杀一儆百。"段运飞下了追杀令,立即通知各寨派武装人员集体搜山,段运飞亲率小分队追赶谷虎神兵队。

这回,谷虎已插翅难飞。

原始大森林,草木苍翠。

谷虎爬在一颗枯树下,不停地喘息,懊恼地说:"段运飞来得这么快?哎,让老子跑得踹猫喉(把命都跑得没了)。"

10多个神兵累倒地上,个个都解开纽扣,像狗一样吐舌头。这群神兵自落山为匪,就再也没练功夫,身体长了肉,跑急了感到呼吸紧促,浑身软绵绵。

谷虎饿得难受,虽在白鹤寨吃了一顿,跑了个把钟头,早已饥肠辘辘。他从腰间的布袋里取出一个煮红薯,拿着就吃,又趴到溪边喝了一口山泉。神兵们都各自以薯为口粮,狼吞虎咽地吃着。几名神兵不停地扯乱弹,一个说:"薯是个好家伙,想吃那砣搞那砣。"另一名神兵说:"薯是通气药,吃哒响屁多。"

谷虎和他的神兵队,如果长时间潜伏在森林里,剿匪队是拿他们没有办法的,因为森林大树多,溪水纵横,洞穴连连,这些神兵靠打野兔、杀蛇吃度生,完全可以活命。但这些神兵忍不住寂寞,时时想钻出去,到外面抢女人。正是他们这些匪性,决定了他们最终难逃覆灭的命运。

谷虎趴在岩上打盹。他想起了苗女寡妇,丰乳肥臀,魅力无限,有山野女人的野气又有城里女人的妖媚。在他眼里,苗女寡妇简直就是一个大自然的灵物,他要回迷魂谷,尽情享受人间欢乐。

"螳螂捕蝉,黄雀在后"。段运飞已在迷魂谷编织了罗网。

段运飞分析谷虎极有可能躲在迷魂谷,理由有三:

一是迷魂谷地理位置独特,是一个外人疏内人亲的地方,一般外人根本找不着进山的路。即便是闯进去,几天几夜也难出来。

二是谷虎是白鹤寨人,曾在迷魂谷一带活动过。

三是谷虎藏宝地点极有可能是狮子洞,即美枝子藏过宝物的洞穴中,安全又隐蔽,不易被发现。

段运飞准确的分析,最终导致谷虎和他的神兵队彻底完蛋。

段运飞在迷魂谷精心设置了三个卡口,分别由琼和罗战士、大铁杆和伍桂美、自己和谷金桃守关。几人均化装成猎户,秘密潜入迷魂谷埋伏,专门等候谷虎的神兵队伍。

苗女寡妇忍不住饥饿,她悄悄采野樱桃和猕猴桃,她摘了一背篓,正准备返回岩罩,突然发现前方有人影在蠕动。仔细一看,是一男一女,看装扮不像解放军,倒像赶山的猎户。

大铁杆显然没有看到苗女寡妇,他要伍桂美端枪守住前面大约100米的阴沟,躲在树叶丛中隐蔽,自己拿着手枪,蹲在岩包边,等猎物露面。

苗女寡妇是个手段恶毒的女人,她要出手制服大铁杆。她知道硬斗无异于以卵击石,只有用 lia lia(黏黏)药才能稳操胜券。

她朝大铁杆藏身处丢了一块小石,然后小声喊:"大哥,快过来,土匪要来了。"

大铁杆很疑惑地审视苗女寡妇,带着难以琢磨的眼神,问:"你是哪里人,为何到这山沟转。"苗女寡妇撒谎的本领极高,几句甜话,一个媚眼勾魂。几招就让大铁杆乖乖地从那边走过来。

大铁杆很快中了招。身上奇痒剧烈,但不知道这痒毒从哪里来,只知道胸、背、胯下很快凸现一个个红坨坨。大铁杆用手抓,越抓越痒,越痒越抓,形成一个恶性循环。大铁杆抓痒过后,一看枪和大刀没了,判断一定是那女人盗走了他的武器。

大铁杆知道自己中了那女人的蛊,却又不懂得如何解毒,只痴痴地站在一旁,使劲捣痒。谷金桃从草丛爬到大铁杆身边,扯把草药,捣汁揉患处,痒止住了。

"这种蛊,叫鹤拉子蛊,是苗女惩罚她男人的一种阴毒手段,专用毒毛虫的汁水渗透你的肌肉,我不来,你要痒死!"谷金桃边解释边教训说,"你们这些大男人,天生就是女人的下饭菜!"

"疯女人,放什么狗屁蛊,老子又不是他男人!"大铁杆不服气地骂。

谷金桃说:"她男人是谷虎,俺谷家的报应! 看,他们来了!"

这时,谷虎和神兵队钻进了伏击圈。

琼一枪打死最前面的那个神兵,伍桂美送一个高个子神兵上了西天。谷虎见中了埋伏,慌忙趴下来探虚实。

谷虎指挥神兵发起冲锋,占据一个岩包作为制高点,神兵冲锋一窝蜂,发出阵阵怪叫,伍桂美又放倒一个,琼的猎枪弹无虚发,转眼又报销4个。

"谷虎,你跑不了,缴枪不杀!"段运飞喊话,用政治攻势化解神兵的战斗力。

"呼!"一声,是苗女寡妇朝段运飞打枪。

谷虎拔枪应战,边打边喊:"兄弟们,冲,段运飞只有5个! 冲!"神兵们又集中冲锋。

谷虎来个"金蝉脱壳",他与苗女寡妇躲进附近山洞中跑了。

10多个神兵全部被歼。

116　剿匪日记

郑刚的四个团将牛角山包围得像铁桶一般。

一些土匪惊慌失措,乱成一团,大喊:"不好了,解放军围山啦,快点掐(躲)!"

在一个岩包洞中,陈高南怒发冲冠,踱着步,大声叫骂:"什么拜把兄弟? 到玩命时候,都屁股一拍——sua(耍,指逃跑)哒。"

陈高南骂的是周野人和李癫子。周野人率兵守野猪界,李癫子率兵守龚家界,两个卡子正好挡在牛角山前面,与牛角山成掎角之势。可郑刚的大炮一响,野猪界、龚家界失守,周野人和李癫子钻进山洞跑得无影无踪。

陈高南也作了最后的打算。现在与他生死与共的只有第三旅长佘继富,和几百名装备精良的国军特务营。另几个团的国军,大多没有战斗力,靠抢劫吃饭,真正舞刀弄枪与解放军较量就是一块稀泥巴。

郑刚和四个团的解放军分三路扑向牛角山。

陈高南正在一座寺庙前,召集团长以上官兵训话,陈高南想大声喝叫,以炫耀一下气派和威严,可刚一开腔,嘴里就被一口浓痰卡住了咽喉,噎得他连泪都落下。

陈高南觉得已日落西山,给每个团长发了二十块光洋,命令将官拼命抵抗。

郑刚的铁笼围剿计划最终将暂十二师主力全部消灭。

兵败如山倒。许多匪兵纷纷夺路潜逃,一时间寺庙、岩洞、残墙、沟壑都有匪兵身影。这些土匪时躲时藏,让郑刚费尽了气力,才将匪兵们抓获。

郑刚的剿匪队将红旗插到牛角山主峰,最高点大寺庙的屋檐上时,其他部队正在打扫战场。后来,伍桂美用日记的形式,记录了牛角山战役的点点滴滴——

8月26日,晴,牛角山一役,陈高南部被打垮,匪兵伤亡2000余人,周野人逃跑,李癫子趴壕,陈高南和佘继富下落不明。据不完全统计,尚有近千名土匪漏网,牛角山战斗,我看不能叫大捷,只能说暂时取得胜利……只要澧源有一个土匪,我们剿匪队就一天不撤走。

上面这段文字,是伍桂美精心写出的,有点像小说创作。

9月5日,段运飞正在喂马。颜文南来了。颜文南告诉段运飞,牛角山一役,陈高南部被打垮,但土匪们又迅速抱成一团,集中在澧源与大庸交界地段,有两股土匪,人多势众,气焰嚣张。两股土匪:一股是陈土,一股是绿鼻涕。

颜文南对段运飞说:"根据情报,陈土势力较大,有几百余人枪,在鱼清寨周围占洞为王,解放军多次围剿都无功而返,陈土自称为洞中鼠王,你带剿匪队去剿灭他。"

段运飞立即行了个军礼说:"请政委放心!我一定将陈土部连根铲除!"

段运飞虽口头承诺,但心里还是七上八下。陈土是股悍匪,又占洞为王,洞洞相连,一呼百应,而段运飞的部队加上民兵只有200余人,虽装备较优良,但人地生疏。段运飞回到军营,召开全体军官会议,还利用士兵献计献策,初步拟定三条作战计划。

一是派军官打进陈土匪巢内部,掌握匪巢里的一切动向,这个计划叫"黄鼠狼钻洞"。

二是派一个排假扮陈土的残部,给陈土送些大烟和汉阳造,从思想上加以麻痹,趁机直捣匪巢,这个计划叫"野猫拖鸡"。

三是悄悄组织民众在战斗打响后,堵住各洞的出口,用牛黄、辣椒等烟熏,逼敌人出洞,这个计划叫"老鼠透气"。

随后,大家开始准备。

第一个计划还算顺利。

侦察兵大铁杆施了一个苦肉计，离鱼清寨还有 5 里，山坡上响起了枪声，几个战士边放枪边追赶大铁杆，大铁杆手臂中枪，血染衣衫。大铁杆边打边喊："颜文南，老子与你誓不两立，你杀了我家妻小，烧了老子的屋，你还想将神兵斩尽杀绝？"守寨门的匪兵，看是一个神兵模样的汉子受伤，就朝战士们放枪，救了大铁杆。大铁杆进洞，他编了一个故事，说他叫盐三，当过神兵，因烧过颜文南的屋，杀过剿匪队的人，一直被颜文南追杀，今天走投无路，来洞中落草。陈土的副官以前也当过神兵，又见大铁杆身高力大，手脚敏捷，就收了他当贴身保镖。大铁杆一边与匪兵周旋，一边借机窜洞侦查，掌握了洞中的兵力部署及洞口走向等情况，借下寨玩窑姐之际，将情报送给了颜文南。"黄鼠狼钻洞"计划顺利完成。

第二个计划"野猫拖鸡"出了问题。剿匪大队手下有个民兵副班长，原属兵痞出身，又嗜好抽大烟。段运飞派副连长派一个排，携上汉阳造和大麻烟枪，扛着陈土的旗号，买通守寨门的小头目，骗得匪兵营长的信任。夜晚被邀请至洞中打牙祭。副连长以送酒为信号，暗地嘱咐手下提高警惕，枪不离身，刀不离手，做好一切战斗准备，并约定半夜动手。可刚至傍晚，有人擅自行动，暴露了目标，是副连长手下的那位班副，他烟瘾大发，趁看守喝酒之际，溜到库房偷烟枪，被躲在暗处的匪兵擒获。几个匪兵一阵猛打，打得班副皮开肉绽，只好招供，将"野猫拖鸡"计划全部告诉了敌人。匪兵们如获至宝，慌忙报告陈土。陈土眼中闪出阴险毒辣的目光，对身边的副连长看了一眼，说："拿下。"众匪帮立即将副连长和他身边的几位侦察员包围起来。

古谚道："擒贼先擒王"。副连长见事态危急，立即拔枪抵住陈土后背，喝令众匪徒："老子是段运飞的部队，放下枪，不然一枪敲碎他的脑袋！"陈土被擒，连连斥责下属："快！快……放下……枪。"

"不好了，颜文南和段运飞打进洞来了！快跑呀！"许多土匪见势不妙，拔腿开溜。这些匪徒，平日只知道吃喝嫖赌，一见到解放军，腿子就发抖。

副连长趁势将陈土擒住，边打边撤。撤到洞眼边，陈土突然纵身一跳，朝一个斜坡滚去，霎时不见踪影，副连长打了几枪，没有击中，让陈土逃得性命。洞中其他 30 多名士兵，因暴露身份，只好与匪兵们激战。因不熟悉敌情，除副连长 20 多人撤出洞外，还有 10 多名战士牺牲。"野猫拖鸡"计划宣告破产。

段运飞得知又牺牲了 10 多人，挥泪壮言："不报此仇，决不收兵！"他站在一个小小的山冈上，在如血的夕阳下，他弯下腰，将一杯酒撒向地上，含泪道："壮志未酬身先死,长使英雄泪满襟。"众将士无不挥泪动容,在战士们心中,段运飞就是一位有血有肉有情有义的男儿,一位叱咤风云的战将,一位惊天地泣鬼神的英雄。

段运飞将大手一挥,指向鱼清寨方向,大声嚎喝:"战——斗——!"

许多群众和士兵们也大声怒喝:"战——斗——!"就朝鱼清寨杀去。

副连长一马当先杀进陈土洞内。原来,他脱险后,摸准了陈土洞内的兵力部署,就率兵进剿,打死打伤敌人数十名,陈土得知段运飞又来偷袭,亲自拖着机枪队猛打猛冲,副连长见陈土上钩,边打边撤,从另一个天洞钻了出去,再将天洞用大石板盖住。

等士兵们都从陈土洞中出来,段运飞就下令闭洞,实施"老鼠透气"计划。顿时,各个山头浓烟滚滚,十几个山洞出口都被战士们用稻草、石灰、牛黄、辣椒堵住,十几架风车呼呼灌风,股股浓烟直向鱼清寨数十个洞内灌,直熏得陈土匪徒咳嗽不断,哪里还有战斗力?纷纷钻出洞来当了俘虏。

鱼清寨一役,段运飞有勇有谋,依靠"三个计划"一举铲平陈土220多名顽匪。但狡猾的陈土,最后还是从一个隐秘的猫洞口逃跑了。

不久,段运飞又用"引蛇出洞"的办法,消灭了另一股悍匪绿鼻涕残部。

凯旋之际,颜文南亲自给段运飞斟了一杯酒,说:"我们澧源有句俗话,叫要得好大敬小,今天我这个小叔叔给侄儿敬一杯庆功酒。"

这时,一名战士悄悄向颜政委报告:"汤暴牙叛变投敌。"

颜政委从牙缝中闪出一个字:"杀!"

原来,澧源县剿匪大队有一个民兵班,副班长姓汤,长一对暴牙,人称汤暴牙。因在赤溪河大战时,单枪匹马打死敌军两个副营长,活捉6个土匪小头目,受到颜文南赏识,被提升为民兵班班副,辖10多条枪。

这家伙,在剿匪关键时刻投了敌,带10多人叛变了。

段运飞剿匪队立即出动,刚开拔到湘西屋脊斗篷山时,遭到几股敌人重兵围追。段运飞指挥部队钻山沟,趴沟壕,与数倍的敌人周旋,仗打得十分艰苦。

突然,通信员向段运飞报告:"汤暴牙在大槽岭出现了。"

段运飞听后脸色铁青,气得大骂:"老子为何不早一点枪毙他。"

汤暴牙曾犯了一个死罪,担任班副后,有一次这家伙夜间独自出了军营,到县城僻静处某窑店逍遥,因穿着军服,被老板礼送出来。汤暴牙越想越气,就脱掉军服扔在地上说:"就是这身皮,让老子享不到清福!"这家伙换了便装,到城内转来转去,子夜时分,他守在一个小巷里,将一名卖夜宵的姑娘拦腰抱住,拖人旁边的草丛,强奸了她。

第二天,这名姑娘报告县大队。

颜文南立即整队,叫姑娘认人。

剿匪大队 200 多人全部站在岩塔里,姑娘一一辨认,哪里指得出?因为天黑,难看清肇事者面目。

段运飞问姑娘:"还有什么办法能识出他?"

姑娘突然想起来,那人在发泄兽欲时,她在那人的右衣袋悄悄放了一个小小的石子,做了记号。

全队搜索,汤暴牙的衣袋里果然搜出了一个小小的石头,汤暴牙吓得跪在地上。颜文南下令:"当场枪决!"

可命令最终没有执行,因为有数十名农民集体求情,原因是汤暴牙系初犯,无妻室,又是剿匪队指挥员,加上失身姑娘认为"生米已煮成熟饭",愿意以身相许嫁过去,段运飞最终严重警告了汤暴牙,让汤暴牙侥幸留下一条命。

对于汤暴牙的叛逃,颜文南已下了追杀令。可汤暴牙是有反侦察能力的,剿匪队几次围剿,他都成漏网之鱼,还将 3 名侦察员残酷杀害。

"不杀汤暴牙,我枉在人世。"段运飞疾恶如仇,下决心要亲自处死这个作恶多端的叛徒。

段运飞将琼叫来,在她耳边细语了一番。

117 锄奸

大山里的包谷成熟的季节,已是初秋的开始。太阳从树梢里射出数道霞光,五道水一带的沟溪流水潺潺,鸟语花香,美景如画。

汤暴牙成了这幅图画中的最显眼的一处败笔。他带着 10 多位帮凶,如一只只凶恶丑陋的毒蜈蚣,在五道水一带的山上爬来窜去。他们不敢与其他土匪接触,因为当时许多土匪也在树丛中捉迷藏,敌友难辨。他们更不敢与剿匪大队接触,因为汤暴牙知道段运飞的剿匪队不会轻易放过他的,这群凶残的叛兵就在树林中,一会儿躲,一会儿逃,一会儿摘野果,一会儿泡澡,惶惶不可终日。

离五道水澧水源头不远处,一家茅屋突然亮起了烛光。屋里还传来刺耳的推磨声,有一男一女在拉家常,女的说:"爹,明天去赶场,带些花布来,我出嫁做衣裳!"男的说:"哎,如今世道乱,这一带又打仗!"这些都被躲在大岩边侦察情况的汤暴牙的一个悍匪听到了,立即告诉汤暴牙:"有饭吃了,还有姑娘玩呢!

前面屋里有两个人!"

汤暴牙喜上眉梢,派人再去侦察,结果如第一个悍匪说的一模一样。汤暴牙把手一挥,说:"走,享福去!"

汤暴牙一脚踢开茅屋木门,一位戴丝帕的年轻姑娘吓得连喊:"爹,爹!"男人应声而出,拿一把砍刀挡在姑娘前面。

"老不死的,老子是汤暴牙,剿匪队班长,老子今天反水呢,不是解放军了,是土匪,老子要享福!"几个悍匪上前夺了男人的砍刀,命令说:"老不死的,快给老子弄好吃的。"几个悍匪就翻箱倒柜寻食,找到一撮箕红薯。汤暴牙就去拖年轻姑娘。那年轻姑娘开始有些害怕,不久胆子大了起来,引汤暴牙到另一间茅舍,与他说情场乖话,直惹得汤暴牙淫心荡漾,但汤暴牙右手握枪,很警惕地戒备着。

姑娘见状,娇滴滴地说:"长官,天底下哪有拿枪图快活的男人?你怕我一个姑娘家,活吃你不成?"汤暴牙狡猾地看着姑娘,恶狠狠地说:"老子怕段运飞杀我,那段运飞扬言要提我的脑壳!"姑娘又殷勤地说:"段运飞在哪里?现在恐怕都被围得气都出不来了,哪有精力管你?不如放下你的枪,你想怎样玩——就怎样玩!"姑娘将汤暴牙的枪收到了抽屉里,就哄汤暴牙上床歇息。

这时,门外草丛中突然发出轻微的响声,埋伏在草丛中的十几名解放军战士持枪冲进屋内,将汤暴牙团团围住。汤暴牙想反抗,一把寒刀抵住他的咽喉,年轻姑娘大吼:"再动,一刀杀了你。"

汤暴牙惊恐万状,全身不停地发抖:"你到底是什么人?"年轻姑娘扔掉丝帕,露一双大眼,说:"汤暴牙,你好好看看,老子就是段运飞手下的侦察员琼三炮!"

汤暴牙如丧家之狗,十分沮丧地说:"我命该绝,落到段运飞魔鬼女侠手中,该死!该死!"

隔墙的10多个叛匪,发现后屋有动静,端枪想解救汤暴牙,企图顽抗到底,煮薯男人见势不妙,迅即将一锅沸水泼向敌人,烫得敌人哇哇嚎叫。老男人迅速摸出手榴弹,叫:"谁跑,老子炸死他!"众悍匪面面相觑,10多个战士冲进屋,缴了叛匪的械。

"汤暴牙,还认识我吗?"一个汉子握着手枪从屋后走进火坑边,汤暴牙一看,腿子如筛糠一样不停地抖,连连喊:"队长饶命,队长饶命!"

"汤暴牙!你叛变革命,无恶不作,是我们解放军的死敌,我代表人民判处你死刑!"段运飞大声说。

被敌人称为"魔鬼女侠"的年轻姑娘琼,一刀捅向汤暴牙,汤暴牙像狗一样倒了下去。10多个叛逃的悍匪被段运飞的侦察连全部消灭。

这时,天已大亮。原来,这是段运飞精心安排了一场"鸿门宴"。由琼和另一名侦察员化装成村姑、老男人,其他战士分别在屋前隐蔽起来,等汤暴牙上钩,将这群叛徒彻底铲除。

118　猪耳朵

清剿残匪的战斗还在继续……

在野猪寨的一个破寺庙里,躲着几十个饥肠辘辘的残匪,他们是团长朱疤子的卫兵队。朱疤子吃了一顿猕猴桃,又窜进一块菜地偷黄瓜吃,总算填饱肚皮。可手下的卫兵就没有那么幸运,只好扯黄瓜叶子嚼。匪兵嚼着嚼着就骂开了。

这时,岩塔里出现了三名女军官,纽扣紧系,气宇轩昂,俨然有派头的大官将校。几个匪兵立即端枪发问:"谁? 再靠近老子就开枪了。"

为头的女军官疾步上前,狠狠地掴了匪徒一个耳光,骂:"瞎了你的狗眼,老子是湖北剿共纵队司令李士贵的上校师长柳如花,专门救你们,给你们送吃的来了。"

说着手一挥,一个农民模样的人,背一背洋芋倒在地上。

朱疤子见军官有来头,就立正报告:"报告师长,朱疤子在此等候您训话。"

女军官说:"先叫弟兄们煮土豆填饱肚子,后随我到对面山背运粮食。"朱疤子早就听说湖北剿共纵队司令李士贵手中有个女师长,是黄埔军校高才生,能文能武,貌美如仙,在湘鄂西一带小有名气。今突然增援牛角山,虽感意外,但又在情理之中。"先填饱肚子"的想法让朱疤子放松了警惕。

三名女军官将朱疤子的队伍,引入郑刚剿匪队的伏击圈。

朱疤子见势不妙,掏枪想反抗,被一个女军官用手枪抵住腰部。朱疤子和他的卫兵全当了俘虏。三个女军官脱下军帽,露出三张秀丽的脸蛋,她们分别是谷金桃、琼、伍桂美。那个化装成背洋芋的农民,就是侦察员大铁杆。

后来,澧源剿匪故事中,就有"女侦察兵掖朱(猪)耳朵"的经典故事。

119 典故

团长郑刚在剿匪活动中闹了一个笑话。

那天郑刚到青龙寨指导农会调查工作,他从白鹤寨开完会后,已是下午5点多。

他得知青龙寨农会干部开会,马上要散了,正值秋收,他决定晚上去青龙寨。白鹤寨打算派人送他,可他说:"秋收这么忙,何必抽人手? 再说我穿便装,又带着武器,怕什么?"白鹤寨人只好让他一人独行。

白鹤寨到青龙寨有25里,其中一个叫"恶鬼垭"的地方,十里无人烟,而太阳已渐渐下山。

郑刚快步向前走,遇上了一个人。

那人细皮白脸,衣着讲究,郑刚问他是哪里人?

那人竟回答说:"县剿匪大队的干部。"

这一答,引起了郑刚的怀疑。县剿匪大队的干部,他是一清二楚的,为什么从未见过这个人? 这个人形迹可疑。

来到一条宽河边,水哗哗直流。那人叫郑刚背他过河,因为那人穿着一双黄胶鞋。

郑刚就背着那人蹚水过河,到了河中间,郑刚感到那人腰间有硬物,天? 此人是特务还是土匪,藏着匕首或是手枪? 郑刚想,此人形迹可疑,必须小心。

过了河。郑刚悄悄跟在那人身后,一面悄悄地从身后拔出手枪,一边又问:"你是哪个县的?"

"澧源县的。"那人只顾埋头前行。

"你在剿匪大队干了多久?"

"干了几年了! 成老革命了。"那人不假思索地回答,在郑刚看来,已是漏洞百出。

"狗特务!"郑刚心里骂了一句。郑刚突然疾步上前,枪口顶住那人后背,大声怒吼:"举起手来,老老实实到青龙寨农会去。"那人原以为郑刚是个农民,没想到用枪还指着自己,真是哭笑不得,乖乖地举起双手。

天黑时,郑刚押着那人到了青龙寨。农会主席迎上前说:"郑团长,这个时候你还赶来了。"郑刚指着那人对农会主席说:"你看看,这是哪里的坏家伙。"

只见那人惭愧地说:"农会主席,我错了,不该躲着偷懒。"

农会主席凑上前细细一看,原来是青龙寨的彭阄匠。几个将彭阄匠教训了一顿,就放掉了。此后,便传出"郑刚押解彭阄匠"的趣闻。那句有名的俗语:"(我)背你过河,硬(指抵触)破你的肚量壳(肚子)?"就出于这个典故,意思是说,我把你背过河去,你却不知道报恩还指责我有过错。

120　剿脚猪

就在彭阄匠被误抓的二天,白鹤寨发生了一件奇事。

那天早晨,伍桂美骑自行车到白鹤寨探望生病的伯母。她伯母患一种疫病,奇痒难忍,又痛又出血。伍桂美请了当地一名土郎中。那郎中是治疮的能人,通过诊治,郎中告诉伍桂美说:"这是蛇斑疮,是母蛇毒所致,你伯母长这种疮后,请技术差的郎中治,误了病情,使病毒扩散到血液里,很难治!除非扯到特效药"伍桂美恳请郎中再努一把力。

伍桂美钻到山头,找到了一种叫五爪龙的药。在伍桂美的精心照料下,伯母的病慢慢有了好转。

负责白鹤寨事务的农会主席找到伍桂美,请求她代理十天的妇女主任职务。因为妇女主任的父亲刚去世,回石门奔丧需要一些时日。伍桂美首先不愿意,后经不起农会主席的软磨硬泡,最后同意了。伍桂美答应代几天班,等那主任回来后,立马与段运飞剿匪队聚合。

伍桂美搬到白鹤寨一间木房里办公,木门外挂着"白鹤寨治安队"牌子。

伍桂美除了管一些妇女工作,还维持白鹤寨治安,处理一些鸡毛蒜皮的事情。

伍桂美有些文化,又当过侦察兵,熟悉民间的风土民情。由于经验多,一般治安案件,伍桂美处理起来得心应手。可有一天,伍桂美刚送走两个妇女,正准备吃中饭,一个女人急匆匆跑来找伍桂美,那女人全身是汗,显然有什么急事,进门就喊:"和枝捆(谁)是伍同志?"

伍桂美露出惊讶的神色,说:"我就是,你郎门(怎么)急出火儿疤(急事)?"

那女人说:"你快随我去,那野鸡凼有人打架,扬言还要杀人。"

伍桂美说:"是哪个(贼)大胆,现在解放了,土匪吓得毛都看不到。"

那女人说:"你再闪(侃),没扯喉(规劝),麂子过垭了(事情会更糟)。"伍桂美顾不上吃饭,提着手枪随那女人跑。

两人赶到野鸡凼的一个猪场。伍桂美很快查清了扯皮的根由:一个瘦男人牵脚猪赶窝,因为双方没有太多的约束行为,在赶窝途中出现了事故。那喂母猪的女人,不满脚猪的过度挑衅,打断了脚猪的肋骨。赶脚猪者找女人赔钱,双方大吵起来,男人扬言要杀人烧屋,一些寨民怕出恶性案件,就请伍桂美处理。

伍桂美先找到喂母猪女人,问:"你介绍一下打脚猪的过程!"

那女人愤愤地说:"赶窝前,我同那剁脑壳的男人这样扫火楼(说好了)的:我的母猪个个小,像个叫叫(非常小)妹妹。赶窝时(脚猪)要斯文些,讲点风度,没想到那牲口一上阵,就跟土匪一样,命都不要了,把我的那叫叫妹妹搞得到处刷(跑)!老子就气不过,上前打了那牲口,没想到那牲口不经打,就拖着身坏躺在那里不动。"

那男人说:"不是的,伍同志,你不要听她讲烈切(说谎)!"

那男人说:"事是这样的。我这脚猪,很有名呢,管三个县!名叫骚添暖,它的性交能力非常强,但它交配时动作很粗鲁,可它是猪呀。"

那女人插话:"猪个卵!"

那男人说:"猪个卵?没卵赶什么窝?"伍桂美觉得两人都爱抓扭扭道理。

那男人说:"可恶的不是这些,是这女的帮母猪的忙,站在一旁,怂恿母猪说:搞!搞!搞!搞得——高脚猪走路——都打蹩脚(走不稳)!我听了很气愤,赶窝是一件快活的事,猪与猪交配,人与人交易,应该是和谐共处的,可这女人跋扈,哪有母性要搞垮雄性的?我也助阵,朝公猪吼:夺!夺!夺!夺得她满地跑!接着怪事来了,猪与猪欢欢交配,我和那女人闹翻了。那女人疯了,拖柴木上前一顿乱打,骚添暖肋骨被打断,这叫'传宗接代,惨遭迫害!'你说,她是不是罪魁祸首?"

那女人火火辩论说:"牲口,你当时说,夺夺夺,老子的猪就是高脚猪,像陈高南、恶二佬,夺得母猪嗷嗷叫!这不是明摆着搞性别歧视?我老爹就是被陈高南打死的,提起这两个土匪,老子就怒火万丈!所以老子就要打!叫那高脚猪陈高南死。"

伍桂美听了那女人的话,细细琢磨,心中有了一杆秤,她认为就此事而言,是赶窝男人存在过错,不应该给脚猪套上陈高南的名字。那女人打"陈高南",是一种心理仇恨的转移。

最后,双方都不同意处理结果。

原来,伍桂美是这样处理:女人赔一半钱给赶窝男人,赶窝男人要承担半头猪的代价。这种折中的方式,却让双方闹得更厉害了,岩塔里围满了看热闹的群众。

"老子打陈高南这高猪脚没有错！想我赔？呸！"那女人犟。连她的亲戚也出面助威。

"今天不赔，老子就杀人放火！"那男人怒发冲冠。

纠纷再次升温。寨中一些老人主动调解。一个老者说："伍同志，这场闹剧，我看就是一种生育观念的较量，那女人怂恿母猪求欢，其实就是鼓励母猪多受精。"那老者悄悄告诉伍桂美，说那女人是个生育狂，40多岁共育11胎，存活8胎，连那女人自己也说她就是一个猪母娘！

伍桂美感到白鹤寨人富有情趣！伍桂美正想与老者交流一下处理意见，突然有人喊"拐哒！脚猪死哒！"随即传出哭声。伍桂美一看那赶窝的男人，一屁股坐到脚猪前，拍手流涕，喊："郎门（怎么）下场？脚猪伸脚哒，啄木官取嘴哒！以后我拿什么养活？呜——呜——！"伍桂美上前安慰男人说："你，莫刮（流）眼睛水哒，你这猪，解放军给你赔。"

伍桂美表了态，但心中不踏实，这钱从何处来？

"找贺县长要！"伍佳美突然想起贺县长。"对！找贺县长报销！"她骑上自行车，风风火火往城里赶。一头撞进县政府办公室，见到了贺县长。贺县长正在处理一名农会干部与当地妇女通奸的事。

伍桂美上前，简单地将赔脚猪的事作了陈述。

贺县长坐在一把高椅子上，也许太忙，注意力受到影响，没有认真听伍桂美的汇报，只淡淡说："你拿个报告来！"伍桂美虽然有些墨水，但从来没有写过报告之类的公文。回到寝室，伍桂美一夜没睡，反复琢磨。鸡叫时分，伍桂美终于写好了报告。

第二天，伍桂美满以为这份报告能带来好结果。

没想到进门就砸了锅。也许，受昨天处理通奸之事的影响，贺县长看完报告后，火来了，劈头盖脸朝伍桂美一阵吼："伍桂美！你会写？脚猪搞性关系？为什么偏偏叫我贺县长买单！是谁的主意啊？关我何事呀？有句话叫'政府上管天，下管地，哪里管得到别人的生殖器？'我现在连干部搞男女关系，都处理不好，哪有精力——管你白鹤寨的脚猪搞事？"

贺县长持这种态度？伍桂美万万没想到。伍桂美是个以牙还牙的人，根本没考虑什么影响，很快肝火上来了，一阵连珠炮，劈头盖脸："你贺县长，是什么态度？你只管人搞事？就不管猪搞事？猪和人搞事，其本质都一样，都是寻找快乐，繁衍种类，你不要因为一只脚猪的死亡而小瞧了这事，我答应过别人要全陪的，这是代表政府的一种诚信。你县长昨天叫我写报告，可今天你却开花掌

（胡乱）不认账,这是一种什么做法?是一种极不诚信和负责的军阀做法,你这县长?哼?还没那脚猪直爽!那女人打脚猪,是打陈高南,是一种仇恨的转化,她有什么错?我原想叫那女人赔,但这一想,都是陈高南惹的祸,你贺县长是一县之长,陈高南你剿灭不了,是你的无能,白鹤寨属不属你管?属你管,你就要陪!别占着茅坑不拉屎!"

贺县长被伍桂美狠狠"刮"了一顿,觉得伍桂美是一个善辩的能手,就嘿嘿笑起来。其实贺县长心里很佩服这位女战士的胆识和勇气,马上换了一种柔和语气说:"我错了,不要当涨水青蛙哒,这个陈高南真是个毒物!连脚猪套上他的名,政府都要给他买单,陈高南这牲口,真是个灾星。"

贺县长很快在报告上签了字,伍桂美看那字是竖签的名,字写得工整。签完,还写上 1954 年 10 月 23 日。贺县长把报告递给伍桂美,补充说:"下次,像这种与剿匪无关的闲事,你伍同志最好莫痴(插)手。"

伍桂美来劲了,很不服气地说:"贺县长你这话不对,这不是闲事,是大事,给脚猪赔钱,看起来是猪的事,其实是人的事,若这种事处理不当,就会影响到民族团结,作为共产党的县长,你不管,管谁?"

第二天,段运飞从乡下回来,得知贺县长挨了伍桂美的"咪头子(抢白)",找到伍桂美,大笑说:"伍同志,你真行,你不仅剿匪,而且还剿脚猪,这场离奇纠纷,让你伍同志给摆平了,你的确是一个维护民族团结的好同志。"

伍桂美挥了一下拳头,一副不服输的样子说:"谁惹我,我都敢唰(反击),怕他县长干吗?有理走遍天下呀。"

121 红鼻子

青龙寨剿匪,有一段小插曲。

有一个叫红鼻子的民家人,原本是寨上的小煽匠,被陈高南抓壮丁当了土匪。这家伙其实也没有什么血债,只干了些偷鸡摸狗的勾当。当解放军围山,红鼻子就想办法出逃。

他和他的两个叔伯兄弟扔了枪,换了装,偷了一头猪,准备下山后弄作本钱。这家伙先用草药把猪麻翻,用棉絮包紧,弄担架抬着,伪装成送急症病人的样子,企图冲出解放军的关卡后逃跑。

很快被一个守卡战士拦住。不巧,那猪发出了微弱的声响,警惕的战士持枪喝问:"抬的什么?为何哼哼?"红鼻子赔着笑脸说:"是我们的老娘,得了急病,我们三兄弟送她去医院。"

"那为什么又没看见她的头发毛?"

"我娘是麻风病,没有头发。"

那猪又细哼了一声。机警的红鼻子在一旁故意埋怨说:"娘娘! 我讲早点送你到药铺,你不去,刚才病重了,你就直哼得哒!"守卡战士也许被兄弟三人的孝心感动,就放行了。

出了第一关,红鼻子对几个兄弟炫耀说:"嘿! 伙计,我的把戏还在后头。"

为过第二关,三人躲在一个岩壳里,将猪杀死。再装扮成卖肉屠夫,背着肉,朝哨卡走。红鼻子大喊:"卖肉喽,两斤包谷换一个猪尿泡。"当时,由于时局混乱,纸币不好流通,一些山寨就开始了物物交换。一个戴红袖章的小战士问:"赶场的! 我想买你的猪尿泡!"红鼻子急着想冲关,就说:"解放军同志,辛苦了,你想要个猪尿泡,我送你!"战士说:"我们有纪律,不许拿群众的一针一线,我用包谷换吧。"

红鼻子说:"我喝你一口水,就等于你用水换的,行不。"小战士笑了。红鼻子将猪尿泡送给了战士,小战士带着歉意说:"那我占了你的便宜。"红鼻子说:"哪里哪里,解放军出生入死,还不是为天下老百姓? 应该应该。"为了打消守卡战士的疑惑,红鼻子主动亲热地找小战士套近乎。

红鼻子给小战士出了一个猪肉的谜语:"皮挨皮,皮打皮,精肉没骨头,肥肉没得皮! 你猜猜,是猪身上的什么东西?"

小战士从没听过这谜语,红着脸,摇摇头说:"找不到。"

红鼻子很友好地拍了拍小战士的肩膀,笑着说:"皮挨皮是——猪耳朵,皮打皮是——猪尾巴,精肉没骨头是——猪腰子,肥肉没得皮是——猪肚子。"小战士笑道:"喔,是这些东西! 你真是老屠夫! 嗨(厉害)!"红鼻子用这招数获得了信任,顺利过了第二关。

第三关露了马脚。

三人到一个集市场上卖肉。正巧解放军营地的一个厨子从肉摊上过路,原来县长贺文锦清早下基层检查剿匪和恢复生产工作,解放军部队要设宴招待,厨子就买下红鼻子摊上的10斤猪肉。丢到大锅中爆炒,那肉直冒泡泡,炒了半天也没炒熟,厨子感到奇怪,凭经验放嘴里嚼了嚼,吱吱嘭嘭响,凭直觉发现,是肉质有了问题。

正巧,贺文锦饿极了,没去连队听汇报,先直接进了厨房,抢了锅铲把,舀着几块肉先吃起来,吃着吃着,贺县长脸色就变了,没好气地问厨师说:"乱弹琴,这肉就是猪母娘肉！从那里弄的？"

厨子慌忙说："到场上买的。"

贺县长说："县政府刚刚下文件，家家上交派购猪，不准杀猪母娘，是谁顶风作案？是土匪吗？"

厨子有些惊慌地说："可能是！……是就是三个。"

贺县长说："乱弹琴，你鬼摸后脑壳？到底是几个？敢搞（杀）猪母娘。"

段运飞刚好踏进厨房，听到谈话，十分警觉说："这几个家伙躲在哪儿？"

随即，红鼻子三人被活捉。

审讯室里，红鼻子懊恼地蹲在地上，他把这次失败归结于自己太大意："我这背时鬼，怎杀了个猪们（母）娘？要是杀了头猪牯子，哪里会翻渣（漏底）。"

段运飞笑着骂："你这土匪，该砍脑壳！你敢让贺县长吃猪母娘肉？还狡辩。"

红鼻子狡辩地说："贺县长有什么了不起？他多吃点猪母娘肉胀饱了，我们老百姓才有吃的？"

正巧，贺县长也一脚踏了进来，听到这话，气歪了嘴，对段运飞说："去！再把那10斤猪母娘肉拿来，胀死他！"段运飞端着一大盆剩肉，放在红鼻子面前，红鼻子立即跪倒在地，不停地叩头，求饶说："逮不得，逮不得，我到陈高南部队里——吃猪母娘肉——吃怕哒。"

贺县长和段运飞都大笑起来。

贺县长说："都说你们土匪嗨（厉害），其实嗨（厉害）么得？老子一碗猪母娘肉，就整得你们腿子发抖？还想找解放军打仗，做梦去吧！"

后来，红鼻子三人被释放。

事后，一个叔伯兄弟嘲笑红鼻子："啥用没得？我们三人还吃不完10斤猪母娘肉？"

红鼻子看也不看他一眼，流露鄙夷的神色说"你晓得个什么？贺县长弄来的那些猪母娘肉，是老猪母娘，光皮子就有尺把厚，你牙齿嚼脱都咬不烂，还要么得口拜（威风）？"

后来有人对这个故事的主人翁红鼻子进行点评，说这家伙脑子灵活，是一个有人情味的土匪，可惜走错路。但这个故事一直在澧源县流传着，一传就是好些年。

第二十一章　跟踪追击

122　猫头

　　白鹤寨森林中有一种猛禽,叫猫头。在它的活动范围内肆无忌惮地飞行。最后它的攻击目标就是生它养它的老禽,当母亲年迈力衰向它发出救援的信号,这个家伙发出一声怪叫,凶残地扑向老禽,活生生将老禽啄死,饱食一顿,寨民都称这只猛禽叫猫头,一种极端残暴凶猛的野鸟。

　　陈高南的匪帮就跟白鹤寨的猫头一样凶残。

　　受到解放军大部队的围剿,陈高南部立即化整为零,如老鼠和穿山甲钻洞,倏地消失在松涛阵阵的森林中。

　　陈高南大概没料到,几千人马固守的牛角山,也难挡住几百门大炮的呼啸,转眼间天险失守,自己又当了光杆司令。随着解放军大部队潮水般涌向牛角山,陈高南感到末日已经来临。

　　牛角山最后一道屏障成为一座孤岛。几百匪帮守在石板路的出口处,摆好了决一死战的架势。

　　"与其坐以待毙,不如垂死挣扎。"佘继富搬了一挺歪把子机枪,作困兽斗。这家伙已杀红了脸,他要亲率特务营下山杀开一条血路,将陈高南救出去。

　　陈高南坐在山顶上的一座大寺庙的木椅上养神。

　　良久,副官递上一杯热茶,陈高南喝了一口,吩咐副官:"叫佘旅长! 哼! 打虎杀敌是杨家将! 哼?"

　　佘继富放下机枪,急匆匆跑到殿前,行了一个军礼说:"师座,我正组织敢死队,杀出去! 为你杀出一条血路。"

　　陈高南心里很佩服佘继富的忠义与神勇。从军统特务提升为政工队长,又从政工队长提升特务团长,再升至第三旅旅长,佘继富可谓平步青云。这一些都是陈高南给的,佘继富心中最明白。如今,解放军兵临寺下,到破釜沉舟的关键时刻,佘继富决心以死报效陈高南。

陈高南说:"佘旅长,哼!胜败乃兵家常事。留着青山在,不怕没柴烧!哼?我有一计,可以戏弄颜文南,让我们冲出共军重围,绝处逢生!哼!"

佘继富眼睛一亮,说:"愿闻其详!"

陈高南、佘继富、副官三人密谋起来,随后发出一阵得意的奸笑。

陈高南的计谋很快出笼了。这些家伙共用了三计,即"苦肉计""瞒天过海计""孙悟空钻铁扇公主肚皮计",为亡命出逃铺造道路。

第一计叫"苦肉计",就是派匪兵将陈高南副官打得皮开肉绽,当然这副官穿的是一件袈裟,造成是寺庙住持被土匪残酷折磨的假象,当解放军攻进寺庙,发现身上伤痕累累的老住持被绑在庙柱上,立即将其解救,卫生员还为他包扎伤口,用水喂醒他。

这副官是老牌特务出身,伪装技术一流,遇到解放军,就借机吐苦水:"看!我是这庙中住持,陈高南霸占庙宇后,将僧人赶下了山。我只身留寺庙烧香火,因没有及时给陈高南送腊肉饭,被匪兵们打得全身是伤,幸好你们解放军来了!"

当时忙于打扫战场,追捕逃敌,解放军就相信了这位"住持"的话,让他继续在庙中维持香火。这一计,让陈高南副官这个血债累累的老牌特务暂时逃过了追捕。

"瞒天过海"是陈高南想出的一着高招。

陈高南匪部有一个姓袁的排长,长相酷似陈高南,本是澧源县内半县人,既懂澧源风俗,又会讲当地语言,陈高南秘密将他在洞中训练,模仿自己的言行举止,并在匪军内部制造"袁排长被杀"的假象,骗过了所有匪徒。

有一次,这个假冒的袁排长,模仿陈高南在团以上匪军头目上讲话,居然将开会的大小头目全部蒙骗。散会后,匪首均朝袁排长敬酒,还喊"师座高明!一切愿听师座指挥。"袁排长的以假乱真,只有陈高南、佘继富和副官三人知晓。

这位袁排长对陈高南铁了心,当这家伙率警卫团冲下寺庙时,手中托一个黑木匣。匪兵随假陈高南出山。众匪对陈高南出山深信不疑。因为陈高南有一个特征,就是每次带队作战,陈均挟着一个黑木匣,死死不离身,叫"木匣在,高南在"。

众匪呼啦啦跟着"陈高南"下山。

"兄弟们,哼！人没不死的种,今天共军剿我们,哼！我等已被逼到绝路上,猫死也要抓几爪,杀！杀！杀！哼！"

"陈高南"还将手挥了挥。"陈高南"的出现,吸引了解放军剿匪队的主力部队。通过激战,"陈高南"被活捉了,当场缴获了黑木匣。

解放军一位高个子团长打开木匣,一看,有两亲宝物,一件是短佩剑,一件是祖爷陈花岗楠木雕像。

解放军团长问:"你就是陈高南?"

袁排长点头说:"是我！哼?"

"你哥哥就是陈兆南?抗日冤死的陈兆南是你的亲兄弟?"

袁排长说:"是,我哥哥死得冤,最后蒋总统给平了反！哼!"

"你的木匣装这两个东西做什么用?"

"一件是把佩剑,哼！是蒋总统亲手赏赐我哥哥陈兆南的,后随葬了,被土匪掘了墓,又被我追了回来,作为我们陈家最值钱的宝物。哼！另一件是木菩萨,即我的祖宗陈花岗,我将它作为本主敬奉随身携带！哼!"解放军团长见袁排长对答如流,又问了几个土匪兵,都敢肯定地说这家伙就是陈高南。

解放军团长立即向指挥部报告:"残匪陈高南已被我部活捉。"随即将陈高南押往县城。

123　破绽

"孙悟空钻铁扇公主肚皮"是陈高南自己取名的计策。

具体操作程序是,留守寺庙的副官,天天白天披着袈裟打理寺内事务,晚上悄悄为陈高南和佘继富送饭。寺庙大门旁,有两座高大威猛的神像,即哼哈二将,手持战刀,令人生畏。副官在其木柱上写了一张纸条:神像宝贵,切勿抚摸。告诉进庙者,神像是文物,不准损坏。而神像后背肚子里,就躲着陈高南和佘继富,两人还在神像铠甲处凿了一个小眼,外人根本察觉不到的小孔。外面进寺的情况,全被两人看得一清二楚。就这样,两人白天躲着,晚上出来活动,竟无人察觉。

一天,有一支解放军侦察队到寺庙盘查,住持热情接待,还为解放军烧了一壶热水,煮了一锅红薯,慰劳解放军战士,战士们高高兴兴离开了寺庙。而躲在哼哈两将肚皮中的陈高南,晚上对副官说:"白天来 26 个解放军,还有 2 名女的,共 18 把冲锋枪,5 支手枪和 3 把大刀！哼！我看得清清楚楚!"

佘继富说:"我们到这里躲得快活,不知袁排长能否挺过那一关!"陈高南当然知道佘继富讲的"那一关"就是活捉受审的一关。陈高南还知道,袁排长不会立即枪毙或现场击毙,因为自己是澧源县的头号大土匪,要杀必须开公审大会。

陈高南猜中了,"假陈高南"的日子不好过,每天都要面对数不清的提问和恐吓,"假陈高南"都沉着地挺了过去,连提审的干部都确定,这个陈高南死期临头了。

贺文锦本想近几天开个公审会,将"陈高南"枪毙算了,但贺文锦又想起了段运飞,"对!陈高南所抢的白鹤寨文物尚未交代。"

贺文锦突然兴奋起来,赶紧通知秘书:调段运飞六人进城听令。

审讯材料很快转到段运飞手中。

段运飞决定亲自带六人组审讯陈高南。

假陈高南看见段运飞和谷金桃进来,微微点了一下头,就喊:"女儿,哼!父子无隔夜之仇!你还是看我来了?哼?"假陈高南原来认识谷金桃。

谷金桃冷漠地说:"你还打探女儿死活?上次在廖坪,女儿被解放军活捉,我就改行当了解放军。"谷金桃看了看假陈高南,确实长得像父亲,从材料上看,口供的内容全是陈高南所掌握的内容。

"陈高南,你不要顽固不化。快说你将白鹤寨的宝藏到哪里去了!"段运飞高吼。

"陈高南,你不要与共产党作对,只要你讲出宝物下落,我们可以减轻你的罪行!"伍桂美大声斥责。

"陈高南,不说,试试共产党的厉害!"大铁杆也吼。

假陈高南脸上渗出汗,说:"九月九,蛇钻土!哼!都交谷虎藏着了!哼!"

谷金桃又吼:"陈高南,谷虎藏到哪里?"

"快说!"

"快说!"

假陈高南回应不了连珠炮似的发问,汗珠如雨,神色紧张,说话也开始打糯(即结巴):"我……我……谷……谷虎不是被……你们炮打(死)吗?"

谷金桃终于发现了破绽,其父陈高南说话带"哼"字,且喜欢讲一些俗语之类的语言,但从来就没有打糯(口吃)的毛病,这个陈高南竟当场吐词断断续续,是在掩饰着一种虚伪。

谷金桃猛地一拍桌:"陈高南,你不要装了!你根本不是我父陈高南,快说,真正的陈高南躲哪儿去了?"

假陈高南的身份立即被揭穿了。

贺文锦县长对颜文南、郑刚说："好险啊！要不是谷金桃参加审判，假陈高南还会继续演戏，蒙骗我们，这狡猾的陈高南！"

124 秘密

从审讯室出来，段运飞亲率剿匪队，奔扑牛角寺，抓捕陈高南。

段运飞为什么猜想陈高南还在牛角寺？尽管陈高南的躲藏地连假冒的袁排长都不清楚。原来，段运飞调查了最先进入牛角寺搜查的剿匪队员，掌握了牛角寺只有一名住持，寺庙再无其他人居住，这些情况引起了段运飞和谷金桃的怀疑。澧源自古寺庙和僧人都很多，牛角寺是几百年老庙，凭一个住持他能料理好全部寺内事务？

谷金桃分析了牛角山周围剿匪形势，认为周边全是解放军大部队，陈高南用瞒天过海计，就是想转移解放军视线，造成假象，达到藏身隐影的目的。"对，陈高南他们一定还在牛角寺。"谷金桃和段运飞边跑边讲话。

段运飞包围牛角山寺，搜索仍一无所获。

"问题出在哪儿？难道陈高南并不在庙中？"段运飞坐在大石板上发愣。

谷金桃将住持押了上来审问。住持支支吾吾掩饰。伍桂美走到寺庙进口，看到有纸条贴在神像木桩上，很有些纳罕。

谷金桃赶了过去，发现此白纸比较新，不像是写了好久的，立即问住持："写字干什么？"

住持说："告诫进香者，不要随便攀触神像。"一句话提醒了段运飞。

段运飞和大铁杆等人瞬即掏枪，将哼哈神像围得水泄不通。段运飞迅速爬上神台，仔细打量，拧下神像后背的一处铠甲，大声怒喝："陈高南、佘继富举起手来。"

住持立即瘫倒在地，哭喊："不关我的事，是他们躲到这里的！我坦白！我揭发。"谷金桃怒斥说："起来。"

段运飞和大铁杆搜查神像，空无一人！

住持交代，他就是陈高南的情报人员，是他天天为躲在神像肚子中的陈、佘两人送饭。而狡猾的陈高南和佘继富在昨天夜里，瞒着住持，偷偷下了山。

125 病白薯

谷虎和苗女寡妇将段运飞剿匪队带进迷魂谷后,施展"蛇母娘脱壳衣"招数,逃出迷魂谷,如惊弓之鸟四处乱窜。

谷虎饿急了,跳到一个菜园子里,刨出一些生土豆送苗女寡妇吃,苗女寡妇不愿吃,嫌味太甜怕拉肚子。谷虎却吃得津津有味。

苗女寡妇悄悄骂:"土包子!"两人害怕被人发觉,悄悄躲到一个岩罩合下。苗女寡妇玩弄着手枪,那是她从大铁杆手中夺来的,一把盒子炮,有二十发子弹。谷虎也检查了一下弹药,两人共 2 把手枪,两把匕首,两颗手雷。

这时,头顶,不,准确地说,是岩罩上面,一条杂草覆盖的小路上,有过路人的脚步声,尽管很小,却很清脆。

两人分辨出,是一男一女,都背着背篓。男的说:"今天是双桥的场,听说解放军还派了一支阳戏队唱戏,热闹得很。"

女的说:"大庸阳戏是俺这儿(源)出去的,听说彭老师亲自上台唱。"

男人问:"哪个彭老师?"

女的说:"就是彭大余,澧源县阳戏大师。"

男人又说:"你去看戏,怕不怕土匪?"

女的说:"现在双桥都解放了,土匪敢来?再说彭大余唱阳戏,解放军派了 4 个枪兵保护。"

谷虎无意中探到这一绝密消息,两人迅速做出了奇袭大庸阳戏队的决定。两人慌忙窜到某溶洞,取出早准备好的解放军服装。谷虎扮解放军排长,苗女寡妇扮剿匪队员,说说笑笑往场上走去。

热闹的双桥墟场,果然名不虚传。人们从四面八方汇聚到双桥场上,自由贸易,一时墟场人声鼎沸。

彭老师的戏班子,搭台在河边大槐树下,演大庸阳戏,看的群众很多。

第一个剧目叫《放下你的鞭子》,其内容是农民长年为地主做苦役,年终农民讨要工钱,地主不给,还倒算账,要农民偿还"驴打滚"的利息。农民力争,地主持鞭就打,地主被解放军当场抓住,游街示众。彭老师上台介绍剧情时,感情激昂,声调悲壮,当演到解放军斗地主场景时,彭老师大声挥拳呐喊:"国民党该死!地主折寿。"

谷虎夫妇走走停停在墟场溜达。赶场人一般不会对谷虎两人起疑心,因为当时常有解放军从墟场过路。谷虎扯住一个干部模样的人问:"双桥离场上多远?"对方说:"4 里路,今天农会干部全部剿匪去了!"谷虎知道这干部讲了真话,因为自己穿着制服,很容易骗到群众和干部的信任。

谷虎混到人群看戏,他看到 4 名农会干部背着长枪到戏台周围转。阳台后边共有 5 名演员,还有 10 多支长短木枪,其枪制作精良,外层涂上一层黑漆。道具都是就地取材,用竹篾绑扎,再糊上白纸彩色,画成屋内屋外景点。服装是解放军旧军装,比谷虎夫妇那两套旧了许多。

下午 4 点多时,谷虎夫妇开始行动,他要袭击阳戏队。

因为那 4 名背枪的护卫队员,提前 10 分钟到前面餐馆吃面去了,阳戏也刚散了场,戏台后只剩下 5 名演员,正在收拾道具物件。

谷虎突然窜上阳戏台,一个男演员吃了一惊,警觉地问:"搞什么?"

谷虎拔出匕首就刺,那男演员有功夫,踢掉了谷虎的匕首,谷虎拔出枪射击,男演员中弹倒地。

彭老师急问:"哪个打枪?"谷虎对准彭老师头部开了三枪。另三个演员跳下台,被苗女寡妇开枪打死。两人没忘记给戏台点了一把火,迅速逃进大槐树后的松林里。

彭老师阳戏队惨遭土匪袭击,贺文锦闻讯大惊,迅速派兵增援双桥。一两个时辰后,一大队人马赶到大槐树下,侦察员报告,杀害阳戏队的是一男一女,穿解放军服装,怀疑就是脱逃的谷虎夫妻。贺文锦骂道:"这对狗男女!"段运飞六人组赶到出事地,只见戏台木板燃烧的狼烟还在飘荡,彭老师等五具尸体被群众用白布裹起来,准备下葬。有人围着尸体不时地号啕。

段运飞和战士们站在尸体旁,燃烧着怒火,也燃烧着仇恨,他们心中有了一种刻骨铭心的疼痛,在撕裂,在燃烧,在爆炸……这是一场血淋淋的教训啊!

突然有人在大声唱歌:

"病白薯它从心里硬,兔子临死蹦三蹦,落水狗你别可怜它,牲口哪里懂人情。同志们! 要记清,咱们要把反动派消灭尽。"

段运飞一看,是贺县长在唱。这支歌是他上个月亲自作的,由懂音乐的颜文南谱曲,在解放军剿匪大队传唱。

段运飞对 5 个队员说:"病白薯他从心中硬,预备——唱!"歌声迅速在双桥一带上空飘荡。

126 屎河鹰

"你跑到暖上去。"这是澧源县一句骂人的急话。"暖上"就是指牲口们的生殖器。翻译成民家语就是说,只要你欠下的,终究是要还的。

面对凶残的敌人,澧源县加大了追剿残匪的力度。许多土匪、残敌相继落网。第一个"跑到暖上去"被打死的大土匪,就是臭名远扬的周野人。

1954年秋天,周野人解散了匪帮,自己一人在深山老林乱窜。这家伙滑得像泥鳅。

有一次,天刚下了点小雨。周野人躲到一家木房子偷农家腊肉吃,刚好被剿匪队堵住。可剿匪队还是没有抓到他,原因是周野人将草鞋倒着穿,进门像出门,出门像进门,剿匪队沿脚印看,周已经从屋里走出去了,再沿脚印赶,赶着赶着脚印就消失了。剿匪队上当了,就迅速折回头围捕,周野人早已开后门溜向大山,逃之夭夭。还有一次,剿匪队追赶他,他抱着蓑衣往山顶跑,剿匪队都暗自高兴:这回周野人跑不了,上面山顶没有路,三面是悬崖,连麻雀都难飞过去。可剿匪队最后还是估计错了,周野人爬到悬岩处,穿上蓑衣,做了一只老鹰翻身的动作,直往悬崖下飞去。剿匪队眼睁睁地看着周野人消失在对面山上的石林里。

剿匪队马富贵营长,曾领教过周野人拳脚功夫的厉害。

那天8名剿匪队员在林子中搜索,突然与周野人狭路相逢,因为都没有任何思想准备,可以说双方都来不及掏枪舞刀,比的是速度和力量。四名战士扑上去,被周野人踢翻,另三个战士使用擒拿术,被周野人招招化解,周野人动作极具杀伤力,三个战士手臂被折断,马营长上前搏斗,也挨周野人一顿重拳,牙齿被打掉两颗,周野人打翻8名剿匪队员,跳下土坎,任凭剿匪队的子弹在头上嗖嗖飞。最后,马富贵向上报告:周野人彪悍凶残,剿匪队屡抓屡逃,活的抓不到,打死行不行?

101首长接到马富贵的报告,懊恼地说:"周野人杀人如麻,早就罪债累累,传我的命令,谁打死周野人,我上北京向周恩来总理请功。"

民兵向武生是一位猎户,枪法奇准。那天中午,向武生一人将那支猎枪夹到树丫上,自己躺在草丛上晒太阳。对面是一座大绝壁,有数百丈高,被称为是鸟飞不过去的山崖。突然对面山上有人喊:"快捉抢犯,抢犯又要飞了。"随即,对面一个穿蓑衣的家伙就朝崖下跳。

马营长急得大喊："向武生，向武生，家伙再不喊（指枪响），周野人就跑脱了！"

向武生坐起来，伸了一个懒腰，将一个烧熟的红薯喂进嘴里，不忙不慌，冷冷看着周野人像鹰一样在空中飞过。马富贵大叫："向武生，向武生，你要让河鹰跑掉？"

向武生朝周野人瞥了一眼，朝地上吐了一把涎水，自言自语地说："你看，这不是一只死（屎）河鹰？"

随即，向武生漫不经心地朝天放一炮。只听见"嘭"一声，从天上飞的那只"鹰"就再也没有上过天。马营长怕掉下来的"河鹰"不是周野人，立即将周野人的小妾抓来辨认，小妾说："他双脚板中心有两块黑疤是胎记！"马营长检查，周野人的双脚根本没有疤！

马营长突然灵光闪现，他琢磨琢磨，这"屎河鹰"周野人长期躲在大山林中为匪，地当床，果当粮，雨来了，淋得像鸡母娘，又披头散发赤脚行走，脚板练得像钢板一样硬实，那印记一定是茧坨坨挡遮哒。马营长拔出匕首，使劲削去周野人脚底上那一层厚厚的肉茧，两个黑色大疤立即显现出来，是胎记。

这人就是周野人！

于是马富贵向上级报告："民兵向武生将周野人击毙。"

后来，向武生来到了北京某礼堂，受到中央首长的接见，胸前挂了朵大红花，出席 1954 年 11 月的全国剿匪表彰大会。周恩来总理亲自将一把三八步枪奖给了澧源剿匪英雄向武生。有一名记者在礼堂大门口"堵"住了向武生，请他介绍剿匪经验，向武生一脸茫然，甚至有些害羞，半响才用澧源方言说："我算个么得？只是朝天放了一炮，打死了一只屎河鹰！不像大铁杆，亲手扼死大土匪李癞子。"

127　楼里捉猪

第二个"跑到暖上去"的家伙是李癞子。

民家谚语说"钉子遇到铁，不死都要绝。"译成汉语就是恶人自有恶人磨。恶人李癞子命该绝，他遇到了一个比他更"恶"的人，这人叫大铁杆，澧源县最厉害的武术家，鬼谷神功第 76 代传人。那天，大铁杆奉命上狐狸溪剿匪，刚从茅草丛小解出来，脚下踩着一团软软的东西，一看，是一堆臭屎。

大铁杆仔细详端，认定这堆屎，尚有热气，显然刚才有人在这里便过。大铁杆想,这狐狸溪属荒山野岭,不应该有人居住,莫不是有土匪藏身?

大铁杆的判断比较准确。大铁杆弓背沿着茅草前行,看到了一个"狗爪棚",即一个用两根棒交叉再搁根树木,搭上茅草,形成一个简易的住所。大铁杆猫腰向棚里打了一个石头,立即有人骂:"哪个炮揣(枪打)的? 想死?"

大铁杆一看,棚里跳出一个人,脸上疤痕累累,一副恶鬼模样。

大铁杆喝问:"你躲到狗爪棚干什么?"

疤脸男人冷冷回:"管你卵事,我守野猪! 你梭(溜)到这里信(寻)坟。"大铁杆想起,此人极有可能是大土匪李癞子,上次澧源战斗中,他和李癞子还徒手搏斗过,后让李挣脱跑掉,今天又不期而遇,真是仇人相见,分外眼红。而疤脸男子也突然想起此人,就是解放军武术教头大铁杆,江湖上称"拼命三郎"。于是这两个被称为"哈暖"的人遇上了,且还是仇人。两人迅速拖枪射击,各自找有利地势对射。双方都打完最后一颗子弹,按江湖规矩就单挑,即一对一徒手作生死较量。

李癞子算武术豪杰,其拳脚功夫在土匪营中属上乘,与大铁杆可谓棋逢对手。但李癞子斗了一会,被大铁杆一个"顺手牵羊"摔到坎下,李癞子爬起来便跑,大铁杆猛追。

李癞子不愧为有名的"麂子腿",他跑几百米后甩开大铁杆,窜入一个密林处,慌忙扯几根茅草挽个结团,投放在小道上,这是一个路标! 是李癞子和他的土匪们联络的路标,狡猾的李癞子想用路标引来帮手,对付大铁杆。大铁杆识破了李癞子阴谋,将路标转向,几个帮忙的土匪沿着错误方向跑去。李癞子失算了。

狂跑了一段路,李癞子还是甩开大铁杆,逃进一个叫苦竹河的小集镇。他穿过熙熙攘攘的人群和歪歪斜斜石碾房,逃向集镇西边的一个僻静的石头房。李癞子翻墙入内,找了些吃的后,掩了门美美地在房中睡觉。这一切,都进入了大铁杆的视野中。

大铁杆原想趁李癞子睡觉时冲进去活捉他,但考虑到李癞子是一名悍匪,自己单打独斗不一定有取胜的把握。随后,大铁杆跑到集镇上找来五名战士,一起冲进石房。一名战士踢飞了墙门处的一包绿豆,差点摔倒。大铁杆又"嗯"一声,叹气了。这回扑了空,原来让李癞子给耍了。大铁杆再仔细看门口,发现一颗桃子上插着一根筷子,又看了撒满一地的绿豆和那张破报纸,轻轻说:"哎!有人给李癞子送信!"战士们惊讶地问:"你怎么知晓的?"大铁杆说:"你们笨猪? 报纸包绿豆,就是'暴露',筷子穿桃子,就是'快逃',你们这都不懂?"几名战士恍然大悟地说:"喔!这鬼灵的土匪蛋!还真猾!"

大铁杆的犟脾气又来了,他离开战士们,独自完成他的"追匪"之旅。

李癞子知道大铁杆是一个难缠的角色。民谣云:"岸上跑不赢,水里拖你行"李癞子改变逃跑路线,这厮重新选择了走水路逃逸。李癞子抱了一大壶桐油走向鱼清寨水码头。正巧,河里涨了大水,一个排佬正准备弯排上岸,李癞子一步跳到排上,放下桐油坛,排佬惊问:"租排——跑津市?涨大水——捉拐子(当排佬)?"李癞子上前给他一脚,将他踹入水里,骂:"捉你的拐子——老子要抢排。"李癞子撑起竹篙,开排逃命。大铁杆随后追击。

这段故事,当地人说得很玄乎,说两支排在河滩碰坏变形,两个排佬在水中拼命,最后被水灌得奄奄一息,双双被民兵捉住,押送到剿匪部队。但大家都忽略了一个细节,你猜李癞子抱着一罐桐油干什么?原来李癞子把它当成"助力器",相当于一个小马达。放顺水排,借助大水的推力跑,已是较快了,但想更快,就得借助风力了。于是,狡猾的李癞子将排上的桐油罐点燃,火借助大风的强大推力,排在急水中行进,宛如离弦之箭,势不可挡!大铁杆驾排,少了风力,少了"马达",岂能追上?只跑两个滩,李癞子就看不见了。大铁杆弃排上岸,打电话叫下游的剿匪分队拦截……魔高一尺,道高一丈,大铁杆在河里追剿失败,干脆"守卡",在李癞子老家的一个岩壁前守株待兔。终于在一个叫汤鸡浴的热水凼边,两人再次狭路相逢。两人都杀红了眼。一个是赤胆忠心的解放军武术教练,一个是罪恶滔天的国民党惯匪。两人见面,都希望立即干掉对方,杀之泄恨……最后,都扑倒泥潭中……用尽了所有的力气和招数。

这回,李癞子的斗志被彻底击垮。他从没有见到解放军队伍里有如此神勇的侦察员。搏斗中,李癞子流露出绝望的眼神,不停地喘粗气,乞求说:"大铁……杆,老子服了你……你这样……拼老命……老子斗……斗不你赢。"大铁杆也喘粗气,回绝说:"李……李癞子,上次……你奔脱哒,今天……你……革蚤(跳蚤)……往暖上蹦(跑)?"

最后定格的情景是:李癞子仰扑入稀泥凼里,发出杀猪似的嚎叫,死死卡住大铁杆喉咙,大铁杆面部的一大块肌肉被撕开,血流满面……但最终李癞子死了,死于大铁杆独创的一招"楼里捉猪"。

后来,伍桂美给大铁杆缝合伤口,带着大大的惊叹号,问大铁杆:"那楼里捉猪——捉啥猪?"

大铁杆和段运飞就使劲笑,罗战士悄悄骂了一句:"狗八(指雄狗生殖器)!"这句土话的解释,令伍桂美顿时羞红了脸,骂道:"堂堂中国人民解放军,竟使阴招,丑不丑?"大铁杆说:"丑什么丑? 阴招不阴招,打得赢的就是好招!嘿嘿!"

伍桂美原是山东威海人,从学校毕业后参加了解放军,来到澧源,被贺文锦县长和颜文南政委瞧中,当了妇联主任,初来乍到,对澧源一带的语言,特别是方言弄不清,也讲不好,听不懂自然要爆些笑料。

128 扭扭道理

第三个"跑到暖上去"的坏蛋是独眼龙,独眼龙化装成一个赶脚猪的绳绳客来到腊狗寨,他想逃脱解放军追捕。

这家伙不知从哪里偷来一个脚猪,为了怕被人识破身份,这家伙专门戴了顶破草帽。

可到中午,独眼龙实在饿急了,一时又联系不到生意,只好走向泉水边,趴着喝水,觉得泉水凉又冽,舒畅极了。

他看见几个女人在溪边说笑,故意喊:"赶脚猪呀!"

一个洗衣女立即笑起来:"我家的猪母娘正要找脚猪配,没想到有人送上门来。"

独眼龙说:"好呀,好呀,我使劲,你快活,将生意做成不得?"

洗衣女白了独眼龙一眼,有些不高兴,气咻咻说:"你牵脚猪赶骚是职业,我母猪找种配是自愿,两不亏。"

独眼龙讨好说:"大姐,我刚才故意开玩笑,好,我便宜些,不收钱,你供(出)餐饭如何?"

洗衣女说:"逮!"

洗衣女将独眼龙和脚猪引到坡上的一栋木屋,给独眼龙烧了一餐包谷和渣饭。独眼龙吃得很饱。洗衣女将脚猪赶到母猪一块,两只猪欢欢地交配着……

"饭饱思淫欲",独眼龙来了兴趣,发现洗衣女一人在剁猪食,又四处无人,就悄悄走到门口,将门反闩上。

洗衣女警惕地问:"牲口,你搞什么?"

独眼龙说:"搞事呀! 你没看那猪——两个搞得冒泡泡,我们两个空到这里干什么?"

洗衣女持刀喊:"你再乱扑蛾(说),老子一刀剁你。"

独眼龙说:"剁什么? 老子怕你死?"就扑过去抱洗衣女。洗衣女用刀乱舞,独眼龙近身不得。

这时,外面突然有人喊:"是哪个赶脚猪? 出来!"

洗衣女说:"在屋里!"就急急开了门,跑出来。

一看是邻寨的木匠。

独眼龙说:"我在赶脚猪。"

木匠说:"找的就是你——这个(赶)脚猪! 我问你,你的脚猪从哪来的!"屋外迅即来了一大堆人。

独眼龙不敢说是偷来的,大声朝围上来的人说:"明人不做糊涂事,老子这脚猪,是赶场捡来的。"

众人一听都笑起来,说:"日弄(骗)人! 你是郎门(怎么)捡的?"

独眼龙本就是一个会演说的角色,他用手做了个奇怪姿态,大声说:"老子今天早晨赶场,在路上捡到了一根索索儿,没想到这索索上还——巴(连)得有个猪儿,老子搭个撮衣(便宜),想捞点油油儿,又廊们(怎)的?"众人一阵大笑,都笑独眼龙会说扭扭道理,是一个牛屁股里拌(塞)横棒的角色。

这时人群中有人认出了独眼龙,就吼:"莫听这个一纸糊(独眼)的话,这人叫独眼龙,是陈高南手下的白眼睛强盗! 上次我们寨子的本主像就是他偷的!"众人一听,他偷过本主,气得拿起扁担木棒高叫:"打死你个高脚猪。"

独眼龙一听有人说他是强盗,火气十足,立即耍无赖,跳上板凳,吼:"老子是高脚猪! 你们是什么? 都是一个个床上抱女人睡觉的汉,为何给老子扣屎盆子?"

木匠捡根洗衣棒,怒喊:"赶脚猪。"

众人吼:"赶脚猪。"

洗衣女吼:"赶——高脚猪。"

独眼龙见势不妙,立即拿了把柴刀使劲狂舞。

众人给独眼龙让出一条道,立即有人打锣敲鼓,木匠高喊:"往陷(汉)坑里赶! 赶高脚猪喽。"许多人操起武器围上去。

这时,独眼龙已陷入人民战争的汪洋大海中。农会主席用铁皮喇叭高叫:"赶高脚猪,嘴巴莫出血。"其潜台词是:独眼龙虽为匪,最多算一个小土匪,这厮曾是民家寨子的人,又吃些墨水,识得几个字,算寨中有文化的雅匪。寨民经农会主席这么一提醒,大伙就掌握了分寸,不打不砍,让老天收尸。

腊狗寨有个陷坑,有两亩田般大小。陷坑,其实就是一个沼泽地,尽管上面长满了泥草,但极易陷下去。独眼龙拿着刀跑,众人持械紧逼。刚踏上陷坑,独眼龙的双腿感到有明显的松动,慢慢地,独眼龙的双脚不见了……独眼龙十分恐惧,用双手挣扎,慢慢地,双手也不见了。独眼龙用嘴巴高吼,慢慢地,嘴巴也不见了。当潭边冒出一个个小水泡时,陷坑就保持着一种沉默的状态。不用说,独眼龙成了陷坑里的一团水草。

洗衣女朝陷坑吐了一把口水,骂:"可恶的高脚猪,你怎不和陷坑搞事(性交)?呸!"下午,郑刚带着部队到腊狗寨搜土匪,听了洗衣女的汇报,喜得一拍大腿说:"陷坑葬脚猪土匪,让独眼龙死了也服气!腊狗寨真狠。"

129 101 首长

1955 年仲夏,澧源县剿匪已到了最关键的时候。

颜文南正在叫一位秘书向 101 首长发电:"牛角山一役,陈高南匪帮大部全歼,陈高南、佘继富脱逃,李癞子、周野人被打死。谷虎下落不明,澧源匪患剩凡浦、陈土困守内半县未剿尽,请批示!"颜文南在这个电文中,说出 5 名潜逃惯匪的去向,暗示 101 首长,澧源有句谚语叫"老鼠拖葫芦,大的躲后头!"澧源剿匪尚需大部队援助。

101 首长的指挥部设在鹤峰县城。

秘书将颜文南的电文递上去。"乱弹琴!打了这么久,连几股土匪都制服不了,难道要让这些土匪再过大年不成?"101 首长脾气有些暴躁,他甚至想打电话狠狠骂颜文南和郑刚。101 首长对秘书大声说:"回电,若半年之内再剿灭不了 5 名大土匪,我撤他们的编制!让他们回家耕田种地去。"

澧源县城里,颜文南对郑刚说:"从电文看,101 首长对我们剿匪不甚满意。其实 101 首长不知,陈高南这伙土匪行踪飘浮不定,依靠大山,与我们四个团的兵力玩躲猫猫游戏,我们赶他们藏,我们前脚走他们后门溜,真不是一朝一夕能剿灭啊。"

郑刚说:"政委,我们不妨深入发动群众,组织群众一山一山搜,一洞一洞查,发现匪情立即集中优势兵力打击,既可以减轻大部队的运动强度,又能提高作战效率。"这时,一位干部进门报告:"101 首长给县剿匪大队送来 1 辆大卡车。"

颜文南高兴地说:"好!好!我们剿匪大队再也不是贫穷的单身汉了,有了汽车,我们只要几歇功夫就可以赶到内半县,这将大大提高我们机动作战的能力。"

贺文锦走进屋,看见颜文南和郑刚面露喜色,笑着说:"是什么喜事让两位乐开怀?"颜文南将 101 首长发火及送汽车的事讲述了一遍。

贺文锦告诉他俩 101 首长的身份。其实 101 首长是澧源民家寨人,他年轻时贩油为生,走南闯北结识了很多朋友,有一年用两把斧头砍了一个国民党的盐局,后来当澧源镇守使,杀掉了手下一名叫陈高如的参谋长。这个陈高如到处假借镇守使名义到各县招摇撞骗,鱼肉百姓,各州县联名告状,最后镇守使才将这个害群之马杀掉!从此与陈兆南、陈高南结仇。后来陈高南当了暂十二师师长,还派人悄悄挖掉了 101 首长的祖坟,烧毁了 101 首长的老家住宅,将 101 首长的妹妹残酷杀害在校场坪,将 101 首长的亲弟弟用饭甑蒸死。101 首长一家为革命抛头颅洒热血,大公无私,可谓忠烈满门!

颜文南接着话茬说:"难怪我到鱼鳞寨筹粮,有人告诉我一个叫'刘氏兜头'的故事,说是 101 首长的祖父率众起义,反抗袁世凯暴政,被敌人抓住砍头。砍头时其妻跪接丈夫头颅,民间常流传'璧大王聚众起义,刘氏女仗义兜头!'故事,原来就是 101 首长的爷爷和奶奶。"

郑刚说:"再抓不着陈高南等顽匪,我们上对不起 101 首长,下对不起澧源20 多万人民群众。"

第二十二章　山寨喋血

130　接头

海洱峪寨的森林中,有个温泉凼,地下水咕咕地冒着,挟着蒸蒸热气,水温52度,可以烫鸡脱毛,故称"烫鸡凼"。

离凼不远的一根粗壮的鸽子树下,一个鬼头鬼脑的男人紧张地向凼里探望,发现确无异常情况,就对另一个穿补巴衣戴麦帽的人说:"军座,那凼在那儿,你去泡泡,我守卫。"军座麻利地脱下衣,光臀光胸汩入凼中。

这两个人,正是陈高南和佘继富。

在牛角山寺庙中,陈高南和佘继富悄悄商量,那位袁排长替身也许暂时哄骗剿匪队,但一定坚持不了多久。陈高南一想起女儿谷金桃,就产生了某种不祥预感,虽说金桃下落不明,但如果被解放军感化,那位假冒替身必暴露身份,解放军会立即到寺庙搜人,若不早逃,定会遭遇不测。两人刚逃出寺庙,就看到对面山涧一队队的解放军急行军朝牛角山寺庙方向赶路。

"好险! 要不是师座料事如神,今天我俩怎还会有兔肉逮。"佘继富将烤好的兔肉送陈高南吃。两人风餐露宿,东躲西藏,最后决定到海洱峪寨去避避风声。陈高南去海洱峪寨有三个动机:第一,海洱峪与鹤峰、腊狗寨等地相邻,进可至湖南龙山,退可至八大公山原始森林,容易藏身;第二,陈高南患了严重伤寒病,搞草药吃了都无效,听郎中说到海洱峪寨温泉凼洗澡可治伤寒;第三,海洱峪山顶住着一户人家,是陈高南结拜的老庚,人很可靠,曾给他秘密送了几回情报。

到了海洱峪,陈高南泡了一会温泉后,觉得身体舒服多了。上岸后,两人躲进树林休息了一阵。饿了,才从树林中走出,他俩不敢走小路,怕遇上陌生人或

274

解放军的搜山队。陈高南快挨近山寨老庚屋子时，一条黑狗叫个不停，陈高南躲在一棵枯树边，细听到有人说话："条胯胯，你这一砣（带）没有外来人？"屋里回："没有，这山寨鬼都打得死人，哪个背时鬼跑这里来？"随即，佘继富看到一队解放军和民兵从屋里走出来，沿着小道朝山下走。

等解放军搜山队从视野中消失后，陈高南学了一声野鸡叫，屋里也回了一声野鸡叫，陈高南和佘继富放心进了那屋。那狗想吠，被那个叫条胯胯的男人呵斥住，摇摇尾巴钻到猪栏边去。

其实，条胯胯是陈高南部的一名暗哨，只与陈高南单线联系。条胯胯将从县城侦察的消息透露出来，大意是101首长已坐镇澧源亲自指挥，还给颜文南剿匪大队配备重机枪、迫击炮和汽车，大有不抓尽残敌决不收兵的架势。101首长住在澧源小学的木楼上。

陈高南想出了一条毒计，美名"斩龙行动"。他要亲自去澧源刺杀101首长，以报围剿之血仇。这也许是陈高南誓死不降解放军的真正原因吧。

陈高南、佘继富从条胯胯屋中溜出，窜到青龙寨石洞取得两支美式狙击步枪，携带足够的子弹。两人先在洞中练习一番，陈高南和佘继富都击中了练习的目标，感到手感尚好，两人一个是特务出身，一个在军校严格培过训，当杀手不是第一回。"斩龙行动"的主要对象是101首长，当然也包括贺文锦、颜文南、郑刚这些坐镇澧源指挥的头面人物，拿陈高南的话说就是"强盗进屋不打空手。"

陈高南实施"斩龙行动"前作了周密安排，先让条胯胯冒充喂牛的农民，背着藏有枪支的苞谷渣先到澧源小学探水（动静），找准101首长的行踪。陈高南化装成农会干部，到澧源小学对面的八卦楼踩点，找准射击点，借机刺杀。佘继富则化装成卖甜酒汤圆的生意客，事先将炸弹、手枪放进木桶中用甜酒汤覆盖。条胯胯将苞谷渣倒在小学门口的乱石墙边，既不引人注意，又可让佘继富很方便地取到狙击枪和弹药。

条胯胯的两捆苞谷渣已分别送到了位。佘继富已在小学门口摆起了地摊，陈高南也在八卦楼最上一层安装了狙击枪的瞄准镜，一切都在按部就班。

131　斩龙行动

然而当101首长出现的时候，"斩龙行动"进行得很不顺畅，甚至可以说收效不大，几乎前功尽弃。

上午,101 首长坐的军用吉普车停到澧源小学操场上。

下车的有 101 首长、郑刚、颜文南、贺文锦等人。四人说说笑笑向二楼上走去,陈高南从瞄准镜中几乎看清了 101 首长的脸庞。但贺文锦四人只在木楼迁子上停留一分钟左右就进了屋,郑刚将门轻轻掩上,让陈高南大失所望,因为房中根本辨认不出 101 首长具体位置。101 首长的两名警卫,一个守在迁子上,一个在操场上持枪警戒。郑刚、颜文南和贺文锦的三个警卫却在小学大门口,看着佘继富卖汤圆。一些小学生闻到了甜酒香,纷纷拿着钱,围着佘继富的小摊直嚷嚷:"买一碗! 买一碗!"佘继富忙着应酬生意。

佘继富的暴露在于他的生意太好,数十碗甜酒汤圆卖出,木桶中的武器显了底。恰好郑刚和 101 首长等人从迁子下走出来。佘继富一看,再不动手就完了。于是他开始行动。他首先从桶里摸出手枪和手雷,旁边吃着汤圆的一个警卫反应灵敏,大喊"有刺客!"立即将碗和汤水顺势泼向佘继富脸上,佘继富用左手挡了一下,立即开枪打伤了警卫。

郑刚见有人行刺,掏出手枪,急喊:"保护首长。"

佘继富手法算快,那炸弹在郑刚和颜文南身边炸响,两人被炸翻在地,瞬间升起一股浓烟。

101 首长靠在一棵树旁,军帽被打穿了一个洞。101 首长大声呵斥:"乱弹琴,郑刚、颜文南,你的剿匪队是吃干饭的? 有人想杀老子,老子让他杀好了!哼!"佘继富准备开枪时,被门口的警卫死死抱住。

101 首长军帽被打穿,是陈高南打的。陈高南打偏了目标,不是他的枪法不准,而是关键时刻有两个小脑壳在捣蛋。

陈高南将枪瞄着 101 首长一行人时,后背一堆包谷壳叶中轻轻走出两个 10 岁左右的男孩,拿着弹弓打量着陈高南,陈高南却没察觉。当陈高南扣动板机时,两个男孩突然意识到面前这人不是好人,就用弹弓射陈高南的后脑,陈高南手稍稍一振,就让子弹稍稍偏离了方向。陈高南调转枪口,对准一个小男孩,另一个弹弓又发出了声音。一颗小石子打中了陈高南的左额,那颗小石子牢牢嵌在额骨里。

有几个民兵沿楼梯冲上来,与陈高南发生激烈交战。陈高南见民兵人多势众,就放弃对 101 首长的攻击,背着枪沿着一根悬绳快速滑向松林。

这两个打弹弓的男孩,一个叫小臣虎,一个叫小臣龙,被姑姑谷金桃接到城中亲戚家读书。这天正好周六不上课,两人爬到八卦楼里躲猫猫,竟躲到了老特务陈高南的鼻子底下。

佘继富被押走后,条胯胯扛着那捆苞谷渣走了。

"斩龙行动"彻底失败,仅仅收到的效果是:郑刚、颜文南、贺文锦三人被炸伤,其中郑刚伤势最重,郑刚一直昏迷不醒。101首长安然无恙,有2名警卫不同程度的挂彩。

佘继富被活捉,陈高南和条胯胯的斩龙行动很快被侦破。

澧源县城立即全城戒严。

东门、西门、北门被解放军封锁得如铁桶一般。南门紧靠莲花大山,剿匪队在各个小道和山包上均派了潜伏哨,合围开始。

132 强盗药

佘继富被囚禁在澧源县一座牢房里。

这座牢房原是一个大地主的粮仓,全是马桑树木板修建。因为离剿匪大队较近,颜文南就将此处作为关押罪大恶极土匪头目的场所。考虑到佘继富是个王牌特务,又在澧源长期潜伏,耳目众多,为防敌人营救,段运飞派了19名岗哨监视,可还是让这家伙跑了。

佘继富能在众目睽睽之下顺利逃跑,主要是他运用了一种药,一种被民家寨称为"打不死"的"强盗药"。

佘继富很早就在民家寨生活,结识了几个江洋大盗,曾和强盗们一起干着偷鸡摸狗的勾当。有几次佘继富被寨民活捉,被打得皮开肉绽,死去活来。可这些躺在地上直哼哼的家伙,什么时候悄悄弄来一点草药,吃点喝点擦点,没几分钟,就坐起来,健步如飞,就像没有受任何伤似的,几人趁看守不注意,逃之夭夭。

佘继富从此知道,这药叫"强盗药"。佘继富还知道用药的窍门是:只要不被打断筋骨,任何严重的皮外伤,弄点"强盗药"揉揉,止血又镇痛,效果神速,立竿见影。佘继富学会了使用,没想到这回派上用场。

佘继富被抓进牢房后,遭到一阵严刑拷打。打完后几名战士吃饭去了,谁还会相信一个倒在地上嘴巴冒白泡的"死人"会"飞"走不成?

佘继富清醒过来后,第一个念头就是:"逃"。这厮突然想起了"强盗药",而且幸运的是,他从窗户里看到板壁旁的石堤缝隙中,就好生生地长着一蓬"强盗药"草,有10多株,当然战士们是不认识这种药的。"天赐良机!"佘继富一阵窃喜。他拼命将那几株药弄到手,求生的欲望再次让他铤而走险,他要借助此药逃出牢房！佘继富眼里闪出一种奇异的目光，他看了看手中的药，用力紧紧抓着，仿佛就是抓住了人生的一根根救命稻草，瞬即放入嘴中嚼着，然后把药末涂擦在伤口上……几名战士吃饭回房，只见木窗户早已弄坏，不用说，佘继富从窗户里逃跑了。

监狱立即响起了急促的警报声。

段运飞飞快地赶到监狱，听完战士们的述说，很纳闷："佘继富这个老牌特务，难道真的打不死？"段运飞突然也想起了"强盗药"。金桃曾经告诉他说："强盗药是生长在民家寨一带的一种草药，民间喊'打不死'，有起死回生的功效，常被一些心术不正的家伙使用。"

颜文南得知佘继富大摇大摆地从解放军监狱脱逃，命令段运飞组织110人的抓捕队和周围群众搜山。

终于在一个山洞里，抓捕队找到了佘继富的尸体。

"佘继富死啦！佘继富畏罪自杀了！"搜山群众奔走相告，连许多战士看了脸色苍白、呼吸全无、形同僵尸的佘继富，也认为佘继富真的死了。

段运飞走近佘继富尸体旁，蹲在地上，他的目光冷峻。

段运飞真不敢相信这是事实。段运飞又想起金桃的话："强盗药是一种麻醉药，他可以让人的中枢系统处于昏睡状态，表现一种假死的迹象，心术不正的人常借用此药，麻翻自己，造成假死状态，逃脱惩罚。"

黄昏，几名战士请求将佘继富拖出去埋了，段运飞说："暂不埋尸，我亲自守在这里12小时！"战士们翘翘嘴，走了。

第二天早上6点钟，也就是说，刚刚过了12个时辰，几名战士走过来为段运飞换岗。奇迹终于出现了，躺在地上的佘继富突然醒来了，这厮揉揉眼，伸了一个懒腰，坐起身，就被段运飞的手枪顶在额头上，只好束手就擒。

"佘继富，你跑不了啦，你前天靠强盗药跑脱，今天你又依靠强盗药装死，企图逃脱解放军和人民对你的惩罚，告诉你，再没有机会让你活命！"段运飞命令战士，"捆起来！"

佘继富被戴着镣铐押走。白鹤寨一个草药师傅笑眯眯夸奖段运飞："你嗨适（厉害）！佘继富吃'强盗药'，是民间秘方，喝下药即可诈死，这是秘方，一般人用不好。这药以酒磨汁，饮之一寸，（寸本是长度单位，在这里指量器的高度）可以伪作死亡一天，就是多吃到六寸，也可醒来，但吃到七寸，就毒死了！段连长，你是大理人，怎知道这些奥秘？"

"都是金桃告诉我的！她还说，民家寨的'强盗药'，如同云南一带的'曼陀罗花'诡秘、神奇、美丽、毒辣!"段运飞擦了擦脸上的汗珠。

佘继富被枪毙前,段运飞按照民家寨习俗,走进牢房为佘继富送饭"赏菱",民家语称"最后晚餐",其实就是中午十二点前,让犯人吃下断头饭。段运飞送的饭菜是一菜、一汤、一荤。菜是黄豆磨成的汁加菜叶,即和渣。汤是辣椒伴岩耳,荤就是半碗肥肉,当然这些都是佘继富喜欢的饭菜,这也体现了解放军的仁义之处。

佘继富被押上刑场,一名行刑战士命令佘继富跪下,佘继富不从,只笑。他临死前说了一句话:"脑壳掉了碗大个疤!"随即转过头,露出凶狠的目光,瞪着子弹朝他袭来。

枪毙特务佘继富后,剿匪大队全力以赴追剿陈高南与条胯胯。

133 赶尸帮

段运飞骑马赶到县城时,贺文锦左臂吊着绷带,正坐在一棵大板栗树边歇脚。贺文锦的伤其实不是很严重,两块弹片分别划破左臂和手腕,弄断两根血管,医生给他止住血后,缝了四针,上了药,用绷带吊着,以防感染。

段运飞跑上前汇报军情。两人一块分析,捉拿佘继富的这几天,澧源县各个交通要道戒备森严,均由解放军大部队把守,陈高南与条胯胯两人不可能飞出澧源县城,或许正躲在哪个街面住户家苟延残喘。

上午,贺文锦又到战地医院对郑刚、颜文南的伤势作了探望。回到指挥部,101首长也打电话问抓到了凶犯没,贺文锦作了保证说:"一定活捉陈高南,决不再给陈高南这个老牌特务逃跑的机会。"

然而,狡猾的陈高南还是有了出逃机会。

陈高南与条胯胯会合后,将狙击步枪卸下放到苞谷渣中。这时,有二个扛枪过路的干部简单地盘查了一下他们,见他俩农民打扮,又背着苞谷杆就没有多问,跑着向前走了。

陈高南两人在县城一个废弃的油榨房内躲了两天。

恰好第三天,城中闹瘟疫,死了一个人,有人做法事超度。死者家属坚持要将尸体运回乡下寨里去,到处请人赶尸。

陈高南获悉,一拍大腿说:"有了!哼!鸡母娘醒抱了!哼?"

条胯胯不懂其意,急问:"谁有(身孕)哒?"

陈高南白了一眼,说:"有机会出城了!你——脉(搬)不开的蚌壳!哼!"

一听能出城,条胯胯兴奋得像叫驴一样,拍打着脑壳说:"来事!来事!"

赶尸这一行当,在湘西历来有"兵不管,匪不拦,衙门不问,强盗睁只眼闭只眼"的说法,一切都让其自生自灭。死在城里的人,一般要请赶尸匠运到乡下去。当时虽然澧源县城刚解放,但赶尸之类的民间奇俗还在延续,因考虑到是少数民族地区,解放军也不管。混饭吃的赶尸人遮遮掩掩地经营着他们的行当。赶尸一般在夜间进行,路人一律不准偷窥,否则引起"喜神"(指僵尸)骚乱,就要"诈尸",即僵尸咬人,被咬者必死无疑,因为僵尸身上带有一种毒液。所以,夜间赶尸,看的人少,拦的人更少,谁愿意去理会携有一股强烈腐臭味的僵尸和赶尸人?

天暗下来的时候,陈高南就扮演了中间那具僵尸的角色,一件青长袍覆盖了头以下身躯,脸上添些白粉,额头贴着黄纸钱,一看就给人一种阴冷可怕的感觉。条胯胯充当赶尸匠,背着背篓,里面塞着纸钱,僵尸的亲属跟在后面哭哭啼啼。

条胯胯曾在自家寨子帮人赶过尸,赶尸对他来说并不陌生。他提一面阴锣,在黑暗中喊:"喜神上路,不许偷看,若在偷窃,明日必死!"接着就是当当的锣声。许多店铺的小孩忙将头埋在被褥中,哭闹着说:"鬼!鬼,僵尸鬼,妈妈我怕!"

"怕什么?僵尸难道真会诈尸不成?"段运飞对谷金桃说,"我们去看一看赶尸人。"两人提着枪出了门。

条胯胯的赶尸队,在一个破庙前被几名战士拦住。条胯胯打响阴锣,阴腔怪调喊:"喜人过路,杀气冲人,谁要阻拦,得罪喜神,五马分尸,阎王催命,当——当!"

段运飞说:"接受检查。"

赶尸人道:"何方神灵,检查赶尸人?"

段运飞说:"我们是解放军,正在捉土匪,请配合。"

金桃也说:"大特务陈高南正在逃跑,我们检查是例行公事,请支持!"但可惜的是,两人都不知道这队赶尸帮中藏着陈高南。

听说解放军要检查赶尸帮,死者家属立即起哄,情绪异常激动,几个老者上前揪着战士的衣衫,与其说是找战士们评理,不如说是向解放军施压。三名老妇人紧紧围住段运飞,说解放军不尊重少数民族习惯,故意制造事端,让尸体腐烂化水。赶尸人趁机煽动,说:"检查?赶尸人是僵尸?你们到底查么得东西?"段运飞不认识条胯胯,又遭家属围攻,考虑到民族团结,就放弃了搜查,让赶尸队出了县城关卡。为慎重起见,段运飞还指派2名战士跟着赶尸帮出城。

两名战士一左一右把赶尸队伍夹在中间。

一行人在"扑踏扑踏"的怪异声中行走。

走出两里地,到了一个山崖。借着月色的微弱亮光,一名战士看到了中间的僵尸,突然打了一个喷嚏,心怦怦跳得急,惊奇地问:"僵尸——好像没死?"

赶尸人诡辩道:"你莫乱嚼,僵尸打喷嚏,说明这人刚死,但脑部神经仍在活动,遭到腐水或寒冷等刺激,当然就有了活人一般的反应。"这话竟蒙骗了两名不爱动脑筋的战士。

大约走了两个钟头,澧源县城已被远远抛在后面。赶尸人说:"解放军,我们要住店歇息,你们怎么办?"

两名战士悄悄细声商量后说:"你们住哪我们也住哪。"

赶尸人见甩不掉解放军,只好继续走。走到水獭铺路旁一个叫"客悦饭铺"的旅店,赶尸人把僵尸靠在屋门后墙上,自己关门歇了。两名战士觉得僵尸打喷嚏有蹊跷,怀疑其中有诈,两人立即商量,等赶尸人睡觉后再检查僵尸的身体。

两战士蹑手蹑脚摸到僵尸旁,战士划了一根火柴,看到那僵尸的眼忽然咕噜一下,两战士吓得不轻,那僵尸又突然发出"卟"一声响。

一个战士说:"你闻到什么味没?"

另一个战士说:"好像有臭气!是屁!"

战士甲说:"对,是屁,这说明僵尸是人,是活人!"

天啊,遇土匪化装成僵尸了!两人吓慌了,急忙掏枪,可是晚了,那僵尸"嗻!"地发出一声凄厉的叫,就抱着一名战士又撕又咬,将战士的一只耳朵活生生咬下来,痛得那战士哇哇直叫。

"诈尸喽!诈尸喽!"另一战士鸣枪示警,僵尸踹倒被咬的战士,扑踏扑踏,跳入岩坎处,转眼不见。那赶尸人听到喊叫,立即打开前门,从侧屋翻墙逃走。

两名战士赶紧通知僵尸的家属说:"那僵尸活了,和赶尸人跑了,你们检查一下,向赶尸的人要尸体!"亲属们也深感意外,提着马灯搜查赶尸人的背篓,里面装着头和四肢,有一股恶臭腐味。一个女人立即发出撕裂的声音:"赶尸鬼啊,你们好狠毒啊,你们用活人扮我那死去的鸦片鬼,你们砍掉他的头和腿,让他死没全尸,赶尸鬼啊,你们缺德15代啊!……"哭声揭开了湘西千年赶尸的骗局,也传递着土匪陈高南二人逃跑的信息。

134　送别

"陈高南就这样跑啦?"段运飞从指挥部回到驻地,脸色铁青,神情沮丧。

刚才101首长发怒时的声音,依旧在耳边回荡:"陈高南从几万剿匪大队的眼皮底下逃脱,是我们解放军的耻辱! 陈高南渗透到澧源来,三个人两把枪,如入无人之境,根本在蔑视我们中国人民解放军吗? 你们剿匪大队再行动不力,你们就集体解散,我再派部队替换你们!"

阳光很柔和地照在茫茫大地。

谷金桃和段运飞在溪边交谈。

段运飞背上长了一个脓包,金桃小心翼翼地给他治疗,将脓水挤出,段运飞感觉轻松了许多。谷金桃递了根毛巾,段运飞揩了汗,说:"陈高南的确是个人才,滑如鳅,跑如兔,毒如蛇,是名劲敌! 我们6人组再不能靠整体作战来围捕他们!"段运飞说出自己的想法,对付这些悍匪,不必集中优势兵力,要靠基层群众的帮助。段运飞把当前剿匪的失败归结中于三个不明:即对土匪的动向不明,6人组内部分工不明,兄弟部队配合的能见度不明。

段运飞把6人组重新编排,段运飞、琼为第一组,负责追捕陈高南。大铁杆和谷金桃为第二组,负责捉拿谷虎。罗战士和伍桂美为第三组,专剿结巴陈土。至于凡浦,就由县剿匪大队直接进剿。谷金桃认为段运飞的计划较翔实。

第二天,县剿匪大队批准了段运飞的剿匪计划。

趁短暂的休整期间,谷金桃邀段运飞去澧水河边散步。

谷金桃又送段运飞一个撒穗荷包,是她亲自用丝线绣的,荷面正反面锈着一对鸳鸯。段运飞看了看极美图案,连连夸奖说:"好呀,好呀,这荷包比上次送给我的那个漂亮多了。"

谷金桃介绍说:"这荷包,可装小刀、钥匙、火柴、剃须刀、铅笔等东西,可背在背上,也可揣在袋中,本是我的心爱之物吗。"

段运飞故意说:"那你送给我干什么? 我又不是你的人。"

谷金桃嗔怒道:"你是狗咬吕洞宾,不识好人心! 我不送你了。"

段运飞连护紧荷包说:"送的礼哪能随便取? 我知道这荷包是你们白鹤寨的订亲信物,与我们大理姑娘送绣花鞋给恋人一样。"

谷金桃犟着说:"那可不一样,大理姑娘送鞋,是你们臭男人讨要的,我们民家寨送荷包,那可是心甘情愿的!"两人想继续交谈一会儿,县大队的集结号已经吹响。

谷金桃给段运飞扣了扣衣领,含情脉脉地说:"我不在你身边,要多多保重!"段运飞也握着金桃的手说:"一个姑娘家去剿匪,任务不轻,你要多留神。"谷金桃含泪地点了点头。

135 受阻

一只乌鸦怪叫着,快速从一支剿匪部队的头顶掠过,迅即朝烟雾缭绕的云崖山飞去。

在一处树木葱茏的溪河边,颜文南亲自带着剿匪大队强攻云崖山。

颜文南和几个团长、营长在沙滩上看地图。

颜文南是个比较有头脑的指挥员。他在沙滩上画了一个圈,把云崖山标上,颜文南说:"云崖山,是土匪盘踞的老巢,明清时代,土匪们占山为王。前些年永顺彭叫驴子就带几万匪兵躲到这里,蒋介石派重兵围剿,机枪、大炮、飞机都用上,可收不到效果。有一次国民党将云崖山围困了三年,以为土匪早已饿死困死洞中。不料崖下的国民党兵却突然接到崖洞里掉下的东西,一看,是两条活活的大鲵,有七八十斤重,最后国民党兵只得全部撤走。土匪们戏说蒋介石是高射炮打蚊子。上次牛角山和鱼清寨战役,陈土成了漏网之鱼,这家伙又卷土重来,纠集旧部,占山为王,这次是我们大部队联合剿匪,一定要把陈土这股顽匪一网打尽。"

部队开拔到一个长满茅草的河滩上停下来。

一个农民向导对颜文南说:"前面就是云崖山!是一座大大的悬崖壁。"顺着向导手指的方向,颜文南用望远镜看到:整个悬崖壁呈八字形,半山腰处有四个洞,洞口仅筛子般大小,那是射击孔。

颜文南和二个团长商量后,决定先侦察敌人火力,派几挺重机枪朝四个洞中射击。洞口随即吐出凶猛的机枪子弹。显然,硬打没有丝毫效果。

"洞中有多少土匪?"颜文南问侦察连长。

连长说:"大约200人!陈土是司令。"

颜文南又转身问向导:"洞里有没有天窗或与外界联通的出口?"

向导说:"以前我打猎时,发现有一个天窗可以用绳索荡到洞里去。可前些日子,自从陈土占据此洞后,天窗就被土匪用大石头给严严实实地堵死了。"颜文南猜想,陈土必然已发现另一个隐蔽的出口。

颜文南将剿匪队分成四路。第一路由机枪连封锁土匪洞眼。第二路由侦察连绕到云崖山顶一带寻找秘密出口。第三路由一团派工兵队强行炸开堵死的天窗。第四路由自己亲率一队精干人马从山顶攀爬,强行攻击岩洞,从洞中冲进去剿杀陈土。

颜文南的四路大军强攻云崖山,陈土只派 10 名枪手守洞口。当解放军的机枪将洞边岩石击得吱吱响,土匪们才慌慌张张向外张望,立即有人报告给了陈土。

陈土张开大嘴,说:"解……解……放军……真的……打来……了?"

匪兵说:"是……是!"

陈土又问:"有……有多少人?"

匪兵答:"有……有很……多,像麻……麻笼……子,数……数不清!"

这名匪兵也许长期待在陈土身边,受到了陈土结巴语言的影响,回答也是结结巴巴,半晌才说出音。

又一个土匪跑来,喊:"司……令……岩壁上……发……发现蜘蛛……人……"

陈土知道那一定是解放军从山顶吊索朝洞中强攻。

陈土抽出手枪说:"叫……狙击……手……打……活……靶……"

陈土的狙击手都将头埋在枪眼处,那是陈土为狙击手专修的猫洞,较隐蔽,但又利于射击。当悬崖处出现 5 名背枪挂弹的解放军"蜘蛛人",这些狙击手悄悄用枪一个一个瞄准。

随即,5 根粗索上的人都松开了绳索,显然都中弹掉下了悬崖。

颜文南用望远镜看到,大声叹息,发出一声"哎!"颜文南见牺牲了 5 名优秀的战士,立即停止进攻。看来,强攻不成,只好智取。

136 入虎穴

一场大雨,把大山梳洗得干干净净。

罗战士和伍桂美在云崖山松林中侦察,发现了一名扯枞菌的老婆子。

老婆子扯了一大背篓枞菌,正准备行走,伍桂美和罗战士走过去套近乎。

罗战士是澧源人,会讲本土话。老婆子打量着伍桂美和罗战士,说:"看你们俩打扮,是准备回门去的吧?"

罗战士说:"老人家您好眼力,我和妻前天结婚,今天回门去,就遇到了您这个活菩萨？"

老婆子阴着脸说："我算个么得（什么）活菩萨？我是个苦命菩萨！"

伍桂美说："哦？你有哪些苦？我听一听？"

老婆子坐下来，告诉他俩一个故事。

老婆子有一个叫莲的女儿，与她相依为命。莲姑娘到桃源师范读书回寨，被土匪陈土看中，抢进洞中做压寨夫人。莲姑娘死活不依，多次逃跑，均被陈土捉住。陈土恼羞成怒，选了一个日子，要强行成婚。陈土怕莲姑娘逃跑，还派了四名土匪日夜看守。土匪们吃喝都要莲姑娘家供应，莲姑娘无奈，叫老母亲上山扯枞菌充饥，因为明天陈土要派轿子接人，将莲姑娘强娶到土匪洞去。讲完这个故事，老婆子摸了一下眼泪水，告诉罗战士："眼看我唯一的女儿被土匪抢走，你看我命苦不？"

伍桂美和罗战士迅速交换了一下眼色，露出一份兴奋的神情，这叫踏破铁鞋无觅处，得来全不费功夫，颜文南大部队强攻云崖山受阻，没想到让他俩到松林踩点，捕获了一条至关重要的信息。两人决定孤身进入匪巢，必要时除掉陈土。

伍桂美两人帮老婆婆背背篓，打道回府。

傍晚时分，落脚在一个山间的小木屋。守屋的土匪问老婆婆："这两位年轻人是活枝过（谁）？"老婆婆说："我外而（外甥）！"伍桂美和罗战士解释说："两人系莲姑娘的亲老表，是明天送莲成婚的上亲（客人）。"四名土匪见两人衣着朴素，又没有带任何武器，信以为真。夜晚伍桂美和莲姑娘睡一个木床，隔壁就是四个土匪的卧铺。伍桂美趁土匪熟睡，向莲姑娘说明了身份。莲姑娘有文化，有见识，表示一切听从伍桂美和罗战士的话，蒙骗土匪，与解放军来个里应外合。

接下来的故事比较平淡。第二天，天刚麻麻亮，一顶红色小轿子抬走了莲姑娘，罗战士和伍桂美作为上亲陪同。因为是上亲，四名土匪对他俩还算客气，一点也没为难他们。因为按云崖山办婚规矩，女方的上亲是最重要的客人，连新郎都要下跪拜谢，还必须为上亲们搬洗脸水递烟送茶，把上亲伺候得服服帖帖。若照顾不周，怠慢上亲，上亲发了火，新娘就动怒，轻者骂新郎一餐，重者卷铺盖走人，让新郎家落个"乌龟钻泥巴——一场大笑话"的悲剧。

红轿子钻进了密密的刺蓬中，从一块包谷地旁滑过，四名土匪将一排苞谷杆搂开，立即现出一个洞口，几个将轿子抬进去，又将包谷秆摞好，一切都不留痕迹。

伍桂美和罗战士都佩服土匪的造假能力:"这个洞用苞谷秆作屏障,谁会引起怀疑和觉察?"

伍桂美和罗战士见到了陈土。两人均是第一次看到大土匪陈土,并不是社会上讹传的满脸横肉只懂杀人放火的暴徒,而是一个高大威猛的英俊男人,只是有口吃毛病。将新娘接进洞,陈土为莲姑娘亲手煮了一碗枞菌面条,那是莲最爱吃的。

陈土为伍桂美和罗战士端水递茶彬彬有礼。陈土趁机问:"罗老表,你……你近向在哪……里做工夫(干事)?"

罗战士知道陈土是在试探,就编故事说,在陈高南部队谋了一份写字的差事,因解放军剿匪,才逃离陈部,回屋里结婚娶了伍桂美。

"哦?都……才过……结婚……瘾?"陈土说,"那……可要……注意……腰……腰杆……子……"罗战士笑了。

夜晚,陈土提着枪去洞中巡查。罗战士才知道,这云崖山只有一个进口,就是用苞谷秆遮掩的洞口。云崖山悬崖处的四个猫洞,洞洞相连,且洞中有小洞。洞内有水有鱼,还有土匪抢来的粮食、腊肉、洋芋等。

伍桂美给莲姑娘送一个熟鸡蛋吃,莲吃着就呕吐起来,证明有了妊娠反应。

伍桂美说:"你刚结婚,还没同床,早就有喜?"

莲姑娘红着脸说:"我们种了早包谷,上次我逃跑被捉回来,陈土哄骗我,我喝了点酒,就迷迷糊糊地上了当!后来我大骂陈土缺阴德,陈土只笑,不打我不骂我,还叫土匪对我规矩点,还反复发誓绝不伤害我。我起初恨土匪陈土,认为他凶狠残暴,杀人不眨眼,就想办法打胎,苦苦折磨肚子中的杂种,我跳过岩坎,用棒打击过肚皮,还找过打胎药吃,都没有弄死。前天陈土亲自趴到我肚子上听胎音,喜形于色:'来事得喊!(指一切正常)'。"

伍桂美又问:"如果陈土被枪毙,你母子俩如何生活?"

莲姑娘低头不语。显然她没有任何思想准备。她太年轻了。

不料,夜晚风云突变,陈土突然起了疑心,派卫兵将罗战士和伍桂美抓起来。

第二天中午,颜文南的剿匪大队攻打云崖山,莲姑娘乘土匪不备用钥匙打开牢门。罗战士和伍桂美趁机杀了两名土匪,抢了枪,与土匪交战。陈土撕下伪善的面罩,拿挺机枪朝两人射击。罗战士当场牺牲,伍桂美被打中肩部,血流如注,扑倒在地。陈土以为伍桂美已死,在洞里四处乱窜,找不到莲姑娘的身影。原来,莲姑娘放走罗战士和伍桂美后,从苞谷秆洞钻了出去。

颜文南剿匪队从苞谷秆洞口正面围剿陈土。陈土用大石板将洞道堵死。颜文南气得直跺脚。一团长亲率蜘蛛人从山顶攀爬，企图接进洞内，遭狙击手猛烈射击，死伤不少。

一团团长和营长想了一个办法：用一根长长的竹篙伸到洞口旁，竹篙末端绑上炸药，再将引线接到竹篙这头，由战士们控制，土匪的狙击手只好望着长竹篙发出绝望的惨叫。

云崖山被打下了。陈土被活捉，大小土匪死的死，伤的伤，顷刻间全军覆灭。伍桂美被战士们用担架抬走。罗战士的尸体被找到，颜文南亲自挖坑安葬。

一天，澧源县贴出一张布告，是枪毙陈土的。公审大会那天，伍桂美正好出院。天空下着蒙蒙细雨，她整理了背包刚走上街，看到了一位腆着大肚的女人，拖着木板车拉着刚刚被枪毙的陈土的尸体艰难行走着。

有人认得，那是陈土老婆莲姑娘，随即有人抛鸡蛋和泥块，恶毒骂："土匪婆！不要脸，还款（生）土匪种！"莲姑娘任凭风和雨扑打着，满脸憔悴，一言不语，身后的板车轮子发出"兹扑兹扑"的声响……据群众反映，莲姑娘用板车给土匪丈夫收尸后，躲进深山老林，后来育有一女。"文革"中，莲姑娘脸上被人烙上了"土匪婆"字样的印记，被游街批斗，带着耻辱的印记，莲姑娘自绝于荒山野岭中。

137　待客宴

颜文南率部回到县城。101 首长打来电话说："告诉你一个好消息，内半县凡浦匪帮已被过境的兄弟部队一网打尽，凡浦被击毙，还活捉了他 50 人的卫兵队！怎么样，你肩上的担子减轻了没有？"

颜文南报告："我们打下云崖山，杀了陈土，现还有陈高南、谷虎两股土匪在逃窜，正派兵围捕。"

101 首长又说："我接到仗鼓山族长的请柬，邀我参加他们的火把节！我战事繁忙，最好你和文锦两人代我参加。"

颜文南说："好，请首长放心，我们一定按时参加。"

仗鼓山寨上，偌大的田间站满了许多人。谷姓礼堂戏台上，当地有名的傩戏班子在唱戏，逗趣的土地公公和土地婆婆，用民家腔方言调侃，台下笑声一片。

　　而祠堂的另一头，王志超正热情地与农会干部及附近寨主们打招呼。王志超说："今天借办火把节的机会，请民家寨和土家、苗寨族长来寒舍议事，有四项议程；一是请县领导介绍剿匪形势和民族政策。二是各寨主审议族源书稿。三是请寨民看戏，品尝我们寨中的美食'八大怪'。四是晚上请大家陪县领导参加火把节。"

　　正说间，祠堂门前走进两个身材魁梧的大汉。王志超一看，连忙站起身，乐着说："贺县长、颜政委，刚才还在惦念你们哩。"

　　贺文锦和颜文南含笑点了点头，向在座的人挥挥手，说："都坐下吧，我们刚到，让大家久等了。"

　　颜文南介绍了全县剿匪情况，贺县长通报了近期民族政策的情况，并希望各寨各族精诚团结，相互帮助，不要随便听人唆使，干一些伤和气的不义之事。贺县长表态，刚成立的县人民政府一定不会让有志之士失望，有什么困难，比如编族谱、找族源、搞民俗研究等，若需要人力或资金，政府一定想办法解决。

　　仗鼓山寨的待客大宴可谓热闹气派。当时虽然物质比较匮乏，但集许多寨子的粮食和菜肴招待客人，还是绰绰有余。十二张大桌分三排摆放，摆十二个菜，即：粉丝、豆腐、酸萝卜、起渣等尽显民家特色。

　　民家寨督官身挂一个黑色阉猪匠袋，遇客就请客人卷旱烟，嘴里热热喊："卷一杯？"豪爽中尽显诚实和大方。

　　王志超杀了一头猪。因为办喜事，又来了县长和团政委。上午，王志超将贺文锦和颜文南及族长在小屋吃"待客宴"。

　　"待客宴"是王志超精心准备的一桌盛宴，是当时最最丰盛的午餐，大桌上摆四个火炉，架上铁锅。你猜火锅中的主菜是什么？腊狗！贺文锦感到惊奇，这腊狗是上等菜，很不容易吃到，况且还摆上大桌，当主菜？督官笑着解释："县长莫问，这腊狗也该大伙吃，前几天，腊狗配种，主人家由于认不出公母，将十条同性者投放在一块，结果，腊狗们怒火万丈，双双撕咬，打到最后，死了八条大腊狗，比几头猪的肉还多，您说，该不该吃？"贺文锦说："好！该吃！该吃！"

　　督官又在桌上摆着土特产。贺文锦一看，有嫩包谷籽、提提粑粑、南粉、炒米茶，等等，有些菜是从其他寨子弄来的。这时，端盘汉送上一碗米饭，王志超解释说："这是糯米包，当饭又当菜。"王志超又指着小锅中煮开的肉片，说："这是牛卵包，吃了壮阳提神。"

贺文锦说："我清楚,有俗话云:牛卵包是好菜,男人吃哒硬,女人吃哒崴。"众人大笑说,县长都吃过,我们逮(吃)。

对于民家寨饮食习惯,颜文南知道,总的配味原则不外乎"辣"和"淡"。有8种菜有特色,故称民家寨子八大怪。颜文南觉得仗鼓寨饮食8大怪包含着一种文化。突然想起了老家云南有十八怪,颜文南笑着问："大家晓得云南十八怪吗?"众人都摇摇头,因为大伙从来没去过云南,哪知道什么"怪"。

颜文南夹了一块牛卵包菜,边吃边介绍,说："第一大怪,叫老婆婆爬山比猴快……第二大怪鸡蛋串起来卖……"一直讲完十八怪,众人听了都哈哈大笑。

正说间,马营长端着酒杯赶热闹。马营长是东北人,喜欢讲东北的"三大怪"。

贺文锦说："我知道你们东北,第一大怪是'窗户纸糊在外',这一怪主要是迷糊狼等牲口的,对不?"

马营长说："县长你还有些见识! 那第二怪呢?"

看县长只顾喝酒,马营长以为他回答不出,就摊了牌："生个孩子吊起来!用木窝将孩子吊在房子的梁木上,这一怪也是防备野兽的! 第三怪是'大姑娘挂个大烟袋'这一怪是说东北大姑娘喜欢抽烟……"

王志超端来一碗糯米花浸泡的茶,上面搁一块蜂蜜糖片,笑着说："颜政委,马营长,你们的那些怪我们听饱了,讲的都是一些风土人情,你也得吃吃茶滋润滋润嗓子呀。"

王志超其实在试探颜文南,了不了解仗鼓山的茶文化。颜文南看那茶中的糯米紧紧粘在碗上,不好意思用嘴巴去舔,就问："那筷子呢?"

王志超笑着说："你自己弄啊?"

颜文南脑子灵活,急忙用蜂糖片搅动炒米,最后把蜜糖片嚼吃了,众人都拍手叫好。

贺文锦说："上这道菜,包涵幸福长久,家发人兴之意,你想想炒米为发,蜂蜜为甜,用蜂片赶着吃,即有'快'之意,这叫作炒米茶里一个怪,蜂糖片儿就是筷。"颜文南感慨仗鼓山饮食文化的深厚,耐人寻味。

138 火把节

下午时分,王志超到主祠堂审稿,审《民家寨来历》书稿。

会上发生了激烈的争吵,主要是在族源上形成两种不同的意见。以腊狗寨钟高定为首的河南派,认为民家寨祖先是从河南迁徙而来到澧源定居。这一论点随即遭到龙蛋峪寨李氏族长为首云南派的强烈反对。李氏族长还拍起了桌子,高声喝道:"说民家寨祖先是从河南来落脚的,是放狗屁,你们说'河南人的狗子要湖南人牵'是告诉后人一个假象,你看祖宗来澧源时,还牵了一条狗,还住下来,有狗爬崖为证!单靠一两个地名,一两种习惯,或几句俗语,就堂堂正正下结论,这种错误我们必须坚决纠正。"

钟高定火劲十足,拍巴掌喊:"我承认,连清朝时官府就提出来,军、民、客、土、苗五个族种,我们属于民家,但绝不是先到的居住民族,我们祖先一定从长途跋涉而来,我说从河南来也是有理有据的。"

经过激烈地辩论,又翻阅了一捆捆老族谱,终于理出头绪:民家祖先来澧源定居,极有可能源于一次重大军事战争,时间在明初,领头者是谷均万、钟千一、王朋凯等人,他们有可能从云南大理辗转来澧源落脚。

王志超说:"谷均万据说是掌握万人部队的首领。钟千一、王朋凯、谷均万均为三老表,又有亲缘关系,来到狮子洞、覆锅山、仗鼓山等地休养生息娶妻成家,几经风雨,才有了我们现在的白鹤寨、仗鼓山等数十个民家寨子。"贺文锦和颜文南觉得王志超说得有理。

颜文南觉得大家争论很有必要,至少可以弄清一些常识性的问题。王志超搬了一把大椅子,挤进人群中,向他介绍了101首长20年前与民家寨之事。颜文南很有兴致,王志超递上一杯茶,说:那年冬,101首长率队从猪鸡塔长征时,仗鼓山、白鹤寨等10多个村庄2000多名年轻人随101首长走了。随后这些人,几乎再也没有回来。这些人都战死在外地,有死在长征的路上,有死在抗日战场的,也有死在国民党战场的。这次101首长只落脚澧源县城,不愿意落脚民家寨,可能因为无法面对——那些当年随他出征死难者亲人的呼唤!

颜文南紧紧握着王志超的手,深情地说:"说句心里话,你们民家寨是英雄的山寨,了不起的山寨,为了革命,为了民族解放和胜利,牺牲了那么多优秀儿女,我代表中国人民解放军,向你们民家人表示最诚挚的敬意!"颜文南向王志超行了一个庄严的军礼。

夜幕刚降临,祠堂门前早竖起了一个高大的火把,照得寨子亮堂堂。

这火把用一根粗木树绑上麦秸、稻草等助燃物扎成,火把上端还挂有三个用篾扎的升斗,上书"风调雨顺"等字样。

王志超用大喇叭向黑压压的人群宣布:"仗鼓山寨民家火把节开幕!"随即

响了鞭炮。贺文锦和颜文南用一根长长的竹篙点燃了火把。火把燃烧了,顿时照透着天空,也照亮了一张张真诚的脸庞。熊熊燃烧的火把下,贺文锦和颜文南不时地耍着小火把,许多人围成圈子,尽兴地跳仗鼓舞和九子鞭。

颜文南对贺文锦说:"这山寨有些谜团一直解不开。你说这火把节,大理彝人和民家人都有,你们这里的民家佬,也玩火把节,可说是大理的延续,可没有人证物证,谁也不敢贸然下结论,说民家人的根就在大理。"

贺文锦说:"这个问题值得探索,有机会我也研究研究。"

突然,传出"砰!"的一身枪响,有人朝颜文南和贺文锦开枪射击。

贺文锦大声喊:"是哪个髦角色?"马营长带几名警卫,随即朝一个穿戏子衣服的家伙扑去,缴了那人的枪。颜文南轻蔑地说:"你们想破坏火把节? 挑起民族矛盾? 做梦!"

那戏子很快招供了:他是恶二佬的丈人,恶二佬死后,他投靠了谷虎,这次是受谷虎的指使来民家寨捣蛋,原猜想 101 首长可能会来,没想到只派了贺文锦和颜文南,就趁火把节人多混乱时谋杀两人,因害怕被捉,手抖得厉害,只开一枪,就被捕了。

贺文锦怒喝:"谷虎藏在哪?"

那人说:"不敢说,讲出来我就没命哒。"

贺文锦警卫员踢了那人一脚,吼道:"不说立即打死你。"那人被带到一间草房,说出了谷虎的藏身地。

见一些群众要离开,颜文南极力挽留,他大声说:"同志们,不要害怕,刚才是一个特务开枪,已被抓住了,大家尽兴地玩,我还派一个班的兵力作警戒,保证大家舒心、安全、快乐地欢度火把节!"

贺文锦和颜文南走后,寨民和客人仍在火把下尽情唱歌跳舞。王志超和钟高定饶有兴趣地对着山歌……土家青年跳了摆手舞,苗寨奉献了看家舞蹈猴儿鼓。

王志超借着酒劲,看得出了神,对钟高定说:"土家和苗人的舞各有千秋,我们仗鼓舞刚劲粗犷,摆手舞柔美洒脱,猴儿鼓雄壮威猛,真不愧是湘西三朵艺术奇葩啊!"

钟高定倒显得有些担忧:"我们仗鼓舞跳到现在几百年了,依旧是老调子,旧路子(指套路),少了阳刚之气啊! 我回寨去后,多请人指教。"

王志超说:"对! 祖宗创造的舞蹈文化,说不准将来就是我们民家寨的脸面,我们要努力跳好仗鼓舞,还要搞仗鼓舞比赛! 让仗鼓舞成为一块威震湖南的民舞牌。"

王志超突然想起了恶二佬,这家伙虽流落为匪,却是一个跳仗鼓舞的高手和武术家,他把仗鼓舞得呼风唤雨,当杀人武器来操练,可惜没有带出好徒弟,其中的一些武术套路,如三十六花枪、四十八连环,就恶二佬最能使,现在恶二佬被镇压,仗鼓舞绝技也几乎销声匿迹。自己虽保留了一些技巧,但与恶二佬比,相差甚远。

第二十三章　肃清匪患

139　野鸳鸯

百丈峡内,古木参天,流水阵阵,峡谷氤氲升腾,好一个峡谷风光。

谷虎和苗女寡妇自知罪孽深重,不敢去人多的地方,怕被解放军盘查,露出庐山真面目。他们选择深山老林落脚,看中了百丈峡。上午,苗女寡妇坐在一块岩石上。脚下是一湾溪水,水中游鱼不时穿来穿去。苗女寡妇将脚板伸入水中,不时用脚溅水花,一副舒适快活的样子。

谷虎看着她,嘲笑:"你个土匪婆,还快乐,过的是今天穿鞋袜,不知明早起床刹不刹(指穿)的日子,你还有心思乐荷?"

苗女寡妇恶毒地瞟了谷虎一眼,言语里却带着一种满足的情绪,说:"前人不是说今朝有酒今朝醉吗? 我自遇上了你,有吃有穿有枪杆子。我的日子还算丽糊(指潇洒),就是死了也值得!"

谷虎闪着狡黠的眼光说:"死? 老子还不想死,老子年轻,酒没吃光,饭没嚼光,老子还要快活快活。"

性感的苗女寡妇接过话茬,仿佛有些勾引的味道,说:"你一天就只懂干这个,你折(当)得饭。"

谷虎色迷迷靠上去,无耻地说:"真是好东西! 我,天天要!"说着就将苗女寡妇的衣剥得一丝不挂,两人忘情的在石头上狂欢,连太阳也羞红了脸……

百丈峡本来人迹罕至,又是上午。可偏偏有个采药人,在树木中看见那不雅观的一幕,认为是霉运。百丈峡一带自古有"蛇戏舞(交合),人短寿。人挽剁(性交),不好活"说法。要破除霉运,行人必须将交合的蛇打死暴尸,将苟合的人怒骂一顿。于是,林中立即有声音飘:"狗挽剁(喽)! 耍嗨——! 耍嗨——!"谷虎两人听了,即刻从石头上坐起来,回骂:"和你妈挽剁!"就匆匆忙忙拿衣裤钻进树林,一切都沉寂下来。

也许是体力透支,加上被外界骚扰,谷虎强烈的欲望没有得到满足,进蓬后又将苗女寡妇揉翻在地,再重复一个醉生忘死的过程。苗女寡妇十分配合,累得谷虎气喘吁吁。谷虎目前疯狂地享受一种性生活,这是他的选择。他明白,自己已走投无路,靠山没了,神兵没了,父、母、兄、妹没了,解放军来了,段运飞来了,他的好日子一天不如一天了,偏偏苗女寡妇的肚子渐渐凸突出来,显然已有身孕。但谷虎要过那种生活,他想用粗鲁的动作将苗女寡妇肚子中的生命消灭掉,可肚中的生命却故意与他作对,依旧活得很耐烦(指灵活)。

"夫君,难道我们天天就这样东躲西藏?"苗女寡妇担心起来。钻山沟的困顿已让她感到一种恐怖,这种恐怖一到夜晚折磨得她坐立不安。

"目前,我们只有这样 qia(躲)!解放军到处搜山,老百姓都发动起来了,我们没有别的地方去。"谷虎擦着手枪。

"我们向解放军投降,命保得住吗?"苗女寡妇问,"我可想到外面去透透气。"

"投降!你没听说凡浦投降后,没几天就被颜文南一枪把脑壳打开了花!投降死路一条。"谷虎狠狠地说。

"我们还有——起手三(指交易)可保命。"苗女寡妇说。

"有,我有两张王牌。一是有身边这把宝剑,这是民家寨子里的宝物;二是我藏有陈高南抢的那些东西,极有价值,我估计目前解放军不会立即打死我们的。"谷虎说。

谷虎撇下苗女寡妇,到旁边山中采木瓜粮食用。木瓜粮是一种红果子,长在矮树的枝上。谷虎用白毛巾将果子包起来,正准备离开,突然被人挡住,是一个女人,蒙面,披黑衫,背一把剑,腰插一把手枪。

"哈哈,现在你就偷这东西吃?不怕拉不出屎?"女人冷冷地说。

"是……是你!美枝子?"谷虎有些惊恐,随即说:"你不是让段运飞给打死了?"

"我是打不死的程咬金!段运飞铲平狮子洞,但没捉住我,都以为我被大火烧死了,我才孤身一人躲藏起来。"原来美枝子躲在山中与外界断了联系。后来她知道一个人躲在山中很危险,不如找个伴还有照应,她想起谷虎,她化装成巫婆侦察情况,了解到谷虎极有可能藏进百丈峡,就跟着进山,果真遇到了谷虎。

谷虎本身就喜欢美枝子,又好久不谋面,谷虎又来了野性。谷虎将美枝子抱到茅草上，两人又干起了赤身裸体的勾当，喘息好大一阵。

"这百丈峡，怎这样险峻？我看是个易守难攻的好地方。"美枝子边系裤子，边朝谷虎说话。

谷虎告诉她说："这百丈峡是块好地。西汉时相单程造反，刘秀派大将军马援清剿，相单程躲到洞中避着，而马援无水无食，又遭瘟疫袭击，汉军中暑，最后大败而归。马援写了一首《武溪深行》的诗，即滔滔武溪一何深，鸟飞度，兽不敢临，嗟哉，武溪多毒淫！最后马援就病死在这里，成为马革裹尸的英雄！"

美枝子说："可惜你不是相单程！你只是一个共产党想抓、国民党想杀、日本人想利用、民家寨想剐的毒物！"谷虎笑了笑，把美枝子抱到腿上说："我只要过一夫两妻的神仙日子，管他哪天伸腿？"

对于美枝子的突然造访，苗女寡妇心中升起一种醋意，这个日本骚娘们的事，苗女寡妇也曾听说过，可今天第一眼看到她，感到的确是只风骚诱人的狐狸精。苗女寡妇甚至产生过要暗杀这个日本女人的念头。可最后觉得还是三人一同过日子比较安全。而美枝子却看不惯苗女寡妇日渐隆起的肚子，曾怂恿谷虎脱离苗女寡妇，和自己远走高飞。可谷虎不愿抛弃苗女寡妇，还讥讽美枝子："你就是天天让我趴到你身上，你也生不出个东西来！"美枝子白了谷虎一眼。

"他们到了。"美枝子趴在草丛里偷窥着。

这时，解放军进山了。

140　遭遇战

大铁杆和谷金桃扑入了百丈峡，也扑入了谷虎三人的视野。

谷虎说："解放军还真来了，你看，那矮墩墩的是解放军的武术教练大铁杆，听说李癞子就是被他活捉的！那女婆娘就是我的妹子金桃，她也来送死。今天来得好。"谷虎立即作了战斗准备，美枝子、苗女寡妇都将枪拖出来。

谷金桃原先同父亲打过猎。她走百丈峡时，专朝没人走过的松林里过路借以侦察敌人动静。大铁杆背一把大刀，带着手枪走在身后。金桃突然蹲下身，示意大铁杆隐蔽，自己趴在地上，用手扒了扒杂草，果然现出一块木板，金桃知道这是一个捕捉野豹的陷阱！轻轻掀开木板，下面露出一根根锐利的竹签。金桃合上板子的时候，发现木板上有木瓜粮的外壳！对，这是生嚼吐出的食物残渣，捏在手中，金桃敢肯定，这是一颗刚刚有人嚼过的木瓜粮。

"一定有人来过这里。"金桃向大铁杆暗示一下，大铁杆会意，站起来，装成赶路的样子,然后大叫一声"啊。"就跌倒了,掉进了陷阱……这一切,都没有逃过谷虎和美枝子的眼光。

"哈哈,大铁杆,金桃,你们这回死路一条。"谷虎提着枪向陷阱走来,弯腰向陷阱里看。

"螳螂捕蝉,黄雀在后"大铁杆、金桃突然出现在谷虎和美枝子身后,举枪对准了他俩。"举起手来! 狗通的谷虎,你也有今天。"大铁杆上前缴了谷虎和美枝子的枪。

这时,意外出现了。大铁杆背上挨了一枪,是身后苗女寡妇打来的。苗女寡妇藏在岩坎里,大铁杆和金桃都没有发现,原因是大铁杆和金桃追捕谷虎和苗女寡妇,没想到美枝子掺和进来,大铁杆和金桃都认为,那个穿黑衣的女人就是苗女寡妇。因为大意,大铁杆才挨了一枪,金桃立即回击,一枪将苗女寡妇打倒在地。

大铁杆中弹倒地。

谷虎和美枝子立即抢了大铁杆的枪。

谷虎和美枝子夹击谷金桃,谷金桃子弹打光了。谷虎和美枝子抽出刀,金桃徒手搏斗,金桃虽有点功夫,但斗不过两个悍匪,金桃被谷虎一脚踹翻,仰面倒在茅草中,嘴流鲜血。谷虎挥刀上前,正准备砍杀金桃。可这时,就传来一声声垮山似的怒喝:"谷虎,你剁千刀的,老子二虎来了!"随即一个人用猎枪瞄着谷虎。谷虎大吃一惊,这时候,那个叫二虎的男人枪响了,谷虎胸部中一弹,倒在地上,身子不停地抖动。

美枝子的枪也同时响起,二虎中弹倒地,用一双大眼死死瞪着美枝子,美枝子连开两枪,二虎瞪着双眼,再也没了气息。

"同志……"金桃用尽全力挪过去,解救战士二虎。

美枝子挥枪瞄准金桃,突然,美枝子感到有人袭击自己,是大铁杆,大铁杆受了重伤,但没死,他顽强站起来,看到金桃的处境太危险,用一种巨大的力量扑到金桃面前,当美枝子的那颗子弹洞穿大铁杆的胸部时,大铁杆的那把大刀也带着巨大的杀伤力,朝美枝子胸部狠狠地戳去……

美枝子"哎呀"一声惨叫,负刀狂奔而去。

金桃看着二虎,又爬过去抱大铁杆。天空突然下起大雨,金桃满脸雨水,捡起大铁杆的手枪,朝天放了三炮……

后来查明,腊狗寨二虎当了解放军后,获悉谷虎潜逃在百丈峡,就悄悄脱离了队伍,端着猎枪进了百丈峡,遇上了大铁杆和谷金桃与谷虎激战,虽亲手射杀了杀妻仇人,自己也牺牲了。一队解放军冒雨挺进峡谷,打扫战场,受了重伤的谷金桃被人用担架抬到卫生队急救。

澧源县城。颜文南得知谷虎在百丈峡被击毙,大铁杆和二虎牺牲,派人向段运飞通报,提醒段运飞和琼"要谨慎行事。"

段运飞接到字条,笑道:"要剿匪就有人牺牲,这谨慎可有什么章法?"

琼说:"颜政委是在提醒我们,生命诚可贵,爱情价更高,你和金桃青梅竹马,又是剿匪的侦察英雄,千万不能出什么差错。"

段运飞笑道:"哪里的黄土不埋人,你们白鹤寨不是说要吃辣椒不怕辣,要当红军不怕杀,脑壳掉了碗大个疤吗?要革命,还怕什么牺牲,我追捕陈高南,就想如何抓住他,对于自己,没多考虑。"

琼又说:"段连长,你说这话就不对了,你要对金桃姐负责,她现在就只有你这位亲人了,她家为了迎接共产党,欢迎解放军,可谓满门忠烈啊。"

段运飞说:"是啊!白鹤寨是个忠勇的山寨,金桃一家为解放事业贡献了太多太多,等山寨彻底解放了,我们要好好为她补偿补偿。"

141　打卦

剿灭了悍匪谷虎,白鹤寨举行了一场庆典活动,许多群众自发地跳仗鼓舞助兴。

农会干部召开了一场座谈会,许多老人都参加了。在祠堂中,几个没参加会的老人们跪在本主像面前,抛甩两个竹卦,寨人叫"打卦"。老人跪在本主面前,乞求说:"现谷虎已死,大功告成,若再有悍匪来骚扰,本主爷,你就打神卦!"老人连抛三卦,两竹板儿均成阴阳状,均为神封,认为本主已透露出了玄机,说明白鹤寨仍有灾难。几个老人惊慌地说:"天啊,我们白鹤寨还要受土匪的蹂躏?这个土匪又是谁?"几个老人感到不可思议。现在澧源县绝大部分都彻底解放,全县只有大土匪陈高南潜逃,难道陈高南会来白鹤寨为匪不成?几个老人将板卦的事情向农会干部说了,农会干部笑着说:"迷信!迷信!你们板卦猜疑,毫无根据,纯属无稽之谈,但为了尊重你们的意见,我到区大队报告,搬一个排的兵力护寨,以防陈高南骚扰。"农会主席的提议,给几位老者吃了定心丸。

白鹤寨几个老人,猜疑陈高南可能栖身白鹤寨,没想到却言中了。

陈高南和条胯胯躲来躲去,都没看中一块安全又隐蔽的好地方。在树林里拉完大便,陈高南突然想起了白鹤寨,特别是白鹤寨那一大片的石洞,历来有

"大洞三十六、小洞七十二"的说法。这些洞,隐蔽性强,易藏身息影,进可去白鹤寨,退可去后面大山,是一个绝好的躲藏之处。陈高南和条胯胯几经周折,趁白鹤寨赶庙会的机会,将偷来的粮食和腊肉带上,悄悄躲进洞中。

142 谶语

在美丽的潘家廊寨子里,颜文南和几名团长还有段运飞、琼等围在地图边。

颜文南说:"陈高南在澧源县域内无影无踪,这家伙一定躲起来了。美枝子这个可恶的日本间谍,受了重伤,也没有露面了。我们分析极有可能躲进了山洞。澧源山洞繁多,要查出他们的下落,看来还是一件很棘手的事。"

几位团长说:"我们可以采取分片包干的形式,发动群众一洞一洞地搜,发现情况,我们立即靠拢。"

颜文南说:"根据陈高南兔死不离现窝的恋根思想分析,我们把搜洞重点放在民家寨一带,如仗鼓山、仗鼓寨、腊狗寨、白鹤寨等。"段运飞也觉得陈高南现已成惊弓之鸟,活捉他只是时间问题。

段运飞和琼到战地医院看望谷金桃。

战地医院设在一座大祠堂里,菩萨被搬走,剩下的空间用长长的白布分隔开来,一张张床铺有序的摆放,几十个医生为伤员们打针、换药。谷金桃脑部受伤,躺在床上,脸上包满了绷带。段运飞和琼上前轻轻呼喊:"金桃! 金桃!"谷金桃睁开眼,看着段运飞。琼转身离去。琼知道两人有话要说。段运飞安慰金桃要安心养伤,金桃安慰段运飞要注意身体。段运飞给金桃喂了半碗包谷粥,运飞坐在恋人身旁。两人又在病房里聊起来,是聊的民家寨的事。

"听说上次贺县长和颜政委到仗鼓山参加火把节,还遭到敌人的枪击。"

"是啊,幸好没伤着人。"

"金桃,我看这火把节,真有点怪,我们大理有火把节,彝人有火把节,而你们也办火把节,我敢肯定,这火把节是从大理传来的。"

"那你敢肯定? 我们这里的仗鼓舞,你们大理有没有?"

"没有! 我们大理只跳九子鞭,可你们跳仗鼓舞时也跳九子鞭。可九子鞭是从哪来的? 是大理带来的? 如果是,我敢肯定,你们民家寨就是大理的飘移部落,可以说你们民家寨就是大理祖先开发出来的寨子。要是将来国家搞民族认定,我一定出面作证,你们白鹤寨和所有的仗鼓部落,就是云南大理民家人遗留下来的一个遥远部落。"

谷金桃笑着说:"等那个时候,你的骨头可能打得锣了。"没想到谷金桃一句随口说的话竟成了谶语。

143　喋血

与白鹤寨相距约 10 里外,有个叫岩磴坡的地方,有一棵大松树,在树下歇脚,可谓一脚踩三县,大庸、慈利、澧源三县在一棵大松树边分界。大松树不远,酉水将小寨划为两开。一条大道成为著名的交通要道,就是因为这条道成为连接澧源内半县与外半县的枢纽,进外半县可到达白鹤寨、鱼鳞寨等民家寨,进内半县可进山溪楠等土、苗民聚居地。岩磴坡前,马帮、匪帮、教帮还有解放军常在此通过。岩磴坡有名医生叫古轩,发现屋后有一洞,叫将军洞,洞内藏有一尊巨大的将军石像而得名。古轩进洞后,利用里面的石笋等做药,又用附近山中的树根配成药方,主治疟疾、刀伤、伤寒、腰疼等病,结果验证,效果较好。当即找许多本地或外地人进洞造药,混合加工成粉末,装成药袋,销往湘西各县、常德、澧县一带,后来还销给国民党部队。

当时正抗日,此药被列为刀伤特效药,运到战场,医好了许多抗日战士的伤。蒋介石获悉,给古轩奖赐了一块亲书有"抗日神医"字样的匾牌,古轩将此匾挂入洞中,取名"神农洞",隐藏神农尝百草,发明医药的历史典故。古轩还造了一种酒,美名"百根冰",即有百种树木的茎做原料,取汁泡酒,酒劲足好喝,其酒与药均为岩磴坡的特产。古轩在洞中办了酒厂、药厂,名声大噪。

前些年,湘西大土匪彭叫驴路过神农洞,还亲领卫兵数名,携带烟土,前去拜访古轩。古轩送彭叫驴出洞,反复交代,路过白鹤寨、仗鼓山一带时,不要惊扰民众。彭叫驴唯命是从。颜文南剿匪部队来了后,酒厂不敢擅自开业。古轩继续做药粉外销,一些马帮来洞购药,再驮至澧水,放船去常德一带。

一日,古轩在洞中碾药,有两个商人模样的人走进洞,因为洞中光线昏暗,古轩没有留意,来人发问:"古老郎中忙着呢?"古轩抬头一看,见是两个商人,就问:"来购药还是想贩酒?"

那商人脱掉外衣,说:"贵人多忘事啊!哼!我乃陈高南,想借洞暂居几天。"

古轩大吃一惊,慌忙站起身,说:"哦,哦,是陈军座。"古轩又问了一些情况。

陈高南说:"哼!此一时,彼一时,现解放军步步进逼,我的部队被拼光,只和条胯胯孤身前来,能否收留?"

古轩考虑了一下说："就住在洞中吧,此洞可以藏身,因为洞中有许多耳洞,洞洞相连,有一条长龙洞,弯弯曲曲直通到白鹤寨附近 10 里的山洞外,你躲进去,还不是大山中躲只把老鼠,谁能发现?"陈高南给了古轩一些银元作费用。就这样,古轩白天在洞内辗药,晚上关洞门,其实是掩饰陈高南的行踪。

段运飞和琼化装成内半县马帮,来古轩的"神农洞"购买药粉。

趁古轩与琼交谈买药的机会,段运飞借口内急到洞中小解,原是想借机打探洞中情况。

真是无巧不成书,条胯胯在一个耳洞吃腊肉,腹泻了,也想到洞中解手。

条胯胯却与段运飞狭路相逢。

段运飞警惕地问:"你是什么人?"

条胯胯说:"我是购粉粉来的商人。"

段运飞说:"购药末要找古轩郎中,你却猫在这里是何道理?"

条胯胯说:"我躲到这里管你何事?告诉你,老子今天休善(弃恶从善)哒,要是前几年,老子一枪崩了你!"段运飞分析这话有来头,就说:"哦,我有眼不识泰山,你是不是哥老会的人。"

条胯胯说:"你好眼力,老子就是哥老会的首领,叫条胯胯。"

段运飞不动声色,邀条胯胯来到洞口旁,送给其半袋花生米,殷勤地说:"都是生意人,出门请关照!我常到神农洞买药,以后请你帮忙。"

条胯胯收下了礼物,说:"哪里哪里,我也刚来几天,我们两个给古轩郎中守洞子,有需要的话,我们会帮你效力。"条胯胯的语言里透露了两条信息,一是洞中有 2 人常驻,二是这两人也属外界人,初来乍到。就是这两条信息,引起了段运飞的高度警惕。出了洞子,段运飞和琼躲在马棚处,小声说:"陈高南和条胯胯就躲在神农洞!通知大部队围捕的话,我想效果不是很理想,兴师动众易露风声,陈高南会再次逃跑,不如我俩单独行动,进洞捉拿两匪。"

琼说:"行!趁陈高南还不知道,我参加了解放军,我进洞借购药为名,会会他,趁机擒他。"

段运飞说:"陈高南是你堂兄,但他心狠手毒,你要当心。"

段运飞立即叫来一帮贩子找古轩购药,让古轩忙得团团转。段运飞和琼闪进洞去了。两人借着微弱的松火亮沿石墙前行。两人又踩过了一条阴河,几只老鼠横洞而过,吓得琼将松火亮掉入水中熄灭了。

段运飞两人沿石壁摸索前进的时候,发现前面不远处,有一丝微弱光亮,段运飞立即摸出枪,小声对琼说:"注意,有人。"两人悄悄向前摸去。

不远处的松亮燃着,借助模糊的灯光,段运飞看见有两个人影。

两个人是陈高南和条胯胯!

两人正在吃花生米。陈高南边吃边问:"哼?你是否——鬼摸你后脑壳啦?给你花生米的人,带家伙(指枪)没?哼?"

条胯胯说:"没,他是个商人,不像解放军。"

陈高南又问:"有女人不?哼?不上几回当——不知锅儿是铁做的?"

条胯胯说:"好像没看到。"

琼轻轻往前走,想快速接近两人。琼故意踢了一个石头,佯装扑地,粗喊:"哎呀——搞(跤)板(摔)死哒!这个破洞,要不是找岩菩萨,我才不会死到这里来。"

条胯胯很警觉,立即掏枪,跑到琼面前,用枪指着她的头,吼:"快投降,不然一枪崩死你。"

琼爬起来说:"吼什么?一个女人家还吃了你?"

琼被带到陈高南面前,琼立即认出了陈高南说:"堂哥,是你?你怎么来这个洞中?"

陈高南也很吃惊,问琼:"哼?好马不吃回头草!哼?你不到腊狗寨守屋,跑这儿干什么,是不是解放军派你来探水的?"

琼说:"堂哥,你真是贵人多忘事!自从你将家中的陈花岗祖宗木像拿走后,屋里就一直不安宁,因为没有陈花岗本主像,寨中只好请人雕,可雕的木像都是些摆设,只到祠堂现一下身,就被拿走了。因为陈花岗祖宗打卦说,他要原身坐像,若没有,就要到神农洞,找个天生的岩菩萨做替身。于是我找岩菩萨,一直寻到这儿,没想到遇到了你。"

陈高南警惕地问:"哼!纸是包不住火的!哼?外面有没有解放军?你一个人来的?"

琼说:"和一队马帮来的,他们是正宗的药贩子,不是解放军。"

琼的话还是引起了陈高南的怀疑,他担心那些马帮就是解放军化装来的,陈高南喊琼坐的时候,突然用枪抵住琼的脑部,凶狠地说:"三句好话——抵不住一马棒!哼?讲实话,你带多少解放军进洞?"

琼镇静地说:"堂哥,你莫疑神疑鬼,你连妹子都想杀?你把嫂子逼死,是我杀了仇人恶二佬,为伯父报了仇,是我将嫂子尸体葬进悬棺。你身为男人,除了东躲西藏,还能干什么?"

陈高南被琼抢白了一顿,赶紧收着枪,尴尬地说:"我是吓你的!哼?害人之心不可有,防人之心不可无吗!哼?我能亲手打死自己的妹子?"

段运飞贴在岩壁上,感觉到腿边有了阴凉感觉,一看,吃惊不小,是一块锈鼠夹,纠缠着他的腿,段运飞双手紧紧地拽住鼠夹根部。冷不防,阴险凶残的条胯胯从身后突然冒出来,阴笑道:"举起手来!"段运飞当然不能举手,只能用力将鼠夹弄开,抽出腿说:"老表,刚才那花生还是我送给你的。"条胯胯想起来:"哦,是老表!"就收起了枪。

陈高南突然闪现阴险狡诈的目光,他瞬间明白,琼就是内奸,引解放军捉他,那自称老表的大汉就是段运飞!陈高南立即原形毕露,用枪死死抵住琼的太阳穴,高喊:"段运飞,哼!冤有头,债有主!我们新账旧账一起算?出来!哼?再不出来,老子就打死琼丫头。"

段运飞只好慢慢走到亮处,义正词严地说:"陈高南,放下武器,解放军已包围了神农洞,你跑不了啦。"

陈高南说:"老子死时,哼?都有人垫木底(垫背)!"突然调转枪口,朝段运飞射击。段运飞躲闪不及,胸部中枪。可段运飞身上,焕发出一种强大的力量,他忍痛拔枪向条胯胯开火,将条胯胯打死。

段运飞一手捂着透血的伤口,一边喊:"抓……抓陈高南!"声音越来越细,最后,结实英俊的身体慢慢地向地上扑去,一个高高大大的身影在琼面前轰然倒下。

一个鲜活生命的凋零,往往没有任何惊天动地的征兆!想起过去,司马迁赞荆轲道:血勇之人,怒而面赤;脉勇之人,怒而面青;骨勇之人,怒而面白。而神勇的段运飞牺牲时,怒而色不变!

琼大喊:"畜生——!"扑向陈高南,陈高南朝石壁打了五枪,子弹全被打光。两人在洞上撕打。陈高南虽是男人,但身子很虚弱,最终没能打赢他的堂妹,被琼一刀刺穿了手掌心,被活活生擒。琼用一根粗绳子捆绑着陈高南的双手,押出神农洞。解放军冲进洞,抬出段运飞的遗体。

解放军分两队,站在岩磴坡马道上,颜高南命令,朝天开枪,以示悼念。一时,岩磴坡上枪声凄凉……

琼护送段运飞尸骨到县政府。琼与谷金桃见面的第一句话就是:"很对不起,我把运飞哥弄丢了,我没有将运飞哥交到你手中!呜呜!"两人抱哭一团……

段运飞的遗体抬回剿匪大队石塔,按民家寨习俗办丧。

当段运飞那件征战的血衣被熊熊大火吞噬时,一股很浓很浓的血腥气也逐渐弥漫开来,烈士走了,英气逼人! 谷金桃哭得昏天暗地。几个男人为死者洗身体,洗完后,放木门板上,那血又出来了。金桃左手搂紧段运飞的身子,一边哭,一边用手巾擦洗伤口的血,哭一声,那血从胸前涌出一滩……哭一声,那血从胸前涌出一滩……许多人都不敢看,也不愿意看,伤心啊! 颜文南听说红色可以止血,就做了一个大胆地尝试,他找来一面鲜艳的党旗覆盖到段运飞烈士的身上。说来也怪,那血被止住了。这时,一个老妇人上前规劝:"桃姑娘! 莫哭,你越哭,段连长越受罪,你这一哭,亲情撕裂着段连长灵魂,他乃凶死的,最怕亲人号哭,你哭,他的伤口就被撕裂流血……"而金桃死活不听,只哭,只哭。她眼眶里全是红鲜鲜的血滴……所有参加段运飞葬礼的人,看到这对恋人生死离别的一幕,都泪蹦不止……

　　一个小战士小声唱起了一首儿歌,为亲爱的战友段运飞送行:"苍山美,洱海蓝,我是大理的小山茶;苍山沃土是爸爸,洱海月亮是妈妈……"这首段运飞从大理带来的民歌,没想到成了一曲英雄的赞歌,一曲英雄的挽歌。

144　巫术

　　开完段运飞追悼会,颜文南安慰谷金桃后,率队赶往神堂湾,围剿最后一个叫"歪把三"的土匪。

　　歪把三,是一名枪法奇准又善行巫术的猎户,他原在凡浦手下当连长,血洗了岩屋口农会。凡浦被消灭后,这家伙纠集几个旧部躲到神堂湾打猎谋生。有几次剿匪队围剿他,他利用神秘地形躲过搜捕,还亲手杀害了解放军营长马富贵和三名战士,罪大恶极。

　　原来,马富贵有一个致命弱点,不惹动物们喜欢。一次,他去海洱峪侦察,看见一群猴子欺负一位盐客,他拖一根木棒,一阵死打,当场杀死两只小猴,带头的老母猴也被马富贵打断了腿。第二天,马富贵路过一个大岩壁旁,一群猴子冲下山,突然朝马富贵发动攻击,那只断腿老母猴窜上马富贵的头,一阵撕抓,报仇泄恨。大怒的马富贵掏枪射杀了它们……回到驻地,战士们几乎认不出满脸伤痕的马富贵。

　　马营长遭猴袭击事件传到县政府,贺县长匆匆赶到卫生所,当面教育马富贵:"猴子是通人性的,我们要善待它们! 解放军也要爱惜动物吗! 土匪怕你马富贵,可海洱峪的猴子不怕你! 堂堂的解放军营长,被猴戏弄,成何体统?"

　　马富贵虽然挨了批评,但心里并不服。他认为贺县长多管闲事。

马富贵的错误最终害了他。

与他一同犯错误的,还有另外三名管不住自己嘴巴的年轻战士,马富贵常带这几个战士进山抓蛇找乐子。老魔湾离神堂湾不远,产一种叫"五夹棒"的巨毒蛇,虽然毒大,但肉特别鲜嫩可口。马富贵和三名战士管不住自己的一张嘴,常捕杀它们。马富贵做了一个木叉,专叉毒蛇的七寸,抓到后,将毒物捆在一根长长的木桩上,扛着进军营,还炫耀说:"好菜啊,比牛卵泡——香!"

一个血色黄昏,马富贵杀蛇当饭吃的信息,被歪把三捕获,这个歹毒的土匪立即狂笑道:"好菜啊,比牛卵泡——还香!"土匪们明白,这道菜,就是马富贵和三名战士的肉……那天,马富贵和三名战士像往常一样,每人扛着长长的木桩回营。路过神堂湾大峡谷,突然有人喊:"马富贵,你们的蛇肉不要炒,我给你们烧火——炒!"马富贵一听,知道遇上了恶匪,慌忙查看地形,四周全是晒焦的茅草和植被,大惊道:"快躲开!我们中埋伏了!"话刚说完,火便燃起来,马富贵几人被牢牢困在长满枯枝和茅草的山谷……歪把三放了一把火,烧了三天三夜,毫无防范的解放军营长马富贵和三名战士被活活烧死……

颜文南剿匪大队又失去了一位得力战将。

颜文南将马富贵的牺牲,归结于部队纪律不严。他亲自吃住在县大队,严肃整顿了两个星期的军纪。随后颜文南集中部队,向神堂湾开进。

神堂湾是一个很神秘的地方,四季烟雾缭绕,一根根高大的石柱拔地而起,形成独特的砂石峰林地貌,有"奇峰三千,秀水八百"的美誉。那高耸入云的石柱最低处,树木葱郁,烟雾弥漫,神秘莫测。据侦查,会巫术的猎手歪把三,就藏在一根大石柱脚踝处石洞中。那石洞较隐蔽,洞口小,肚子大,要想进洞,只有吊索能荡进去,若歪把三持枪守洞,就是有千军万马也别想轻易攻进去。

考虑到伍桂美和琼枪法准,胆大心细,又是经验丰富的剿匪队员,颜文南将下洞剿匪的任务交给了两位果敢的女战士。颜文南想了一个办法,制造了两个大背篓,用粗铁丝系着,伍桂美和琼分别蹲在背篓中,为保险起见,在背篓旁还套上一个牛铃子,发现紧急情况就使劲摇铃,上面的人就提篓。

当大背篓下到30多米的地方,雾霭散开了,伍桂美目瞪口呆,她看到了那个石洞,就被里面阴森恐怖的景象吓住了:树藤交错,阴风习习,怪声阵阵,一条巨蟒盘在一棵古树上……

"小心,那是条毒蛇,叫猪儿蛇!莫惹它!"琼发现险情,立即猛猛摇动背篓边的铁铃。几个战士使劲喊:"一!二!三!"手被铁丝割出了血……

可提上来一看,个个惊呆了:铁丝拴着的不是背篓,却是两块重重的大石头,那石头上还有斑斑血迹……

不好! 颜文南急急大喊:"伍桂美! 琼战士!"

战士们心急如焚,大喊:"伍桂美! 琼战士!"

除了风声和山谷的回音,再没有任何声响。

伍桂美和琼就这样遇难了。土匪歪把三,也再没有从神堂湾露过脸。后来,当地人传说纷纭,说在神堂湾原始森林,住着三个长毛野人,一男二女,过着一夫两妻的原始人生活……

面对两个英勇的解放军战士意外失踪,颜文南极度悲伤,又勃然大怒。第二天,他从县大队调来最优秀的侦察部队,还带来了 5 只训练有素的军犬,想破获伍桂美两人的失踪之谜。可这回又失望了,这些军犬只下到 20 多米的深谷,就狂叫不已,提上来一看,军犬死了,两只大眼睁得像牛卵子,是极度恐惧时心脏破裂而死!

颜文南气得把军帽扔进深谷里,大吼道:"狗通的,是什么地方? 这一根根石柱,难道有磁性不成? 两个活生生的战士,咋就不见了呢? 真有鬼!"

这时,突然刮起了一阵大风,冷飕飕,寒气逼人,让人睁不开眼。就在战士们疑惑时,一张白纸已飘到眼前,天! 这纸是从山下飘上来的? 颜文南抢来一看,认得是伍桂美的字,可能由于时间极其仓促,字写得歪歪倒倒:快救我们,土匪放蛊。土匪是怎样放蛊的? 那背篓装石头又是怎么一回事? 两位女战士真的死于毒蛇绞杀? 还是真正地被野人俘获? 颜文南一筹莫展,无功而返。

伍桂美和琼,两个最优秀的剿匪女战士离奇失踪,成了仗鼓部落第二大谜。

这是 1955 年 10 月下旬,发生在澧源岩磴坡一带深山的大事。段运飞、佘鹏、大铁杆、罗战士等剿匪战士的尸骨都葬在澧源烈士墓中,澧源剿匪已告一段落。

145　女悍匪

岁月如澧水,静悄悄地蜿蜒而去,当年剿匪的硝烟也逐渐散尽。"剿匪"往事逐渐被人遗忘,偶尔有人提"土匪"二字,那是寨中老人在翻古讲故事。

然而,1965 年 3 月 15 日,白鹤寨溪河,又爆发了惊天动地的大匪情。湘西自治州军分区接到澧源县武装部报告:白鹤寨发现一名女悍匪,怀疑就是脱逃多年的日本间谍美枝子!

重兵围剿!

白鹤寨一带立即被围得水泄不通!

军分区司令乘吉普车赶到白鹤寨,问区长:"谁先发觉那名悍匪?"

区长将一位农人叫到面前,那老人说:"早晨我到犁子坡大石壁上扯葛门娘藤,刚扯了一抱,再一看,上面竟露出了一个洞,只见一个女的像个野人,正朝我打手势。我又听不懂她的话,就跑下山,那女人还朝我开了一枪,到屋才发现我屁股上挨了一枪。我怀疑她就是流窜在我们白鹤寨一带的脱网特务,日本间谍美枝子。"

"你为何判断这女野人就是美枝子?"

"上个月,北京的谷金桃写信回寨,是她说的,因为去年,我们寨的芙蓉龙化石在日本展出,金桃怀疑是美枝子偷运出日本的。"

白鹤寨的人们听说美枝子活着,还躲在后山,立即随解放军大部队搜山。

美枝子插翅难逃了!

这时,美枝子正坐在一块岩壳地上,生嚼一个沾满泥巴的洋芋果。她太饿了。

美枝子上次突然出现在百丈峡,中了大铁杆一刀,负伤逃进深山。连谷金桃都认为她必死无疑,可这回,美枝子又逃出命来,被一个采药的老人救活。后来,美枝子杀害了这位慈善的老人,独自潜伏在深山老林。她能长期潜伏成功,就是因为她心狠手毒。躲在山中的她,曾遇到几个猎手,美枝子将他们残杀,抛尸天坑。后来美枝子在湖北原始森林躲藏,与一个哑巴猎户成亲,淡出剿匪大队的视野。于是,1956年12月,湘西自治州剿匪部队再次向上级报告,日本间谍美枝子自知罪大恶极,已自绝于深山。

而早晨美枝子遇上了扯葛藤的老农,突然起了怜悯之心,没有立即将其打死,才彻底暴露了行踪。

美枝子躲进一个石洞,迎接她的是一支支冷冰冰的猎枪。战斗很快结束,美枝子被手榴弹炸得血肉模糊,最后被生擒到县城。

美枝子借口以献宝为条件,向上申诉,企图免除一死。案子最后报到湖南省高级人民法院,院长郑刚擂了擂桌子说:"美枝子这个日本悍匪、间谍,残害澧源几十年,作恶多端,血债累累,死有余辜,还想同人民政府讲条件,一个字:杀!"

美枝子一死,澧源县千年匪患得以肃清。

从此,中国大陆最后一个土匪被彻底剿灭。正是由于美枝子、陈高南、恶二佬、谷虎等匪首的伏法,以及段运飞、大铁杆等战士牺牲,及颜文南、贺文锦等老干部相继离任和工作调动，而使白鹤寨许许多多的谜底一直没有揭开。

可美枝子被枪毙的第二年，澧源县出了怪事。

那天晚上，澧源县博物馆守馆人员刚刚躺下，被一阵紧急的敲门声惊醒，守馆人员开门一看，门外来了一辆军用吉普车，跳下三个戴"红卫兵"袖章、威风凛凛的大汉，为首的一个长脸大汉用普通话介绍说："我们是受省革委会派遣，专门保护文物的解放军！"来人递上一张盖有印章的信件和收条，就将珍藏在玻璃柜台上的《仗鼓秘笈》和一本《上古苗巫蛊书》取走。至今，澧源县博物馆仍保留着一张盖有某部队番号的收条，可查到部队，根本没这回事。

仗鼓部落第三大谜出现了。

这三大谜的出现，让民家寨子一时沉寂了好多年。

第二十四章 云南调研

146 发现

澧源县仗鼓部落的那些事,仿佛随汤汤澧水静静地向东流淌,渐渐淡出人们的记忆。可到了 1977 年 3 月 17 日上午,历史又像汤汤澧水一样,再次拐了一个弯,拐出了一片新天地。

澧源县民家寨又爆出了一件惊天动地的大事:白鹤寨的人跑到云南省做客去了。

云南大理苍山洱海,万里无云,风和日丽。

青山绿水的小镇,熙熙攘攘,一片祥和景象。

因为要去赶街,下关小镇上男人女人都穿戴一新,女人们还梳妆打扮,把自己打扮得像花喜鹊一样,像去寻找苦苦思念的梦中情人。在小镇东头的一栋楼房里,颜文南正准备下楼梯,看见拐弯的厕所,大喊:"臣虎,臣虎,车要开了! 还蹲坑?"厕所里有人应声:"来哒! 来哒!"随即一个中年人跑出来,咚咚咚地下了楼,然后再嘭一声关上车门。这个中年人就是谷臣虎。

"臣虎啊,大理是个好地方啊,你看了电影《五朵金花》没? 那里的场景和人物都是我们大理的原版!"颜文南笑着介绍,"这大理最出名的特征就是四个字,即风、花、雪、月。就是下关的风,上关的花,苍山的雪,洱海的月。有空我带你去大理古城! 今天太忙,等会我要参加三月街庆祝大会,我派秘书陪你逛三月街。"初来大理,谷臣虎对什么都感到新鲜好奇。

谷臣虎就是谷兆海过继的双胞胎孙子。他是澧源县政府的一名秘书,随澧源县党史调查组到大理调查,经介绍认识了云南省政协副主席颜文南。颜文南在澧源剿匪待过数年,得知谷臣虎就是白鹤寨谷兆海双胞胎孙子十分欢喜,专程到宾馆看望了调查组一行。

上午,逛大理三月街。谷臣虎和秘书挤在人群中,观看了文艺表演,逛了杂货街、市场。谷臣虎觉得很奇怪,离家乡数千里的大理人赶街,跟澧源差不多,特别是那些男女的服饰,同澧源民家寨的区别不大,男人爱戴白头巾、披白马甲,女人喜欢白色花边衣裤,几乎跟白鹤寨没有多大变化。

"对!澧源民家寨一定与大理有某种基因联系。"在三月街乡道上走着,谷臣虎为自己的这个意外发现兴奋了好一阵子。

有时,一个毫不起眼的小小的发现,竟能够改变人类的历史,谷臣虎就是这么一个改变白族历史的人。

中午时分,秘书将谷臣虎带到一家饭店吃饭。颜文南和谷臣虎坐在一桌,给谷臣虎夹了一块菜,说:"多吃些,年轻人胃口好,我到你们澧源剿匪时候,一餐能吃5大碗和渣。"满桌人都笑了。党史调查组组长向颜文南汇报说:"主席,下午我们想去段运飞的家乡,明天上午到喜州镇,调查1935年冬天,101首长率兵长征路过大理的情况。"

颜文南说:"好啊!我立即派车带你们去。"

离开饭桌时,谷臣虎突然想起了一个问题,他走近颜文南说:"主席,今天上午逛街,我发现你们这里的白族人,与我们澧源一带的民家人衣服穿得差不多,我就想,我们澧源的民家人,是不是也是白族?"

颜文南惊讶地说:"呃?你这个年轻人蛮有观察力呀!你讲的这个问题,是一个非常重要的意外发现,我立即向上面反映。"随即他向刘秘书做了安排。

夜晚,颜文南邀谷臣虎到自己家中吃饭。

正巧,颜文南的亲家母串门来了。亲家母穿着白色花边的裤子,头戴花头巾,标准的大理妇女打扮。谷臣虎笑着说:"亲婆婆!你的服饰跟我老家的服装如出一辙,稀奇!稀奇!"亲家母很有些不解,连连答道:"这有什么稀奇的!这本来就是我们民家人的服饰啊!我祖居洱源县,从小就爱穿白色的衣裤。"

谷臣虎说:"这就怪了,你们也叫民家人,跟我们寨中称呼都一样。"

颜文南说:"真有些巧合,臣虎这么一提醒,我总觉得澧源民家人就是大理白族的延续,白鹤寨、仗鼓山、腊狗寨等民家人寨子。1949年开始,我到那里剿了七年匪,发现一些风俗就是我们大理的翻版。可惜当时我们忙于剿匪,没有深入调查研究,后来我又调回云南工作,再没有回到澧源。但我可以说澧源民家寨子,就是一个根在大理的白族部落,同族同源,值得研究与探讨。"

亲家母惊讶地说:"你在澧源工作过?"

颜文南说:"不光只工作,我在澧源剿匪多年,还负过伤,多次到澧源的民家寨子生活,对那里的民家佬比较熟悉,通过对比,我觉得我的判断非常正确。"

147 寻根

第三天上午,蒙蒙细雨中,澧源党史调查组驱车赶到段运飞的家乡洱源县棋盘公社,找到公社书记,说明来意。

公社书记说:"段运飞这个人,我听说过,因剿匪牺牲在外地,下午我们带你去看看他的家。"

段运飞的家是一个典型的农家小院,门前照壁上写有"紫气东来"四字,小院里有几棵老树。两位老人在屋内吸着旱烟,这两位老人就是段运飞的父母。见来了客人,老人从椅子上慢慢站起来,叫孙女泡茶迎客。谷臣虎将随身带的猕猴桃罐头、野山菜放到老人手中,说:"我们是湖南澧源县来的,专程看看运飞烈士的家。"老人告诉公社书记和客人,抚恤金每月都按时拿到,日子过得比较清闲,现跟二儿子住在一起。

公社书记喝了一口茶,温和地说:"老爷爷,澧源县党史调查组来你家,主要调查一下段运飞的情况! 你们聊聊吧。"

老人磕了磕烟斗说:"运飞这儿,从小就有一种犟性,高小毕业后,就当了解放军,随部队打仗,后来在部队当解放军连长,死在了你们澧源。"老人说:"运飞虽然死了,没留下一个后(人),但我觉得他死得值。没给段家丢脸。"调查组又问了附近旁边几位邻居,做了记录。

谷臣虎从口袋里掏出 200 元钱给老人,老人死活不收,说:"生活方面,有媳妇金桃照顾,她每月都给我们寄钱。虽然没过门,但这个媳妇比亲媳妇还亲!"

"金桃就是我的姑姑啊!"谷臣虎说,"小时候,我还见过运飞叔叔哩。"

"喔? 那你们说说运飞的事。"老人很想弄清儿子的死因。

从段运飞老家走出,谷臣虎很兴奋,非常佩服段运飞。他是一名优秀的解放军烈士,长眠在澧源的土地上,生前战斗在澧源,死后还守望在澧源,是一名真正的共产主义战士。

临走,谷臣虎细声唱:"苍山美,洱海蓝,我是大理的小山茶;苍山沃土是爸爸,洱海月亮是妈妈……"这首段运飞从大理带来的民歌,没想到又被澧源县的民家人唱到了英雄段运飞的家乡。

澧源派人看望段运飞父母的消息不胫而走,引起了棋盘小学的一位姓杨的退休老师的主意。这位老师叫杨育佑,听说澧源来人了,拄着拐杖对公社干部说:"我以前到过澧源,我去见见他们。"通过公社干部的联络,杨育佑找到谷臣虎带的党史调查组,向谷臣虎反映在 1937 年时,自己当国民党军需官,押运军用物资路过澧源白鹤寨,用白语即民家腔与当地寨民交往的旧事。

杨育佑老人说:"那个寨很闭塞,他们用白语叫我喝汤(吃饭),我甚感奇怪,大理与澧源相隔万里,能有民家腔相互交流,简直就是一个奇迹。"杨育佑还告诉调查组一个信息,老人已将这个真实故事向联合国的民族语言研究专家讲述了。谷臣虎握紧老人的手说:"亲人啊!我们澧源如果认定白族,您是一位非常难得的见证人,我代表澧源民家人感谢您提供的重要线索。"谷臣虎还给老人照了一张相。

下午,公社书记又带调查组去了喜洲镇。众人去了解 1935 年 12 月下旬,101 首长从澧源长征率队到大理的那段历史。大理县政府特别重视,还请了一些当年亲眼看见 101 首长的老人介绍情况。

一位胡须花白的老人说:"那个 101 首长,圆头大脸,留着八字胡须,说话很有气魄,还有一位戴眼镜的政委,人很谦虚随和。当时 101 首长和政委就驻扎在我家院子中。"

"101 首长当年在大理干了些什么?"谷臣虎追问。

"当时 101 首长的主要任务是北上抗日,到大理喜洲一带休整仅有 10 天时间。在这 10 天中,101 首长率领的红军做了三件事。一是赶跑了国民党的伪乡长朱赵一,没收了朱赵一所有收刮大理人民的财产,镇压了赵胖子等两名为非作歹的反动人物。二是与喜洲一带的民家人联络了感情。101 首长的一些人会唱民歌,与我们镇上人搞了几次联欢,有几名战士还紧紧地拥抱,热泪直流,说:'我也是民家人,没想到在大理还能见到民家人,千里之遥,竟有如此巧合,我们就是一家人!'大理的街民有几人还同 101 首长的红军打起了老庚,双方互赠礼物,感情胜于亲兄弟!三是向当地民家人筹备了一些生活物资,比如粮食、棉衣、马匹等,因为要过雪山,过草地,大理人都解囊相助,我当时就将家中的 10 斤小麦捐赠了红军,分文不取,让许多红军战士感动得流泪。"

另一个老者说:"哦,我想起来了,那个戴眼镜的政委,还给我送了一个烟斗,上有他的亲笔雕字,写着:同是民家,同血同源。"老人将烟斗拿出来,送给谷臣虎看。

谷臣虎高兴地说:"真是好东西,这就是当年101首长率领红军(民家人)与大理民家人沟通的历史证据。"

党史调查组在喜洲镇调查,收获很大,掌握了101首长长征过大理时真实的第一手材料。为澧源民家人起源于大理白族做了历史的铺垫。

148 考证

第二天,云南省政府派出专家团与澧源党史调查组座谈。上午十点,谷臣虎居住的洱海宾馆前来了几辆轿车,车上走出三个学者模样的人,这些人是云南大学历史、民俗、语言学的教授。他们是与澧源党史调查组就澧源民家寨族源等问题进行座谈的。会议室选在宾馆十楼。颜文南亲自参加并主持了座谈会。

党史研究组组长先介绍了来意。谷臣虎向与会的教授们介绍了澧源民家寨的情况,说起了段运飞和谷金桃爱情故事及两人曾对白鹤寨的种种疑问。颜文南插话讲述了当年民家寨剿匪的所见所闻。

颜文南说:"澧源的那些民家寨,其实是土、苗民们杂居的山寨,但民家人的特色很明显,他们跳仗鼓舞、打九子鞭、游神、搞火把节,爱穿白色衣服,他们自称为民家人,外人则喊他们为民家佬,有其自己的民家腔语言,他们信奉本主和三元教,他们有强烈的澄清本民族历史及族别的民族意识。"中途休息了10分钟。三位教授简单地交换了一下意见。

第一个抢先发言的是历史系教授马云,他用十分肯定地语气说:"你们澧源的民家寨,我敢说其族源就是从云南大理搬迁出去的一支白族部落。你们民家寨的迁始祖,就是谷均万、钟千一、王朋凯等人。1252年,蒙古大汗蒙哥,令其弟忽必烈和大将兀良合台,率兵统一大理国。1258年,蒙哥又令兀良合台在大理组建一支部队,叫'白衣没命军',大约1万余人,这些寸白军的首领就是段福,他是大理王段智兴的叔父,随蒙古军三千铁骑东征,转战广西,攻湖南。后来,兀良合台引起忽必烈的猜忌,在武汉就地解散了寸白军。段福带领一部分寸白军人回到了云南,可谷均万、钟千一、王朋凯等首领流落到江西,最后来到湘西大庸青堰和马合口一带,扎下根,繁衍着民家寨的历史!直到1935年12月下旬,从澧源长征的101首长率领红军来大理,两路民家人时隔700多年,再次相聚,双方感情至深,我敢说,你们澧源的民家寨其族源就是大理白族。我敢说,如果湖南白族的建立,就应该起源于历史上这两次重大的军事战争的终结。"

历史系马教授的话,让在座的人情不自禁地鼓起掌来。

民俗学谷教授的发言,喜欢作比较,他将澧源的本主、游神、九子鞭等与大理作了一番对比,其观点就是,澧源民家寨的风俗,与大理白族有着根的联系尽管有异同,但其宗旨及内涵基本差不多。

语言学赵教授用普通话问谷臣虎:"门口你们讲什么?"谷臣虎说:"叫克特。"颜文南来了兴趣,问教授说:"那澧源的何只个,白族应该怎么称呼?"赵教授说:"应该是指谁? 对不对?"颜文南高兴地说:"讲得对。"

赵教授想考一考澧源民家人,又出了一个叫"皮头"词,让谷臣虎翻译,谷臣虎说:"这皮头,我们指 XX 上面。如某人寻东西我们会这样提醒他:你到那皮头找,意思是说你要到那上面搜寻。"

赵教授很高兴地说:"这皮头就是大理白族方言,没想到远在数千里之外的澧源民家人也在用这个方言,真不简单啊。700 多年了,在那特定的条件下,还能保持本民族的部分语言,真难能可贵,白族人真了不起。"

1982 年春,民家寨的杜鹃花漫山遍野地开着,散发着诱人的芳香。

湖南省委组成省、州、县民族联合调查组,就澧源"民家人"族属问题,再一次走进民家寨,进行专题调查。这时,谷臣虎已当上了新一届澧源县县长。

而不久澧源县白鹤寨爆发出一条新闻:迷魂谷的一个山洞中,几名烧炭的村民挖窑子,挖出了一块大石碑,几个村民发现上面有字,就擦干净背运到公社大礼堂,公社书记细看,上有"钟千一槽门序"字样,县文物研究所立即派人调查核实,一致认定:"这块石碑就是钟千一落脚白鹤寨建槽门(房)的见证物。"

仗鼓寨的一块石碑,因突然滑坡被毁,却暴露了一个叫坟儿坡洞口。这是当年谷虎和苗女寡妇藏宝的地方,被一个守牛汉发现,进洞找到了几条锈迹斑斑的步枪,守牛汉送到派出所,公安局立即封锁了洞穴。最后证实,这个石洞就是谷虎与苗女寡妇收藏陈高南从民家佬手中掠夺的文物的山洞,多年不见的"覆锅岩"石碑及族谱、恐龙化石等一批珍贵的文物重见天日。

谷臣虎立即驱车赶至坟儿坡洞,看着文物工作人员抬着东西上汽车,打电话给兄弟谷臣龙说:"你们联合调查组还可以参照刚出土的一些文物资料,其中有爷爷亲笔书写的东西。"

谷臣龙又告诉弟弟新一个消息:"金桃姑姑从北京坐飞机回县城了。"

"真的?"

"我敢骗你这个大县长? 姑姑住在粮油宾馆。"

149　定音

谷臣虎立即赶到粮油宾馆,见到了几十年未曾谋面的谷金桃。

拉着侄儿的手,谷金桃老泪纵横:"虎儿你长结实了,长胖了,长大了,还当了县长! 你真有出息。"谷臣虎腼腆地说:"还不是托么姑的福! 么姑你住北京好吗?"

"好,我住在解放军总政治部后勤部,吃穿都不愁,只是一个人生活,视力又不好,身边没有亲人,很想念侄儿呀! 这次我回澧源,是受湖南省委邀请回来的,你们澧源上报民家佬为白族,国家民委非常谨慎,上报程序也非常复杂。说透些,就是不光看材料,还要看实物,还要在语言、习惯、心理素质等问题上,查考得清清楚楚。"

谷臣虎点点头,补充说:"斯大林曾提出确定民族成分有五个基本要素,即统一的称谓,独特的语言,宗教信仰,风俗习惯和心理素质! 现在我们均按照上述五个方面组织材料,应该可以通过。"

在粮油宾馆,金桃姑侄二人谈论了很久。第二天,谷臣虎又派秘书随姑姑下乡,开车到了仗鼓寨等地。每到一处,看到家乡可喜的成就,看到家乡沧桑巨变,谷金桃感慨万千:"少小离家老大回……真是换了人间啊。"

送走姑姑,谷臣虎开始审查申报材料,这已是第七稿了。

澧源县政府第一次向省里申报白族材料时,省民委主任贺文锦觉得材料有些单薄,特别是族源的来龙去脉交代还不够清晰。在一个星期一上午开会的空当,贺文锦抽了一支"红军桥"牌香烟,对民族处万处长说:"中央对民族认定是非常慎重的,因为这项工作关系到民族团结和民族繁荣,决不能马虎。澧源县报送的民家人族源材料,还需找一些有力证据加以佐证。比方说谷均万、钟千一、王朋凯等人定居澧源,最后归宿问题,必须彻底交代清楚。谷均万、钟千一等人有无墓葬地址?"

万处长想了想,说:"有,但还没有查清具体位置,那好,我们明天随调查组,再往澧源跑一趟。"

省民委调查组再一次踏上民家寨,这次共分了三个组。万处长带着民俗组的三名同志,走了10多里山路,终于来到仗鼓山,受到老族长王志超的热情款待。晚餐,还专门杀了一条20多斤的娃娃鱼,办起了有名的"三下锅"。也许是第一次吃,也许是饿急了,大伙围坐在"三下锅"旁,吃相比较放肆。借着半斤包谷烧的烈性,万处长吃得浑身发烧,汗一把一把冒,还不时地悄悄往地上甩鼻涕,这是万处长吃饭时的一个老毛病,改了几十年,就是改不了。王志超看了万处长的吃相,悄悄笑,他递给万处长一根白手巾,示意擦擦汗。万处长接过,又甩了一把鼻涕,自嘲说:"人是铁,饭是钢,一餐不吃饿得慌!我们鲁苏(不讲客气)没有吓着你们吧?"王志超哈哈大笑,说:"你们是民家寨贵客,我们巴结都来不及,哪能嫌弃?"

晚餐后,王志超向调查组奉献了两个长条石碑。一个小伙子用湿毛巾擦洗了上面的鸡屎末,字迹立即显现出来,万处长站在旁边轻轻念着:"起西南,寄江西,溯长江,渡洞庭,漫津澧,落慈邑,业创千秋,永久勿替;抵南楚,竖草标,辟阡陌,力挣扎,思子益,宗衍八支,长延流芳。"

王志超朝众人讲述石条来历,这石条是在 1967 年,从一个破庙里抬出来的,从字上辨认,此碑是明朝嘉靖年间篆刻上的,上联回顾了白族先祖从云南来澧源县的艰难历程,下联则描述了白族先祖落籍澧源以后艰苦创业的功绩!起西南一句,很具体地说明白族先祖来自云南。'西南'一词,辞书上这样解释:我国地区名,通常指四川、云南、贵州和西藏等省区。云、贵、川、藏四省区只有西藏没有白族。寄江西中的一个'寄'字,说明被遣散的寸白军人,在江西只寄住一段时间,因为以前曾有人讲,(祖先)来自'江西大栗树土地'之说,现在明白了。后面几句,则准确地说明寸白军路线,是从江西辗转来慈邑……

随后,调查组收获甚大,找到了澧源白族谷均万迁始祖的坟堆。澧源县熊姓后裔也在离县城不远的一个山冈,找到了迁始祖熊安国的坟墓。照录了保存完好的海龙坪王氏宗祠堂上留下的描写祖先来自苍洱的名句,补充了钟千一、王朋凯等人最后的去向材料。

谷臣虎近几天特别高兴,因为民家人申报为白族的各种材料均已完成。省民委万处长表了态,申报即将成功。晚餐后,臣虎在家里喝了一些苞谷烧,哼起了白鹤寨民歌《棒棒儿捶在岩板上》。哥哥谷臣龙走进了屋,进门直嚷道:"调查材料都搞成油渣了,中央民委的领导说,还要完善,特别是关于民家人语言这一章节,很薄弱,很单调,这可是申报的关键啊!"

谷臣虎立即来了情绪,暴躁地说:"搞什么名堂?别人说,五稿六稿,我们是七稿八稿,真是故意浪费人力资源。"

谷臣龙说:"弟,作为县领导,你不能这样说,中央民委认为我们目前申报的材料,还没有得到国内权威人士认同。我看,不如请文南爷爷出面,请云南教授来调研做补充如何?"谷臣虎觉得这个主意好,立即拍板:明天发电报,找云南教授来!

可第三天,云南省政协回电:"颜副主席病重住院,来澧源调研尚需时日。"

可这一等,竟等了大半年。

澧源县民家人申报白族成分之事,再次搁浅。

150　过生牵羊

1984年5月中旬,申报工作再次出现了转机。因为,澧源县的土家族落实了民族成分。许多民家人在接受调查时强烈要求省里,将他们的族别定为白族。一些民家人居住的村庄甚至拒接登记人上门。种种迹象表明,民家寨有强烈澄清自己民族成分的要求。种种迹象表明,澧源县民家人申报白族的机遇来临了。

云南同意派语言专家来澧源,从语言学角度帮助完成申报工作。这下,乐坏了民家寨的人们,也乐坏了澧源县的领导。云南客人下飞机时,澧源县长亲自到机场迎接。"云南专家团"队伍里,有几个特别引人注目的人,他们就是颜文南和马、谷、赵几位云南大学权威的教授。当县政协主席的谷臣虎,亲自陪同教授们到白鹤寨调研。

刚住宾馆后的第三日,赶上王志超84岁生日。

谷臣虎走进颜文南房门,邀请说:"颜主席,我们白族祝寿有一个礼俗叫过生牵羊。我们能不能去热闹热闹?"

颜文南说:"牵羊是何意?"

谷臣虎说:"牵羊祝寿即增阳(羊)寿,一般是长辈过生晚辈送礼(羊)!一则显示诚意。二则可将美好祝福捎上去。三则显示送礼者的大方和爽快。"

颜文南笑了笑,说:"白族喜欢白色,羊儿属白羊,肉可吃,又尊重了当地民族习俗,我看好。"

谷臣虎吩咐秘书买了一只羊,膘肥肉厚,还是一只公羊。

一群人吹着唢呐,打着围鼓,很气派地到了仗鼓寨王志超屋前。

谷臣虎牵羊在前面走,看见县领导亲自牵羊捧场,王志超笑得很灿烂,亲自到岩塔边迎接。

谷臣虎热热喊:"超爷爷,给您送羊祝寿!您再看看,谁来了?"

颜文南上前握着王志超的手,欣喜地说:"王师傅!还认识我吗?"王志超看了看,立即热血沸腾,将颜文南紧紧抱住:"认得,认得,您就是当年的剿匪大队政委老颜。"

谷臣虎上前解释说:"颜政委现在是云南省政协副主席。"

王志超说:"什么副主席?我只认当年的颜政委,有亲和力呀!"大家都乐开了怀。

对于云南省的领导来仗鼓寨做客,仗鼓寨举行高规模的礼俗迎接亲人。那就是打开祠堂门祭祖。中午时分,颜文南等人被请到大二三神面前,三元老司烧了一把纸,将大鼓擂响,颜文南手握着燃香,看了看面前三尊大木像,依然高大威武。

颜文南弯下腰,先将左膝弯下,再将右膝前屈,双脚跪倒在本主像面前,虔诚地叩拜着,心里说:"大二三神啊!您不是普通的神灵,而是了不起的白族祖先,没有你,谷均万、王朋凯、钟千一、熊安国……就没有湖南白族,没有你们700年前辗转奔波,到狐狸溪、马合口、麦地坪一带落脚安家,哪有我等今日来寨共叙佳话的历史?"

颜文南听三元老司唱《拜祖词》,声音极优雅动听:

> 内外肃静鼓乐停,
> 白子儿孙跪埃尘,
> 本主三神金容降,
> 虔诚恭受祖遗训。

谷臣虎向前插了一根香,跪拜堂前。三元老司在旁边反复吟唱:

> 山有昆仑水有源,
> 花有清香月有影,
> 树木有根竹有鞭,
> 蓬蓬打从藕节生。

王志超缓缓跪向神台,三元老司交给他一炷香,两人不停地念道:

> 家住云南喜洲睑,
> 苍山脚下有家园,
> 大宋义士人皆晓,
> 苍山遗民历代传。

从祠堂出来,已是傍晚。只见山色朦胧,山体边角成弧线形蔓延,像一把巨大的弦和琴。面对熟悉的村寨,颜文南涌出了丝丝爱恋。颜文南独自站了一会,回到火坑边,正准备洗把脸,一位老者上前,抱住了颜文南说:"亲人啊!你回来了!"颜文南一看,是钟氏老族长钟高定,也紧紧拥抱着,惊喜地喊:"钟老好!钟老好。"两位老人历经岁月沧桑,如今白族即将落户澧源,隔山隔海隔不断骨肉亲情,七百多年的风风雨雨终于尘埃落定,谁不动容?

钟高定又告诉颜文南说:"我们寨子,去年搞民族成分认定,许多人不承认自己是土家族,认定自己是民家人,有几户老人还同上门搞民族认定的干部大吵起来,说明我们寨子有强烈要求把自己登记为白族的心理,颜主席,您是高官,说话算数,您可要为我们民家寨子的乡亲做主啊。"

颜文南说:"钟老您放心,民家寨是白族的事实,谁也无法改变。"

湖南省民委万处长听说云南专家和教授在民家寨调研。第二天,他从长沙赶到澧源县。

他走到颜文南住所,悄悄告诉颜文南说:"主席,告诉您一个秘密!上回,湖南白族搞民族认定时,国家民委派了许多专家到长沙进行综合评定。尽管上报的材料很扎实,理由很充分,但都没有打动评委,你猜是为什么?"

颜文南说:"准是没招活(待)好。"

万处长笑了。悄悄说:"就是没能找出澧源白族与其他55个民族习俗不相同的地方。"

颜文南猜出了万处长的话中话,接过话茬说:"哦,原来没找到气眼。"

万处长笑了笑说:"你讲的那气眼,就是祭祖,我反复研究过,全国只有白族搞祭祖活动,祭祖就是祭祀祖先,祭祀本主,具有浓厚的民族特色,仪式也相当隆重,你们的《民家人祭祖(本主)词》有一万多句,我全录制下来,把这个活证——拿给评委专家一一过目,让他们反复聆听,最后,所有评委都举起了手,在是否同意认定栏目上,写下两个字:同意!"

颜文南握住万处长的手,感激地说:"我代表云南白族同胞感谢你,你为湖南白族认定做了一件无尚光荣的事。"

颜文南又问:"认定澧源民家寨是白族的报告书,国家民委批复下来没有?"

万处长说:"快了,我估计最快下个月能见分晓。"

颜文南说:"上个月,为了湖南白族认定的事,我和贺文锦老主任专程去过国家民委,补充了1949年到1957年我们在澧源剿匪时,所掌握的一些重要材料,包括烈士段运飞记录的文字材料,还有武桂美留下的跳仗鼓舞、游神的来历记载,以及杨佑育1937年到民家寨讲民家腔语言的佐证,等等,国家民委的负责同志看了都很感兴趣。"

万处长说："哦,难怪国家民委的同志打电话说,云南省的主要领导也在暗中使劲啊,原来就是您呀?"

夜晚,仗鼓寨寨民邀颜文南跳仗鼓舞,颜文南很高兴地驱车前往。在高高大大的火把下,颜文南和钟高定等人跳着仗鼓。跳累后,坐下来听打九子鞭的几位老妇人,齐声唱《迎宾霸王鞭曲》:

> 上去云南下走川,
> 又走湖广三百三,
> 来到湖南把家安,
> 马合口有个铁龙滩,
> 铁龙滩上有块大岩板,
> 谷均万到岩板上吃中饭,
> 吃哒中饭就上岸,
> 撑架脚上把家安。

一个老妇人打起双鞭,兴高采烈地唱道:

> 谷均万,挑着扁担上滥船,
> 上坡搭背马桑棍,
> 朝廷出了个扫敌官。

另一个女人持鞭对打,还欢快地唱道:

> 钟千一,背背篓上四望山,
> 百草百药都治病,
> 姓钟的就有个好医生。
> 王朋凯,办傩戏坛,
> 住在狐狸溪,溪边建个庙,
> 搞起三元教,又怕老家没人了,
> 跑到吉安戴县官帽……

颜文南总觉得这些节目,就是湖南白族一段 700 年的辛酸史,一个伟大民族的迁徙史、奋斗史、诞辰史。

151　认定

1984 年 8 月,澧源山区,田间金黄的谷子等待收割。

大理几位作家第一次来仗鼓山寨搞创作,王志超按最高级别接待,办起有名的"五卵待客宴"。"卵"是纯白语,指动物睾丸。

马作家第一次吃这"五卵宴",喝得酩酊大醉。拖着王志超的手,说:"这是哪五卵菜? 劲比白酒还厉害十倍。"

王志超说:"这五卵待客,是仗鼓山一带民家人待客最高级酒宴。五卵是猪卵、狗卵、羊卵、牛卵、鸡卵。我们待客的原则是:大卵待大客,小卵待小客。"

马作家追问:"哪是大卵,哪是大客?"

王志超又斟了一杯酒给马作家,说:"五卵中,算牛卵最大,客人中算远方来客最大,你是云南老家的作家,级别最高,我们就用阉牛卵给你吃。"

马作家偏偏又来了兴趣,说:"哪小卵?"

王志超说:"小卵是鸡卵,专待寨中匠人一类的客。"

马作家觉得这"五卵宴"特别有趣味,连连追问:"那不大不小吃什么卵?"众人都捧腹大笑,王志超诡秘一笑说:"不大不小吃狗卵!"马作家颇受启发,点点头说:"对,这些就是原汁原味的白族语言,这语言简洁、有力、到位。"

马作家等人又记录了 636 个词汇,就成了当年调查统计遗存的 3.5%的母语词汇。

马作家将这些词汇与大理白族进行甄别,最后喜不自禁地说:"这就是真正的民家语,即白语澧源县白语支,虽历经 700 年的风雨沧桑,仍然得已保存,这就是一个民族真正伟大的原因。"

不久,国家民委来了批复:同意认定。

当贺文锦将这一喜讯,电话告知澧源县政府。4 楼会议室守候在场的几大家领导都热泪盈眶,谷臣虎端着一个酒杯,倒上了苞谷酒说:"太让我值得留念啊,我们澧源白族 700 多年的神秘面纱,今天终于被揭开了! 要知道,为了揭开700 年民家寨之谜,我们付出了太多太多,我们牺牲了许多优秀的卓越的同志,我提议,我们先敬长眠在澧源土地上的先烈们一杯。"

一把仗鼓,让湖南多了一个民族。

1984 年 9 月,湖南省人民政府批准澧源县成立 7 个白族乡。

9 月 12 日,白鹤寨白族乡成立。颜文南亲自坐上主席台讲话。

9 月 15 日,青龙寨白族乡成立,大理州委、州政府赠送匾额一面:上书"源溯苍洱"。

9 月 20 日,仗鼓山白族乡成立,大理送大理石一座,以示鼓励。

9 月 21 日,仗鼓寨、腊狗寨、仗鼓岭、龙蛋垭寨均成立白族乡。

1984 年,一个曾经遗失 700 多年的伟大民族——仗鼓部落又重新找回来了,湖南省终于有了一个新的少数民族——澧源县白族。

第二十五章 祭祖认亲

152 仗鼓赛

参加完七个白族乡成立庆典活动后,贺文锦、颜文南、谷金桃及谷臣虎、谷臣龙兄弟应邀至白鹤寨观看仗鼓舞大赛。

赛场设在澧水河畔的一个转弯处,澧水猛的一个回头,将一个河滩冲积成一个偌大的平原,极宽阔又平坦,加上又到了秋天,白鹤寨瓜果飘香,羊肥牛壮,一队队穿着白族服的男男女女欢快地走过,让贺文锦、颜文南等人嗟叹不已。当年在这一带剿匪,做民族工作,弹指一挥间,现在花白的头发已爬满脑顶。

晌午时分,颜文南、贺文锦、谷金桃坐在戏台前排,即充当评委又充当观众。青龙、腊狗等7个白族乡均组队参赛。各队的仗鼓舞均有各自的特点,让颜文南打分很难下决心,对贺文锦说:"老把式,当年剿匪,我们到仗鼓寨看过仗鼓大赛,一晃又过去了30多年,记得那次还有特务朝我们开枪,现在我们又在白鹤寨看仗鼓比赛,感叹岁月的艰难,哈哈,这场仗鼓舞大赛,从舞步、舞姿、舞感、音乐、道具等都彰显着强烈的地域特色,我又不是专业舞蹈师,那里评得出好歹?"

贺文锦哈哈大笑,随即向来宾们介绍,白族仗鼓舞有许多特点,如腊狗寨的丁字步,就是将两脚板组成"丁"字形跳舞,恰好说明当时这种舞蹈的地域特征,当时云南来的迁始祖们,初到澧源的不毛之地,山高路陡,又背着背篓,若不将两脚板钉在一起,身子能保持平衡?你看那仗鼓寨的顺拐,恰好说明这个舞蹈的适应性,在恶劣的环境中只有顺着顺时针方向拐出,身子才能侧出岩壁中,我曾研究过仗鼓舞,它就带有强烈地域性特征。

颜文南说:"你本来就是澧源人,我是云南大理人,但仗鼓舞我还是很了解的,这仗鼓舞是你们湖南白族人创造出来的,你说说有什么地域特征?"

谷金桃接话说,我们民家人就喜欢以"岩"为标记,划分属于本姓的地域范围,如谷家鏊字岩,在大庸青堰,钟家狮子岩,在大屋洛,王家覆锅岩在芙蓉桥,熊家鱼儿岩在关溪涧,刘家当门岩在洪家关,白族十大姓基本上都有岩的标识,一来说明这些姓氏白族人的聚居范围,二来也为仗鼓舞舞美合一的灵活性埋下了注脚,三来说明白族仗鼓舞顺拐、屈膝、悠放、下沉的动律特征是有据可查的。

最后轮到仗鼓山寨表演仗鼓舞。几个小伙子抬着一根粗大仗鼓,一上台立即吸引了众人目光,只见王志超踏着音乐节拍,将大仗鼓舞得团团生风,让台下哦嗬声此起彼伏。

演到精彩处,只见花团不见人,几乎就是一阵风沙来袭,众人知道,这是仗鼓大师王志超在跳"三十六连环"和"四十八花枪",跳得如鱼得水,演得炉火纯青,真不愧为仗鼓大师。

谷臣虎笑着介绍:"这就是白族仗鼓大师王志超老人,今年84岁,13岁就开始学仗鼓,曾经是仗鼓山一带的仗鼓王。"

颜文南很亲热地抱住王志超老人,激动地说:"老相识! 老相识! 前几个月我还给您做过生呢! 老师傅,您的仗鼓跳得太好了。"

"哪里哪里,人老了,气力不够了,我跳仗鼓——只是在遵循祖训'剑不如人,剑法胜如人!'的生存法则罢了。"王志超擦了擦汗。

随后,颜文南说起另一个话题:"听说以前恶二佬用仗鼓作武器,杀人越货,威力无比,与王志超比试过没有?"

谷臣虎说:"当时恶二佬年轻气壮,又是澧源一带的拳师,爱用铁仗鼓杀人,少遇对手,当年恶二佬寻仇至仗鼓山,与王志超交手占上风! 后来恶二佬被镇压,王志超老人就一直练习仗鼓舞,他能将已濒临失传的'三十六连环''四十八花枪'的招数重新恢复出来。"

颜文南赞赏地说:"活宝啊! 白族寨子真是人杰地灵,能人辈出。"

下午,按白鹤寨习俗,谷金桃到溪涧垭为谷兆海送亮悼祭。同行的还有贺文锦、颜文南。一行人来到一个很偏僻的山岗时,在一块书有"寸白军行军图"六字的大石壁前停留下来。这块大石壁,有20多米高,两亩田般大小,顶部的清藤将图上的字迹遮挡得有些模糊,但仔细琢磨,仍能看的明白。大石壁上的行军图,是用铁錾刻上去的。图上标明了寸白军从大理至武汉的行军线路,字全是繁体字。

图的左下角,配有一首诗——

> 羁旅赣西卸辔鞍，
>
> 天门安憩倍恬然。
>
> 偶因霹雳惊乡梦，
>
> 烟雨关山路漫漫。

天！这是老祖宗谷均万写的《思乡》，是他落脚回归大庸教字垭后创作的不朽诗句，怎会在这里出现？这行军图是谷均万刻上去的？若是谷万均刻上去的，这就是白族的图腾啊！

颜文南不解地说：“我1949年来这里剿匪，没看到有这风景，这是怎么一回事？”

谷金桃招呼大家坐下来，说：“几位老领导，老专家，也有不懂的地方？这个行军图，其实就是我们湖南白族的一段秘史，讲湖南白族，必须提到兀良合台，讲兀良合台，就必须提到寸白军行军图，这是湖南白族迁徙史最重要的历史啊？”然后向大家讲起了一段荡气回肠的往事。

153　寸白军

有《元朝野史》曾这样记载：

1258年11月，蒙哥汗攻打宋朝。命令大将兀良合台北上夹击南宋。

“我哪有兵力北上啊，我手中只有3000蒙古骑兵，年年征战，疲惫不堪，又到了冬季，士兵衣衫单薄，粮食不足，焉能再战？”大理军营里，兀良合台焦急万分，他是蒙古和元朝的五朝元老，一生充满传奇色彩。年轻时，持一把马刀，一张弓箭，统领几十万蒙古大军，横扫亚欧战场，其征战范围东达图门江流域，西至波兰、捷克、匈牙利等地，向南则越过越南首都河内。深得蒙哥汗宠信。可现在？哎，人老了，69高龄，兵少了，既要平定部分乌蛮（彝族）和白蛮（白族）反叛军，又要维护大理国的政治军事的稳定，还要分兵北上，难啊。

这时，战将阿术走进军营说：“爹，我们可以招兵买马啊！大理有的是年轻汉，稍作训练，不就是一支很了不起的军队？”

“哦，我怎么没想到！对，马上招薷乡兵。”兀良合台与儿子阿术一拍即合。

阿术很有号召力，仅仅十天，就从鹤庆、洱源、祥云等地招来10000多名年轻人，他们都是乌蛮和白蛮，拉起大旗，组成军队，叫“寸白军”。为了选拔军事管理人才，阿术组织了一场军事与战术大比武，很快相中了段福、谷均万、钟千一等将领。段福是大理人，是原大理国王段兴智的叔叔，分管5000兵。谷均万是祥云人，武功超群，义薄云天，分管10000兵马。

1259年1月，兀良合台率兵北上。第一战入广西，攻贵州（广西贵县），谷均万作战勇敢，第一个冲上城头，拿下贵州，自己背上中了一箭，所幸箭入不深，无大碍。第二战，打象州，大雪还没有融化，兀良合台亲率"寸白军"长途奔袭，一夜行军300里，第二天拂晓，神不知鬼不晓冲进城内，宋军还在睡大觉，就被一阵乱刀砍死8000人！

第三战，打静江府（广西桂林），遇到强敌，守将孙良诈降，混乱中杀死段福的副将，段福耳朵被砍掉，元兵损兵折将，遭遇北上第一次失败。兀良合台大怒，令阿术追击，谷均万进帐献计说："敌人现被胜利冲昏了头，我等可诈降与他，定可灭他！"兀良合台大喜。谷均万动用三国"周瑜打黄盖，一个愿打一个愿挨"的计策，向孙良投降。孙良不提防，被谷均万突袭成功，将其活捉。兀良合台赞扬谷均万，有勇有谋，是难得的将才。

寸白军克服层层困难，他们在段福和谷均万的带领下，相互帮助，相互照顾，共同度过了生活难关。由于指挥得当，将士一心，军事上节节胜利，加上有3000铁血蒙古骑兵的联合，寸白军名声大噪，连老将兀良合台也深为佩服，亲自向两位白蛮头领敬酒，说："我临时组建的一支寸白军，没想到竟有我蒙古铁骑的骁勇和韬略。"4月，寸白军进入湖南境内。5月，攻破辰州（沅陵），6月占领沅州（芷江），7月直抵潭州（长沙），仅十天就把元军旗帜插上了长沙城头。

打下长沙后，寸白军军事上经历了由强盛到衰弱的过程。

原因起源于一场政治斗争，直接原因是，蒙哥汗被打死了，在成都。

这对寸白军来说，是一个天垮下来的消息。惨！

1260年3月，蒙哥汗的死讯传到长沙军营，兀良合台、阿术、段福、谷均万等将领，跪在地上，嚎啕大哭。天啊，为什么要死可汗？这关系到整个元朝的命运，关系到整个寸白军的命运，关系到整个中国的命运！

要命的是，忽必烈已派特使联络：兀良合台必须率寸白军和蒙古骑兵立即北上，攻打鄂州（武汉）。忽必烈是蒙哥汗的亲弟弟，战功卓著，韬略过人，蒙哥汗刚死，他不去吊唁，而是命令大将随他攻打武汉，其目的就是夺取兵权，从而继承王位，统治整个元朝。兀良合台深知此去，凶多吉少，因为自己是蒙哥汗的重臣和战将，长期一直受忽必烈排挤和压制，现自己已陷入绝境，不去？忽必烈会过度猜忌，说不定立即派重兵围剿自己！

兀良合台一夜之间,头发白了!他愁白了头啊!

3月,寸白军北上。

兀良合台北上。

3000骑兵北上。

北上是一条不归路啊。

到了武汉城外,忽必烈不接见这支疲惫不堪的队伍,只下了一道命令:"全体将士,立即攻城!"兀良合台、阿术、段福、谷均万等商议:"此战,我们将会全军覆灭!区区13000人马,对付宋将万同的20万铁甲军,如同鸡蛋撞石头。况且忽必烈的30万大军在我们背后虎视眈眈,就是我们攻下城池,不死也会被阴险歹毒的忽必烈谋杀!"兀良合台的猜疑是对的,忽必烈已与宋军暗中联手,准备趁寸白军攻城之际,两路夹击,一举消灭兀良合台,铲除自己政治上最大的宿敌。

危急中,兀良合台挺身而出了。他做出了一个惊天动地的决定:解散寸白军!

这是一个很冒风险的决定!

兀良合台只有这样,才能度过险关。

阿术必须作出牺牲。他亲率3000骑兵血战武汉,这群"让马刀说话"的蒙古骑兵,英勇杀敌,让宋将万同不敢正视蒙古军旗。血战三天三夜,宋军伤亡8000余人。阿术重伤,3000蒙古铁骑最后仅剩36人。

段福必须虚晃一枪,蒙骗忽必烈。他带8000名寸白军,佯攻武昌,乘夜色悄悄撤离武汉。他们回大理去了,他们寻找自己的家园去了。

谷均万也必须作最坏的打算。他带2000多名寸白军,攻打汉阳,烧死守将王在师,活捉县令周统之,军威大振。随后,跳出忽必烈和宋军包围圈。1261年3月,这支队伍出现在江西大栗树土地庙,按照兀良合台计谋,就地解散。谷均万细细清点人马,一查,仅36骑。他们疲惫不堪,他们满身风霜,他们急需家园的温暖啊!他们的名字是:谷均万,谷均千,谷均百,钟千一,王朋凯,熊安国,陈大万,彭有烈,刘三和,李少游,赵皇力,朱只温……他们脱下元军战袍,装扮成逃难的农民,一路结伴而行。

"家园啊,你在那里啊?我们现在关山阻隔,不能回大理,我们漂泊四方,我们一路颠簸,家园啊,我要落脚,我要回归。"谷均万在梦中呼唤!他带着36名寸白军,沿着另一张行军路线,踏上寻找家园的路!为防止宋军与地方民团的骚扰,白天,他们躲深山,绕小道,风餐露宿。晚上,他们打火把,避虎狼,天当被,地当床。历尽千难万阻,西行!西行!进入湘西,那是土司的地盘啊,哪能让你随便眯眼打鼾?西行!西行!这是寻找家园的路线吗?

"起西南,寄江西,溯长江,渡洞庭,漫津澧,落慈邑"沿着这条路线图,他们看到了希望,他们找到了绿洲!他们为白族生存,开辟了一条光辉灿烂的路!开创了白族的历史!

到了慈邑,指手为界!

到了海洱,插草为标!

到了廖坪,打井生根!

最终,在马合口、麦地坪、芙蓉桥一带停下脚步,找到了自己向往已久的家园。

他们美美地睡了三天三夜!

他们美美地醉了三天三夜!

他们美美地乐了三天三夜!

落脚青堰,谷均万再一次背诵《闻官军收河南河北》:

> 剑外忽传收蓟北,初闻涕泪满衣裳。却看妻子愁何在?漫卷诗书喜欲狂!白日放歌须纵酒,青春作伴好还乡。即从巴峡穿巫峡,便下襄阳向洛阳。

久经动乱,漂泊如蓬,而今突然找到了家园,将士们心里是多么的高兴啊!

这时,历史已清楚记下了他们的名字:谷均万,谷均千,谷均百,钟千一,王朋凯,熊安国,陈大万,彭有烈,刘三和,李少游,赵皇力,朱只温,他们成为了湖南白族十大姓开山鼻祖。

而主将兀良合台背着"黑锅",惨遭流放。

在一阵凄凉的箫声中,兀良合台孤身前往忽必烈军营,他没带一兵一卒,是被人捆绑着去的,背上背着一把战刀,是蒙哥汗亲手奖赏他的那把,锋利无比,杀气弥漫。这种"负荆请罪"的做法,最终感化了忽必烈,这个阴险狡诈的蒙军首领,见达到了自己的政治目的,放了兀良合台一马,不再追究他解散寸白军的责任。1260 年 3 月,忽必烈继大汗位,国号元,他就是元世祖。兀良合台被迫交出兵权,携着阿术和他仅剩下的 36 个蒙古铁骑,流落到了北方。1261 年,兀良合台病死,享年 72 岁。

"是兀良合台组建寸白军,是他解散寸白军,也是他挽救了寸白军!"谷金桃高度评价兀良合台的伟大功绩。

"这个寸白军行军图,是谁画出来,又是谁刻上去的?"贺文锦打破沙罐问到底。

"寸白军行军路线,在《元史》中可以查到,这副行军图,是我养父谷兆海派人弄上去的,大概是在1920年,呵呵,我还没出生,长大后,从母亲钟先梅口中才知道的。"金桃说。

"这是民家人族源的活证,怎么早就没人发现?"颜文南感叹道,"上次搞申报,搞含糊哒,为什么没有人说起这个图腾?"

"这个图腾,躲在这个偏僻的角落,人迹罕至,谁还在乎这么一个毫不起眼的行军图?"贺文锦说,"湖南白族落脚700多年,历史的变迁太快了,事件太多了,乡里人又少有读史的,谁会发现这是一个宝呢?"

"是啊,不是今天给爹送亮,来到这鬼地方,我也忘了这玩艺儿!"谷金桃歉意地笑着说,"我们白族,不是没有经典历史文化,而是缺少一批深研此道的专家学者啊。"

"我来搞!"颜文南说,"我是白族人,又在澧源白族生活好些年,知道这里的民俗风情,我准备写一本小说,取名《仗鼓部落》,不知大家有何看法?"

"好啊,将军写回忆录,写的又是自己民族的大事,有意义,有意义。"贺文锦看着颜文南那副认真劲,连连赞同。

贺文锦接着说:"老领导,我们民家寨值得研究的人和事,还有很多,比如这游神,有大游神、小游神。大游神游十天半个月,一游就游到十寨、二十寨,各寨又有不同的本主,不同的庙会日,游神包括着民俗、文化、政治、经济、贸易、军事等多个方面的内容,您不觉得这游神活动,具备潜在的研究价值?"贺文锦笑道。

颜文南想了想,说:"对,对! 你们澧源白族游神时,还有仗鼓舞、打花棍、蚌壳灯、围鼓等民俗文化参合,与我们大理抬本主巡游截然不同,的确有研究的必要。"

随后,颜文南又提及段运飞、伍桂美等烈士的剿匪往事,几人感慨万千。

贺文锦说:"要是段运飞不死,现也有60岁了,他是个真英雄啊,可惜没有留下后代。"

王志超插话说:"段运飞虽然死了,但他的许多故事仍在民家寨流行,比如'破本主案、追宝物、斗土匪'等至今仍被人们所称道。"

贺文锦说:"段运飞最大的优点,是他有强烈的民族团结意识,他在剿匪中,与民家寨同呼吸,共患难,是一位出色的解放军指挥员。"

"哎,什么出色的解放军指挥员! 他多次受处分,有一次还叫我给他写检讨呢!"金桃笑着说,"都怪颜主席——钢埃古(石头)抹桌子,来硬的! 一点不照顾下属。"

"我也是寡麻子驮肚——没得法! 101 首长对我们特别严厉!"颜文南叹了一口气,说,"历史会记住他们的,祖国会记住他们的! 可惜伍桂美等烈士,至今都不知道她们的死因! 我们对不起她们啊。"颜文南感叹。

颜文南回到云南。他和贺文锦牵线搭桥,将大理州洱源、祥云两县与澧源接成姊妹县。又多次带队来澧源,为密切澧源与大理的感情作出了较大贡献。

154　子孙根

大理和澧源的交往一直在继续。

1990 年 6 月,澧源又来了一批客人,是大理学院三名教授来澧源县民家寨搞神秘文化研究的。澧源县给三个教授分别安排了得力角色跟随,却闹出不少笑话。

段教授是研究白族历史的老教授。他对白族迁始祖产生浓厚的兴趣。到了仗鼓寨,他邀王志超、钟高定等老族长寻找谷王钟三祖的墓穴。王志超才告诉他说:"谷均万葬到大庸,钟千一回到沅陵,最后死在沅陵,沅陵县现有钟姓白族,就是钟千一的儿子钟思敏的后人。王朋凯来覆锅岩落脚后,第三年又回到江西高安当了县令,现腊狗寨一带就是王朋凯的后裔。"

"那高家山的高姓哪里去了?"段教授鼓大眼睛问。

"腊狗寨原有姓高的白族人家。明朝时谷子进就娶了高氏女,后被别人称为高氏婆婆,她是白族唯一的女本主。高氏婆婆死后,高姓人家有的回大理看亲人走了,就再也没回寨,有的改随别的姓。不久,高姓就在腊狗寨消失,现在有一句老话,这样讲:后思儿(生)你莫耍口白(讲大话),你的 diadia 是高怀德! 译成白语就是说:年轻人你不要忘了祖宗,你想不想你爷爷高怀德?"

"那潘大公与钟千一的一段交往怎么又没有善终?"段教授对钟千一落脚潘家廊耿耿于怀。

下午,钟高定向段教授讲起一段故事,当然是另一种翻版,有一种传奇色彩。

钟千一原来当阴阳,当初到腊狗寨,看到这里山不愿走水不愿流,是一块风水宝地,但他又仔细看了山水走势,认为腊狗寨虽出能人,但都会因水的突然沉陷而使能人半途夭折。

一日,他到腊狗寨当时的大户潘红家门走过,轻轻叹三气,恰被出来挑水的潘红看见,立即招千一进屋述说原因。

钟千一说:"你这潘家廊屋场,好是好,就是有山、水、路、屋、风、雨、雷七种煞星纠缠,使你家事事不顺,厄运重重。"

潘大公是个直爽人,说:"对啊对啊,难怪我前年死了老太(婆),去年夭折了大儿子,今年家中牲畜全部遭瘟死了,真是祸不单行。"

潘大公原是一个十分迷信风水的人,见钟千一能一语道破,必有神秘手段,就请他来一个"打整"。

"打整"是白语,指用某种手段改造风水。

钟千一将潘大公引到其屋后的七座石柱边,说:"这七个柱,就是山、水、路、屋、风、雨、雷七种邪煞,这七煞属灾星,紧吸你家堂舍之脉气,使之灵魂脱出;我看要立即将这七柱移走别处,才能彻底隔除煞气,使你家脉理重生,呈现祥瑞之光。"

潘大公觉得钟千一说得有理,就派石匠料理,可石匠最后嫌移走太麻烦,就拦腰将石柱凿断。

第二天,潘大公起床后,发现其屋后被凿断的七根石柱伤口处,均流出一种微红的岩水,还夹带着一股热气……

后来,潘大公家的烟火一夜之间熄灭了,潘大公的家业全让给了钟千一。后来,又有一个过路的阴阳先生说,潘大公上了钟千一的当,潘大公屋后的七根石柱恰好是潘家延续香火繁衍族众的子孙根,而被石匠凿断,就等于挖断潘家的命根子,潘家焉能不败?

而千一公的后代却这样解释:"潘大公的七根石根,对潘家烟火的繁衍非常有破坏力,正像七根钢钉,牢牢钉在潘家的大脉上,移走石柱就是拔钉解难,可那歹毒的石匠竟私自做主,打断石柱,使潘家犯风水大忌,这本不能让我们祖宗背黑锅,其实,暗地搞鬼的就是那位石匠先生,是他悄悄卖通别人捣的鬼。"

尽管两位始祖交际往事有许多争议,但有一点不容争议,就是两人都当上了赫赫有名的腊狗寨本主,被族人长期敬奉,每年还要热热闹闹被抬上大街,游神、娱神、送神,享受人间至高礼遇。

钟高定带段教授走到潘家廊潘大公老屋后，七根凿断的石柱仍朝天挺立，段教授摸摸被绿苔覆盖的石头，若有所思地说："神秘！神秘！这是一些弥足珍贵的历史题材。"

155　民家腔

在龙蛋垭白族乡的一个小客栈，澧源县政府刘秘书正和赵教授下乡搜集民家腔语言。

两人一路走，一路聊。这时大路旁边，有两条大汉在摔抱腰，大个子将另一个人拦腰抱住，使劲猛摔，摔得那人四脚朝天，大声喊叫："哎哟哟，我脑壳搬破哒！"

刘秘书告诉赵教授："这个动作就叫——板翻起。"

两人又走到一个田间，看到两个男孩嬉闹，大男孩将小男孩的头部朝下，提着脚使劲往泥田里拽，那小男孩大半个头埋到水中，刘秘书就说："这个动作，就叫——倒插起！"赵教授又反复学试这个动作，喃喃说："倒插起！倒插起！"

又看到一个妇人在挖莲藕，那男人忙喊："倒 nio（揪）起！倒 nio（揪）起！"那妇人将长藕倒提着，猛一使力，啪的一声，藕被活活地拽了下来，赵教授看得一身细汗直冒，刘秘书告诉他："我们这里的民家人，个个都这么彪悍，心狠手辣，这个动作就叫——倒 nio（揪）起！就是将它倒提着拧下来。"

赵教授死死记下这三个词语，却因此受到了一场惊吓。

那天，刘秘书患重感冒，住进县医院吊水。而赵教授又急着搞采访，到七连寨的鱼潭口采录民家腔词语。由于没有向导，赵教授有些紧张，又听说鱼潭口曾是土匪盘踞的地方，那里的民风强悍，寨民动辄捋袖擂拳，刀枪相见。赵教授本打算取消行程，但又急于采访，只好硬着头皮去鱼潭口。

刚到寨上，看到的尽是些血淋淋的场面，让他惊魂未定。男人杀鸡，一刀斩下头，让鸡血溅飞……杀狗，先用火钳叉住脖子，再一锄头猛砸，立即血肉横飞……杀牛时，两条壮汉扳翻牛，一刀捅入牛的咽部，那血喷得老高，差点溅到赵教授身上。杀猪不摁翻，而是杀屁股，一刀戳去，那猪带刀满街跑，刀柄差点碰着赵教授的腿梁骨。赵教授惊愕不已。一壮汉大喊："抓！抓、抓、抓到了一刀搓（杀）了。"赵教授正想回话，那男人跑上前，从猪尾处抽出寒刀，那血又刷刷地喷出，男人就发出一种得意的狂笑。

赵教授想离开这个血腥的山寨，可肚中实在饿得不行，就随便找到一家酒馆坐下。一个男人提着杀猪刀对他说："你来哒！倒茶漆（吃）！倒酒漆（吃）！办饭漆（吃）。"赵教授一听，心想：怪哒，今天遇到土匪开的黑店了，我孤身一人，打又打不赢，只有跑，于是就连招呼也不打，起身逃跑，后面那人提刀就追，边追边赶："你那桶哈拉夫（角色）耍（逃）么得？来哒就倒茶（插）起！倒酒（揪）起！办饭（翻）起。"

赵教授的皮鞋跑掉了一只，丢掉的那只鞋失落在腊水田里了。赵教授庆幸，今天能逃出一命，是自己跑得快。如果再晚一步，老命就搭在可怕的民家寨了。

正巧，一个乡干部来找赵教授吃中饭，见到气喘吁吁的赵教授，问他为什么如此落魄？难道大白天，有人敢抢劫？

赵教授捂住胸口，上气不接下气说："你们……这个民家寨，一个单枪匹马，哪里敢来？你看，我……刚到客店坐……就有人提刀威胁我，说，来哒！倒插起！（再）板翻起！（最后）倒 nia（揪）起！我……不死都要……脱一层皮啊。"

那位乡干部听完赵教授的叙述，又见他用手势做的示范动作，终于明白了，原来是方言不通，造成了一场误会！因此让客人受了惊吓。乡干部强忍着笑，向教授解释说："误会了，误会了，其实民家人是非常友好的，你一进门，主人就说给您倒茶吃，倒酒吃，再做饭吃！这是民家腔，你不懂！"赵教授惊魂未定，连连擦汗，说："哦，哦！这鬼一样的……仗鼓山寨！这鬼一样的……民家佬！"

156　锅锅是铁打的

谷教授随谷臣龙往山旮旯处跑，专搜集整理白族的一些民俗资料。

谷教授和谷臣龙租了一辆农用车前往仗鼓山寨，看仗鼓表演。两人找王志超，不料王志超腿上长了一个脓包，行走不便。可听说是大理人要看仗鼓舞，老人就来了劲，提根仗鼓就在岩塔里舞起来，只舞得大汗淋漓，最后把那个脓包也"舞"破了，流了很多血，让谷教授看呆了，90多岁的老人还如此拼命跳仗鼓，少见！极少见！教授感叹说："王老，您跳仗鼓神勇得——不要命！"旁边一个村民接过话说："王老跳仗鼓，不要命是小事，他还不要钱！"村民说，前几年，王老在街上杀猪卖，有一天县里来人要王老去乡政府给群众教仗鼓，电视现场拍片，王老把刚杀好的猪肉以收购价分给了同行,跑到乡政府义务教群众,分文不取,王老夫人跑到乡政府狠狠骂了王老一顿,说:"你跳一辈子仗鼓,总玩不厌,难道你是——仗鼓精变的不成?"谷臣龙说:"这就是王老的境界所在,他传承仗鼓,不要钱,不要命,不要名!难得!"谷教授给王志超几百元钱,王志超死活不收,让谷教授非常感动。

吃过早饭后,两人乘车去堰垭,采访一些有关植树栽竹的规矩。谷教授以为没有什么值得去的,植树栽竹全国都一个样,难道这民家寨又躲着什么猫腻?

谷臣龙说:"我小时就听说植树栽竹要打人砍人,你听说没?"

一句话让谷教授心动了。

到了堰垭,正巧,有一户姓彭的夫妇在栽老竹,夫妇俩将竹子喂进坑,使劲地踩这泥土。

谷臣龙对教授说:"我俩歇会儿,看看他们栽竹有没有新章成(规矩)?"两人坐到岩包处喝水等候。

这时,栽竹男人喊:"三佬,三佬,快帮我栽竹来!多带伴。"

屋边立即跑来三个男娃,一个女娃。

大概有一个男娃是栽他家的竹,擦了一下鼻涕,对着竹喊:"娘娘(妈妈)!我上去蹦两蹦?"

那女人说:"多蹦蹦,要蹦出眼睛水来。"

男娃说:"我蹦不出。"

那女人说:"蹦不出也要蹦。"

那男人喊:"要黄牯蹦出儿来。"

几个男娃慌忙跑上前去踩土,几人快乐地笑着蹦着,突然那栽竹男人走过去,对准为头的男娃头上敲了一下,大吼:"蹦!蹦!蹦死蹦!刚买的鞋都蹦穿眼。"

那男娃哭起来,争辩道:"我又没使劲,蹦蹦跳跳是娘娘喊我的,你就逮我几定姑(指用手指关节骨敲打),我长大,不给你送酒窝(指吃)。"

那男人又跑上去,用一根细树枝条将几个蹦跳的娃打哭了。

几个娃随即逃离现场,那男人仍余怒未消,狠狠骂:"化生子!化生子!"

那女人也气势汹汹嚷:"发孙子!发孙子!"

有几个大人模样的人跑来找麻烦,栽竹男人解释说:"我没咒而来俺(小孩),我在向竹子祈祷说,发笋子!发笋子!"几个大人见是栽竹子,立即明白了一大半,不再找栽竹男人理论,也大声地回喊:"化生子!化生子!"像是骂那群孩子,又像是骂栽竹的夫妇,又像是骂栽种的竹子。

谷教授乐了,说:"这一骂,有很多含义,有赞扬、有企盼、有联想、有希望、有焦虑、有惊喜,还有交际,实在是有趣味,更多的是有人情味。"

谷臣龙解释说:"民家人骨子里最有'发'的思想,办事做事都爱发,这栽竹其实就是把发字雕刻得更加具体和细致,以竹喻人,惠及子孙,竹子发子孙发,子孙发竹子发,发到一坨(块),发得炉火纯青!"谷教授说:"这栽竹风俗值得好好研讨。"

谷教授和谷臣龙本想找果树专业户了解情况,走到那里没找着,原来专业户赶墟场去了。两人有些沮丧,刚转过一个岩坎,一些人正在拿刀,搬猪脑壳肉祭树。谷教授很兴奋,说:"走!看看去。"

这些人都是专程祭树而来。祭树只祭果树,比如梨、桃、枣等树种。祭树的道具为砍刀和熟猪头肉。祭树的程序其实不是很复杂,甚至可以说有些简捷。

骗树,一般只骗树干,刀口深浅要适宜,深了破坏了树干的脉络,浅了又达不到行骗效果!最后,众人都站在树下,搁着猪脑壳肉,插上香火,算是敬祭了果树神。

谷教授从来没有看到骗树这一奇怪现象,他走到那被骗几刀的树干处,用手摸摸那溢出的油脂,心中的疑团才解开了。

谷臣龙故意将教授一军,问:"这骗树,是骗树的什么?"

谷教授说:"骗树的惰性!果树挂果几年,树干膨胀,身体臃肿,就有了惰性,体内的油脂阻碍了果树挂果的拼劲,只有靠砍刀骗,人为地砍出伤口,溢出多余的营养和脂肪,刺激树的筋络组织,树干就有了压力,压力变动力,动力变活力,活力再变成挂果的能力,这骗树还真包涵着一种哲学思想啊。"

谷臣龙又和谷教授转了几个寨子,遇到了化九龙水的巫师,上刀梯下火海的三元老司,以及驱鬼砍草人的老司公……收集了一些从未见到的各种字符,谷教授称这些字符为诡异的仡鼓部落密码。

揣上厚厚的一本原始资料,谷教授晚上回到宾馆,对颜副主席汇报:"这澧源民家寨到处都有我们难以寻觅的神秘码本,其实就是一种生生不息的力量在延续。看来,澧源这个遥远的白族部落,文化博大精深。"

晚上,谷教授喝了半斤包谷烧,与谷臣龙一道去拜访傩戏师,谷教授兴致勃勃,想学一招"霸王别姬",可刚抬腿,只听"嘶!"一声,谷教授的裤裆因用力过猛,裂开一个大口口,谷臣龙笑着说:"傩戏掌坛不好当,演得不好烧裤裆!"谷教授红着脸,哈哈大笑着掩饰说:"都是你们澧源的烈酒惹祸!让我裤裆关不住风。"

对于三个教授闹出的笑话,谷臣虎给颜文南电话汇报,颜主席听了哈哈大笑,总结说"云南有句俗话叫"不搬锤锤敲两下,不知道锅锅是铁打的",过去,民家寨连日本鬼子都打不进去,几个教授就想轻易攻进去——破获神秘密码,不吃点哑巴亏,能有斩获?"谷臣虎笑道:"老领导,不要把我们民家寨讲得那么恐怖,几个教授搞调研,有新鲜故事发生,说明我们澧源县的社会、文化、经济都在发生巨大的变化!有党的民族政策,还有你们大理亲人的无私帮助,澧源县特别是民家寨子生活越来越好,真像芝麻开花节节高!"

谷臣虎电话告知颜文南,段运飞已成为仗鼓部落本主神!地位至高无上。

哦!段运飞成了湖南白族现代第一个真人本主神?

这倒是一大谜!

白族把活人敬奉成本主,必须有三个条件。第一,这人要对本寨或本族有特殊贡献。第二,这人在本族要有很大的影响力。第三,这人要被本族人所接受。段运飞是一个年轻人,又不是澧源人,他只到民家寨打过几年仗,就成了至高无上的本主神?颜文南大跌眼镜。

可段运飞成了海洱峪寨白族本主神,是铁打的事实。那里的三元老司已将段运飞穿军装的木像摆上了神庙,上了红,刻了字,写着"奉白族战神段运飞之神位",三元老师做功果时,先咏唱《请段运飞本主神下界显灵》祷词,还有三朝拜祭程序。前几天,寨民将威风凛凛段运飞神像抬到大街上游神,还跳仗鼓舞、打九子鞭,段运飞俨然白族山寨的保护神!

是不是那年段运飞破了民家寨本主被盗案,追回了土匪抢走的 25 座本主像?是不是因为段运飞为云南大理人,是第一位保护民家寨而牺牲的大理英雄?还是因为他舍生忘死护住了白族的宝物,是一条大公无私的好汉?颜文南在电话里与谷臣虎说了很多猜想。

湖南著名作家李元洛先生,把人的生命定位为五种性,即一次性、短暂性、脆弱性、神秘性、创造性,前三个是人类的共性,而后两个是人类的个性。段运飞在剿匪过程中,充分发挥了他自己的个性,因而给他的人生注上了最灿烂最神秘的一笔,让这个大理小伙子名垂青史。他,段运飞,成为湖南白族——海洱峪寨——第 26 位本主神,实现了从普通人——战神——本主神的伟大转变,这也变成了仗鼓部落第四大难解之谜。

157　惜别

就在颜文南与谷臣虎用电话聊天的第二天。

一辆军车开进了澧源县武装部。

享受副军级待遇的谷金桃最后一次来澧源县,按照仗鼓部落的风俗,出嫁在外的女人,无论她身份和地位多高,无论贫贱,在有生之年,必须回到生她养她的寨子,看一看老屋,看一看她老掉牙的同辈和长辈。出这一趟差,叫"辞路",白语称"最后告别"。上午,谷金桃去了白鹤寨,探访了所有亲人,又给谷凤坟头敬了一碗酒,大哭了一场,再到父亲谷兆海、母亲碑前上了香。最后一站,就是向恋人告别。

夕阳西下,澧源烈士纪念碑前,谷金桃拄着拐杖,给昔日的战友大铁杆、罗战士等墓前一一鞠躬。然后,静静地站在段运飞的石碑前,谷金桃用野花编织了一个小花篮,轻轻地放在墓碑下。

时已傍晚,墓园没有了游人。

一对生死恋人! 一段带血旁白!

"运飞,我明天就要回北京了! 这次来澧源,一是最后看看你。二是将我们当年在澧源剿匪的材料和文稿交给党史办。三是到白鹤寨辞路。运飞,你走后,我就一直没找人做伴,你是我一生中唯一的男人,也是我一生中最后的恋人。我俩注定命中有缘,却又注定命中无缘,现在你我阴阳相隔,人生就是一种痛、一种苦、一种思、一种恋,一种大彻大悟的爱,一场大悲大哀的恨。我恨你,恨你早早离我而去,恨你没有让我看看,你最后的笑容。运飞,我时常想,我俩虽不能白头到老,但我们两小无猜,是世界上最肝胆相照的恋人。运飞,我不悔,你也不应该后悔,因为你在世时与我多次探讨的那些谜团,那些疑问,那些不解之缘,今天都彻底解开了,我们白鹤寨根就在你们大理! 大理与澧源700年共血脉,昔日同源,今天共族。省政府已认定我们民家寨七个乡为白族乡,澧源是除大理后白族人聚居最多的县。湖南有了白族,因为湖南有了你,段运飞,抛家别母,风华正茂,敢洒一腔热血,为白族人民的解放流尽最后一滴血。因为湖南有了你,段运飞,孤身擒匪,义胆忠魂,把名字镌记得在剿匪史碑上,你永远是我的骄傲,我的宝贝,我的亲亲的宝贝! 运飞,我也老了,我的腿患严重风湿病几乎站不起来。运飞,我明天一走,就再也不能看你了,这就是我们民家人辞路最后的语言。保重! 运飞!"

夕阳中,两个女兵将金桃缓缓地搀扶着走下石阶。

夕阳下,石碑高大耸立,像一座铁塔。

一个小孩轻轻细唱:"苍山美,洱海蓝,我是大理的小山茶;苍山沃土是爸爸,洱海月亮是妈妈……"

(画外音:谷金桃当然不知道段运飞已成为白族本主神。回到北京后,这位仗鼓部落出生的白族女少将双眼彻底失明了,从此再也没有回过澧源。至此,湖南白族的产生到认定已圆满画上了一个句号,仗鼓部落神秘的面纱已全部揭开。)

158　辞路

颜文南最后一次来澧源辞路作别,是在 2007 年冬至节。他到廖坪五姓祠堂亲自参加"冬至祭祖"。祭拜了大二三神,与王志超等白族人合影留念。为了感谢他对湖南白族的认定做出的巨大贡献,刚荣升武陵市副市长的谷臣虎亲笔题写两幅书法作品送给他。

一幅为白族始祖谷均万的诗作《赤松隐怀》:

> 滇西遥遥来楚山,
> 隐匿赤松亦畅欢。
> 天门高氏门难灭,
> 世袭簪缨锦绣还。

另一首为《思乡》,也是谷均万的诗作。

> 羁旅赣西卸辔鞍,
> 天门安憩倍恬然。
> 偶因霹雳惊乡梦,
> 烟雨关山路漫漫。

颜文南将自己创作的长篇小说《仗鼓部落》,送给了澧源县刚刚开张的白族艺术博物馆,还挥笔题词:

> 两个圈,七百年,跳起仗鼓跑云南,
> 火把节,三月三,大理部落迁湖南。

海洱峪寨族长特意制作了一柄精致的仗鼓,在仗鼓两端,绣着"仗鼓部落,源溯苍洱"八个字,送给颜文南。老族长钟高定抱着渔鼓,大声唱,麦草帽儿十八转,想起我的老家在云南,相隔千山万水间,去一趟我泪涟涟! 亲人啊,你几时又来玩? 族长唱完,紧紧抱着颜文南不放,像一对久别重逢的老朋友。

第二天,颜文南飞回大理。听说州长登门拜访,颜老异常高兴。进屋后,给州长泡了一壶云雾茶,两人在沙发上谈论访亲的趣事,特别是讲到澧源白族有名的"四大难解之谜"时,两人惊叹不已。州长拍了拍大腿,加重说话的语气说:"这鬼灵的湖南白族,这鬼灵的仗鼓部落! 有时间,我得亲自去看看。"颜文南从柜子里取出那根珍贵的仗鼓,手,有些颤抖,呼吸有些急促,显然情绪特别激动:"仗鼓这宝贝,将来一定是个响当当的文化瑰宝! 不光是我们白族的,还,还将属于整个世界!"话刚说完,颜文南老人突然扑倒在地,脸上露出孩子般的微笑。

州长随即将他送到医院紧急抢救,三天后,颜文南因脑溢血去世。那天,远在澧源 107 岁的王志超,当上白族仗鼓舞唯一的国家级传承人。

颜文南老人临终前的猜想与自信,最终成为现实。

159 尾声

当仗鼓寨满山满山的杜鹃红遍整个山冈时,一队白族村民抬着本主段运飞的木像,载歌载舞周游村庄。段运飞一身军装,威武高大! 握举着一把红仗鼓,当这群可爱的游神队伍消失在崇山峻岭的大山中,一弯彩虹从天边升起。

"妈妈,杜鹃花开了! 段爷爷出巡了,仗鼓就红了。"彩虹下,一个小姑娘摘了一朵杜鹃花,插在头上,她的手中拿着一根红色的仗鼓。她站在高高的山顶,脚下是美丽的白族村寨,伴随着一阵纯真的笛音,年轻的妈妈给小姑娘教了一整套仗鼓招式,妈妈说:"孩子,要记住,有仗鼓的地方,就是本主段运飞爷爷出巡的地方,他是我们民家人真正的保护神!"再看那彩虹,慢慢变直,慢慢变美,一层一层,以蓝天白云为背景,泛出七彩霞光,美!

天! 它真像一个美丽的仙女,肩挑一根多情的仗鼓! 一头连着白乡,一头系着世界。

2008 年,白族游神被湖南省列为第一批非物质文化遗产。

2009 年,白族仗鼓舞被列为湖南省第二批非物质文化遗产。

2010 年,白族仗鼓舞成为国务院非物质文化遗产保护项目。

2011 年,白族仗鼓舞成了中央电视台春晚表演节目。

2012 年,白族仗鼓舞出访 30 多个欧美国家,震动世界。

2013 年,仗鼓成为白族村庄里最庄严的图腾。

2014 年,澧源 7 个白族乡成立 30 周年,在腊狗寨中心广场,当大理州长上台将一把特制的仗鼓高高举起,台下欢声雷动:"仗鼓! 仗鼓!"吼声一阵接一阵,在巨大精神力量的支持下,白族儿女们围着高大的火把,欢快地跳起仗鼓舞,那个场面啊,那个气势啊——这是一个民族——团结向上凝聚出来的——一种伟大力量的源泉啊。

一把仗鼓,书写了一个民族从迁徙、落脚到创业、强大的历史。

一把仗鼓,承载一个民族从苦难到奋发图强坚韧不拔的经历。

一把仗鼓,就是一个民族坚贞不屈团结进取伟大精神的象征。

仗鼓红了,不是一般的红,是民家寨杜鹃花怒放时那种火火的红……

行文至此,以白鹤寨三元老司唱的一段《告本主跳仗鼓》的民家腔(白语)作结尾:

> 你神农洞鬼农洞啊——(请不要甩烟幕弹啊,)
> 冲垦的都是木卵栋——(识时务者为俊杰啊。)
> 蛤米子扯吼挡马阴——(乌云散尽红日万丈,)
> 老鼠子怎背起药箭——(谁也难挡历史车轮。)
> 祖公板朦找墚趴趴——(始祖躲难插草落脚,)
> 后人躲荫抬个神轿——(白族祭祖抬轿游神。)
> 仗鼓闪垦闪垦髦哎——(威猛仗鼓多洒脱啊,)
> 洋人眼珠鼓垦鼓垦——(精神力量世界震惊。)

> 2011 年 2 月 12 日—3 月 7 日第一稿于桑植。
> 2011 年 5 月 1 日—7 月 9 日第二稿于张家界。
> 2012 年 2 月 9 日—5 月 21 日第三稿于张家界。

> 作者声明:本故事纯属虚构,如有雷同,纯属巧合。

为仗鼓呐喊

——后记（创作谈）

第一次写长篇小说。有人问：你为什么专写白族？还以湖南白族仗鼓舞传奇为主要线索？

我笑答：我是一名白族人，一位热爱白族的作家。湖南白族了不起，从700多年前，云南大理的几位祖宗带着几十人的"寸白军"落脚张家界，创造了仗鼓舞，创造了游神，创造了璀璨夺目的白族文化，从此开辟了湖南白族的历史。白族了不起，2011年白族仗鼓舞成为国家级第三批非物质文化遗产保护项目。我以小说的构思，描述湖南白族仗鼓舞的变迁及白族迁徙、繁荣、辉煌的历史，还有一个遗失部落从扎根、生存到被国家认定，这个繁琐的过程，正好只有小说才能彻底的交代清楚。

我写《仗鼓红》，缘于张家界日报康学老师的一次创意。李老师是位高产作家，多次想将白族的历史文化写成一部长篇小说，可是没有时间。一次与我闲聊，他说起这个想法，我主动说，我来写！李老师说，好呀。但又怕我写不成。李老师写了个提纲给我。有了这根拐杖，我写起来顺手多了。20多万字的原创小说，就杀青了。在此，我特意感谢康学老师。

《仗鼓红》是一篇以湖南白族剿匪和仗鼓舞传奇为主要题材的民俗小说，也是一部穿插白族民俗、历史、战争、迁徙、爱情等鲜为人知的秘史，悬念重重，情节跌宕，颇有看点。这些生动惊险的剿匪故事，许多都是真实的往事。一部小说，用多彩的文笔勾勒出一个伟大的民族从遗失到认定的艰辛过程。湖南有描写湘西剿匪的电视剧《血色湘西》《边城汉子》等，但从来没有一部专门写湘西白族历史文化的长篇小说或电视剧。伟大的湖南白族从来不缺乏优秀作家。记得大理著名白族作家徐嘉瑞说过："在民族心理、民族情感、民族语言以及民族风俗习惯方面，别民族作家是永远无法取代本民族作家的……"写《仗鼓红》，我有优势：既是纯白族人，辛辛苦苦研究白族文化 20 多年，又有写作基础，带着感情写，带着疑问写，带着对白族满腔热忱的爱去写。不管写得怎样，这部小说总会有它的特色。

写完《仗鼓红》，我的脑海里始终有一种情结挥之不去，颜文南、段运飞、谷兆海、陈高南、美枝子、恶二佬、佘继富……解放军、族长、国民党、日本间谍、仗鼓杀手、军统特务……还夹杂着游神、赶尸、本主、跳仗鼓、放蛊、祭祖、强盗药等奇门怪俗……这些人、这些事、这些舞、这些歌、这些谜……与白族密切相连，神秘地出没于白族村庄，演绎着白族村寨一段段诡异、惊险、刺激的往事。

我乐当白族摇旗手。

我乐当白族擂鼓手。

我热爱白族，因为我是白族，老祖先就是谷均万。

我爱写白族，因为我是作家，从白族村庄里长大。

我爱跳仗鼓，因为我爱仗鼓，终身为仗鼓而呐喊。

作者

2014 年 11 月 6 日作于张家界